Рина Гонсалес Гальего

ГОРОД
НА
ХОЛМЕ

Рина Гонсалес Гальего
Город на холме : Роман, Филадельфия, 2024 г.– 652 с.
Картина: Шмуэль Мушник
Обложка: Римма Ривка Рубин
Издатель: Павел Мостинский

ISBN 979-8-9858179-4-2

Город на холме, по которому назван роман Рины Гальего и в котором происходят его основные события – Хеврон.

Один из древнейших городов на земле. Город, в котором находятся могилы праотцов еврейского народа. И святыни народа, числящего свое происхождение от первенца Авраама, Ишмаэля.

Город, ставший символом противостояния, город крови и ненависти.

Но и город вечной красоты, в котором сотни лет живут и соседствуют евреи и арабы, иудеи и мусульмане. Мирно, до тех пор, пока по чей-то злой воле, подкрепленной политическими, экономическими и иными мотивами опять не льется кровь...

Но и среди соплеменников возникают непримиримые конфликты. Религиозные и светские, хасиды и реформисты, правые и левые... Как говорят, два еврея – это три партии. Но эти «партии» разделяют семьи, врагами становятся самые близкие люди...

В этом городе герои книги, наши современники, живут, любят, сражаются.

Роман написан ярко, его сюжетные ходы завораживают. Его герои узнаваемы.

Rina Gonzalez Gallego
City on a Hill : Romance, Philadelphia, 2024 – 652 pp.
Art by Shmuel Mushnik
Cover by Rimma Rivka Rubin
Published by Paul Mostinski

ISBN 979-8-9858179-4-2

Если суждено нам избежать катастрофы и увидеть будущее, то мы должны следовать словам пророка Михи – поступать по справедливости, любить милосердие, с трепетом отвечать перед Богом за каждый шаг. Ради этого мы должны объединиться в труде и действовать как одно целое. Мы должны относиться друг к другу с братской любовью. Каждый из нас должен отказаться от лишнего, чтобы не осталось никого, кто был бы лишен необходимого. Каждый из нас должен быть готов простить ошибку своего ближнего. Мы должны радоваться тому, что мы друг у друга есть. Мы должны помогать друг другу, радоваться радостью другого, принимать на себя часть его скорби, трудиться и страдать как единое целое. Господь будет нашим Богом и возрадуется пребывать среди нас, избранных Своих. Он благословит нас, и мы сподобимся увидеть больше Его мудрости, силы, милосердия и правды, чем видели когда-либо раньше. И когда Бог Израиля будет пребывать среди нас, то десять из нас сумеют отразить нападение тысячи врагов. Мы станем Его славой и гордостью, живым свидетельством Его могущества, и те, кто последует за нами в основании следующих колоний, будут говорить: «Пусть Господь сделает у нас так, как в Новой Англии». **Ибо нам суждено стать городом на холме и все взоры будут обращены на нас.**

Джон Уинтроп,
один из основателей и будущий губернатор
Колонии Массачусетского залива
(Massachusetts Bay Colony),
Атлантика, на борту корабля «Арабелла», 1630 г.

А вот насчет Италии, мой дорогой, дело другое. Все очень просто, дорогой мой друг, все просто. Моя Италия противоположна тем, о которых я говорила выше. Эта Италия идеальна, она не запугана сынами Аллаха и паразитами-«стрекозами». Италия любит свой флаг и кладет правую руку на сердце, приветствуя гимн. Это Италия, о которой я мечтала, когда была маленькой девочкой без приличных туфель. Эта Италия существует, хотя ее заставляют молчать, ее осмеивают, ей наносят оскорбления, но она стоит с высоко поднятой головой, назло всем тем, кто хочет у меня ее украсть. Да будут прокляты те, кто на нее посягает, кем бы ни были эти захватчики. Потому что, будь то французы Наполеона, или австрийцы Франца-Иосифа, или немцы Гитлера, или мусульмане Усамы бен Ладена, для меня это совершенно одно и то же.

Ориана Фаллачи,
Нью-Йорк, сентябрь 2001.

ПРОЛОГ

РИВКА. 1870 г.

Когда долгое путешествие приближается к концу, время тянется так медленно и мучительно. Мы едем уже три с лишним месяца, выехали сразу после весенних праздников. Едем как барыни, в крытой повозке, на тройке. Дома так ездил только ребе*. Мы – это я и три другие девушки: Брайна, Минда и Алта. Нас везут в город Ала-па-евск к женихам. Сват Рувн неплохой человек. Перед отъездом он честно рассказал нам, что за каждую получил от женихов по сто рублей. Рассказал про Николаевские казармы, про войну с Турцией, про бесконечные розги, про то, что самому молодому из женихов сорок два года. Про то, что на сотни верст от Алапаевска, кроме нас, не будет других евреев. Я вскинула на него глаза и уточнила: «Но они-то остались евреями?» – «Да», – выдохнул Рувн, и я поняла, что он так уважает этих людей, что возил бы им невест бесплатно. Тогда я еще не умела облечь свои ощущения в слова, а накануне этого разговора выпрыгнула в чердачное окно и целую ночь шла пешком в соседнее

* Титул учителя (меламеда) в иудейской начальной школе (хедере). Уважительное обращение к раввину, принятое среди ашкеназских евреев. В хасидизме – титул духовного главы хасидского течения, «двора» или «династии».

местечко, где жил Рувн. Немудрено, что слова у меня не сразу подбирались, но душа подсказала верно. И, трясясь в повозке по бесконечным русским дорогам, я наконец сумела объяснить себе, почему так поступила. Мне сватали мальчика младше меня, сына компаньона отца на лесопилке. Он блестяще учился, лучше всех знал Закон, ему прочили раввинское место. Только он, кроме Закона, ничего не умел и не знал. Немудрено быть благочестивым и ученым, когда твой отец богат, а вокруг тебя хлопочет мама, родственницы, прислуга, чуть не десять человек. По моему разумению, грош цена такой учености и такому благочестию. Но тот, кого секли, не давали есть, отправили воевать, не разрешали молиться и разговаривать на родном языке, но он не сдался, – это совсем другое дело. Быть женой такого человека я за честь сочту.

Господи, как же медленно мы едем. Конечно, мне страшновато. Вдруг я ему не понравлюсь? Вдруг не сумею родить детей? Вдруг он забыл еврейский язык? Пока мы ехали, я выучила много русских слов, но куча досок – еще не дом. Я записываю в тетрадку русские слова еврейскими буквами. Благословенна память бабушки Фейги, научившей меня писать. Когда страх и волнение захлестывают меня, я открываю тетрадку и шепчу, как молитву: «Тиш – стол, зальц – соль, берг – гора, балагола – ямщик». Много слов я узнала у Рувна, но иногда бывало, что на мой вопрос он вместо ответа махал руками и кричал: «Ша! Ша! Разве можно это говорить? Не позорь меня!» В результате у меня образовался отдельный список слов, о смысле которых придется догадываться самой. Ла-худ-рин-сын, су-кин-кот, свя-ти-те-ли-вы-на-ши. Я поднимаю глаза от тетрадки. Мои подруги тоже волнуются. Мы действительно стали подругами за эти месяцы. Как хорошо, что мы друг у друга есть. Мы будем помогать одна другой после родов, справлять праздники, вместе ходить на реку стирать. Минда с детства сильно хромает, а так девушка хоть куда. Брайну много раз сватали, но ее удивительно склочная мачеха, да простит она мне, умудрилась расстроить две помолвки за полгода. Брайна заявила родителям, что еще раз подобного позора не переживет. Бедная Алта засиделась в девках аж до двадцати лет, но ее вины в этом нет. Кто же знал, что ее старшая сестра учудит сбежать со студентом в Вильно и там креститься. В местечке люди помнят такие вещи очень долго. Слава богу, я в семье младшая и из-за моего побега никто не пострадает.

Я никогда раньше не видела таких высоких гор и диких лесов. Рувн говорит, что это называется Урал и он отделяет Россию от Сибири. Наш сват возит невест отставным николаевским солдатам далеко не в первый раз, имеет на это специальное разрешение, подписанное губернатором и казенным раввином. Когда мы оказывались в городе, где были евреи, нас тут же селили к кому-нибудь. Но это бывало нечасто. Приходилось ночевать на постоялых дворах, а то и в поле. Конечно, ехать одному с четырьмя женщинами далеко не безопасно, и обычно мы приставали к какому-нибудь обозу. Сейчас на облучке рядом с Рувном примостился старенький Аба из Нижнего Тагила. Там ближайшая к Алапаевску настоящая община с синагогой и миквой*, и Аба у них за раввина.

Наконец мы остановились. Рувн велел нам сидеть, пока не позовет. Из окна повозки я увидела луг с высокой травой, два празднично накрытых стола под белыми скатертями и такую же скатерть, распяленную на четырех шестах. И десяток бородатых мужчин в картузах. Увидев нас, они бесшумно и быстро построились в шеренгу. Привыкли за тридцать лет. У меня стучало в висках, словно сквозь стену, я услышала, как Рувн нашарил в своем кармане список и позвал:

– Лазарь, Гершев сын, Винавер!

Лазарь, Гершев сын, Винавер повел плечами, словно сбрасывая невидимую ношу, и шагнул из строя. Я увидела прямую спину, мощные руки, седину в бороде и на висках. Украдкой поймала спокойный, исполненный достоинства взгляд. Все остальное произошло

* В иудаизме водный резервуар для омовения (твила) с целью очищения от ритуальной нечистоты.

как будто не со мной, а с кем-то другим. Я выскочила из повозки и побежала, подобрав юбку и перескакивая через кочки. Никто даже не попытался меня остановить. Я встала перед ним и, задрав голову (иначе не получалось), заглянула в лицо. Он смотрел прямо на меня и ни на кого больше. Ждал. Слова полились у меня вместе со слезами, одно подгоняло другое. Я плохо помню, что именно я несла, но там было и про то, что он страдал, и про то, что Всевышний наградил его, и про теплый дом и вкусную халу, и про много детей. И про то, что и я, и дети – все будем его любить. Глаза снова и снова наливались слезами, но я все-таки увидела, как намек на улыбку преобразил темное суровое лицо, и услышала заданный по-еврейски вопрос: «Звать-то тебя как?» – «Ривка», – ответила я и шмыгнула носом, как маленькая. Вся шеренга дружно захохотала, но мне было все равно. Я была так счастлива.

ЧАСТЬ I

ПРОПАВШАЯ БЕЗ ВЕСТИ

ГЛАВА 1
ШРАГА

Я проснулся и первым делом взглянул на соседний матрас. Моше-Довид спокойно и крепко спал, не хрипел, не задыхался. Уже хорошо. За занавеской в углу раздалось какое-то копошение, которое меня, наверное, и разбудило.

– Ришеле! – позвал я. И напрягся. Каждое утро у меня начиналось с напряжения, вдруг станет хуже.

– Да, Шрага.

– Тебе помочь?

– Я сама.

Сама она. Скромные мы нынче. Господи, ну чего же я такой злой с утра пораньше? Это нормально, когда девочка не хочет, чтобы старший брат помогал ей одеваться. Даже если эта девочка очень плохо видит.

Сейчас я еще поумнел и стал худо-бедно похож на нормального человека. Четыре года назад, когда я сбежал отсюда, я был так ослеплен ненавистью, что вообще ничего не замечал. Даже не подумал, что оставляю на произвол судьбы больных брата и сестру. Конечно, теперь я могу помогать им лучше, чем мог бы, кабы остался. Слава богу, они дождались моего возвращения из армии. А могли бы и не дождаться, особенно Моше-Довид.

Первые шестнадцать лет я прожил в пространстве, замкнутом несколькими улицами в Старом городе Иерусалима. Одна синагога, вмещающая в себя всю общину, несколько коллелей*, две школы для мальчиков, две школы для девочек. Несколько десятков лавочек. Запрет на разговоры с любыми людьми не из общины, даже с другими харедим**. Мы единственные евреи, верные Торе. Остальные погрязли в грехах. Мы не имеем ничего общего с этим развратным обществом и с этим богохульным государством, и его законы не имеют к нам никакого отношения.

Для нас был другой закон – *ирас хашамаим*, страх перед Небом. Страх и чувство вины внушались всем детям, с тех пор как ребенок начинал хоть что-то понимать. С тех пор как я себя помню, я всегда был в чем-нибудь виноват. Нерадиво учишься, плохо молишься, потянулся за сладким за праздничным столом, приделал к сапожной щетке батарейку и пустил в классе гулять по полу. Ребе расскажет отцу, отец будет кричать, Всевышний накажет. В какой-то момент меня переклинило, я просто устал бояться. Какой смысл, если наказание все равно придет?

Избавившись от страха перед наказанием, я ощутил себя вправе задавать вопросы, которые мальчику из семьи харедим задавать не по чину. Разве наши цари и пророки одевались как в Польше и разговаривали как в Германии? Почему мама всегда либо беременна, либо кормит и все время болеет? Почему нельзя задать вопрос без того, чтобы тебя тут же не обвинили в безбожии и непочтении к старшим? Несколько лет я был в классе абсолютным вожаком, но и этого к бар-мицве*** лишил-

* Небольшое высшее талмудическое учебное заведение типа йешивы, предназначенное (в отличие от обычных йешив) для женатых учащихся.

** Обобщающее название различных ультраортодоксальных еврейских религиозных общин и членов этих общин в Израиле и вне его. Букв. «трепещущие» (перед Богом).

*** Букв. «сын заповеди» (*ивр.*). Термин, применяющийся в иудаизме для описания достижения еврейским мальчиком религиозного совершеннолетия.

ся. Они выбрали себе нового лидера, который, в отличие от меня, волок в Талмуде с комментариями. Я даже не расстроился, мне никогда не была нужна власть ради власти. Пока мне было удобно – был вожаком. Когда это превратилось в сплошную головную боль – стал одиночкой. Вот только бараном в стаде я не буду никогда.

Я начал убегать с уроков, тайком ходить в городскую библиотеку. Осваивал компьютер, разговорный иврит и читал, читал, читал. Библиотекарша, гверет* Моргенталер, была очень добра ко мне и подсовывала книжки, которые не имела возможности читать своим внукам. Ее сын с женой жили далеко. Одна книжка мне особенно понравилась, я зачитал ее просто до дыр. Там рассказывалось про двух братьев, и младший кашлял по ночам. Точно так, как было описано в книжке, я вставал по ночам к Моше-Довиду и грел ему молоко. И пересказывал все, что успел прочитать. Он, всю жизнь проживший среди иерусалимских каменных стен, с удовольствием слушал про зеленые долины и засыпал. После одной такой ночи, благодаря гверет Моргенталер за очередную книжку, я впервые посмотрел ей в глаза. Значит, все-таки можно смотреть на женщину и испытывать нормальные человеческие чувства – привязанность и благодарность.

Разумеется, мое вольнодумство не осталось без внимания. Старшие братья отходили меня велосипедными цепями так, что я три дня не мог встать. У них обоих намечалось сватовство, и больше всего они боялись, что все провалится из-за моих выкрутасов. Теперь уже Моше-Довид вставал ко мне по ночам. Тогда семилетний, он был добрее и умнее всех нас. Он гладил меня маленькой влажной рукой, и сквозь кашель до меня доносились немыслимые слова: «Тебе надо уходить, в следующий раз ты уже не встанешь никогда». Вскоре после этого я сбежал, трусливо бросив младшего брата. Никогда себе не прощу.

Меня приютила гверет Моргенталер. Не только приютила, но и тратила время и силы на то, чтобы ходить

---

* Госпожа.

со мной по официальным инстанциям. Ведь у меня не было документов. В нашей общине никто не осквернялся документами государства нечестивцев – евреев, подражающих гоим*. Но принимать пособия, выделяемые этим самым государством, совсем не возбранялось. Не знаю, как в других семьях, но в нашей иных постоянных доходов не было. Я был готов вывернуться наизнанку, лишь бы не жить как они, и поэтому устроился разнорабочим на какой-то склад. Вот тут-то я и узнал, что такое легендарная еврейская мама и почем фунт изюма. Гверет Моргенталер не взяла у меня денег и сказала, что, если я хочу увидеть в жизни что-нибудь получше этого самого склада, я должен учиться, сдавать экзамены по программе средней школы и не думать о заработке. В ту ночь я почти не спал. Я радовался, что кто-то наконец заинтересовался, что будет со мной, отдельным человеком по имени Шрага (бен Эстер-Либа) Стамблер, а не только тем, какое впечатление я произвожу на учеников отца, приятельниц мамы и сватов братьев. Я злился на гверет Моргенталер за то, что она не заметила моего первого в жизни достижения. Я приходил в ужас при мысли, что буду нахлебником у пожилой женщины и она никогда не сможет меня уважать. За несколько часов я пережил всё, что подросток в нормальной семье переживает за несколько лет. Наутро я пошел к начальнику склада и заявил, что готов сторожить склад ночью, за меньшую плату. На том мы и порешили. Ночи я проводил на складе, обложившись книгами, дни – в библиотеке. Отсыпался в Шаббат. И складывал заработанные деньги в конвертик.

На призывной пункт я явился уже короткостриженым, в джинсах и свитере сына гверет Моргенталер, с новым рюкзаком и документами об израильском гражданстве и среднем образовании. Конверт с деньгами я оставил ей на старинном зеркале, похожем на шкафчик с дверцами.

Первое время было очень трудно. Я отвечал невпопад, не понимал, чего от меня хотят, не знал множества

* Языческие народы, все, кроме евреев.

вещей, с детства известных моим сверстникам из светских семей. Мне все время казалось, что надо мной подшучивают, я моментально заводился, дисциплинарные взыскания сыпались на меня без остановки. Постепенно до людей дошло, что Нетурей карта* – это диагноз, а над больными людьми не смеются. Потом я оказался в Газе, и там уже никто ни с кем не ссорился. Мы не могли позволить себе страдать такой фигней; за каждым углом нас подстерегала смерть, а последним, что каждый рисковал увидеть, были лица врагов.

Через год после призыва я впервые поехал в отпуск. Без звонка, без предупреждения явился к гверет Моргенталер. Сейчас я понимаю, что это было по меньшей мере невежливо, а тогда проверял – есть ли хоть один дом на свете, куда я всегда могу прийти. Я везучий человек. У меня есть такой дом. Дом, где выслушают, поймут и не осудят, что бы я ни натворил. Дом, где всегда положат на тарелку еды и дадут чаю просто так, не требуя отчетов, ни о чем не спрашивая. Если бы у меня была такая мать, я бы от нее не уехал.

Мы засиделись на кухне за разговорами, и я рассказал ей то, о чем до сих пор молчал. О том, что Моше-Довид всю жизнь болеет, не вылезает из ангин и бронхитов. О том, что если я сейчас появлюсь в нашем благословенном квартале и на глазах у всех обниму брата, то его жизнь превратится в ад. Гверет Моргенталер сидела, прикрыв глаза и обхватив пальцами обеих рук большую чашку с красно-золотыми цветами.

– Так в какой школе учится твой брат?

– Кехилас Толдот Аарон.

– Это где?

– Рамбам, 13. Но я не могу там показываться.

– А тебя никто и не просит.

Наутро я поздно встал и обнаружил на столе накрытый полотенцем завтрак и записку: *Не ешь всухомятку.*

---

* Иудейская ультраортодоксальная экстремистская религиозная община, резко выступающая не только против сионизма (как и некоторые другие ультраортодоксальные течения), но и против существования Государства Израиль.

Не ходи сам знаешь куда. Приходи к фонтану, парк Монтефиоре, 4 часа дня. Офира. Я вышел на балкон. Гверет Моргенталер живет в девятиэтажке с балконами. На каждом балконе торчит спутниковая тарелка, почти всюду детские велосипеды, кое-где сушится белье, на многих балконах цветы. На мой вкус, такого красивого балкона, как у гверет Моргенталер, ни у кого нет. Она развела тут настоящий Ган Эден*. Я сидел около кадки с апельсиновым деревом и гладил кота. Кота звали Аттикус. Когда я только появился у гверет Моргенталер, он не хотел меня признавать, шипел, плевался. А потом стал приходить в комнату, где я занимался, и ложиться под настольную лампу. Мне нужно было освоить программу средней школы меньше чем за год. В какие-то моменты голова наливалась свинцом, буквы разбегались из-под глаз. Обессиленный, я уползал на диван. Аттикус некоторое время смотрел на это безобразие, а потом стал ложиться ко мне на диван и подставлять пузо. Я чесал. Чесал и думал про незнакомого мне адвоката, который взял заведомо проигрышное дело потому, что не мог иначе. Судя по рассказам гверет Моргенталер, она хорошо его знала и очень уважала. Мне казалось немного странным, что она назвала в его честь кота.

К четырем часам я пошел в парк Монтефиоре. Я увидел их издалека – Моше-Довида и гверет Моргенталер. Моше-Довид шел медленно, будто боялся себя расплескать. Разве здоровый мальчик будет так ходить? Гверет Моргенталер была одета как наши женщины: всё глухо закрыто, черные чулки, туго повязанная косынка. Вместе с одеждой она переняла походку и осанку – мелко семенить и не поднимать глаз от земли. Но это все равно была она. Я бы узнал ее в любой толпе. Я всю жизнь буду называть ее «гверет Моргенталер». В тот момент, когда я назову ее по имени, упадет последний барьер и я просто брошусь ей на шею. А это вовсе ни к чему.

---

* Райский сад (*ивр.*).

Моше-Довид узнал меня и побежал. Почти сразу стал задыхаться, но все-таки побежал. Гверет Моргенталер деликатно села с книжкой на другую скамейку. Моше-Довид смотрел на меня во все глаза. Форма с нашивками, ботинки, автомат, берет – все это было для него чудом, всё вместе и каждая вещь по отдельности. Мы разговаривали очень долго.

Через несколько дней гверет Моргенталер проводила меня до автобусной остановки. Я молчал, потому что знал: стоит мне открыть рот, и я попрошу её позаботиться о Моше-Довиде, не имея на это никакого права. Молчал так, что аж челюсти болели. Я закинул вещмешок в багажное отделение автобуса и, поднимаясь в салон, услышал:

– Служи спокойно. Ты же не одного его оставляешь.

С тех пор у нас наладилась регулярная переписка. Письма Моше-Довида гверет Моргенталер клала в конверт вместе со своими. Половина писем Моше-Довида была занята Ришей. Риша то, Риша се, Риша плохо видит, Риша хорошо поет. Из писем я понял, что встречалась гверет Моргенталер в основном с Ришей, чтобы не возбуждать лишних подозрений. Моше-Довид опекал ее так же, как я когда-то опекал его. Такая тесная дружба брата с сестрой у нас очень не приветствуется. Когда я был в возрасте Моше-Довида, я вообще на сестер внимания не обращал. Сам дурак, конечно. Но кое в чем мы все-таки были похожи. Я – жесткий, категоричный, злопамятный – и кроткий Моше-Довид, ни о ком в жизни ничего плохого не сказавший. Нам было абсолютно безразлично, как нас оценят. Моше-Довид хотел дружить с Ришей и не видел причины интересоваться, кто что на эту тему подумает и скажет.

Я служил на блокпосту Эрез*. Там каждый день что-нибудь происходило. Каждый день кто-нибудь пытался себя взорвать, рожал, падал с инфарктом, получал

* Пограничный контрольно-пропускной пункт на границе Израиля и сектора Газа, расположен в северной части сектора Газа.

по морде. Правые активистки носили нам домашние блинчики и кофе в термосах. Левые активистки кричали в мегафон. За день у меня перед глазами проходили многие сотни людей, после такой вахты я готов был лечь хоть в могилу, лишь бы там было тихо. Но, находясь на службе, я не мог отключиться от происходящего. Не мог допустить, чтобы кто-нибудь заплатил за мою слабость собственной жизнью. Я действительно не пустил дальше блокпоста двух террористов и от каждого получил по ножевому ранению. Но это для меня было далеко не самым страшным. Большинство проходящих через блокпост не хотели никого убивать. Они хотели попасть из точки алеф в точку бет, а попадут они туда или нет, зависело от меня. Мужчины старше моего отца подходили по одному движению пальца и покорно стояли. Солидные отцы семейств за рулем новых машин заискивающе смотрели в глаза. В какой-то момент это стало мне нравиться, а дальше сделалось главным переживанием дня, самым острым и сильным. И тут я испугался. Испугался, что становлюсь похожим на отца, которому тоже нравилась власть над семьей и учениками. Я, всю жизнь проживший в ультраортодоксальном квартале, когда-то строго соблюдавший все, что от меня требовали, впервые в жизни взмолился Богу о том, чтобы Он не дал мне стать монстром. Взмолился о спасении собственной души. Меньше чем через месяц меня перевели в инженерный батальон.

Это было как нельзя кстати. Не только ради спасения души, но и по самым что ни на есть практическим причинам. Мне была нужна специальность. Стоя на блокпосту, специальность не получишь. В Израиле все мужчины умеют охранять, здесь этим даже кота не удивишь. А строитель – это другое дело. Я работал на разрушении подземных тоннелей, ведущих из Египта в Газу. Освоил бульдозер, экскаватор, строил стены, заливал бетоном замаскированные под колодцы выходы из тоннелей. Каждый раз, когда заливали колодец, пресса поднимала крик, что мы оставили гражданское население без воды. В девяти из десяти этих колодцев воды уже давно не было и в помине.

Я успокоился, стал нормально спать, чаще писать своим. Начал задумываться, как буду жить после демобилизации. Гверет Моргенталер писала, что готова предоставить мне мою бывшую комнату. Это было заманчиво, но я знал, что так не пойдет. Я заработаю себе на жилье сам. Буду, как могу, заботиться о Моше-Довиде и Рише. Вот примерно так.

На третьем году службы там, наверху, снова решили испытать меня на прочность. Сидя в кабине бронированного бульдозера «Катерпиллар», я расчищал намеченный участок. Думаю, нет нужды объяснять, почему бульдозер был бронирован. По мне уже стреляли и из пулемета, и из гранатомета, и он все выдерживал. Случалось, что в намеченном для разрушения доме находились сотни килограммов взрывчатки. Бульдозер выдерживал и это, а я отделывался несколькими синяками. На участке, который я в тот день расчищал, кучи мусора и обломков были выше машины раза в два. Густое облако пыли висело вокруг кабины, мотор работал на пределе. Я закончил смену, загнал бульдозер на стоянку и пошел в душ. Но до душа мне дойти не пришлось. Выяснилось, что командир срочно хочет меня видеть.

Одного взгляда на этот кабинет мне хватило, чтобы понять: случилось что-то плохое и обвинять будут меня. В кабинете, кроме командира, лейтенанта Дрори, сидели чин из военной прокуратуры и девушка из пресс-службы.

– Садись, Стамблер. Тяжелый у нас разговор будет.

Не переставая дымить сигаретой, Дрори рассказал мне, что на участке, который я сегодня расчищал, под развалинами нашли молодую американку и что она скончалась в палестинской больнице. Я молчал, пока Дрори прямо не спросил, есть ли мне что сказать.

– Я ее не видел. Это же оцепленная зона, там вообще людей быть не должно. Я видел только то, что мог видеть из кабины, а это немного. Неужели я похож на идиота, который станет убивать человека, когда в этом нет никакой необходимости? Что она вообще тут делала?

– Движение международной солидарности. Они приехали защищать палестинцев от оккупантов. Это от нас, если ты не понял. Ты же уже вроде не первый день служишь, Стамблер, а вопросы задаешь, как маленький.

– Но какой смысл сидеть на развалинах? Какая тем же палестинцам от этого польза?

– А вот это мы все и выясним, – подал голос военный прокурор. – Вы, капрал Стамблер, будете продолжать службу на общих основаниях – пока. Ну и, конечно, с нами регулярно беседовать. Если ваш рассказ подтвердится, не будет никакого суда. А если будет суд, там уж как фишка ляжет. И вот еще, Дрори. Бульдозер мы увезем с собой. Наши люди должны его осмотреть. А вы, капрал, к этому бульдозеру даже не приближайтесь.

– Я понял.

Тут подала голос девушка из пресс-центра:

– Не рассказывайте никому. Ни друзьям, ни родным. Когда информация утекла, мы не можем контролировать, куда она попадет дальше. Если журналисты к вам подступятся, не вступайте с ними в контакт. В этом деле совпадают ваши интересы и интересы командования. Вам же не хочется, чтобы вас заклеймили убийцей в газетах.

– Я не убивал. Я могу идти?

– Иди, горе мое, – вздохнул Дрори.

На другой день гудела вся казарма. Все читали газеты, обсуждали загадочную американку, готовую броситься под бульдозер, чтобы защитить палестинский дом, где уже никто не жил. Предположения высказывались самые невероятные. Она влюблена в палестинца и хочет доказать ему, что все серьезно. Она из нацистской семьи и готова к солидарности хоть с верблюдом, лишь бы отомстить евреям за дедушкин бесславный провал. Она на самом деле еврейка, но чувствует вину за то, что у нее богатые родители. Типа среди американских евреев так часто бывает. Все это доносилось до меня отрывками, а в голове прокручивался один и тот же монолог.

«Зачем же ты это сделала, Рахель? Мне кажется, я понимаю тебя. Ты просто устала от лжи в своей семье. Ты просто не видела другого способа до них достучаться и докричаться. Они не хотели слышать тебя настоящую, не хотели знать, что тебя мучает. Все в тебе, что не соответствовало их представлению о том, какой должна быть идеальная дочь, безжалостно отсекалось. И когда ты сообразила, что они не хотят понимать тебя, жизнь потеряла смысл. Со мной было то же самое, и я удержался только благодаря младшему брату. Я проклинаю тех, кто воспользовался твоей болью и твоим отчаянием. Я слышу твой голос: *а ты-то сам?* Разве ты не стал пушечным мясом, потому что беден, необразован, и жить тебе негде, и звать тебя никак? Может быть. Но я хоть у себя дома, а ты? Чем они заслужили твои жертвы, эти люди, перевозящие в машинах скорой помощи вооруженных боевиков и прикрывающие военные цели женщинами и детьми? Скажи мне, где я неправ, Рахель?»

В беседах с прокуратурой я снова и снова повторял, что действовал по инструкции, что мне и в голову не пришло, что за развалинами может быть человек. Не знаю, что они там нарасследовали, но, наверное, мой рассказ подтвердился. С меня сняли все подозрения, а имя мое в прессу так и не попало.

Не успел я оглянуться, как наступила демобилизация. Кругом все обсуждали планы – кто в Аргентину, кто в Индию, кто в Европу. Смешно, но я тоже чувствовал себя на пороге путешествия, хотя никуда и не собирался. Запертый общинными правилами на пятачке из двух десятков улиц в Старом городе Иерусалима, я практически не знал собственной страны. Я впервые увидел Галилею, когда ездил с армейским приятелем на выходные к его родителям. Та же история повторилась с Шомроном. Теперь я буду ходить и ездить, куда мне захочется. Много лет я механически повторял по утрам «благословен-Ты-Господь», но ни разу не был так благодарен Ему, как стоя по пояс в цветах посреди Вади-Кельт*. Как прекрасна земля моя.

Я вернулся в Иерусалим и понял, что собственное жилье не светит мне еще очень долго. Во-первых, на первоначальный взнос надо копить. Во-вторых, я осознал, что мать и младшие мне все-таки не чужие. Отец не желал ни о ком заботиться, и мне ничего не осталось, как делать за него его работу. Первое, что я предпринял, это повел Моше-Довида с Ришей к врачам-специалистам. До этого их осматривал только участковый педиатр, и то нерегулярно. Диагнозов нам наставили таких, что у меня голова кругом пошла. У Моше-Довида муковисцидоз, в легких и бронхах застаивается слизь, поэтому ему трудно дышать и все остальное тоже трудно. У Риши синдром Ушера, тип III – это значит, что она всю жизнь плохо слышала, а теперь стала стремительно терять зрение. («Знаешь, Шрага, у меня перед глазами как будто бублик, и я смотрю в дырочку. Только эта дырочка меньше стала».)

Дома у нас поубавилось народу. Пока я был в армии, женились два старших и два младших брата. Так получилось, что все они уехали из Иерусалима. В те редкие моменты, когда я пересекался с отцом, он плевал в мою сторону и проклинал меня. Я обходил его, как обходят табуретку, чтобы не удариться. Только вот нигде не написано, что делать, если табуретка взбесилась и норовит лягнуть тебя. Я не горжусь тем, что я сделал, но результат меня устраивает. Дети в нашем доме затрещин больше не получают. Мама в очередной раз родила и была бы рада мне помочь, но уж очень была уставшая. Мне удалось вытащить ее к врачу и на анализ. Обнаружили гипофункцию щитовидки, прописали таблетки. Когда эта круговерть началась, я понял, что одному мне не справиться, и стал искать союз-

* Ущелье с самым крупным водным потоком в Иудейской пустыне, не пересыхающим даже в летнюю жару. В почти тридцатикилометровом русле ручья можно найти свидетельства самых различных времен – водоводы и акведуки: иродианские, римские, турецкие, арабские.

ников среди младших. Шестнадцатилетний Залман по примеру отца дни и ночи пропадал в доме учения. Пользы от него не было никакой, но гадостей он не делал, и я решил оставить его в покое. Нотэ через пару месяцев должно было исполниться тринадцать, ему обещали подарить новый штраймл*, и думать и говорить он мог только об этом. Дальше шли одиннадцатилетний Моше-Довид и десятилетняя Риша. Они-то как раз хотели помогать, но в силу своих недугов мало что могли. И еще наличествовала разнокалиберная мелюзга, которую надо было одевать, обувать, развивать, водить к врачам. Как я и предполагал, лучше всего у меня сладилось с Биной, которая шла между Залманом и Нотэ. Полное ее имя было Бина-Батшева, потому что она шла седьмым номером после шести сыновей**.

Мне уже давно было ясно, что Бина – отдельный, самостоятельно мыслящий человек, а не просто лишняя пара рук, чтобы нянчить малышню. Это озарило меня задолго до побега. Отец первым просек мой оппозиционный настрой и не нашел ничего умнее, как при помощи репрессий его укреплять. За пасхальным столом он с драматическими интонациями рассказывал притчу о четырех сыновьях и на словах «нечестивый сын, что он спрашивает?» смотрел на меня испепеляющим взором в ожидании, что я опущу глаза. Я выдерживал взгляд, считая про себя до десяти, потом медленно опускал ресницы, откидывался спиной на стену и делал лицо «ну и когда мне надо испугаться?». На третий по счету седер***, когда мы с отцом разыграли это

---

* Головной убор хасидов, который они надевают только в особо торжественных случаях (в субботу, праздник, на свадьбу или когда встречаются с ребе). Существует более двадцати типов штраймлов. Обычно это черная бархатная ермолка, отороченная черными либо коричневыми лисьими или собольими хвостами.

** «Бат-шева» значит «седьмая дочь».

*** Седер Песах – ритуальная семейная трапеза, проводимая в начале праздника Песах (еврейской Пасхи).

представление, у нас были гости. Стерпеть такое при гостях отец не мог и велел мне убираться из-за стола. Воцарилась удивленная тишина. Седер Песах – это не просто ужин с гостями, это заповедь. Я уже бар-мицва и обязан соблюдать ее, как взрослый. Неужели отец запретит мне участвовать? Я медленно встал. Посмотрел на другую сторону стола, где располагались женщины. Мама сидела ни жива ни мертва от страха, лицо побелело под праздничным синим тюрбаном. Мне тоже было очень не по себе, но, когда я наконец открыл рот, голос звучал более чем уверенно:

– Мама, если тебе понадобится моя помощь, ты знаешь, где меня найти.

На мужской половине стола раздался возмущенный ропот. Как я посмел! Не просто не извиниться перед отцом, но вообще его проигнорировать! Публично обратиться к женщине и предложить свою помощь! Нет, я точно нечестивый сын и заслуживаю всяческого порицания.

Я сидел на нижней ступеньке лестницы в наш подъезд – злой и голодный и одновременно безумно собой довольный. Как же, я не потерял лица, не стал унижаться, да еще и последнее слово за собой оставил. На первые пять минут моего запала хватило, а потом я подумал: да, все это хорошо, но какой ценой? Весь народ празднует свое избавление, а я – изгнан. И в этот момент я возненавидел отца по-взрослому, как равный равного. Кто он такой, чтобы меня отлучать? Допустим, я неблагодарный нечестивец, ну и что? Кто дал ему право действовать от имени всего народа? Он что, Санхедрин*? Глава поколения**? Гадоль Исраэль***?

* В иудаизме один из десяти трактатов четвертого раздела (Незикин) Мишны, которая является частью Талмуда. Санхедрин посвящен детальному описанию средств и «инструментов», связанных с отправлением Синедрионом (Верховный суд в иудаизме) правосудия.

** Глава всех евреев диаспоры – такой титул по традиции присваивался лидерам еврейского народа во время вавилонского изгнания.

*** Великий мудрец.

Я не должен был уходить. Я не меньше еврей, чем все, и свое место за пасхальным столом я без боя не отдам. Где-то минут через сорок кончится рассказ, все снова встанут мыть руки, и вот в этой паузе я вернусь за стол. Судорога свела зубы, я не мог их разжать и только через равные промежутки времени всаживал кулак в ветхие деревянные перила. В руку вонзилось сразу несколько заноз, пошла кровь, но я продолжал мучить ни в чем не повинную деревяшку. Отец, не имея на это никаких в еврейском законе оснований, отлучил меня просто за то, что я ему не нравлюсь. Так наша община отгородилась от всех и только себя признает истинными евреями. А как же остальные? Те, кто молится на автобусных остановках, перекинув за спину автомат? Те, кто соскребает человеческие останки с иерусалимских мостовых? Те, кто празднует сейчас исход из Египта по всему миру, они, собственно, кто?

За спиной послышались легкие шаги. Я обернулся и увидел, что с лестницы спускается Бина. Двумя руками она несла большую пластиковую миску.

– Это тебе… Всего понемножку… Я собрала.

Приученная ничего не давать мальчику прямо в руки (даже собственному брату, вот ведь идиотизм), она поставила миску на одну ступеньку выше меня. Вот уж действительно всего понемножку: маца, марор, харосет, куриная нога, кугл из картошки*. Она села на ступеньку повыше, как птичка на ветку, готовая улететь, стоит мне сказать что-нибудь недозволенное.

– Я посижу с тобой. Никто не должен быть один в праздник.

– Тебя хватятся.

Она пожала плечами:

– Хватятся, значит, так надо. Все равно мама заступится, ей без меня никуда.

Это точно. Злость на отца и его гостей прошла, оставив после себя презрение, как пламя, сгорая, оставляет серую золу. Семь взрослых мужиков, и никто не пришел ко мне сюда поговорить, объяснить, помочь

* Блюда еврейского пасхального стола.

разобраться. Никто против отца даже пикнуть не посмел, он же весь из себя глава коллеля. Бина – посмела. Восемь лет человеку, но уже есть собственное мнение и готовность совершить поступок.

Это было семь лет назад. Тогда мы были двумя детьми, которые всю жизнь друг друга знали. Сейчас Бина из ребенка стала подростком, а я три года отсутствовал дома и вообще полностью поменялся.

Я постучал в дверь комнаты, где спали девочки, и попросил ее выйти ко мне на кухню. Она пришла через некоторое время – нескладный, сутулый подросток с двумя длинными косами. Я встал.

Бина изумленно уставилась на меня. Кухня у нас была такая тесная и низкая, что, встав, я загородил собой бóльшую часть окна.

– Бина, – начал я как можно приветливее, – давай сядем.

Она села на скамейку и уставилась в пол.

– Бина, ты меня боишься?

Она провела тыльной стороной руки по глазам:

– В школе только о тебе и речь. Все удивляются, как отец вообще пустил тебя домой. Ты же осквернен с ног до головы. Они говорят, что ты ешь свинину и смеешься над святыми книгами.

Я вдохнул, выдохнул и сжал в правой руке эспандер. В армии на прощание подарили. Замечательная вещь. Очень помогает, когда нельзя заорать, сломать что-нибудь, сорваться.

– То, что говорят в школе, я понял. А ты сама что думаешь?

– Я удивляюсь. Если ты не хочешь жить как мы, то что ты здесь делаешь?

– Я объясню. Вам всем нужна моя помощь, и поэтому я здесь. Я думаю, ты знаешь, что мама, Риша и Моше-Довид нездоровы. Я перестал быть хареди, но не перестал быть вашим братом. И твоим в том числе.

– Так от этого еще больнее, Шрага. Когда посторонний еврей сходит с пути Торы, это, конечно, грустно, но я не праведница, и у меня не хватает сердца за всех переживать. А за тебя я переживаю. Не потому, что меня дразнят в школе, не потому, что ко мне никто не посватается. Как Всевышний захочет, так со мной и будет. А за тебя страшно. Ты теряешь долю в будущем мире.

Она уткнулась лицом в руки и заплакала. И тут я впервые обратил на ее руки внимание. Да так обратил, что дыхание перехватило. Красные, все в цыпках. Она же тут стирает на всю ораву, и по большей части в холодной воде. Моет полы и посуду самыми дешевыми средствами, без перчаток. Какой ужас. Как я всего этого раньше не замечал? Самоуверенный идиот.

Я подошел к ней, сел на корточки, чтобы над ней не возвышаться и не пугать, и мягко отодвинул руки от лица.

– Бинеле. У нас с тобой слишком много забот в этом мире, чтобы волноваться о мире будущем. Я вижу, что ты тут работала за троих. Это и есть праведность. Все, чего я от тебя хочу, это чтобы ты меня не боялась.

Она заулыбалась сквозь слезы.

– Не стирай, пожалуйста, руками. Мы будем носить одежду в прачечную. Я мужскую, ты женскую.

– А простыни?

– Простыни оставь мне.

– Это же дорого.

– Твои руки дороже.

Я смотрел ей вслед и думал, что ведь действительно пройдет еще два года, и ее начнут сватать. Ну что ж, придется беседовать с каждым кандидатом. Пока не найдется тот, кому не надо будет объяснять, что купить моей сестре стиральную машину – это его обязанность. В одной из книжек гверет Моргенталер я прочел про спившегося царька дикого африканского племени, которому жены служили мебелью – стулом, ковриком под ноги. Вот и мы докатились. Нашли пример для подражания.

В квартире все шаталось, сыпалось, скрипело. Бойлер не работал. Пришлось ремонтировать мебель, чинить проводку, менять плиту. Отсутствие душа ужасно меня угнетало. В армии я привык подолгу плескаться, а еще открыл для себя дезодорант и одеколон.

В первый год службы я страшно перебарщивал с этим делом. Если уж светские израильтяне говорят, что у харедим с гигиеной плохо, то пусть это будет не по моей вине. Раз в неделю я принимал душ в квартире гверет Моргенталер, а так мылся в тазу. Вскоре после демобилизации она дала мне ключ от своей квартиры, а когда я стал отказываться, сурово отчитала:

– Шрага, хватит. Твои демонстрации независимости портят жизнь и тебе, и окружающим. Мы уже все поняли, что ты выше облаков и круче туч, хватит доказывать. Я считала, что с некоторых пор я тебе близкий человек. Или я не права?

Квартира у нас была хоть и старая, с каменными полами и без центрального отопления, но большая. Три спальни, кухня, гостиная и чулан размером в треть гостиной с окошком под потолком. В комнатах, где спали дети, кровати стояли в три яруса. Соответственно была спальня девочек и спальня мальчиков. Родители с двумя совсем мелкими спали в своей комнате. Я выбросил из чулана все барахло, провел туда электричество и поселился там с Моше-Довидом и Ришей. Тут как раз хватило места для Ришиной кровати, наших матрасов и железной тумбочки, куда я запирал документы, деньги на хозяйство и светские книжки. Наша одежда разместилась на вбитых в стену гвоздях. Места на две кровати не хватило, а гверет Моргенталер сказала, что, если девочка будет спать на холодном полу, она не сможет родить.

Кое-как сделав квартиру пригодной для жизни, наладив быт и отведя всех к врачам, я начал искать работу. Тут все получилось на редкость удачно. Когда я демобилизовывался, расар* нашего батальона вызвал меня к себе и дал рекомендательное письмо своему тестю, владельцу строительной фирмы в Иерусалиме. Тесть, седой краснолицый американец, обрадовался мне как родному, долго тряс руку, мельком взглянул на армейские сертификаты и тут же определил на объект не-

* *Рав самаль ришон* – старшина.

далеко от Иерусалима, за «зеленой чертой»*. Стройка была шикарно оборудована, с полевой кухней, с кабинками для душа. Работали там евреи, русские и арабы, но все с израильскими паспортами. Никаких нелегалов. Я сам слышал, как шеф говорил: «Я рабов не держу». Тут я его и зауважал.

У меня стало меньше времени, но больше денег. Вскоре удалось купить стиральную машину и микроволновую печь, заменить бойлер. Все время, которое у меня оставалось от работы на стройке, я тратил на Моше-Довида и Ришу. Делал все, что велели врачи: массаж, ингаляции, дренаж бронхов. Учил Ришу ориентироваться в квартире, не резаться, не ударяться о стены. Помимо слабого слуха и быстро ухудшающегося зрения, у нее были проблемы с вестибулярным аппаратом, она часто падала. Риша перестала ходить в школу, потому что там никто не хотел ничего для нее приспосабливать. Я не стал с ними ругаться. Диплома о среднем образовании они все равно не дают. Так зачем туда ходить? Она целыми днями сидела у себя за занавеской (я повесил там очень сильную лампу), читала книжки крупным шрифтом, добытые гверет Моргенталер по внутрибиблиотечному обмену, и вязала крючком на ощупь. Даже на кухню выйти боялась.

Я поздно приходил со стройки, валился с ног от усталости, но мой коллектив не спал. Они целый день меня ждали. В социальной службе мне сказали, что для успешной реабилитации на каждого ребенка-инвалида должно быть двое взрослых, чтобы один зарабатывал, а другой вплотную занимался лечением и обучением. Я рассказывал свою ситуацию в надежде, что мне чем-то помогут. Видя, что этого не будет, быстро заканчивал разговор и уходил.

---

* Демаркационная линия после окончания арабо-израильской войны 1948–1949 годов между Израилем с одной стороны и Ливаном, Сирией, Трансиорданией (включая оккупированный ею до 1967 года Западный берег реки Иордан) и Египтом (включая оккупированный им до 1967 года сектор Газа) с другой стороны.

На сколько меня хватит? Будет ли у меня когда-нибудь своя семья, жена, дети? На протяжении многих поколений в нашем «элитном» роду женились только на своих, двоюродных и троюродных, на сыновьях и дочерях знатоков Торы. Никаких ремесленников, торговцев, боже упаси, прозелитов. И что? Буквально в каждой семье в нашем клане есть ребенок с тяжелыми медицинскими проблемами, а часто и не один. Мне в медицинском центре все про гены объяснили. Имею ли я право передавать гены, которые заставят моих детей болеть и страдать? Хотя, скорее всего, этот вопрос так и останется для меня неактуальным. Девушка из общины не пойдет за меня, потому что я не хочу жить той жизнью и осквернен службой в армии сионистского государства. В светском мире я тоже никому не нужен – без денег, без образования, без жилья, с больными братом и сестрой. Девушки хотят, чтобы у мужчины было много денег и мало проблем. В отличие от неудачников, которые любят брюзжать на эту тему, я говорю об этом совершенно спокойно, без тени осуждения. Я же хочу, чтобы моя сестра жила хорошо, так почему другим нельзя?

Через какое-то время я уже перестал задумываться о будущем. Разве может задумываться бульдозер «Катерпиллар»? Я превращался в тяжелую, неповоротливую машину, закованную в броню недоверия, упорно ползущую по прямой линии, перемалывая на своем пути все препятствия. А что мне еще оставалось?

* * *

В то утро, когда Моше-Довид спокойно спал, а Риша самостоятельно оделась, был Рош ходеш хешван*. За окном было темно и пасмурно. В этот день я не поехал на стройку, потому что мы ждали визита социальной

* Еврейский «малый праздник». Приходится на первый день каждого лунного месяца (за исключением месяца тишрея – первого числа этого месяца празднуется Рош ха-Шана, Новый год). Рош ходеш хешван всегда празднуется два дня, поскольку хешван – второй месяц от начала года и восьмой, если отсчитывать от месяца нисана, как требует Тора.

работницы. Ничего особенного я от этого визита уже не ждал, но к тому времени понял, что, если я хочу быть частью системы, надо исполнять некоторые ритуальные танцы. К тому же рассопливился наш предпоследний, Исролик, и я сказал матери, что будет лучше его в ясли не нести. Моше-Довид с Ришей сидели в нашей комнате и завтракали чаем с халой. Рише я принес чай в специальном термосе-непроливашке. Я ходил взад-вперед по гостиной с малышом на плече, гладил его по спинке, шептал в маленькое ушко какую-то ерунду. Он хныкал, копошился, прикладывался спать, но заложенный нос мешал, и все начиналось сначала. От окна, мимо стола, в угол, где кусок стены не покрашен в память о разрушении храма. Из угла, мимо стола, к окну. Туда – обратно. Туда – обратно. В очередной раз я подошел к окну и выглянул. Окна всех квартир в нашем доме выходили в квадратный двор, мощенный неровным камнем. В солнечные дни там сушилось белье, но сегодня обещали дождь, и все белье убрали. Из-под ведущей на улицу арки вышла женщина, и я сразу понял, что это к нам. Она была в длинной юбке, но в приталенной кожаной курточке и с непокрытой головой. Одной рукой она прижимала к боку объемистую сумку, другой к груди столь же объемистую папку. Остановилась, заглянула в папку, где у нее, видимо, был записан адрес, и подняла лицо в поисках нужной двери на галерее второго этажа. Надо выйти встретить. У нас не жалуют светских визитеров. На прямую уголовщину не пойдут, но помоями облить могут вполне. Я отдал Исролика Моше-Довиду с инструкцией держать полувертикально, головкой на плечо и выскочил на улицу.

– Вы к Стамблерам?

Женщина оглянулась на меня. У нее было немного странное лицо, похожее на сердечко на детских открытках, – широкоскулое и заостренное к подбородку. Больше ничего я разглядеть не успел. Если она и удивилась, что посреди ультраортодоксального квартала к ней прямо обращается мужчина, то виду не подала. Наверное, привыкла на своей работе к разным неожиданностям.

– К Стамблерам. Моше-Довид и Риша.

– Я старший брат. Меня зовут Шрага. Позвольте вас проводить.

Дай бог здоровья гверет Моргенталер. Эта она научила меня разговаривать с женщинами, как с людьми. Да, у меня большие пробелы в образовании. Да, я, скорее всего, буду всю жизнь работать на стройке. Но, Бог свидетель, я не дам ни одной женщине повода считать себя хамом.

– Спасибо, – улыбнулась социальный работник и шагнула за мной в подъезд.

Мы поднялись по лестнице и зашли в квартиру. Я выдвинул стул из-за стола в гостиной и предложил ей сесть. Она разложила на столе свои бумаги и обратилась ко мне:

– Шрага, я понимаю, что ставлю вас в неудобное положение, но я обязана спросить. Почему я имею дело с вами, а не с отцом или матерью?

– Мама спит. У младенца колики, он всю ночь плакал. А сейчас уснул.

– А отец?

– Он в коллеле.

– И сколько вас?

– Всего?

– Дома.

– Залман, Бина, Нотэ, Моше-Довид, Риша, Исер, Лейзер, Тувья, Шейна, Штерна, Шуламис...

– Если можно, не так быстро.

– ...Исролик и Беньомин.

– А вам сколько лет?

Господи, ну неужели я выгляжу таким теленком, что мне надо задавать этот вопрос. Что она себе думает, эта фитюлька? Не может узнать мужчину с расстояния полутора метров?

– Двадцать два.

– То есть получается, что у вас на попечении раз, два, три... тринадцать детей?

– Я бы этого не сказал. Троих старших опекать не надо, а Бина мне еще и помогает. Она сейчас в школе. Мать занимается двумя младшими. Шейна, Шуламис и Штерна у нас тройняшки. Каждый день за ними смотрит Бина, а я так, на подхвате, если надо вести куда-то. Я занимаюсь Моше-Довидом и Ришей и живу с ними в комнате.

– Кто делает покупки?

– Я, иногда Бина.

– Уборка?

– В основном я.

– Стирка?

– Я. И Бина.

– Готовка?

– В будние дни Бина. В Шаббат мать.

– Какие в семье источники доходов?

– Пособия на детей. Я работаю на стройке и трачу здесь все.

Я чуть было не сказал, что отцу дают пожертвования, но мы из этих денег ни шекеля не видим, все уходит в коллель. Если бы я это ляпнул, у нас бы отобрали пособия. Я не должен расслабляться и забывать, что передо мной человек при исполнении.

Я рассказывал заученный текст, медицинскую историю Моше-Довида и Риши, как рассказывал до этого много раз. А думал совершенно не об этом. Она была как легкая многоцветная колибри, ни с того ни с сего приземлившаяся на кучу серых обломков. Не подозревая ни о чем, она одним своим присутствием раздвинула эти ненавистные стены, и я начал надеяться на то, что нам станет легче. Она записывала, а я смотрел на склоненную голову, на тяжелый узел гладких черных волос под перламутровой заколкой. Время от времени она поднимала голову от своей писанины, чтобы что-нибудь у меня уточнить. Я все пытался вспомнить, кого она мне напоминает. Вспомнил. Гверет Моргенталер любила смотреть фигурное катание по телевизору. Ледяные искры летели из-под лезвий коньков, спортсменка парила в воздухе, и каждый раз я замирал в страхе, что она упадет. Потом музыка закончилась: она стояла, раскинув руки, а на нее со всех сторон сыпались цветы. Ее звали Мишель Кван. Лицо моей гостьи было похожим на лицо Мишель Кван, но было живым, без наклеенной спортивной улыбки.

– Шрага, я бы хотела познакомиться с вашими братом и сестрой, если можно.

– Пойдемте.

Мы вышли в полутемный коридор и добрались до чулана. Прежде чем толкнуть дверь, я остановился, прислушиваясь. Моше-Довид, явно подражая своему ребе в школе, громко нараспев рассказывал сказку:

– И тогда Элишева пошла на кладбище за крапивой. А христианский священник решил ее погубить.

– Зачем? – искренне удивилась Риша.

Прожив десять лет на свете, она так и не поняла, зачем люди делают гадости.

– Ну как «зачем»? – замялся Моше-Довид. – Он же идолопоклонник, а они все злые.

Я открыл дверь. Они сидели рядышком на моем матрасе. На том же матрасе спал Исролик, накрытый Ришиной кофтой. Риша резким, немного птичьим движением повернула голову на шум открывающейся двери.

– Шрага, это ты? С тобой кто-то есть? Очень вкусно пахнет.

Моше-Довид несильно пихнул ее локтем, чтобы не ляпала что попало, и встал. Надо заметить, что специально я его не учил. Ему просто нравилось мне подражать.

– Вы извините мою сестру. Она отличает людей по запаху, потому что плохо видит.

– Ничего страшного. Меня зовут Малка. Риша, ты можешь точно сказать, чем пахнет?

– Парком весной. Цветами.

Цветами. Парком весной. Почему у меня всего этого не было? Кому было нужно украсть у меня целый мир и сделать все, чтобы я никогда о нем не узнал?

Малка сидела на полу перед Ришей, а та водила по ее лицу пальцами.

Я провожал Малку до автобусной остановки. Когда мы вышли из-под арки на улицу, она вздохнула с видимым облегчением. Потом повернулась ко мне:

– Я все-таки удивляюсь. Как они вас терпят? Почему вас до сих пор не выгнали?

– Боятся, – пожал я плечами. – Они же смелые, только когда надо туристок шугать и на паломников плеваться. А я здесь вырос, про меня все известно. Они знают, что, даже если вдесятером на меня навалятся, двоих-троих я точно покалечу. Быть в числе этих двоих-троих никому не хочется. Вот и вся математика.

– У вас были конфликты после возвращения из армии? Я имею в виду с применением физической силы.

– Приходилось.

– Теперь я поняла. Они на вас досье собирают. В следующий раз, когда вы разобьете кому-нибудь нос, они сдадут вас в полицию с кучей свидетельств о том, что вы человек неуравновешенный, склонный к насилию. Они хотят убрать вас отсюда всерьез и надолго и сделать это чужими руками.

Да, есть над чем подумать. Кто же в моем окружении имеет достаточно мозгов, чтобы сплести такую интригу. Скорее всего, это рав Розенцвейг, заместитель директора йешивы*, где я учился. Интриган, каких поискать, но совсем не дурак. Когда он проходил мимо меня на улице, он не ругался и не плевался, но взгляд его становился напряженным, я чувствовал себя так, как будто меня просвечивают рентгеном. Ждет, чтобы я сорвался. Теперь не дождется.

– Шрага, вы меня слушаете?

Такой мелодичный голосок – и такие строгие интонации. Смешно даже.

– Вам будут звонить из разных мест. Если звонят от меня, значит, предложат конкретную помощь. Всех, кто не может вам помочь, я буду безжалостно отсеивать.

Мы дошли до остановки.

– Не поддавайтесь на провокации. Вы уже столько сделали для вашего брата и вашей сестры. Вот моя карточка. Тут все телефоны. Звоните в любое время, с любыми вопросами.

Я не мог произнести ни слова. Видя, что я стою как столб, она уверенно взяла мою руку и вложила в нее карточку. Подъехал автобус. Она улыбнулась мне

---

* Высшее религиозное учебное заведение, предназначенное для изучения Устного Закона, главным образом Талмуда.

на прощание и исчезла за затемненными стеклами. Я остался стоять. Автобус уехал, а я все смотрел, как асфальт из серого становится черным под накрапывающим дождем. Надо идти, дети там одни. У меня кружилась голова, мне казалось, что карточка с телефонами светится в темном кармане, мерцает оттуда разноцветными искрами.

Мы сели втроем на кухне чистить картошку. К тому времени Моше-Довид уже закончил рассказ про Элишеву с крапивой и затянул новую историю. Риша слушала и при этом чистила картошку быстрее и аккуратнее, чем я. Я машинально вертел в руках картофелину и думал о Малке. Я хотел остаться с ней наедине и безумно боялся того, что будет дальше. Видимо, я еще не стал светским. Я с удовольствием смотрел с гверет Моргенталер фильмы, спектакли, музыкальные номера, но, когда видел, что дело идет к близости мужчины и женщины, срывался и убегал из гостиной. Она провожала меня взглядом, в котором ясно читалось: «Вот безумный». Я никого не осуждал, просто не хотел думать о другой женщине, обнимая свою, если она у меня когда-нибудь будет. Я научился понимать нерелигиозных мужчин, и с пожилыми женщинами вроде гверет Моргенталер тоже было все понятно, но молодые женщины были для меня тайной за семью печатями. Если Малка улыбалась мне, взяла за руку, дала свои телефоны, обещала помочь – какой интерес ею руководил, профессиональный или какой-то еще? Как мне теперь все это понимать? Конечно, у нас все просто. Все, что связано с женщиной, дурно и грешно. При мне в синагоге стыдили пожилую женщину, которая посмела вслух оплакивать маленькую внучку, попавшую под машину. Ей не постеснялись сказать, что ее голос приведет молящихся мужчин к греховным мыслям. Да, я не в восторге от мужчин в нашем районе, но я все-таки надеюсь, что большинство из них не подонки и не извращенцы. Только подонок и извращенец мог бы прийти в сексуальное возбуждение от рыданий этой несчастной. Таких надо изолировать и лечить, а не подстраивать под них всю общину. Я сделал свой выбор. Я не хочу, чтобы было просто, тем более за чужой счет.

– Шрага!

Это в дверном проеме нарисовалась Бина с тележкой продуктов.

– Ты зачем волочила тележку по лестнице? Почему ты меня не позвала?

– А мне помогли, – обезоруживающе улыбнулась Бина.

– Кто?

– Фейга. Мы вдвоем дотащили.

Фейга – это наша соседка и лучшая подружка Бины. Встречая меня на лестнице, она в ужасе прижималась к стене и отводила глаза.

Бина забегала по кухне, раскладывая продукты, и выдала следующее сообщение:

– Ты не представляешь, что у Котеля творится!!!

Прекрасно. А главное – содержательно. Если бы я приходил к командиру в армии с такими донесениями, то стал бы посмешищем всей базы, меня бы прозвали Стамблер-ой-что-там-творится.

– Что?

– Там женщины молятся группой вслух. У них настоящий свиток Торы. Они его вслух читают, представляешь?

Бедная моя сестренка. В ее возрасте, когда я уже начал кое-что понимать, я завидовал девочкам. Их в школе учили хоть чему-то полезному, давали хоть какие-то знания, нужные в реальной жизни. Если девочка управлялась с домашней работой, она могла читать, что хочет, думать, о чем хочет, особо бойким удавалось даже подрабатывать. Не то у мальчика. Мальчику в этой жизни определены четыре занятия: есть, спать, молиться и учиться. Если мальчик был замечен за каким-то другим занятием, он тут же попадал под подозрение. А Бина искренне любила Тору и заповеди и завидовала мальчикам. Она смотрела на этих женщин с их свитком Торы, как гадкий утенок в сказке смотрел на белых лебедей. Как я, несчастный мальчишка в длиннополом кафтане и штраймле, смотрел на солдат – таких счастливых и свободных.

– Ты тоже будешь.

– Буду что?

– Учить Тору и Талмуд. Молиться. Станешь ученой и благочестивой женщиной. Если ты этого действительно хочешь.

– Талмуд девочкам учить нельзя.

– Ты опять за свое? Легче повторять чужие глупости, чем подумать собственной головой? Кто сказал, что нельзя? Где написано, что нельзя? Они хотят держать нас всех в невежестве, чтобы нами было легче управлять.

– Шрага, не кричи. Посмотри на Ришу. Ты ее напугал.

Риша сидела бледная, маленькие исцарапанные руки дрожали. Я предусмотрительно вынул нож из детских пальцев и прикрыл дрожащую Ришину руку своей.

– Я не на вас кричу. Я на них кричу. Прости, Бина.

Бина запихнула в холодильник пакет с потрохами, предназначенными для супа, и продолжала рассказывать:

– Госпожа Розенцвейг на них кричала. Госпожа Гровбайс тоже и еще какая-то женщина, я не знаю, кто она. А потом ученики йешивы стали раскачивать мехицу* и кидать стулья.

Я бы с удовольствием в этом месте разразился гневной тирадой в адрес этих, с позволения сказать, благочестивцев. Этих и других таких же, которые так блюдут свою нравственность, что наорать на полуслепого ребенка, случайно задевшего их на улице, считается не только нормальным, но и похвальным. До сегодняшнего дня я давал им возможность пожертвовать собой ради заповеди: просто хватал за шиворот и несильно бил головой о стену, отсчитывая вслух удары на иврите – и так, пока скулить не начнет. Но после сегодняш-

* Барьер, разделяющий мужскую и женскую части в синагогах согласно требованиям Галахи. В роли мехицы может выступать балкон, стена, невысокая ограда или занавес.

него разговора с Малкой я понял, что с этим пора завязывать. Да и Ришу эти демонстрации травмируют, она потом полдня успокоиться не может.

С не меньшим удовольствием я бы сказал Бине, что госпожа Розенцвейг злая и черствая женщина с вечно поджатыми губами, что на моей памяти она никому ни разу не сказала доброго и приятного слова, что она достала всех своими придирками и показным благочестием, что даже родные дети уехали от нее после женитьбы: кто в Бней-Брак, кто в Бейтар-Илит, кто вообще в Штаты – чем дальше, тем лучше. Про госпожу Гровбайс я мог бы сказать, что ее единственное достоинство – это голос как иерихонская труба, но я с роду не слышал, чтобы она высказала собственную мысль. Да, это лашон-ара*, но я имею право на свое мнение, тем более что оно достаточно подкреплено фактами.

Конечно, я всего этого не сказал. Не потому, что мне внушает ужас нарушение запрета лашон-ара, а потому, что я люблю Бину. И если я хочу сохранить ее доверие, если я хочу разговаривать с ней о более важных и серьезных вещах, чем готовка и стирка, я должен быть старше и умнее и забыть на какое-то время о своих эмоциях. В конце концов в Шаббат я могу уйти ночевать к гверет Моргенталер и там самовыражаться сколько влезет.

– И что ты по этому поводу думаешь? – задал я «открытый» вопрос, как учила меня гверет Моргенталер.

Вопрос, не содержащий в себе ответа. Других вопросов подросткам задавать нельзя, это их обижает. Да что подростки. Мне тоже стоит большого труда не заводиться, когда мне задают вопрос, уже содержащий в себе ответ. Как говорится, не делайте из меня идиота, я его сам из себя сделаю.

– Я думаю, что если ты хочешь приблизить евреев к Торе, то не стоит на них кричать и кидать в них стулья. Для Бога нет ничего невозможного, но если мне

---

* Злословие, слова, причиняющие человеку боль, унижение, вред репутации независимо от того, являются они правдой или нет.

покажут хоть одного еврея, который стал фрум* от такого воздействия, я буду очень удивлена.

Я удовлетворенно откинулся на спинку стула, и стул отчаянно заверещал, протестуя против такого обращения. Я был доволен. Все-таки им не удалось оболванить мою сестру и отучить ее пользоваться разумом, который Всевышний ей дал. Недаром ее зовут Бина.

Остаток дня прошел в беготне по хозяйству и заботах о младших детях. Ночью мне приснился сон, одновременно прекрасный и кошмарный. Сначала был сверкающий лед, на котором стояла осыпанная цветами Мишель Кван. Потом каток исчез, и через окно гостиной я увидел наш двор, где стояла уже не Мишель Кван, а Малка Бен-Галь. Она смотрела вверх, прямо на меня. Губы ее шевельнулись, и я уловил слова: «Ты сильный, Шрага. Ты справишься». Во сне я попытался открыть окно, чтобы ответить ей, и тут в Малку изо всех других окон полетели камни. Окно не поддавалось, стекло затвердело, стало непробиваемым. В отчаянии я схватил стул и со всей силы швырнул в окно. Посыпались осколки, и тут я проснулся.

Потом потянулась обычная рутина, которую изредка украшали приятные сюрпризы. Сначала объявилась инструктор по Брайлю и пальцевой азбуке из общества слепых – милая, доброжелательная хабадница** средних лет, в очках с толстыми линзами. Она обещала приходить три раза в неделю на два часа и обучать Ришу. Потом позвонили из реабилитационного центра и сказали, что Моше-Довид принят в группу лечебной физкультуры, где занимаются одни мальчики. Только я обрадовался возможности позвонить Малке и пожаловаться, что некому его туда возить, как нарисовался волонтер из Яд Сары***. Мы договорились встретиться в литовской синагоге на углу. Волонтер оказался

---

* Соблюдающий (*идиш*).

** Хабад – направление в хасидизме, иудейское религиозное движение, также называется любавичским хасидизмом.

*** Крупнейшая израильская благотворительная организация, помогает старикам и больным.

симпатичным подростком сефардского вида, одетым как ученик литовской йешивы. Он рассказал мне, что их рош-йешива требует от каждого ученика посвящать сколько-то времени в неделю добрым делам, причем с каждым учеником обговаривает количество этих часов отдельно. Я не мог не восхититься. Он обещал возить Моше-Довида через весь город в реабилитационный центр, а заодно передал подарки – сделанную на заказ трость для Риши и кислородную маску для Моше-Довида. Вообще, с тех пор, как я стал искать для них помощь, я начал постоянно сталкиваться с харедим из других общин. В армии их не было. Для меня стало большой неожиданностью, что в других общинах степень верности Торе не измерялась тем, насколько сильно ты ненавидишь окружающих. Мне – демобилизованному солдату с вязаной кипой на голове – отказали в помощи только пару раз. Повезло же мне родиться в такой... такой общине. Просто слов нет.

Приближался очередной Шаббат. Я узнал, что отец намерен пригласить учеников, и окончательно укрепился в намерении слинять на два дня к гверет Моргенталер. Пусть отец проведет Шаббат, как ему хочется, в мире и спокойствии, не расстраиваясь при виде сына – отступника и урода. Кроме того, я принципиально не желал готовить на эту ораву, подавать им на стол и вообще изображать гостеприимство. Если мама и Бина считают это богоугодным делом и рады этим заниматься, то я не вправе им мешать. Но мне больно, когда мою мать и мою сестру держат за прислугу, мне обидно, что никому даже в голову не приходит поблагодарить их за их труд, я уж не говорю о том, чтобы помочь. Ну конечно, легче читать гимн абстрактной эшет хаиль*, чем оторвать от стула одно место и помочь собственной жене.

---

* «Доблестная жена» – гимн, который поют в начале субботы, перед первой субботней трапезой в пятницу вечером. Является прославлением женщины, которая успешно справляется со своими обязанностями и благодаря которой ее семья процветает. Выражение «эшет хаиль» вошло в язык – так часто называют праведную еврейскую женщину.

Я скучал по гверет Моргенталер, по ее мудрости, ее мягкой иронии, по вечной сигарете в тонких пальцах. Я чувствовал, что настало время «выговориться по проблеме», как любил выражаться лейтенант Дрори. Меня очень беспокоили братья Залман и Нотэ, каждый по-своему. Я уже год жил дома, и за все это время Залман не сказал мне и десяти слов. Характером он был до смешного похож на меня – бескомпромиссный молчаливый одиночка, он никого не боялся, не просил, ни перед кем не заискивал. Он жил только Торой, всех сторонился, а меня просто ненавидел. Я чувствовал ледяное дыхание этой ненависти всякий раз, когда мы сталкивались в коридоре или на кухне, и, признаюсь, мне было очень не по себе. Это было в сто раз хуже проклятий отца или пристального взгляда рава Розенцвейга, разглядывавшего меня, как амебу под микроскопом. Я понимал, что Залман не стал бы так ненавидеть меня только под давлением общественности. На общественность ему, в общем-то, глубоко наплевать. Так за что? Что я ему такого сделал? Когда мы были маленькими, я никогда его не бил. С Нотэ вообще было непонятно. Бар-мицву он отметил, штраймл в подарок получил, но это не прибавило ему ни энергии, ни мотивации, ни желания работать руками или головой. В учебе он, в отличие от Залмана, не блистал и больше всего на свете любил есть и спать. Я понимаю, мама все время хочет спать, но мальчик тринадцати лет – от чего, спрашивается, он так безумно устал? Неужели ему не скучно жить такой растительной жизнью? Слов нет передать, как он меня раздражал.

Мы сидели у гверет Моргенталер на кухне, и я про себя удивлялся, что на столе стоят зажженные субботние свечи. Раньше за ней такого не водилось. Я осторожно спросил, зажигает ли она свечи каждую пятницу.

– Вот еще. – Она фыркнула и выпустила дым из тонко вырезанных ноздрей, как маленький дракончик. – Свечи зажигают в семейном кругу, а какая у меня семья, кроме тебя? Цветы на балконе да этот хвостатый?

Хвостатый только этого и ждал, чтобы прыгнуть хозяйке на колени и ткнуться лбом в ладонь.

Господи, ну почему она говорит о сыне так, как будто он мертв и похоронен? Почему в доме так мало его фотографий, а те, что есть, только детские? Ведь он жив-здоров, женат, наверное, есть дети. Может, он совершил преступление и скрывается? Может, он перешел в другую веру? Я не спрашивал, потому что не хотел делать ей больно. Интересно, что он за человек, ее сын? И как он отнесется к тому, что я занял его место, жил в его комнате, носил его одежду? Видит Бог, я никогда не брал чужого. Просто так вышло.

Я рассказывал про Залмана, а гверет Моргенталер время от времени задавала мне не слишком понятные вопросы. Например, она спросила:

– А Залман на тебя похож?

– Очень. Он упертый, никого не боится и не любит просить.

– Это я уже поняла. Внешне он на тебя похож? Как он вообще выглядит?

Интересно, почему женщинам всегда важно знать, кто как выглядит, а главное – какое это имеет значение? Я задумался. Мы, все шесть старших братьев, похожи на отца и друг на друга. У нас у всех квадратные лица с холодными серыми глазами, тонкими губами и тяжелой нижней челюстью. Последнее было как раз виднее всего у меня и у Залмана, потому что я брился, а у него по молодости на лице еще ничего не росло. Залман был невысоким, худеньким, с идеально прямой спиной и перемещался как тень – быстро и тихо. Я же габаритами напоминал промышленный холодильник и мог бы служить живой иллюстрацией к поговорке «Слон в посудной лавке».

Я продолжал рассказывать, а когда дошел до фразы «Я никогда его не бил», гверет Моргенталер засмеялась звонким девичьим смехом – так, что слезы на глазах выступили.

– Шрага, ты не перестаешь меня умилять. Да разве в этом дело?

– А в чем же? Неужели он меня так ненавидит за то, что я перестал соблюдать? Бина у нас тоже благочестивая, но ей же это не мешает.

– Вот именно, – уже серьезно заговорила гверет Моргенталер, прикуривая очередную сигарету от субботней свечи. – Дело не в соблюдении и не в том, кто кого бил или не бил в детстве. Залман завидует тебе здесь и сейчас.

Любимый сын директора коллеля, гений изучения Торы, гордость йешивы завидует отступнику, способному только таскать тяжести на стройке в компании гоев и других таких же отщепенцев. Интересная, конечно, мысль.

– Вот подумай, – продолжала гверет Моргенталер. – Судя по твоим рассказам, твой брат ведет достаточно аскетичный образ жизни, мало ест, мало спит и все время учится. Он усвоил, что его будут любить только за успехи в изучении Торы, и готов костьми лечь, чтобы этого добиться. Пойми, Шрага, для него изучение Торы – это средство, а не цель. Если бы он действительно находил в этом радость, он бы жил спокойно и ко всем бы относился нормально, как та же Бина, например. И вот приходишь ты, не учишься, соблюдаешь абы как, а тебя все равно все любят. Как после этого твой брат должен к тебе относиться, если тебе даром достается то, чего он не может добиться, занимаясь по двадцать часов в сутки?

– Гверет Моргенталер, вы строите свою догадку на вещах, которые еще нужно доказать. Вы знаете, как с ним носится вся йешива? Его даже ребе принимал. А от меня люди на улице шарахаются и плюют вслед.

– А дома? Кого дома больше любят?

Я задумался. Выходило, что меня.

– Вот видишь, – правильно истолковала мое молчание гверет Моргенталер. – Значит, с одной из своих догадок я попала в точку. Твой брат не глуп и наблюдателен. Думаешь, он погружен в изучение Торы и не замечает, что мать собирает и заворачивает перекус тебе на стройку, а не ему в йешиву? Что, когда Бина гладит одежду, твои вещи она складывает отдельно, чтобы ты их не искал, а все остальные братья должны искать свое в общей куче? Что малыши виснут на тебе и слушаются тебя с первого слова? Думаешь, ему легко жить в комнате с четырьмя младшими, или сколько их там, и каждый день в разных вариантах слышать, что Шрага самый лучший брат на свете?

– А йешива? Ведь он там окружен такой любовью и таким почтением.

– В йешиве любовь условная, и твой брат это понимает. Если завтра появится какой-нибудь другой мальчик, который будет более успешно изучать Тору, твой брат потеряет свою корону будущего гаона* и останется не у дел. А любовь и уважение к тебе матери и младших – это вещи неразменные. Твое место в их сердцах не сумеет занять никто. Кстати, я могу быть неправа, но, возможно, именно поэтому твой отец не предпринимает никаких решительных шагов, чтобы изгнать тебя из общины. Он боится, что твоя мать и все дети, кроме Залмана, просто уйдут с тобой и будут жить хоть в караване. Представляешь, как он будет опозорен? Уважаемый человек, а не может удержать жену и детей в повиновении.

Я невольно улыбнулся, представив себе эту картину.

– Ну хорошо, если Залману так важно, чтобы его любили дома, почему он ничего для этого не делает? Почему он всех игнорирует и в упор не замечает?

– А ты делал все, что ты делал, для того чтобы тебя любили?

– Да нет, конечно.

– Так почему?

– Не знаю. Мне не пришло в голову, что в моей ситуации можно вести себя как-то иначе.

– Ну вот ты сам себе и ответил. Тебя всегда будут любить просто за то, какой ты есть, а Залманом будут почтительно восхищаться с большого расстояния, пока не появится другой объект для восхищения. Он тебе завидует, но не может себе в этом признаться. Я уверена, что он придумал для себя какую-нибудь отмазку в стиле «зелен виноград».

---

* Гаоны – духовные лидеры еврейского народа, бывшие высшим авторитетом в толковании Талмуда и применении его принципов при решении галахических вопросов (конец VI – середина XI века).

– При чем тут виноград? – удивился я.

– Есть такая история про лису, которая, не имея возможности добраться до винограда, сказала: «Все равно он зеленый и кислый». Скорее всего, твой брат тратит много сил, чтобы убедить себя, что ты – грубое животное целиком во власти своих инстинктов, что ты перестал соблюдать исключительно для того, чтобы есть свинину и спать с женщинами, и что мать и младшие дети тянутся к тебе, чтобы тоже увязнуть в грехах. А так как сам он никого не любит, он даже не делает попытки их от этого удержать.

– И что мне с ним делать?

– А что с ним нужно делать? Ты его что, боишься?

– Уже нет.

– Ну и пусть живет как хочет. Не забывай, сколько ему лет, у него еще есть много времени, чтобы поумнеть. И потом ты, кажется, говорил, что его уже сватают.

– Ну, сватовство можно бесконечно долго обсуждать, прежде чем оно состоится.

– Так вот, пока вы живете в одном доме, можно попробовать снять напряжение.

– И как?

– Постарайся не тыкать его носом в свое превосходство. Ты действительно превосходишь его по всем статьям, так не торжествуй над ним, а пожалей его. Глядишь, и злиться перестанет.

Не могу сказать, чтобы я пришел в восторг от этого совета. Если Залман не может найти утешение и радость ни в изучении Торы, ни в любви к близким, то я ничем не могу ему помочь. А перестраивать ради него отношения с остальными – это выше моих сил. Задолго до этого разговора я пытался уговорить маму и Бину не делать ради меня лишней работы, но безрезультатно. Они в один голос твердили, что им это в радость. Если Залман позиционирует себя как взрослого человека, знатока Торы, который вправе нам, грешным, указывать, что запрещено, а что нет, то с его стороны было бы странно ожидать, что я буду его жалеть и подстраиваться под бзики в его голове. Он не маленький ребенок, не уже на три четверти слепая Риша. Из-за болезни она вела себя немножко по-детски, могла подойти и обнять меня, чего здоровая девочка ее лет, конечно, никогда бы не сделала. Так как я должен себя вести, чтобы Залман перестал меня ненавидеть? Оттолкнуть мать, и Бину, и Ришу? А не слишком ли он много хочет? Он вообще понимает, что посягает на самое светлое, что у меня есть в жизни? Я ему устрою демонстрацию превосходства. Да, я сказал демонстрацию превосходства, а не драку. Хоть бы его уже посватали поскорее, что ли. Вот «повезет» бедной девушке.

Я рассказал про Нотэ и получил такой же подробный, но гораздо более дельный совет. Подкладывая мне в тарелку третий кусок орехового торта, гверет Моргенталер высказалась в том смысле, что Нотэ надо отвести к врачу проверить щитовидку и вообще проверить на любую болезнь, от которой в организме замедляются какие-то процессы. Если он не болен – оставить в покое.

– Я уже не в первый раз повторяю тебе, что все люди разные. Я вполне допускаю, что Нотэ не такая сильная личность, как ты, или Залман, или ваш отец, но это не повод его презирать. Не дави на него, Шрага, не кричи, не строй его, как сержант новобранца. Он не скажет тебе ни слова поперек, просто у него все силы будут уходить на сопротивление. Он действительно начнет болеть, причем серьезно. Оно тебе надо? Тебе для полного счастья не хватает в жизни третьего инвалида, забота о котором на тебя же и упадет? Он может казаться тебе тюфяком и лентяем, но, кто знает, может быть, он думает над открытием, за которое его будет благословлять все человечество? Я понимаю, что тебе не до человечества, тебе надо выживать и тащить на себе весь этот кибуц, но я призываю тебя понять, что ты не изменишь Нотэ до тех пор, пока он не будет готов измениться сам.

Ладно, подумал я. Не всем же быть, как выражается гверет Моргенталер, «выше облаков и круче туч». Я уже понял, что бонусов от этого немного, зато ответственности выше крыши.

– А теперь расскажи, что сказала социальный работник.

Эта тема была куда приятнее двух предыдущих, я изменил своей обычной немногословности и, можно сказать, заливался соловьем.

– Влюбился, – констатировала гверет Моргенталер. – Я уж думала, не дождусь такой радости. Думала, что ты до конца своих дней будешь от женщин шарахаться, как тебя в йешиве приучили. Ну и что ты теперь будешь делать?

– Я очень хочу ее видеть. Но мало ли чего я хочу. Я не уверен, что вправе что-то предпринимать.

– Почему?

– Потому что мне нечего ей предложить. Жениться-то я не могу.

– А почему обязательно жениться? Почему нельзя просто встречаться и приятно проводить время?

– Она будет оскорблена. Все женщины хотят замуж.

– Не все и не всегда. У меня было восемь любовников, каждый научил меня чему-то полезному, каждый принес радость, но что же, я должна была за них всех замуж выходить?

Я застыл, не донеся до рта кружки с чаем. Неужели правду говорили про светских, что они прыгают из постели в постель и проводят время в бесконечных оргиях? Восемь любовников! Да зачем же столько? До сих пор я знал, только что муж гверет Моргенталер погиб в «войну Судного дня»* и она осталась одна с маленьким сыном.

– В общем, если ты у девушки не спросишь, чего она хочет, ты так никогда об этом и не узнаешь.

– А вдруг она мне откажет?

– Откажет, значит, откажет. Будешь жить дальше. Тебе что, девушки никогда не отказывали?

---

* Военный конфликт между коалицией арабских стран с одной стороны и Израилем с другой. Начался 6 октября 1973 года с нападения Египта и Сирии и завершился через восемнадцать дней; при этом обе стороны понесли значительные потери.

– Я никогда не имел возможности спросить. К тому времени, как должен был состояться мой первый шидух*, я уже сбежал и жил у вас.

– А в армии?

– В армии я был занят.

– Да, тяжелый случай. Да не слушай ты меня, циничную старую ящерицу. Просто в наше время не часто бывает, чтобы привлекательный молодой мужчина так долго оставался чистым и неиспорченным. Скажи спасибо той среде, откуда ты вышел. Если девушка умна, она оценит тебя по достоинству. А дура тебе не нужна.

– Допустим, она согласится со мной встретиться. А дальше?

По лицу гверет Моргенталер я понял, что моя дремучесть начинает ее раздражать, но больше мне совета было спросить не у кого.

– Пригласи ее куда-нибудь в кафе. Или арендуй машину и вывези куда-нибудь в парк.

Она грациозно и легко встала из кресла, в которое забралась с ногами, вышла в гостиную и вернулась с конвертом.

– Ты мне это оставил четыре года назад. Ты сделал мне больно, но я не могу долго на тебя сердиться, я давно тебя простила. Ты, наверное, уже понял, что здесь не пансион и я не сдаю комнаты постояльцам. Ты мне вместо сына, и пока я здесь живу, здесь твой дом. Вот тебе деньги, расслабься, отдохни, в кои-то веки потрать на себя и не вздумай чувствовать себя виноватым. Доставь мне такую радость, пожалуйста.

Да, с чувством вины она попала в самую точку. Насколько мне нравилось тратить деньги на мать, младших и наш дом, настолько тяжело мне давались покупки лично себе. Единственная дорогая вещь, которая мне принадлежала, был CD-плеер. Это был подарок гверет Моргенталер, сам бы я такого не купил себе

---

* Сватовство, знакомство с изначально серьезным намерением создать еврейскую семью.

никогда. Диски для прослушивания я брал у нее же, что во многом определило мои музыкальные вкусы. Я обожал израильскую эстраду шестидесятых и семидесятых, а ребята на стройке недоумевали, как можно слушать это замшелое старье. То, что для них было замшелым старьем, для меня было песнями родной страны, о существовании которой я лишь недавно узнал. Я чувствовал себя уроженцем восточноевропейского гетто, который наконец вернулся из галута* домой. Держа в ладонях конверт с деньгами, я внезапно осознал, что у меня нет приличной обуви. Дома и летом я носил сандалии, в холодную погоду на улицу надевал те самые ботинки, в которых демобилизовался. Еще имелись ботинки для работы – устрашающего вида тяжеленное нечто, облицованное сверху сталью, чтобы защитить ноги от травм. Ни в том, ни в другом, ни в третьем на свидание с девушкой было идти нельзя. Я поднял глаза от конверта на гверет Моргенталер и медленно проговорил, с трудом выталкивая каждое слово:

– Если вы в самом деле не считаете, что это аморально, я куплю себе кроссовки.

* * *

Мы с Малкой встретились на исходе субботы в ливанском ресторанчике в Христианском квартале. За мезе** она рассказала мне, что приехала в страну из России во время большой алии*** конца 1980-х. По возрасту и незнанию иврита не попала под военный призыв. Приехала к отцу, который уже давно жил в Израиле. При помощи нехитрых арифметических

---

* Изгнание (*ивр.*), вынужденное пребывание еврейского народа вне Израиля.

** В Восточном Средиземноморье – набор закусок или маленьких блюд, часто подаваемых с алкогольными напитками, такими как арак, узо, ракы, ракия или различные вина.

*** Алия девяностых, большая алия, русская алия – массовая репатриация евреев в Израиль из СССР и стран СНГ, которая началась в 1989 году с приходом к власти Горбачева, когда были облегчены правила эмиграции из СССР.

манипуляций я догадался, что она меня по меньшей мере на десять лет старше. Малка засмеялась.

– Что, испугался, какая я старая? Я семидесятого года рождения. Вот и считай.

Да, на двенадцать лет.

– Нет, я не испугался, какая ты старая. Я счастлив, что ты пришла.

На то, чтобы принять гиюр*, у Малки ушло два года, и после этого она поступила в Махон Штерну в Цфате**. Через полтора года ее из семинарии попросили.

– За что?

– За то, что думала своей головой и называла вещи своими именами. Да я на них зла не держу. Я и с девочками продолжаю общаться, и Цфат люблю. Ну не хотела я быть третьим сортом, а так-то все нормально.

Потом Малка успела выучиться на социального работника, выйти замуж, родить девочек-двойняшек и овдоветь. Муж, насколько я понял, мизрахи***, погиб на КПП, когда проходил военные сборы. Сейчас она жила с дочками и с отцом, который занимался научной работой на кафедре физики Еврейского университета.

– А мать у тебя кто?

– Переводчик, редактор. Она много языков знает.

– Я имею в виду, кто она, если она не еврейка.

– Кореянка.

Я вспомнил все, что успел прочесть о Корее в газетах. Картина выходила очень нерадостная.

– Так твоя мама живет под властью этого сумасшедшего, дружка Саддама Хусейна, который грозится всех бомбить?

---

* Обращение нееврея в иудаизм, а также связанный с этим обряд.

** Собирательный образ специальных школ для девушек из нерелигиозных семей, где их подтягивают до приемлемого уровня и готовят к замужеству. Как правило, большинство учениц живет в общежитии при школе.

*** Восточный (*ивр.*) – израильское определение евреев – выходцев из исламских стран, иногда всех неашкеназских евреев.

– Нет, моя мама живет в штате Техас под властью президента Буша. В Корее было мало земли, многие уходили искать землю в Россию и оседали там. А потом Сталин заподозрил всех корейцев в шпионаже и сослал их в Узбекистан. Там и родилась моя мама.

Про Сталина я знал очень хорошо. В йешиве нам рассказывали, что он хотел сослать всех евреев в Сибирь, но праведники поколения вымолили у Всевышнего спасение, и Сталин умер, не успев осуществить свой план. Я, дурак, тут же задал вопрос, почему праведники поколения не отправили вовремя по тому же адресу и Гитлера, и тут же получил от учителя указкой по пальцам.

Меня бросало то в жар, то в холод, никогда раньше ни один человек не вызывал у меня такой реакции. В какие-то моменты я был готов поклясться, что я ей нравлюсь и что она хочет понравиться мне. Через минуту я уже был уверен, что мне затмило разум мое, как выражалась гверет Моргенталер, непомерное самомнение. К самомнению я был склонен всегда, но именно гверет Моргенталер сделала так, что оно стало таким непомерным. Куда я лезу? Что я делаю?

Малка взяла мою руку в свои. Нежные филигранные пальчики с бледно-розовым маникюром, маленькие ладони. Надо же, сколько силы может быть в таких маленьких руках.

– Я же пришла, Шрага. Я же чем-то руководствовалась, раз пришла.

Мы стали встречаться каждый Шаббат. Я только этим и жил, но и гверет Моргенталер старался не забывать. Если не мог зайти, обязательно звонил.

Накануне Хануки Малка сказала мне, что ее девочки уезжают на межпраздничные дни к родственникам в Йерухам, и пригласила меня к себе домой.

– Твой отец спустит меня с лестницы и будет прав.

– Мой отец уважает мое право общаться с кем мне хочется и как мне нравится. Если бы он вел себя по-другому, мы бы не жили в одной квартире. И потом отец так перепугался, что я увязну в религии, что больше его уже ничего не способно напугать.

Малка жила в Маале-Адумиме. Автобусы не ходили, пришлось добираться на трempe*. Ко всему и снег выпал. Я еще никогда в жизни так не мерз и думал, что мне уже не отогреться. Много я понимал.

Она открыла мне дверь в немыслимо коротком голубом халатике с серебряной вышивкой.

– Малка, надень что-нибудь, неприлично.

Голубой халатик сделал пируэт на стройных гладких ногах и исчез из прихожей.

– Тебе не нравится – катись, – донеслось из глубин квартиры.

Это было сказано так, что я понял, что она меньше всего хочет, чтобы я катился, и более того, на сто процентов уверена, что я этого не сделаю.

– Мне очень нравится. Но боюсь, что твоему отцу это не понравится.

– Отец уехал на конференцию в Швейцарию.

Снег снова повалил, за окном девятого этажа было видно только низкое хмурое небо и светящиеся окна в соседних домах. Я рассматривал комнату. Светлая деревянная мебель, низкая широкая тахта под лоскутным покрывалом, везде стоят и стопками лежат книги на разных языках. На комоде напротив кровати – телевизор с видеоприставкой и пара фотографий в рамках. Одна древняя, черно-белая – молодой мужчина с черной бородой в свитере крупной вязки держит на руках смешную малышку в белой косынке. Другая цветная, недавняя – Малка со своими красавицами в одинаковых джинсах и расшитых стразами кофточках. Я не сразу заметил, как она явилась из кухни с подносом. На нем стояли две огромные кружки, и над каждой возвышалась шапка белой пены.

– Это пиво?

Малка посмотрела на меня с таким видом, как будто не могла решить, смеяться ей или плакать. Я где-то

---

* На окраинах израильских городов существуют специальные точки, тремпиады, откуда можно доехать до места назначения на попутке. Обычно это место совпадает с автобусной остановкой.

читал, что у азиатов неподвижные лица, но это был явно не тот случай.

– Это взбитые сливки.

– А что под сливками?

– Горячий шоколад.

– А разве шоколад можно пить?

– А ты попробуй.

Я попробовал. Густое сладкое питье грело изнутри, оно было таким сытным, что после него уже не хотелось есть, а хотелось только лечь. Пальцы Малки скользнули мне под рубашку, где змеился вдоль бока длинный шрам от ножа. Ладно, пускай у меня грубые руки, в жестких мозолях, с обломанными ногтями, но я же как-то справляюсь с тем, чтобы заплетать косички вертлявой малышне. Значит, и Малка от моего прикосновения не рассыплется.

Когда я снова обрел представление о реальности, уже смеркалось. Зимой всегда так бывает. Малка спала, уткнувшись лицом мне в плечо. Она улыбалась во сне, на щеках были видны дорожки от слез. В микву она не ходит. Я совершил большой грех. Но почему мне тогда так радостно и спокойно? Я подтянул одеяло повыше, чтобы она не замерзла, отвел прядь с лица и поцеловал, осторожно, чтобы не разбудить. И уснул сам.

Так мы и провели вдвоем почти два дня. Что ждало бы меня, останься я в общине? Инструктаж, сводящийся к фразе «Даже ребе, да продлит Господь его дни, аминь, это делал»? Абсолютно чужой человек рядом, которого я обязан рассматривать в первую очередь как инструмент для выполнения заповеди? Я не берусь утверждать, что все это однозначно плохо. Гверет Моргенталер потратила немало времени, чтобы донести до меня простую мысль: не все обязаны думать и чувствовать так же, как я. Согласен. Возможно, кому-то действительно легче и лучше жить по этим правилам. Возможно даже, что кто-то считает эти правила универсальными и обязательными для всеобщего выполнения. Только вот меня выполнять их они не заставят, руки коротки. Меня любит Малка. Мной гордится гверет Моргенталер. Мать, Бина и компания признали меня за главу семьи. Мной были довольны командиры в армии и сейчас доволен шеф на стройке. Если я понадоблюсь Всевышнему, Он знает, где меня найти. А больше я никому ничего не должен.

Малка растирала мне руки собственным увлажняющим кремом, браслеты на ее запястьях тоненько звенели в такт движениям. Я машинально запомнил название крема, чтобы купить его матери и Бине, а то пользуются каким-то жутким вазелином. Потом мысли совсем некстати перешли на Залмана. Ведь год назад все вроде было нормально. Я не требовал от него ни заработков, ни помощи по дому, хотя имел на это полное моральное право. Чем он мне отплатил – ненавистью и предательством? Накануне моего визита к Малке домой я сподобился подслушать, как Залман пытается обрабатывать Бину. Обычно он возвращался из йешивы позже, чем я со стройки, но в тот день получилось наоборот из-за погоды и трудностей с транспортом. Я услышал, что Бина на кухне не одна, и замер в коридоре, молясь, чтобы на меня с полок ничего не упало.

«Как ты можешь подавать ему на стол?» – «Но я же не могу оставить его голодным. Он очень тяжело работает». – «Почему отец не прогонит его?» – «Спроси у отца». – «Он животное, он хуже гоя, я не могу его здесь видеть больше». – «Ничем не могу тебе помочь». – «Ну конечно, он же тебе подарки носит. Сколько заколок и сумочек тебе нужно принести, чтобы ты предала Тору?» – «Я стараюсь жить по Торе. В том числе не злословить никого». – «Ты как со мной разговариваешь? Галаха* велит почитать старшего брата». – «А я и почитаю».

Повисла пауза. Это до Залмана доходило, что Бина имеет в виду меня, что она уже давно не видит старшего брата ни в ком другом. Может быть, когда-нибудь до него дойдет и то, что, чтобы быть старшим братом, недостаточно раньше родиться и цитировать Галаху.

---

* Традиционное иудейское право, совокупность законов и установлений иудаизма, регламентирующих религиозную, семейную и общественную жизнь верующих евреев.

Надо делать все, что в меру своих сил и разума старался делать я. Все, что, занятый изучением Торы, даже не пытался делать он.

Что бы он сказал, если бы увидел меня сейчас? Я сам удивлялся тому, что происходит. Неужели это все наяву? Вот протянул руку, и она тут как тут, моя Малка, которая ко всему прочему еще и явно рада моему присутствию в своей постели и делает все, чтобы я об этом не забыл? Залман точно бы позеленел от зависти. Так ему и надо. Да зазубри он хоть весь Талмуд с комментариями, он никогда не вызовет ни у одной женщины таких чувств. Если он святой, а я животное, то почему не я завидую ему, а он мне?

– Ну вот, хоть улыбнулся, а то лежит со строгим лицом и решает мировые проблемы, – зазвенел Малкин голосок. – Давай я тебе маникюр сделаю.

Нет, вот уж маникюр мне точно не нужен. Что я, хомо*, что ли? Меня на стройке засмеют.

– Давай лучше кино посмотрим, – предложил я.

Фильм был американский, хоть и с субтитрами. В который раз я вспомнил слова гверет Моргенталер, что мне надо учить английский, что нельзя быть таким дремучим. Время отдохнуть у меня было только по дороге на работу и с работы, и если я не засыпал, то предпочитал расслабляться и читать беллетристику на иврите. Нормальные люди читают эти книжки лет на десять пораньше, но мне было безумно интересно. Майкл Корлеоне, застрявший между своим миром и миром своего отца. Гуинплен с Квазимодо – я искренне не понимал, почему их все так боялись, ведь они достойно себя вели, а к любой внешности, даже самой нестандартной, привыкаешь за пять минут. «Графа Монте-Кристо» я бросил читать, после того как отправился к праотцам самый интересный персонаж, аббат Фариа. Я вполне мог представить на его месте Рамбама** или вилен-

* Жаргонное название гомосексуалиста на иврите.

** Рамбам, или Маймонид (1138, Кордова – 1204, Каир) – выдающийся еврейский философ, раввин, врач и разносторонний ученый, кодификатор законов Торы.

ского гаона*. К сожалению, в том окружении, где я рос, таких раввинов не водилось.

Я раз пять прокручивал в фильме одну и ту же сцену, когда главный герой, несправедливо посаженный в тюрьму, ставил на проигрыватель пластинку с оперой, подключал громкоговоритель и полторы тысячи заключенных переживали самый светлый момент своей жизни. Прекрасные голоса летели над прачечной, тюремной больницей, слесарной мастерской, огромным прогулочным двором, «и хоть на один миг каждый узник Шоушенка почувствовал себя свободным». Я запомнил эту фразу по-английски, как никто другой, я понимал, почему так боялся этой красоты начальник тюрьмы, зловещее существо с рыбьими глазами и цитатами из Библии на все случаи жизни. Недаром он напоминал мне рава Розенцвейга, только что без бороды. Восемнадцать лет готовил главный герой свой побег. За восемнадцать лет он возразил начальнику тюрьмы только один раз. Но когда он сбежал, то сбежал при деньгах и чистых документах, а его мучителю осталось только пустить себе пулю в лоб из страха перед разоблачением. Не знаю, сумею ли я повторить что-то подобное. Больше ума и сдержанности мне бы совсем не помешало. Но как бы мне хотелось установить на какой-нибудь крыше репродуктор и транслировать ту самую оперу, чтобы хоть кто-то из наших почувствовал себя свободным. Не может же быть, чтобы из пяти тысяч человек я один чувствовал себя там как в тюрьме.

Некоторое время спустя гверет Моргенталер уехала на две недели в Италию, не забыв проинструктировать меня, чтобы я кормил кота и поливал цветы. Что бы я делал без этих ценных указаний? Наверное, поливал бы из лейки несчастное животное. Потом к отцу Малки приехали старые друзья из Канады, и он десять дней

---

* Элияху бен Шломо Залман (1720, Селец, Брестское воеводство, Великое княжество Литовское – 1797, Вильна, Российская империя) – раввин, каббалист и общественный деятель, один из выдающихся духовных авторитетов ортодоксального еврейства.

катался с ними по стране. Дома все шло своим чередом. Наконец объявили помолвку Залмана. Надо сказать, что мой брат попал, что называется, на золотое дно. Его будущий тесть был феноменально богат, владел частью издательства, которое выпускало религиозные книги. Дочка у него была одна-единственная. Увидеть невесту мне не удалось. Судя по рассказам мамы и Бины, это было красивое, но недалекое создание, которое за семнадцать лет не приняло ни единого самостоятельного решения. Ведь не всем так повезло, как ей. Если ты единственная дочь у богатого отца, можно было бы настоять на том, чтобы получить образование, участвовать в отцовском деле. Но ей, судя по всему, просто не нравилось напрягаться. Мне даже жалко ее не было, хотя Залман отнюдь не подарок. Обычно в нашей общине ждут год между помолвкой и свадьбой, но я уже понял, что элите любой общины закон не писан, и свадьба должна была состояться в начале лета. Что-то такое я читал, когда был в армии. Все животные равны, но есть животные равнее других.

Итак, все отправились на ворт*. Все, кроме меня, Риши и нашего самого младшего. Я просто хотел, чтобы мама отдохнула, а то она это чудо вообще с рук не спускала. К Рише пришла ее наставница из общества слепых. Она подождала в подъезде, пока я оделся, одел ребенка, посадил его в слинг и вышел из квартиры. Я-то запреты уединения в гробу видал, но мне не хотелось подводить эту добрую женщину, к которой Риша так привязалась.

Беньомин обожал кататься в слинге, но еще ни разу не ходил так на улицу. Мама стеснялась надевать слинг на людях, потому что такой штуки ни у кого больше не было, а это нескромно. Я просто сатанел от этого. Какая разница, кто что подумает, лишь бы ей было хоть чуть-чуть полегче. И если сыновья других женщин не замечают, как тяжело их мамам, то почему от этого должна страдать моя?

От ритмичного движения и свежего воздуха Беньомин моментально уснул. Я решил далеко не уходить, Басси обещала позвонить мне, когда ее занятие с Ри-

* Церемония помолвки. На идише «ворт» значит «слово».

шей будет подходить к концу. Я нашел ближайшую скамейку и сел, уткнувшись в книгу. Приключения немецкого журналиста, внедрившегося в организацию бывших эсэсовцев с целью найти военного преступника, захватили меня целиком. Беньомин спокойно спал у меня под курткой, застегнутой поверх слинга, только носик торчал наружу. На страницу книги упала тень, я поднял глаза и увидел рава Розенцвейга.

Пришлось встать и поприветствовать. Все-таки пожилой человек.

– Ты почему не на ворте, Шрага?

Да что я там забыл! Смотреть на эти ритуальные демонстрации достатка и благочестия? Как я узнал, Ришу оставили дома, «чтобы не расстраивать невесту». Да что же это за невеста такая, которой не знакомо элементарное сострадание. Пусть Залман женится на ней и убирается из моего дома. Вот когда это случится, у меня и будет повод праздновать. Не раньше.

– Я хотел дать матери возможность отдохнуть и остался с младенцем.

– Это очень похвально, что ты так заботишься о матери и младших братьях и сестрах.

Ах ты, хитрая лиса. Конечно, я о них забочусь. Но у них есть, на минуточку, муж и отец, который жив и здоров. Он их совершенно забросил, а община его ни словом не осудила. Его чтут ученики, он член местного самоуправления. А я торчу здесь, как бельмо на глазу у всего района, вместо того чтобы снять однокомнатную квартиру в Маале-Адумиме.

– Я тебе добра желаю. Я еще деда твоего знал.

Ну конечно, кто же его не знал. Мой дед Стамблер был достаточно известной личностью. Основал коллель, написал несколько книг. Я помню его внушительным, властным мужчиной. Он считал, что дети должны молчать, пока их не спросят, и не терпел возражений. Он умер в пятьдесят с чем-то лет от сердечного приступа прямо в синагоге. Судя по тому, что я пошел в него и в отца, меня ждет то же самое, только не в синагоге, а на стройке.

– Ты думаешь, я о Залмане говорю, да будет память праведника благословенна?

– А о ком же?

– А второго своего деда ты не помнишь?

Как не помнить. Если кто-то в нашей семье и был праведником, то это был зейде* Рувен, мамин отец. Остался один из большой семьи, пережил концлагерь. Приехал в страну на старой посудине, которую англичане дважды разворачивали обратно на Кипр. Один вырастил четырех дочерей, а сватов мягко и тактично спроваживал из дома. Не хотел брать девочкам мачеху. Всю жизнь проработал санитаром в доме престарелых. Деньги там платили крошечные, зато без звука отпускали на субботу и праздники. Водил меня и старших братьев в хедер, рассказывал истории из мидрашей**. Судя по рассказам матери и теток, он ни разу ни на кого не повысил голоса, не сказал резкого слова. Впрочем, нет, один раз он все-таки высказался очень резко – в ответ на предложение оформить компенсацию из Германии. Он умирал от рака и утешал маму, гладил ее, как девочку, по тогда еще коротко стриженой, а не бритой голове. Эту тихую немногословную праведность, эту крепкую, как кремень, пусть и недекларируемую, верность провозглашенным в Торе идеалам унаследовали от него и Моше-Довид, и Бина, и Риша. После смерти деда отец заставил маму обрить голову и высказался в том смысле, что раз уж ей, дочери простого человека, повезло выйти замуж в семью с таким потрясающим ихусом***, то она должна соответствовать. Я, шестилетний, не знал тогда, что такое ихус, но прекрасно понимал, что мой дед жил праведной жизнью и не заслужил такого отношения. Мне было очень больно думать, что бы сказал зейде Рувен, если бы увидел меня сейчас. Знал рав Розенцвейг, куда наступить, где будет всего больнее.

---

* Дедушка (*идиш*).

** Мидра́ш (букв. «изучение, толкование») – раздел Устной Торы, которая входит в иудейскую традицию наряду с Торой Письменной и включает в себя толкование и разработку коренных положений еврейского учения, содержащегося в Письменной Торе.

*** Ихус (*ивр.*) – история рода.

– ...Вот когда ты последний раз тфилин* надевал? – закончил рав Розенцвейг свой монолог, первую часть которого я, погруженный в свои мысли, пропустил.

– Вчера.

Вчера Моше-Довид плохо себя чувствовал, не пошел в школу, и я составил ему компанию во время утренней молитвы, прежде чем ехать на работу. Тфилин достались мне в наследство от зейде Рувена, это была единственная ценность, которую я, убегая из дома, забрал с собой. Штраймл я при первой же возможности продал меховщику и этими деньгами оплатил получение водительских прав.

– Опять же похвально. Только скажи своей шиксе**, чтобы она не ходила в наш район.

– Что вы имеете в виду?

– Ты прекрасно знаешь, что я имею в виду. Только не надо мне рассказывать, что она социальный работник. В конце концов это нормально, когда молодой человек развлекается, прежде чем жениться и остепениться. Бывает. Но совсем не обязательно приводить продажную женщину сюда, под кров твоего отца, когда младшие дети дома. Стыдись, Шрага.

Он специально меня провоцирует? Ведь слежка у них хорошо поставлена, они прекрасно знают, кто Малка и зачем она приходит в наш район. Кроме нас, у нее еще несколько подопечных, которых она обязана регулярно навещать. Более того, мы старались, чтобы во время ее визитов я был на работе или где-то еще, чтобы не вызывать ненужных пересудов. Это не всегда получалось, но мы старались.

– Вы хоть понимаете, что вы сейчас сказали? Что это нормально, когда молодые люди из религиозных

---

* Элемент молитвенного облачения иудея: пара малых коробок из выкрашенной черной краской кожи кошерных животных, содержащих написанные на пергаменте отрывки из Торы.

** Обозначение евреями нееврейки. От ивритского слова «шэкэц» – «мерзость, гад» или «нечистое насекомое», на идише означающего нееврейку или недостаточно ортодоксальную еврейку, например, по нормам поведения.

семей ходят к женщинам и платят им за секс? И после этого вы претендуете на роль защитника общественной и лично моей морали? Да, она социальный работник и ходит в наш район посещать детей-инвалидов. И передайте своим... ученикам... что если хоть что-то случится с Малкой, то пусть они молятся, чтобы полиция нашла их прежде, чем это сделаю я.

Я встал со скамейки, надел на плечо сумку и пошел, не оглядываясь назад. Что им, больше делать нечего, чем за мной следить? Вряд ли они сумели бы сделать это так профессионально, чтобы остаться незамеченными. Будем надеяться, они действительно не знают, где живет Малка, а рав Розенцвейг сказал то, что сказал, наугад, исключительно из вредности. Малка рассказала мне, что после каждого визита она обязана отмечаться у диспетчера, а если не отметится, по адресу немедленно выезжает полицейский наряд.

Наступила весна, и мы с Малкой взяли в аренду машину и провели потрясающий день в Вади-Кельт, где как раз все цвело. На обратном пути я сказал ей, что не смогу провести с ней Песах, потому что мне пришла повестка на военные сборы.

– А меня тоже не будет. Я уезжаю.

– Куда?

– В Узбекистан.

– Зачем?

– С мамой увидеться.

– Но твоя мама живет в Америке. Зачем ехать в этот дикий Узбекистан?

– Дорого.

– Малка, не темни. А твоей маме не дорого из Америки туда добираться?

Пауза, тихий вздох.

– Я боюсь, тебе не понравится. Но придется сказать. Мы едем отмечать йорцайт* моих корейских бабушки и дедушки. Они похоронены в Узбекистане. Ежегодно в апреле все корейцы отмечают йорцайт своих предков. Это общее дело.

---

* Годовщина смерти.

Мне не понравилось. Ехать в дикую мусульманскую страну, где нет ни порядка, ни закона. Принимать участие в каких-то языческих ритуалах. Она вообще-то гиюр принимала.

– Ты не должна туда ехать.

– А чтобы я вернулась оттуда не просто так, а к тебе, ты хочешь?

– Да, очень хочу.

– Тогда прояви уважение к моим планам, которые были намечены еще до того, как мы познакомились. Я не могу подводить маму, мы с ней это уже год планируем, билеты купили. Она обидится, если я не поеду.

– Хорошо. Езжай, но не совершай авода зара*, очень тебя прошу. Прости, я не то говорю. Я не имею права лезть в чьи-то еще отношения со Всевышним. Только вернись ко мне.

– Обязательно.

Некоторое время мы ехали молча, а потом я был вынужден сказать:

– Малка, не хулигань. Я же за рулем.

– Я не могла удержаться. Ты такой красивый.

Вот и пойми этих женщин. Какая разница – красивый я или нет. Если я потеряю управление машиной, то это уже не будет иметь значения. Это женщины прекрасны, особенно когда беременны. Для мужчины тело – это всего-навсего рабочий инструмент. Работает, и слава богу.

– Вот перевернемся в канаву, и будет нам очень невесело.

– Так остановись, вот обочина пошла.

Вот безбашенная. Остановиться вечером на пустынном шоссе невдалеке от арабской деревни. Как ее можно одну куда-то отпускать, тем более в Узбекистан. А придется.

В назначенный день я отвез Малку в аэропорт в Лод и попрощался с ней у линии паспортного контроля. Почему я ее не удержал?

---

* Выражение «авода зара» в переводе с иврита означает «служение чужим (силам)». Иначе говоря – идолопоклонство.

ГЛАВА 2
МАЛКА

Когда-то давно меня звали Регина Ан. Я жила на улице Гарибальди, на юго-западе Москвы. В классном журнале я обычно шла первой, а в строю на физкультуре последней, как самая мелкая. У меня было обычное детство девочки из элитной советской семьи с кружками, репетиторами, музеями и импортными вещами. Я ни в чем не знала отказа. Каждое лето мы с мамой ездили к ее родителям, в богатый корейский колхоз под Ташкентом. Мой московский дед был профессором-химиком, а ташкентский выращивал дыни, и бабушки были такие же разные, но все они любили меня. Лет до десяти я не задумывалась, почему отец не живет со мной, у многих моих подруг отцы тоже жили отдельно. Потом стала задавать вопросы. Из рассказов дедов и бабушек сложилась примерно следующая картина. Мама приехала из Узбекистана в Москву поступать в институт иностранных языков. Учить языки и переводить ей было как дышать, к концу школы она в совершенстве знала русский, узбекский и корейский, в то время как ее одноклассникам русского вполне хватало. Английский в их деревенской школе не преподавали, и она учила его по самоучителю. С первой попытки мама не поступила и устроилась в какую-то контору печатать бумажки. Юные москвички воротили нос от такой работы, но только не маленькая, пробивная, как танк, кореянка, чьей любимой поговоркой было «Не-могу-живет-на-улице-не-хочу». На какой-то вечеринке ее увидел мой будущий отец, веселый бородач в очках, блестящий аспирант, любитель девушек, походов и песен у костра. Не знаю, как все началось. Может, мама действительно понравилась отцу, а может, он просто хотел по-дружески помочь ей с московской пропиской. Так или иначе, на свет появилась я. Родители отца показали себя на высоте и купили этим двум сумасшедшим кооперативную квартиру на улице Гарибальди. В институт мама таки поступила и стала переводчиком с испанского и португальского, а мне наняли няню. Все бы хорошо, но в какой-то момент отец увлекся куда более опасными вещами, чем гитара и песни у костра. Он стал слушать иностранное радио, встречаться с корреспондентами, ходить на демонстрации, подписывать, а потом составлять заявления-протесты против политики советских властей. Он решил уехать в Израиль и подал документы. Дед Семен и бабушка Мирра были в ужасе. Дед насчет советской власти и братской дружбы всех народов СССР не сильно обольщался и в принципе не возражал бы уехать сам. Но он считал, что отец поступает непорядочно, бросая жену и ребенка, и потом, помня сталинский террор, элементарно боялся, что КГБ сотрет отца в порошок. Бабушка Мирра встала на дыбы и сказала, что никуда не поедет, что русская литература – это не только ее научная специальность, но и любовь всей ее жизни. Для нее было большой жертвой даже переехать к деду из Ленинграда в Москву, о чем она ему регулярно напоминала. В общем, отец был осужден по антисоветской статье на три года. К тому времени они с мамой уже жили отдельно. За три года он получил одно-единственное свидание, и на него в мордовскую зону дед поехал один. Вернулся постаревший, два дня лежал в своей комнате, отвернувшись к стене. Лишь потом я поняла, каково было ему, фронтовику, общаться с лагерным начальством и охраной – не нюхавшими пороха юнцами, упоенными своей властью над зэками и их близкими. За нарушения дисциплины, а точнее за солидарность с другими узниками совести, отец получил второй лагерный срок. А потом неожиданно его с несколькими другими политзаключенными посадили на самолет, вывезли в Западный Берлин и обменяли не то на советских шпионов, не то на западных коммунистов. Так он попал в Израиль.

Где-то к середине восьмидесятых я стала соображать, что к чему. Времена были мрачные, перестройка еще не началась. Я таскала книги из дедовой библиотеки, в том числе самиздат. У подруг на уме были только шмотки, модные певцы, магнитофоны и мальчики, и все это заставляло меня зевать до слез. Получив первый юношеский разряд, я ушла из художественной гимнастики, которой занималась с пяти лет. Наша классная руководительница возненавидела нас всех вместе и каждого в отдельности. Она никак не могла перестать нам завидовать, потому что ее юность пришлась на годы войны. Мне тоже доставалось. Я прекрасно училась, не хулиганила, даже не дерзила, но не собиралась, приходя в ее класс, оставлять свои разум и чувство собственного достоинства, как пальто, в раздевалке на вешалке. Ее раздражало во мне все – от экзотической внешности до «королевского» имени.

– Ан! Ты меня слышишь, Ан! Стой как следует! Тоже мне, королева! – доносились до меня визгливые крики, а перед глазами стояли строки из письма отца, привезенного с оказией каким-то американцем.

В пятнадцать лет человек видит мир в очень контрастных тонах. Мой отец герой, он вызвал на бой этот тоталитарный режим и не сдался ему. Он воевал в Ливане, защищая далекую маленькую страну, которую я уже успела полюбить. И теперь просит у меня прощения за то, что он оставил меня. Я буду его достойна. Я возьму его фамилию. Я – Регина Литманович.

На новенький паспорт с отцовской фамилией и словом «еврейка» в графе «Национальность» родственники отреагировали по-разному. Мама сказала: «Поступай как хочешь, ты уже большая». Дед Семен отвернулся к окну и долго прочищал горло, я разобрала свое имя и слово «нешамеле»*. Мы и так с ним были не разлей вода, а теперь и подавно. Бабушка Мирра ничего не могла сказать, потому что уже лежала на Востряковском кладбище. Но больше всего поразил меня мой корейский дед Владимир Сергеевич Ан. Всю дорогу от Москвы до Ташкента я думала, как сказать ему, что я сменила фамилию. Он все сразу понял.

– Регина, ты правильно поступила. Твои предки были дворяне, янбан. Янбан в первую очередь благороден, он лучше умрет, чем даст повод даже подозревать себя в трусости и шкурничестве. Если евреев ненавидят за то, что они умны и сильны, то твое место с евреями. Ничего другого я от тебя и не ждал.

Он взял мою руку своей изработанной крестьянской рукой и спросил уже другим тоном:

– Ты будешь приходить к нам на хансик**?

– Буду. Но вам еще не время умирать.

Еще через два года большая алия была в самом разгаре. Аэропорт Лод трещал по швам, в любое время суток приземлялись полные самолеты из Вены и Бухареста. В любое время слышались песни и аплодисменты. Толпы новоприбывших, встречающих и сотрудников аэропорта вдруг спонтанно начинали танцеват хору*** прямо в здании аэровокзала. Я и дед Семен прошли все формальности, вышли в общий зал, и навстречу нам шагнул худой, бородатый, прокаленный на солнце человек в рубашке с короткими рукавами.

– Регина?..

Я разревелась и бросилась ему на шею.

Через год нам с дедом стало ясно, что мы создаем у отца в семье проблемы. Его жена Орли, конечно, не опускалась до уровня базарной бабы, но не могла примириться с тем, что считала утечкой ресурсов из семьи, и все время ходила напряженная. Ни она, ни

---

* На идише «моя маленькая душа».

** Корейский поминальный обряд.

*** Народный танец-хоровод у болгар, македонцев, гагаузов, сербов, хорватов, молдаван, румын, греков, грузин, крымских татар, турок, армян и евреев.

мои младшие братья ни звука не знали по-русски, а деду, технарю на восьмом десятке, иврит давался с большим трудом. И уж совершенной неожиданностью стало то, что у отца получилось больше тем для разговоров со мной, чем с младшими сыновьями-сабрами*. Кончилось тем, что деду дали квартиру в муниципальном доме для стариков, и я ушла жить туда. Я продолжала любить отца и даже на Орли зла не держала. Видимо, в их браке были какие-то нелады, лишь усилившиеся с нашим приездом, но существовавшие уже давно. Как только младший из их сыновей окончил школу и ушел служить, они развелись, тихо, по обоюдному согласию. Я училась сначала в обычном ульпане**, потом в ульпане-гиюре***, кроме того, окончила курсы маникюрш и подрабатывала в салоне красоты. Дед ворчал, что это не профессия и умение делать маникюр, конечно, помогает выжить в лагере (вот ведь железобетонное поколение), но я способна на большее. Однако я считала, что прежде всего я должна стать еврейкой, как следует, без дураков. Я все в жизни привыкла делать тщательно, на пятерку – корейцы вообще по-другому не умеют. Даже видавшие виды инструкторы из ульпана-гиюра поражались моему упорству. У меня уже было назначено интервью с комиссией из трех раввинов, но тут позвонила моя мама из Техаса, куда она к тому времени уехала к мужу-американцу: умер мой дед Ан. Я приехала с похорон, а через неделю у меня была назначена церемония гиюра с окунанием в микву. Пришлось снять все, даже вынуть из волос традиционную траурную ленточку из небеленой холстины. Ленточка на мгновение задержалась в пальцах, и я буквально услышала слова *ничего другого я от тебя и не ждал.*

---

* Сáбры – термин, обозначающий евреев, которые родились на территории Израиля.

** Учебное учреждение или школа для изучения иврита.

*** Ульпаны, занимающиеся преподаванием и подготовкой к гиюру, но не проводящие сам гиюр. Этим занимается бейт-дин (государственный религиозный суд), куда ульпаны обычно направляют своих выпусников по окончании курса учебы.

Я честно старалась соблюдать заповеди, потому что я по жизни человек добросовестный и люблю свою еврейскую половину не меньше, чем корейскую. Я пошла учиться в Махон Штерну. Жить в общежитии я не могла, потому что боялась надолго оставлять деда одного. Моталась каждый день из Хайфы в Цфат, ночевать тоже иногда оставалась. Преподавательницы были добрые искренние женщины, они жили теми идеалами, которые проповедовали, и это не могло меня не привлечь. В стенах Махон Штерны моя корейская физиономия никого не удивляла, среди девушек было много таких же, как я, прозелиток с нееврейскими мамами. Помимо уроков, мы играли в любительских спектаклях, ездили на экскурсии, работали в благотворительной столовой для бедных. Подобные заведения на иврите называются тамхуй. Услышав мой рассказ, дед строго отчитал меня, чтобы я не смела ругаться матом, а отец от души веселился. Я полюбила Цфат, прозрачный горный воздух, уступчатые террасы, странную амальгаму каббалистов, мистиков, художников, клезмеров*, какой больше нигде не сыщешь. Неприятности пошли, когда меня начали сватать. Не знаю почему, но девушек-прозелиток было гораздо больше, чем молодых людей. Нескольких выходов на шидух и разговоров с подругами мне хватило, чтобы прийти к очень неутешительной мысли: нам сватают людей, от которых по тем или иным причинам воротят нос все остальные. Как выяснилось, существовала строгая градация. Первыми шли девушки из потомственных религиозных семей. Потом дочери баалей тшува**. Потом девушки из несоблюдающих, но целиком еврейских семей, вернувшиеся к религии сами. Потом еврейки по маме, и в той же группе – прозелитки с условно еврейской внешностью. И, наконец, такие, как я, у которых нееврейское происхождение написано на лице. Молодые люди, выходившие со

---

* Клéзмер – традиционная народная музыка восточноевропейских евреев и особенный стиль ее исполнения.

** Вернувшиеся к иудаизму (*ивр.*).

мной на шидух, все до одного были или с физическими недостатками, или с очень заметными странностями в поведении. Если все евреи типа братья и сестры, если, приняв гиюр, я обрела новую семью, то почему мне достаются остатки и огрызки? Хорошо, допустим, меня заела гордыня, допустим, я вынесла из своего московского детства привычку получать только все самое лучшее. Но в том-то и дело, что я не претендовала на самое лучшее. Я хотела, только чтобы мне дали шанс наравне с остальными. Когда я отказалась от пятого подряд шидуха, сваха намекнула мне, что с таким лицом я должна брать, что дают, и еще сказать спасибо. Я чувствовала себя облитой помоями. Меня вызвала к себе директриса, рабанит А., и мягко дала понять, что будет лучше, если я возьму тайм-аут и на некоторое время перестану посещать вверенное ей учебное заведение. Тайм-аут растянулся на всю оставшуюся жизнь. В Махон я больше не вернулась.

Я поступила в университет и там познакомилась с Йосефом. Он хоть и был младшим в большом йеменском клане, баловнем матери и старших сестер, но это не помешало ему вырасти напористым и решительным. У нас была замечательная хупа*, все как положено – хайфские хабадники постарались. Дед так зажигательно отплясывал, что даже сейчас, спустя много лет, я не могу не улыбаться, вспоминая об этом. Отец, к сожалению, не присутствовал – его пригласил какой-то университет в Австралии на целый год читать лекции. Зато из Америки прилетела со своим мужем моя мама. Они решили совместить приятное с приятным – туристическую поездку по Израилю и мою свадьбу. Роджер мне очень понравился, в первую очередь тем, как он относился к маме. Я искренне за нее радовалась. Ведь долгие годы она занималась только мной и своей работой. Воспитанная в советских понятиях, да еще с сильным конфуцианским уклоном, она не считала возможным приводить другого мужчину в квартиру, которую ей купили родители мужа, пусть даже бывшего, пусть

* Балдахин, под которым еврейская пара стоит во время церемонии своего бракосочетания, а также сама эта церемония.

осужденного антисоветчика. Более того, в отношении деда Семена и бабушки Мирры она всегда вела себя как почтительная корейская невестка, хотя в этом не было никакой необходимости.

Я забеременела, а дед бодрости не терял. Несмотря на возраст и больное сердце, он с утра торчал на кухне, изготовляя домашний творог, перетирая ягоды с сахаром, лишь бы все это в меня попало. Свекровь тоже была тут как тут и потчевала меня какими-то невероятно сытными и острыми йеменскими разносолами. Я думала, что на свете нет ничего острее кимчи, однако поняла, что сильно ошибалась. Но все было – не в коня корм. Я оставалась худой, а мои близнецы росли и росли. Отец позвонил из Австралии и сказал, что продлевает свой контракт еще на год, потому что хочет купить мне квартиру. Я, конечно, обрадовалась, но и огорчилась одновременно – все-таки хотелось, чтобы он был рядом.

Мейрав и Смадар родились на месяц раньше срока. Первые шесть недель их жизни я провела, бегая от кюветки к кювеке, рукой в перчатке гладила маленькие напряженные тельца. Из меня постоянно что-нибудь текло – то слезы, то молоко, а чаще и то и другое сразу. Они выкарабкались, мои саброчки, получившие от меня ашкеназскую упертость и корейскую живучесть. Дед увязался за Йосефом нас забирать. Как они между собой договорились, одному Богу известно. Дед еще подержал правнучек на руках. Убедившись, что девочки здоровы и мы справляемся, он наконец позволил себе завершить вахту: упал на улице с инфарктом. Я дожидалась в приемном покое, обвешанная слингом с близнецами, как солдат снаряжением. Ко мне вышел врач, и по его лицу я поняла, что все кончено.

– Скажите, он ничего не просил передать?

– Записки написал. Одну вам, другую вашему отцу.

До сих пор, если закрыть глаза, я вижу эти разъезжающиеся буквы.

Регина. Прости. Умру завтра.

Отец прилетел из Австралии на похороны. Было холодно, ветер трепал страницы молитвенников и траву между могильными плитами. Я впервые за полгода оставила близнецов со свекровью. Мы стояли у открытой могилы: я, отец, двое братьев и Йосеф. Тело опустили, и глава погребального братства протянул лопату отцу. Потом Ури. Потом Ярону. Потом Йосефу. Я ждала своей очереди, но распорядитель отдал лопату кому-то из членов братства и дал понять, что ритуал окончен.

Отец сдержал свое слово и купил нам квартиру в Маале-Адумиме, который тогда активно застраивался. Мы с Йосефом жили хорошо, и наши принцессы были здоровы и не давали нам скучать. Так продолжалось пять лет, а потом какая-то мразь с поясом шахида привела в действие свой прибор, и Йосефа не стало. Опять похороны. Опять кладбище. Опять двадцать пять.

Отец переехал к нам, а я с головой ушла в работу. Социальный работник – это не та специальность, где можно, выключив сердце и голову, исполнять набор действий и ждать, что от тебя отстанут. Среди моих подопечных были русские, арабы, бедуины, эфиопы, мизрахим. Я вовлекалась в их жизнь, вместе с ними радовалась и горевала, надеялась и впадала в отчаяние. Может показаться странным, но немало сил у меня уходило на войну с собственным руководством – не с непосредственной начальницей, а с чиновниками рангом повыше. За первый год работы у меня сложилось впечатление, что по изъятию детей существует план, имеющий своей целью оправдать бюджет. У кого будем изымать? За арабов и эфиопов найдется кому заступиться, у мизрахим боязно – опять газетный скандал. Ура, вспомнили! Есть же эти ми-русия, которые все равно не знают иврита и привыкли к тому, что у государства все права, а у граждан одни обязанности. Я, может быть, и рада была бы выключиться из жизни и нянчиться с собственной болью, но отгородиться от боли русских олим* не могла и бросалась в очередную атаку на систему. Каждый раз слыша из-за начальственной двери кри-

---

* Приехавший вновь в Израиль, израильский репатриант.

ки: «Что она о себе возомнила, эта Бен-Галь? Всю работу срывает!» – я думала, что Всевышний все-таки не зря оставил меня в живых после гибели Йосефа.

В конце 2003-го мне поручили сразу несколько дел из Нетурей карта. Для меня было большой неожиданностью, что они хоть как-то взаимодействуют с системой, но любой семье с особым ребенком нужна помощь, тут уж не до идеологических разборок. Я имела дело только с матерями и бабушками, мужчины если в чем-то и участвовали, то я этого не заметила. Только в одной семье был телефон, и этот телефон отвечал мужским голосом.

Я стояла посреди вымощенного камнем двора и глазами искала на верхней галерее нужную дверь. Из задумчивости меня вывел вопрос, заданный знакомым по автоответчику голосом на нормальном иврите:

– Вы к Стамблерам?

Я оглянулась на голос и чуть не села от изумления. Неужели в этом благословенном районе водятся нормальные люди. Высокий мужчина в современной одежде. Гладко выбритое лицо, короткая армейская стрижка, кипа фирмы «еврейский самовяз». Фраза «позвольте вас проводить» добила меня окончательно. Даже светские израильтяне не отличаются галантностью. Но услышать такое в Меа-Шеариме, это все равно что там же увидеть, как стынет на подоконнике на блюде жареный поросенок.

Кстати, с поросенком у нас связана отдельная семейная легенда, и я с удовольствием на нее отвлекусь. Когда мне было лет пять, в Москву на научный симпозиум приехала группа американских ученых. После того как закончилась официальная часть, дед Семен пригласил их в гости к себе домой. Бабушка Мирра, дочь старых большевиков, была абсолютно не знакома с еврейской традицией и решила угостить заморских гостей жареным поросенком с гречневой кашей. Мне поручили надеть поросенку платочек из фольги, чтобы уши не пригорели. Так или иначе, жаркое удалось на славу, бабушка подхватила длинное блюдо и понесла в комнату, где сидели гости. Я, естественно, увязалась за ней. Три американских профессора сидели в креслах, положив ноги на журнальный столик. Увидев такое вопиющее отсутствие манер, бабушка всплеснула руками и – ах-х-х! В общем, понятно, где секунду спустя оказался поросенок с гречневой кашей.

У моего визави манеры были явно лучше, чем у тех американцев. Он первым вошел в темный подъезд, но в квартиру сначала пропустил меня. Он пододвинул мне стул, а сам остался стоять. Единственное, в чем его можно было упрекнуть, это в чрезмерном увлечении одеколоном. Этот дерзкий мужественный запах элитного табака и дорогих кожаных портфелей был совсем не уместен в заставленной религиозными книгами гостиной, больше напоминавшей молельню, чем жилое помещение. Как я потом узнала, одеколон был единственным излишеством, которое он себе позволял.

Когда он сказал, что ему двадцать два года, только профессиональная выдержка помогла мне справиться с эмоциями. Бедный мальчишка, состарится – и вспомнить будет нечего. Только работа на стройке и уход за детьми. Стоп, Регина, куда тебя понесло. То, что большинство его ровесников катается по Таиландам и отжигает в ночных клубах, еще не означает, что он живет неправильно. Уж, во всяком случае, его жизнь наполнена смыслом. Судьба выставила ему испытания, и он принял их с достоинством, без жалоб и нытья. Такого человека есть за что уважать, а жалеть незачем, это ему не нужно. Я тщетно вглядывалась в строгое спокойное лицо в надежде прочесть хоть какие-то эмоции. Только когда я спросила про отца, мышцы лица дернулись, точно выплеснулись наружу тщательно скрываемые гнев и усталость.

Он проводил меня до остановки автобуса, и уже тогда я не хотела расставаться с ним. Он был таким надежным и сильным, этот бывший хареди. Странно, что они его еще не выгнали, этим, скорее всего, и закончится. Это же надо, какое противоречие: человек отслужил в армии, одевается как в двадцать первом веке, а не в девятнадцатом и при этом ведет себя строго по

Торе. Выполняет свои обязанности (и часть чужих) и не спрашивает, во что ему это обойдется. Раз обязанности есть, то их надо выполнять. Типичный продукт своей среды. Не понимаю, почему среда им недовольна.

Я думала, что наши отношения будут развиваться по сценарию «совращение невинных йешиботников*», но не тут-то было. Шрага был действительно невинен и наивен, до меня у него никогда не было отношений, ни романтических, ни интимных, вообще никаких. Только в обществе харедим мужчина с такой внешностью мог дожить до двадцати двух лет и даже не подозревать о своих достоинствах. Но влиять на него и уж тем более манипулировать им не было никакой возможности. Он все решал сам и еще пытался строить меня. Он всегда знал, как лучше, и изрекал это тоном, не допускающим возражений. Шрага очень напоминал мне деда Владимира. За каменной стеной надежно и спокойно, но беда, если эта стена захочет раздавить тебя. Пришлось ставить ему границы. Нет, Шрага, я не буду отзванивать тебе после каждого визита к подопечной семье, для этого есть диспетчерская. Нет, Шрага, я не скажу тебе, кто облил меня помоями на улице Рамбам. Нет, Шрага, я не могу отменить поездку в Узбекистан.

Конечно, я понимала, что, когда я вернусь из Ташкента, все пойдет по-другому. Мне просто нужно было время, чтобы узнать его как следует, но мне удалось быстро убедиться в том, что о себе он думает в последнюю очередь. Что его распоряжения продиктованы безусловной любовью и в большинстве случаев самым здравым смыслом. Это не страшно и не унизительно, когда тобой руководит человек, который знает, что такое ответственность, и так преданно любит тебя.

Конечно, я задумалась над тем, хочу ли я за Шрагу замуж. И очень быстро поняла, что не хочу – именно потому, что люблю его и желаю ему добра. Допустим, он женится на мне. У него прибавится ответственности и обязанностей, а на том конце не убавится. Ни на кого нельзя валить бесконечно, он уже тянет воз, который

* Ученики йешивы.

никто не должен тянуть в одиночку. Пусть хоть со мной у него будет возможность отдохнуть и расслабиться. А если появится какая-нибудь другая женщина, у которой больше возможностей скрасить его жизнь, чем у меня, я без всяких сцен отпущу его к ней и искренне за него порадуюсь.

Я все время сталкивалась с тем, что многого он был в детстве лишен, и мне было до слез за него обидно. На вопрос: «Что тебе приготовить?» – он на полном серьезе отвечал: «Поесть». То, что у него могут быть личные предпочтения и вкусы, он понял только недавно. У них в семье варили на всех две кастрюли, одну с чолнтом*, другую с гарниром. Или ешь, что дают, или ходи голодный. Я знаю, что поборникам спартанского воспитания мои слова не понравятся, но дети все-таки предпочитают оставаться голодными, лишь бы не есть то, что им не по нутру. В тот единственный раз, когда меня отправили летом в пионерлагерь, я, и так не толстая, похудела за смену на шесть килограммов. Ничего, кроме хлеба и чая, есть там было нельзя. Шрага часто просил меня спеть ему или почитать вслух. Его мать не делала ни того ни другого. В этой общине мать не имела права петь колыбельную сыну, даже прикасаться к мальчику старше девяти лет она права не имела (это хумра** такая, если кто не понял), а на чтение у нее просто не оставалось сил. Это был явно тот случай, когда качество приносилось в жертву количеству. Дети жили на казарменном положении и котловом довольствии, и мамино внимание доставалось только очередному младенцу. Шрага боролся за родительское внимание зубами и когтями, он хоть и был третьим по счету, но привык верховодить всеми и не знал, что делать сейчас, когда мое внимание и так целиком ему принадлежало. Даже когда он смотрел телевизор или читал, то хотел, чтобы я была на расстоянии протянутой руки, а лучше еще ближе. Я не возражала. Я совсем не возражала. Тем более что по любой книге или филь-

* Чолнт – традиционное еврейское субботнее горячее блюдо, приготовленное из мяса, овощей, крупы и фасоли.

** Устрожение заповеди, принятое в отдельной общине.

му он задавал мне тонну вопросов, так что скучать мне не приходилось. Насильно отторгнутый от светской культуры и научных знаний, он теперь набросился на все это, как блокадник на еду, слава богу, без трагических последствий. Он читал все подряд. Энциклопедии, вузовские учебники по разным отраслям науки и практические руководства по всем строительным специальностям. Политические триллеры и социальную фантастику. Он таскал у меня книги по социальной работе и психологии, в том числе таких серьезных авторов, как Лакан и Беттельхайм, а закусывал – о ужас! – женским глянцем, который в изобилии валялся у меня по всей квартире, кроме отцовского кабинета. Никогда бы не подумала, что мужчина может читать эти розовые сопли, серьезно их воспринимать да еще задавать вопросы по содержанию прочитанного. Я его понимала. Он готов был читать что угодно, лишь бы не то, чем его в детстве и отрочестве так сильно перекормили.

Результаты этой педагогики я видела воочию. Страх перед собственным телом и чувство вины за любое удовольствие пустили глубокие корни в его душе. Он преодолевал это, но с трудом. Это была словно многоголовая гидра, которая каждый раз хоть одну голову, но поднимала. Бесконечные походы в душ и неумеренное употребление парфюма. Иррациональный страх сделать мне больно, и, как следствие, невозможность расслабиться. Как-то раз он случайно разорвал на мне дешевый пеньюарчик Made in China и смотрел на белую тряпочку с таким видом, словно это был саван, в который меня собирались заворачивать. На мои слова, что ничего страшного, собственно, не произошло и этим барахлом все каньоны завалены, он тихо, сквозь зубы, сказал, что уходит домой в Меа-Шеарим, что его брат прав, что секс без заповеди превращает человека в животное и что ему стыдно смотреть мне в глаза. Тут я сорвалась. Я вцепилась в него, как кошка в ствол дерева, и сквозь слезы кричала, что я не настаиваю на близости, если он не хочет, но я не отпущу его к этим злым завистливым людям, которым поперек горла чужое счастье, потому что свое недоступно. Пусть что хочет делает, но я не отдам его в это гетто, чтобы они его там опять поработили. Он остался. Спасибо тебе, Шрага, за то, что ты все понял и не рассердился на меня. Ты одержишь верх над ними, ты не дашь им испортить себе молодость и зрелость, как они уже успели испортить детство и юность. А я буду тебе помогать, скромно и мягко, как положено женщине. Ты у меня на пьедестале, твои желания для меня закон, но только если они действительно твои.

Каждый раз, когда самолет отрывался от земли, я чувствовала, как растет и каменеет внутри напряжение. Это случалось, только когда я уезжала из страны, но когда возвращалась обратно – никогда. Я не хотела давать власть над своей душой чужим людям, пусть даже праведным. Люди есть люди, им свойственно ошибаться, и использование власти над моей душой в чьих-то еще интересах – лишь вопрос времени. Все, кто претендовал на то, чтобы толковать мне Божью волю, рано или поздно предавали меня. Но земля не предаст. Земля на верность ответит любовью. Даже каменистые склоны корейских гор рождали рис, пока находились люди, готовые вкладывать в эту суровую землю свои силы, свой труд, свою жизнь. Только когда даже такой земли на всех стало не хватать, мои предки ушли в Россию. Но я из Эрец-Исраэль не уйду никуда, хоть мама и зовет меня в Штаты. Есть много арабов, которым я не нравлюсь, потому что я еврейка. Есть много евреев, которым я не нравлюсь, потому что я выгляжу как кореянка. Мало ли кто кому не нравится. Все равно это моя земля.

Вообще-то я люблю путешествовать. В течение четырех лет учебы в университете я постоянно куда-нибудь каталась. Про поездки по стране и говорить нечего, я даже экскурсии водила. Мама устроилась в Сан-Антонио секретарем в юридическую фирму и быстро пошла в гору. Какому же шефу не понравится исполнительный аккуратный работник, тем более владеющий навыками синхронного перевода с четырех языков. Ее стали брать в зарубежные поездки, и у нее появились свободные деньги. Под это дело я съездила в Англию, Голландию, Италию, даже в Сенегал. Мама просто покупала мне билет в тот город, где проходили очередные переговоры. Ну и, само собой, я просто ездила к ней в гости в Техас.

Бывало, вечером я зажигала свечу с ароматом осенних яблок. Шрага лежал, положив голову мне на колени, смотрел фотографии из поездок и слушал мои рассказы. Он так же любил слушать, как я рассказывать. Я говорила и говорила. Про карнавал в Венеции, про нарциссы на снегу в Оксфорде, про то, как небо может стать розовым от тысяч взлетающих фламинго и как я выловила настоящий янтарь из Балтийского моря. От путевых впечатлений я переходила к байкам, легендам, историям, связанным с тем или иным местом. Оборона Аламо. Льюис Кэрролл, развлекающий свою крестницу, сидя на безупречно-зеленой траве у реки. Анна Франк, склонившаяся над радиоприемником.

Особый разговор у нас вышел про Ленинград. Бабушка Мирра любила свой город и все, что с ним связано. Она часто брала меня туда с собой и среди прочих достопримечательностей показывала дом, где выросла. В блокаду ей было девятнадцать, и она успела поступить в пединститут. За паек и место в общежитии она работала тем же, кем я сейчас, – социальным работником. Тогда это называлось сандружинница. Умирающие, трупы, осиротевшие дети, потерянные хлебные карточки. Иногда, когда не хватало шоферов, ее, окончившую до войны шоферские курсы, сажали за руль грузовика и отправляли через Ладогу. Туда везли эвакуируемых, обратно – муку. По коварному ладожскому льду, под обстрелом. От бабушки я как-то незаметно перешла на других. Тех, кто, уже не будучи в силах работать стоя, продолжал работать сидя. Тех, кто собирал у себя на квартире детей и читал им стихи при свете коптилок. Тех, кто не допустил эпидемий в городе, где каждый день появлялись сотни новых трупов. Я понимаю, что мерзости и скотства там тоже хватало, но хороших людей было все-таки больше, иначе бы от города осталось только кладбище и свалка.

– Так они могут? – спросил Шрага.

Ну и вопросик. Впрочем, я уже привыкла, что думает он быстрее, чем формулирует, и поэтому иногда выдает такие вот перлы.

– Кто может?

– Гоим.

– Могут что?

– Жертвовать собой ради чего-то большего, чем собственные интересы.

– Могут.

При свете настольной лампы я увидела, как передернулось от боли лицо, услышала, как скрипнули зубы. Минуту он молчал, а потом, глядя куда-то в угол, мимо меня, сказал, вбивая каждое слово, как гвоздь в доску:

– Тора и Всевышний не нуждаются в ограде из вранья. Те, кто возводят эту ограду, грешны в первую очередь слабой верой.

Почему он не чувствует себя вправе просто сказать: «Мне больно»? Конечно, ему больно, что ему так долго и так много врали его учителя, люди, которых он хотел бы уважать и чтить. Он чувствует себя преданным и обманутым. Нельзя подавлять в себе боль: ты ее выгоняешь в дверь, а она с удвоенной силой лезет в окно. Я не призываю жаловаться направо и налево, я люблю в нем его стойкость и невозмутимость, но хоть на тридцать секунд наедине со мной он может позволить себе не быть суперменом? А вот сейчас, внимание, Регина, твой выход. Как говорят американцы, make it count*. Я склонила голову – образец конфуцианской покорности, будь она неладна, – и чопорно произнесла:

– Прости, я не хотела тебя расстраивать.

Он словно проснулся от тяжелого сна, одним движением прижал меня к себе и стал наматывать на запястье конец длинной косы. Вот теперь можно объяснить ему, в чем именно он неправ.

Я два часа прождала у конвейера в ташкентском аэропорту свой несчастный чемодан и хотела только одного – чтобы кончился наконец этот длиннющий день. Несмотря на интуристовский шик, мне с первых

---

* Сработаем наверняка (*англ.*).

шагов стало ясно, что я прилетела в страну третьего мира. После падения советской власти и отделения от метрополии бывшая колония с наслаждением вернулась к былой дикости. В Ташкенте еще ничего, а вот в Бухаре и Самарканде, как я слышала, воцарились абсолютно феодальные порядки с калымом, многоженством, рабством за долги и прочими прелестями. Даже среди персонала аэропорта никто не вел себя нормально – либо надменно, либо подобострастно. Какой кошмар.

Я толкнула тяжелую дверь в женский туалет, но она не поддавалась, словно что-то мешало. Я толкнула сильнее, послышалась возня, словно от двери что-то откатывалось. Стоя в дверном проеме, я увидела, что по полу в отчаянной драке катались две женщины. Впрочем, исход схватки был уже предрешен. Маленькая, но какая-то вся квадратная женщина, обвешанная бижутерией, как папуас, оседлала свою распростертую на земле соперницу и колотила ее по голове не то щеткой для волос, не то мобильником. Я мельком взглянула на жертву и под слоем вульгарной косметики разглядела совсем детское личико – хорошо, если ей уже есть восемнадцать.

Я схватила нападавшую за прическу, тряхнула и сквозь зубы тихо скомандовала на иврите: «Встать». Пока она будет удивляться моей наглости и звукам незнакомого языка и сориентируется в обстановке, жертва успеет убежать. Но жертва не побежала. Она пыталась добраться до сумочки своей противницы и кричала по-русски:

– Отдай мой паспорт! Я никуда не поеду! Я передумала!

Я выдернула у них сумочку и вытряхнула содержимое на пол. Так и есть. Два паспорта, оба узбекские. Я наугад взяла один и раскрыла.

– Виктория Чумак! – прочла я. – Получи назад свой паспорт и катись горохом. – Это уже по-русски.

Но эта дура и тут не побежала. Она прижимала чудом полученный назад паспорт к груди, раскачивалась, как хасид на молитве, плакала и причитала:

– Как же ты могла. Я тебе верила, я думала, ты мне добра хочешь. Ты у моей мамы училась. А ты хотела меня в чужую страну продать, в публичный дом.

Похоже, мои подозрения подтвердились.

Я раскрыла второй паспорт и увидела там многочисленные визы в страны Восточной Европы, в Германию и в Израиль. Так и есть. Она возит нам пополнение в массажные кабинеты.

– Иди, Вика, – сказала я. – Зачем взывать к совести человека, если ее там отродясь не было. Мама твоя, как я поняла, учительница на пенсии, значит, найди какой-нибудь другой способ ей помочь. А тебе, – я посмотрела в паспорт, – Рената Мурадымова, я в Израиль больше соваться не советую. Тебя задержат на границе, это я тебе гарантирую.

Закончив свой монолог, я швырнула паспорт Мурадымовой в лицо, чтобы хоть как-то показать, что я думаю об ее деятельности. Я была готова к тому, что она кинется драться, но она этого не сделала. Сочетания азиатской внешности, русского языка и израильской манеры держаться оказалось для нее достаточно, чтобы зависнуть, как неисправный компьютер.

На следующий день я должна была вечером встречать маму, которая летела самолетом из Дубая. Наутро я отправилась в израильское посольство в Ташкенте, но не могу сказать, чтобы мне там сильно обрадовались. Меня принял какой-то лощеный сабра в двадцать пятом поколении, который, очевидно, мечтал о дипломатической службе в культурной европейской стране, а по недоразумению судьбы попал в Узбекистан. Больше всего его волновало, чтобы я не создавала волну. Напоследок он посоветовал мне заниматься своими делами, а в чужие разборки не соваться. Я оставила ему информацию, которую успела узнать (имя и номер паспорта), и поехала в аэропорт.

Следующие несколько дней у нас с мамой прошли в общении и походах по гостям. Впрочем, о главном я ей рассказывать не стала. Язычок у моей мамы острый, и она ни разу не дала себе труда задуматься, а нужно ли высмеивать то, что мне дорого и свято. Прошло много лет, было прочитано много книг по психологии, прежде чем я поняла: со мной все в порядке. Я не принцесса на горошине, мои эмоции не чушь и не блажь и имеют право на уважение. Не говорить своим коллегам колкости – тут моя мама почему-то соображает. Так почему же со мной она считает себя вправе распускаться? Воспитывать собственную маму – это дохлый номер, я просто замкнулась и перестала делиться с ней сокровенным. Если вдруг случится невозможное и Шрага женится на мне, моя мама узнает об этом в последнюю очередь и, скорее всего, постфактум.

Утром 5 апреля мы отправились на кладбище. У каждой могилы возились родственники, сгребали мусор, подкрашивали ограды, сажали рассаду. У серого камня с портретами Владимира и Серафимы Ан мы были одни. Мамин брат почтительным корейским сыном не был никогда, был занят исключительно собой, своей карьерой, женитьбами и разводами. Недавно я нашла в социальных сетях свою кузину. Она пишет диссертацию в Норвегии и собирается замуж.

Мама встала на колени лицом к надгробию и поклонилась, прижавшись лбом к земле. В свою очередь я повторила ее движения, ощутив на лице щекотные травинки. Это получилось у меня легко и естественно, как кадиш* на могиле деда Семена. Потом я достала бутылку водки и латунные стопочки, налила самую большую и вылила на землю около надгробия. Благодарность духу земли за то, что нашлось место для моих близких. А сколько людей даже этого не получили, ушли в трубу крематория.

Кругом люди раскладывали на одеялах и скатертях еду, причем всего – котлет, пирожков, бананов – должно было быть обязательно нечетное число. Приготовить такой стол, как полагается, мы с мамой просто не могли, у нас и кухни-то не было. Я так надеялась, что дед Владимир и баба Сима просто нам обрадовались,

---

* Молитва, прославляющая святость имени Бога и Его могущества и выражающая стремление к конечному искуплению и спасению.

где они там есть. Это клише, но правду говорят: мы живы, пока нас помнят. О бабушке Симе я помнила немного. Она умерла раньше всех. С фотографии на памятнике на меня смотрело на первый взгляд типично корейское лицо, но, приглядевшись, можно было заметить крупнее среднего глаза и не по-азиатски узкую переносицу. Совершенно мое лицо. О своем детстве бабушка Сима рассказывать не любила. Я знала, только что ее мама умерла в родах, что отец был одним из первых корейцев-большевиков и был в тридцать седьмом расстрелян и что до замужества бабушка носила оригинальную, а главное, редкую фамилию Ким.

– Регинка? – вопросительно окликнул меня молодой женский голос сзади.

Я оглянулась. Моего возраста женщина, одетая не просто дорого, а изящно и со вкусом. На лице темные очки стоимостью в мою месячную зарплату.

– Не узнаешь? – спросила незнакомка и сняла очки.

– Тома, это ты?

Это была Томка Огай, моя задушевная «дачная» подружка. Ее родители жили в новосибирском Академгородке, а ее сплавляли на летние и зимние каникулы к бабушке и дедушке в колхоз под Ташкент. Ее родственники жили через два дома от моих. Сколько было предпринято совместных хулиганских выходок, сколько стихов написано друг другу в альбомы, сколько сердечных и прочих тайн было взаимно доверено, сколько луковых слез пролито за приготовлением корейских салатов. Томкина бабушка была энергичной предприимчивой женщиной и торговала на базаре закусками собственного изготовления. Она активно вовлекала нас в процесс и выделяла нам долю с выручки. Мы с Томкой продолжали общаться после моего отъезда и перестали только в тот страшный год, когда обе потеряли мужей. Томкин был застрелен в бандитской разборке буквально в ту же неделю, когда погиб Йосеф. Мы обе переживали свое горе, замкнувшись каждая, как улитка, в своей раковине, и потом не восстановили контакт. И вот она здесь. Вежливо поздоровалась с моей мамой и сказала:

– Валерия Владимировна, я заберу у вас Регину на десять минут?

– Конечно, Томочка.

Мы шли по дороге, огибающей кладбище, и болтали так, как будто расстались вчера, а не несколько лет назад.

– А где тетя Марина? – спросила я, называя ее маму, как с детства привыкла.

Пауза, на лице выражение иронии и усталости.

– Регина, и она и отец меня стыдятся. Наука больше не финансируется, они живут в нищете и несут эту нищету с гордостью, как знамя. Своим замужеством я посмела перечеркнуть все их жизненные ценности. Они считают, что я продалась богатому человеку без любви, и не хотят моей помощи. Но отдать долг уважения предкам мне никто не вправе запретить. Мы договорились, что ездим на хансик по-очереди – в четные годы они, в нечетные я.

Ничего себе! Мне тоже случалось конфликтовать и с мамой, и с отцом. Но чтобы так! Томка у них единственная, а они не могут простить ей, что ее муж богат. Ну что за совковые закидоны.

– А ты любишь своего мужа?

– Я его уважаю. Я ему благодарна. Мне кажется, для брака этого достаточно. Он не виноват, что на двадцать лет меня старше и умеет делать деньги.

– А чем он занимается?

– Гендиректор и хозяин концерна по добыче природного газа.

Знаем мы этих владельцев концернов на постсоветском пространстве. Тут любое состояние делается на крови и воровстве. Но я ему не судья, а Томка моей подругой быть не перестала.

– А как Иришка? – перевела я разговор на ее дочь от первого мужа.

– Ну что Иришка?.. Большая стала, барышня. Карим хочет ее в Европу учиться послать.

Значит, Карим. Мусульманин, стало быть.

– А не заскучаешь?

Томка улыбнулась:

– Уж точно не заскучаю. У меня сын скоро будет. У Карима он вообще первый, а ему уже под шестьдесят.

– Ой, Томочка, поздравляю. Как в Израиле говорят, мазаль тов*. Твой Карим должен тебя на руках носить и драгоценностями засыпать.

– Что он и делает. Но что мы все про меня да про меня. Ты-то как?

Вот Томке бы я про Шрагу рассказала с удовольствием, она обожает романтические истории и никогда не скажет гадость, но объяснить ей, кто такие Нетурей карта и что такое Меа-Шеарим – это дело не пяти минут и даже не часа. Я сказала что-то обтекаемое, и Томка пристально на меня посмотрела:

– Ты когда уезжаешь?

– В четверг.

– А Валерия Владимировна?

– Завтра вечером.

– Ну так приезжай ко мне. Что тебе в отеле сидеть? У нас дом хороший, сад, бассейн, все как полагается.

– Давай, если это удобно. Только я маму провожу и послезавтра буду. А куда ехать и как добираться?

– Ой, Регинка, ну ты смешная. Разве можно женщине одной выезжать за пределы центра Ташкента? Это опасно. Я пришлю за тобой машину.

Я вдруг засомневалась:

– Слушай, а твой Карим, он не фундаменталист какой-нибудь? Может, мне надо как-то особенно одеваться? Он вообще знает, какой у меня паспорт?

– Да нет, он человек абсолютно светский. Посмотри на меня, разве я похожа на жену фундаменталиста? То есть формально-то я ислам принимала, но только потому, что он хотел традиционную свадебную церемонию.

Формально. Я-то присоединилась к еврейскому народу не формально, а всем сердцем. И не моя вина, что кое-кому я не пришлась ко двору. По крайней мере,

---

* Фраза на иврите, которая используется для поздравления в честь какого-либо события в жизни человека.

два еврея моему присоединению очень обрадовались. Правда, одного уже успели убить.

Она порылась в сумочке и нажала там что-то.

– Сейчас приедет.

Дорога отделяла кладбище от пустыря, хаотично заставленного машинами приехавших почтить память предков. Повинуясь сигналу из Томкиной сумочки, из этой кучи каким-то непостижимым образом вырулил черный «лексус» с затемненными стеклами и встал на обочине. Из машины вышел необычайно высокий для узбека мрачный чернобородый охранник, открыл пассажирскую дверь и замер в почтительной позе.

– Регина, это Арслан. Он за тобой приедет. Арслан, это Регина, моя подруга.

Я почему-то страшно обрадовалась, что Томка не усвоила новорусского хамства и нормально разговаривает с человеком, работающим у ее мужа. Тем более здесь, в Узбекистане, где граница «хозяин – слуга» обозначена очень четко. Мы распрощались, и Томка нырнула в машину, на ходу записывая название моего отеля и номер комнаты.

Весь следующий день я сидела как на иголках и ждала вечера, когда я наконец останусь одна и смогу позвонить Шраге. Бедная мама, она заваливала меня подарками, а все, чего я хотела, это чуть-чуть больше уважения. Но что я могу сделать, если в ее поколении не принято уважать право другого человека быть самим собой. Вот и Томкины родители туда же. Уже в аэропорту мама сунула мне в руки архивного вида кожаную папку на молнии.

– Мне это отдали на прошлом хансике. Это часть семейного архива. Почитай, тебе интересно будет.

Вернувшись в отель, я, не раздеваясь, села на кровать и стала дрожащими пальцами набирать его номер. За роуминг с меня, конечно, сдерут три шкуры, но мне было все равно. Деньги – дело относительное, а счастье слышать его голос – дело абсолютное.

– Малка, это ты?

– Я.

– Ты в безопасности?

Какая может быть безопасность, когда я не с ним рядом.

– Главная опасность миновала, – отшутилась я. – Белоголовый орел улетел обратно в Техас. А ты где?

– У гверет Моргенталер.

– Почему вдруг?

– Потому что отец заявил, что с меня станется принести в дом хамец* и тем самым ввести в грех всю семью.

– А ты?

– А что я? Помог матери и Бине с уборкой и с наслаждением слинял.

Я думаю, что бóльшую часть предпасхальной уборки сделал именно он, а какая это каторга, я хорошо помню по Махон Штерне. Стоит ли говорить, что его отец в этом направлении пальцем о палец не ударил. Может быть, исключительно из чувства протеста, но Шрага был серьезно сдвинут на чистоте и порядке. Я была готова сгореть со стыда, когда он драил полы у меня на кухне и в ванной, а уходя, по-военному быстро заправлял кровать, на которой мы только что занимались любовью.

– Тебе привет от гверет Моргенталер.

– И ей тоже, – тепло улыбнулась я в телефон.

Лично знать гверет Моргенталер я чести не имела, но по рассказам Шраги хорошо ее представляла. Боевая, образованная и мыслит нестандартно. Иметь такую свекровь одно удовольствие. А вот родную мать Шраги я в этом качестве представить себе не могла. За полгода моего знакомства с семейством Стамблер она даже ни разу не поинтересовалась, как идет реабилитация ее детей, не задала мне ни одного осмысленного вопроса.

– Малка... Я должен кое-что тебе сказать.

Тон не предвещал ничего хорошего.

– Что такое? – спросила я как можно нейтральнее.

---

* Любое мучное блюдо, в том числе хлеб, при приготовлении которого в тесте произошел процесс брожения.

– Ходят слухи, что на выселение людей из Гуш-Катифа* бросят армию, но еще не ясно, резервистов или регулярные части.

Господи, а я уже испугалась.

– Я не буду этого делать. Я всегда старался быть хорошим гражданином своей страны и дисциплинированным солдатом. Видит Бог, старался. Но этот преступный приказ я выполнять не собираюсь. Не стоило менять одно гетто на другое, чтобы за меня принимали решения, что морально, а что нет. Это я всегда буду решать сам. Если ты узнаешь, что я отдан под трибунал, то это потому, что отказался выгонять других евреев из их домов.

– Если ты думаешь, что я тебя брошу, то не надейся. Я буду к тебе в тюрьму на свидания ходить.

Трубка затихла. Видимо, Шрага пытался сообразить, что такого романтичного в тюремных свиданиях. Откуда ему было знать, что каждая женщина, выросшая в русской культуре, будь она хоть еврейкой, хоть кореянкой, хоть кем еще, в душе немножко декабристка. А у меня еще и отец был политзэком.

– Малка, я... даже в тюрьме буду... твоим.

Спасибо, обрадовал.

– Но мы же все-таки можем надеяться, что до тюрьмы не дойдет, – ласково сказала я. – Гверет Моргенталер проводит тебя на сборы, а я встречу.

Я бы провисела с ним на телефоне всю ночь, но ему действительно завтра ехать на сборы, и он должен выспаться.

Закончив разговор и заварив себе чаю, я осторожно открыла папку, врученную мне мамой. Чего тут только не было. Фотографии, письма, документы, толстая общая тетрадь в потрескавшейся клеенчатой обложке. Пахло стариной и пылью. Я наугад взяла письмо, написанное на нескольких листах разлинованной серой бумаги. Почерк был мелкий, аккуратный, и между двумя линейками влезало по три рукописные строки. Письмо

* Блок еврейских поселений на юге сектора Газа, который был ликвидирован в августе 2005 года.

начиналось словами: «Дорогая моя дочь Сима», а кончалось словами: «Твой отец Константин Ким (Ким Кан Чоль). Член ВКП(б) с 1916 г.» и было датировано январем тридцать седьмого. Через несколько месяцев мой прадед навсегда исчезнет в подвалах владивостокского НКВД, а потом всех корейцев Приморья, в том числе шестнадцатилетнюю мою будущую бабушку, погрузят в теплушки и депортируют в Среднюю Азию. Строго с классовых позиций прадед излагал свою бурную биографию. Но за зарослями тошнотворных идеологических штампов я все яснее и яснее видела живого человека, и этот человек нравился мне все больше и больше. Десятилетний, он наравне с родителями обрабатывал выделенный им русскими властями маленький надел. Он добился, чтобы местный пономарь научил его читать по-русски и оттачивал свое умение за молитвословом и старыми газетами. Односельчане по старой корейской привычке решили собрать деньги и послать способного мальчишку учиться, чтобы впоследствии он деревне помогал. В начале века прадед стал первым корейцем – студентом Казанского университета. Потом была Русско-японская война. Офицерского чина ему, конечно, не дали, хотя врачам полагалось, пошел вольноопределяющимся. Он действительно любил свою новую родину, а о старой помнил только одно – ужас, перекошенные от ярости лица японских солдат, их стеки и тяжелые сапоги. После Русско-японской войны прадед Россию любить не перестал, но в самодержавии более чем разочаровался. Дальше была медицинская практика в Приморье, марксистские кружки, подпольная работа против японской власти в Корее. Когда в 1918-м японцы оккупировали Приморье, он ушел в партизаны и довоевался до того, что за его голову японцы назначили самую крупную награду во всем регионе. Потом была партийная работа, налаживание медицинского обслуживания среди приморских корейцев, годы оптимизма и больших надежд. Каково ему было в тридцать седьмом, какими словами мог он объяснить своей дочери-подростку, что с той страной, которую он всю жизнь любил, которой он всего себя отдал, чьи рубежи отстаивал, произошло что-то ужасное. Листки бумаги трепетали в моих пальцах, я чувствовала, что дело движется к неизбежной развязке.

Возможно, я не прав и мои рассуждения покажутся тебе отсталыми и феодальными. Но я считаю, что каждый человек обязан знать, кто его предки. Это помогает человеку быть лучше и чище, сохранить в трудных обстоятельствах лицо, не опозориться самому и не опозорить никого. Если это моя последняя возможность обратиться к тебе, Сима, я хочу рассказать тебе о твоей маме и ее родителях. Твоя мама действительно умерла, производя тебя на свет, но главного я тебе не рассказал. В 1921-м японцы схватили твою маму, и из их тюрьмы она уже не вышла на своих ногах. Ей перебили руки и ноги за то, что она моя жена, за то, что она отказалась сказать, где я. Весь свой страх перед надвигающейся революцией, перед справедливой местью корейцев выместили эти изверги на беременной женщине. Твоя мама учила детей, ее все уважали и любили – русские, корейцы, китайцы. Они собрали деньги, написали прошение в японскую жандармерию об ее освобождении. Ее везли домой из тюрьмы на телеге, и в этой телеге она тебя родила. И умерла там же. Все знали ее как Елену Ким, но когда я познакомился с ней в Казани, ее звали Эйдль Винавер. Имя Елена она взяла при крещении, чтобы нам дали зарегистрировать брак. Мы познакомились в публичной библиотеке. Я думал, что свидания, вздохи, романы – это для золотой молодежи, для тех, кто не хочет серьезно учиться. Но твоя мама не ждала, что я буду петь серенады у нее под балконом. Она выросла в рабочем поселке на Урале и хорошо знала жизнь. Из того, что она мне рассказывала, я запомнил, что ее отца звали Лазарь и его десятилетним угнали в царскую армию. Ее мать звали Ривка, она была дочерью владельца лесопилки и сбежала из дома, чтобы ее не выдали замуж насильно. У Лазаря и Ривки было много сыновей, а твоя мама была последыш, младшая. Когда она осиротела, ее воспитывала жена одного из братьев, а когда подросла, отправили учиться в гимназию в Казань.

Я стала лихорадочно выкладывать из папки ее содержимое в надежде найти хоть какие-нибудь документальные подтверждения. Фотография. Задумчивая темноглазая гимназистка с точно кистью нарисованными бровями. Таких лиц на улицах израильских городов просто через одно. На обороте изящная надпись: *Кан Чоль, я всегда с тобой. Эйдль. Май 1905.* Свидетельство об окончании гимназии. Дано Винавер Эйдль Лазаревне, отставного унтер-офицера дочери, иудейского вероисповедания, родившейся 23 апреля 1890 года, в том, что она при отличном поведении прошла полный семиклассный курс и восьмой педагогический класс и показала следующие успехи. По всем предметам отлично. В графе «Закон Божий» прочерк.

Я почувствовала, что какая-то неведомая сила раздвигает мою грудную клетку, сводит вместе лопатки, заставляет сесть прямее. Откуда-то из глубины поднялся и овладел мной смех, сотрясавший все мое существо. Я почувствовала, как по щекам текут слезы, как закололо под ребром. Как просто все оказалось. Вот почему так тянуло в дедов шкаф с самиздатом, так легко слетали со страниц бледной ксерокопии учебника «Элеф милим» буквы и слова в благодарно протянутые ладони, а комментарии относительно моего не типично библейского лица пролетали мимо, не задевая. Накануне отъезда мы с дедом Семеном поехали в Белоруссию провожать на ПМЖ в Канаду его младшую сестру. Она уезжала к сыну, внукам и русской невестке. Мы стояли втроем – дед Семен, баба Соня и я – на краю лесополосы у стандартного серого обелиска, где было написано, что здесь похоронены советские граждане, убитые немецко-фашистскими захватчиками. За что они, собственно, были убиты, обелиск стыдливо умалчивал. Соня, тогда, как я, семнадцатилетняя, выползла из этого рва и ушла в этот лес. Тогда, стоя у обелиска, я боялась взглянуть на нее и только слышала, как медленно падают слова: «Я не хочу никуда ехать. Я хочу остаться здесь вместе со всеми. Все равно наш род прекратился, зачем жить дальше». «Но я здесь...» – прозвенело надо рвом. Я, Малка бат* Валерия, бат Сима, бат Эйдль, бат Ривка, я всегда была вашей, я вернулась, никто и ничто

* Дочь (*ивр.*).

не оторвет меня от вас. Тех, что во рву, не вернешь, но я дам вам еще...

Сима, возможно, настанут тяжелые времена и ты услышишь обо мне много вещей, в которые тебе будет трудно поверить. Я прошу тебя, знай, что я не запятнал себя изменой, всегда был предан делу освобождения угнетенных и не сделал ничего, за что мне пришлось бы стыдиться. После всего, что ты здесь прочитала, я думаю, ты не поверишь, что я японский шпион. Единственное, о чем я жалею, это что не уделял внимания тебе. В случае моего ареста моя семья не оставит тебя, как до сих пор не оставляла.

Глаза слипались, хотелось спать. Я сложила материалы в папку, а остальные сборы решила отложить до завтра. Последней мыслью перед сном было то, что Шрага все-таки обрадуется. После таких доз пропаганды, какие он в детстве получил, немудрено, что неевреи представляются ему таинственными и опасными существами, по недоразумению наделенными человеческим обликом (а так-то у них по пять ног и по три антенны из головы). Когда он узнает, что мои предки по женской линии еврейки, ему будет со мной легче и комфортнее. А это главное.

Наутро Томка позвонила мне и сказала, что машина пошла за мной еще на рассвете. Она сказала, что ехать около четырех часов и поэтому запаковала мне перекусить. Я выпила чашку кофе с привкусом немытого титана, закусила бананом и лепешкой, похожей на нашу питу, и вышла «с вещами» к подъезду отеля. Там шелестели тополя так, как они умеют шелестеть только в Ташкенте, и плескался фонтанчик. Я сидела, держа на коленях папку с семейным архивом, и читала. С таким набором предков немудрено, что я не боюсь смерти и рассматриваю любую передрягу как шанс закалить характер. На протяжении четырех поколений семья Винавер - Ким - Ан жила по принципу «Что-не-убьет-тебя-то-сделает-тебя-сильнее». Прабабушку Эйдль японцы арестовали прямо в классе, где она преподавала. Должно быть, она понимала, что ей предстоят не чайные церемонии и не уроки икебаны.

Не замечая жандармов, она написала на доске задание на следующий урок, ответила своим ученикам на традиционный поклон и улыбнулась им на прощание. Такой и запомнил ее один из учеников, эту сцену впоследствии описавший. Бабушка Сима после пятнадцатичасовых рабочих дней на хлопке и рытье арыков училась в вечерней школе, корейцами же организованной. Родня ее отца показала себя не с лучшей стороны, и уже будучи студенткой, она не получила от них ни копейки. Дед Владимир, чтобы попасть на фронт, выдал себя за казаха, так как ссыльных корейцев было указание не брать. Его ранили при форсировании Днепра, и пока он лежал в госпитале, до начальства дошло, что он кореец и, соответственно, знает язык. Деда отправили на Дальний Восток, и осенью сорок пятого он пришел к своим как освободитель. Потом приехал в Ташкент к родителям и женился на бабушке Симе через восемь дней, после того как впервые ее увидел.

Я услышала шум подъезжающей машины и увидела черный «лексус» с затемненными стеклами. Из машины вылез Арслан и поздоровался со мной, не глядя в глаза. Странно, неужели он настолько ортодоксальный мусульманин, что боится взглянуть на женщину. Он положил мой чемодан в багажник, и мы отправились. С первых минут мне стало ясно, что он не расположен развлекать меня светской беседой. Единственное, что мне удалось выяснить, – это то, что мы едем в сторону Андижана. Он сделал один звонок по своему телефону и говорил по-узбекски. Судя по краткости и тону, разговор был деловой, а не личный. Я с удовольствием воспользовалась тишиной, чтобы подумать о своих делах. Например, как уломать Шрагу прийти к нам с отцом на шашлыки по случаю Дня независимости. Он почему-то уверен, что отец будет страшно оскорблен тем, что у нас происходит. С каких таких ежиков? Шрага не альфонс и не кот диванный, он работает и зарабатывает, и не его вина, что ему перекрыли доступ к нормальному образованию. Еще два дня, и я вернусь домой. Ну встречу я его у ворот базы на машине, ну отвезу в Иерусалим, а дальше что? Он не поедет ко мне домой, он стесняется отца. Ну почему жизнь такая несправедливая, почему после службы он должен ехать в эту дыру, где из всего пространства ему принадлежит один матрас, где нет возможности нормально отдохнуть, где его постоянно дергают и при любой возможности напоминают, что он ам-ха-арец*, а они все из себя одухотворенная элита? То, что для меня началось как ни к чему не обязывающее любовное приключение, становилось все серьезнее и серьезнее. Если так дальше пойдет, мне придется снимать квартиру отдельно от отца. Как я объясню ему и девочкам, что происходит? То, что кто-то другой потеснил их с главного места в моей жизни, может им сильно не понравиться. Шрага, дорогой мой, я понимаю, что грешно так думать, что у нас с тобой у обоих есть дети, о которых мы должны заботиться, но как бы мне хотелось остаться с тобой в комнате, запереться от всего остального мира на ключ, сесть на пол и положить голову тебе на колени. И чтобы все от нас отстали.

Арслан поймал мой взгляд в зеркало заднего вида и, с трудом раздвигая губы, сказал по-русски:

– Скоро остановимся и будем есть.

Горная дорога вилась серпантином, я удивлялась, где тут можно остановиться. Но даже в этих местах было кое-что приспособлено для туристов. Маленькая стоянка около смотровой площадки, откуда открывался потрясающий вид на горы и кусок Ферганской долины. Где-то сердито журчал горный поток, пахло медвяной травой, кто-то жужжал и стрекотал в буйных зарослях джидовника и дикого винограда. Арслан достал из багажника сумку и переносной холодильник и отнес все это к деревянному столу. Вымыл руки и протянул бутылку с водой мне. Расстелил скатерть, принялся расставлять пластмассовые контейнеры с едой и одноразовые тарелки, резать лепешки. Делал он это умело и быстро, как заправский официант. Вскинув на меня глаза, он сказал:

– Я сейчас должен буду отойти.

---

* Букв. «народ земли» (*ивр.*) – чуждые, языческие племена.

Я понимаю, а мне что делать, в кусты писать? Я осталась за столом одна, но начинать есть было как-то неприлично. Спутник он не самый приятный, но уж какой есть. Ослепительная вспышка сверкнула мне в глаза, от боли пропало дыхание, я готова была поклясться, что услышала треск собственной кости. Происходило что-то очень неправильное, очевидно, меня убивали, но сделать я ничего не могла, могла только кричать где-то там, внутри затухающего сознания: Господи, где Ты, это же я, Твоя Малка, да, да, та самая, Малка бат Валерия.

ГЛАВА 3
РОЗМАРИ

Когда это дело положили мне на стол, я уже смирилась с тем, что полноценной активной жизни мне осталось полгода и отныне у меня все последнее. За тридцать пять лет я много чего успела, моя жизнь была интересной и насыщенной, но в эти последние полгода краски стали ярче, запахи острее, а уж понятия о добре и зле стали четкими, как никогда. Я и раньше-то не была фанаткой условностей, но теперь могла вообще положить на них с большим прибором. И неважно, что прибора у меня нет.

Вообще-то расследования, связанные с гражданами Израиля, пропавшими без вести за рубежом, относятся к категории тухлых дел. Таких набирается пять-шесть за год, и начальство распихивает их по всем отделам этаким вот невезучим вроде меня. Больше всего наших пропадает в Индии и Южной Америке, и это, как правило, отслужившие солдатики, которым не терпится оторваться после армейских строгостей. Иногда пропадают на постсоветском пространстве люди, поехавшие туда за быстрыми большими деньгами. Поехали за деньгами, а получили пулю или нож в спину.

Моя потерпевшая, Малка Бен-Галь, поехала не за деньгами, не за развлечениями и не за индийской мудростью. Дочка профессора, одна поднимающая девочек-близняшек. Крепкий профессионал-соцработник.

Странно, что мы с ней лично не сталкивались. Ведь моя обычная работа – вызволение женщин из проституции и рабства, а там социальный работник ох как нужен.

На белой доске над моим столом были приклеены все улики, которые я успела собрать. Черным фломастером я рисовала график ее перемещений, составленный со слов свидетелей и благодаря данным, предоставленным телефонной компанией.

5 апреля с матерью, Валерией Ан, посетила кладбище.

6 апреля вечером проводила мать на самолет в США.

6 апреля вечером же сделала со своего телефона последний звонок.

7 апреля утром оплатила счет в отеле кредитной карточкой.

7 апреля около полудня телефон был выключен.

9 апреля не села на самолет в Тель-Авив.

Каждое такое расследование полагается вести вдвоем. Бедолага вроде меня опрашивает семью и друзей пропавшей, роется в ее компьютере (если таковой имеется), общается с лабораторией и судмедэкспертом (если есть что анализировать) и осуществляет общую координацию. А шабаковский* оперативник, прикомандированный к посольству в стране, где человек пропал, расследует дело на месте. Мой напарник был чуть не вдвое меня старше, опытный зубр, стажировался в Нью-Йорке, когда я там же жила совсем малявкой. И узбекский он знал, что очень кстати. Звали его Хаим, и ему было десять лет, когда родители привезли его в Израиль из Самарканда.

Вообще я заметила, что чем больше культур в человеке намешано, тем он интереснее и ярче как личность. Мне повезло жить в Нью-Йорке и в Израиле, где таких людей много и они никого не удивляют. Впрочем, изолироваться в гетто и посреди Нью-Йорка можно. И посреди Иерусалима. Было бы желание.

---

* Шабак, или Шин-бет – Общая служба безопасности Израиля.

По мере того как я опрашивала родителей и беседовала с Хаимом, график перемещений обрастал все новыми и новыми подробностями. Со слов Валерии я узнала, что последние два дня в Узбекистане Малка планировала провести дома у своей подруги, некоей Тамары Огай. Ни адреса, ни телефона Тамары Валерия не знала и даже насчет фамилии уверена не была, так как Тамара была уже второй раз замужем. Хаим выяснил у портье в отеле, что 7 апреля утром за Малкой приехал черный «лексус» с шофером, и больше ее никто не видел. С Хаимом мы общались раз в день по скайпу. Каждый разговор он начинал со слов «Не нравится мне это. Не нравится».

– Что тебе на этот раз не нравится? – уточняла я.

– У меня подозрение, что Малка наступила на хвост очень серьезным людям. Оказывается, 1-го числа она приходила в посольство.

– Зачем?

– Она сдала информацию о женщине, которая возит в Израиль «свежачок» для массажных кабинетов.

Я навострила уши:

– Но это же твоя епархия. Ты же Шабак. Почему ты с ней не беседовал?

– Потому что на ресепшене сидит некомпетентная дура. Она отправила Малку к вице-консулу. А тот и рад меня уесть, показать, кто здесь главный.

Столько раз я была свидетелем того, как выяснялки между мужчинами «кто здесь главный» сводят на нет всю полицейскую работу.

– У меня тут источники. Ну что я тебе объясняю. Мне сказали, что эту сферу здесь крышует главный мафиозный клан. Их три человека, все три – старые авторитетные воры в законе. У них куплены на корню все суды, вся милиция и предприниматели тоже. Им человека убить как пописать сходить.

– Но ведь Валерия сказала мне, что Тамара обещала прислать за Малкой машину. Ты думаешь, Малка перепутала и села не в ту машину?

– А вот этого мы не узнаем, пока не выйдем на Тамару. Как у тебя с Малкиным компьютером дела?

– Клянутся и божатся, что до субботы расшифруют.

– Ну бывай здорова.

– И ты не болей.

Хаим привык видеть за любым преступлением мафиозные разборки. Может быть, он забыл, что Узбекистан просто очень бедная страна и Малку могли убить за кошелек, за телефон, за золотую цепочку. Конечно, ребята из техподдержки найдут в Малкином компьютере информацию про Тамару, если она там есть, и я постараюсь с ней связаться. На всех семинарах полицейским советуют не проникаться излишним сочувствием к жертвам, не давать им залезать себе в душу, но каждый раз я игнорирую этот совет. Взгляд блуждал по доске и каждый раз натыкался на фотографию – точеное пятиугольное лицо с фарфоровой кожей, по-азиатски миндалевидные, но крупные и яркие глаза, узкий аккуратный носик, зачесанные налево и назад волосы с веточками жасмина у основания косы. Повезло же кому-то с азиатской внешностью, не то что некоторым. Или Хаим все-таки прав? Неужели она разворошила осиное гнездо и поплатилась за это жизнью? Я по своему опыту знала, что бывает с нехорошими любопытными девочками, которые мешают серьезным людям делать серьезные деньги. Но я профессионал, я была при исполнении. Может быть, поэтому я сегодня жива. Пока еще жива.

До субботы у меня было еще одно дело, связанное с Малкой. Последний звонок, который она сделала со своего телефона вечером 6 апреля. Автоответчик. Глухой, монотонный мужской голос и немногословный инструктаж: «Номер такой-то, оставьте сообщение». Я оставила. Он перезвонил, представился и замолчал. Я поняла, что по телефону я от него ничего не узнаю. Придется ехать на базу за «зеленую черту» и там с ним беседовать.

Меня провели в караван, заменявший здесь столовую. Микроволновая печка, титан с горячей водой, холодильник. На стене какие-то безвкусные плакаты. Войдя, он тут же умудрился перевернуть один из стульев и, не глядя, одной рукой поставить его на место.

Холодные серые глаза, тяжелый взгляд словно придавливал меня к полу.

– Вы инспектор Розмари Коэн?

– Я инспектор Розмари Коэн, – покладисто согласилась я. – А вы Шрага Стамблер?

Он кивнул и сел.

– Жду ваших вопросов.

– Откуда вы знаете Малку?

– Социальные службы прикрепили ее к моим младшим брату и сестре. У них инвалидность.

Ну вот, не успели начать разговаривать, он уже рассказывает мне далеко не все. Или он хочет меня уверить, что Малка звонит всем своим подопечным, находясь в отпуске за пределами страны? Это, между прочим, очень небесплатно. Но настраивать его против себя тоже не самый лучший вариант. Интуиция, отточенная годами следственной работы, подсказала мне, что реверансы и намеки выведут его из себя и не вызовут ничего, кроме презрения. А вот прямой, хоть и бестактный вопрос ему скорее понравится.

– А какие-нибудь другие отношения вас связывали?

Ответом мне послужили резко вскинутая голова, сжатые челюсти и глаза, вдруг потемневшие от расширившихся зрачков.

– Да, я ее полюбил. И не перестал любить, даже когда она пропала.

– А она вас?

Он расстегнул карман на штанине и извлек оттуда стандартный сборник псалмов. Раскрыл, вытащил оттуда сложенный вдвое кусок картона и протянул мне.

– Вот это она сделала для меня.

Я раскрыла и увидела два рисунка – миниатюры величиной с ладонь, каждая деталь тщательно выписана, но при этом вся картина в движении. На левом развороте пикировал вниз, свернув тело тугими кольцами и сверкая выкаченными глазами, китайский дракон в сине-золотой чешуе. На правом из снопа пламени и фонтана искр одним движением выпархивал феникс, похожий на колибри.

– И вот еще.

Он расстегнул нагрудный карман и достал маленький гребень йеменской работы – бирюза с серебром.

– Она просила, чтобы я припаял. Тут отскочило.

– Так Малка тоже была к вам неравнодушна?

Его надменное лицо передернулось и застыло.

– Вы же детектив. Ваша работа делать заключения на основании фактов. У вас мало фактов?

– А о чем вы говорили в последний раз?

– О размежевании.

– О чем, простите?

– О выселении евреев из Газы. Я сказал, что не стану в этом участвовать. Лучше бы я больше ее слушал и молчал.

– А она что-нибудь сказала? Что-нибудь про свои планы?

– Встречать меня после сборов. Это был единственный план, которым она со мной поделилась.

Похоже, ничего нового он мне не скажет. Он знает меньше моего.

– Боюсь, что у меня нет информации, которая была бы вам полезна, – озвучил он мои мысли. – Лучше бы я ее удержал, запер где-нибудь. Пусть бы ненавидела меня, пусть бросила. Но была бы жива.

Да, похоже, тут действительно все было серьезно, во всяком случае, с его стороны. Скажи я ему сейчас, что Малка жива, здорова и счастлива с другим, он бы вздохнул с облегчением. Я поколебалась, но все-таки оставила ему карточку со своими телефонами. Что-то подсказало мне, что он не будет попусту названивать мне, истерить и мешать работать. Не тот тип. Может быть, когда он выйдет из состояния шока и поймет, что он ни в чем не виноват, то вспомнит что-нибудь полезное. То, что он запал на Малку, меня не удивляло. Судя по тому, что я успела о ней узнать, она женщина во всех отношениях привлекательная. А вот ей зачем понадобился необразованный мальчишка, не видевший в жизни ничего, кроме йешивы, казармы и стройплощадки, сказать было трудно. Правда, экстерьер там был очень неслабый. Ему бы выспаться и побольше положительных эмоций – и был бы вылитый Бен Аффлек в роли разгильдяя-нефтяника в фильме «Армагеддон». Но Малка не производила впечатление женщины, готовой ложиться в постель с экстерьером и не замечать человека.

По дороге домой в Раанану я впала в то странное состояние, которое регулярно посещало меня теперь, когда огласили мой диагноз. В ничем не нарушаемой тишине и темноте, прерываемой лишь редкими огнями встречных машин, воспоминания вспыхивали четко и ярко, так, как будто Сайгон и Нью-Йорк были не дальше Рааннаны. Каждое утро мама сажала меня в корзину на багажнике своего велосипеда, и мы ехали на американскую базу. Подобострастно улыбаясь, мама показывала часовому свой пропуск, и нас не задерживали. Пока мама работала, я болталась по магазину, смотрела картинки в журналах, слушала радио, разглядывала разные диковинки вроде телевизора или стиральной машины. Американцы, и солдаты, и гражданские, скучавшие по оставленным в Штатах детям, сажали меня на колени, угощали, дарили всякую мелочишку. Особенно умилялись офицерские жены. Фраза she is just like a little china doll* запала мне в память задолго до того, как до меня дошел сначала первый ее смысл, потом второй. На базе было куда лучше, чем во дворе и даже дома. Я была у мамы любимицей, и старший брат, в отличие от меня чистокровный вьетнамец, меня за это ненавидел. Не защищал, а травил вместе со всеми. К пяти годам я уже знала, что я дочка оккупанта. В конце 1974 года базу закрыли, и мама осталась без работы. Всем стало ясно, что взятие Сайгона коммунистами – это вопрос времени. Хозяин квартиры унюхал, куда ветер дует, и стал требовать, чтобы мы освободили помещение, что ему не с руки сдавать комнату американской подстилке. То, что он сам работал на базе, он как-то умудрился забыть. Бесконечный дождь шуршал по гофрированной крыше, электричество отключили, мы с мамой

* Посмотрите, какая куколка. China в английском имеет два значения: 1) «фарфоровый» и 2) «китайский».

ужинали разогретой на примусе лапшой при свете керосиновой лампы. Брат куда-то исчез, как потом выяснилось, это был самый умный поступок в его жизни. Раздался уверенный и властный стук. Палочки выпали у мамы из рук, она слетела с топчана и открыла дверь. На пороге стоял американец, в насквозь мокрой форме, с рукавами, закатанными как у морпехов (эти вещи я в пять лет уже различала). Он зашел к нам, как к себе домой, и обнял маму. Некоторое время они так стояли, а потом мама выскользнула у него из-под руки, подошла ко мне сзади и подтолкнула вперед:

– Вот твой отец. Пойди поздоровайся с ним.

Я подошла и посмотрела на него снизу вверх из-под челки.

– Значит, Оккупант – это ты? Я рада, что ты пришел. Теперь Дуонг не будет меня бить.

Он присел на корточки, так что его лицо стало совсем близко от моего. От него пахло знакомой смесью военторговского одеколона, сигарет и ружейного масла.

– Меня зовут Дэвид, – сказал он на хорошем вьетнамском. – Я твой отец. Никто больше не будет тебя бить. Ты уедешь в Америку.

– С мамой? – спросила я.

Как наивны дети в своих мечтах.

Дэвид расстелил спальный мешок и лег на полу. Мама улеглась со мной на топчан. Я долго не могла уснуть, лежала с закрытыми глазами и подслушивала.

– Никто не думал, что все это так быстро накроется одним местом. На тебя с ребенком уже лежат документы в посольстве, но, чтобы они их рассмотрели, я должен над ними стоять. А я не могу, я должен быть там, где прикажут. Завтра вечером, например, уже в джунглях.

– Ты решил, что нам делать? На базаре говорили, что детей американцев вьетконговцы посадят в яму, обольют керосином и подожгут.

– Да. Знаешь приют сестер-кларетинок на улице Те Хоа? Я там был. Сестры добрые, детей на руки берут, одевают чисто, европейскими продуктами кормят. Я говорил с директрисой. Она сказала, что у них прямой канал эвакуации. Когда тут все накроется, у них есть свой оплаченный самолет прямо с базы. Они согласились принять Хонг Хан.

– Как же она без меня?

– Вам придется ехать порознь. Я оставлю тебе все деньги, что у меня есть. Тебе хватит добраться до Таиланда. А там придешь в посольство и предъявишь свидетельство о браке.

– А... Дуонг?

Пауза. Тяжелое дыхание Дэвида, казалось, наполняло собой всю нашу халупу.

– Тебе придется решить, где и с кем ты хочешь жить. Я этого вьетконговского ублюдка везти в Америку не собираюсь. Он пытался задушить меня во сне, неужели ты забыла? Он правда бьет Хонг Хан?

– Ему же десять лет.

– Мне все равно. Не пытайся везти его с собой насильно, Тхам. Он выдаст тебя.

Я всем телом почувствовала, как мама задрожала.

– Я же все помню, – хрипло продолжал Дэвид, – как его отец использовал тебя и свою плоть, своего сына, чтобы прикрыться вами, как живым щитом, и уйти от нас.

– Ты спас Дуонга и меня.

– Лучше бы я спас одну тебя.

Пауза.

– Иди сюда, Тхам. Я хочу вспомнить, что я еще жив.

– Она неглубоко спит.

– Приедем в Америку, сделаем ей отдельную кровать. Розовую и всю в оборочках.

Вот это было близко и понятно. Я видела такую кровать в военторге, где мама работала. Оборочки – это, конечно, очень классно, но как спать без мамы, я себе не представляла.

На следующий день родители отвели меня в приют на улице Те Хоа. Я даже не плакала, так как не сомневалась, что скоро мы будем жить в Америке втроем. Всю дорогу Дэвид рассказывал мне, какая у меня в Америке будет комната с видом на два красивых небоскреба, что он каждое воскресенье будет ходить со мной кататься на карусели и есть мороженое, что, если я захочу, мы заведем котенка. На прощание он достал фотоаппарат и попросил одну из монахинь сфотографировать нас втроем.

Я осталась в приюте. Впервые я не чувствовала себя ущербной и странной, потому что основной контингент там был такой же, как я, – дети американцев и вьетнамских женщин. Мама приходила каждое воскресенье, а Дэвид исчез. В марте 1975-го начался кошмар. Вьетконговская артиллерия била по Сайгону днем и ночью, в любое время над городом роились американские вертолеты, мы плакали и не могли спать. Рано утром нам всем прикрепили на одежду бирочки с именами и стали сажать в автобусы. Старшие опекали младших, а меня держала на коленях молодая послушница-француженка. Я была привилегированная девочка. У меня был отец, который меня признал.

Дороги были запружены беженцами, наш автобус тащился со скоростью улитки. Наконец мы доползли до ворот авиабазы Тун Сун Хат, и после долгих препирательств нас пропустили. Беженцы цеплялись за автобусы, лезли на крышу, матери в отчаянии бились об окна, внезапно осознав, что теряют детей навсегда. Я только твердила про себя то, что мама заставила меня заучить наизусть: «Меня зовут Хонг Хан Коэн. Я родилась 1 марта 1970 года. Моего отца зовут Дэвид Коэн, ганнери-сержант, United States Marine Corps. Его личный номер такой-то. Мою мать зовут Тхам Нгуен». Это был единственный способ не сойти с ума.

Я засыпала и каждый раз просыпалась в надежде, что этот кошмар закончится, а он все не кончался. В ушах стоял гул самолетных двигателей и плач нескольких сотен младенцев. Мы уже оторвались от вьетнамской земли, а вьетконговцы продолжали обстреливать нас, транспортный самолет с красными крестами на боках. Тогда я этого не понимала, но теперь понимаю: само наше существование было для них оскорбительно, оно не укладывалось в их героическую, но до чего же примитивную картину, где каждый вьетнамец, не щадя себя, сопротивлялся захватчикам. Именно за это Дуонг ненавидел меня. За то, что мама любила Дэвида больше, чем его, Дуонга, отца.

Потом были аэропорты, вспышки телекамер, десятки новых лиц, спальни, где рядами стояли кровати. Мои товарищи по несчастью в основном не помнили ничего, кроме детдома, и поэтому висли на каждой женщине, которая к нам приходила. Я вежливо здоровалась и уходила в угол. Я знала, что такое мама и папа, и ни в ком больше не нуждалась, спасибо. Не помню, сколько времени прошло, но как-то раз меня вывели из-за стола и сказали: «Хонг Хан, за тобой папа приехал». Я, не жуя, проглотила остаток вафли и помчалась, куда велели. Там действительно был Дэвид, но не было мамы. Вместо нее с Дэвидом пришла незнакомая пожилая женщина, похожая на главного бухгалтера военторга, где мама работала. Главного бухгалтера боялись все, не только вьетнамский персонал, но даже американцы. Она серьезно посмотрела на меня и сказала: «Тебе нужно американское имя. Тебя зовут Розмари». Дэвид на мгновение отвернулся от нас, а потом сказал мне: «Хонг Хан, это твоя бабушка, моя мама». Я отвернулась от нее и уткнулась Дэвиду в штанину.

Те обещания, которые Дэвид мог сдержать, он сдержал. У меня действительно была своя комната в квартире на тихой тенистой бруклинской улице. В этой комнате действительно было все, что полагается иметь американской девочке, а из окна были видны два сверкающих небоскреба Всемирного торгового центра. У меня был серый котенок, и каждый день я смотрела передачу «Улица Сезам». И то время, которое Дэвид проводил в Нью-Йорке, он проводил со мной. Но его база находилась в Южной Каролине, и уходить из морпехов он не собирался, потому что больше ничего не умел и терялся перед гражданской жизнью. А мама исчезла. Не было даже писем. Я забыла вьетнамский язык. Я смотрела хронику по телевизору, разглядывала вьетнамских беженцев на перегруженных суденышках, искала знакомое лицо и не находила. В какой-то момент я поняла, что Вьетконг, с детства бывший для меня воплощением зла, убил мою маму. Иначе она давно была бы здесь, со мной.

Бабушка заботилась обо мне, но тепла не проявляла. Главными понятиями ее жизни были порядок и чувство долга. Она считала, что если ребенок сыт, одет, имеет крышу над головой, если его записали в библиотеку и оплачивают учителя игры на фортепиано, то все обязанности выполнены. Конечно, выполнены, кто спорит. Но она не хотела отвечать на мои вопросы: как искать маму, почему меня назвали Розмари, откуда у нее на руке татуировка. Во Вьетнаме татуировки носили только нехорошие люди, и мама учила меня держаться от них подальше. Обычно бабушка носила темные блузки с длинными рукавами и ослепительно белыми воротничками и манжетами. Даже дома она не надевала халатов, считая это разгильдяйством и непорядком. Но один раз, увидев эти шесть синих цифр на левом запястье, я уже не могла их забыть. Дэвид сказал, чтобы я не обращала внимания, что с бабушкой действительно случилась ужасная вещь, но это было давно, больше тридцати лет назад.

И тут в моей жизни появились три женщины, которые на много лет стали моей семьей. Это были наши соседки по лестничной клетке – миссис Регельвассер, миссис Подольски и миссис Островиц. Все три были вдовами, от всех троих дети и внуки усхали в фешенебельные пригороды и не баловали матерей и бабушек визитами. От них я впервые услышала слова «а шейне пуным» и «зисе мейделе»*. Бабушка готовила все сугубо диетическое, без жира и соли, а главным гарниром были зеленые стручки. Миссис Регельвассер могла нажарить сковороду картошки с гусиными шкварками, и чем больше я этого съедала, тем больше она радовалась. Миссис Подольски была спецом по chicken-soup-with-matzah-balls** (прошло некоторое время, прежде чем я поняла, что это не одно слово), а миссис Островиц пекла, и ароматы из ее духовки наполняли всю

---

* «Милая мордашка» и «сладкая девочка» (*идиш*).

** Куриный суп с шариками из мацы (*англ.*).

нашу лестничную площадку. Они все родились в Бруклине в семьях иммигрантов из России. Бабушка, уроженка Германии, приехала в Америку уже после войны. Соседки крепко дружили, а бабушку побаивались, считая ее надменной и холодной. Через какое-то время я, в общем-то, уже жила у них, а домой приходила только заниматься музыкой и спать. Бабушка знала, что я в безопасности, а все остальное ее устраивало. Живое существо, особенно ребенок, имеет фатальную склонность к нарушению порядка, а порядок бабушке был дороже всего остального.

Соседки не только кормили меня, но и рассказывали массу интересных вещей, все разрешали трогать, были рады ответить на любой вопрос и учили всему, что знали сами. Миссис Подольски в молодости была актрисой еврейского театра. В сундуке, пахнущем травками и апельсиновыми корками, хранились театральный реквизит и костюмы. Спарывая кружева с очередной накидки, миссис Подольски делилась воспоминаниями о театральных интригах, триумфах и скандалах, о Мойше Финкеле, из ревности застрелившем собственную жену-примадонну, об актрисе, игравшей юношу-йешиботника так, что зрители ни о чем не догадались, пока по ходу действия не выяснилось, что йешиботник – это переодетая девушка. Миссис Островиц всю жизнь печатала бумаги своего мужа-адвоката. Из всех троих она единственная знала русский язык, и, когда была основана ООН, ее, умеющую печатать на двух языках, приняли в корпус машинисток. На всю жизнь она запомнила список: «Австралия – за, Афганистан – против, Аргентина – воздержалась, Бельгия – за, Боливия – за, Бразилия – за, Белоруссия – за, Канада – за, Чили – воздержалось, Коста-Рика – за, Куба – против, Чехословакия – за, Китайская Народная Республика – воздержалась» и т. д. Когда миссис Островиц допечатала список и до нее дошло, что ООН проголосовала за раздел Палестины на еврейское и арабское государства, она, солидная дама, встала на стол и закричала: Yes! Yes! Yes! Одна за другой поднимались из-за своих столов машинистки, плакали, обнимались, восклицали на идише, вспоминали своих близких, до этого дня не доживших. Из трех сотен ооновских машинисток еврейки составляли добрую сотню. Миссис Регельвассер еще застала потогонную систему. Ей было восемь лет, когда старшая сестра привела ее в цех, и после школы она вкалывала по шесть часов, пришивая оборочки к блузкам. А когда ей было одиннадцать, в мастерской вспыхнул пожар. Пожарные лестницы доходили только до шестого этажа, а основная масса работниц застряла на девятом. Миссис Регельвассер оказалась в числе спасенных на лифте и потом опознала свою старшую сестру, разбившуюся при прыжке из окна. Каждый год, 25 марта, она покупала белые розы, брала меня, мы ехали на метро в Манхэттен и клали цветы к подножию массивного здания около Вашингтон-сквера.

По пятницам собирались у миссис Островиц. Доставалась белая скатерть, серебряные подсвечники, румяная хала из духовки. Я держала на коленях древние книги с рогатыми буквами, такими не похожими ни на английские, ни на вьетнамские. Субботними вечерами мне давали подержать странную витую свечу и понюхать корицы из серебряной коробочки. Я вспомнила, как моя мама жгла благовония перед фотографией своих родителей. У меня было ее изображение, отрезанное от нашей фотографии втроем. Я позаимствовала у миссис Островиц витую свечу, кланялась, как это делала мама, и просила предков воссоединить нас, просила на идише и остатках вьетнамского. Английский для этого не годился, английский был для школы. В нем не было глубоких слов. Бабушка отругала меня за закапанный воском пол. Миссис Островиц не ругалась, просто объяснила мне, что я еврейка, а евреи не просят ни у кого, кроме Творца. А если я хочу помолиться за маму, то для этого есть специальная молитва и она напишет мне ее английскими буквами.

Я ходила в школу – мрачное кирпичное здание, похожее на крепость. Я и тут без пригляда не оставалась, потому что миссис Регельвассер учительствовала там уже сорок лет. К тому времени все хоть сколько-нибудь состоятельные и образованные люди уехали из Бруклина, чтобы их дети не учились в школе с негритянскими детьми. Мой класс состоял целиком из негров и латинос. Я была им непонятна, а всё непонятное пугает. Подруг я не завела и все перемены проводила в библиотеке. Мне было уже десять, когда я пришла в пятницу из школы и спросила:

– Почему мне никто не сказал, что евреев убивали и нам грозит опасность? Что наци были хуже, чем Вьетконг? Нам надо сложить ценности в одно место на случай, если придется бежать. И уговорить бабушку продать пианино. Мне все равно на нем играть надоело.

Мои три ангела не впечатлились ни серьезностью грозящей нам опасности, ни оперативностью моего плана. Они расхохотались, а потом как-то разом посерьезнели.

– Рейзеле (домашний вариант имени Розмари), нам ничего не угрожает. Но раз уж ты прочла про наци и про то, что они делали с евреями, у нас сейчас будет серьезный разговор. Про твою бабушку.

– Может, не надо? Пусть Юстина сама...

– Сама, как же. Она вообще ребенка не замечает, снежная королева.

– Не надо так, Молли. Не суди ее, она страдала больше нашего.

– Рейзеле, твоя бабушка была узницей нескольких концлагерей. Поэтому у нее на руке номер. Поэтому она не проявляет к тебе тепла, ей просто нечем. Постарайся ее понять. И простить. Не спрашивай ее ни о чем, ей очень больно.

Читать про войну и Катастрофу было больно и страшно, но даже в этом я нашла какой-то позитив, а именно то, что дело не во мне. Бабушка просто жертва, то, что она разучилась любить и сопереживать, это не ее вина, а ее беда. Я старалась отлично учиться, играть на пианино, все делать по дому, и если бабушка раз в месяц мне улыбалась, я рассматривала это как свою личную маленькую победу над наци.

Миссис Островиц была по горло занята общественной работой. В ее гостиной стояли две печатные машинки, английская и русская. По нескольку часов в день она отстукивала на них письма, петиции, статьи и списки из сотен фамилий. В коридоре штабелями стояли посылки, адресованные в Москву, Ленинград, Киев, Ташкент. Я сортировала бумажки, раскладывала по конвертам, надписывала бирочки для посылок.

– Рейзеле, мы делаем хорошее дело, – говорила мне миссис Островиц, изредка отрываясь от печатной машинки. – Наши братья и сестры за железным занавесом будут знать, что мы их в беде не оставили.

– А что такое железный занавес? – спросила я.

– Это когда людей держат в плену за колючей проволокой.

Фломастер дрогнул у меня в руке.

– Как бабушку?

– Мы всё сделаем, чтобы до этого не дошло. – Ее голос задрожал. – Чтобы не было такого позора, как в прошлый раз. Слышишь, Рейзеле, русские говорят *сам-погибай-а-товарища-выручай*, а в наших святых книгах написано: «Не стой, глядя, как проливается кровь брата твоего». За каждого еврея, которого они вздумают упрятать в лагерь, мы будем кричать и скандалить и не дадим им спокойной жизни.

30 октября 1980 года миссис Островиц впервые взяла меня с собой к советскому консульству «кричать и скандалить». Потом я узнала, что в этот день не только евреи поддерживали тех, кто сидел, и оплакивали тех, кто погиб. День политзаключенного. Напротив консульства располагалась старинная синагога, так что мы чувствовали себя как дома. Туда пришло около ста человек с фотографиями и плакатами. Я стояла на переднем крае, как самая маленькая, и придерживала огромный, почти с меня ростом, плакат LET MY PEOPLE GO*. Я помню, что меня поразили испуганные лица, изредка мелькавшие в зашторенных окнах консульства. Чего они так боялись, представители державы, соревнующейся с Америкой в мощи и влиянии? Толпы студентов, домохозяек и пенсионеров с само-

* Отпусти мой народ (*англ.*).

дельными плакатами? Пальцы закоченели, весь жар ушел в глаза, которыми я прожигала здание напротив. Бабушку спасти не удалось, маму тоже, может быть, мы хоть кого-нибудь спасем.

На тринадцатилетие Дэвид решил сделать мне особый подарок, и на летние каникулы мы полетели в Израиль. Он раньше всех понял, что я выросла, что я умнее и старше своего календарного возраста, и общался со мной как с равной. Я уже не просила его взять меня к себе на базу. Я понимала, что меня, еврейку из Нью-Йорка с вьетнамским лицом, в южнокаролинской школе просто заклюют. И потом там не будет моих ангелов-хранительниц. Мы сидели на скамейке на тель-авивской набережной, у самого синего моря. Тогда я думала, что утешаю его, как взрослая, как большая. Какой смешной и наивной казалась мне сейчас эта девочка, мне, офицеру полиции с пятнадцатилетним стажем, не имеющей живого места ни на теле, ни на сердце.

– Ты все сделал правильно, – говорила я Дэвиду. – Лучше отца у меня и быть не могло. Ты спас меня. Я стала американкой благодаря тебе. Президент Рейган сказал, что мы сияющий город на холме, что мы пример всем остальным и надежда человечества. Ты из тех, кто защищает эту надежду. Я никогда не сердилась за то, что ты отсутствовал.

Он впитывал эти слова, как пустыня долгожданную влагу. Последние несколько лет он боялся, что я буду винить его за то, что он не нашел мою маму и подкинул меня своей маме, от которой сам же в юности и сбежал.

– Я скоро уйду из корпуса на пенсию и приеду в Нью-Йорк. Будем жить вдвоем.

– Хорошо, но только недалеко от школы.

Школа меня волновала меньше всего. Я хотела быть близко к миссис Островиц, миссис Подольски и миссис Регельвассер. Последняя была уже совсем старенькой, хоть и бодрилась, да и две другие не молодели.

Мы провели в Израиле три замечательные недели, ездили по стране, всё смотрели, а главное – общались один на один без помех. В сентябре я, как на крыльях, начала новый учебный год, а Дэвид опять уехал на Ближний Восток, на этот раз в командировку. В Бейрут.

Через два месяца взлетели на воздух бейрутские казармы. Дэвид не выходил на связь. Я два дня уговаривала себя, что он просто не может добраться до телефона. Мы с бабушкой сидели за ужином, когда раздался звонок в дверь. Я побежала открывать, и бабушка, не теряя величественной осанки европейской гранд-дамы, вышла в прихожую вслед за мной. На пороге я увидела двух людей в парадной морпеховской форме – белого и негра. Белый обратился к бабушке:

– Вы Юстина Гринфельд, мать мастер-ганнери-сержанта Дэвида Коэна?

– Да, этой мой сын.

– Тогда мы глубоко сожалеем о необходимости сообщить вам, что ваш сын погиб во время теракта в Бейруте два дня назад. Его тело было опознано.

Не изменив осанки, бабушка развернулась и ушла из прихожей. До меня еще не совсем дошла мысль, что Дэвид погиб, но дошла мысль, что я осталась одна, что бабушке нет дела ни до меня, ни до собственного сына. Мой разум отказывался это переварить, я закричала, потом крик перешел в визг, из носа хлынула кровь. Три другие двери на нашей лестничной площадке одновременно распахнулись, несмотря на то что миссис Островиц медленно ходила, а миссис Регельвассер была глуховата. Они увидели двух морпехов в парадной форме, меня, извивающуюся на полу, и все поняли. Я очнулась на диване у миссис Подольски. Сильно пахло пролитой валерьянкой.

На следующее утро я открыла своим ключом дверь квартиры, где прожила восемь лет, с твердым намерением забрать свои вещи и никогда больше там не появляться. Травма от концлагеря, я все понимаю, но я тоже живой человек, я ни в чем не виновата, зачем устраивать концлагерь мне? Теперь, когда Дэвид погиб, меня и его мать ничего больше не связывает. В квартире было так же тихо, как вчера вечером. Я зашла к бабушке в спальню. Она лежала на постели одетая, неподвижная и спокойная, скрестив руки на груди. На туалетном столике стоял пузырек с аккуратно завинченной крышечкой. Я потрясла его. Он был пуст. Я дотронулась до бабушкиной руки. Она была холодной.

Так я попала в поле зрения социальных служб. Они просто не знали, что со мной делать. С одной стороны, я была не похожа на их обычный контингент – (условно) белая девочка, отличница, ни наркотиков, ни беременности, ни приводов в полицию. С другой стороны, для удочерения я была слишком старая. И тут миссис Островиц показала, что не зря тридцать с чем-то лет прожила с адвокатом и печатала юридические бумажки. Как самая молодая (семьдесят три года) и подкованная из всей троицы, она подала петицию в суд о праве опекать меня до совершеннолетия. На суде социальный работник сказала, что ее ведомство не возражает. Судья, еврей лет под пятьдесят, повернулся к миссис Островиц и, ничуть не стесняясь меня, вопросил:

– Зачем вам, пожилой женщине, эти трудности, эта обуза?

– Мы ее любим. И вообще все евреи друг за друга отвечают. Мне жаль, ваша честь, что вы об этом забыли. Позвольте же мне вам напомнить.

К тому времени, как я оканчивала школу, мы с миссис Островиц остались вдвоем. Мне было восемнадцать лет, а вместо семьи у меня было три могилы на еврейском кладбище и одна на военном. Я научилась терпеть. Сейчас, глядя назад, я понимаю, что не смогла бы впоследствии работать там, где работала, если бы в детстве и юности так не закалилась. В бывшую квартиру моей бабушки, принадлежавшую муниципалитету, вселили многодетную мать-одиночку не очень белого цвета, в квартиру миссис Подольски – семью иммигрантов из Сальвадора, а в квартиру миссис Регельвассер – семью сатмарских хасидов*. На мои попытки заговорить с ней на идише мать этого семейства реагировала странновато, а проще говоря, шарахалась от

---

* Община хасидов, основанная в 1905 году раввином Йоэлем Тейтельбаумом в городе Сатмарнемети (*венг.* Szatmárnémeti) в Парциуме (сейчас – Сату-Маре, Румыния).

меня. От бабушки и Дэвида у меня осталось немного денег, и я пошла учиться в университет на психолога. Мне не давал покоя вопрос, почему бабушка избрала такой странный метод справляться с тем, что ее терзало.

Учиться было интересно, а вот общение со сверстниками по-прежнему не клеилось. Мне было с ними неинтересно, они казались мне шумными и инфантильными недоумками. Миссис Островиц до последнего своего дня сохранила ясный разум и напоследок (я была уже на втором курсе) сказала мне:

– У твоего отца была младшая сестра, Шэрон. В конце шестидесятых она уехала учиться в Калифорнию и пропала. Мне кажется, она бросила учиться и ушла в коммуну хиппи. Постарайся ее найти. Может быть, у тебя есть двоюродные братья и сестры. Нехорошо совсем одной, Рейзеле.

Когда миссис Островиц умерла, мне было велено в течение тридцати дней освободить муниципальную квартиру. Я сняла подвальную комнату и стала думать, что делать дальше. Я всех потеряла, мне была нужна новая семья. Так я стала одной из New York's Finest*.

На следующие десять лет они стали моей семьей. У меня появилось сразу много отцов и старших братьев, я с готовностью признавала их превосходство, не угрожала их привилегированному положению, и поэтому меня все опекали, наставляли, учили уму-разуму и тонкостям полицейской работы. Среди старшего поколения было много ветеранов Вьетнама, попадались и ветераны помоложе, и то, что я дочь погибшего морпеха, очень помогало в установлении контактов. Итальянцы приходили ко мне плакаться, что в главном управлении на One Police Plaza всем заправляют ирландцы, а ирландцы жаловались на то же самое в отношении итальянцев. Я со многими дружила, но ни в кого не влюблялась. Не было потребности. Девственность я потеряла, чтобы отблагодарить пожилого детектива (тоже, кстати, прошедшего Вьетнам) за все, чему он научил меня. Это был подарок ему по случаю ухода на

* Название полиции города Нью-Йорка, букв. «лучшие из нью-йоркцев».

пенсию. Еврейство никуда не делось, но, скажем так, впало в спячку. Я зажигала свечи (если была не на дежурстве и не на задании), читала кадиш по всем ушедшим близким, но среди живых евреев учиться было не у кого.

Их было много – жертв насилия и издевательств, в основном женщин и детей. Я была их голосом. Я вытирала им слезы. Я смотрела на свою работу как на высокое служение беззащитным. Мне не нужен был никакой другой смысл жизни. Тот момент, когда забитое существо становилось человеком и этот человек начинал наконец защищаться, был для меня самым прекрасным. Некоторые из них проявляли чудеса выдержки, стойкости и чувства собственного достоинства. Я каждый раз удивлялась, как в первый раз. Большинство людей грубеют на такой работе, становятся циничными и уставшими, не верят уже ни во что, но для меня мир оставался черно-белым, с абсолютным злом и абсолютным добром.

В начале 2000-го началось крупномасштабное, на два десятка штатов, расследование трафика женщин из стран Азии и Восточной Европы в США. Если кто не знает, то торговля людьми представляет третью по размерам дохода криминальную индустрию после контрабанды оружия и наркотиков. Эти преступления очень тяжело расследовать, потому что жертвы истощены, травмированы и запуганы. Они боятся любого представителя власти, потому что в их странах полиция не служит людям, а вымогает у них взятки. Языковые и культурные барьеры, иммиграционные ограничения, тупость и коррупция в странах, откуда вывозили девушек, – все это могло свести и сводило на нет месяцы и годы расследований. В Нью-Йорке, после того как провалилось несколько дел из-за отсутствия свидетелей (кто депортирован, кто передумал давать показания, кто просто исчез), прокуратура и полиция пошли на беспрецедентный шаг. В страны, где начинался трафик, решили послать женщин-полицейских под прикрытием, с тем чтобы они проследили всю цепочку. В их числе и меня, наскоро обучив тайскому языку, отправили в Бангкок. Моя легенда выглядела так: девушка из Вьетнама прибыла в Таиланд на заработки. Отсюда и плохой тайский язык. Если кто-нибудь заинтересуется, почему у меня такой плохой вьетнамский, мне надлежало разыгрывать дурочку, которую в детстве уронили головой на пол.

Мы прекрасно знали, на что идем. В конце концов наших людей, внедряющихся в наркокартели, тоже подвергают разным проверкам на вшивость. Я профессионал, это моя работа, этого никто, кроме меня, не сделает, повторяла я себе. У меня нет никого, и моя гибель никого не опечалит. Во мне словно проснулась пятилетняя Хонг Хан, которой нужно выжить любой ценой. На ржавом баркасе у берегов полуострова Индокитай нас отчаянно качало, в битком набитом трюме всех рвало, а команда этого плавсредства отстреливалась от малазийских пиратов. Нас высадили в небольшом порту на восточном побережье Китая, посадили в грузовик, без лишних слов заперли, предупредив, чтобы у нас была тишина – ни писка, и повезли в Шанхай. В грузовике был десяток упаковок с бутылками питьевой воды и ящик с консервами. Пи́сать предлагалось в опорожненные бутылки, и консервного ножа нам, конечно, никто на дал. Мы наточили заколку одной из девушек и не остались голодными. Не помню, сколько мы так ехали, – мы сидели в темноте, и ни у кого не было часов. Потом, уже в Америке, я нашла на карте порт, где нас сгрузили. Шестьсот километров к югу от Шанхая. А наши конвоиры еще останавливались, чтобы есть и спать.

В Шанхае нас под покровом ночи посадили в рефрижератор с рыбой, шедший в Ванкувер. Было страшно холодно, мы все провоняли рыбой. Идти в Ванкувер с таким грузом капитан не решился, и нас ссадили на каком-то маленьком острове у западного побережья Канады. Здесь за нас взялась местная китайская мафия, у всех отобрали документы, а тех, кто протестовал, ткнули пару раз электрошокером, чтобы другим было неповадно. И снова в закрытом грузовике нас долго везли вдоль американской границы, потом наконец высадили в резервации племени блэкфут, пока что на канадской стороне. В резервацию ни белая полиция, ни пограничники хода не имели, а индейская полиция была напрочь куплена мафией. Но вот остались позади величественные пейзажи штата Монтана, и началась, как ни странно, самая трудная часть моего путешествия. Мне нужно было постоянно следить за собой, чтобы не обнаружить перед товарками и конвоиром знания английского и американских реалий и притворяться невежественной провинциалкой в перманентном шоке. Я настолько усыпила их бдительность, что мне удалось добраться до телефона и позвонить куда надо. В общем, мы доехали до Нью-Йорка, и меня определили в бордель в Чайна-тауне. Из маленького окошка комнаты, где на матрасах спал десяток женщин, был виден сверкающий небоскреб One Police Plaza.

Мои коллеги тоже времени не теряли. Все бордели были под наблюдением, везде регулярно ходили наши люди под прикрытием. На третий день нас, десяток новоприбывших, вызвали в офис хозяина. Там сидел мой хороший знакомый, однокурсник по полицейской академии, детектив МакБрайд. В умопомрачительном костюме от «Армани», при дорогущих часах (на что только уходят деньги управления), он выглядел как брокер с Уолл-стрит (тут, кстати, в двух шагах), которому захотелось попробовать чего-то эдакого.

– Выбирайте! – широким жестом показал на нас хозяин борделя, улыбчивый китаец, на совести которого был не один десяток человеческих жизней.

МакБрайд с видом рабовладельца на рынке прошелся вдоль нашей шеренги, пощупал одну, другую, схватил меня за подбородок, чуть не свернув мне при этом шею, и сквозь зубы бросил:

– Вот эту.

– Мистер, зачем вам эта старая рухлядь? – возмутился китаец с видом человека, уличенного в попытке сбыть негодный товар. – У нас и посвежее есть.

– Я выбрал. Чтобы через пять минут была внизу.

– На сколько?

– Привезу вечером.

С видом идущей на заклание овцы я села к МакБрайду в машину. Мы проехали пол-Манхэттена, а я не проронила ни слова. МакБрайд, тоже молча, привез меня в гостиницу, в заранее снятый номер. Там находились мой куратор – капитан Бьянкавилла – и психолог из штаба. Ни слова не говоря, Бьянкавилла протянул мне мой настоящий американский паспорт. И тут я почувствовала, что не могу выйти из образа. Личина прилипла ко мне и не хотела сходить. Я смотрела на МакБрайда, как кролик на удава, ожидая, что он с минуты на минуту бросится меня избивать (девушки в борделе говорили, что на целый день увозят именно для этого). Психолог быстро сориентировалась, она поняла, что за последние несколько месяцев я отвыкла видеть в мужчинах нормальных людей. Я позволила этой пожилой еврейской женщине, чем-то напоминавшей миссис Островиц, подвести меня к столу. Там лежали медали Дэвида в прозрачном пакете, сложенный треугольником американский флаг в деревянной рамке, врученный мне на похоронах «от имени президента и благодарной страны», серебряные субботние подсвечники, серебряная же коробочка для пряностей и белая салфетка для халы, которую я сама же в девять лет вышивала. Все, что я, уезжая на задание, сложила в сейф как самое ценное, что у меня было. Я буквально физически почувствовала, как личина падает с меня. Откуда-то из глубин памяти всплыло: *Меня зовут Хонг Хан Коэн. Я родилась 1 марта 1970-го. Моего отца зовут Дэвид Коэн, ганнери-сержант, United States Marine Corps. Его личный номер такой-то. Мою мать зовут Тхам Нгуен.* Но вслух я сказала:

– Меня зовут Розмари Коэн. Мое звание детектив, номер удостоверения такой-то. Я оперативник спецгруппы по выявлению трафика женщин из стран Юго-Восточной Азии с целью проституции и порабощения.

Состоялось несколько громких процессов. По моим показаниям были арестованы и посажены не только наши местные фигуранты, но и звенья цепочки в нескольких штатах, в Канаде и даже в Таиланде. Интерпол кланялся и благодарил. И тут у меня начались неприятности. Мне регулярно давали понять, что у тех, кто сел по моим показаниям, на свободе остались друзья и коллеги. То подожгут дверь квартиры. То подложат обезглавленную крысу в коробке. То прошепчут из-за плеча в метро: You're dead*. Они давно бы уже могли убить меня, но им нравилось сводить меня с ума. Они хотели, чтобы перед смертью я еще и помучилась как следует. Ясным сентябрьским утром я пришла на One Police Plaza подавать рапорт об увольнении. Не успела.

Не помню, кто кому что сказал, но до меня дошло, что горят башни-близнецы и там нужна каждая пара рук. У меня заняло десять минут, чтобы добежать до Либерти-стрит. Там было нечем дышать. Удушливый запах авиационного керосина, горящего металла, химикатов и сожженной человеческой плоти проникал в меня при каждом вдохе, валил с ног. Я оказалась в облаке густой пыли, разъедающей глаза, я не видела дальше собственной протянутой руки, но продолжала бежать в самую гущу этого ужаса на запах, на крики. Где-то слева и внизу раздался осипший голос, просящий о помощи, непонятно, мужской или женский. Я присела на корточки около засыпанного белой пылью существа, закинула его (или ее) руку на свое плечо и выпрямилась. Где-то шагом, где-то волоком я дотащила это гражданское лицо до безопасного места и вернулась за следующим. И так несколько раз. В какой-то момент я поймала собственное отражение в чудом не лопнувшей витрине и удивилась: неужели я за последние сорок минут успела поседеть? Нет, это была пыль. Ядовитая пыль, которая сейчас, четыре года спустя, меня убивала.

Я бежала в очередной раз к северной башне. Внезапно резко потемнело, словно над всей улицей нависла гигантская тень. Стало очень жарко. Я споткнулась обо что-то, упала лицом в груду обломков, пыталась подняться, но не могла. Пот вперемешку с копотью

* Ты покойница (*англ.*).

и пылью заливал глаза, я уже ничего не видела, только поняла, что кто-то профессиональным движением взвалил меня себе на плечо и понес.

Я очнулась в больнице. У моей постели сидел капитан Бьянкавилла.

– Вам что, больше негде быть и нечего делать? – прохрипела я.

– Представь себе. Пожарное и полицейское начальство перегрызлось, и нас отстранили.

– Как там?

– Кошмар. Северная башня тоже упала. Но я не об этом пришел с тобой говорить. Это шанс, Розмари. Шанс тебе исчезнуть. Мы можем вставить твое имя в список погибших, а ты начнешь новую жизнь с документами на новое имя. Никто не станет доискиваться, где тело, сама понимаешь.

Я откашлялась и сказала:

– Дайте мне время подумать.

– Я завтра приду.

Я лежала на больничной койке в больничной пижаме и плакала. Башни-близнецы, о которых с гордостью рассказывал мне Дэвид, прекрасный символ прекрасной Америки, который я каждый день много лет подряд видела из своего окна, то сверкающие на солнце острыми гранями, то невесомые за дождевой пеленой, теперь превратились в кучу обгорелых руин. У меня было такое чувство, что моя американская жизнь обрушилась вместе с ними. Бьянкавилла стремится избавиться от меня, он не хочет, чтобы меня убили, пока я хожу у него под началом. Но жить под чужим именем и всю оставшуюся жизнь притворяться я не хотела, ибо знала, что не смогу. Я с трудом выдержала даже те несколько месяцев, что провела под прикрытием. Значит, пора начинать жизнь сначала. Я даже знаю где. Та самая страна, где я имею право на гражданство по факту рождения от Дэвида Коэна. Да и мафия меня там не достанет.

Я встала. Дышалось легко, как будто я не наглоталась дыма и асбестовой пыли. Без особого труда добилась, чтобы меня выписали. Жертвы поступали десятками, в больнице царил хаос, никто не уговаривал меня остаться. Мне выдали мои вещи, бумажник и документы. Я переночевала в своей квартире, уложила в чемодан на колесиках любимые книги, альбом с фотографиями, медали, флаг, подсвечники и прочую сентиментальную ерунду. Самолеты не летали, поезда тоже ходили абы как, но мне удалось купить билет до Торонто. За окном проплывали холмы Новой Англии в золотистой и алой листве, невесомые мосты над бурными горными речками, аккуратные полустанки, увешанные американскими флагами. Вдали от моего личного и общенародного кошмара в Манхэттене я спокойно и умиротворенно прощалась со своей страной. В Торонто я переночевала в кресле в аэропорту, а утром села на самолет в Тель-Авив.

После ульпана я пришла устраиваться на работу в израильскую полицию. Те немногие, кто знал о моих планах, смотрели на меня как на безумную. Израильская полиция – это кормушка для своих: там все друг друга знают по совместной службе в армии и в Магаве*, туда никогда не пустят женщину, новую репатриантку, да еще с таким лицом, как у меня. Но если я всю жизнь служила в полиции, если это единственное, что я умею делать, и, черт возьми, умею делать хорошо, то почему, собственно, я должна заниматься чем-то еще? *Мазл обн наруным***, как говорила миссис Подольски. В то время израильское правительство только-только озаботилось трафиком женщин из других стран и полиция создала свой первый оперативный отдел по этой проблеме. Опыта такой работы ни у кого не было. Опять же, как говорила миссис Подольски, когда вор нужен – его из петли вытаскивают.

Сага моя, конечно, интересная, но если верить врачам, то конец не за горами. Я думаю об этом без страха,

---

* Пограничная полиция, военизированное подразделение полиции Израиля.

** Дуракам счастье (*идиш*).

только надеюсь, что будет не очень больно – мне дадут морфий. А так я довольна своей жизнью, хоть она и не напоминает картинку с выставки. А пока я еще соображаю, пока у меня есть силы делать свою любимую работу, я буду ее делать.

Ребята из отдела IT порылись в компьютере Малки Бен-Галь и на блюдечке преподнесли мне все ее контакты. Как ни странно, молодой человек там не значился, но это могло означать, что у него просто руки не дошли завести электронный адрес, да и зачем ему, раз в доме его родителей нельзя держать компьютер? Главное, что там был адрес той самой подруги, у которой Малка собиралась провести последние два дня в Узбекистане. При помощи русскоязычной стажерки я написала ей вежливое письмо и стала ждать. Ответа не было. Хаим тоже затих.

Прошло некоторое время, а мы ничуть не продвинулись, если не считать справки из телефонной компании. В ней значилось, что последний сигнал с Малкиного мобильника был зафиксирован в радиусе двадцати километров от таких-то координат. Я сверилась с картой. Безлюдная горная местность, ближайший населенный пункт далеко. Что там искать? Казалось, о чем мне волноваться, я сама через полгода умру от рака, но именно поэтому я и хотела оставить мир в лучшем виде, чем он был до меня. Я надеялась дать отцу Малки хоть какой-то ответ, чтобы он мог окончательно похоронить дочь и как-то жить дальше. Ему надо детей поднимать. А так – ни тела, ни информации. Пропал человек, как будто его не было.

Я в очередной раз тупо открыла свой рабочий ящик с электронной почтой и увидела там то, на что уже перестала надеяться. Письмо с адреса Тамары Огай. Письмо, конечно, было по-русски, но вот с этим языком в нашем управлении проблем нет. Пока письмо переводили, я ходила по коридору, как тигр по клетке, не в силах усидеть на месте. Наконец мне выдали перевод, и чем дальше я читала, тем больше понимала, что инстинкты Хаима его не обманули.

Уважаемая Розмари Коэн,

Пишет вам Ирина, дочь Тамары. Мне четырнадцать лет. Я знала, что кто-то будет искать Регину (стоп, кто это «Регина»? ах да, это же Малку так называл ее отец в беседах со мной). *Он должен быть наказан за то зло, которое он совершил* (кто это «он»?). *Я читала, что вы даже Эйхмана достали из Аргентины* (надо же, какая осведомленность у такого юного существа), *и надеюсь, что он предстанет перед вашим судом за то, что сделал с Региной и с моей мамой. Мне много нужно вам сказать, а времени мало, меня в любой момент могут накрыть, и тогда я последую за Региной. В общем, когда Регина не приехала к нам в гости, как собиралась, мама плакала и волновалась. Он сказал ей, что водитель не справился с управлением, машина упала в горах с обрыва и они оба погибли. Мама очень горевала, но ей предстояло скоро рожать, и она сосредоточилась на этом. Она родила сына, последовали песни и пляски, и всё вроде бы устаканилось, ан нет. Каким-то образом мама узнала, что водитель жив, что муж обманул ее и воспользовался ею, чтобы убить ее подругу. Моя мама сошла с ума. Она смотрела в одну точку, не произносила ни слова и не хотела кормить младенца. Пока я спала, ее увезли. Прислуга говорит, что за границу, в психушку. Он хочет взять новую жену, как у них тут принято, а мне тут нечего делать, я гражданка России и не хочу жить в Узбекистане. Мне не нужны его деньги, на которых кровь невинных людей, в том числе вашей соотечественницы. Никто в российском посольстве не хочет мне помочь. Я просто хочу, чтобы вы знали: Малка Бен-Галь убита по распоряжению Карима Ибрагимова, гендиректора концерна «Узбекистон Газ» и криминального авторитета. Я прошу вас помочь мне выбраться отсюда, и я повторю все, что я здесь написала, в любом суде. Пожалуйста, поверьте мне.*

Вот такое сумбурное послание. Я перечитала его несколько раз – и чем дальше читала, тем больше вопросов у меня возникало. Можно ли верить этому юному созданию? Девочки в этом возрасте любят разводить драму вокруг собственной персоны. В моей практике не раз и не два случалось, что девочка могла оговорить кого-то из родителей – просто чтобы отомстить, чтобы ее наконец выслушали и стали воспринимать всерьез. Похоже, в головке этой Айрин куча романтических штампов: что Израиль не оставляет своих ни в какой беде, что для нас не существует государственных границ и международного права и что каждого, кто обидит обладателя израильского паспорта, покарает страшная и невидимая рука МОССАДа. Шикарно было бы иметь такие полномочия, но увы. Допустим, что Айрин верит в то, что написала. Напрашивается вопрос: зачем? Чем гендиректору газового концерна, пусть даже с криминальными связями, могла помешать скромная социальная работница, приехавшая по сугубо личным делам? Зачем делать инсценировку с упавшей в горах машиной? И чем мы можем Айрин помочь? Отвезти ее в Россию?

Положение осложнялось тем, что я была далеко и не знала русского языка, а для Хаима писать Айрин было рискованно. Пожилой мужчина пишет электронные письма четырнадцатилетней девочке и ищет встреч. Скандал будет на все посольство. Мы с Хаимом долго анализировали письмо, жевали каждое слово, прикидывали и так и этак и наконец выработали план. Я написала Айрин (через переводчика), что буду ждать ее на каждой воскресной службе в десять утра в церкви Свято-Троицкого Никольского женского монастыря (одна из пяти ташкентских православных церквей), и приложила к этому подробное описание, во что она должна быть одета.

– Ну и подкузьмила ты мне, – ворчал Хаим. – Каждое воскресенье в церковь таскаться. Откуда такая странная идея?

– Пойми, мы имеем дело с девочкой-подростком. Если она будет настаивать, что ей надо уйти из дома, и откажется объяснить почему, отчим запрет ее и никуда не пустит. А церковь – это святое, это даже мусульмане уважают. У нее травма, она потеряла мать и нуждается в утешении. Все очень правдоподобно выглядит.

– Ну и наивная же ты. Ибрагимов по уши в криминале, для него вера и церковь – это пустой звук.

– Ты веришь, что это по его распоряжению убили Малку?

– Я этого не исключаю.

– Зачем?

– Друзья попросили. Такая возможность подвернулась через Тамару.

– А друзьям зачем?

– А вот тут я уже совсем залез в дебри, но ты выслушай, сделай приятное старику. – Вот ведь кокетничает, ему еще шестидесяти нет. – Боюсь, что эти люди сидели у Малки на хвосте с того дня, как она прилетела в Ташкент и застукала женщину из их команды по перевозке. Они пасли Малку с этого момента и зафиксировали ее визит в посольство. Они не хотели, чтобы она вернулась в Израиль и там болтала языком про их дела.

– Но даже с точки зрения мафии глупо убивать человека из-за такой ерунды.

– А это смотря где. – Тут Хаим посерьезнел. – В Америке и Израиле – да, я с тобой согласен. У нас все дороже и убить человека стоит денег. Прежде чем убивать, надо хотя бы удостовериться, что человек: а) владеет опасной информацией и б) собирается ее разгласить. А здесь мафия непрофессиональна, а человеческая жизнь дешева. Они считают, что чем больше крови и трупов, тем сильнее организация и больше доходы, а это далеко не так. Они прокололись дважды: один раз, когда решили убить обладательницу иностранного, тем более израильского, паспорта, и второй раз, когда решили впутать в это дело жену Ибрагимова.

Следующий разговор превзошел все мои ожидания и не на шутку меня испугал. На экране моего компьютера появилась хитрющая довольная физиономия Хаима. Рядом сидела короткостриженая девочка, в джинсах, с абсолютно славянским лицом, только глаза длиннее обычного. Надо же, как гены складываются. Мое вьетнамское происхождение было видно всем за километр, да и Малке, похоже, досталось на орехи за такое нетипичное для Израиля лицо. Ее отец, профессор Литманович, даже на фоне теперешнего ужаса вспоминал об ее подготовке к гиюру не иначе как с содроганием. А тут я бы никогда не сказала, что мать азиатка.

– Розмари, познакомься, это Ирина. Можешь говорить с ней по-английски.

– Что значит «познакомься», Хаим? Ты соображаешь, что ты делаешь? Ее, наверное, уже вся узбекская полиция ищет. Это именно то, чего мы хотели избежать. Тебя обвинят в похищении малолетней – хорошо, если не в совращении.

– Розмари, не кипятись. Не подходи к Ташкенту с мерками Нью-Йорка. Здесь все решают связи и взятки. Я поднаторел и в том и в другом. Ибрагимов не хватится Ирины еще три дня. Он думает, что она на экскурсии с молодежной группой при церкви.

– Где она спит?

– У моих друзей, приличная еврейская семья.

– Не бойтесь за меня. – У Айрин был очень приятный голос и очень тяжелый русский акцент. – Вот видите, ваш коллега поверил мне. Завтра мы попробуем отыскать машину в горах.

– Айрин, у тебя хороший английский, – только и могла сказать я и снова напустилась на Хаима, перейдя на иврит: – Зачем ты берешь ее с собой искать машину? Ты что, не можешь записать номер и справиться сам? Зачем ты подвергаешь ребенка опасности?

– Она знает эти места, она часто ездила этой дорогой. Я там никогда не был.

– Ты себе никогда не простишь, если с ней что-то случится. Я умываю руки, Хаим. Следующее известие, которое я хочу от тебя услышать, это то, что Айрин в безопасности. А до этого не звони мне больше.

Я отключила связь. Пусть подумает, ему полезно. А то вообразил себя ковбоем на Диком Западе. Ох, мужчины до старости остаются мальчишками. И при этом хотят подчинения. Ну не смешно?

Через два дня Хаим прорезался со следующим сообщением.

– Розмари, я нашел машину.

– Где Айрин?

– Я посадил ее на самолет в Москву. У нее там родственники, семья отца. Приеду, говорит, вас, дядя Хаим, в Израиле навестить. Заработаю денег, вытащу маму из психушки и приеду.

Как все легко в четырнадцать лет. Где ты, маленькая Розмари Коэн, утешавшая на тель-авивской скамейке мастер-ганнери-сержанта Дэвида Коэна?

– ...иначе давно бы на запчасти растащили.

– А? Что ты сказал?

– Я сказал, что машину мы нашли в очень глухом месте в горах, иначе бы ее давно растащили на запчасти.

– И в каком она виде?

– А вот тут много непонятного. При падении с обрыва она почти не пострадала, так, поцарапалась там и сям. Если бы машина сорвалась в пропасть на большой скорости, была бы не машина, а плюха.

– А... останки?

– Нету.

– Как это нету?

– Так. Во всяком случае, мы не нашли. Ни тела, ни одежды, ни вещей.

– Следы?

– Засохшая кровь на обшивке сиденья и на приборной панели. Я это тебе пришлю в контейнере на анализ. Скоро будешь встречать.

– Ты извлек машину из ущелья?

– Да, сейчас. Я не дурак, чтобы так засветиться. Просто выломал сиденья и приборную панель.

Я съездила в Бен-Гурион, встретила контейнер и отвезла в лабораторию. Через некоторое время с поклонами и реверансами осведомилась, как продвигается. С судмедэкспертами надо дружить, их нельзя торопить, это каждый умный полицейский усваивает на первом году работы.

– Я же тебе электронное письмо отправил, – удивился доктор Зуаби. – Опять, что ли, сервер сдох?

– А если коротко, доктор Зуаби?

– А если коротко, то у меня нет оснований утверждать, что твоя потерпевшая погибла.

– То есть как?

– А ты приходи, побеседуем.

Зуаби был человеком во всех отношениях примечательным. Он учился медицине в Штатах и в Париже, практиковал в Ливане, где, по слухам, чем-то очень помог нашей армии, знал много языков и вообще имел вид постаревшего Джеймса Бонда. Ему было больше семидесяти лет, но он продолжал прямо держаться и быстро двигаться, а женская половина нашего славного управления продолжала по нему дружно вздыхать.

– Какие тебе сначала новости – хорошие или плохие? – обратился ко мне Зуаби по-английски. Его ассистентка обиженно надулась при звуках незнакомого языка.

– Давайте все, а я сама решу, какие плохие, какие хорошие.

– О, узнаю New York's Finest. Итак, кровь на сиденье и приборной панели принадлежит женщине средних лет. Материнская хромосома происходит из Восточной Азии, отцовская – из Центральной Европы. Я сравнил ДНК с этого образца с образцом, предоставленным профессором Литмановичем. Таки да. Малка Бен-Галь находилась в этой машине и оставила следы своей крови. Сколько, ты говоришь, машина стояла в овраге?

Я заглянула в блокнот.

– Пару месяцев.

– А теперь прикинь, как выглядела бы обшивка сидений, если бы на ней долго разлагался труп. Запах, пятна, микрочастицы. А этого ничего нет. Вот что у нас с тобой получается, мисс New York's Finest. В этой машине Малка истекала кровью и, возможно, даже умерла, но не разлагалась – или она, раненая, выползла из машины в надежде выйти на трассу, или кто-то забрал мертвое тело.

В свой кабинет я шла как оглушенная. Заключения доктора Зуаби в сочетании с рассказом Хаима навевали мне уж совсем пугающие мысли. Ясно, что на месте крушения давно никто не показывался, иначе бы развинтили машину на запчасти, машина, между прочим, недешевая, все-таки «лексус». Вариант первый и, с горечью констатировала я, самый предпочтительный: Малка умерла быстро, в скором времени после падения. Какая-то местная добрая душа похоронила ее и забрала ее вещи. Надо только найти могилу и желательно паспорт, и, как говорят мои бывшие коллеги, case closed*. Вариант второй: Малка выжила, достала из багажника свой чемодан, выбралась из оврага и пошла по трассе обратно в Ташкент, но не дошла, погибла по дороге. Вариант третий, совсем уж кошмарный: Малка жива, но попала к кому-нибудь в рабство в горах. Стажеры напереводили мне кучу статей из российской прессы о том, что мусульмане из бывших советских республик держат русских в рабстве десятилетиями. Что ждет там красивую молодую женщину? Хорошо юному Стамблеру, он по-русски не читает, а каково старику Литмановичу даже подумать о том, что его дочь во власти жестоких дикарей, которые за год-два непрерывных издевательств превратят ее в отупевшее изможденное подобие человека? И неизвестно, поможет ли ей израильский паспорт или наоборот. В девяносто восьмом чеченские боевики обезглавили четырех английских инженеров потому, что бен Ладен предложил им больше денег за их головы, чем британское правительство за их жизни. Это было тогда, а сейчас, после 9/11 и интифады Аль-Акса, обезглавить перед камерой израильтянку – самый писк, от такого удовольствия они не откажутся ни за какие деньги.

Я никогда не была религиозной. Ритуалы остались детским воспоминанием, теплым и радостным, но не более того. Что будет с моей душой в будущем мире, я не интересовалась, мне в этом мире проблем хватало. Когда люди говорили, что любят Бога, я удивлялась: как можно любить что-то настолько аморфное, непредсказуемое, недоступное человеческому разуму? Я и гиюр поэтому проходить не стала – зачем лицемерить? Слишком живы были в памяти мамины рассказы о том, что все смертные – дети Отца Неба, *Онг Трой*, и Матери Земли, *Ме Дат*. Мне так не хватало отца

* Дело закрыто (*англ.*).

и матери, я даже такого суррогата не хотела лишаться. Единственное, что я когда-либо просила у небес, – это сил и разума справиться со своими обязанностями и милосердия к жертвам насилия. Так было и на этот раз. Я ни разу не разговаривала с Малкой, но чувствовала, что уже давно знаю ее – по рассказам отца и коллег, по содержимому компьютера. Возможно, мы стали бы подругами – две еврейки с азиатскими лицами. Наши отцы отсутствовали, но это не помешало нам поставить их на пьедестал. Народ твой будет моим народом, а Бог все равно один на всех. В голове с ослепительной яркостью вспыхнула картина: Малка на коленях на полу с завязанными за спиной руками, за синяками и кровоподтеками ничего не осталось от красоты, но вот раздвинулись губы, она рада, что скоро закончится этот кошмар, она улыбается своим близким, которые когда-нибудь будут смотреть эти кадры, и, как цветок, расцветает на губах молитва: слушай, Израиль, Господь наш Бог, Господь един. В том, что Малке действительно легче умереть, чем унижаться, я ни секунды не сомневалась. Сама такая.

Я стояла около Котеля* и читала теилим** за Малку. Если она умерла, то помощь с небес ей уже не нужна, если она жива – то, как говорят в Америке, нужно звать на помощь кавалерию. У меня за спиной раздался звонкий женский голос, завершающий молитву:

– И пусть увидит свет Шэрон, дочь Юстины, в наши дни, в это время, и скажем «аминь».

Кругом недовольно зашикали – нехорошо молиться вслух и отвлекать других. Пока до меня доходил смысл слов «Шэрон, дочь Юстины», я развернулась в поисках говорившей. Ну да, соотечественница. Американскую стать и самоуверенность ни с чем не спутаешь. Длинная развевающаяся юбка, умопомрачительная шляпка с вуалью, новомодный слинг из оранжевой ткани – в поддержку Гуш-Катифа. Слинг крепился не спереди,

---

* Стена Плача.

** Псалмы.

как обычно, а сбоку, и оттуда свисали две пухлые младенческие ножки, каждая со своей стороны. Я шагнула к ней и спросила по-английски:

– Вы дочь Шэрон Коэн из Бруклина?

– Да.

– Ну тогда привет, сестренка. Мой отец Дэвид Коэн, сын Юстины.

Пауза. Удивленно раскрытые калифорнийские голубые глаза.

– Вьетнам?

– Вьетнам.

Мы сидели в кафе и рассказывали друг другу свою жизнь. Слингожитель по имени Давид был в хорошем настроении и дал нам пообщаться. Мою кузину звали, вы будете смеяться, Хиллари. Из ее рассказа я поняла, что тетка Шэрон жила богемной хипповой жизнью, перепробовала все калифорнийские секты, какое-то время находилась в индийском ашраме, а Хиллари оставляла на кого придется. Про своего отца моя кузина и словом не обмолвилась, и я решила не трогать эту больную тему. Через полчаса Хиллари заторопилась, ее где-то в центре Иерусалима должен был подобрать на машине муж.

– Вот сейчас три траурные недели кончатся, и приезжай к нам на Шаббат.

– А к вам – это куда?

– В Хеврон, – ответила Хиллари и засветилась от счастья.

Меня нелегко удивить, а тем более напугать, но на это я даже не знала, что ответить. На всех полицейских инструктажах нам говорили, что хевронские поселенцы самые злющие, что они рассматривают полицию и армию как свою прислугу, что любого человека с нееврейским лицом они подозревают в сочувствии арабам и линчуют на месте. Уж, во всяком случае, смешливая калифорнийка Хиллари, через полчаса знакомства открывшая мне свое сердце и свой дом, не вписывалась в стереотип фанатички, готовой растерзать любого нееврея. Никакого пиетета в отношении

Хеврона я не испытывала, хватит с меня тех могил, что на Арлингтоне и Mount Zion Cemetery*, хватит массового захоронения в конце Либерти-стрит. А Хиллари, похоже, действительно уверена, что лучше Хеврона нет места на земле.

– Обязательно приеду.

Почему это случилось только теперь? Теперь, когда мне уже недолго осталось?

Прошло девятое ава, я как раз собиралась уйти с работы пораньше, чтобы вовремя добраться до Хеврона, и тут позвонил Хаим.

– Розмари, пожалуйста, серьезно отнесись к моим вопросам. С тех пор как ты приехала в страну, ты выезжала за границу?

– Не понимаю, при чем тут...

– Ответь.

– Нет, не выезжала.

– А Малка?

– Что Малка?

– Когда она последний раз выезжала за границу?

Я посмотрела в компьютер.

– В двухтысячном, в Штаты.

– Все сходится, – сказал Хаим больше себе, чем мне.

– Что сходится? – устало спросила я.

Ненавижу, когда собеседнику картина ясна, а мне нет.

– Они думали, что Малка – это ты. Они думали, что убивают тебя. Я узнал, что Малку начали пасти не после драки в аэропорту, а еще раньше, с пограничного контроля. С этой целью они специально задержали ее багаж. Пограничному контролю было велено отслеживать полуазиатскую, полуевропейскую женщину 1970 года рождения с западным паспортом. Твои китайцы все-таки выследили тебя, но в Израиле решили не дымить, а дождаться, пока ты уедешь из страны туда, где у них есть деловые контакты. Вот и дождались.

– Но неужели узбекские исполнители такие идиоты? Другое имя, другое лицо, все другое.

---

* Еврейское кладбище в Нью-Йорке.

– Им лишь бы отчитаться, да и профессионалы они те еще. И потом, может быть, ничего бы и не случилось, если бы Малка не полезла на рожон и не устроила тарарам в аэропорту и в посольстве. А так у них все сошлось. Видимо, они решили, что полицейской сделать документ на любое имя не проблема.

Мне стало стыдно и смешно за свой порыв. Идти к Котелю, просить о чем-то ту силу, у которой все равно на нас всех свои планы. Зачем? Я одна, у меня никого нет, мне все равно скоро умирать, так зачем же понадобилось вместо меня убивать Малку, у которой есть родители, и дети, и этот неуклюжий двухметровый Стамблер, для которого она единственный свет в окошке? Но все-таки я не совсем одна. У меня есть Хиллари из Хеврона.

ГЛАВА 4
ГИОРА

Когда я потерял Регину в первый раз, я думал, что ничего хуже быть не может. В узкой, как склеп, камере Лефортовской тюрьмы сквозь лязганье кормушки и гудение голой лампочки под потолком я непрерывно слышал ее захлебывающийся плач. Регина была веселой спокойной девочкой, она привыкла к моим отлучкам и не делала из них трагедии. Но в тот день на улице Гарибальди она, трехлетняя, впервые столкнулась со злом. Тополиный пух летал по Москве, каждый вечер гремела обильная гроза, и я со дня на день ждал ареста. Меня посадят уже за то, что доблестные стражи социалистической законности потратили свое время на увещевательные беседы со мной, а я не внял их предостережениям. Моя фамилия звучит по зарубежным радиоголосам, отец осунулся и постарел, а мама уехала в пансионат в Кисловодск, перед этим поставив меня в известность, что ей не нужен такой сын. Не нужен так не нужен.

Ожидание ареста мучительнее самого ареста, но чтобы так мелко и гадко, на глазах у трехлетней дочери... Этого я даже от Софьи Власьевны* не ожидал. Лера с Региной провожали меня до метро, чуть поот-

---

* Нарицательное обозначение советской власти.

стали. Я оглянулся, чтобы удостовериться, что они все еще идут за мной, но вместо этого увидел двух топтунов, которые профессионально сдавили меня с двух сторон, заломили руки и затащили в неприметный «москвич», тут же и стоявший.

– Папочка! Нет! Не уходи!

Зажатый с боков своими конвоирами, я даже головы назад не мог повернуть.

Потом были долгие изматывающие допросы, сотни часов переливания из пустого в порожнее, холодные нары, скользкие типы в качестве сокамерников. Шахматные и математические головоломки не помогали. Жалел ли я о том, как прожил последние три года? О нет. Единожды попробовав свободы, элементарной возможности говорить как есть, читать не что приказано и делать как велит совесть, я бы ни на что это не променял. Это окрыляющее чувство индивидуума, бросающего вызов репрессивной системе, было сродни эйфории, оно поднимало меня над землей и начисто заслоняло всякую осторожность и доводы разума. Но теперь наступила расплата, в точности по русской поговорке «Чем выше взлетаешь, тем больнее падать». У меня остались силы только на пассивное сопротивление. Я сосредоточился на одном: не предать, не сотрудничать, не дать слабину. Иногда, когда следователи говорили совсем уж вопиющие глупости, я даже позволял себе развлекаться.

– Вот вы какие! Родина вас вырастила, образование дала, все блага обеспечила, а вы в предатели подались, за границу вам захотелось!

– Так за бесплатное образование я теперь в пожизненном рабстве, я вас правильно понял?

Или:

– Как вы не понимаете, Григорий Семенович! В Израиле вы нужны только в качестве пушечного мяса, чтобы угнетать арабов.

– Всю жизнь мечтал угнетать арабов. Я сам имею право решать, чьим пушечным мясом мне стать.

Следователи поумнее не вели со мной политических дебатов. Мне прозрачно намекали, что я могу сесть надолго, а если я не перестану держаться так, как будто пришел в цирк, а КГБ – это сборище клоунов, то для меня всегда найдется «вечная койка» в психушке. Оттуда я если и выйду, то через много лет и в таком виде, что меня не узнают даже родители. И дочь свою я не увижу вообще никогда.

Как будто я сам не понимал, что каждый человек, идущий на конфронтацию с системой, оставляет ей заложников – близких людей, как правило, старых и малых. Я убеждал себя, что моральная ответственность лежит не на мне, что молчание под корягой еще никому не помогло, что если меня не устраивает эта система, то все, что я могу, – это уехать. И не моя вина в том, что меня и других не отпускают и держат на привязи. Но это все были доводы разума, а где-то между ребрами и диафрагмой поселилось мерзкое животное по имени страх, и оно не переставая грызло меня изнутри. Страх не за себя – за родителей, за Регину. И боль, и обида на мать за то, что она с такой легкостью от меня отказалась.

Конечно, я сам тоже не всегда был на высоте. Единственный сын в профессорской семье, гордость и надежда родителей, я привык получать все, не успев попросить. Отец пережил войну, мать блокаду, и все, чего они для меня хотели, – это блестящей научной карьеры и спокойной жизни. Моя жизнь была распланирована за меня, мое дело – это учиться, а все остальное будет мне обеспечено. Я не постеснялся повесить родителям на шею жену с ребенком. Сейчас, четыре года спустя, я сгорал со стыда за свое тогдашнее поведение. Я познакомил Леру с родителями, состоялось чинное чаепитие, а как только я проводил ее до метро и вернулся домой, мама сказала:

– Через мой труп. Даже не мечтай. Ты что, москвичку не мог себе найти?

К чему-то подобному я был, в общем-то, готов и не удивился. Больше всего мама боялась, что я попаду в лапы какой-нибудь провинциальной шалавы, которая потребует размена нашей трехкомнатной квартиры.

– Вообще-то я выбирал не по паспорту.

– Оно и видно. Там на лице все написано, никакого паспорта не нужно. Мне узкоглазые внуки не нужны.

– Мирра! – заревел отец таким голосом, которым не разговаривал с весны сорок пятого и штурма Берлина. – Не смей! Что это еще за фашистские высказывания! В моем доме этого не будет, слышишь!

Мама решила уцепиться за последнюю соломинку:

– Ты должен жениться на еврейке. Это не обсуждается.

От этого вопиющего лицемерия я потерял дар речи, но ненадолго.

– Мама, о чем ты! Вы даже не объяснили мне, что такое быть евреем. Я задавал вопросы, а вы не отвечали на них. Вас послушать, то быть евреем значит хорошо учиться и не быть хулиганом. Поздно пить боржоми, мама. Я не собираюсь отказываться от любимой женщины ради непонятно чего. Не волнуйся, мы не претендуем на квартиру. И денег мне тоже не надо.

Завершив эту гордую тираду, я ушел на балкон курить. На научной карьере можно поставить крест. И что мне теперь делать? Вербоваться в Сибирь на стройку или в геологическую партию на Сахалин? Говорят, там за год можно заработать хорошие деньги. Сумею ли я прописать сюда Леру без согласия родителей? Жить она, конечно, будет в другом месте, еще не хватает, чтобы мама ее тут с костями съела.

Кто-то тронул меня сзади за плечо. Отец.

– Не бросай аспирантуру. Будет тебе квартира. Женись, раз приспичило.

– Она беременна.

– Значит, будем растить.

Тогда я был уверен, что ближе и дороже Леры у меня нет и не будет никого на свете. Я буквально заболевал без нее. По-настоящему, с температурой и прочими прелестями. В Лере удивительным образом сочетались легкий веселый характер и совершенно стальная спина. Даже о своей беременности она сообщила мне без надрыва и трагедии, а с улыбкой и благодарностью. Это притом, что она одна в чужом городе и не замужем. И чем больше независимости и отваги она демонстрировала, тем больше я хотел не отпускать ее от себя, хотел оберегать и защищать. И в один прекрасный день мы очутились на красной дорожке в загсе и выслушивали наставления тетки в перманенте о взаимных обязанностях супругов. А в другой, еще более прекрасный день я очутился под окнами роддома на Шаболовке, а из форточки мне на веревке спустилась записка.

Регишка передает большой привет. Мы тебе рады.

Я все больше и больше погружался в мир еврейских и диссидентских дел, в мир, куда Лере не было хода, где ей было нечего делать. Мне было не в чем ее упрекнуть, я был на сто процентов виноват в том, что она полюбила одного человека, а несколько лет спустя обнаружила рядом абсолютного незнакомца. Человека, считающего, что Израиль – единственное место на земле, где ему надлежит быть. О том, чтобы ехать со мной, Лера даже не заикалась. Слишком дорого досталась ей Москва, чтобы променять ее на что-либо еще. Сейчас трудно в это поверить, но тогда человек, уезжавший из СССР, прощался со своими близкими навсегда, а в отличие от меня Лера была послушной и благодарной дочерью. Расставание далось нам тяжело именно потому, что мы продолжали друг друга любить. Я обещал не забывать о том, что у меня дочь, а Лера обещала не препятствовать моему отъезду. Я выслушал от отца немало горьких и презрительных слов, но на Регину они с мамой надышаться не могли, как будто предчувствовали, что скоро ничего, кроме Регины, у них от меня не останется.

Через четыре месяца после того, как за мной захлопнулись лефортовские ворота, состоялся суд, естественно, закрытый. До последнего момента я не знал, пустят ли на заседание кого-нибудь из моих близких. Увидев отца и Леру, я на секунду почувствовал благодарность к своим мучителям, но быстро с этим справился. Они забрали у меня свободу, семью, возможность вернуться на родину, забрали все – вплоть до ремня и шнурков. Они хотят сделать из меня даже не раба, нет – подопытную собаку Павлова, реагирующую слюноотделением на колокольчик. Там, где нет людей, постарайся остаться человеком*. Я постараюсь. Отец держался прямо, на пиджаке – три ряда орденских планок. Лера шла под руку с ним, каблуки ее туфель отбивали четкий ритм по паркету. Они сели в третий ряд, и вокруг них тут же образовалось пустое пространство, как вокруг прокаженных. Последовало несколько часов пропагандистской антисемитской жвачки, и я был осужден на три года общего режима за распространение лживых измышлений, порочащих советский государственный и общественный строй.

– Подсудимый Литманович, вы хотите сказать последнее слово?

Как трогательно, какая забота о законности. Не пустить на суд ни моих друзей, ни журналистов западных газет. К кому я должен обращаться с последним словом? К этим номенклатурным рылам? Я оглянулся на отца и Леру. Последний взгляд. Лера вскочила с места:

– Гриша, держись, *саранг хае***!

Я тоже ее люблю, только жить вместе мы уже не можем.

– Прекратить антисоветские выкрики! – рявкнул судья.

Много лет спустя, уже в Израиле, я наткнулся на фильм «Не сожалею о своей юности» Акиры Куросавы. Главная героиня, как велел ей конфуцианский долг, приехала в деревню к родителям казненного мужа-диссидента. Пальцами пианистки она копалась в промерзшей земле под плевки и насмешки благонамеренных соседей. С прямой спиной терпела оскорбления, болела и голодала. Я пересматривал этот фильм много раз, пока моя жена-израильтянка не расколотила кассету молотком.

Через полгода в политической зоне я стал делить людей по одному-единственному признаку – отсутствию или наличию внутреннего стержня. Это неуловимое качество никак не коррелировало ни с религией, ни

---

* Талмуд, Пиркей Авот 2:6

** Я тебя люблю (*кор.*).

с идеологией, ни с национальностью, ни с тюремным стажем. Я пытался анализировать, вывести хоть какую-то закономерность – и не мог. Это было как базис, на котором строилось все остальное. Нет базиса – нет личности, а есть запуганное существо, готовое на что угодно за полбатона колбасы или просто за «хорошее отношение». Когда, лежа на лефортовской койке, я плакал от чувства вины перед своим ребенком, я еще не знал, что, собственно, является самым страшным. Только увидев других людей – сломленных, угодливых, жалких, – я решил: пусть лучше Регина никогда не увидит меня, чем увидит, но будет презирать. Лучше я вообще останусь без свиданий, чем дам им возможность манипулировать собой. За лагерной колючкой я снова ощутил себя свободным, спина выпрямилась и окаменела, а на вопрос: «Почему вы молчите, осужденный Литманович?» – я честно отвечал: «Потому что мне не о чем с вами разговаривать».

– Боюсь я за тебя, Гриша. Не доведет тебя гордыня до добра.

Любого другого я бы отшил или проигнорировал. Но этот человек заслужил мое уважение. В наличии у него стержня я не сомневался хотя бы потому, что в свои сорок лет он сидел уже в пятый раз. Сидел за веру. Он был тверд с властями, но исполнен милосердия к жертвам. Последняя часть этого уравнения у меня не складывалась ни в какую, ничего, кроме брезгливости, они не вызывали, хоть убей.

– Почему, Алексей Петрович? Это работает. Они оставили меня в покое, мне больше не предлагают сотрудничать.

– Они до поры до времени оставили тебя в покое. Но рано или поздно ты окажешься перед выбором: помочь товарищу по несчастью или нет. Отказавшись помочь жертве, ты окажешься соучастником издевательства. Третьего не дано. Вот на этом, я боюсь, ты сломаешься.

– Алексей Петрович, опомнитесь. Вы что, не видите, что это за люди? Да они же предадут первому, кто догадается крикнуть погромче.

– А это не твоя печаль. Это на их совести.

Там, где нет людей, постарайся остаться человеком. Уже ради того, чтобы услышать это и понять, стоило рискнуть всем.

Алексей аккуратно скреб у рукомойника руки с неоттираемыми следами типографской краски. Хотя единоверцы и избрали его пресвитером, он не оставил своей старой профессии печатника и нынешний срок получил именно за работу в подпольной типографии, где печатали Новый Завет. Каждый раз, когда в нашем бараке появлялся новый обитатель, Алексей «на бис» рассказывал историю своего последнего ареста. Он был исключительно скромным человеком и никогда не рассказывал, если его не просили.

В середине шестидесятых их церковь обратилась к властям с официальной просьбой разрешить напечатать несколько тысяч Евангелий и сборников гимнов. Запрос остался без ответа, и тогда они создали свою типографию. Станок строили по дореволюционным чертежам, каждую шестеренку приходилось вытачивать самим. Типография находилась в глухом лесу, но КГБ удалось выследить ее с вертолета. Когда в дом ворвались гэбисты и менты, они нашли только печатный станок и несколько тонн бумаги, купленной на собранные общиной деньги. Все это было немедленно конфисковано, но буквально из-под носа оперативников исчез весь тираж – пять тысяч экземпляров. За одну ночь пять печатников перетаскали все книги в бывшую партизанскую землянку, о которой больше никто не знал. На всех допросах Алексей говорил:

– Вы не хозяева Слову Божьему. И я не хозяин. Только Он.

На одном-единственном свидании жена успела иносказательно сообщить Алексею, что книги извлечены из землянки и дошли по назначению, что уже собирается новый станок, что издательство «Христианин» никуда не исчезло и исчезать не планирует. Я видел фотографии их детей. Чистые, одухотворенные лица девочек, зачатых за колючей проволокой, видевших отца от силы год-два-три за все свои короткие жизни.

Таня, Настя, Рая и Любаша. Конечно, они будут с гордостью носить его фамилию.

Я смотрел на Алексея и учился, как мужчина должен себя вести. На отца мне, впрочем, тоже никто смотреть не мешал, но эту возможность я из-за глупого гонора упустил. Я считал их поколение зашоренным и запуганным, навсегда ушибленным Великим Страхом. В начале семидесятых еврейское движение только-только набирало силу. Большинство людей, во всяком случае в моем кругу, составляла необстрелянная молодежь, в нашей деятельности был какой-то элемент игры с властью и бунта против старшего поколения. В то время по всему миру молодые люди бунтовали. Но в лагере все было серьезно, никаких игр. Избалованный профессорский сынок, звезда студенческих компаний остался где-то далеко в прошлом. Я понял, что Алексей прав: от меня требуется больше, чем просто не доносить. До ареста ни разу не бравший в руки отвертки, я ожесточенно вытачивал детали на токарном станке, перевыполнял норму в полтора раза. Излишек шел другим зэкам, которые не могли выполнить норму по болезни или ослабленности после штрафного изолятора. Те гроши, что мне удавалось заработать, я клал на сберкнижку, чтобы Регина знала: папа о ней не забыл.

Одного из наших литовцев администрация начала травить за отказ от сотрудничества. Формальным поводом придраться стало то, что он писал письма домой на родном языке, а не по-русски. Жены нашей ВОХРы, сидевшие на теплых цензорских местах, и по-русски-то не очень читали. Я завидовал ему, потому что тогда знал на иврите несколько сотен слов, кое-какие песни и благословения, но писать уж точно не умел. Он объявил голодовку, мы присоединились. Гэбистский уполномоченный вызывал нас по очереди и каждого обрабатывал:

– Зачем вам это, Литманович? Вагрионис про вашу нацию очень нелицеприятно высказывался.

Ну и примитивные же у них методы.

– Это не важно. Важно, что по закону он имеет право писать домой письма на родном языке, а вы эти права нарушаете.

– Литманович, у вас вообще-то свидание намечается.

– Я календарь читать еще не разучился.

Кончилось тем, что я оказался в штрафном изоляторе. В одной хлопчатобумажной одежке лежал на бетонном полу. Стоял суровый мордовский декабрь. Я впадал в забытье, просыпался от рези в животе. Стопы и кисти рук все время отнимались, и я принимался их отчаянно растирать. Я жил от одной кружки кипятка до другой, а в промежутках пытался согреться по методу индийских йогов. Я представлял себе горячую пустыню и танки с шестиконечными звездами на башнях. Пыль стояла столбом, я слышал рев моторов и резкие команды на иврите. Какие-то иностранцы привезли нам хронику Шестидневной войны, и теперь память пришла мне на помощь, любезно предоставляя эти кадры. Ради чего лежу я на этом бетонном полу? То, что на воле считается донкихотством, здесь – акт самосохранения. Единственный способ остаться человеком в этих условиях – это сконцентрироваться на чужой боли вместо своей. Потеряв эту способность, заключенный терял все остальное, включая человеческий облик. А я хочу вернуться на родину и занять свое место в строю.

После штрафного изолятора я где-то две недели не мог выполнять норму. Антанас Вагрионис ни словом не поблагодарил меня. Но в конце каждой смены он ссыпал выточенные им детали в мою корзину. Ну что поделаешь, если человеку так отвратителен русский язык, что он на нем ни слова сказать не хочет.

Следующей ступенькой наверх, к свободе, стали благословения на еду. Я нуждался в этом, чтобы лишний раз напомнить себе: мое выживание, мое настоящее, равно как и будущее, не зависят ни от лагерной администрации, ни от стоящего за спинами этой администрации комитета. На каждое мое благословение Алексей отвечал «аминь», чем очень меня смущал. Это был по-настоящему верующий человек, он четко знал, что Бог от него хочет, и вопрос, выполнять или нет, перед ним даже не вставал. Выполнять любой ценой. Он действительно был уникален, а я – обычный националист, как прибалты, как украинцы. С той лишь разницей, что их право на национализм признавалось всеми и безоговорочно, а мое без конца подвергалось сомнению. Ну конечно, евреи обязаны украшать собой русскую культуру, служить образцом морали всему человечеству, что угодно, только не заботиться о собственных интересах. Это же так местечково, так провинциально. Но я радовался, что у меня еще остались силы злиться на эти разговоры. Начиная со второго года заключения я не вылезал из штрафного изолятора, и это не прибавило мне здоровья.

Евреи на зоне еще были, но я был единственным сионистом, остальные правозащитники, а один даже православный. Общение с ними у меня получалось только на общие, идеологически нейтральные темы – шахматы, математика, стихи. А еще были библейские чтения. Надо ли говорить, что богословского образования не было ни у кого, даже Алексей был самоучкой. Он мог цитировать оба Завета с любого места, но меня впечатляло не это. Любой пропагандист с головой на плечах может сыпать цитатами. Меня поражало, как редко и к месту он цитировал, как точно и продуманно помогало то, что он называл Словом Божьим, разрешить любую ситуацию, включая очень неоднозначные. Так, мы сидели кружком, грея руки о кружки с чифирем, – Алексей, Антанас, самиздатчик из Ленинграда Вадим, униатский активист из Львова Богдан, сибиряк Анатолий (подписал несколько писем в защиту репрессированных священников и не раскаялся на следствии) и я. Пользовались маленькой, но толстой, карманного формата Библией, отпечатанной в том самом издательстве «Христианин». Власти уже поняли, что отбирать Библию у Алексея – себе дороже, шуму не оберешься, будет голодать, пока не вернут. Да еще и других зэков взбаламутит. В прошлую его отсидку (в уголовной зоне) из солидарности с ним не вышел на работу весь цех.

На третьем году моей отсидки намеки комитетчиков на угрожающий мне второй срок стали все более и более прозрачными. Я смирился с тем, что так оно и будет, и не видел смысла менять свое поведение. В это время в нашу зону привезли новенького – еврейского дедушку из Белостока, из тех, о ком мой отец с пренебрежением говорил «эта провинциальная публика». Звали его Зиновий, для своих – дед Зяма. Вскоре я обнаружил, что «провинциальная публика» знает шесть языков (идиш, иврит, немецкий, русский, польский и белорусский) и рассказывает интереснейшие вещи. Их местность принадлежала Польше аж до 1939 года, и он успел поучиться в хедере, разругаться со своими набожными родителями, отслужить в польской армии, освоить радиодело, съездить в Палестину и вернуться обратно (!). Каким местом он думал, хотел бы я знать.

– Так невеста у меня была. Браша. Думал, вместе поедем. А потом то, се, дети пошли.

Брашу с двумя детьми немцы расстреляли в первую же неделю своего пребывания в их городке. Зяме стало безразлично, умереть или нет, жить все равно не для кого. Это его и спасло. Идя в колонне с очередной трудовой повинности в ближайшем лесу, он бросился на конвоира, обезоружил его и бежал к партизанам. От Зямы я впервые услышал о братьях Бельских. Тех самых, которые укрыли в своем отряде более тысячи небоеспособных евреев, которых иначе ждала верная гибель. Но боевыми операциями они тоже занимались. За голову Тувьи Бельского немцы назначили премию в сто тысяч рейхсмарок. Зяма был в их отряде связистом и провоевал до лета 1944-го, пока отряд не абсорбировался в Красную армию. При взятии Кенигсберга получил осколком по голове и очнулся в госпитале уже после безоговорочной капитуляции.

– Ну что, оклемался, сокол ясный? – спросила медсестра.

С тех пор прошло много лет, Зяма и его медсестра поседели и постарели, но «соколом ясным» он для нее остался до ее последней минуты. У них были дочь, внуки и зять – редкостная скотина. Но дочь все равно писала Зяме и слала посылки, рискуя нарваться на скандал с побоями от мужа.

Сел дед Зяма за основание инициативной группы ветеранов и инвалидов войны. По горло сытые черствостью и равнодушием властей, они стали активно протестовать, писать в международное общество инвалидов, даже основали собственную кооперативную мастерскую. В то время как за океаном полетели через ограду Белого дома первые медали ветеранов Вьетнама, дед Зяма и его товарищи, вступившие в компартию кто под Сталинградом, кто подо Ржевом, кто в партизанах, пришли в райком и сдали свои партбилеты. Этого власти уже так оставить не могли. Сначала я удивлялся, почему его отправили в политическую зону, а не к уголовникам. Ведь, кроме клеветы на советский строй, ему еще пришили занятие запрещенным промыслом и спекуляцию. Очень скоро я понял, что никаким милосердием тут и не пахло. Его поселили в барак к полицаям. Травили они его страшно, а начальство еще и масла в огонь подливало примерно такими репликами:

– Зиновий Аронович! Вы же коммунист и красный партизан! Советская власть хочет простить вас.

– Я не коммунист, – спокойно отвечал Зяма. – Я не нуждаюсь в прощении. Все, чего я хочу, – это умереть с чистой совестью.

Через некоторое время я стал опасаться, что его соседи по бараку помогут ему в исполнении этого желания. Каждый раз на утреннем построении я искал его глазами и, найдя, вздыхал с облегчением. Он не мог хранить в своей тумбочке ничего ценного, и я хранил его продукты и письма вместе со своими и укрывал от шмона прежде своих. Я брал в стирку его белье, потому что в своем бараке его не допускали к общему баку, где стирали все остальные. Он отчаянно защищался, но он был один, а их было много. Не добравшись до него, когда он был молод и вооружен, они теперь, внутри большого ГУЛАГа, устраивали ему маленький Освенцим.

– Убьют они вас, дед Зяма.

– Непременно убьют, – спокойно соглашался он. – Они меня прямо спрашивают: что же ты такой живучий, что же не лежишь во рву вместе со всеми? Устал я, Гриша. А сопротивляюсь, чтобы помереть не как собаке. Браши нет, Маруся моя померла, Оля терпит от этого козла, а помочь я ей ничем не могу.

– Попроситесь в наш барак. Все наши согласны.

– Ничего я у них просить не стану.

– Поймите, без вашего заявления мы даже не можем начать акцию в вашу поддержку.

– Молодой ты, Гриша. Фронтовое братство только на фронте и бывает. А здесь людей в животных превращают.

– Или в лучших людей.

– Никто, кроме тебя, не станет за меня голодать и в ШИЗО тарахтеть. Ну баптист, может, этот.

– Христианин веры евангельской, – машинально поправил я.

Мы продолжали тянуть лагерную лямку. Начальство сделало мне следующее заявление:

– Литманович, мы переводим вас в полировочный цех. Будете отказываться – не получите свидания.

Все понятно. Вредное производство, пыль в легкие, пыль в глаза, ни фильтров, ни очков. Мне там норму не выполнить. А они с чистой совестью могут меня за невыполнение нормы преследовать.

– Я не собираюсь с вами торговаться. Свидание принадлежит мне по закону, но вы тут только и делаете, что нарушаете советские законы.

Ухнуло мое свидание на ближайшие полгода. Отца жалко.

Начальство объявило «ленинский воскресник». Всем зэкам, согласившимся работать на строительстве ПКТ*, была обещана премия в виде двух вареных яиц и стакана компота. Никто из наших не согласился. А соседи деда Зямы резво построились и отправились возводить внутрилагерную тюрьму. При всех, на утренней проверке, дед Зяма сказал, ни к кому конкретно не обращаясь:

– Холуи – они и есть холуи. Не могут жить без хозяев.

Ему тут же влепили пять суток штрафного изолятора, а я обрадовался, что хоть там они его не достанут. Утром на шестые сутки его выпустили, он отработал

---

* Помещение камерного типа – место содержания заключенных с особым режимом.

полный день в цеху и вернулся в свой барак. Я не мог успокоиться, я знал, что после отбоя они начнут его бить. Двери бараков снаружи запирались, но окна никто не запирал. Значит – в окно. У меня было шесть дней на подготовку, и я подготовился. Под крыльцом лежала тщательно упакованная железная кочерга из токарного цеха. Главное – действовать быстро и нагло, пока они не опомнились, не догадались припереть чем-нибудь дверь изнутри. Взбегая на крыльцо их барака, я уже слышал, что там не спят. Глухие удары, тяжелая возня. Так и есть. Стоят кругом и пинают неподвижное окровавленное тело на полу. Неужели я опоздал? Молча я обрушил кочергу на первую же попавшуюся спину. Послышались приглушенные крики на западном диалекте украинского, из которых я разобрал только слово «жидив», но этого мне хватило. Я продолжал орудовать кочергой, не давая никому к нам подойти. У меня даже не было возможности рассмотреть, в сознании дед Зяма или нет. Через пару минут я стал задыхаться. В последнее время я сильно сдал, работа во вредном цеху и питание по пониженной норме бесследно не прошли. Значит, так тому и быть. Но я не оставлю его умирать одного.

Наверное, мы бы умерли вдвоем прямо там, если бы в барак не ворвался наш кружок по изучению Библии в полном составе. Даже Богдан. Я сел, чтобы не сказать упал на пол, захлебываясь кровью, пошедшей горлом. Положил голову деда Зямы себе на колени, взял рукой за запястье. Пульс хоть и слабый, но был. Оба глаза заплыли, нос переломан, везде кровоподтеки. И рана на голове, нанесенная каким-то тупым предметом.

– Дед Зяма, очнитесь! – кричал я, давясь кашлем. – Это я, Литманович.

Он попытался открыть глаза, но не смог. Но он все равно узнал меня, его рука нашарила и сжала мою.

– Гришка... сынок.

Это было все, что я ясно расслышал. Тихо шепча, он завалился на бок, но я его уже не понимал. Потом этот момент снился мне часто, и каждый раз я слышал в его предсмертном шепоте слово *исраэль*. Скорее всего, эту легенду придумал себе я сам, чтобы легче было пережить его смерть и собственное чувство вины. Но мне так хотелось верить, что перед смертью он просил меня поклониться нашей земле. А может быть, просто повторил то, чему его в детстве учила мама.

– Да вы что, бунтовать! Говори, кто зачинщик!

Это явилась охрана к шапочному разбору. Все стояли глаза в пол, только дышали тяжело.

– Мы все протестуем против произвола, – сказал Вадим. – Вы поместили еврея в барак к полицаям. Посмотрите, чем это кончилось. Мы требуем прокурорского расследования.

– Вы у меня в ШИЗО натребуетесь! А ты, Литманович, вообще сгниешь.

Я поднял голову и харкнул на стоявшие передо мной сапоги кровавой слюной. Слов у меня уже не осталось.

Дед Зяма умер назавтра в лагерной больнице, и его похоронили на лагерном же кладбище под табличкой с номером.

Пока в кагэбэшных верхах решали, что со мной делать – пытаться приручить или репрессировать дальше, – местное начальство вдруг решило поиграть в гуманизм и мне разрешили свидание с отцом. Надо сказать, что гуманизм этот выглядел весьма своеобразно. Свидание было через стол, дотрагиваться не разрешалось. Отца неделю мытарили в различных приемных, а перед самым свиданием велели раздеться догола, отойти к окну и сделать три приседания*. Но это были еще цветочки по сравнению с тем, что он испытал, когда увидел меня. Вес пятьдесят два килограмма при росте метр семьдесят пять. Туберкулезные процессы в обоих легких. Отмороженные ступни. Отсутствующие зубы, выбитые при водворении в штрафной изолятор и при искусственном кормлении.

– Вы что, не видите, какой он худой? – растерянно спросил отец кого-то из лагерных чинов (я их уже не различал).

---

* Стандартный прием обыска родственников заключенных в советских лагерях.

– А что вы хотите? Он же норму не выполняет.

Я заочно получил еще один трехлетний срок за нарушение внутреннего распорядка и злостное хулиганство. Теперь у них появилась возможность угрожать мне уголовной зоной, и поэтому меня повезли на «перевоспитание» в Чистопольскую тюрьму. Когда над моей головой прозвучало сакраментальное: «Литманович, с вещами на выход», мои соузники молились за меня по-русски, по-латыни, по-церковнославянски. Одними молитвами дело не ограничилось. Тренированным движением старого лагерника Алексей вытащил из-под подкладки бушлата мешочек и сунул мне. Там обнаружились сахар, чай, пара шоколадных конфет в спичечном коробке, шерстяные носки, кусок копченой колбасы, туалетное мыло, нарезанное ломтиками и высушенное яблоко, две чистые «домашние» наволочки, сложенные до размера носового платка, и листочки с переписанными на память псалмами.

Отчаявшись сделать из меня стукача, КГБ сменил пластинку, и следователи напирали на то, чтобы я написал прошение о помиловании. Я был возмутителем спокойствия, я не боялся их, и другие заключенные, глядя на меня, переставали бояться. В любой зоне я мешал администрации, и они хотели избавиться от меня и сделать из этого пропагандистский спектакль. Я должен был раскаяться в том, что в угаре еврейского национализма избил семидесятилетнего старика тяжелым предметом. Они хотели опубликовать мое покаяние во всех газетах и обещали за это выпустить в Израиль. Конечно, я хотел в Израиль, но не такой ценой.

В Чистополе меня переводили из камеры в камеру, нигде я не задерживался дольше двух недель. Я даже получил подарок – двое суток в камере с молодыми сионистами из последнего набора. Я был для них ветераном, живой легендой, тем самым Литмановичем, а они были для меня неизмеримо большим – сигналом с воли, живым доказательством, что наше движение на месте и так же, как издательство «Христианин», продолжает отравлять Софье Власьевне жизнь. Мы пели хором на иврите, как бывало на московских кухнях, покуда охранникам не надоела эта капелла идиотов и нас не рассадили. В Чистополе было много разного интересного народа. Например, меня посадили в камеру с немцем из Алма-Аты, добивавшимся выезда в ФРГ, в надежде, что мы устроим друг другу веселую жизнь. Ничего даже близко на это похожего не произошло. А еще был китаец, бывший офицер, член антимаоистской организации. Когда он переходил границу, он думал, что идет к своим, к истинным марксистам.

Покаяние я не подписал и был отправлен в уголовную зону. Полтора года кошмара. Я впал в то же состояние, что дед Зяма. Жить не хотел, а сопротивлялся, чтобы не опуститься. Работал в цеху, на карьере. Туберкулезных на этой зоне было больше, чем здоровых, а главврач постоянно пребывал в состоянии алкогольного ступора. Я уходил от этого всего внутрь себя – в английский, в иврит, в стихи, в молитвы. Но этих возможностей было так мало. В начале семьдесят девятого меня этапировали в Сибирь, куда-то под Тобольск. Впрочем, к тому времени я находился в таком состоянии, что плохо и туго соображал. За весь этап меня ни разу не ударили и не обматерили, что было само по себе неожиданно и дезориентировало меня окончательно.

В пункте назначения чудеса продолжились. Это была маленькая спецзона, не больше чем на тридцать заключенных, очень привилегированная. После нормальной бани, первой за полтора года, меня положили в больницу, стали усиленно кормить и лечить как положено. Когда я окреп настолько, чтобы гулять, выпускали без разговоров. На беседы больше не вызывали, зато вставили новые зубы взамен выбитых. Я понял, что меня собираются кому-то показывать. Когда я наконец услышал: «Лишить гражданства СССР... выдворить за пределы СССР... Литмановича Григория Семеновича... освободив его от дальнейшего отбытия наказания», у меня уже не было сил ни на что. Одними губами я прошептал: «Наконец-то».

В Бонне я сидел в каком-то кабинете. Дверь распахнулась, и в комнату влетел израильский консул, энергичный красавец сабра, какими я их себе представлял по тамиздатовским книжкам. Увидев, что он собирается меня обнять, я забился в угол и закрыл руками голову:

– Я туберкулезный. Я был в такой грязи. Мне уже никогда не отмыться. Я боюсь заразить вас.

Консул присел возле меня на корточки. Закатал свой левый рукав, обнажая запястье.

– Я тоже был в грязи. – И он осторожно положил руку мне на плечо.

Я не справился с собой, смог только руками лицо закрыть. Слезы все равно проливались между пальцев.

Первый год в Израиле я провел в состоянии самой настоящей эйфории. Я получал удовольствие от всего – от языка, людей, климата, еды. Я набросился на все это с такой жадностью, что спал не более пяти часов в сутки и при этом не чувствовал себя усталым. И еще появились желания – нормальные желания еще нестарого мужчины. Мне было тридцать два года.

За первый год я дотянул иврит до приличного уровня, выучился на автомеханика и обзавелся любовницей. Орли – смеющаяся, раскованная, озорная – очаровала меня так же, как когда-то Лера. Она получала удовольствие от секса, и, что самое удивительное, она получала удовольствие от меня. События десятилетней давности начисто испарились у меня из головы, и я как-то забыл, что у этих удовольствий бывают очевидные последствия. Нам с Орли пришлось пожениться и учиться жить вдвоем, а не только спать.

С работой было туговато, и я сунулся в армию в надежде получить позицию по контракту. Я был почти уверен, что меня забракуют по состоянию здоровья, и ни на что особо не надеялся. Но после «войны Судного дня» армия была деморализована, люди пачками увольнялись в запас и контрактников катастрофически не хватало. Меня таки взяли, дали сразу звание сержанта и отправили механиком на военный завод. Производство «Меркав»* шло вовсю. Летом восемь-

---

* Меркава – колесница (*ивр.*). Танк, разработанный и производимый в Израиле.

десят второго я ушел на войну в Ливан, оставив Орли с одним сыном на руках и уже беременную вторым.

Танк был разукрашен надписями: «Арик – царь Израиля», «Боль – это страх, уходящий из тела» и «Ясир, пей из лужи». Командиру танка было двадцать три года, наводчику орудия и заряжающему – по девятнадцать. Господи, где они только набрали этих детей. Мне досталось управление машиной и всякий ремонт по мелочи. Сначала это было вообще не похоже на войну. Мы вкатились в Ливан, не встречая никакого сопротивления. Танковая колонна быстро двигалась по приморскому шоссе, как между Тель-Авивом и Хайфой. Иногда случались пробки, потому что пропускная способность ливанских дорог не была рассчитана на такое количество танков и прочей техники. Мы глушили мотор – горючего доблестная «Меркава» жрет ну очень много. В пробках я клал голову на сложенные руки и засыпал. Мне снилась тобольская зона, с неба сыпал мягкий снежок. У проволоки стояла Орли в русском платке и ватнике. Старший цеплялся ей за юбку, младшего она держала на руках. Я просыпался каждые пятнадцать минут и, не получив приказа ехать, снова засыпал. Потом наконец заводил мотор, и мы ехали дальше. Сквозь грохот и лязг доносились позывные, как с неба: *Тиранозавр, ми-Целест, атем бе-тнуа?** Потом мы увязли в пригороде Сидона, где служили огневой поддержкой пехотинцам. Утюжить танком городскую улицу – это как делать хирургическую операцию столовым ножом и вилкой. Каждое движение гусениц, каждый поворот башни что-нибудь разрушали. От одного приближения танка во всем квартале с домов сыпалась штукатурка. Один выстрел из орудия, и от передней стены двухэтажного дома оставалась гора развалин. Это продолжалось дней десять, а потом в городе не осталось никого – ни гражданского населения, ни боевиков. Танки отвели на исходные позиции для превентивного осмотра – и вовремя. Мой мир сузился до перегревшегося двигателя и забитого песком фильтра.

---

* Тиранозавр, это Целеста, вы двигаетесь? (*ивр.*)

Копаясь во внутренностях нашего «тиранозавра», я настолько погрузился в процесс, что не заметил, как ко мне обращаются. И вот теперь я стоял перед полковником в грязном комбинезоне, сам чумазый, руки в масле и солярке.

– Вы меня без ножа режете, – без всяких церемоний обратился к полковнику мой командир. – Как я без него останусь? Кто будет вести танк и чинить его, когда он ломается? Кого вы мне вместо него пришлете? Какого-нибудь гаврика вроде этих двух, – палец через плечо в сторону наводчика и канонира, – чтоб они были здоровы?

– Меир, не свисти. Будет тебе механик. А Литманович нужен в штабе для серьезных дел. Как тебя, Гиора?

Только в ЦАХАЛе* полковник будет утешать лейтенанта и объяснять ему смысл приказа. Интересно, для каких серьезных дел мог понадобиться я?

Меня отвезли в Бейрут в роскошное десятиэтажное здание, где раньше помещалось несколько европейских посольств. Провели в комнату, где стояла пара раскладушек, два столика с печатными машинками и от пола до потолка громоздились какие-то коробки. Полковник пнул ближайшую коробку ногой.

– Здесь документы, захваченные у сирийцев. Они на русском языке. Будешь сортировать, что важно – переводить.

– Я не разведчик. Я не знаю, что важно.

– А это тебе твой новый командир скажет. Йорам! – заорал полковник таким голосом, что коробки чуть не попадали. – Вылезай, я сказал!

Из-за коробок не торопясь вышел молоденький тонколицый лейтенант. К поясу у него был прицеплен миниатюрный кассетный магнитофон, в ушах наушники. Раньше мне таких портативных магнитофонов видеть не приходилось.

– Сними наушники, урод. Я тебе человека привез с русским языком. Звать Гиорой.

---

* Армия обороны Израиля.

– Привет, Гиора, – махнул рукой лейтенант и исчез за коробками.

Наушники он снять даже не подумал. Что это за обращение со старшим по званию? Я уже понял, что израильтяне не любители субординации и чинопочитания, но такое хамство я видел в первый раз. Полковник повернулся ко мне:

– Располагайся, я пошел.

Впоследствии я узнал, что Йорам приходился полковнику родным племянником. Работал он от силы два часа в день, а в остальное время слушал свой магнитофон или исчезал куда-то в компании ливанских офицеров-фалангистов. Подозреваю, что сбор разведывательной информации состоял в совместных застольях. Иногда он приходил не то чтобы пьяный, но немного подшофе. Местная христианская элита испытала сильное влияние французов и знала толк в хороших винах. Я делал свое дело – сортировал документы и переводил. В основном там была техническая документация к танкам, самолетам и системам ПВО, которые СССР поставлял сирийцам. Попадалась интересная дипломатическая и военная переписка и знакомые еще по лагерным политинформациям филькины грамоты о братской помощи жертвам израильской агрессии. Через несколько дней я осмелился прервать сиятельный отдых и спросил у Йорама, где тут можно постирать белье.

– Сложи в мешок и выстави за дверь.

– Как это «выстави»?

– Гиора, это штаб. Знаешь, сколько ливанцев тут вокруг нас кормится? И форму выгладят, и ботинки почистят. Пачку сигарет не забудь в мешок положить. А за десять шекелей они вообще от счастья описаются.

Кто, собственно, стирает его вещи и гладит его форму, Йорама не интересовало. Стыдно подумать, что и я был таким в его возрасте. У нас всегда были домработницы. В лагере я расстался с барскими привычками хоть и болезненно, но очень быстро. Итак, когда под мою дверь положили выстиранное и аккуратно сложенное белье, мне все-таки захотелось узнать, кто же эта добрая фея. Оказалось – мальчишка. Смышленый, расторопный, ясноглазый мальчишка, называвший всех израильтян *mon capitaine*, не вникая в различия званий. Его речь представляла собой чудовищный салат из французских, английских, арабских и ивритских слов, но, как ни странно, я его понимал. Из наших бесед с Иссамом я узнал, что его родители были образованными и обеспеченными христианами, что люди из ООП* незадолго до нашего вторжения вырезали всю их деревню и из их семьи спаслись только он и его двоюродная сестра.

– Лет тебе сколько?

– Двенадцать, mon capitaine.

Двенадцать. Как Регине.

Когда в их деревню вошли израильтяне, ему повезло. Кто-то из наших оказался репатриантом из Франции. Убедившись, что его понимают, Иссам сказал:

– Что я должен сделать, чтобы заслужить оружие? Я хочу мстить. Не дадите – зубами буду им глотки перегрызать.

Слава богу, у наших хватило ума не давать оружие ребенку на грани помешательства. Иссама с сестрой просто посадили в танк и с максимумом комфорта и безопасности доставили в Бейрут. За весь переход до столицы из их подразделения никто не погиб, не перевернулась и не заглохла ни одна машина. «Наш талисман», – называли Иссама солдаты.

– Они Мариам пальцем не тронули. Когда ей надо было раздеться, они отворачивались. Она уже взрослая девушка, постарше меня будет. Я бы все равно на ней женился, даже если бы что случилось. Раз уж мы одни из всей семьи остались.

По прибытии в Бейрут Мариам устроилась сиделкой в госпиталь Красного Креста, а Иссам продолжал «талисманить». Насколько я понял, мечту о мести он и не думал оставлять.

Я никогда не жаловался на проблемы со сном. Как говорится, лишь бы дали. Обычный для Бейрута шу-

* Организация освобождения Палестины.

мовой фон – взрывы, автоматные очереди, дикие крики – мне не мешал. Но в эту ночь я просыпался, наверное, раз двадцать. Что-то происходило совсем рядом, от сполохов осветительных ракет в нашей комнате делалось светло как днем. Йорам лежал, уставившись в потолок, и спал с открытыми глазами. Наутро я проснулся с дикой головной болью и, выйдя на улицу, зашатался. Запах. Знакомый каждому солдату запах смерти, растущий в геометрической прогрессии с каждым следующим трупом. Не знаю, сколько трупов там было, но запах был таким, что в воздухе топор можно было вешать.

Иссам исчез. Через три дня я пошел к ребятам, которые привезли его в Бейрут. Их часть стояла тут же.

– К фалангистам сбежал, – пояснил мне юный выходец из Индии, сверкая яркими белками на чумазом лице. – Они ему ствол пообещали. А тут как раз зачистка.

– Какая еще зачистка?

– Да ты что, сержант, с луны свалился? Они уже третий день как здесь орудуют.

Аналитик из меня, конечно, аховый. Нет чтобы проанализировать осветительные ракеты и трупный запах. Фалангисты сцепились с ооповцами и – уроды! – воспользовались мальчишкой, его болью, его трагедией. Союзнички, чтоб им было хорошо.

На следующий день с криком «Гиора, собирайся!» к нам влетел полковник. Я бросил взгляд в зеркало над умывальником, одернул форму и сказал: «Я готов». Я же не Йорам, который просто не в силах пройти мимо полированной поверхности и в нее не посмотреться. Оказалось, что в стычке с сирийцами взят в плен советский инструктор и нам предстоит его допросить. С первых же фраз я понял, что этот допрос будет стоить много нервов всем нам. Он действительно любил свою работу, очень хорошо знал культуру и язык, искренне хотел научить сирийцев воевать. Этакий коммунистический Лоренс Аравийский. Даже антисемитом я бы его не назвал, хотя в голове у него было немало пропагандистской ерунды. Обычный русский парень, способный к языкам, после армии поступил без проблем в институт, а учить этот сложный язык народ не сильно рвался. Может быть, поэтому он быстро продвигался по службе и в тридцать пять лет уже был подполковником. Хотя в том, что документы у него не фальшивые, у меня тоже уверенности не было. За последние три года я разговаривал на русском языке ровно шесть раз – и все с отцом по телефону. От долгого неиспользования русский язык слежался, как пальто в сундуке, пересыпанное нафталином. Последние десять лет сжались в пространстве до одной минуты, и я услышал фразу, которую сам произносил столько раз:

– Мне не о чем с вами разговаривать.

– Не о чем так не о чем. Мы никуда не торопимся, – ответил я, вместо того чтобы переводить его демарш своему ивритоязычному начальству.

Начальство посмотрело на меня неодобрительно.

Так мы и проводили дни в теплой компании: офицер-разведчик, пленный, конвой и я. Обращались с ним хорошо, в первый же день мне было велено довести до его сведения, что Израиль (в отличие от СССР), цивилизованная страна, подписал Женевскую конвенцию и военнопленному ничего не угрожает. Нашли чем хвастаться. Я показывал ему документацию, извлеченную из коробок, и если за полдня он подтверждал подлинность одного документа, то это считалось успехом. Это было в сто раз тяжелее и утомительнее возни с капризной «Меркавой».

– Гиора, на тебе лица нет, – сказал мне офицер.

– Нам всем тяжело. Просто много пропаганды и мало информации.

– По-моему, он обнаглел. Ему надо напомнить, что он в плену, а не на курорте.

– Не советую. Отец бил его в детстве сильнее, чем мы тут все способны. Они жестче нас. Я там жил, я знаю. Там детям с первого класса рассказывают, как человек должен держаться под пыткой.

– С ума сойти. О чем он тебя спрашивает?

– Он спрашивает, каково мне родину предавать.

– А ты?

– Я не стану отвечать на эту ерунду. Израиль я никогда не предавал. Но у русских помешательство на великодержавной почве. Им кажется, что все обязаны любить их страну, как свою. Не хотеть там жить – преступление. Я шесть лет за это просидел.

– Ты сидел? – его удивлению не было предела.

– Не я один. Там другие евреи продолжают сидеть за то же самое. Уже ради них его нельзя бить. Его надо обменять.

– Это не нашего с тобой ума дело. Наверху решат, на кого его обменять. Могу тебе сказать, что путаться с русскими никто не станет. Это уже большая политика.

Ради большой политики можно оставить людей гнить по лагерям. Куда он делся, тот Израиль, о котором я мечтал?

Когда я вернулся с войны, от моей былой эйфории и следа не осталось. Я вздрагивал от любого резкого звука, от любой тени за спиной. Меня раздражал детский плач, и в такие моменты я чувствовал себя последним дерьмом. Возможно, мое состояние не было бы таким тяжелым, если бы вся страна не переживала эквивалент похмелья. Это была какая-то эпидемия рефлексии, покаяний и сомнений, а нужна ли евреям страна, если они превратились в карателей и оккупантов. Впервые я пожалел о том, что выучил иврит настолько, чтобы понимать серьезные тексты и политическую полемику. Лучше бы я этого не понимал. Вся израильская театральная и литературная элита талантливо и старательно высмеивала все, ради чего я отказался от научной карьеры, мытарился по лагерям, нанес страшную травму родителям, лишился любимой женщины и любимой дочери. Все чаще и чаще мне вспоминался тот самый китайский офицер из чистопольской тюрьмы. Он тоже думал, что вернется к своим и все будет хорошо. С Орли у нас разладилось не то чтобы из-за политики, но вроде того. Она с гордостью рассказала мне, что шла с детской коляской в колонне демонстрантов, требующих расследования обстоятельств резни в Сабре и Шатиле*. В принципе я считал, что это нормально, когда граждане требуют у правительства расследования и отчета. Годы общения с правозащитниками для меня даром не прошли, и я совсем не считал, что правительство безгрешно, даже израильское. Но почему Орли? Почему она не дождалась меня? Неужели она действительно поверила, что я сорвался с цепи и зверствовал там? Умом я понимал, что мне не в чем ее упрекать, но не мог отделаться от ощущения ножа, воткнутого в спину и повернутого в ране. Естественно, наш брак это не укрепило.

Как ветеран военных действий, я имел академические льготы и решил пойти в университет, чтобы восстановиться в качестве физика. Конечно, в среднем возрасте мозги уже не те, что в двадцать, но я старался. Физика – это строгая дисциплина, тут не отвлечешься. У меня появилось оправдание, для того чтобы не сидеть дома, и я пользовался этим оправданием вовсю. На каком-то конгрессе я разговорился с профессором – американским евреем, и тот сказал, что собирается в Москву. Просить его не пришлось, он все понял без слов. Я просидел над письмом целую ночь, порвал и выбросил штук двадцать черновиков, но все-таки разродился. Через пару месяцев я получил заказной почтой конверт из Бостона, а в нем – листочек бумаги, исписанный красивым почерком советской отличницы. Испугавшись читать с начала, я, как мальчишка, заглянул в конец.

Твоя дочь Регина Литманович.

Вот оно, мое освобождение из ГУЛАГа. Вот она, моя победа в Ливане.

То, что еще вчера казалось невозможным, становилось реальностью с головокружительной быстротой. Впервые больше чем за десять лет я услышал го-

---

* Сабра и Шатила – лагеря палестинских беженцев, расположенные в Западном Бейруте. 16 и 17 сентября 1982 года, в период гражданской войны в Ливане и в ходе ливано-израильской войны 1982 года, боевики ливанской партии «Катаиб», бывшие союзниками Израиля, провели в лагерях военную операцию по поиску и уничтожению палестинских боевиков.

лос Леры. Мы говорили про нашу дочь так, как будто расстались вчера. Со слов отца, я знал, что у Леры случился роман с каким-то американцем. Будь я позлее, я бы немедленно увязал это обстоятельство с готовностью Леры отпустить Регину ко мне в Израиль, но я был так счастлив, что думать злые мысли не получалось. Регина приедет ко мне. У Леры сложилась личная жизнь, что и говорить, сильно подпорченная моими закидонами. Вешая трубку, я поймал себя на словах: *любовь не ищет своего, не раздражается, не мыслит зла... всего надеется**. Какую же власть приобрел надо мной этот человек, мой лагерный учитель, что теперь, много лет спустя, в такой момент я думаю его цитатами. Может быть, теперь, когда его церковь перестанут преследовать, он выйдет из подполья. А если они замучили его, то я не сомневаюсь, что ему хорошо в его христианском раю.

Я узнал отца в толпе новоприбывших и не мог не узнать Регину. Это же просто Лера двадцать лет назад. Все то же самое вплоть до век, похожих на нежные розовые раковинки на океанской отмели. Но стоило Регине начать двигаться и разговаривать, как я тут же узнал свою мимику, свои жесты, свои интонации. Господи, откуда? Она же не может меня помнить. Она любила те же книги, что я, слушала тех же бардов, могла с любой строчки продолжить многие стихи, которые я повторял, лежа на карцерном полу. «Будем растить», – сказал мне отец в далеком семидесятом. Они вырастили. Вырастили человека, которого любая нормальная страна восприняла бы как подарок. Только кто мне сказал, что Израиль – это нормальная страна?

Началась волынка с гиюром. На то, чему Регину учили в ульпане-гиюре, я просто не знал, как реагировать. Если беременная женщина наступит на срезанный ноготь, это грозит выкидышем. Каждая съеденная евреем креветка отдаляет приход Машиаха. На субботу еврею выдается добавочная душа (плюс к тем двум, что уже есть). Я старался не иронизировать, но не всегда мог сдержаться. Почти каждый Шаббат

---

* Первое послание апостола Павла к коринфянам 13:5.

Регина была обязана проводить в курирующей ее семье. Отец ворчал, что она приходит с занятий подавленная и плачет, запершись в туалете. Смотря на то, как она штурмовала препятствие за препятствием, я узнавал прямую спину Леры и свое собственное ослиное упрямство, сделавшее меня таким неудобным для лагерной администрации заключенным. Кто-нибудь мне ответит, почему моя дочь вынуждена в Израиле демонстрировать те же качества, что я демонстрировал в ГУЛАГе? Мне еще никогда не было так стыдно.

– Регина, может, тебе лучше уехать к матери в Техас?

– Лучше сразу в Корею. В Северную, – парировала моя несгибаемая дочь. – Я здесь дома и никуда не поеду.

Хорошо, сказал я себе. Стиснем зубы, подождем, выбьем из соответствующих органов соответствующую бумажку, раз без этого нельзя. Там бодались с ОВИРом, здесь бодаемся с раввинатом. Но не тут-то было. Получив вожделенную справку, Регина заявила, что теперь-то она наконец начнет учиться и соблюдать по-настоящему, и с этой целью поступила в Махон Штерну.

– Тебе что, мало унижений?

– Я уже еврейка. А если что-то легко достается, то оно мало ценится. Ты сам говорил.

– Неужели ты сможешь кого-то так же гнобить, как гнобили тебя?

– Мне их жалко, тех, кто меня гнобил. У них было от Всевышнего поручение меня на твердость проверить. Думаешь, им было легко?

При всем желании я не мог представить себе Регину в качестве жены авреха* и матери большого семейства. Все, что требуется от этих женщин, – это пахать как вол, ничем не выделяться из толпы и ничего для себя не хотеть. Регина выделялась, не могла не выделяться, не могла перестать быть собой, даже если бы захотела. Как часто бывает с детьми, рожденными в любви, она была ярко выражено похожа на обоих родителей. В свое время я не испугался Леркиной экзотики, яркости, пробив-

---

* Так в Израиле называют женатого человека, который посвятил себя изучению Торы.

ной силы, блестящего интеллекта и острого, как бритва, языка. Не испугался и ни разу не пожалел об этом. Но там, где главная добродетель женщины – это скромность и незаметность, Регина оказалась в заведомо проигрышной ситуации. В идеально религиозном доме еда готовится сама собой, вещи сами собой стираются и складываются в шкаф, дети сами вырастают праведниками, а хозяйку этого Ган-Эдена не слышно и почти не видно и поинтересоваться, сколько часов в сутки ей удается поспать, считается если не ересью, то уж наверняка дурным тоном. Во всяком случае, так это выглядело в книгах и статьях, которые Регина давала мне читать.

Когда Регину начали сватать, отец в ужасе звонил мне и говорил, что с каждого свидания она приходит заплаканная, ложится лицом к стене и отказывается есть. Когда я выяснил подробности, мне стало уже совсем хреново. Они сватали моей дочери дебилов и психопатов. Ничего лучшего она, по их мнению, не заслуживает. Я понял, что без моей помощи Регине не вырваться из этой ситуации, и записался на прием к директрисе Махон Штерны. Вместе с ней в кабинете сидел один из учителей-мужчин, так как принимать меня наедине она не могла. Я начал вежливо:

– Мне кажется, что у Малки не все гладко идет со сватовством. У вас есть какие-нибудь соображения по этому поводу? Мне, как отцу, очень важно знать ваше мнение.

Туфта, конечно. Я уже знаю ее мнение и знаю, насколько оно для Регины оскорбительно.

– Ну вы же понимаете... Не в каждой семье захотят в качестве невестки гиорет*... Да еще с таким лицом...

– С каким? – сделал я невинные глаза.

Это директрисе не понравилось.

– Послушайте, адони**. Надо было думать, когда вы решили делать с нееврейкой то, от чего получаются дети. Вы сами создали этот кризис, потому что не сумели справиться со своими желаниями. Да, ваша дочь

---

* Прозелитку.

** Обращение к мужчине в Израиле, как «сэр» в Англии.

присоединилась к еврейскому народу, но она не может рассчитывать на жениха из элитной семьи.

– Видно, нееврейское очень сильно в вашей дочери, если она так похожа на свою мать, а не на вас, – поддакнул мужчина.

Если он сейчас усомнится в том, что Регина моя дочь, то я вспомню уроки уголовной зоны и повешу его вот на этой люстре.

– Поверьте, мне жаль Малку. Но что поделаешь, если ее лицо – это символ всего, от чего мы должны отдаляться, чтобы не быть оскверненными. Гои – это один из главных источников духовной нечистоты. Мне жаль, что, когда вы были молоды, вам этого никто не рассказал.

– Хорошо. Я с вами согласен. Но ваша позиция непоследовательна. Деньгами за обучение, что Малка вам платит, вы не брезгуете. Вкалывает она здесь наравне со всеми. А как только приходит момент делиться с ней пирогом, вы тут же вспоминаете, что она нечистокровная. Я прошу вас по-хорошему – сделайте так, чтобы Малка больше не тратила здесь свое время и свои деньги. Иначе я обещаю вам телегу неприятностей. В ивритоязычной и русскоязычной прессе про ваше заведение появятся такие материалы, что от вас сбежит половина учениц и никто больше не даст вам ни шекеля. Вы рассматриваете мою дочь как человека третьего сорта – что же, это ваше право. Но мое право – ее защитить. Не советую вам соревноваться в жесткости с человеком, который сидел в советской тюрьме. Это соревнование вы проиграете. Всего хорошего.

Со следующего семестра Регина начала занятия в университете, и я вздохнул спокойно. Мы с Орли и мальчишками провели замечательный год в Мельбурне. Орли смогла наконец отдохнуть от своей бешеной гонки на тель-авивской бирже и пожить как белая леди при муже-профессоре. Мальчишки не вылезали с пляжа и спортплощадок и насобачились в английском так, что сердце радовалось. Идиллия закончилась, когда мне предложили продление контракта и я сказал Орли, что хочу остаться еще на год, и объяснил зачем. Орли не была жадной, но она была собственницей. То, что я трачу на Регину деньги, ее не трогало. Но она не могла простить мне потраченных на Регину времени и душевных сил. Женщина, воспитанная в России, может, и прогнулась бы, но Орли была горда и неуступчива, типичная сабра того поколения. Она уехала домой одна, мальчишки остались со мной, и это еще сильнее ее оскорбило. Она решила, что отдала нам, неблагодарным свиньям, лучшие годы своей жизни, что времени пожить для себя у нее уже не будет, и закрутила роман с кем-то из своих коллег. Я не сердился, я понимал, что не только она тут виновата. К тому же тогда я похоронил отца и мне было не до ревности. На ее просьбу о разводе я ответил:

– Подожди. Не дело мальчишкам уходить служить из разоренного дома. Давай проводим их вместе. Мы уже не супруги, но родителями быть не перестали. Мы им нужны.

Как ни странно, как только мы стали жить отдельно и я дал ей развод, мы начали общаться без напряжения, как хорошие давние друзья. Даже на Регину она перестала так болезненно реагировать.

После гибели Йосефа Регина очень изменилась. Она стала тихой и сосредоточенной, скупо отмеряла каждое слово и каждый жест, словно боялась, что ей не хватит сил на дальнейшее. Даже на собственных любимых дочек у нее не хватало душевного тепла, и они протестовали и вредничали. Теперь я понял, что ее девичьи слезы по поводу обид в Махон Штерне и неудачных шидухов – при всем сволочизме тамошнего руководства – не были самым ужасным событием нашей жизни. «Почему он, папа? Почему он, за что?» Если бы я мог встать не его место, я бы сделал это не раздумывая. Но кто возьмет старого хрена вроде меня охранять блокпост.

В последние полгода Регина начала оживать. Я видел проблески той озорной бесстрашной девчонки, которая улыбкой встречала каждый новый день, своими вопросами не давала покоя инструкторам в ульпане, на третий месяц своего пребывания в Израиле устроилась работать, не боялась водить экскурсии по населенным арабами местам и играть свадьбу в йеменских традициях. По этим и по кое-каким другим признакам я понял, что у нее кто-то появился. Она стала чаще отправлять девиц к родственникам отца в Йерухам, одеяло на ее кровати было по-армейски туго натянуто, а всякий раз, когда я приезжал из поездки домой, мусорное ведро в ванной было девственно чистым. В лагере у меня страшно развилось обоняние, вечно голодные зэки способны по запаху определить, даже сколько масла положено в кашу. Теперь, вешая свою верхнюю одежду в шкаф, я чувствовал от Региной кожаной курточки и разноцветных шарфов запах дорогого мужского одеколона. Кем бы он ни был, я был ему благодарен. Я не хотел лезть Регине в душу и ждал, пока она мне сама расскажет. Не дождался.

Чем я мог помочь Мейрав и Смадар, как утешить и поддержать? У меня самого умерло что-то внутри, а тело продолжало жить по инерции. Я надеялся, что Регина погибла, потому что при мысли об альтернативном варианте я начинал задыхаться, как тогда, в лагере. Что нам троим делать дальше? Я регулярно встречался с детективом Коэн, сдал ДНК на анализ. Когда я впервые увидел детектива Коэн, я автоматически решил, что она из тех вьетнамцев, с кем я учился в ульпане, когда только приехал*. Но стоило ей

---

* Между 1977 и 1979 годами Израиль принял около трехсот беженцев из коммунистического Вьетнама. Началось с того, что 10 июня 1977 года израильское торговое судно «Ювали» на пути в Тайвань приняло на борт несколько десятков близких к обмороку от обезвоживания вьетнамцев, так как их лодка потеряла управление. Капитан Меир Тадмор телеграфировал в Хайфу, что не видит иного выхода, потому что беженцы «в очень плохом физическом и моральном состоянии». До израильтян мимо беженцев прошли суда из Норвегии, ГДР, Японии и Панамы, но на SOS никто не отреагировал. «Ювали» пыталась сделать незапланированные остановки в Гонконге и Иокогаме, чтобы оказать беженцам медицинскую помощь, но им даже не дали пристать к берегу. На Тайване в порту ждал полицейский кордон. Только когда новоизбранный премьер Израиля Менахем Бегин публично заявил, что вьетнамцы с «Ювали» получат убежище в Израиле, им разрешили сойти на берег и тут же отвезли в аэропорт. Это заявление было первым официальным заявлением Бегина на посту премьера.

открыть рот, как я услышал американский акцент и нью-йоркские интонации, знакомые мне по разговорам с зарубежными коллегами. Я мало что помню про лето 2005-го*, только язычки оранжевого пламени, куда ни кинешь взгляд. И вобравший в себя все эти маленькие язычки пламени живой факел на перекрестке Кисуфим. Повезло ей, отрешенно подумал я тогда. Ей уже не больно.

Осенью я вернулся на преподавательскую работу. Собранный, корректный, подчеркнуто спокойный. Но это не помогало, на меня все равно все смотрели с ужасом и жалостью. В нашем маленьком мирке все знали, чем для меня была Регина. Как-то раз я сидел в кабинете и работал. Редкий в наших краях дождь барабанил в окно. Я всегда любил этот звук, мог слушать его часами и поэтому недовольно поморщился, когда в дверь постучали.

– Войдите.

Хабадник, на вид лет тридцать пять, но из-за бороды они всегда кажутся старше. Сейчас будет или агитировать, или денег просить. Только этого не хватало.

– Вы профессор Гиора Литманович?

Странно. Такая внешность – и при этом иврит и интонации образованного в университете сабры.

– Я.

– У меня для вас письмо из Ташкента.

Кабинет повернулся у меня перед глазами, только кофеварка на подоконнике осталась неподвижной.

– Из Ташкента? Что там?

– Я не читаю по-русски.

Вот болван, я спрашиваю его совершенно не об этом. От кого письмо?

---

* Летом 2005 года израильское правительство готовило операцию по выселению из Газы еврейских поселенцев, отказавшихся уехать оттуда добровольно. Население ответило многочисленными акциями гражданского неповиновения, а символом солидарности с выселяемыми стал оранжевый цвет. На перекрестке Кисуфим, чтобы обозначить свой протест, совершила самосожжение репатриантка из СССР Лена Босинова.

Он протянул мне канцелярский конверт. Руки не слушались, сердце колотилось на весь кабинет, но я все-таки извлек оттуда бумажку. Почерк был не Регинин. Это был другой почерк, навеки отпечатавшийся у меня в душе. Мелкие, но четкие буковки, которыми можно написать псалом на кусочке бумаги размером с две почтовые марки. Пуще чем письма отца, берег я от обысков эти бумажки.

Евангелие от Марка 5:35, 36

Я метнулся к компьютеру, набил в поисковике.

– *Дочь твоя умерла.*

– *Не бойся, только веруй.*

ЧАСТЬ II
ТРЕТИЙ ИЗ ВОСЕМНАДЦАТИ

ГЛАВА 5
ШРАГА

На призывном пункте девушка посмотрела на меня с жалостью, как будто собиралась огласить смертельный диагноз, и сказала:

– Ты направляешься в Хеврон.

И назвала номер части.

Хеврон так Хеврон. Слава богу, что не Газа.

Я явился туда за два дня до Песаха. Стыдно признаться, но я попал в город праотцов первый раз в жизни. По наивности мне казалось, что я один такой дикий, что все нормальные израильские дети ездят сюда в рамках школьных экскурсий. Черта с два. Большинство ребят оказались в Хевроне впервые, и раза по три-четыре в день я слышал нытье на темы «что мы тут делаем посреди арабов» и «кому нужны эти безумные поселенцы с их древними могилами». Наша группа – сержант Эзра из какого-то израильского поселения неподалеку, восемь зеленых срочников-рядовых и я – только-только успела познакомиться и запомнить друг друга в лицо, как последовал приказ занять дом по такому-то адресу, вести круглосуточное наблюдение за окрестными крышами и за дорогой, по которой евреи будут ходить в Меарат ха-Махпела*. И так всю праздничную неделю.

---

* Букв. «двойная пещера» – склеп патриархов в Хевроне, где похоронены Авраам, Исаак и Иаков, а также их жены Сарра, Ревекка и Лия.

Я, честно признаться, испугался. Неделю жить в арабском доме, да еще в компании Эзры и восьми других солдат. Сейчас смешно вспоминать, но первая моя мысль была, что мы превратим дом в свинарник и жить там будет невозможно. Не потому, что мы такие-сякие, а потому, что в любом помещении, где живут солдаты и некому убираться, таки будет грязно. Потом я представил себе, как Эзра будет общаться с хозяевами, и мне стало уже совсем нехорошо. Ладно, Господь поможет.

При одном взгляде на этот дом я понял, что наше круглосуточное присутствие там более чем необходимо. Оттуда просматривалась (и, соответственно, простреливалась) не только дорога, но и крыши других домов, где могли засесть арабские снайперы. Если ради безопасности евреев мы вынуждены причинить арабам неудобства, то ничего с этим не поделаешь.

Маленький палисадник, детские качели под цветущим миндальным деревом. Серая кошка греется на парапете. Непохоже на линию фронта, но это именно она.

Эзра пару раз ударил прикладом в дверь. Нас словно ждали, потому что дверь открылась почти сразу же. На пороге стоял седобородый старик в европейском костюме и куфии*. Похоже, что наше появление его совсем не удивило. Он обратился к нам на иврите:

– Вы хотите вести наблюдения с крыши моего дома?

То, что для меня было волнующим приключением, для него было рутиной, повторяющейся каждый год уже не первый десяток лет.

– Мы имеем приказ занять дом на ближайшую неделю для наблюдения и защиты дороги на Меарат ха-Махпела.

– Хорошо, я могу узнать, кто командует?

– Я – сержант Менделевич. Если я занят, вот – капрал Стамблер. Соберите в одной комнате всех членов вашей семьи, мы должны проверить документы.

– У меня четверо внуков младше пяти лет.

* Арабский мужской головной платок.

– Если спят, можете не будить.

Про себя я отметил, что Эзра держится очень хорошо, дай бог, чтобы и дальше не хуже.

Поднимаясь по лестнице и проходя в гостиную, я заметил, что хозяева живут куда богаче и чище, чем мои родители в Меа-Шеариме. Видимо, старик не бедствует. Из кухни пахло каким-то очень вкусным варевом. В гостиной не было ничего, кроме дивана, застекленного буфета с красивым парадным сервизом и телевизора с большущим экраном. Часть солдат разбрелась по дому в поисках опасных предметов. Старик в сопровождении двух человек отправился на третий этаж созывать домочадцев. Оттуда спустились четыре женщины и один мужчина. Проходя мимо буфета, они клали на полку свои удостоверения в оранжевых обложках и вставали около стены. Полная пожилая арабка, видимо, жена старика, села на диван.

– Займись, Стамблер, – сказал мне Эзра.

Я сгреб удостоверения с буфета и наугад раскрыл то, что лежало сверху.

– Интисар Идрис.

Молодая женщина в черном балахоне и белом платке демонстративно отвернулась к стене и стала что-то мурлыкать младенцу, которого держала на руках.

– Это ваша дочь? – обратился я к старику.

– Невестка.

– А сын где?

– В военной тюрьме.

Все ясно.

– Фатен Идрис.

Другая молодуха в такой же традиционной униформе, но без младенца отозвалась по-арабски.

– А это дочь или невестка?

– Невестка.

– А сын где?

Если он скажет, что и второй сын сидит в тюрьме за джихад, я не знаю, что сделаю.

– Работает по контракту в Бахрейне.

Как говорит Малка, женщина с телеги – лошади легче.

– Ахлам Идрис.

Пожилая арабка на диване повернула ко мне голову и тихо сказала:

– Это я.

– Ваша жена?

– Да.

Так, пошли дальше.

– Фадель Идрис.

Молодой мужчина с аккуратными черными усами отозвался на иврите:

– Это я. Я живу здесь со своими родителями.

Хозяин дома, Исмаэль Идрис, предъявил нам свое удостоверение еще на пороге.

Внизу стопки лежала зеленая книжечка с двумя перекрещенными саблями, пальмой и надписью по-английски и по-арабски: «Королевство Саудовская Аравия». Я осторожно раскрыл ее, прочел: «Эман Джалаби аль-Сауд» – и уставился на обладательницу паспорта. Рассматривать там было особенно нечего, поскольку все было закрыто черной тканью, кроме переносицы, глаз и кусочка лба. Прямые черные брови сошлись под углом, тщательно накрашенные веки задрожали, она тряхнула головой, и из-под черной ткани донеслись английские слова:

– Да кто вы такие, чтобы я вам отчитывалась? Будьте вы прокляты! Убирайтесь из нашего дома, оккупанты, слышите, убирайтесь!

Солдаты у нас подобрались, скажем так, не из элиты, и по-английски хоть как-то понимали только Эзра и я. К тому времени у меня в запасе было много часов просмотра англоязычных фильмов и сериалов, и я научился различать акцент и уровень владения языком. Наша собеседница (если можно назвать это беседой) выкрикивала свои проклятия на безупречном английском диктора «Аль-Джазиры»*.

Эзра усмехнулся, да и я не сдержался. Она думает, что мы испугаемся и уйдем? Привыкла в своей Саудии на филиппинскую прислугу кричать. Я повернулся к Исмаэлю:

* Международная телекомпания со штаб-квартирой в Дохе, столице Катара.

– Мы ждем объяснений. Кто эта женщина и почему у нее нет документов, выданных нашими властями?

– Жена Фаделя. Он инженер, работал по контракту в Саудовской Аравии. Они сбежали оттуда.

– Почему?

– Потому что нищий палестинский инженер не пара для девушки из королевской семьи. Посмотрите еще раз на фамилию.

Точно. Аль-Сауд. Ребята у меня за спиной заинтересованно зашептались.

– А документы?

– Наше прошение рассматривается. Они только в январе приехали. Она не привыкла к нашей реальности и потому так себя ведет.

– Я проверю, – сказал Эзра. – И если выяснится, что вы не подали прошение военным властям, мы найдем способ депортировать ее на родину. Там ей от нашего присутствия страдать не придется.

Фадель побледнел, но спокойно ответил:

– Да будет вам известно, мой отец никогда не лгал. А насчет депортации, не извольте беспокоиться. Мы с Эман раньше умрем, чем расстанемся.

– Это ваше право, – сухо отозвался Эзра и перешел к логистике: – Вы займете спальни на третьем этаже. Мы расположимся здесь, на втором. Покидать дом вам запрещено. На крышу выходить нельзя. Есть мы будем свое. У вас припасов на неделю хватит?

– Не в первый раз, – отозвался Исмаэль.

– Да, и пусть кто-нибудь переведет инструкции сержанта Менделевича для ее высочества, чтобы потом не было недоразумений, – добавил я и услышал, как ребята давятся от смеха у меня за спиной.

Семейство Идрис удалилось на третий этаж, а Эзра провел с нами оперативное совещание.

– Разбиваемся на две команды. Со мной Шарет, Ашкенази, Маймон, Хадар.

Значит, со мной Пятигорский (тьфу, язык можно сломать), Александровский (еще того не легче), Хазанович (куда ни шло) и Земира. Трое русских и один эфиоп. Вахта по восемь часов – четыре часа на крыше, четыре часа здесь, в гостиной, в более облегченном режиме. На крыше трое, здесь двое. На крыше всегда должны быть трое, так что придется чередоваться, – получается, что каждая пятая вахта на крыше у каждого из нас была по восемь часов. Потом восемь часов сна.

– Где спать? – уточнил я.

– Да где хочешь. Хочешь, на крыше в спальном мешке, хочешь, у стариков в спальне на втором этаже. Кабинет тут тоже имеется. Теперь дальше. Имущества не портить, сувениров не брать. Я человек, как вы уже успели заметить, въедливый и нудный, и если кто-то вздумает мародерствовать, то я добьюсь трибунала. Считайте, что мы тут в вынужденных гостях.

– В гости ходят к друзьям! – возмутился Хазанович. – Они террориста вырастили. Ты же сам слышал. Абы за что в военную тюрьму не сажают.

– Будем считать, что мы тут на работе, и вести себя соответственно. Так, теперь планы на сегодня. Праздник начинается в девятнадцать тридцать. Миньяна* у нас все равно не получится, потому что по крайней мере двое должны сидеть здесь и смотреть, чтобы наши птички не улетели. Придется сидеть по очереди. Предлагаю устроить седер на крыше. Там и воздух чище.

– Слышь, сержант...

– Чего тебе?

– Мы с Романом можем их хоть весь вечер караулить. Отмечайте свой седер, не берите в голову. Лично мне эти религиозные заморочки мимо кассы.

Понятно, человек только что выпустился из тиронута** и предвкушает приятный вечер на диване перед телевизором. Самое сильное в человеке – это его привычки. На лице у Эзры отразилось облегчение от того, что ему удастся провести седер и люди не будут бегать туда-сюда. Может быть, теперь он прекратит терзать мой слух сентенциями на тему того, как это ужасно, что с последней алией приехало больше гоев, чем

---

* Миньян – в иудаизме кворум из десяти взрослых мужчин (старше тринадцати лет, бар-мицва), необходимый для общественного богослужения и для ряда религиозных церемоний.

** Курс молодого бойца в ЦАХАЛе.

евреев. Видел бы он Малку.

Мы установили на крыше наблюдательный пункт, поставили генератор, отнесли на кухню коробки с пайками и консервами и подключили две кофеварки – обычную и эспрессо. Эзра авторитетно заявил нам, что в ближайшую неделю мы будем конкретно недосыпать, а лучше кофе от недосыпа ничего не помогает.

Это был самый лучший седер моей жизни. Под открытым небом, с видом на залитый огнями еврейский квартал.

– Посмотрите туда, – сказал Эзра, показывая нам на светящиеся окна Тель-Румейды* и Адмот-Ишай**. – У нас сейчас время нашей свободы. Люди, живущие там, свободны триста шестьдесят пять дней в году. И знаете почему? Потому что они эту свободу каждый день завоевывают. Для себя и для всех нас.

По-другому, чем всегда, звучали на этой хевронской крыше истории из Агады***. Вкус виноградного сока, мацы и фаршированной рыбы из банки был абсолютно не похож на обычный. Может быть, потому, что я всю жизнь прожил в Иерусалиме, я ничего подобного прежде не ощущал?

В качестве марора**** Маймон раздал нам по ложечке схуга***** из своих запасов. Жгучее нечто, ничего не скажешь.

– Давайте-давайте, братья-ашкеназы, – смеялся Маймон. – Ваш хрен – это забава для маленьких девочек и бабушек с язвой. Вот она, горечь-то настоящая. Заодно и дезинфекция.

---

* Квартал, самое древнее место заселения в Хевроне – здесь находятся могилы Руфи и Иессея.

** Квартал, расположенный по соседству с Тель-Румейдой.

*** Агада – область талмудической литературы, содержащая афоризмы и поучения религиозно-этического характера, исторические предания и легенды.

**** От ивритского слова «мар» – «горький», горькая зелень, которую едят в праздник Песах на трапезе.

***** Йеменский острый соус на основе острого перца, чеснока и дополнительных приправ.

Потом начались будни. Спать приходилось то ночью, то днем то на крыше, то на полу в хозяйском кабинете. И у меня, и у других солдат окончательно нарушился ритм, и мы поглощали кофе в огромных количествах, чтобы хоть как-то удержаться на плаву. Наблюдение выматывает настолько, что начинаешь надеяться хоть на какую-то встряску. Пост в гостиной был полегче, но тоже не фонтан. Можно было сидеть на диване и читать. Вниз спускались только старик и его сын, и они носили еду женщинам и детям наверх. Это было состязание во взаимном презрении, бесконечное выяснение, кто первый опустит глаза. В этой непредсказуемой, доходящей до абсурда обстановке моя брезгливость и любовь к порядку обострились до состояния, близкого к мании. На третий день я начал придираться к ребятам, причем в основном из команды Эзры, на тему, почему они за собой не убирают. В ответ я услышал много новых сведений об ашкеназском высокомерии и занудстве, а также получил от Эзры втык за то, что деморализую людей. На четвертый день случилось сразу два ЧП. Утром я сменился с поста на крыше после восьми часов вахты и направился спать в свою временную прокуренную обитель. В каждом арабском доме есть комната, где мужчины собираются курить и куда женщинам нет доступа. Обычно в этом качестве выступает кабинет хозяина. На третьем этаже явно что-то происходило. Из-за одной из закрытых дверей доносились визгливые крики и слышался стук бросаемых вещей. У двери сидел Маймон с видом человека, занятого серьезным делом.

– Ты что здесь делаешь?

– Собираю информацию. Я вообще-то арабский знаю, если ты не забыл.

– Ну?

– Она кричит на мужа.

– Кто?

– Младшая невестка хозяина дома. Которая в никабе*.

---

* Никаб – мусульманский женский головной убор, закрывающий лицо, с узкой прорезью для глаз.

– С какой целью?

– Ну ты даешь, Стамблер. Ты еще спроси, какая у нее боевая задача.

Господи, от этого крика уши закладывает. Да, похоже, у ее высочества темперамент тот еще, ей главное кричать, а уж на оккупантов или на мужа – это дело двадцать пятое.

– Она кричит, что когда убегала с ним из Саудии, то не думала, что он такой слабый. Что настоящий мужчина не допустил бы, чтобы оккупанты жили в его доме. Она в претензии, что он нас не поубивал.

– А она понимает, что осталась бы вдовой в результате таких действий?

Маймон прислушался. Из-за двери донеслись звук пощечины и новый взрыв криков.

– Она говорит, что лучше быть вдовой шахида, чем женой труса. Он отвечает, что ему жалко родителей, хватит того, что они пережили из-за его брата.

– Пусть ругаются. Информации ноль. Главное, что он не собирается нас убивать.

– А она?

Я спустился еще на один пролет, открыл дверь в известное место и от того, что я там увидел, а еще больше от запаха, стал медленно оседать по стене. Картина с выставки – солдат ЦАХАЛа падает в обморок при виде лужи на полу. В нормальном состоянии со мной бы никогда такого не было. Слава богу, Эзра со товарищи уже поднялись наверх, и никто не обратил на меня внимания. Маймон с Шаретом уставились в телевизор. Я овладел собой и заглянул. Так и есть, этого следовало ожидать. Этот унитаз не рассчитан на десять солдат и соответствующие количества туалетной бумаги. Кто-то бывалый как-то сказал мне, что арабы, особенно старшее поколение, не жалуют туалетную бумагу и предпочитают обходиться левой рукой. Слава богу, есть еще один на третьем этаже, но туда ходят только женщины. На это мы посягать не станем.

В кабинете я обнаружил Исмаэля. Он сидел за компьютером и заполнял какие-то таблицы. В арабской части Хеврона у него был магазин, который на неделю остался без хозяина. Интернет он предусмотрительно выключил незадолго до нашего появления, а компьютерщиков среди нас не оказалось.

– Что вы хотите, капрал Стамблер?

Чего я хочу? Спать я хочу и не видеть никого. Это очень тяжело – жить вот так, друг у друга на головах. Всем тяжело.

– Засорился унитаз на втором этаже.

– Ну да. В прошлый раз ваши соплеменники оставили нам большую кучу.

Господи, шанда* какая.

– Я хочу исправить положение. Мне нужны инструменты и какая-нибудь старая одежда, которую вам не жалко.

– Инструменты я вам найду. Учитывая предыдущий опыт, мы запаслись. А одежда вам зачем?

Сейчас я, не снимая военной формы, буду копаться у него в канализации. Больше он ничего не хочет?

Я сел на пол, откинул голову к стене и закрыл глаза. Сосчитал про себя до десяти.

– Если ни вы, ни ваш сын не умеете чинить канализацию, а я умею, то придется делать, как я говорю.

Я все-таки справился, хоть и тяжело было дышать через самодельную маску, наскоро вырезанную из кухонного полотенца. С трудом переставляя ноги, спустился в палисадник, разделся до пояса и включил садовый шланг. Вот теперь можно идти спать. Я вернулся в кабинет, где лежал мой аккуратно свернутый спальник. Разложил и сел на пол, опершись спиной о стену и положив поперек вытянутых ног автомат. Исмаэль уткнулся в компьютер и демонстративно меня не замечал.

– Исмаэль!

– Да, капрал Стамблер.

– Мне спать надо.

– Спокойной ночи, – отозвался Исмаэль, глядя мимо меня на яркий утренний свет в окне. Как будто не понимает, что я не могу лечь, пока он здесь, а со мной автомат.

---

* Стыд, позор (*идиш*).

Я встал и направился к выходу. Тут он поневоле встрепенулся, не ожидая такого поворота событий.

– Вы куда?

– На диван.

– Я ухожу.

Еще бы он не ушел. Конечно, у него есть основания не любить евреев вообще и в частности нас, но все-таки он не глуп и предпочитает иметь дело со мной, а не с кем-то еще. Маймон с Шаретом начинают не с просьбы, а сразу с приклада в спину. Так у них в южном Тель-Авиве заведено.

Поздно вечером того же дня трое русских ушли на крышу, а Земира и я заняли свой пост на диване в гостиной. Земира смотрел телевизор, а я читал, что – уже не помню. Сверху послышались шаги, я поднял глаза от текста и увидел, как Исмаэль помогает спуститься по лестнице своей жене. Затем, глядя вверх, я сподобился лицезреть край длинной черной одежды и изящную ножку, с высоким подъемом и безупречно накрашенными ногтями. Все это завершалось дизайнерской работы туфлей, даже на мой неопытный взгляд, запредельно дорогой. Интересно, что ее высочеству здесь понадобилось? Исмаэль посмотрел на невестку и произнес несколько фраз просительным, убеждающим тоном. Содержания я, конечно, не понял, потому что знал по-арабски только команды «стой там», «подойди сюда», «открой сумку», «предъяви документы», «не шевелись» и «можешь идти». Эман резко ответила и, чтобы подкрепить свои слова, ударила ногой о ступеньку. От этого движения волны пошли по струящейся ткани ее покрывала. Зрелище было, что и говорить, интересное. Даже Земира оторвался от телевизора и убавил звук. Старики сели на нижнюю ступеньку, а я, наоборот, поднялся с дивана. Гостиная наполнилась запахом духов, и, даже не взглянув на Земиру, Эман обратилась ко мне по-английски со следующей репликой:

– Мне очень важно, чтобы ты меня понял. Если ты не понимаешь, тебе переведут на твой язык.

– Я справлюсь, – сухо ответил я по-английски же. Господи, помоги мне не опозориться. Ей за большие деньги преподавала язык университетский профессор, а мне пришлось учиться по фильмам и сериалам.

Откуда-то из складок своей необъятной одежды она извлекла сумочку, а из нее что-то похожее на паутину, сверкающую под солнцем после дождя. У меня перед глазами качнулось ожерелье вроде тех, что я видел на алмазной бирже в Тверии, когда гулял там с Малкой. До этого я с такими вещами просто не сталкивался. Сквозь мягкие воркующие интонации, такие непохожие на то, что я услышал утром, до меня медленно доходил смысл английских слов.

– Это тебе, если ты уведешь своих солдат из нашего дома. Если до конца праздника вы здесь не появитесь, у меня и для них кое-что найдется. Все очень дорогое, вам надолго хватит.

Кровь застучала у меня в висках, сквозь сверкающую паутину бриллиантов я видел пару густо подведенных черных глаз, смотревших на меня с откровенным презрением. Так хотелось сорвать с нее никаб, надавать пощечин, повалить на диван – не для секса, нет, какой может быть секс с такой лилит – просто чтобы слетело с нее это высокомерие, чтобы наконец до нее дошло, где она и кто здесь главный. Надо же додуматься – предлагать мне взятку, чтобы я перестал выполнять свой долг. Она просто привыкла, что за деньги перед ней любой прогнется – вопрос только в сумме. Избалованная девочка из дворца. Сейчас я ей устрою – мало не покажется.

Аккуратно, не касаясь ее рук, я взял ожерелье за оба конца и заговорил медленно – еще и потому, что это помогало восстановить нормальный темп дыхания:

– Тебе сказали неправду. Не все евреи готовы продавать свою страну и своих братьев. Я бы даже сказал, что таких среди нас, слава богу, меньшинство. Во всяком случае, в этом доме таких нет.

С улыбкой я разжал пальцы, и ожерелье мерцающей струей соскользнуло на пол. Я встал так, чтобы Эман не могла до него дотянуться, и обратился к Исмаэлю на иврите:

– Я не утверждаю, что хорошо знаю вашу культуру и образ жизни. Но мне кажется, что поведение вашей невестки нарушает все принятые у вас нормы. Она позволяет себе оскорблять собственного мужа и дерзить вам. Она считает себя лучше вас. Вы терпите нас уже скоро сорок лет как, а она не может вытерпеть пяти дней. Объясните же ей наконец, что она не может жить в Хевроне так, как будто это Париж или Рияд.

Носком ботинка я осторожно подтолкнул ожерелье к Эман, и оно тихо прошуршало по каменному полу. В этом месте не было ковра. Из-под никаба донесся клекот, не имеющий ничего общего ни с арабским, ни с английском языком, ни вообще с человеческой речью. Взгляд Исмаэля поверх голов женщин полоснул меня не хуже любого ножа.

Выслушав мой рассказ, Эзра сделал следующее наблюдение:

– Да у нее с головой не в порядке.

Лучше бы он молчал и не пророчествовал так прозорливо.

Еще один цикл бдений на крыше и неспокойного сна. Поздно вечером мне опять предстояли диванные посиделки, на этот раз в компании Хазановича. Из всех рядовых он был самым умным и адекватным. На второй день мы с ним перешли в разговоре на имена вместо фамилий. Он потерял в теракте младшую сестру, и все силы у него уходили на то, чтобы не сорваться. Ему было тяжелее, чем Эзре, – все-таки восемнадцать лет, мальчишка совсем. Из всей десятки он один находил в этой обстановке время для ежедневных молитв и накладывания тфилин, чем раздражал других русских (насколько я понимал по их интонации) и интриговал меня. Впрочем, я быстро нашел объяснение – у человека горе, травма, погибла сестра, если ритуалы ему помогают – на здоровье.

Телевизор был выключен впервые за несколько дней. Господи, до чего же хорошо. Я был готов выкинуть этот аппарат в окно не для того даже, чтобы насолить хозяевам дома, просто чтобы он замолчал. Хазанович взял из угла свою гитару.

– Не возражаешь? Я тихо.

– Да нет, конечно.

Я не просто не возражал, более того – переливы гитары мне безумно нравились. В Меа-Шеариме я такого не услышу.

– А про что песня?

Хазанович задумался.

– Сложно объяснить. Это же стихи. Лучше я тебе перевод напишу. И вообще хватит ля-ля. Я еще поучиться должен.

Я решил, что ослышался.

– То есть как это «поучиться»? Что, прямо здесь?

– Нет, я бы, конечно, предпочел поучиться у себя дома. А ты можешь устроить мне поездку домой, раз ты начальство.

– Я тебе дам «начальство».

– Ты мне лучше с переводом помоги. У меня плохо с арамейским языком.

Почему бы нет? Кто из моих соучеников может похвастаться, что учил Талмуд в арабском доме, на арабском диване, да еще в компании баал тшува из России?

Через сорок минут Хазанович начал сдавать. Он терял нить мысли, у него слипались глаза. Все-таки ему приходилось напрягаться куда сильнее, чем мне, с детства учившему Талмуд.

– Спи, – сказал я ему. – У меня все равно ни в одном глазу.

Он поблагодарил на иврите, затем, уже во сне, пробормотал что-то по-русски и отрубился.

Я сидел, пытаясь сообразить, какое сегодня число и приехала ли уже Малка. В гостиной было полутемно, только горел торшер над диваном. Вниз по лестнице с третьего этажа легко скользнула черная тень в развевающемся покрывале. Я вскочил и наставил на нее автомат. Хазановича решил пока не будить, слишком опасный коктейль они составят. С нее станется предложить ему какую-нибудь побрякушку за гибель сестры и тогда, во всяком случае на мой непросвещенный взгляд, он будет в полном праве проломить ей голову. Только вот жалко, что командование с нами вряд ли согласится.

– Не надо бояться меня, еврей. Я не убивать тебя пришла.

Она подняла руку, что-то отстегнула, и я увидел лицо, с одной стороны, совсем юное, с другой – роскошно-красивое, умело доведенное до совершенства декоративной косметикой. Час ночи, куда она так накрасилась. Из складок абайи* показалась рука, такая же безупречно сложенная, как стопа, и потянулась в сторону М-16. Сейчас, разбежалась.

– Мне не нужен твой автомат. У тебя есть другое оружие, и вот оно-то мне нужно. Я буду с тобой очень ласкова. Тебе понравится.

Вот что бывает, когда у женщины нет ни души, ни мозгов, ни морали. Тогда тот инстинкт, что между ногами, диктует ей лечь под того, кто на данный момент сильнее. Она медленно опустилась на пол, глядя на меня призывно и умоляюще. Проклятая физиология, ненавижу. Ни в каком кошмаре я не мог представить себе, что Малка стала бы вести себя так же, окажись мы с ней в немецком концлагере. Впрочем, зная за собой кое-какие особенности, я понимал, что до концлагеря я бы не дожил. Схлопотал бы пулю или виселицу в течение первых же суток немецкого правления.

Голова заработала быстро и четко. Наши все на крыше: или дежурят, или спят, пользуясь ночной прохладой и тишиной. Надо немедленно ее отсюда удалить. В любой момент спустятся ее муж или родственники, и тогда наша жизнь в этом доме превратится в сплошной кошмар. После такого унижения ее муж точно устроит нам тут мини-джихад.

– Эман, у нас принято мыться перед этим делом. Я должен пойти в душ, а ты подожди меня в кабинете.

Она легко встала с пола, еще раз призывно на меня посмотрела и направилась в кабинет. Я рисковал, оставляя Хазановича одного и спящего, но надеялся на собственный слух и на то, что похоть, хоть временно, вытеснила у Эман агрессию. На третьем этаже я пять секунд постоял, ориентируясь в темноте и вспоминая, где нужная дверь. Тихо постучал:

– Эман? Заходи, – раздался мужской голос из-за двери.

---

* Длинное традиционное арабское женское платье с рукавами.

– Фадель! Открой! – шепотом приказал я.

Дверь распахнулась, и я просто физически ощутил волны ненависти, от него исходившие.

– Что тебе нужно?

– Твоя жена неадекватна и непредсказуема. Она представляет опасность для себя и окружающих. Мои люди вымотаны, их нервы на пределе. Это может очень плохо кончиться.

– Теперь ты хочешь быть милосердным? Теперь, когда вы свели ее с ума?

Возможно, он и прав. Возможно, мы свели ее с ума. Евреи и арабы уже много лет держат друг друга за горло, и каждый боится отпустить. Уже несколько поколений родилось прямо в этот кошмар, мы привыкли. А психика стороннего человека, да еще выращенного в оранжерее, как Эман, с непривычки может и надломиться.

– Хорошо, пускай мы виноваты. Вот тебе ключи от вашей машины. Вези ее в госпиталь, куда хочешь, и не возвращайтесь, пока мы здесь.

– Ты специально надо мной издеваешься? Куда я ее повезу? Нас остановят на первом же блокпосту. Движение для палестинских машин запрещено.

Угораздило же меня такое ляпнуть.

– Ладно. Она сидит в кабинете. Иди к ней и скажи, что ты заставил меня покатать вас по городу на армейском джипе. И вот еще что. Седативы в доме есть?

– Что?

– Успокоительное, снотворное, что-нибудь такое.

– Есть кое-что. Мать принимает от сердцебиения.

– Будет легче, если твоя жена уснет, поверь мне.

Фадель с силой захлопнул дверь, едва не задев мое лицо. Полминуты спустя появился одетый и недовольный тем, что я до сих пор стою в коридоре.

– Зачем ты здесь торчишь? Вы уже и так конфисковали все острые предметы вплоть до маникюрных ножниц. Чего ты еще боишься?

– Лекарство, – тупо напомнил я, глядя поверх его головы. Господи, дай силы остаться единственным нормальным в этом сумасшедшем доме.

Пока Фадель в кабинете заговаривал зубы Эман и поил ее успокоительным, я разбудил Хазановича и рассказал, что происходит, опустив самую главную подробность.

– Что я должен делать?

– Посиди здесь. Не спи. Ради бога, не учи Талмуд, а то опять уснешь. Проснется Эзра – доложи.

– Он не поверит, что ты разрешил мне спать.

– Ты не спал. Для всех остальных ты не спал и вместе со мной видел, как ее высочество растеряло последние мозги.

Началась самая трудная часть операции. Не было никакой возможности предугадать, какие взятки Эман будет предлагать солдатам на блокпостах и как отреагирует на вид израильской базы. Я молился о том, чтобы лекарство подействовало. Наверное, Фадель молился о том же. Они показались в дверях кабинета. Эман висла на шее у мужа, ноги ее не держали. Лицо было открыто. Узнав меня, она пропела по-английски:

– А, это ты? Муж говорит, что ты везешь нас покататься.

Он даже не взглянул на меня, смотрел только на нее. Губы скривились от боли. Он ее любит, бедолага, любит по-настоящему.

Я развернулся на каблуках и скатился по лестнице.

– Ты можешь хотя бы притвориться, что ты нас не конвоируешь? – зашипел Фадель мне в спину на иврите.

Обнаглели. Что я им, Лиор Ашкенази*?

Эман уснула. Фадель положил ее на заднее сиденье и хотел сесть туда же, но это совсем не входило в мои планы. Накинет удавку на шею – и привет. Он пробовал протестовать. Я не стал его бить, только сказал тихо, почти ласково:

– Бери ее и вон из моей машины. Блокпост там, километра полтора. Это если вы туда еще доберетесь. Поселенцы нынче очень злые.

В общем, повторилась утренняя сцена в кабинете его отца.

Мы недолго добирались до базы, и то большая часть времени ушла на объяснения на блокпостах. В штабе

---

* Израильский актер театра и телевидения.

я рассказал, что это саудовская принцесса, что она не привыкла к хевронским реалиям, опасна себе и окружающим, а значит, и нам. Проникновенно глядя в глаза офицеру, я намекнул, что его не украсит газетная шумиха о том, как мы свели молодую женщину с ума, а потом не допустили к ней медицинскую помощь. Офицер повисел на телефоне и объявил мне:

– Я дам тебе человека. Он довезет вас до блокпоста Галит. Это последний блокпост в Н2*. Туда за ней приедет машина из Красного Полумесяца. Ты прав. Это чудо нам тут на фиг не нужно.

Я сел на заднее сиденье, солдат из штаба за руль. Свет редких уличных фонарей выхватывал из темноты лицо спящей Эман, такое нежное и беззащитное. Пусть живут счастливо, живут где угодно. Но не в Хевроне.

Мы остановились. Фадель аккуратно вытащил жену из машины, так что она не проснулась. Поудобнее взял на руки и, не оглядываясь, пошел в сторону блокпоста. Там их уже ждали. Я сел за руль, солдат из штаба на переднее сиденье.

– Так вы живете прямо в арабском доме и семья там же?

– Уже пятый день. Или шестой.

– Брр. Я бы лучше яму себе выкопал в пустыне, честное слово.

Я бы тоже. Только я себе такой роскоши позволить не могу.

Не знаю, каким образом, по каким признакам, но старый Исмаэль всс понял. Понял больше, чем его сын. Он смотрел на меня поверх голов своих домочадцев, смотрел мимо других солдат, и в глазах плескался безумный коктейль из ненависти и благодарности. Я отводил взгляд. Хватит с меня. Хватит.

---

* Хеврон поделен на две зоны – Н1 и Н2. Н1 составляет примерно восемьдесят процентов территории города и находится под административным и военным контролем Палестинской автономии. Н2 составляет оставшиеся двадцать процентов и находится под контролем Израиля.

Остаток нашего пребывания в доме не ознаменовался никакими событиями. Только кто-то из младших членов семьи решил внести посильный вклад в интифаду и напустил лужу Эзре в ботинок.

Нет слов передать, что я почувствовал при одном взгляде на унылую бетонную казарму. Там все будет предсказуемо, чисто и аккуратно, там не надо опасаться подвоха из-за каждого угла, там все свои. Никаких стариков со скорбными глазами и безумных саудовских принцесс. Понимая наше состояние, командование на сутки освободило нас от службы и инструктировало: «Отмыться, отоспаться и очухаться». Что я не замедлил сделать. Час простоял под душем и десять часов проспал. Потом позвонил Малке. Не отвечал ни личный телефон, ни рабочий. Очень странно.

Впервые с начала сборов у меня появились силы и время подумать, а что я, собственно, тут делаю. Опять пришлось проводить грань между своими и чужими. Мое место в этом раскладе мне было понятно и рефлексии не вызывало. Частью чего-то большего, чем община, я осознал себя еще в тот Песах, когда отец меня выгнал. Как ни смешно это звучит, нам с Малкой пришлось пережить нечто похожее примерно в одном и том же возрасте, только ей на десять лет раньше. Познакомиться с собственным народом, его историей и культурой и обнаружить, что эту информацию от нас просто скрывали. Вопрос «А кто еврей?» у меня уже много лет как не возникал, и уж, во всяком случае, не в отношении хевронских поселенцев. Хеврон – наше общее достояние, они его хранят, и этим все сказано.

А вот в арабах я впервые увидел обычных людей, с обычными человеческими чувствами и слабостями. В Газе такого не было. Там был конвейер. Я даже помню сон, который преследовал меня в те времена. Стою на вышке с автоматом, внизу – море согбенных спин, лиц не видно, время вечернего намаза. И я знаю, что под каждым десятым пиджаком или курткой – нож, топор, взрывное устройство. Но не знаю, под какими именно. Стреляю наугад – и крик боли, и птицей взвивается в небо пустая одежда. Может быть, это потому, что в Газе я имел дело с толпой, а в Хевроне жил в доме арабской семьи и имел возможность увидеть хоть какие-то проявления человечности. Толпа всегда тянет человека вниз, толпа совершает преступления, на которые каждый индивидуум по отдельности никогда не пойдет. И толпа властвует над арабом больше, чем над евреем или европейцем. Большинство арабов не представляют себе жизни вне деревни, вне общины, без пригляда старейшин. Собственное мнение, то, чего я с таким трудом для себя добился, то, что так ценил в Бине, – для араба непозволительная роскошь, там за это просто убивают. Кстати, о Бине. Если отцу не нравилось что-то в ее одежде или поведении, он не стеснялся в выражениях и говорил: «Это что еще за прицус*! Переоденься немедленно!» Но одно дело – Иерусалим, другое дело – Хан-Юнис**. Я был зеленым новобранцем, вот как мои ребята сейчас. Мы шли по улице – бедуин и два ашкеназа – и едва успели отпрыгнуть, когда нам на голову посыпались осколки стекла, а из окна на втором этаже прыгнула прямо на асфальт девочка-подросток в джинсах и хиджабе. Вся спина у нее была в крови. Из окна высунулся мужчина средних лет и закричал нам на иврите:

– Убейте ее! Убейте!

Наш бедуинский товарищ по оружию ответил ему очередью отборных арабских ругательств (эти слова любой призывник начинает понимать очень быстро) и выстрелил в воздух. Мы столпились вокруг нее, а она стонала, потирая вывихнутую лодыжку. Последовал диалог на арабском. Муса повернулся к нам:

– Отец хотел ее убить. Она опозорила семью. Разговаривала с мальчиком из своей школы.

– *Терахем ал ани...**** – И жалкие детские всхлипы.

Муса взвалил ее на плечо и понес.

Вот к чему я оказался совершенно не подготовлен, так это к тому, сколько народу нашим врагам сочув-

---

* Нечестивость.

** Город на территории сектора Газа в составе Палестинской национальной администрации.

*** Смилуйся надо мной (*ивр., неправ.*).

ствует и помогает. В Хевроне иностранцы с видеокамерами в жилетах с надписями TIPH, CPT, ISM, EAPPI* Press торчали буквально на каждом углу, у каждого блокпоста. В Газе до того страшного дня, когда погибла Рахель, я умудрялся их вообще не замечать. Для меня она навсегда осталась невинной жертвой тех, кто ей воспользовался, но больше такого не будет. С тех пор я многое понял. Защищать арабов к нам едут студенты, профессора, образованные люди. Их действия нельзя оправдать невежеством и отсутствием информации. Они прекрасно знают, кто мы такие и что мы делаем на этой земле. Значит, когда мы хозяева на своей земле, мы им не нравимся. Они хотят, чтобы мы освободили место для арабов. Аушвиц и Дахау – это грубо и некрасиво, это позорит европейскую цивилизацию, и нам уготована роль живых экспонатов в этнографическом заповеднике. Мне не важно, будет этот заповедник в Иерусалиме или в Праге. Все равно такая жизнь оскорбительна, она хуже смерти. Даже сейчас я не стал бы преднамеренно давить бульдозером Рахель. Но и горевать о ней так, как горевал два года назад, я бы уже не смог. Я их возненавидел. Неужели в их странах решены все проблемы, накормлены все дети, ухожены все старики? Зачем приезжать к нам сюда и вмешиваться в наш с арабами конфликт? Неужели они так ненавидят евреев, что готовы тратить на это время и рисковать жизнью**? Но есть и другие. Немецкие волонтеры, работающие в наших кибуцах.

---

* Правозащитные организации, имеющие в Хевроне представителей. TIPH – Temporary International Presence in Hebron. CPT – Christian Peacemaker Team. ISM – International Solidarity Movement. EAPPI – Ecumenical Accompaniment Programme in Palestine and Israel.

** Кроме Рэйчел Корри (бульдозер, Газа, март 2003 года), в Иудее, Самарии и Газе погибли следующие наблюдатели из правозащитных организаций: Том Хорндалл – англичанин, ранен в голову израильским снайпером в Газе и умер девять месяцев спустя, так и не выйдя из комы; Витторио Арригони – итальянец, похищен и убит салафистской группировкой в Газе; Катрин Беррё (швейцарка) и Тенгиз Тотанч (турок) убиты палестинскими боевиками под Хевроном.

Сыновья русских матерей в боевых частях. И Малка, моя Малка. Черт возьми, где ее носит? Почему она не отвечает на мои звонки?

Мой следующий наряд был прямо в Тель-Румейде, в переулке, разделяющем собственно поселение и дом, принадлежащий арабской семье. Арабский дом был забран глухой железной решеткой, и очень скоро мне стало ясно зачем. Пока за еврейскими детьми не приехал школьный автобус из Кирьят-Арбы*, они подвергли дом массированному камнеметанию, да такому, что даже я впечатлился – после трех лет в Газе. Наконец, автобус из Кирьят-Арбы уехал, и из арабского дома вышли в школу дети – три мальчика и три девочки в возрасте примерно от шести до двенадцати. Утреннее движение закончилось, опустилась дневная жара, переулок стал сонным и тихим. Из дома напротив вышла поселенка с корзиной стираного белья и принялась развешивать. Маленький рыжий петух гордо вышагивал по низкой каменной ограде вокруг ее палисадника и глубокомысленно приговаривал: «Ко-ко-ко», как Талмуд читал. Интересно, для чего они его держат? И что мне делать с этим камнеметанием? Защищать евреев я не перестану, но почему так стыдно перед жителями дома за решеткой? С поселенцами на эту тему разговаривать бесполезно. Их ничто не остановит. Если бы они не были такими, они бы здесь не жили.

Что-то шваркнуло в воздухе, и я почувствовал удар между лопаток, не болезненный, но ощутимый даже сквозь бронежилет. Удар был с еврейской стороны улицы, и поэтому я не дергался. Медленно развернулся и увидел пацана лет шести-семи с рогаткой в руках. Красивое чистое личико, длинные пейсы, вязаная кипа. Он напомнил мне Тувью, только в отличие от моего младшего брата был смуглым и черноглазым. Увидев, что я на него смотрю, он заверещал, как полицейская сирена:

---

* Израильский местный совет и городское поселение в Иудее (на Западном берегу реки Иордан), вплотную примыкающее к Хеврону.

– Предатель! Защитник арабов!

Я вскинул взгляд на окна второго этажа дома, под которым стоял. Там промелькнуло женское лицо в обрамлении белого платка, верхняя губа вздернута в злорадной улыбке. Похоже, ей понравилось, что я получил камнем по спине, или она предвкушала, что я сейчас войду в еврейский дом и всех там расстреляю. Ну что ж, ее можно понять. Вот только я ей не кукла на веревочках. Я медленно пошел по направлению к мальчишке, который, надо отдать ему должное, не дал стрекача, а нагнулся за следующим камнем. Не дойдя до него несколько шагов, я присел на корточки и сделал приглашающий жест.

– Иди сюда. Я ничего плохого тебе не сделаю. Не бойся.

Он несмело приблизился, готовый в любой момент пустить в ход рогатку.

– Ты не прав, – спокойно сказал я. – Я здесь, чтобы защищать вас и только вас. Тебя как зовут?

– Исраэль-Матитьяху, – торжественно назвался пацан, исполненный гордости за такое во всех отношениях обязывающее имя.

Я с трудом сдержал улыбку: от горшка два вершка – и такой длинный титул.

– А тебя как зовут? И почему ты без кипы?

Тоже мне, юная полиция нравов.

– Шрага. Зачем мне кипа, если есть берет?

– Нет, так не годится. Я тебе запасную из дома принесу.

– Подожди немного. Давай еще поговорим. И часто ты так из рогатки промазываешь?

– Я не хотел, чтобы в тебя попало. Действительно не хотел. Я же не знал, что ты настоящий еврей.

Час от часу не легче. И как должен выглядеть настоящий еврей, хотел бы я знать?

– Исраэль-Матитьяху, важно не как еврей выглядит, а что он делает. И еще очень важно, как он при этом держится. Вот ты полчаса тут с рогаткой бегаешь и с каким результатом? Думаешь, арабы испугались и взялись за чемоданы?

Мальчишка с грустью вздохнул, длиннющие ресницы взметнулись вверх и опустились.

– А что же делать? Отец говорит, их нужно отсюда выживать и что каждый должен делать, что ему по силам. А у меня даже из рогатки не получается.

– Я тебя научу. Ты видел этих людей из газет и иностранцев, которые с камерами тут шатаются?

– Левых этих? Конечно, видел.

– Надо делать так: видишь камеру – подойди и скажи: Welcome to the Jewish City of Hebron*. Не надо кричать, не надо кривляться. Когда ты это делаешь, ты роняешь свое достоинство, и достоинство своего отца, и всей вашей общины. А если у тебя еще и улыбнуться получится – вообще замечательно.

– Да с какой стати этим наци улыбаться? Разве можно?

– Ты не им улыбаешься. Ты же помнишь, что Авраам-Авину** был очень гостеприимный человек. Пусть те, кто посмотрит видео, знают, что ты живешь в городе Авраама-Авину по его заветам. Ты – хозяин Хеврона, и ты рад гостям, но именно гостям, а не бандитам, которые пришли поживиться чужим добром после погрома. Я бы не советовал тебе тратить на арабов эмоции. Они того не стоят. Ты все понял?

– Ты клевый, Шрага. Welcome to the Jewish City of Hebron. Я свою сестру тоже научу. Ее Шалхсвст зовут. – Он легонько потянул меня за рукав. – Пойдем к нам. У нас белая крыса живет.

– Я не могу. Я на посту. Ты сам ко мне прибегай, я всегда буду тебе рад.

Он, как взрослый, протянул мне свою исцарапанную лапку, и я бережно пожал ее. Я не сомневался, что и с той, и с другой стороны за нами наблюдают десятки глаз. Пусть смотрят. Пусть все видят, кому я здесь служу и кого защищаю. Пусть те, кто у меня за спиной, не строят иллюзий, а те, кто передо мной, не теряют надежды.

---

* Добро пожаловать в еврейский город Хеврон (*англ.*).

** Отец наш Авраам (*ивр.*).

Но, к сожалению, не все сделали те выводы, на которые я рассчитывал. Вечером того же дня меня позвали к ограде базы с известием, что какой-то поселенец хочет меня видеть и спрашивает по имени. Средних лет, борода, кипа, очки, автомат за спиной. Поселенец как поселенец.

– Ты разговаривал с моим сыном, – начал он без предисловий.

– Если ваш сын Исраэль-Матитьяху, то да, разговаривал.

Я даже не понял, что произошло, и только по горящему лицу осознал, что получил пощечину. Господи, за что? Что опять не так? Последний раз я получил пощечину от отца шесть лет назад, перед тем как сбежал. Я просто сказал ему, что он, может быть, и знаток Торы, но эти знания не сделали из него мужа и отца.

– Ты что посмел сказать моему сыну, солдат? Что он не вправе показать арабам, кто здесь хозяин?

Ах вот в чем дело.

– Знаете что, адони. Если вам не нравятся ваши соседи, то разбирайтесь с ними сами. Слышите? Вы лично, сами, а не перекладывайте эту взрослую задачу на шестилетнего пацана. Не калечьте его. Он слишком мал, чтобы воевать. Даже для Хеврона. Пусть они надевают пояса шахидов на своих детей, но вы-то зачем до их уровня опускаетесь? Когда ваш сын кидает камни в арабский дом, десять процентов вреда идет арабам, а остальное – ему. Если вас как отца такой расклад устраивает, то мне больше нечего вам сказать.

Я развернулся и ушел, стараясь не думать о том, как бы мы все выглядели, если бы Исраэль-Матитьяху попал мне своим камнем не в спину, а, например, в голову.

На следующий день у меня было утром свободное время, и я пошел гулять, пока не началась жара. Малка по-прежнему не звонила и на звонки не отвечала. Это нравилось мне все меньше и меньше. Если бы Малка хотела прервать наши отношения, она бы мне об этом сказала. Я набрал ее агентство и как можно нейтральнее попросил к телефону гверет Бен-Галь. На другом конце провода повисла неприятная пауза.

– Вам зачем?

– Ваше агентство занимается моими братом и сестрой. Моше-Довид и Риша Стамблер. Малка Бен-Галь наш соцработник.

– Вам будет назначен другой соцработник. Когда она может вас посетить?

– Я на сборах.

– Вот демобилизуетесь и перезвоните.

– А Малка?

Гудки.

Теракт? Нет, по телевизору сказали бы. ДТП? Хорошо бы. Или... Или она не вернулась. Я сидел, держа на коленях автомат, в правой руке пищал телефон. Перед глазами качались буквы надписи «Смерть арабам» на стене напротив. Я застрял здесь еще по крайней мере на четыре недели. Волнением и терзаниями я Малке не помогу. Я выполню свой долг здесь и, если останусь жив, поеду искать ее в этот трижды проклятый Узбекистан. *Рибоно шель олам**, если Тебе нужен человек, понимающий, что такое долг, то вот он я.

Я вышел в переулок и увидел следующую картину. Около стены покинутого заколоченного дома стояла молодая женщина, судя по одежде, из местных поселенцев. Она стояла ко мне спиной, и я увидел на спине перекрещенные ремни слинга, точно такого же, каким я пользовался дома с Беньомином. Значит, она еще и с пассажиром. Одной рукой она прижимала к стене дома что-то похожее на трафарет, а другой орудовала баллончиком с краской, видимо, нанося на стену какую-то надпись. Я напрягся, пытаясь прочесть, и, когда услышал ее голос, не совсем понял, к кому она, собственно, обращается.

– Пожалуйста, уберите камеру. Я не хочу, чтобы меня снимали.

Она говорила по-английски. Я оглянулся и увидел человека из TIPH с камерой на плече. Синяя куртка, красная повязка. Он был выше меня, но у́же в плечах. Белесые волосы, облупившийся нос, точно из сканди-

---

* Одно из имен Творца в иудаизме, традиционно используется в молитвах.

навов. Камеру он, естественно, не опустил и продолжал снимать. Я развернулся на месте и встал перед линзой, лихорадочно пытаясь построить английскую фразу, прежде чем ее сказать. Пусть потом не вякает, что не понял.

– Ты не слышал, что она тебе велела? Опусти камеру.

Никакой реакции.

Я крутанул в руках автомат и шарахнул скандинава по пальцам прикладом. С болезненным вскриком он выпустил камеру, и та упала. Несколькими ударами приклада я превратил ее в кучу бесполезных деталей, извлек из гнезда чип с данными и положил себе в карман. Я отвернулся на него, растирая ботинком линзу по каменистой земле. На серой стене цвели свежие синие буквы *зе шелану**.

– Я буду жаловаться вашему начальству, – донеслось у меня из-за спины.

Это что, должно меня напугать?

Из-за угла вышла поселенка с баллончиком краски.

– Чистая работа, солдат. Спасибо тебе, – сказала она с заметным американским акцентом.

– Не за что. А чья это идея метить дома?

– Моя. Ну что это такое – рисуем тут граффити, как в Гарлеме. Мы же у себя дома.

Она внимательно посмотрела на меня:

– Съедят тебя, солдат. В тюрьму могут посадить.

– Мне все равно. Я сделал, что должен. И потом я резервист и не думаю, что из-за резервиста они будут затевать этот балаган.

– Я живу в Тель-Румейде, в доме дальше всех от дороги. Мужа зовут Ури Страг. Меня – Хиллари.

– Как-как?

– Именно так. Несколько семей отмечают Шаббат сообща. Мужчины подтягиваются из синагоги часам к восьми. Так что милости просим. Мы будем тебе рады.

Да, особенно отец Исраэля-Матитьяху обрадуется. Все-таки американку можно вычислить даже без акцента. Религиозная израильтянка никогда бы не

---

* Это наше (*ивр.*).

стала так нормально и уверенно разговаривать с посторонним мужчиной. Куда мы скатимся с этой скромностью, хотел бы я знать. В ту же клоаку, что ваххабиты и талибы, которые на посмешище всему миру одевают своим женщинам мешки на голову и не спасают детей из горящей школы, потому что дети не прикрыты как положено.

– Подожди, так это ты научил Исраэля-Матитьяху бегать за тифозниками с приветствием?

Прежде чем я успел ответить, она звонко рассмеялась, но вовремя уткнулась лицом в собственный рукав, чтобы никто из бдительных соседей не застукал ее за таким легкомысленным поведением. Вот почему я никогда не смогу жить в маленькой общине. Всегда под надзором, все вечно лезут в твои дела – нет уж, увольте.

– Ну ты даешь! – продолжала Хиллари, отсмеявшись. – Это уже все дети выучили. Где камера, там обязательно кто-то с welcome. Нашим детям весело, а у тифозников лица кислые-кислые.

– Отец Исраэля-Матитьяху остался нашим разговором недоволен.

– Шимон? Не обращай внимания. Просто он любит напускать на себя суровость и непримиримость. В каждом коллективе нужен такой человек, иначе все пойдут кто в лес, кто по дрова. Все люди, у всех недостатки, но это не должно мешать нам быть братьями и сестрами. Хорошие же времена настали, раз евреи больше боятся друг друга, чем врагов. Я же вижу, что ты поддерживаешь нас.

Откуда она взяла, что я кого-то боюсь? Просто не хочу портить людям Шаббат.

На следующий день был рейд в Абу-Шейну, а потом снова началось стояние на блокпосту. Конечно, не обошлось без зарубежных гостей. За нами в течение всего наряда (восемь часов) наблюдали две седовласые американки в красных бейсболках с надписью CPT. Да, я согласен, что арабы в H2 очень зависят от человеческих качеств тех, кто стоит на блокпостах. Иногда ребятам ударяло в голову, что вместе со стволом они получили власть. Чушь полная. Власть над другими начинается в первую очередь с власти над собой. Но там, где две эти пожилые дамы видели жертв произвола, я видел груды тел в Тель-Румейде, изнасилованную Хиллари и ее убитого ребенка. Именно так и будет здесь все выглядеть, если армия покинет Хеврон. Я делал свою работу, обыскивал, проверял документы и вещи, если надо, задерживал. Брезгливость и тошнота волнами накатывали на меня. Как на грех, я забыл в казарме дезинфектант. После каждого прикосновения к арабам и их вещам я скреб руки бензином из канистры в джипе. Земира и Хазанович смотрели на меня странно, а кумушки в бейсболках – осуждающе. Вот ведь расист, даже брезгует прикасаться. Откуда им было знать, что в Меа-Шеариме я вел себя так же. Мальчишкой я плакал по ночам, тоскуя о маме, о ее прикосновениях, и навсегда возненавидел прикосновения чужих, особенно мужчин. У других были старшие сестры, а у меня даже этого не было. Где-то лет с тринадцати я стал жестко ставить на место тех, кто позволял себе нарушать мое пространство, не делая различий между сверстниками, учителями и парнями постарше. В государственной школе за такие выходки меня бы заклеймили агрессивным и антисоциальным, но в нашем курятнике я, как сын начальника, был на особом положении. Так было, пока отец не решил, что я его позорю. Тут-то мне все всё и припомнили. Но я не жалел ни о чем. Лучше ходить в синяках, чем быть, как Нотэ, порогом, на который все наступают. Интересно, как они там справляются?

Одна из христианских миротворцев подошла к Земире и о чем-то его спросила по-английски. Он улыбнулся и ответил на иврите.

– Можете не тратить время, леди. Он по-английски не понимает.

– А ты боишься, что я открою ему глаза на то, что такое расизм?

– Про расизм я все понял. Где бы евреи ни жили, мы всем мешаем. Если вы не прекратите отвлекать моих людей от работы, то будете арестованы.

– Тебе так нравится власть, да?

Дура! Зачем мне власть? На миг вспыхнул передо мной другой Хеврон, другая реальность, где власть не будет нужна. Магазины и кафе, как на улице Алленби. Малка никуда не пропала и спускается ко мне на своих шпильках по этим каменным террасам. И наши дети растут здесь счастливые, потому что им некого ненавидеть. У меня никогда не будет этой мечты. Все, что я могу, – это помочь Ури и Хиллари Страг защитить их мечту.

– Я надеюсь, мы с вами друг друга поняли.

Если бы вежливость убивала.

За все время моего пребывания на хевронских блокпостах я ни разу не нарушил инструкций в отношении арабов, вел себя так безупречно, что никакая правозащитная организация не нашла бы повода ко мне придраться. Зато международные наблюдатели запомнили весну 2005-го очень надолго. За три недели моими стараниями были арестованы пятнадцать человек, а одну особо ретивую немку вообще выдворили из Хеврона. Есть тысяча и один способ мурыжить человека на блокпосту и час, и два, не нарушив при этом ни одной инструкции и не сказав ни одного резкого слова. С этой целью я выучил по-английски две фразы: «Это делается ради вашей безопасности» и «Вы проследуете через блокпост, когда отпадет оперативная необходимость в вашем задержании». Я нес эту чушь серьезным тоном и с абсолютно непроницаемым лицом. Международные активисты реагировали по-разному – от полного ступора до полного исступления. Все они были абсолютно уверены, что ЦАХАЛ – это свора тупиц и садистов, главным занятием которой являются издевательства над мирным населением. Именно эту версию они тиражировали по всему миру, именно в таком ключе им было приятно думать о себе и о своей деятельности. Во всяком случае, сдержанный, корректный капрал Стамблер с хорошим английским языком портил им всю эту красивую картину. И, не скрою, ловил кайф. Скоро на мои бенефисы стали собираться зрители – не занятые на блокпостах и в патрулях солдаты и местные евреи. Как поселенцы узнали о моих маленьких развлечениях, я так и не понял, но на таком маленьком пятачке, как Н2, все всё рано или поздно узнают. В первый раз я обнаружил аудиторию однажды утром, когда на блокпост пришла группа арабских школьниц в сопровождении девушки скандинавского типа и тощего парня неопределенной национальности с трехдневной щетиной. У нас заняло пять минут проверить все рюкзаки и школьные удостоверения, и мы пропустили девочек дальше, но они топтались по ту сторону блокпоста в ожидании своего эскорта. Я мельком взглянул на документы и отдал обладателям со словами:

– Я вынужден вас задержать.

– На каком основании?

– Ради вашей безопасности.

– Какая чушь! – возмутился парень.

– Вы проследуете, когда отпадет оперативная необходимость в вашем задержании.

Земира уже вовсю скалил белые зубы, да и Хазанович злорадно улыбался, но у меня другое амплуа. Роли расписаны, и каждый играет свою.

– Как вы не понимаете, – вступила в разговор девушка, – им же идти через Тель-Румейду и Адмот-Ишай. Поселенцы их затравят.

– Непременно затравят, – со скорбным лицом подтвердил я. – Убьют, зажарят и съедят. И вообще, мы замешиваем мацу на крови христианских младенцев. У вас все?

Активисты не успели ответить. Где-то у нас над головами раздался дружный смех, крики «Ам Исраэль Хай!»* и клацанье затворов. Оказалось, что с каменной террасы пару метров высотой за нами все это время наблюдало около десятка поселенцев. Как в театр пришли, честное слово. Театр и есть.

– *Яла, яла*, в школу опоздаете, – бросил Земира девочкам, и их как ветром сдуло.

– Нам всегда было ясно, на чьей вы стороне, – сказала мне скандинавская девушка таким тоном, как будто уличила меня в военных преступлениях, достойных Нюрнбергского процесса.

---

* Народ Израиля еще жив (*ивр.*).

– Очень хорошо, что вам это ясно, – невозмутимо отозвался я. – Прошу вас освободить блокпост и не мешать нам выполнять наши обязанности.

Поселенцы попрыгали со своей террасы, и активисты сочли разумным «освободить блокпост». Я оказался в кольце не слишком предсказуемых людей, привыкших сначала стрелять, потом задавать вопросы. Стоящий напротив сжал мне руку в железобетонном рукопожатии, притянул к себе и обнял. Потом остальные стали протягивать руки и называть себя. Моше. Ури. Натан. Давид. Шимона я уже имел счастье знать. Только теперь я понял, как важна им каждая крупица поддержки. Да, им достаточно веры в Бога и любви к своему городу, чтобы терпеть что угодно. Но как, должно быть, одиноко им там, наверху.

– Спасибо тебе за Хиллари, – тепло сказал мне Ури, на вид типичный светский тель-авивец в джинсах, только при бороде и в кипе. – Она у меня бедовая. Забывает иногда, что тут немножко не Калифорния.

Можно подумать, что я отбил Хиллари у разъяренной толпы. А то какой-то недоделанный хомо с видеокамерой.

– Откуда ты знаешь, что это я?

– Ты же у нас кинозвезда местного значения.

У меня начало сдавать терпение. Какая еще кинозвезда?

– Эти бебиситтеры арабов засняли на видеокамеру твою беседу с моим Исраэлем и выставили в Интернет, – пояснил Шимон. – Там ничего не слышно, зато все видно.

Я окончательно завис. Зачем вывешивать беседу в Интернет, если ее не слышно?

– Зачем они это сделали?

– Чтобы исходить ядом в комментариях. ЦАХАЛ на службе у фанатиков и расистов. Солдат стоит на коленях перед сыном поселенца.

Очень хорошо. Именно этого я и хотел.

Поселенцы распрощались со мной, расселись по машинам и отчалили на работу. Оказывается, они застали мой спектакль по дороге на стоянку. Задержался один Шимон.

– Я прошу у тебя прощения за свою несдержанность. Я подумал над тем, что ты сказал. Пока армия нас отсюда не выселяет, мой сын больше не будет создавать ситуаций, при которых солдаты могут пострадать.

Сказал я, предположим, совсем не это, ну ладно.

С этого дня евреи Тель-Румейды признали меня за своего. Каждый день на блокпосту появлялось какое-нибудь маленькое чудо в пейсах с кульком или коробкой и словами «мама-просила-тебе-передать». Передавали они, может быть, и мне, но мамы были опытные и знали, что я стою на блокпосту не один. Так что порции там были соответствующие. В свободное от службы время я ремонтировал кое-что по мелочи в их палисадниках, общался с детьми, если те были не в школе, пару раз свозил на джипе женщин за покупками в Кирьят-Арбу. В дома в отсутствие мужчин не заходил, нравы тут были очень строгие. Исключение составляла Хиллари. Она не видела ничего ужасного в том, чтобы вынести мне стакан сока на крыльцо, сесть на ступеньку повыше и начать болтать. Ури целый день работал, и Хиллари было элементарно скучно. Ребенок всего один, совсем маленький, в смысле еще ходить не начал. Как только они начинают ходить, скучно уже не бывает, это я знал из собственного опыта.

– Твой муж точно не будет возражать, что мы разговариваем? – спрашивал я ее.

– Шрага, ты дикий. Мы ничего не нарушаем. Мы все цивилизованные люди. У тебя, наверное, есть невеста. Она бы стала тебя в чем-то плохом подозревать только потому, что мы сидим на одном крыльце и болтаем?

– Нет, не стала бы.

– Ну вот. А ты думаешь, Ури дурнее паровоза?

На это мне было нечего возразить.

Из рассказов Хиллари я понял, что они тут в некоторой степени белые вороны. У них не было того, что в Меа-Шеариме называется ихус. Родители Ури, университетские профессора и левые активисты, еще пять лет назад отказали ему от дома. Если бы они только знали, как они похожи на моего отца и других столпов нашей общины. Похожи в своей ненависти ко всем евреям, которые от них отличаются, и к государству, построенному этими евреями.

– А твои родители?

– Мать в Штатах. А отец я даже не знаю кто.

– То есть как не знаешь?

– А мать и сама не знает. Прыгала из койки в койку.

Я встал.

– Хиллари, нельзя так неуважительно высказываться о своей матери. Я не хочу это слышать. Какая бы она ни была, она тебе жизнь дала.

– Не уходи. Я больше не буду. Мне страшно одной.

Как маленькая, честное слово. Как это, наверное, страшно – расти без отца. Лучше даже такой, как у меня, чем никакого. Под звон голосистых хевронских цикад я слушал про то, как мать подолгу оставляла Хиллари в разных семьях, а сама уезжала на поиски *просветления* и *нирваны*. Как может мать так себя вести? И что такое «просветление» и «нирвана»? Я видел, как Хиллари мучается, пытаясь подобрать на иврите слова для объяснения этих, видимо, очень сложных понятий, и сжалился.

– Расскажи мне лучше про Америку. Мне же интересно. Я не был нигде дальше Тель-Авива.

Хиллари бросила взгляд на манеж, где спал ее сын. Манеж был закрыт сверху мелкой металлической сеткой, призванной задержать снайперскую пулю.

– Сейчас приду.

Через минуту я держал на коленях увесистый альбом с фотографиями. Там были виды Сан-Диего, национальных парков, гор и Тихого океана. Хиллари рассказывала, как провела последние четыре года жизни в Америке в богатой нееврейской семье, в которой было три сына, а они мечтали о дочке. Мраморный дворец посреди идеально подстриженного газона, апельсиновые деревья и розовые кусты. Штат прислуги из пяти человек.

– А вот это я.

На фотографии на Хиллари была немыслимо короткая юбка, да еще с разрезами. Я не видел такого никогда и ни на ком, даже в Тель-Авиве. В каждой руке у нее было по какому-то странному предмету. Они были похожи на разноцветную пышную швабру на короткой ручке.

– Это что?

– Помпоны. Я была капитаном команды чирлидеров.

– Что такое чирлидеры?

– Ну... – Хиллари замялась. – Это когда девушки в коротких юбках машут помпонами, прыгают и кричат.

– Зачем?

– Для мотивации. Чтобы футбольная команда лучше играла и выиграла.

– А если девушки не будут прыгать и кричать, команда будет играть плохо?

– Ну как тебе объяснить? Каждая американская девушка мечтает быть чирлидером, а я была капитаном. Мистер и миссис Норвелл приходили на все футбольные матчи. Исполнилась их мечта – сыновья-футболисты и дочь-чирлидер. Они хорошие люди. Я даже Рождество с ними отмечала. Сейчас вспомнить совестно. Что я знала о том, кто я? Только фамилия – Коэн. И еще мать говорила, что бабушка оставила в концлагере свой разум, что жить с ней было невозможно.

– Мой дед тоже был в концлагере.

– Тебе повезло. Ты всегда знал, что ты еврей.

Да уж, повезло.

– А почему ты не сменила имя? Разве Хиллари – это имя для еврейки?

– А оно мне подходит. Оно мне помогает. Понимаешь, по-английски мое имя означает «веселая, неунывающая». А в Хевроне без чувства юмора никак. Жизнь тут тяжелая, люди суровые.

– Ты про евреев?

– Скорее, про евреек. Меня рабанит конкретно недолюбливает.

– Какая рабанит?

– Главная.

Это было мне знакомо. Жена высокопоставленного человека может при желании сильно испортить жизнь любой другой женщине, которой из общины некуда деваться. Моя мама этого делать не хотела и не могла. Хоть в этом ей повезло. Теперь я понял, почему Хиллари целый день сидит одна и так запросто и охотно общается со мной, чужим человеком, резервистом, который долго в Хевроне не задержится. Просто мне можно сказать то, чего никому из соседок не скажешь.

– Что ей не нравится?

– Не пойми меня неправильно. Я очень ее уважаю. Но я не могу быть кем-то, кем я не являюсь, ради ее удобства. Понимаешь, я всегда была очень самостоятельной, я еще и маму свою опекала, она вечно витала в каких-то облаках. Я привыкла все решать сама. Если мне нужен совет, я спрошу мужа. А она считает, что ничего в поселении не должно происходить без ее одобрения. Когда мы только начали тут жить, она запретила мне петь солдатам на блокпостах.

– Как это петь?

– Обыкновенно, под гитару. Я хорошо пою. Солдатам нравилось.

Еще бы им не нравилось.

– А Ури что сказал?

– Сказал, будут неприятности. Были неприятности.

– Хиллари, если ты хочешь знать мое мнение, то рабанит была права. Конечно, ты хорошо поешь. Конечно, солдатам нравилось. Женское пение – это вообще для меня самые любимые звуки на земле. Ваши голоса – это подарок Всевышнего нам, которые умеют только хрипеть и орать. Но Хеврон – это не место для публичных исполнений. Здесь арабы по улицам ходят, и у них тоже уши есть. Они все наши враги, а некоторые еще и развратные, поверь мне. Чем они заслужили такую радость? Почему Ури должен делиться с ними этой драгоценностью? Ты о нем подумала?

По ее удивленному лицу я понял, что поделиться с ней этой простой мыслью рабанит не догадалась. Наверное, она сказала, что пение вводит солдат в грех, и при одном взгляде на эти благочестивые лица Хиллари словила большое ха-ха.

– Ты вообще здесь жить хочешь?

– Очень хочу. Кстати, во многом благодаря рабанит.

– Не понял.

– Она все время дает мне понять, что я избалованная калифорнийская штучка, не умею любить Тору и родину и вообще у меня для Хеврона кишка тонка. А у меня характер упрямый. Раз Ури решил, что его место здесь, то мое место с ним.

– А арабы с их европейскими наседками тебя не напрягают?

Я чуть не сказал «европейскими и американскими», но вовремя удержался.

– В смысле страха или в смысле чувства вины?

– Чувства вины.

– За что, Шрага? За то, что я тут живу? В Америке тоже бывает, что соседи друг другу не нравятся. Но не мы начали тут оргию убийств. Мы защищаемся. Я что, должна чувствовать себя виноватой в том, что наша самозащита успешна?

– А страх?

– А то нет. Я каждый день его преодолеваю. Элеонора Рузвельт говорила: женщина, она как пакетик чаю – не поймешь, какого она по-настоящему цвета, пока в кипяток не опустишь.

– А кто такая Элеонора Рузвельт?

– Иди на базу. Ури за тобой зайдет, и я тебе расскажу, кто такая Элеонора Рузвельт. А сейчас мне пол мыть надо.

– У меня сегодня вечером наряд. А завтра вечером я свободен.

Выйдя за ограду, я оглянулся и увидел, что Хиллари энергичными движениями выжимает над ведром тряпку, в которой даже с такого расстояния можно было узнать флаг Палестинской автономии. Зачем они это делают? Ведь всем от этого только хуже.

На коллективный Шаббат у меня попасть не получилось из-за службы, но пару раз навестить к ужину семейство Страг все-таки удалось. По дороге от базы до дома Ури успел рассказать мне, как стыдились родители его, вернувшегося из Газы, как он впервые увидел Хиллари на какой-то экскурсии вот по этим холмам, как во время демонтажа очередного форпоста она сидела на развалинах и плакала: How can our fellow Jews do this to us?*

– И знаешь, что я сделал? Уже три года соблюдал, в йешиве по вечерам учился, все как полагается, на шидухи выходил. Как будто ничего этого не было. Просто подошел и сказал: Hillary, will you please marry me**.

Почему меня не хватило сказать Малке то же самое, несмотря ни на что?

В конце третьей недели моего пребывания в Хевроне из снайперской винтовки обстреляли район Авраам Авину***. Погиб ребенок, а его мать получила пулю в коленку. Обстрел был произведен из района Баб-эль-Хан. Командование ну очень встревожилось наличием у арабов снайперской винтовки. Раньше ничего, кроме калашей, у них не водилось. Я как раз удивлен не был. Им собирают столько денег в рамках гуманитарной помощи, а на всю H2 (население 30 000 человек) нет ни одного акушерского пункта, зато закупиться снайперскими винтовками и стрелять по евреям – это, очевидно, достойное применение международных пожертвований.

И снова рейд. Многоквартирный жилой дом, все перевернуто вверх дном, женщины и дети плачут, старики в ужасе, мужчины длинными рядами стоят лицами к стене в наручниках и повязках на глазах. Ищем снайперскую винтовку. Выскочили на крышу. Пахнет гарью, где-то что-то жгут. Вот она, наша пещера Аладдина, уж не знаю, как его там зовут. Ящики, накрытые брезентом, все новое, смазанное, одна початая коробка патронов.

– Держите! Уйдет!

Я увидел только силуэт, прыгающий с крыши, и рванулся за ним. Что-то подсказало мне, что он не торопится стать шахидом и что там есть другая крыша. Так и есть, вот он, дом пониже. Но расстояние не малень-

---

* Как наши братья-евреи могут сделать такое с нами? (*англ.*)

** Хиллари, пожалуйста, выходи за меня замуж (*англ.*).

*** Еврейский квартал Хеврона.

кое. Он с детства прыгал по этим крышам, а я могу и не рассчитать. Он заметил мое замешательство и крикнул:

– Ну я стрелял, я! И что ты мне сделаешь? Ну и трусы же вы!

Надо же, я не помню, чтобы когда-нибудь с безопасного расстояния целился в женщину с ребенком. Но самое ужасное, что прицелиться в него не получается и надо прыгать. Ладно, подумал я, скидывая бронежилет. *Ихи рацон мильфанеха**.

Бетонная поверхность ударила по подошвам, и я понял, что спасен. Я догнал его, и мы сцепились. Автомат мешал, болтаясь за спиной, но девать его было некуда. Осколки и обломки, разбросанные по крыше, врезались в спину. Мне удалось все-таки его оседлать, начать душить, и я услышал, как трещат его ребра у меня под коленом. Или, может быть, мне это только показалось.

Наверное, мы все-таки долго катались, потому что за это время наши успели попасть на крышу традиционным способом.

– Да ты что, его убивать собрался? – прозвучало у меня над головой, и я почувствовал, как меня буквально за шкирку оттаскивают от этого человекообразного.

– А что, я должен что-то другое с ним делать? – искренне удивился я.

Существо хрипело и откашливалось, но было живо. Настолько живо, что отыскало меня глазами и нагло осклабилось. Я попытался встать, и тут острая боль стрельнула в лодыжку. Похоже, я чего-то там вывихнул, совсем как юная жительница Хан-Юниса, сиганувшая на головы ненавистным оккупантам. Как я еще бегал на этой ноге. Взглянув на запад, я наконец понял, что там горело. Какой-то магазин на улице Шухада, она же улица Царя Давида. Вернувшиеся с похорон маленького Авреми поселенцы его подожгли. Потом от Хиллари я узнал, что мать мальчика Одая просила их этого не делать. Но кто женщину слушать станет.

После рентгена, показавшего, что ничего не сломано, но много чего вывихнуто и растянуто, врач дал мне

---

* Да будет воля Твоя (*ивр.*).

пузырь со льдом, обезболивающее и велел сидеть тихо. Поджигать магазин, принадлежащий абсолютно постороннему человеку, действительно глупо. Какой магазин может быть у подобной швали? Он только и умеет, что убивать. Но почему мне не дали его прикончить, кому нужна эта комедия с военным судом. Его несколько лет подержат в тюрьме, а потом отпустят в рамках очередной гуманитарной инициативы. Он вернется в Хеврон и будет ходить здесь по улицам как победитель и ухмыляться в лицо Одае, потерявшей ребенка. Надо сделать с ним что-нибудь такое, чтобы он жить больше уже не хотел. Все равно, пока не заживет нога, я не могу ехать ни в какой Узбекистан.

Я с трудом доковылял до дома Страгов и решительно постучал в дверь.

– Ты дверь решил сломать? – напустилась на меня Хиллари. – Ребенок спит.

– Извини. Мне нужно у тебя кое-что одолжить.

– Что?

– Туфлю.

– Что, прости?

– Туфлю. Для воспитательной беседы.

Пауза.

– Я поняла. Сейчас принесу.

Путь обратно занял на десять минут дольше, нога отчаянно болела. У ворот базы толпилось несколько местных поселенцев и еще какие-то незнакомые личности из Кирьят-Арбы.

– Шрага, так ты не арестован?

– Пока нет.

Слухи тут расходятся, как в Меа-Шеариме.

На базе я разыскал Эзру и изложил ему свой план. Он посмотрел на меня так, будто не видел никогда раньше.

– Ты думаешь, это аморально?

– Я думаю, это гениально. Просто не могу поверить, что это ты. Ты, чинивший в арабском доме унитаз. Ты, никому из них не сказавший грубого слова.

– Семья Идрис виновата только в том, что их дом расположен так, как расположен. А этот сам признался.

Он гордится. Он смеется над нами, он уверен, что его не казнят. Я не люблю оставлять работу недоделанной. У меня бзик такой.

– Если ты действительно хочешь, чтобы он покончил с собой, то твой план нуждается в изменении. Ну кто его здесь увидит? Десяток солдат и десяток задержанных. Это надо заснять на видео и выставить в Интернет, чтобы видели все. Тогда он точно будет опозорен.

Мне такое даже в голову не пришло. Я рос без видео и Интернета.

– У нас нет камеры.

– У нас есть камера, – ответил Эзра, доставая из кармана мобильник.

– Эзра, ты будешь иметь неприятности.

– Кто бы говорил.

Дальнейшее я помню только в виде рваных кусков диалога. Помню собственную сосредоточенность патологоанатома, разрезающего труп на столе. Я помню, что в комнате было много солдат, что с других задержанных сняли повязки. Помню свое удивление, что убийца Авреми явно крупнее и выше среднего, уж точно не меньше меня. Странно, что на крыше я этого не почувствовал. Я снял с него повязку. Приподнял дулом М-16 его подбородок и тихо спросил:

– Ты меня узнаешь?

Он сфокусировал взгляд.

– Еще бы. Я думал, крыша под тобой проломится. И как там бедный ребенок? Уже похоронили? Воображаю, как поселенцы с ума сходят.

Странно, я вот не усмотрел в убийстве ребенка повода для веселья.

– Мы не закончили.

– Ты будешь бить связанного человека?

– *Хас ве шалом**. Я не собираюсь жертвовать своим кайфом от честно сделанной работы. Сейчас я сниму с тебя наручники, и мы закончим. Если ты мужчина – сопротивляйся, мои друзья не будут тебе мешать. Если нет, то не обессудь, все претензии к Аллаху, который создал тебя тем, чем создал. Вопросы есть?

---

* Боже упаси.

Ну почему он так похож на человека? Нормальное лицо, неплохой иврит, удостоверение студента медицинского факультета университета Аль-Наджа, что в Наблусе. Он еще ни одной жизни не спас, а две уже успел разрушить. Не похожий на голь перекатную, с которой мы обычно имели дело, родом из зажиточной семьи, он решил доказать своим более бывалым друзьям, что тоже участвует в сопротивлении. А заодно и новый гаджет распробовать. Тошно, неприятно, но я обязан. Ради тебя, Одая.

Я оказался прав. Он не был ветераном стычек с евреями – очевидно, до меня его никто не бил вообще. Он просто не привык. У меня даже дыхание не участилось, а он, согнувшись в три погибели, закрывал голову.

– А вот сейчас начинается самое интересное, – услышал я свой собственный голос, еще более хриплый и монотонный, чем обычно. – Я с тобой закончил, но у меня для тебя есть привет от еврейской общины Хеврона. Алекс, дай сюда пакет.

Я переложил туфлю из правой руки в левую и ударил наотмашь два раза. Следующие удары уже были гораздо легче, практически не удары, а касания, но ему хватило. От его гонора ничего не осталось, он рыдал, лежа в позе эмбриона на полу. Я застегнул наручники и разогнулся под бурные аплодисменты. Красный огонек у Эзры в руке погас, и я обратился к людям:

– Итак, что мы имеем. Ни одна кость не сломана, ни один внутренний орган не поврежден. Но он уже не жилец и тем более не боец. Он на всю оставшуюся жизнь унижен и противен самому себе. То, что я с ним сделал, это в их культуре хуже, чем изнасилование*. Но вам я вот что хочу сказать, дорогие мои. Я три года отбарабанил в Газе. Такое у меня в первый раз, и надеюсь, что

---

* Самый презрительный жест в арабской культуре – это бросить в кого-то туфлю, как в Багдаде закидали тапками Буша-младшего. Араб, которого бьют по лицу женской туфлей, да еще левой рукой (левой рукой вытираются в туалете, когда нет туалетной бумаги, левая сторона считается нечистой), безнадежно опозорен.

в последний. Вы слышали, в чем этот экземпляр признался. Моего убогого разума не хватает понять, почему мне не дали докончить свое дело, и я докончил его сейчас, как сумел. Но если вы будете творить такое на блокпостах каждый день, вы превратитесь черт знает во что. Ваши жены, девушки, родители не узнают вас после трех лет таких упражнений, а узнав – испугаются. Не доводите себя до этого. Все. Всем спасибо, все свободны.

Утром перед началом наряда к нам явился лейтенант и обратился ко мне со следующим приветствием:

– Ну что, Стамблер, допрыгался?

– Допрыгался, *мефакед**.

– Нога болит?

– Болит.

– Теперь не будешь с блокпостов вылезать. Про рейды можешь забыть. Только тебе ходить нельзя.

Я решил, что ослышался.

– Я не понял, *мефакед*.

– Когда на блокпосту посторонние, ты должен только сидеть или стоять. Они не должны видеть, что ты хромаешь.

Понятно. Резервиста надо использовать на все сто процентов, хоть тушкой, хоть чучелом, но он должен закончить свой срок. Ребят жалко. Им придется вдвоем делать работу троих.

– Вы не волнуйтесь, *мефакед*, – встрял Хазанович. – Он будет с иностранцами разговаривать. У него по-английски получается.

– Ты говоришь по-английски? – страшно изумился лейтенант.

– Я не носитель языка.

– Неважно. По нынешнему времени на каждом блокпосту нужен человек, который умеет разговаривать с этой публикой. Вот и служи.

– Ну кто тебя за язык тянул, Алекс? – сказал я Хазановичу, когда начальство исчезло. – Какая от меня на блокпосту польза? Я хотел его уговорить, чтобы вам прислали здорового.

---

* Обращение к вышестоящему в армии, ср. английское sir.

– Ну что ты заводишься по пустякам. Мы к тебе привыкли, а новый человек – это всегда кот в мешке. С тобой и иностранцами уж точно не скучно. Поставим тебе стул, будешь сидеть, как большое начальство.

– А обыскивать кто будет?

– Да обыщем мы всех, не волнуйся. Если тебе уж так захочется с кем-то побеседовать, мы сделаем так, чтобы они к тебе подошли. Пусть только попробуют не подойти.

Конечно, приятнее служить со своими, чем каждый раз притираться к новым людям. Тот единственный наряд, который я нес с ребятами не из своей десятки, закончился ссорой. Мои временные сослуживцы уплетали еще теплую питу, которую кто-то из арабов принес на блокпост, как будто так и надо. Чего я им только не наговорил. Что весь мир на нас здесь смотрит и только и ждет, чтобы обвинить в грабеже гражданского населения. Что арабы приносят на блокпосты питу и арбузы не по доброте душевной и все это очень смахивает на взятку. Что пусть не брезгливость, но хотя бы страх отравиться должен был бы их удержать. Никакой реакции: они как жевали, так и продолжили жевать. А прожевавши, высказались в том смысле, что я, высокородная ашкеназская элита, могу к арабской пите и не притрагиваться, если мне противно. Им же больше достанется. Вот он, ссфардский комплекс неполноценности во всей своей красе. Не принято вслух об этом говорить, но наша страна была основана и построена европейскими евреями на европейских же идеях.

Выйдя на блокпост, мы его не узнали. Во-первых, там стояла караванообразная будка, аляповато покрашенная под каменную кладку окружающих домов. Нам объяснили, что это новый металлоискатель. На собственно блокпост привезли еще десяток бетонных блоков, натянули колючую проволоку и повесили кучу камуфляжной сетки. Получилось очень внушительно. Теперь я понял, какие у лейтенанта были на меня планы. Мне было приказано занять свое место в караване за пуленепробиваемым стеклом, а Хазанович, Земира и наше подкрепление в лице рядового Михаэли приступили к несению своих обычных обязанностей.

Первый день прошел гладко, металлоискатель работал, арабские дети из тех, что помладше, думали, что это игра такая. Взрослые, похоже, тоже предпочитали металлоискатель личному досмотру, и в этом я был с ними абсолютно солидарен. На следующий день начались неприятности. На блокпосте собралось несколько десятков школьников обоего пола, но в основном девочек, и десяток учителей и международных наблюдателей. Хазанович сообщил по уоки-токи, что они хотят видеть старшего. Я вышел из будки и, стараясь не хромать, направился в сторону посетителей. Приходилось следить еще и за лицом, чтобы оно не было уж совсем кислым, а каждый следующий шаг давался тяжелее предыдущего. Ко мне повернулась сурового вида пожилая арабка в очках.

– Я директор школы Кордоба.

– В чем проблема?

– Ученицы нашей школы не будут проходить металлоискатель.

– Почему?

– Он вреден беременным.

Я окинул взглядом группу девочек младше пятнадцати лет и стоявшую передо мной женщину, которой забеременеть уже явно не грозило.

– Кто беременный?

– Мы все беременные, – ответила директриса, широким жестом окидывая девочек.

Вроде образованная женщина, а несет такую ерунду.

– Потрудитесь объяснить.

Эта вежливая формулировка вылетела у меня сквозь зубы, как плевок. Да, они не виноваты в том, что у меня пропала любимая женщина и болит нога, но какого черта они затеяли этот балаган?

– Потому что мы палестинки! – торжественно объявила директриса*.

---

* Реальный диалог между директором школы для девочек Кордоба и израильским солдатом. Записан международной наблюдательницей из Новой Зеландии в Хевроне 09.09.2005.

– Откуда мы знаем, чем вы облучаете этих детей? – вступила в разговор одна из международных наблюдательниц. – С вас станется стерилизовать их под предлогом безопасности.

Крупная, красивая, правильные черты лица. Английский с акцентом, но не могу разобрать, каким именно. Ладно, этот кровавый навет я тебе припомню. Повернувшись к директрисе, я начал спокойно объяснять:

– Это стандартная установка, они стоят во всех аэропортах, во всех общественных местах. Около этих установок по восемь часов стоят в нарядах наши женщины – полицейские, таможенницы. Все молодые, все детородного возраста. Это абсолютно безопасно. Если вас не устраивает этот металлоискатель, то могу предложить вам следующие альтернативы. Мы обследуем каждую ручным металлоискателем, как раньше. Или ждем солдат-женщин с центральной базы для личного обыска ваших учениц. В любом случае занятия вы вовремя не начнете.

В этом месте я обратился к старшему из учителей-мужчин:

– Кстати, я могу узнать, что *вам* мешает проследовать через металлоискатель?

– Солидарность, – ответил по-английски один из наблюдателей, седобородый мужчина в очках и красной бейсболке.

Я повернулся к нему всем корпусом:

– Мистер, я спрашивал не вас. Если эти люди хотят проявить солидарность со своими женщинами, дайте им самим высказаться на эту тему. Они не дети, они прекрасно сумеют отстоять свои интересы без вашей мелочной опеки и идиотских провокаций.

А вот теперь пусть кто-нибудь попробует возразить.

– Капрал, а вам не кажется, что у вас тут силы неравные? – спросила защитница репродуктивных прав.

– Шрага, я тебе стул принес, – донеслось у меня из-за спины.

Господи, наконец можно снять вес с ноги.

– А я не утверждал, что они равные. И раз уж мы все здесь надолго застряли, то я хочу взглянуть на ваш паспорт.

– Это месть! Месть за то, что мы рассказываем миру о ваших преступлениях!

Формально международные наблюдатели находились в ведении гражданской полиции. Солдаты могли лишь проверять их на блокпостах на общих с арабами основаниях. Наказывать их за провокации, оскорбления, нарушения визового режима мы права не имели. Исходя из этого, на паспорта мы имели право только смотреть, но в руки не брать. Если наблюдатели не хотели задерживаться и им было нечего скрывать, они показывали нам паспорта без протестов. Надо сказать, что с полицией у нас, во всяком случае на этот счет, был полный «вась-вась». Так было и на этот раз. Приехал микроавтобус с полицейскими, в том числе женщинами. Начальник наряда предложил директрисе Кордобы своих сотрудниц для личного обыска учениц. Не удостоив его ответом, она что-то сказала девочкам, и они как миленькие встали в очередь в металлоискатель. Все ясно, очередная демонстрация сопротивления оккупантам. Учеба может подождать.

Хазанович подошел к начальнику полицейского наряда и что-то сказал, пару раз кивнув на меня. Очевидно, начальник хотел знать, почему я сижу, как недопеченная хала в духовке, а весь блокпост должен вокруг меня бегать. Не сомневаюсь, Хазанович не пожалел красок для описания прыжка с семиэтажного дома на крышу шестиэтажного. Начальник наряда без лишних слов конфисковал паспорт у активистки, на которую Хазанович ему указал, и, не заглядывая, принес мне. Это был традиционный для Хеврона маленький ритуал между армией и полицией. Пусть в разной форме, но мы тут все израильтяне, и эти визитеры нам всем одинаково не нравятся.

Моя ладонь дрогнула от отвращения, как будто на нее положили живую сколопендру. Паспорт был немецкий. Это... это я даже не знаю, как назвать.

Уничтожить нас в Европе им мало. Надо приехать сюда помогать нашим врагам добивать нас. А когда мы хоть сколько-то успешно сопротивляемся, то можно наконец сбросить личину, перестать притворяться, не делать больше скорбное лицо, а с удовольствием кричать на всех углах: вот, посмотрите, во что евреи превратились, как только получили власть и оружие в руки. Но хотел бы я посмотреть в лицо чиновника, выдавшего визу этому существу. Пустить ее к нам, сюда, где ходят по улицам уцелевшие, где психушки забиты несчастными людьми, чьи души истерзаны этим кошмаром.

Я раскрыл паспорт. Мартина Кернмайер, 1982 года рождения. Ровесники, значит. Ладно, Мартина Кернмайер. Надеюсь, что ты будешь долго добираться до Германии и там долго добиваться нового паспорта. Я уже нашаривал зажигалку в кармане над ботинком, но тут мое внимание привлек штамп израильской въездной визы. Виза была просрочена на полтора месяца. Красота, лучше быть не может. Я поднял голову и насмешливо на нее посмотрел. Нашлась какая-то точка в пространстве, где пересеклись два взгляда. Одинаковые серые глаза, и холод, и ненависть с обеих сторон. Насколько человеческим, даже теплым казалось отсюда общение с Исмаэлем Идрисом и его семейством.

Начальник полицейского наряда понял, что я закончил с паспортом, и с нескрываемым удовольствием выслушал мой отчет. Ей тут же надели наручники и погрузили в полицейский микроавтобус. Коллеги-наблюдатели сверлили меня глазами, а я улыбался им сквозь боль и отвращение. Не надо смотреть на меня с ненавистью, дорогие мои. Надо уважать и соблюдать законы страны, куда вы приехали. Даже если это страна евреев. Я понимаю, что это тяжело, но придется.

Закончив исполнение наряда, я обнаружил у себя на телефоне сообщение из полиции. Кто-то все-таки начал искать Малку. И месяца не прошло. Не успел я привыкнуть к мысли, что такую серьезную работу доверили женщине, как последовал еще один шок. Детектив

Розмари Коэн имела такую же нетипичную для Израиля внешность, как и Малка, но на этом их сходство заканчивалось. Малка вся искрилась и переливалась, всегда была со вкусом и безупречно одета, и при взгляде на ее лицо я каждый раз мысленно повторял: «Сотворивший прекрасные создания... для наслаждения сынов человеческих». Розмари не была уродлива, но выглядела так, как будто несколько лет просидела в плену в подвале. Лицо было не просто желтым, а желто-коричневым, как глина. Даже бесформенные джинсы и растянутый свитер не скрывали, какая она худая – не изящная, как Малка, а именно худая до такой степени, что страшно было на нее смотреть. Коротко стриженые волосы. Мальчишка-подросток, а не женщина.

Мне понравились ее прямые вопросы. Что связывало нас с Малкой? Горячий асфальт хранит любой отпечаток. Фактически лишенный матери, я целиком, не рассуждая, отдался первой же женщине, вздумавшей меня приласкать. Мое счастье, что это оказалсь Малка, а не кто-то другой. Отпечаток в асфальте сделан, мне уже никого другого не полюбить. А она? Она нарисовала мне двух странных, но до чего же прекрасных существ и дала гребешок починить. Она засыпала у меня на плече, делилась запахом жасмина от своих волос и чистым, как у младенца, дыханием. А я не нашел ничего лучше, чем рассказывать ей про размежевание в наш последний разговор. Я не собираюсь отказываться от своего плана искать ее самостоятельно. И хорошо, что теперь у меня есть контакт в полиции.

Школа Кордоба на холме между Тель-Румейдой наверху и Бейт-Хадассой* внизу была постоянным источником конфликтов. В любом месте, в том же Иерусалиме, дети кидают камни, ссорятся и обзываются. Но в Хевроне не бывает обычных бытовых ссор. Любая, даже самая маленькая конфронтация между арабами и евреями – и все взлетело, и обломки похоронили всех. Девочки из Кордобы пользовались крутой

* Еврейский квартал в центре Хеврона.

каменной лестницей, чтобы не мозолить глаза жителям Тель-Румейды и выйти сразу на дорогу. Проблема в том, что лестница проходила по границе поселения, и мы не были вправе сказать детям поселенцев там не появляться. Все, что мы могли, – это торчать там в надежде, что наше присутствие предотвратит более-менее серьезные инциденты. Была моя очередь стоять у подножия лестницы, а еще несколько солдат стояли сверху. Про мою вывихнутую ногу все благополучно забыли. Я бы сам про нее с удовольствием забыл.

– Шрага, уйди отсюда, – донеслось у меня из-за спины.

Вот так, скромненько и со вкусом.

– Хадас, ты мне не начальство, – бросил я через плечо.

– Мой отец тут всем начальство.

Еще того не легче. Человеку двенадцать лет, а уже такие амбиции. Она еще что-то говорила, но я уже не слышал. Я уловил легкое ритмичное постукивание, незнакомое большинству, но я этот звук узнал сразу. Кто-то постукивал тростью по верхним ступеням лестницы. Белой тростью, такой же, как у Риши. Я поднял голову. Девочки спускались молча, не было слышно обычного смеха и болтовни. Лица у всех были напряженные, у маленьких – испуганные, у старших – презрительные. Только у одной, той, что с тростью, лицо было непроницаемым и сосредоточенным. Красивая аккуратная одежда, хороший рюкзак, белые гольфы. Сразу видно, что ее в семье любят. В воздухе носились камни и консервные банки, солдаты сверху кричали на детей поселенцев, чтобы те прекратили хулиганить, а она шла уверенно и спокойно. Она не хочет больше бояться. Не хочет и не будет. А сделать для нее я ничего не могу. Только самому подставляться под камни.

Сначала я не мог взять в толк, почему родители отпускают ее одну. В городе такая обстановка, а арабские мальчишки – это та еще стая шакалов. Найти кого-то слабого и всей кодлой его травить – это их любимое занятие. Я наблюдал такое много раз и в Иерусалиме, и в Газе, и здесь. Неужели нельзя обучать ее дома? Вряд ли в этой школе есть то, что ей нужно. Но чем больше я задумывался об этом, тем больше понимал – они правы. Нельзя делать из слепой девочки оранжерейное растение. Родители не вечны, ей надо учиться жить среди людей и взаимодействовать с ними. Неправ был я, когда позволил Рише засесть в нашей комнате, всего бояться, изолироваться от мира, отстать в развитии. В общем, когда я вернусь со сборов, картина у нас поменяется.

Отснятый Эзрой ролик висел в Интернете уже несколько дней. Моего лица там не было видно, голоса не было слышно, но отрицать свой поступок я не собирался. Спросят – признаюсь. В одно прекрасное утро Хиллари прибежала на блокпост с квадратными глазами:

– От командира бригады Хеврон требуют расследования.

– Кто требует?

– Ну кто обычно требует? Пресса, левые депутаты, «Бецелем»*.

Да, положение. Надо признаваться, иначе докопаются до Эзры и его карьера в армии закончится. А я резервист, с меня какой спрос?

И вот я перед командиром бригады. Полковник, усталое лицо, седые виски. Мне за месяц тут все обрыдло, а он должен постоянно управляться со всем этим зоопарком. Арабы, поселенцы, солдаты, полицейские, международные наблюдатели. И пресса в Израиле требует отчета за каждый чих. Судя по его репликам, с моим личным делом он перед беседой ознакомился.

– Зачем ты это сделал, Стамблер?

– Я не хотел оставлять работу незаконченной, *мефакед*. Я не выношу беспорядка.

– Ты это своим дружкам-поселенцам скажи. После них всегда то помойка, то пепелище.

---

* Израильская некоммерческая организация, занимающаяся сбором информации о нарушениях прав человека на оккупированных и аннексированных Израилем территориях (Восточный Иерусалим, Голанские высоты, Западный берег реки Иордан и сектор Газа) и об аналогичных нарушениях на территории Израиля.

– Поселенцы иногда бывают не правы. Они такие же люди, как все. Но дело, которое они делают, святое и правильное.

– Чем ты на гражданке занимаешься, такой умный?

– Бригадир на стойке.

– И ты на стройке выучил английский так, что на тебя раз, два, три... восемь жалоб от международных наблюдателей?

– *Мефакед*, они вам самому не надоели?

Он усмехнулся, не сдержался.

– Ладно, оставим наблюдателей. Объясни мне, что это за братание с поселенцами. Хорошо, я понимаю, у тебя шуры-муры с кем-то из их дочерей, но ты приехал сюда служить, а не устраивать свои личные дела.

– Виноват, *мефакед*.

– В чем виноват?

– В том, что плохо стреляю. Если бы я стрелял хорошо, то этот тип уже не был бы моей проблемой, а я, соответственно, не создавал бы проблем вам.

Самого главного я ему не сказал. Человек, который с трех до шестнадцати лет провел в йешиве, читая мелкий шрифт при плохом освещении, по определению не может хорошо стрелять. Можно сбросить вес, накачать мышцы, сменить осанку. Но глаза не вернешь.

Полковник хмыкнул:

– Это ты мне так деликатно напоминаешь, что ты совершил подвиг и задержал террориста? Думаешь, я сам не понимаю, что тебя надо награждать, а не наказывать?

– Меня не надо награждать. Пока он не сдох, моя работа не сделана.

– Если бы моя работа была такой же простой, как твоя. Но, к сожалению, это не так. Если я не отчитаюсь о расследовании и наказании, то отчет будут требовать у начальника округа, а за дело возьмется военная прокуратура. Там другие сроки. Поэтому я накажу тебя в административном порядке сам. Понижение в звании до рядового и две недели тюрьмы. Как твоя нога?

– Болит.

– Очень хорошо. Будешь отбывать срок в тюремной больнице. Там режим полегче, и там тебя таки будут лечить. Это вообще безобразие, что ты с таким ранением тут ковылял. Иди.

Я уже открывал дверь, когда услышал:

– Стамблер!

– Да, *мефакед.*

– Не забудь позвонить домой. В тюрьме у тебя телефона не будет.

Уходить с базы мне было запрещено, теперь я официально числился арестованным. Тель-Румейда готовилась к субботе, а я сидел у входа на базу, безоружный, со следами от свежеспоротых капральских полосок на рукавах. Ждал наряд военной полиции, который должен был меня забрать. С одной стороны, я хотел попрощаться с Ури и Хиллари. С другой стороны, мне было неудобно мешать им готовиться к субботе и лишний раз напоминать о своих неприятностях. С третьей стороны, я боялся, что их соседи превратят мои проводы в политическую демонстрацию. Конечно, это честь, когда люди такого калибра признали тебя за своего и проявляют с тобой солидарность. Но командир тоже отнесся ко мне по-человечески, и я не хотел его подводить. Как всегда, на небесах все решили, не спрашивая у меня. Несколько человек увидели меня по дороге с работы и сами обо всем догадались. Люди все приходили и приходили к воротам базы. Собралась небольшая толпа, и начались крики.

– Позор!

– Вы не дали ему исполнить свой долг и его же за это наказываете!

– Это иностранцы ему пакостят!

– Пусть командующий сам к нам выйдет!

– Он защищал наши семьи!

Вдруг из задних рядов раздался сердитый звонкий крик:

– Да пропустите же нас!

Хиллари. Ни с кем не спутаешь.

Люди оглянулись, и толпа мгновенно расступилась. При всех моих дружеских чувствах к Хиллари и восхищении ее хуцпой я сразу понял, что дело не в ней. По образовавшемуся проходу прямо ко мне шла очень пожилая женщина в голубом тюрбане под цвет глаз, несмотря на возраст, чистых и ярких. У нее было лицо человека, всю жизнь делавшего только добро, согревавшего окружающих своей любовью. К восьмидесяти годам все, что человек собой представляет, написано у него на лице. Люди кругом благоговейно зашептались. Теперь я понял, кто это. Живая хевронская легенда, несшая на руках своего умершего младенца по темной дороге из Кирьят-Арбы. Я вцепился пальцами в прутья решетки и смотрел на нее. Я же тут ни одного террориста не ликвидировал, так чтобы навсегда. За что мне эта честь?

– Не расстраивайся, Шрага, – сказала она ласково, совсем по-матерински. – Знай, что мы будем рады, если Хеврон станет твоим домом. Ты один из нас, ты это доказал. Мы все пришли проводить и поддержать тебя. Передай своей матери *коль-ха-кавод** от всех нас.

У меня мало того, что отшибло мозги, так еще и пропал голос, как всегда случалось от сильного волнения. Я только и мог, что голову перед ней склонить.

Загудела полицейская машина. За мной приехали. Эзра с Алексом были в рейде, так что они меня не провожали. Я спокойно заложил руки за спину и ощутил холодный пластик наручников. Улыбнулся собравшимся:

– *Шалом ве леитраот***.

Мы проезжали мимо того самого блокпоста, на котором я имел столько приятных бесед с международными наблюдателями. Восемь жалоб за две с лишним недели. Маловато. Если бы я мог целиком сосредоточиться на этом, не отвлекаясь на вывихнутую ногу и пропавшую Малку, они бы вообще у меня света не взвидели.

Один из полицейских протянул руку мне за спину и расстегнул наручники.

– Только без глупостей, ладно? Не подводи меня.

– Он хромает. Ты что, не заметил? – отозвался второй.

То, что командир назвал тюремной больницей, было, собственно, лазаретом на четыре койки. Врача

---

* Привет.

** До свидания, мир вам (*ивр.*).

там не было, только фельдшер. На рентген и обследование меня возили в «Сороку» под конвоем. Посмотрев снимки, ортопед разразился длинной тирадой в адрес военного начальства и армейских коллег, призывая на их головы все небесные и земные наказания. Но вообще мне в тюрьме понравилось. Дома я бы так не отдохнул. Все, что от меня требовалось, – это являться на утреннюю и вечернюю проверки. Первые два дня я просто сидел, тупо уставившись в стену. Столько всего произошло за последний месяц, я стал другим. Из зеркала над умывальником на меня смотрело тридцатилетнее лицо, каждая линия как заостренное лезвие, а глаза неподвижные. Я же все делал правильно, так почему я чувствую себя таким опустошенным? На что у меня ушло столько сил? Пройдет, сказал я себе. Недосып, оставленное без лечения ранение, ужас от потери. Вот что меня вымотало. Надо оклематься и перестать страдать. Никому в Хевроне я уже не помогу, ради тамошних евреев я сделал все, что мог. Теперь у меня свои заботы. Надо устраивать Ришу в интернат для слепых. Надо ехать искать Малку. Дни я проводил за чтением и выписыванием в тетрадку английских слов. Ночами было хуже. Стоило мне закрыть глаза, как меня начинал преследовать стук белой трости по каменным ступеням. Иногда я видел Малку на хевронской крыше. Я прекрасно понимал, что она зовет на помощь, несмотря на то что узнавал только свое имя в потоке незнакомых русских слов. Снова и снова я снимал бронежилет, снова и снова прыгал – и застревал в воздухе между двумя крышами. Застревал и беспомощно смотрел, как безликое существо ее убивает.

Национальные праздники я провел в тюрьме, что было большой удачей. Йом ха-Зикарон* и Йом ха-Ацмаут** в нашем районе – это испытание не для слабонервных. Вся страна, вытянувшись, стоит под звуки

---

* День памяти – израильский государственный день траура.

** День независимости – главный государственный праздник Израиля, отмечаемый ежегодно в память о провозглашении Государства Израиль 14 мая 1948 года.

сирены, а эти кривляются, как на Пурим. Вся страна радуется, а эти ходят в разодранных одеждах и кричат: «Гевалт!»* Не нравится вам эта страна – постройте свою. Не хватает ума, знаний, отваги, силы, инициативы, не хватает всего, чего другим евреям хватило, – значит самое лучшее, что вы можете сделать, это уйти в тину и не возникать. Мой тюремный срок закончился, и мне выдали назад гражданскую одежду и телефон. В ящике было два сообщения. От Эзры – *твоя работа сделана*. И от Хиллари – *рефуа шлема**, привет от всех наших, ждем в гости*. Приятно, что не забыли. И вдвойне приятно, что работа сделана.

С тремпиады меня сняли первым. Солдатский мешок и медицинская трость сделали свое дело. Водитель несколько раз пытался втянуть меня в разговор, но я отвечал односложно. Наконец он не выдержал:

– Ты что, оле хадаш***?

Это еще что за новости. Семья отца живет здесь с 1700-желтопятого года. Я иерусалимец в девятом поколении. Каждый раз, когда какая-нибудь правозащитница на блокпосту называла меня оккупантом, я делал удивленные глаза и делился с ней этой пикантной подробностью.

– Нет, – сдержанно ответил я. – А почему вы так решили?

– Мы уже полчаса едем, а ты высказался один раз, сугубо по делу и очень тихо.

Ну вот, я, оказывается, ненормальный потому, что не начинаю с места в карьер орать, как это делает большинство людей в нашем благословенном краю. Сослуживцы в армии говорили мне: «Стамблер, ты как привидение». – «Почему?» – удивлялся я. «Потому что тебя не слышно». Арабы регулярно принимали меня за важную шишку, хотя прекрасно знали наши знаки различия, именно потому, что я не суетился и не открывал рта раньше, чем это было необходимо.

---

* Караул!

** Пожелание скорейшего и полного выздоровления.

*** Новый репатриант (*ивр.*).

Бина, видимо, высматривала меня из окна, потому что не успел я дохромать до середины двора, как она пулей вылетела из двери на первом этаже и повисла у меня на шее. Я коснулся губами ее виска, ощутил ее волосы у себя под ладонью. Теперь нас на весь район ославят извращенцами, но мне было все равно. После Хеврона это казалось таким мелким и жалким.

* * *

Мой рассказ на кухне у гверет Моргенталер затянулся далеко за полночь. Пасхальный седер на крыше. Насмешливые глаза Эман, глядящие на меня сквозь бриллиантовую паутину. Фадель с его горькой трогательной любовью и такой понятной ненавистью. Рейды и блокпосты. Несгибаемые люди, встретившие меня пощечиной и камнями в спину просто потому, что устали. Элементарно устали сражаться за нас всех одни. Эти же люди, подарившие мне за месяц больше тепла и поддержки, чем моя бывшая община за всю жизнь. Иностранные наблюдатели, приезжающие – о господи! – из Европы учить нас морали и нравственности. Туфля в моей левой руке и убийца Авреми ничком на полу. Постукивание трости по камню и лицо обладательницы – прекрасное, бесстрашное, все понимающее. И детектив Розмари Коэн.

– Вот так я потеряла своего сына, – сказала гверет Моргенталер, гася сигарету. Она смотрела на стену поверх моего плеча.

– Вы о чем?

– Он стал баал тшува. Я терпела все. Я сделала кошерную кухню, я не смотрела в Шаббат телевизор. Я старалась не иронизировать, хотя там более чем есть над чем. Ну, не мне тебе рассказывать. Мне было очень сложно смириться с тем, что мой сын не видит в женщинах полноценных людей, что он перестал думать собственной головой и что на любую ситуацию у него уже готова цитата. Но когда он сказал, что души неевреев имеют другое происхождение, что в них нет божественного света, я указала ему на дверь. На прощание он сказал, что так написано в Тании*, а если мне это не нравится, то это моя проблема.

– Он хабадник?

– Он стал равом, – горький, безумный смех. – Мои статьи читала вся страна, я училась в Сорбонне, у моего отца была библиотека в три тысячи томов, а мой сын ничего не хочет знать, кроме Тании. Как хунвейбин с собранием изречений Мао, честное слово.

Из последней фразы я понял только «собрание изречений» и поспешил перевести разговор на знакомые понятия.

– Где он?

– Не знаю. Где-то за границей. Я уже несколько лет его не видела и не слышала. Он предупредил, чтобы я не надеялась увидеть внуков. Что он не допустит моего разлагающего влияния на них. Тебе это ничего не напоминает, Шрага? Отгородить детей от всего, что может заставить их задуматься и усомниться.

Еще как напоминает. Но почему она рассказывает мне об этом сейчас?

– Но я здесь, – осторожно напомнил я.

– Ты! Ты посмотри, в кого ты превратился! Ты довел человека до самоубийства! Ты издевался над людьми на блокпостах! И приходишь ко мне сюда, ожидая, что я буду встречать тебя как героя! Эти хевронские фанатики промыли тебе мозги. Лучше бы ты сходил с ума на почве Шаббата и кашрута, чем стал расистом. Уходи!

Она беззвучно уткнулась лицом в свои руки, скрещенные на столе. Ритмично вздрагивали худенькие плечи под красивой шалью с бахромой. От этих движений звенела ложечка в стакане, который стоял с ней рядом. Если бы она не любила меня, она не стала бы так плакать. Это совсем не то, что мой отец или родители Ури, которым мнение соседей и коллег важнее собственного сына. Я настолько бесшумно, насколько мог, встал со стула и сел на пол. Аттикус встал на задние лапы и принялся лизать мне шею, как собака. Он

* Тания, или Ликутей Амарим – основополагающая книга по хасидизму.

ведет себя как настоящий хевронец. Сначала не слишком приятная проверка на стойкость и верность, а потом – море любви для того, кто прошел эту проверку. Через какое-то время гверет Моргенталер подняла голову и обратилась ко мне:

– Ты еще здесь?

– Да, я еще здесь. Если вас так интересуют чувства чужих людей, неужели мои чувства не заслуживают такой же меры уважения, хотя бы такой же? Вы же столько раз говорили, что я не чужой вам.

– Не чужой, – эхом откликнулась она.

– Я не считаю, что арабы чем-то хуже евреев в глазах Всевышнего. Мы все Его дети, для Него наши жизни одинаково ценны. Но я не на Его месте. Я на своем. В Хевроне я четко увидел, что арабов опекает весь мир, а евреи могут рассчитывать только на самих себя. У нас обычный конфликт за землю, каких в человеческой истории был вагон. Да, конечно, у нас больше прав на эту землю, но эти права никто никогда не признает, и хватит тратить силы на то, чтобы их доказывать. В любом конфликте бывают побежденные и победители. Да, мы победители и потому не популярны. Проехали и пошли дальше. Что вы от меня-то хотите? Чтобы я любил всех одинаково? Но такой любви грош цена. Чтобы я любил врагов больше, чем своих? Это уж точно не признак душевного здоровья. Значит, остается одно – любить своих больше, чем врагов. Да, я старался не допускать иностранных наблюдателей в Тель-Румейду. Вам бы понравилось, если бы на вас с утра до вечера были нацелены видеокамеры? Так почему хевронские евреи должны это терпеть? Да, я считаю, что убийца ребенка ради развлечения не имеет права ходить по земле, и поступил соответственно. Вы же знаете меня не первый год, вы лучше всех знаете, как трудно мне иногда бывает вникнуть в эмоции даже самых близких людей. Где написано, что я обязан вникать в эмоции врагов, которые на каждом углу кричат, что хотят убить меня и отнять мою землю? Я понимаю, что их женщинам, детям и старикам тяжело стоять в очереди на блокпостах и сидеть взаперти во время комендантского часа, но чем я могу им помочь? Исчезнуть? Это должен сделать еврей, чтобы понравиться наконец арабам и всему миру? Освободить их от своего присутствия? Ни на что меньшее они не согласны. Если вы сейчас велите мне уйти, то я уйду. Но вы не властны сделать так, чтобы я перестал любить и защищать вас.

Она продолжала плакать, но уже в голос, навзрыд. Хорошо, значит, спазм в горле закончился. Постепенно я стал выделять из всхлипов членораздельные слова:

– Не могу... не могу... не могу во второй раз.

Почему ее сын не сделал то же самое? Почему он ушел, а не остался, не попытался заново ее завоевать? Зачем ему, она все равно его навсегда. Почему я вечно занимаю чужое место? Дома я занял место отца, здесь место сына. Только с Малкой я был на своем месте.

Она подняла на меня заплаканное лицо:

– Не уезжай, Шрага. Там действительно опасно. Это не Хеврон, это хуже. Не уезжай, ты ничем ей не поможешь. Ты... ты моя единственная радость.

И оставит человек отца своего и мать свою, и прилепится к жене своей, и будут они одна плоть.

– Офира...

Как долго она ждала этого момента. Почему я должен делать ей больно.

– Офира, ну как же я не поеду? Такой сын не сделает тебе чести.

До меня слишком поздно дошло, что она поцеловала меня в лоб.

– Глупенький. Зачем мне твоя честь.

* * *

Не знаю, молилась ли она о том, чтобы я не уезжал. Не было такого еврейского обряда, который бы она в свое время не высмеяла – от капарот* до миквы. Тогда я думал, что она делает это, чтобы поддержать

---

* Иудейский обряд, практикуемый некоторыми религиозными евреями накануне Йом-Кипура. В обряде есть много разных элементов, наиболее известный из которых – крутить живую курицу или деньги над головой три раза.

меня, помочь преодолеть страх перед наказанием свыше за каждый шаг. Но дело было не во мне. Насмешкой и иронией она маскировала собственную боль от потери сына, раскаяние в том, что она его недолюбила, не поняла, оттолкнула. Может быть, забыв про иронию и вольнодумство, она отчаянно взмолилась о том, чтобы не лишиться своей, как она выражалась, единственной радости. Первая молитва за много лет, молитва из глубин отчаяния дошла Куда Надо. Иначе я ничем не могу объяснить то, что в назначенный день самолет в Мюнхен улетел без меня.

За три дня до отлета я проснулся от детского голоса, зовущего:

– Шрага, Шрага, вставай!

Тувья, маленькое привидение с пейсами, в короткой, не по росту, пижаме. Два месяца назад, когда я уходил на сборы, пижама была еще нормальной длины.

– Тувья, ты чего шастаешь по ночам? Ты что, описался?

– Не я описался, – строго и печально пояснил мой братишка. – Нотэ описался. Он плачет.

Вот еще новости. Четырнадцать лет человеку, а ведет себя как маленький. Случилась неприятность, помойся, смени белье и спи дальше. Балаган-то зачем устраивать?

– Шрага, идем. Я боюсь. Он не может говорить. Он так плачет!

Нотэ сидел на своей кровати, сжавшись в комок и уставившись в стену. Исер и Лейзер смотрели с верхних ярусов испуганными глазами. Кровать Залмана стояла аккуратно застеленная. Через неделю должна была состояться его свадьба, и по этому поводу он просто не вылезал из дома учения. Не хватает еще, чтобы он мне тут мешал. На мое появление Нотэ никак не отреагировал.

– Нотэ, пойдем отсюда. Надо дать младшим поспать.

Лучше бы я молчал. Нотэ поднял на меня похожее на маску лицо и тихо ответил:

– Конечно, надо дать младшим поспать. Я должен был умереть тихо, чтобы до утра никого не беспокоить. Прости, что я не справился.

– Я не это хотел сказать. Я хотел сказать, что нам надо поговорить наедине – здесь для этого не место.

Нотэ оделся, движения его были замедленны, собрал с пола грязное белье, и мы вышли из спальни. На кухне он сел точно так же, обхватив руками поджатые к телу колени. Взгляд снова уперся в стену. Я вскипятил чайник, заварил чай русским способом, как научила меня Малка. Совсем другой вкус, чем из пакетика.

– Нотэ, мне кажется, тебе плохо.

– Ты только сейчас это заметил? Мне очень плохо. Я себя ненавижу. Я весь мир ненавижу. Каждую минуту, когда я не сплю, я сам себе противен. Я противен окружающим и тебе в том числе. У меня даже нет сил умереть, как следует.

Это не спектакль. Ему таки плохо. Мне тоже в его возрасте не было сладко. Но я не помню, чтобы я когда-нибудь хотел умереть. Наоборот, я хотел, чтобы умерли все, кто мне по каким-то причинам мешал или просто не нравился.

– Почему ты не сказал мне, что тебе плохо?

– Тебе? Шрага, о чем ты? Ты же не испытываешь ко мне ничего, кроме презрения. У тебя это на лице написано. Как только ты понял, что тебе не будет от меня толку, ты перестал меня замечать. Почему от меня нет толку, ты даже не поинтересовался.

– Хорошо. Я сейчас задаю тебе прямой вопрос: что происходит?

Он замолчал. Было слышно, только как зубы стучат о край чашки.

– Как ты думаешь, где я был, когда не был дома?

– В доме учения. Ты готовился к бар-мицве.

– А ты знаешь, кто готовил меня к бар-мицве?

Понятия не имею.

– Нет, не знаю. А это важно?

– Не важно. Ты все равно не поверишь.

– Почему я должен тебе не верить? Ты никогда не лгал.

– Мне так нравились эти занятия. Он... выслушивал меня. Я думал, что хоть одному человеку не все равно. Я... он... обнял меня и... дотронулся там, где запрещено. Я испугался. Я думал, что мы грешим. Он сказал... окунись в микву и очистишься. Он... стал делать это каждый раз. Он... сказал, что это не грех, если приятно нам обоим.

Нет! Господи, нет! Сделай так, чтобы этого не было!

– Дальше рассказывать? – донеслось до меня, как сквозь вату.

Что там может быть дальше, что?

– Когда я отметил бар-мицву, он отдалился от меня и взялся обучать другого мальчика – помладше. Не знаю, возможно ли презирать меня сильнее, чем ты уже презираешь, но я скучал по нему. Не по тому, что запрещено, а просто по возможности разговаривать с ним. Я очень страдал. После Песаха он снова позвал меня. Он сказал, что не перестал любить меня, а просто замотался. Он сказал, что мы пойдем в отель «Инбаль» и там никто не будет нам мешать. Я пошел. Я не мог ему отказать. Там было очень красиво, и кровать такая большая, что весь наш класс можно было на нее уложить. В холодильнике было много бутылочек. Это называется мини-бар. Я выпил... не помню сколько... не помню чего.

– И что?

– Он сделал со мной... *тоэва**. Мне было очень больно, кровь текла. Теперь я умру. Как сказано: смерти преданы будут.

Все. Накрылась моя поездка. Я не вправе его оставить в таком состоянии. Если составить очередь из всех людей, имеющих право на меня, то хвост будет как на блокпосту. Только Нотэ в этой очереди стоит раньше Малки. Как я в этот момент себя ненавидел. Это я толкнул его к растлителю своим эгоизмом и высокомерием. Я, уверенный в собственном превосходстве, списал его в утиль, как неисправное оборудование на стройке. Мне было легче и приятнее все свободное время проводить у Малки в постели, чем разобраться,

---

* Тоэва – гнусность. Полная цитата: «И всякий, кто ляжет с мужчиной, как ложатся с женщиной, гнусное сделали они оба; смерти преданы будут, кровь их на них» (Вайикра 20:13).

что происходит с моим братом. Всевышний совершенно прав, что наказал меня, я и этих шести месяцев счастья не заслужил. Правда, наказать меня можно было каким-нибудь менее топорным способом, так, чтобы Малка не пострадала. Чем я могу ему помочь? У меня нет ни мудрости, ни знаний, ни такта, я и со своими-то эмоциями не знаю, что делать. Но, кроме меня, у него никого нет. Я нашел его руку, он не успел ее отдернуть. Господи, какая она ледяная и безжизненная. Как будто он уже умер.

– Он предупреждал, чтобы я никому не говорил. Он сказал, что люди не поймут. И особенно предупреждал, чтобы я не говорил тебе.

Надо же, что я такого сделал, чтобы удостоиться особого предупреждения?

– Он сказал, что ты жесток и развратен, как все хилоним*. Что ты будешь меня за это бить.

Если бы я мог так же смеяться над лицемерием, как Офира. Я развратен, я, никого в жизни не любивший, кроме Малки, ни о ком больше не мечтавший. А этот выродок, растливший подростка в доме учения, среди шкафов со святыми книгами – не развратен. Но я не могу смеяться. Слишком больно.

– Так тебе... не противно?

– Что не противно?

– До меня дотрагиваться. Я же позволил... *тоэва*. Я сам виноват в том, что согрешил.

Вот она, вторая рука, такая же ледяная и неживая.

– Ты не согрешил. Ты не виноват. Все виноваты, но не ты. Я предал тебя, а он воспользовался. Если можешь, прости меня. С этого момента ты – моя главная задача. Что я должен сделать, чтобы ты не хотел умереть?

– Посиди со мной. Не уходи.

«Не уходи» растянулось на много дней. Стоило ему потерять меня из виду больше чем на пятнадцать минут, он впадал в тупое отчаяние, резал себе руки, преднамеренно обливался кипятком. Им с Моше-Довидом

* Принятое в Израиле название светских евреев.

пришлось поменяться кроватями. Занятия в йешиве закончились, и я брал его с собой на стройку. Там, вдали от Меа-Шеариме, он оживал, начинал нормально соображать и разговаривать. Но всякий раз мы возвращались туда, где каждый камень напоминал ему о его унижении. На свадьбу Залмана мы не пошли. Терпеть не могу эти празднества, на которые заваливается вся община. Вскоре я узнал, что Нотэ пытался поговорить с отцом. Тот сказал, что если Нотэ говорит правду, то он совершил смертный грех, а если лжет, то наговаривает на почтенного человека. В любом случае Нотэ должен заткнуться, если не хочет быть наказан. Блестящая талмудическая логика, не могу не восхититься. Нотэ сунулся было к одному из своих учителей в йешиве, и тот сказал, что по нему уже давно психушка плачет. Пока вся община гуляла на свадьбе, я сидел в приемной у врача и ждал, когда меня позовут. Нотэ вышел и сказал, что врач хочет меня видеть, вторая дверь направо.

– Молодой человек, вы ошиблись дверью.

– Вы доктор Вайнштейн. Я не ошибся дверью. Вы хотели видеть кого-то из семьи Нотэ Стамблера. Вот документы.

Врач внимательно посмотрел на меня:

– Ну что ж, приятно иметь дело с нормальным человеком, а не с каким-нибудь мракобесом.

– Что вы можете мне сказать?

– Ничего хорошего, молодой человек, я вам сказать не могу. Ваш брат подвергся сексуальному насилию в извращенной форме. В физическом плане ему не нанесено непоправимого вреда, все, что там сейчас поранено, заживет, на детях все заживает быстро. Но душевное состояние вашего брата внушает мне серьезные опасения. Вам нужен квалифицированный психолог. Вот направление. Копию моего отчета получите в регистратуре. Мой вам совет: не оставляйте вашего брата одного на долгое время.

Что он мог сказать мне, чего я уже не знал? Но теперь у нас есть документ, с которым можно идти в полицию. Я не строил иллюзий и понимал, что уговорить Нотэ пожаловаться «сионистским» властям будет практически невозможно. Мы все выросли на детской книжке, где дедушка объяснял маленькому Янкеле, что сионисты помогали нацистам убивать благочестивых евреев, чтобы выстроить свое безбожное государство на их костях. О том, что многие адморы* спаслись с помощью тех самых сионистов, оставив своих хасидов погибать, книжка, разумеется, умалчивала. Всю жизнь Нотэ учили ненавидеть всех евреев, кто не в нашей общине, и не доверять им. В его глазах я был уже сильно запятнан тем, что жил как хилони, и тем, как я с ним обошелся. Пришлось подключить к делу Бину.

– Я постараюсь. Но ты сознаешь, чем это для всех нас кончится? Тебя, меня и Нотэ выгонят из общины, а младшие лишатся даже надежды на хоть сколько-нибудь приличный шидух.

– А ты хочешь уйти из общины?

– Я – да. Если за право остаться здесь я должна стоять и смотреть, как проливают кровь брата моего, то я не хочу платить такую цену. Соблюдать заповеди можно и в Бней-Браке, и в Цфате.

И в Хевроне, подумал я.

– И потом... я хочу, чтобы мой будущий муж был похож на тебя, но в нашей общине таких нет.

– В армии такие – и в сто раз лучше – косяками ходят. Пойдешь служить – убедишься сама. А младшие еще скажут нам спасибо, что мы вытащили их из этого гетто.

Ее улыбка, светлая и неповторимая. Одна из моих драгоценностей, с трудом завоеванная. Когда я два года назад вернулся со срочной службы, она вообще не улыбалась.

– Ты, как всегда, все за всех решил.

– Должен же кто-то за вас решать, пока вы сами не научитесь. Но главное ты уже решила без меня.

Хоть одна крупица радости. Она не хочет здесь оставаться. Она мне поможет.

Мы с Нотэ сидели в приемной полиции и ждали Розмари Коэн. Когда она появилась, Нотэ повернулся ко мне и спросил на идише:

---

* Титул глав хасидских общин.

– Это что еще за шикса?

– Молодой человек, ведите себя прилично, – ответила Розмари, что самое интересное, на идише. Выговор у нее был странноватый, как у чернобыльских или скверских хасидов, но понять было можно. У Нотэ округлились от удивления глаза и, встретившись с моими, налились страхом. Он не раз наблюдал мою реакцию на хамство в отношении Бины и Риши. Я тоже немало удивился, но сейчас было не до этого. Я встал за стулом Нотэ, положил руку ему на плечо и ответил на иврите, глядя Розмари в глаза.

– Он обязательно будет вести себя прилично. Я прошу вас извинить его. И также прошу вас вспомнить, что он жертва преступления, и сконцентрироваться именно на этом.

Розмари выдержала удар:

– Хорошо. Я слушаю вас.

Нотэ тихо и монотонно рассказывал, Розмари задавала ему уточняющие вопросы. Каждый раз, когда слова застревали у него в горле, я напоминал ему, что мне не противно до него дотрагиваться. С каждой отвратительной подробностью росла моя убежденность, что мы правильно сделали, что пришли сюда. Если этот урод не будет наказан, Нотэ уж точно не сможет жить дальше. И тот мальчик, которого сейчас «готовят к бар-мицве». Может быть, его еще можно спасти.

– Нотэ, ты можешь сказать, как его зовут?

Нотэ так побледнел, что стали заметны на висках голубоватые вены. Оглянулся снизу вверх на меня.

– Ты справишься. Я в тебя верю.

– Мандельбаум... Симха-Алтер Мандельбаум.

Господи, я-то думал – обычный рядовой аврех. Ну и влипли же мы все. Внук сестры ребе. Сын председателя бейт-дина*. И, что самое пикантное, заместитель отца в коллеле. Скандал будет грандиозный. Я напрягся, пытаясь вспомнить, как он выглядит. От бесконечного сидения за книгами и запрета на любую физическую активность к среднему возрасту большинство

* Раввинский суд.

наших или сгибается, как крючок, или расплывается поперек себя. Симха-Алтер Мандельбаум явно пошел по второму сценарию, он пятидесяти шагов не может пройти без одышки. Отец наш хоть выглядит строго и внушительно, а этот… И борода не растет как положено, и жена рожает только девочек. Может, от этого у него такие странные пристрастия? Впрочем, не важно. Его пристрастия – это его проблема. Его, а не чья-то еще, и уж во всяком случае не наша.

Розмари поблагодарила Нотэ и сказала, чтобы он посидел в коридоре. Мой брат явно боялся оставаться без меня в незнакомом месте, среди хилоним, но он преодолел себя. Он определенно делает успехи, еще немножко в том же направлении – и я начну его не только жалеть, но и уважать. Я до последнего момента сомневался, что Бине удастся его уговорить. Розмари вышла куда-то, вернулась в офис, села на стул, устало закрыла глаза и откинула голову к стене – совсем как я. Помолчала.

– Вы, наверное, хотите спросить меня, что нового по делу Малки.

Хотел бы – спросил бы.

– Нет никаких продвижений.

– Расскажите мне лучше про то дело, с которым мы пришли сейчас.

– Будем работать, но, предупреждаю вас, будет очень нелегко.

– Почему? Нотэ назвал вам имя, дал показания. Что вам еще надо?

– Шрага, вы знаете, сколько я вела таких дел? Несколько сотен.

– И в хареди-общинах? – насмешливо перебил я.

– Четыре, – не моргнув глазом, ответила Розмари. – Три в Нью-Йорке, одно в Кирьяс-Джоэле*.

Я даже не знал, что такое Кирьяс-Джоэль.

– Довольно часто в таких делах жертва отказывается от показаний под давлением общины. И даже если Нотэ будет настаивать на своем, то Мандельбаум будет

* Анклав сатмарских хасидов в двух часах езды от Нью-Йорка.

изображать оскорбленную невинность и говорить, что Нотэ не так его понял, что он просто демонстрировал привязанность, что он дает частные уроки мальчикам, потому что у него нет сыновей, а с девочками Тору не поучишь.

– Пусть только попробует прикрывать свою похоть тем, что свято для всех нас. Я его убью. Я не боюсь тюрьмы.

– Шрага, то, что случилось с вашим братом, это не повод для демонстрации ваших бойцовских качеств. Ваше дело – помогать. Если вы убьете Мандельбаума до суда, то ваш брат никогда не сможет поднять голову. Он навсегда останется жертвой, не сумевшей себя защитить. Полчаса назад вы попросили меня засунуть свои эмоции в известное место и сконцентрироваться на моей работе. Вы были совершенно правы, и теперь я прошу вас об этом же. Наши с вами интересы совпадают – я хочу, чтобы преступник был осужден и наказан, а для этого в прокуратуру должно быть сдано крепко сшитое дело без хвостов и дырок. Если Нотэ рассыплется, то все дело рассыплется вместе с ним.

– Хорошо. Как помогать?

– Держать Нотэ за руку, выслушивать его и успокаивать. Его мир обрушился. Он винит себя в том, что усомнился в добрых намерениях своего учителя.

Я не справился с лицом, и Розмари это заметила.

– Вот этого быть не должно. Терпение, терпение и еще раз терпение. Вам придется услышать от Нотэ еще много глупостей. Никто не дал ему образования, зато вовсю кормили пропагандой. Вы должны это выдержать. Вы не должны демонстрировать гнев и, боже вас упаси, высмеивать все глупости, которые были ему внушены. Сейчас для этого еще не время, для Нотэ все это очень серьезно. Он боится вас до полусмерти. Как вы это объясните?

– Он не виноват. Не думайте о нем плохо. Я тоже из этого же болота. Я... не умею... с людьми, если нет набора обязанностей, как в армии. В армии все понятно – вот свои, вот враги, вот мое дело. С сестрами тоже все понятно, они же девочки. Нотэ... видел, как я избивал людей – там, у нас. Я не подумал, что это может его напугать. Мне надо заново заслужить его доверие.

Взгляд Розмари потеплел.

– Именно это я и надеялась от вас услышать. Теперь я вижу, что ваш брат вам не безразличен и вы постараетесь не делать ему больно. Я понимаю, что вам тоже тяжело, но если вы хотите, чтобы Нотэ остался в живых и не сошел с ума, то в течении следующих шести месяцев вы должны не выпускать его руки. Это может быть не так красиво, как месть насильнику, это трудно, это займет время, но этим вы подарите вашему брату хотя бы надежду на исцеление.

Она права. Не выпускать его руки. В конце концов с Биной у меня получилось. Я старался не реагировать на глупости и лживые бабе-майсы*, которые она повторяла. Я не высмеивал, не кричал, не говорил лашон-ара**. Пусть дойдет своим собственным разумом. И сейчас она согласилась пользоваться мобильником, носит йеменские серьги с подвесками (сефарды не *эрлихер йидн****, и не подобает дочери уважаемого человека, бла-бла-бла-бла-бла) и записалась в библиотеку. С Нотэ, конечно, будет сложнее, но все, что я могу, я сделаю.

– Когда вы его арестуете? – спросил я у Розмари и слишком поздно вспомнил, что я ей не начальство и отчитываться мне она не обязана. Сейчас именно это я от нее и услышу.

Вместо ответа она высунулась в коридор, позвала Нотэ обратно в офис и заявила ему:

– Нам понадобится твоя помощь.

– Что вы еще от него хотите? – взвился я. – Вы хотите, чтобы мальчишка, жертва преступления, делал за вас всю работу?

– Мы хотим взять преступника с поличным. Для этого Нотэ должен выйти с ним еще на одну встречу. Естественно, под нашей защитой и с записывающим устройством.

---

* Бабушкины сказки (*идиш*).

** См. примеч. 41.

*** Благочестивые евреи (*идиш*).

– А если Нотэ этого не сделает?

– Мы произведем арест по факту жалобы. Суд отпустит его под залог, и он скроется из страны. Но если мы схватим его «со спущенными штанами», то никакой залог ему не светит.

Все это, конечно, замечательно, но «спускать штаны» придется не только преступнику, но и жертве. Отпадает. Хватит с Нотэ уже того, что он перенес.

– Вам придется пойти на этот риск, – заявил я. – Вы не можете шить ваше дело ценой нанесения жертве еще большей травмы. Вы имеете дело с ребенком, и чтобы задействовать его в операции, вам нужно согласие опекуна. Я вам этого согласия не дам. А наш отец даже разговаривать с вами не станет.

Розмари полностью проигнорировала меня и мою тираду и обратилась к Нотэ:

– Как ты думаешь, Нотэ, ты будешь в силах нам помочь?

– Шрага же вам сказал...

– Шрагу мы уже выслушали. А теперь будет справедливо, если мы выслушаем тебя. Наверное, у тебя есть свое мнение.

– Значит, я должен буду пойти с ним в отель, и когда он начнет ко мне приставать, вы придете и арестуете его?

– Да. – Тут Розмари пошарила в ящике стола и достала оттуда обыкновенную черную пуговицу. – Как ты думаешь, что это такое?

– Пуговица.

– Не только. Здесь маленькая видеокамера. Ты повесишь свой пиджак так, чтобы пуговица смотрела на кровать, и все запишется.

– Я готов, – сказал Нотэ. – Я это сделаю.

Розмари выжидательно на меня посмотрела.

– Я сказал нет.

– Идите домой. Вам обоим стоит подумать.

Мы вышли из полицейского участка, и только тогда Нотэ поднял на меня глаза.

– Ты на меня сердишься?

Да не мог я на него сердиться.

– Я за тебя боюсь. Ты опять окажешься в опасной ситуации, наедине с человеком, который надругался над тобой.

– Уже не наедине. Ты сам говоришь, надо не быть жертвой и защищаться.

– Я не имел в виду, что тебе придется идти с ним в отель еще раз.

Нотэ спал, уткнувшись лицом в подушку. Судя по его лицу, сны ему снились приятные. Ему снился мир, в котором он не жертва. Сегодня он впервые поверил, что это возможно. Я сидел на своем матрасе, обхватив руками колени и стараясь не раскачиваться. Что делать? Как выбрать меньшее из двух громадных зол? И ведь не спросишь его, что ты, Нотэ, предпочтешь – остаться наедине с насильником или не остаться, но видеть его лицо в каждом окне, из каждой машины и медленно сходить с ума? Таких вопросов детям не задают, так что решай, Шрага, сам, как поступить с ребенком, доверившимся тебе, хоть ты этого и не заслужил. Я вспомнил хевронскую крышу. Решение так себе, но вовремя принятое лучше решения блестящего, но опоздавшего. Было бы прекрасно подстрелить его, никуда не прыгать, не умирать от отвращения, не просить у Хиллари туфлю, не подводить командира, не сидеть в тюрьме. Но непростительно было бы дать ему убежать. Так и здесь. Если что-то зависит от Нотэ, то я не должен препятствовать ему это сделать. Иначе он останется задавленным, а отцом или мной – это уже не важно. Если завтра он не изменит своих намерений, я все подпишу.

Я так и не смог заставить себя посмотреть видео, заснятое скрытой камерой. Из того, что Розмари мне рассказала, я понял, что Мандельбаума засняли на отельной кровати в очень непотребном виде, а в самый ответственный момент Нотэ подхватил пиджак со стула и бросился в ванную, симулируя приступ рвоты. Съемки были готовы к предъявлению суду, Нотэ был вроде бы согласен давать показания, оставалось самое приятное – арестовать.

Мы с Розмари общались практически через день. Мне страшно нравились ее четкость, прямолинейность и мужская манера изъясняться. Я не услышал ни одного намека на мужа, друга, ребенка, вообще на какую бы то ни было личную жизнь. Я долго это переваривал. В Израиле как-то не принято, чтобы женщине было достаточно самой себя. Розмари было достаточно.

– Шрага, ты сильно ненавидишь свою общину?

Я поймал внимательный взгляд неподвижных раскосых глаз, похожих на глаза рыси в зоопарке.

– А за что их любить? – завелся я. – За что их уважать? Они ненавидят всех, кто знает и умеет больше, чем они. Хотят жить так, как будто других евреев не существует, из милости у арабов, как приживалки на помойке, – пусть живут. За ненависть к своим братьям это самое подходящее наказание. Только вот женщин с детьми жалко.

Розмари терпеливо выслушала этот монолог и вернула меня к реальности.

– Я хочу знать, справишься ли ты со своими эмоциями, если мы задействуем тебя в задержании Мандельбаума?

– Я всегда держу свои эмоции под контролем. Я надеюсь, вы не предложите мне с ним спать?

– Нет, не предложим. Ни я, ни мои ребята никогда не были в вашем районе. Было бы прекрасно, если бы ты провел нас куда следует и указал нам на него, разумеется, не вслух.

– И вы туда же! Почему не вслух? Почему я не могу вслух назвать педофила педофилом, а растлителя растлителем?

– Потому что, пока суд не признал его таким, единственный, кто может его так называть, это государственный обвинитель. Твой брат – это только верхушка айсберга. На одного Натана там десятки людей, которые всю жизнь будут страдать и заставлять других страдать, но никогда не осмелятся пожаловаться. Так что в вашем раскладе герой – это он, а не ты.

– Да я и не претендую, – сдержанно заметил я.

– Хорошо. Умнеешь, значит.

Раз меня тут все-таки признали не за полного идиота, то можно высказаться по делу.

– Если вы хотите арестовать его в публичном месте, то без насилия не обойтись. Заплюют точно. У вас два выхода. Или вытаскивать его ночью из постели, или арестовывать в коллеле на глазах у учеников.

– А где ему меньше понравится?

– В коллеле, конечно. Это же такой позор.

– Не можем же мы арестовывать человека на глазах у семьи и наносить детям травму. Мы же гуманные. Ты меня понимаешь?

– Понимаю, – ответил я, набрасывая в блокноте план здания коллеля. – Вот тут вход из подвала. Если и заперт, то замком на цепи. Обычных кусачек должно хватить. Вот, смотри сюда...

Мы с улицы спустились в подвал и умудрились подняться в главный зал незамеченными. Четверо полицейских с пистолетами и дубинками, Розмари с пистолетом и мегафоном и я. В синей куртке и кепочке с козырьком Розмари выглядела как мальчишка. Я к тому времени уже не хромал, но палку на всякий случай взял с собой. Вот он, главный зал, где я знаю каждую царапину на линолеуме. Длинные столы со скамьями. Запах старых книг, преющих под капотами* тел и салата из вареных яиц с рыбными консервами. За тремя квадратными столами сидят наиболее почтенные учителя в окружении учеников. За столом слева отец с Мандельбаумом что-то оживленно обсуждают, а коллектив внимает с открытыми ртами. За столом посередине та же картина, но там место альфа-самца занял Залман. Веселенькое местечко, коллель Стамблер. Почему земля его еще не поглотила, как Содом с Гоморрой?

Мой взгляд задержался на Залмане. Он был по-прежнему бледный, с горящими, глубоко запавшими глазами аскета. По моим представлениям человек, меньше месяца назад женившийся на красивой девушке, должен выглядить как-то иначе, более умиротворенным, что ли. Те полгода, что я провел с Малкой, были самыми прекрасными в моей жизни, я даже не злился ни

---

* Капота – длинный черный халат, одеваемый вместо пиджака.

на кого. А Залман со своей женой, получается, не договорился. Ладно я, *вильда-хая**, приземленное животное, озабоченное только деньгами и развратом (я не выдумываю, именно так он Бине с матерью и сказал), но почему он со всей своей святостью не увидел, что наш с ним младший брат сходит с ума? Может быть, ему надо учить Тору в одиночестве, в караване на холме, так, чтобы никто ему не мешал?

Нас наконец заметили, и монотонный гул нескольких десятков голосов взорался криками «Казаки!», «Гевалт!», «Он привел сионистов!». До этого я успел показать Розмари глазами на Мандельбаума. И хотя надо было очень долго вглядываться, чтобы признать в Розмари женщину, когда она взяла в руки мегафон, все сразу всё поняли. Не обращая внимания на крики «Прица!»** и «Рахав!»***, Розмари сказала, глядя в глаза подозреваемому:

– Меня зовут инспектор Розмари Коэн. Симха-Алтер Мандельбаум, вы обвиняетесь в нанесении вреда несовершеннолетнему. Мы пришли арестовать вас. Сопротивляться не советую, иначе мы будем счастливы рассказать вашим ученикам, какой именно вред вы нанесли и кому.

Мандельбаум вжался в кресло, щеки у него затряслись, а я смотрел на него, не отрываясь, и улыбался, как улыбался международным наблюдателям на хевронском перекрестке. Они были для меня одинаковым злом – что этот, что те. Еще полторы минуты, еще минута, и он сдастся полиции сам, лишь бы не видеть, как сгибается алюминиевая трость у меня в руках.

Отец медленно встал из-за стола:

– Сиди. Со своим сыном я разберусь сам.

Все-таки это иногда помогает, что я так на него похож. Его реакции мне понятнее, чем кому-то еще, у самого такие же. Самый верный способ его разозлить и вывести из равновесия – это поставить кого-то выше

---

* Дикое животное (*идиш*).

** Шлюха!

*** Библейский персонаж этой самой профессии.

в иерархии, а также применить насмешку и иронию. Так, как у Офиры, у меня не получится, но попытаться можно.

– Инспектор Коэн, – театрально начал я. – Позвольте представить вам – мой отец, учитель и хозяин *этого* дома, реб Акива Стамблер.

Опять, как тогда, в Песах, я посмел не встать по стойке смирно, когда отец выразил намерение со мной говорить. Опять обратил внимание на женщину, на этот раз не на мать, а вообще на какую-то шиксу. Ведь он изначально не глуп, так почему его реакции столь предсказуемы, почему он не дает себе труда над ними подняться? Я начал понимать. У отца просто не было стимула умнеть и расти над собой. Он всю жизнь провел в качестве самой большой рыбы в самом маленьком пруду, окруженный льстецами и подхалимами. Он не привык, чтобы ему возражали, и не знает, как на это реагировать. Страшно подумать, что меня ждало то же самое. Я не хотел оставаться в этом маленьком пруду, я выплыл в океан, и там поневоле пришлось осознать, что мир не вертится вокруг меня, что свое место в нем надо каждый раз завоевывать, а для этого надо не только постоянно учиться чему-то новому, но и уметь над собой посмеяться.

– Уведи своих казаков отсюда. Тебе не удастся нас запугать.

Запугать их мне, может быть, и не удастся, а вот рассмешить Розмари он сумел. Из всего полицейского наряда она единственная понимала идиш и в ответ на эту реплику фыркнула, как девчонка.

– Отец, здесь командует инспектор Коэн, а не я. Она выполняет распоряжение суда. Без этого... подозреваемого... мы отсюда не уйдем.

– Это ты источник злобных наветов. Ты хочешь опорочить нашу общину, единственную общину, выполняющую волю Творца. Я проклинаю тебя! Пусть следующая пуля, выпущенная в солдата сионистской армии, будет твоей.

«Аминь», – подумал я. Если я не заслужил у неба счастливой жизни с Малкой, то, может быть, все-таки заслужил достойную смерть в бою. Следующие сборы у меня через год, дай бог, чтобы в течение года никто из наших не погиб. Но Розмари и ее коллеги не обязаны тратить свое рабочее время на прослушивание наших семейных драм.

– Отец, пока твой заместитель не сдастся полиции, вы не сможете продолжить занятия. У нас есть много способов вам помешать. Инспектор Коэн очень хорошо поет.

Услышав эту страшную угрозу, Мандельбаум наконец сполз с кресла. Отец что-то сказал ему, я не расслышал. Рядовые аврехи стали плевать нам под ноги, но отец поднял руку, и это немедленно прекратилось. Возможно, он считал, что не подобает плеваться в святом месте и не хотел видеть грязный пол.

Я ходил по своему району, как по Хеврону и Газе, всегда готовый отразить нападение. Во всяком случае, камней я огребал столько же, если не больше. Вот только автомата, бронежилета и каски у меня не было. Пришлось обходиться куском арматуры. В нашу квартиру я все равно приходил как к себе домой, не испытывая ни малейших сомнений в своем на это праве. Отец давно уже утратил право кого-то отсюда выгонять, тем более меня. Бина научила младших произносить в послеобеденном благословении «ахи, мори, бааль ха-байт ха зе»*.

Впрочем, младших у нас поубавилось. Мы с Биной понимали, что, когда по заявлению Нотэ и при его помощи светская полиция арестует внучатого племянника ребе, нам придется очень несладко. Поэтому мама обратилась за помощью к своим сестрам. В свое время отец сделал все, чтобы изолировать ее от любящих ее людей. И теперь тетки с готовностью пришли на помощь и согласились разобрать нашу мелюзгу. Мама и Бина повезли девочек и малышей в Бней-Брак, а я повез мальчишек тете Дворе в Цфат. При одном взгляде на тетю Двору я обрадовался. Она хоть и рада мальчишкам, потому что у нее целый выводок девочек, но

---

* «Брат мой, наставник мой, хозяин этого дома». В классическом варианте «ави», т. е. «отец мой».

все равно не даст им забаловать и сесть себе на шею. Крупная и громогласная, она совсем не походила на маленькую тихую маму, но очень ее любила. Я лучше, чем кто-либо другой, знал, сколько эти троглодиты едят и как быстро из всего вырастают, и потому меня угораздило заикнуться о деньгах на расходы. Тетя Двора замахнулась на меня разделочной доской и грохнула басом, как из бочки:

– Шрага, закрой рот. Думаешь, начитался гойских книжек и стал умнее всех? Да чтобы я за родных племянников деньги брала. Бедная Эстер-Либа, вырастила обормота на свою голову!

– Тетя Двора, простите меня, я сказал глупость.

– Тоже мне новость. Вот тебе лучше на дорожку.

Завернутый в фольгу солидный кусок чего-то съестного перекочевал в мою сумку.

– И благословить перед едой не забудь! Думаешь, деду твоему легко на небе за нас всех просить?

Однако нас ожидал удар. Мандельбаум просидел в тюрьме три дня, а потом был отпущен под залог, который вся община ему собрала. Правда, судья заставила его сдать суду оба паспорта – английский и иорданский. Процесс был назначен после осенних праздников. Я злился на полицию вообще и на Розмари в частности, хотя и понимал, что никакого контроля над судом у нее нет и она тоже переживает. Нотэ явился ко мне на стройку и сказал, что больше не может стеснять Офиру и хочет вернуться домой.

– Ты с ума сошел. Тебя будут бить каждый день, чтобы ты отказался от показаний.

– Мне нечего стыдиться. Я не хочу больше прятаться. Я хочу посмотреть ему в глаза и вслух при всех рассказать, что он со мной сделал, как надругался над моим доверием.

– Тебе никто не даст.

– Я буду добиваться. А пока я прячусь, все думают, что я его оклеветал.

Нотэ вернулся домой. Занятия в йешиве начались после девятого ава, но там сказали, что не позволят ему осквернять это святое место своим присутствием. Все население нашего дома складывало мусор под нашей дверью. Вонь стояла страшная. Стоило Нотэ выйти на улицу одному, его начинали бить, не опасно для жизни, но больно и унизительно. Я выговаривал ему, чтобы он не совался на улицу без меня. Он выслушивал, улыбался кроткой улыбкой, как Моше-Довид (я так не умел, хоть меня режь), и отвечал, что я не обязан до конца своих дней его охранять и он должен научиться жить самостоятельно. Вот так, прожил человек несколько дней у Офиры и уже как заговорил.

На этом фоне я работал с нашей новой соцработницей, энергичной матроной из Хар-Гило*, устраивая Ришу в интернат для слепых. Надо было собрать кучу справок, пройти несколько собеседований. Еще в начале года Малка сделала мне бумажку на официальном бланке агентства, что я вроде как опекун своих младших. До сих пор врачам и полиции хватало этой бумажки. Когда до них доходило, что они будут иметь дело со мной, а не с типичным жителем Меа-Шеарима, они вздыхали с видимым облегчением. Но интернат требовал подписи официального опекуна, отца или матери. Я без колебаний подделывал мамину подпись. На фоне остальных моих грехов это не выглядело так ужасно. Кроме того, Ришу надо было подготовить к этому важному изменению в ее жизни. В последние два года кто-то из нас всегда был с ней рядом. Не я – так Бина, не Бина – так Моше-Довид, не он – так мама. Ее вселенная сузилась до комнаты, кухни и туалета. Даже здоровые дети харедим отстают от общеизраильской школьной программы, а что взять с инвалида. Ей было одиннадцать лет, а она не знала таблицы умножения, не умела читать без огласовок, ни разу не находилась в одном помещении с компьютером. Накануне Нового года соцработница позвонила мне с радостными новостями. Опять же после осенних праздников Ришу ждут в интернате.

---

* Израильское поселение в Иудее.

Дни трепета между Новым годом и Йом-Кипуром* не помешали нашим соседям травить нас с прежним энтузиазмом. Бине тоже доставалось. Но те, кто думал ее запугать, получили обратный результат. Она перестала горбиться и стесняться, ходила «подняв шею и обольщая взорами»**, серебряные йеменские серьги качались в такт шагам. Весной ей исполнилось шестнадцать, и пока я два месяца отсутствовал дома, она из девочки превратилась в статную белолицую красавицу вроде Хиллари, только глаза серые и волосы темные. Каким бы я ни был усталым, как бы ни было нам всем тяжело, я каждый день находил повод сказать Бине, что она сокровище и подарок. Осознав это, она точно не согласится ни на одного из этих недоумков, привязанных к отцовской капоте и материнскому фартуку. К моему удивлению, с ней продолжала дружить Фейга из квартиры напротив. Ну до чего приятно видеть, что даже в этом сумасшедшем доме все-таки есть люди, не разучившиеся пользоваться собственным разумом.

Из-за всех этих дел я очень уставал, но боялся идти спать. Хевронские сны отошли куда-то в глубь подсознания, а их сменили другие, от которых не хотелось просыпаться. Мне снилась Малка – живая, соблазнительная, ласковая, в своих шелково-кружевных тряпочках Made in China. Я держал в своей ладони ее маленькую ножку и слышал ее заливистый смех. От этих снов я просыпался злой, напряженный, ненавидящий весь мир за то, что в нем уже нет Малки, а значит, для меня никогда не будет радости. Только долг и обязанности. Но сон, приснившийся мне сразу после Йом-Кипура, был совсем другого свойства. Я стоял под хупой, а два старика вели мне женщину с закрытым лицом. Маленьким ростом и изяществом она была похожа на Малку, но я не обольщался. В одном из стариков я узнал зейде Рувена. Другой был в русской крестьянской одежде, со скуластым лицом и узкими глазами. Кореец. Зейде Рувен буквально толкнул женщину ко

* Самый важный из праздников в иудаизме, день поста, покаяния и отпущения грехов.

** Исаия, 3:16.

мне, и она бы упала, если бы я ее не подхватил. Но я медлил поднять покрывало, боясь обнаружить там незнакомое лицо или полуразложившийся труп. Тогда зейде Рувен посмотрел на меня и медленно сказал: «Ее среди нас нет», а старый кореец кивнул с серьезным и торжественным лицом, как будто всю жизнь только и делал, что общался на идише. Они повернулись ко мне спиной и растворились в тумане. Я поднял покрывало и увидел Малку, живую и здоровую. Она улыбнулась мне нетипичной для нее, робкой, почти умоляющей улыбкой, но это была она.

Что могло означать «ее среди нас нет»? Нет среди умерших? Последний раз зейде Рувен снился мне в год побега, шесть лет назад. Почему он явился мне именно сейчас? Ладно, никуда меня эта мистика не приведет. Просто после дня поста на эротические сны сил не хватило, вот и лезет в голову всякое потустороннее. Все-таки Нотэ умнее меня, когда речь идет о человеческой психике, и лучше понимает наши безумные нравы. Он как в воду глядел, когда уверял меня, что у него будет шанс назвать своего растлителя растлителем перед всей общиной. Эти идиоты вызвали его на заседание бейт-дина по обвинению в клевете на Мандельбаума и обращении к сионистским властям. Пашквили на эту тему были расклеены по всему району, а один прилепили к двери нашей квартиры. Накануне вечером мы втроем долго совещались, выработали линию поведения и план действий. Потом пошли спать. Среди ночи я проснулся, как от толчка. Нотэ не было на месте, дверь в ванную была заперта, свет включен. Неужели он опять за старое? Неужели он испугался, не выдержал и стоит над раковиной, окунув в теплую воду разрезанные руки, и жизнь уходит из него? Я метнулся в кладовую, достал молоток и стамеску и с двух ударов выбил из двери хлипкий замок. Нотэ оглянулся на меня. Кровь струилась у него по лицу, огромный кухонный нож твердо зажат в правой руке. Спокойный взгляд человека, уверенного в собственной правоте. Он просто отреза́л себе пейсы, так же как я шесть лет назад.

– Сказано: «сделай себе учителя и удались от сомнения»*. Теперь я понял, почему нам это каждый день повторяют. Человека, который сомневается, не уговоришь, что грех – это мицва**. Если завтра они меня отлучат, то они опоздали. Я уже хилони.

Я перевел дыхание. Приехали. Благословен Ты, Господь, Бог наш, Царь Вселенной, распрямляющий согбенных.

– Это очень хорошо, что ты хилони. Но это не повод выглядеть как чучело. Дай я тебе виски подровняю.

Я навел порядок в ванной, и мы переместились в комнату, где он спал один, с тех пор как вернулся от Офиры.

– Тебе нужно новое имя.

– Почему?

– Потому что каждый раз, слыша свое старое имя, ты будешь вспоминать, что ты когда-то был жертвой, безответным объектом для травли. Сегодня ты заново родился. Сегодня родился человек, который будет служить в элитной части, получит университетское образование, человек, которого будут любить жена и дети и уважать друзья и коллеги. Этому человеку нужно дать имя.

– Натан.

– Хорошо. Натан.

– А ты почему имя не сменил?

– Во-первых, потому, что я никогда не был жертвой. А во-вторых, потому, что мне его зейде Рувен выбрал. Жалко, что ты его не застал.

– Жалко.

– Спи. Я останусь, пока ты не уснешь.

Да, я никогда не был жертвой, зато вокруг меня жертв навалом. Может быть, у кого-то получается иначе. Я таких не встречал.

Я думал, что дело ограничится только отлучением от общины, и не особо переживал. На разбирательство явилась вся йешива, неженатые и молодые. Их

---

* Трактат Авот 1:16.

** Предписание, заповедь в иудаизме.

специально позвали, чтобы раздавить Натана окончательно. Они безропотно скушали всю ложь, которую им скормили, и никто не задал себе вопроса: зачем Натану это надо? Зачем ему рисковать гневом отца и отлучением от общины, не говоря уже о почти ежедневных побоях? Выставить у двери охрану они тоже не догадались, я беспрепятственно зашел в большое квадратное помещение в полуподвальном этаже и аккуратно пристроился за одной из колонн. Оттуда мне все было видно и слышно, как, наверное, и Бине с женского балкона. Все утро я провел на стройке за изготовлением самодельных дымовых шашек. Раньше заниматься этим мне никогда не приходилось, и только милостью Сверху я могу объяснить, что эта смесь не взорвалась у меня в руках. Я же не из этих энтузиастов-умельцев из Газы с их многолетней практикой.

Мандельбаум сидел в крайнем кресле в свидетельском ряду с видом невинно оклеветанного праведника. Отца не было, не в силах пережить это позорище, он уехал в Бней-Брак. На месте, которое в судебной коллегии отец обычно занимал, сидел Мандельбаум-старший. Это так они исполняют заповедь Торы о справедливом беспристрастном суде? Натан же практически сирота, отцу на всех на нас, кроме Залмана, наплевать. Практически сирота, но не совсем. У него есть мы с Биной.

– Ты обратился к сионистским властям.

– Гева-а-алд! – закричала толпа, прежде чем Натан успел рот раскрыть.

– Ты отрицал главенство Всевышнего и его Тору.

– Гева-а-алт!

– Ты опозорил обшину!

– Раша! Херем! Мосер!*

– Может быть, ты все-таки извинишься перед человеком, которого ты оклеветал?

– Я ни на кого не клеветал, – тихо, но четко ответил Натан на иврите. – Все, что я сказал в полиции, правда. Я готов это здесь повторить.

---

* Грешник! Доносчик! Будь проклят! (*ивр.*)

Трое членов суда нагнулись друг к другу и принялись совещаться. Я вспомнил про трехголового дракона на картинке в какой-то из Малкиных русских книжек.

– Это твой брат подговорил тебя оклеветать реб Симху-Алтера?

Вот кто там сделал меньше всех, так это я. Натану помогали Розмари, и Бина, и Офира, и даже мать с Моше-Довидом и Ришей. Последние трое просто любили его, может быть, именно это и удержало его на плаву. Но у состава бейт-дина свои представления. Женщин они вообще не учитывают как фактор, а я источник вселенского зла.

– Какой брат? – с подчеркнуто заинтересованной интонацией спросил Натан. – У меня их только старших шесть.

– Ты издеваешься над судом, наглец! – потерял самообладание председатель.

– *Хас ве шалом*! И в мыслях не было! – картинно ужаснулся Натан.

Три головы опять посовещались.

– В каком виде ты явился? Ты хочешь, чтобы тебя прокляли и отлучили?

– Да, очень хочу.

Стало очень тихо. Очевидно, коллектив недоумевал, как это небо еще не упало Натану на голову. Он великолепно держится, права Розмари, еще как права.

Из этих раздумий меня вывел голос Мандельбаума-старшего.

– ...приговариваешься к сорока ударам розгами по спине за клевету, донос и поношение общины в глазах безбожных властей. Раздевайся, если не хочешь, чтобы тебя раздели насильно.

Они это что, серьезно? Увидели, что душа Натана уже не их, и решили по его спине прогуляться? Это наказание применялось в общине очень редко, к подростку – ни разу. Они хотят унизить Натана так, чтобы он больше никогда не поднялся. Чтобы никто больше не вздумал жаловаться. Я вышел из-за колонны и встал рядом с ним.

– Ваш сынок уже раздел моего брата, а вам все мало? – спросил я, глядя на Мандельбаума-старшего.

– Посмотрите, что он сделал со своим братом! – несолидно заверещал Мандельбаум-младший, для которого одного моего появления оказалось достаточно, чтобы растерять всю вальяжность. – Это он подговорил Нотэ возвести на меня такую жуткую напраслину! Он растлил его душу! Это он растлитель, он, а не я!

Я не выдержу. Я сейчас сниму ремень и буду душить его прямо здесь, у всех на глазах. Душить, пока не признается, что он сделал с ребенком, что делает сейчас с другими детьми. Но это не поможет, Натана все равно будут бить. Мы не справимся вдвоем с такой толпой. Значит, надо шевелить извилинами. Я поймал напряженный стеклянный взгляд рава Розенцвейга, сидящего за судейским столом, и обратился к нему так, как будто никого больше в помещении не было.

– Я не взываю к вашему милосердию. Если бы оно у вас было, то перед вами стоял бы насильник, а не жертва насилия, не мой брат, а вот это вот похотливое ничтожество, которое вы покрываете. Я взываю к остаткам вашего разума и желанию удержаться в ваших креслах. По здешним законам Нотэ взрослый человек, раз он уже бар-мицва, но по законам Государства Израиль он ребенок. Получится, что вы не просто избили ребенка, но и пытались запугать свидетеля обвинения. Что будет, если полиция увидит фотографии его спины со следами вашей деятельности? Я предлагаю вам сделку. Я принимаю его розги на себя и обещаю никому не мстить и никуда не жаловаться. Вы знаете меня с детства, я никогда не нарушал своего слова. У вас минута на размышление.

Пауза. К такому они были явно неготовы. Честно говоря, я и сам не считал себя способным на такой экспромт. Неужели я действительно умнею, как Розмари сказала?

– А дальше?

– А дальше вы нас отпустите.

Они опять посовещались, и председатель суда огласил:

– Суд принимает твои условия. Вас отпустят, когда ты отбудешь наказание.

Я свернул куртку в скатку и сунул ее в руки Натану, выразительно на него посмотрев. Слава богу, только он один понял, что в нее было завернуто. Я стал раздеваться до пояса, и от меня не ускользнуло отвращение, промелькнувшее у многих на лицах при виде моих шрамов от арабских ножей и цахаловской бирки. Уже после демобилизации я продолжал ее носить. Конечно, там хватает и тупости, и разгильдяйства, не говоря уже и об откровенно аморальных приказах, но эта организация спасла больше еврейских жизней, чем любая другая. И все то время, которое я там провел, я провел именно за этим недуховным делом – защитой еврейских жизней. Если им это противно – пусть это на их совести останется. Если бы здесь стоял солдат русской или американской армии, избавивший их от нацистов, они бы не посмели делать такую козью морду. Хуже гоя, сказал Залман. Действительно, я для них хуже гоя.

Как во сне, я почувствовал липкую поверхность изоленты на собственных запястьях. Это еще зачем, я же сказал, что не стану сопротивляться. Встал лицом к колонне на подстеленный полиэтилен. Интересно, кому достанется это почетное задание? Я оглянулся через плечо, мельком взглянул на этого бедолагу и сказал самым беззаботным светским тоном:

– Ашер, это ты? Не тебя ли я ткнул два раза головой в унитаз за то, что ты подглядывал за девочками через забор, а потом обвинял их, что они нескромно себя вели?

Вот теперь он будет работать не на страх, а на совесть. Гибкая лоза впивалась в спину, было больно и холодно. Я сосредоточился на том, чтобы не разжать зубы, и вспоминал наш первый с Малкой пикник в Вади-Кельт. Первый, он же последний. Вряд ли она захочет меня видеть, даже если и жива. Поехать я все равно поеду, как только закончится карусель с Натаном. За предыдущий билет деньги ухнули, надо заново копить. Нет, надо перестать об этом думать, так еще больнее. И тут я понял, что не могу. Малка стояла перед глазами в облаке разноцветных искр и совершенно не сердилась. «Да они тебе просто завидуют», – прозвенело в голове. Это было ее любимой присказкой. Ее послушать, так мне завидуют абсолютно все.

Кое-как до сорокового удара я достоял, перевел дыхание и спросил:

– Теперь мы можем идти?

– Нет, не можете, – ответил рав Розенцвейг. – Ты ответил за грехи и преступления своего брата, но не за свои.

А с какой это стати я должен этому, с позволения сказать, суду отвечать? Я уже давно по законам общины не живу.

– Вы не имеете права меня судить, а я не собираюсь вам отвечать. Я гражданин Государства Израиль, которое вы не признаете.

– Ты не был отлучен от общины. Ты здесь живешь и уже почти два года издеваешься над нашим образом жизни. Ты ответишь. У тебя пять минут передохнуть, а потом ты получишь еще сорок розог. Дайте ему кто-нибудь воды.

Нет уж, спасибо. Я не собираюсь стоять тут и ждать, пока меня искалечат. Они сами напросились, если бы они сдержали свое обещание, то и я бы свое сдержал.

– Натан... – позвал я.

Это было нашим условным знаком. Новое имя – сигнал к действию. Натан нагнулся за спрятанной в носок зажигалкой, и тут мы все услышали над головами треск разбиваемого стекла. Это наша сестрица решила присоединиться к общему веселью. Секция женского балкона примерно метр на метр вылетела из пазов и дождем осколков посыпалась нам на головы. В отверстии показалась Бина, для маскировки одетая как замужняя женщина. Такого в истории нашей общины еще не бывало.

– В Торе написано: «Не стой, глядя, как проливается кровь брата твоего». Эту мицву мы здесь выполняем. Вы лжецы и осквернители Имени. Вот вам, получайте!

Что-то металлическое сверкнуло в воздухе, и ровно между мной и Натаном упала дымовая шашка. Тут же повалил густой дым ядовито-фиолетового цвета. Натан запалил одну из своих шашек и кинул судьям на стол. Что тут началось! Все полезли открывать окна, а это было непросто, потому что окна находились под потолком. Толпа ломанула к выходу, о нас просто забыли. Судьи исчезли под столом. Натан кое-как отвязал меня от колонны, и я потянул его под скамью. Подождем, пока толчея у двери рассосется. А если совсем честно, эта порка совершенно выбила меня из колеи, даже ноги не слушались. С улицы доносился звук сирены, кто-то увидел клубы дыма, валящие из полуподвальных окон, и позвонил.

– Что ты туда положил? Почему дым фиолетовый?

– Марганцовка. Набери Бину.

Еще и язык не ворочается.

Мы услышали мужские голоса, по-сефардски гортанные команды в мегафон. Мне становилось все труднее и труднее сидеть, хотелось лечь прямо здесь на полу, голова была тяжелой и клонилась вниз. Вокруг нас толпились полицейские и санитары, что-то меня спрашивали, считали пульс. Приехали носилки на колесиках, и мне было велено лечь. Я лег без протестов. Даже в тиронуте после марш-броска не был таким измочаленным. Но я все-таки узнал Бину. Волосы распущены и развеваются, как боевое знамя. И чугунная сковородка в руках. Изо всех сил сосредоточившись, я понял диалог Бины и санитара:

– Что с ним?

– Шок. Потеря крови и стресс. Завтра будет как новенький. Максимум послезавтра.

Приятно слышать. Только у меня времени нет до послезавтра. Отец завтра вернется из Бней-Брака, узнает, что мы тут устроили, и сломает об Натана какой-нибудь тяжелый предмет...

Розмари явилась в больницу как раз в тот момент, когда я спорил с врачом. Врач отвечал, что хочет понаблюдать за мной еще целые сутки, чтобы удостовериться, что шок прошел, спина не загноилась и инфекция никуда не пошла. Розмари велела мне слушаться специалиста и не возникать. Я решил уйти завтра утром. С лекарствами – хорошо, нет – обойдемся.

– Я нашла жилье для твоей матери и сестер.

– Почему только для них?

– Эта женщина очень набожна. Муж умер, дети разъехались. Она держит пансион и сдает комнаты за символическую плату тем, кого бьют мужья. Но у нее правило – мальчики должны быть не старше девяти лет. Твоим братьям уже больше. Я сказала ей, что придет женщина с двумя дочерьми.

– Что-то у меня набожность перестала вызывать доверие.

– Это твои личные тараканы. Эта женщина делает мицву, без нее жертвы семейного насилия оказались бы на улице. Вот тебе адрес.

– Спасибо.

– Шрага...

– Да?

– Я бы на твоем месте сейчас действительно не дергалась. Я понимаю, что люди твоего склада считают за слабость признать, что им больно. В полиции таких много, наша профессия их привлекает. Дорон рассказал мне по телефону, что ты даже не упомянул порку, и если бы не твой брат, ты бы вообще остался без медицинской помощи. Ты бледный, у тебя замедлена речь. Если ты сейчас уйдешь домой, ты никому там не будешь в силах помочь. Хотя бы сутки они должны справиться без тебя.

Неужели по мне действительно видно, как мне нехорошо? Ладно, остается только спать с телефоном под подушкой.

На следующий день я зашел в свой подъезд и увидел, что на нижней ступеньке лестницы сидят Бина и Моше-Довид с Ришей. Бина сидела посередине и обнимала их, как наседка птенцов. Я похолодел при виде их испуганных лиц.

– Что происходит?

– Отец очень рассержен. Мы испугались и сбежали.

– А Натан?

– Он сказал, что останется.

Я взлетел по лестнице и рванул на себя входную дверь. Из гостиной доносились крики.

– Кого ты мне нарожала! Мало того что они позорят меня, так еще и угрожают. Мало мне одного выродка, теперь еще и второй объявился. Я выгоню тебя на улицу и не дам развода!

Послышался грохот опрокидываемой мебели. Я распахнул дверь в гостиную. Мама забилась в угол, закрывая руками лицо и голову. Отец стоял посреди комнаты без капоты, с засученными рукавами. Натан закрывал маму собой и всякий раз, когда отец делал движение в их сторону, поднимал над головой стул. Все трое оглянулись на меня. Отец налитыми кровью глазами, мама заплаканными, Натан как солдат в ожидании приказа.

– Явился, да? Думаешь, ты весь из себя и отец тебе уже не указ?

Отец мне уже давно не указ. Господи, каким же нужно быть идиотом, чтобы заметить это только сейчас. Ровным, спокойным голосом я обратился к своим:

– Мама, собери документы и свои вещи. Натан, собери одежду свою и Моше-Довида. Не забудь кислородный аппарат. Подождите меня внизу, я скоро буду.

Натан обнял маму за плечи, как легкораненую, и вышел из гостиной. Отец рванулся за ними, но я загородил дверь.

– Разве я разрешил тебе уйти?

Я забаррикадировал дверь отцовским креслом и сел в него*. Вот теперь можно беседовать.

– Отец, ты хотел мне что-то сказать?

Он сидел за столом спиной ко мне, обхватив голову руками и раскачиваясь.

– Мне жаль, что приходится мешать тебе молиться, но боюсь, что другого шанса высказаться у меня не бу-

* По правилам общины садиться в кресло отца запрещено.

дет. Тебе действительно следует молиться, потому что твои дела истощили терпение Всевышнего на небе и людское на земле. Наци брили головы еврейским женщинам, прежде чем их убить. Ты заставил мать обрить голову и потом много лет тщательно и жестоко ее убивал. Чем ты лучше наци? Пока дед был жив, ты не посмел этого сделать. Ты знал, что он, какой бы он ни был кроткий и тихий, в глаза назовет тебя наци, если ты будешь обижать его дочь. А потом, когда он умер, ты решил на ней отыграться. Из всех нас ты любил только Залмана и только потому, что его успехи давали тебе возможность быть довольным собой. Когда твоим детям нужна была защита и поддержка, ты самоустранился. Я встал на твое место. Конечно, это твоя жена и твои дети, но это моя мать и мои младшие братья и сестры. В том, что в последние два года мне пришлось стать главой семьи, виноват только ты сам. Ты сам уступил мне это место. А когда твой сын попал в лапы подонку, ты пальцем о палец не ударил, чтобы его защитить. Тебя волновала только собственная репутация и репутация коллеля. Молись, отец. Это все, что у тебя осталось. Ты один на свете, и никто не любит тебя. Я глава семьи Стамблер, и я заявляю тебе, что ты нас больше не увидишь.

Я вышел из комнаты и тихо закрыл за собой дверь. Быстро покидал в спортивную сумку свои вещи, опустошил железную тумбочку в чулане. Увязал в простыни одежду Риши и Бины, собрал их девичьи мелочи, чтобы они не расстраивались. Открыл дверь квартиры, выставил узлы, подхватил собственную сумку и тяжелую коробку с книгами, отпечатанными шрифтом Брайля. Благословен Ты, Господь, сохранивший и направлявший нас и давший нам дожить до этого времени.

Через полчаса около нашего двора остановилось такси. Дождь лил как из ведра, первый осенний дождь. Я покидал вещи в багажник, усадил всех в машину и назвал водителю адрес пансиона для женщин.

* * *

Громкий процесс над Мандельбаумом не состоялся. Расправа над Натаном напугала второго мальчика так, что он боялся даже рот раскрыть. Мандельбаум пошел на сделку со следствием и получил восемь лет. Больше всего меня разочаровало то, что не получилось громкого газетного скандала. Я бы очень хотел, чтобы все евреи узнали, что творится в нашей общине. Я не знал, что такое истинная жизнь по Торе, зато очень хорошо знал, где ее бесполезно искать. В том, что в тюрьме Мандельбаум медом лакомиться не будет, я был более чем уверен. Растлителей и насильников над детьми нигде не любят, они всем противны. Натан тоже не расстроился, а, похоже, даже обрадовался. Он решил сдавать на аттестат зрелости и по уши погрузился в учебники и светские книжки. Его приходилось по нескольку раз окликать, прежде чем он высовывал из книжки голову. Я хорошо помню это состояние информационного опьянения. Даже сейчас, через много лет, я еще из него не вышел, а в первый год оно было острым, как запах эфира, держало в тонусе и не давало спать. Дома у Офиры я фломастеры не нюхал, потому что не хотел ее обманывать и расстраивать. Но на службе во время восьми-десятичасовых нарядов и постоянно меняющегося режима это помогало не хуже кофе.

Мы втроем жили в вагончике на стройке. Даже караваном это не назовешь, поскольку удобства были на улице, а водопровода не было вообще. Выслушав нашу историю, шеф сказал, что на обозримое будущее вагончик наш. Моше-Довид с Натаном потихоньку привыкали к жизни вне общины. Они сидели дома и учились. Моше-Довид продолжал одеваться как раньше, а Натан просто расцвел от таких простых вещей, как джинсы, свитера и нормальная стрижка. Я искал для мамы постоянную квартиру. Чем скорее я найду ей нормальное жилье, тем скорее я смогу оставить Моше-Довида с Натаном и заняться наконец своими личными делами. В начале октября я позвонил Розмари, голос ее по телефону был совсем тусклым и усталым. Я понял, что позвонил невовремя, и решил не донимать ее, пока не буду готов ехать. В середине ноября позвонил из Хеврона Ури Страг и осторожно поинтересовался, какие у меня планы на ближайший Шаббат. Какие у меня могли быть планы?

– У меня корыстный интерес, – признался Ури. – Ты не представляешь, что у нас в Шаббат Хаей Сара* творится.

– Очень даже представляю. Приезжает в гости много народу, всем весело, арабы сидят по домам.

– Именно. Приезжает в гости много народу. Каждая семья обязана принимать гостей, не отвертишься. Я не против, но в этом году Хиллари тяжело. Если к нам поселят семью с детьми, мало того что дети будут ходить на головах, Хиллари еще придется развлекать мать семейства и всюду ее сопровождать.

– Я надеюсь, она здорова? – встревожился я.

– Да, конечно, здорова, просто очень беременна. В первых числах января ждем.

– Мазаль тов.

– Спасибо. Так я к чему. Если мы поселим тебя, то план по гостям будет выполнен, а Хиллари ты доставишь минимум неудобств.

Почему бы и нет? Теперь, когда закончился этот кошмар с Натаном и бегством из общины, я наконец смог перевести дыхание и обнаружил, что скучаю по этому безумному городу, где каждый шаг – демонстрация, где четко отделено добро от зла, где евреи – вот удивительные люди – живут теми идеалами, о которых говорят. Хеврон был как покрытая снегом горная вершина после темного душного подвала. Трудно карабкаться, сверкает на солнце обрыв, морозный воздух заставляет двигаться, но обратно в подвал, каким бы он ни был теплым и привычным, ты уже никогда не захочешь.

---

* Недельная глава Хаей Сара («Жизнь Сары») – одна из пятидесяти четырех недельных глав-отрывков, на которые разбит текст Пятикнижия.

– Я не один. У меня братья.

– Сколько им лет?

– Тринадцать и почти пятнадцать.

– Ну так приезжайте втроем. Твои братья не будут против поспать на полу?

Нет, он неподражаем. Как будто мы с ним выросли в разных странах. Восемнадцать детей в трех комнатах. Очевидно, что нам не впервой спать на полу.

Все было именно так, как Ури сказал. Мы в основном гуляли по улицам, молились и учились. И чуть что – *Ам Исраэль Хай** и зажигательные танцы по кругу. Впервые в жизни мне не были противны прикосновения чужих людей, потому что чужих здесь не было. Мы все дети Авраама и Сарры, мы одна семья. Такова была власть этого города, что даже Натан не дергался, когда его втягивали в круг танцевать или обнимали за плечи. И никто не удивлялся, что Моше-Довид в капоте и штраймле, а мы с Натаном в светской одежде. Братья есть братья. Все бы хорошо, но за субботней трапезой я не мог не заметить, что Хиллари выглядела очень пришибленной. Все время молчит, глаза на мокром месте. Не принято, конечно, интересоваться чужой женой, но я не сомневался, что, если надо, Ури поставит меня на место.

– Вам... поставили нехороший диагноз?

Кто о чем. Про внутриутробную диагностику я знал больше, чем когда-либо хотел знать.

– Да нет. Вернее, поставили, но не нам. Понимаешь, Хиллари отыскала свою двоюродную сестру. Совсем недавно, меньше полугода назад. Они никогда друг друга не знали и встретились у Котеля. А сейчас она умирает.

– От чего умирает?

Ури вскинул взгляд на зашторенные окна арабского дома, мимо которого мы шли.

– Где бы ни появились, везде гадят.

– Теракт?

---

* Народ Израиля еще жив (*ивр.*).

– Супертеракт. Башни-близнецы. Она там пыли наглоталась, и теперь у нее скоротечный рак. Ей тридцать пять лет.

Где-то я недавно видел много-много фотографий башен-близнецов. Башни-близнецы зимой, летом, днем, ночью, вечером, в разных ракурсах. Вот буквально совсем недавно. У Розмари Коэн в офисе. Стоп. Розмари Коэн. Хиллари рассказывала, что до замужества была тоже Коэн.

– Ее зовут Розмари... – Моя интонация была скорее утвердительной, чем вопросительной.

Стыдно признаться, но первое, о чем я подумал, была не умирающая Розмари, а мои собственные дела. Если Розмари по состоянию здоровья уволилась из полиции и дело о Малке передали другому следователю, «который не знал Йосефа»*, то никакой информации я из полиции не получу. Это Розмари отнеслась ко мне неформально, а официально я Малке никто, и новый следователь не станет рисковать ради меня своей работой.

– Шрага, очнись. Я тебя уже в третий раз спрашиваю, откуда ты ее знаешь?

Пришлось рассказать про Малку. Про позор и унижение Натана я, конечно, молчал.

– Забудь, – жестко сказал Ури, услышав про Узбекистан. – Ну как ты туда сунешься, белый иностранец, без языка, без знакомств, без ничего? Если бы твоя Малка была жива, за нее бы уже потребовали выкуп. Если бы ее захватили исламо-наци, они бы уже сделали из нее видеосюжет с отрубленной головой. Хобби у них такое –головы евреям отрубать перед видеокамерой. Если она действительно тебя любила, она бы хотела, чтобы сейчас ты был счастлив с кем-то еще.

Я терпеливо выслушал. С точки зрения логики Ури таки прав, и с эмоциональной стороны его можно понять. Малку он никогда не видел, а за меня

* Фраза из книги Шмот (Исход): «И встал новый царь над Мицраимом, который не знал Йосефа» (Шмот 1:8).

беспокоится. Дождавшись паузы, я опять перевел разговор на Розмари.

– Ну что Розмари? В Иерусалим не наездишься, на дорогах неспокойно. Хиллари в ее положении сейчас только кататься.

Мы спали на полу в гостиной. Дом был старый, как у нас в Меа-Шеариме, от пола тянуло холодом, даже сквозь одеяла и палас. Натан вертелся во сне, я слышал, как он отчаянно отбивается от кого-то: «Отойди... не тронь... убью... *тоэва*». – «Ш-ш-ш, тихо, тихо», – успокаивал я его. Я не заметил, что в проеме из крошечной кухни в гостиную стоит Хиллари в халате до пола и с тщательно покрытой головой. Она держала кружку обеими руками, грея об нее пальцы. Она все слышала.

– Моя сестра не называла никаких имен. Она только сказала, что мальчик из ортодоксальной секты в Иерусалиме помог арестовать насильника. Она была счастлива, что ее последнее в жизни дело закончилось именно так.

Я сидел неподвижно, уставившись в пол.

– Хиллари...

– Может быть, ты все-таки взглянешь на меня, раз уж обратился?

– Тебе сейчас нельзя никуда ездить. Ты понимаешь, как мы с Натаном ей обязаны. Мы будем к ней ходить.

Пауза.

– Ты думаешь, это легко, смотреть как человек умирает? У тебя когда-нибудь кто-нибудь умирал?

– Дед умер. Сестренка умерла. Ну, ребята в Газе погибали. Мало, что ли?

– Это немножко не то, Шрага. Моей сестре дают большие дозы сильных обезболивающих, в основном морфий. Больше ей ничем не помочь. Она бывает неадекватна, она уходит в другую реальность. Вполне возможно, что она тебя даже не узнает.

– Мы все равно будем ходить. Если к человеку никто не ходит, за ним просто перестают ухаживать.

– Я потому и расстраивалась.

– Хиллари... Она была у вас на Шаббат? Она... радовалась?

– Да, три Шаббата. Она сказала... что, если бы она знала, что у нее такая семья, она бы не сдалась своей болезни. За последние месяцы столько всего произошло. Я даже удостоилась благословения. Благословения Аллаха. У Всевышнего есть чувство юмора, ты не находишь?

Не может быть, чтобы кто-то из соседей, уж какие они есть, пожелал благословения Аллаха поселенке, да еще беременной. Для них каждый еврей, который здесь рождается, – угнетатель и кость в горле.

– С кем из них ты общаешься? Ты что, не понимаешь, как это опасно?

– Если мы действительно в этом городе хозяева, то мы не должны вести себя как запуганные параноики, шарахаться от каждой тени и стрелять в ответ на каждое движение. Раз мы не ставим их к стенке и не вывозим на грузовиках, значит, надо учиться с ними жить. В еврейской стране, в еврейском городе мы, к сожалению, не одни. Если бы она хотела стать шахидкой, то она уже давно бы взорвалась.

Слава богу, что это хоть не мужчина. При всей наивности Хиллари и ее странных американских идеях понятие о чести у нее все-таки есть.

– Хиллари, она будет говорить с тобой о мире и нож за спиной держать.

– Она трость держит. Трость для слепых.

– Что?

– Ну чего ты так пугаешься? Ребенок, да еще слепой. Ну не могу я смотреть, как в нее камни кидают. Не по-еврейски это, не по-человечески.

Лестница, девочки из школы Кордоба, шуршание трости по камням. Никто не собирается отдавать ей город и страну, но неужели глотка воздуха для нее жалко? Хозяева должны вести себя как-то по-другому.

– Она благословила тебя?

– Меня и ребенка. Она по походке поняла, что я уже очень беременна. Мы почти каждый день вдвоем гуляли. Разговаривали, если на улице пусто.

– А потом?

– А потом она сказала, что отец сделал ей за эти прогулки выволочку и вообще отправляет ее в интернат для слепых в Иорданию. Она, в общем-то, на прощание меня и благословила.

– С тобой не соскучишься.

– В Хевроне не соскучишься. Мы дом в Касбе* выкупили. Скоро заселять начнем.

– Касба без тебя обойдется. В твоем состоянии...

– Да вы что все, сговорились? – В голосе у Хиллари зазвучало прежнее озорство, услышать которое на фоне всех этих трагедий я уже не надеялся. – Мне по пятьдесят раз в день напоминают про мое состояние. Изжога, задыхаюсь, спать не могу, разве тут забудешь?

Я счел, что лучший способ отвлечь Натана от его боли – это переключить его на чужую. В кои-то веки я оказался прав. Мы ходили в хоспис по очереди. Когда я впервые туда пришел, я знал, что иду в место, где умирают, и все равно оказался неподготовлен к безнадежности, которая там витала. Каждый раз, когда я выходил оттуда, я чувствовал себя узником, отпущенным из каменного мешка в чистое поле. От плотской оболочки Розмари почти ничего не осталось. Пустая шкурка с поникшими крыльями на паутине. Очертаний нельзя было различить под одеялом, и только трубочка катетера, деликатно уходящая под кровать, напоминала, что это тело еще как-то функционирует. Вопреки предсказаниям Хиллари Розмари меня все-таки узнала. Голос у нее был нормальный, только слова с трудом выталкивались изо рта.

– Это ты, Шрага. I knew you would come**. Меня так быстро скрутило, не было сил. Я не имела права сказать тебе, я даже Малкиному отцу не сказала. Эта информация пришла из МОССАДа, там секретность. Но сейчас это уже так не важно. МОССАД... На них вы-

* Старинный еврейский квартал Хеврона, находящийся под контролем правительства Палестинской автономии.

** Я знала, что ты придешь (*англ.*).

шел кто-то из их людей в местном Хизб ут-Тахрире*. Будто бы узбекский Хизб ут-Тахрир держит в плену израильтянку. Но эти достойные люди общались между собой в середине мая, а до меня это дошло в конце августа. Они пытались поднять мятеж в какой-то из узбекских провинций, но даже узбекское правительство сумело расколошматить их к чертовой матери. И концы в воду. Узбекская ячейка Хизб ут-Тахрира разгромлена.

Хизб ут-Тахрир, Хизб ут-Тахрир, что-то я такое слышал. ХАМАС, Хезболла, Бригада мучеников аль-Аксы, Народный фронт освобождения Палестины, Демократический фронт освобождения Палестины, Исламский джихад. Такое ощущение, как будто отвалил камень в пустыне, а из-под него расползлось.

– Шрага. – Двумя пальцами она потянула меня за край рукава – не сильнее, чем это бы сделал полугодовалый младенец. – Она вернется к тебе. Она жива и здорова. Если умирать медленно, как я, то дается ясность, свобода от любых шор на глазах. Я чувствую, что она жива. Она вернется, и будет тебе *семпер фай***.

Предупреждала же меня Хиллари, что человек на морфии может быть неадекватен. Она пытается меня утешать. Как плеск дождя за окном, как улетающий стук поезда, давно проехавшего полустанок, доносились до меня слова *семпер фай, семпер фай, семпер фай*.

---

* Исламская Партия освобождения – организация, основанная в 1953 году в Восточном Иерусалиме судьей местного шариатского апелляционного суда Такиуддином ан-Набхани. В ряде государств Средней Азии и в России Хизб ут-Тахрир аль-Ислами считается террористической организацией. В то же время ни в США, ни в большинстве европейских государств до настоящего времени Хизб ут-Тахрир не относится к числу структур, поддерживающих терроризм. Декларируемая цель организации – восстановление справедливого исламского образа жизни и исламского государства (халифата) и воплощения в нем исламской системы.

** От *лат.* semper fidelis («всегда верен») – фраза, служащая девизом корпуса морской пехоты США.

– Хиллари, что такое *семпер фай*?

– Розмари тебе сказала?

– Ну.

– Ее отец, мой дядя Дэвид, был морпехом во Вьетнаме. Это их девиз. Вообще-то правильно *семпер фиделис*, но они переделали. Это означает «верны навеки». Розмари тоже хотела идти в морскую пехоту, но ее не взяли, из-за того что ростом маленькая.

– Ваша морская пехота в людях ничего не понимает.

Мне удалось отыскать для мамы квартиру в Рамоте и оформить часть квартплаты через муниципалитет, как жертве семейного насилия. Сдать ее нам обещали с середины января. Я потихоньку купил еще один билет в Ташкент и залег на дно. Вот в прошлый раз я ляпнул Офире про свои планы и никуда не поехал.

Розмари я навещал регулярно. Ей нравилось просто держать меня за руку и говорить, говорить, говорить. У персонала хосписа просто не было времени вот так сидеть час-полтора и слушать. Даже если бы и было, то понять Розмари смог бы не всякий. В своих монологах она мешала четыре языка. Английский, идиш и иврит еще туда-сюда, но целые куски шли на вьетнамском. Мелодичный язык с ударениями в совершенно неожиданных местах и преобладающими звуками «нг» и «тх». Поговорив по-вьетнамски, она вдруг осознавала, где она находится и кто с ней рядом, и страшно обижалась, что я ее не прервал.

– Тебе не интересно.

– Мне очень интересно, – отвечал я. – Расскажи про Special Victims Unit*.

Знакомые звуки ложились на сознание, она успокаивалась, и я слышал нескончаемые истории про то, как юные полицейские нарушили закон при сборе доказательств и суд не принял доказательства к рассмотрению. Нью-Йорк – безжалостный город. Дети, не знаю-

---

* Спецотдел (*англ.*) – отдел нью-йоркской полиции, занимающийся расследованием преступлений на сексуальной почве.

щие радости, которых подкладывали под кого угодно за порцию крэк-кокаина. Пресыщенная золотая молодежь, к двадцати годам предавшаяся всем возможным порокам и не знающая, что с собой делать дальше. Старики, у которых забирали не только их жалкие сбережения, но и возможность дожить жизнь по-человечески. О каком чувстве собственного достоинства может идти речь, если человека неделями не мыть, а сам он не может дойти до ванной. Она снова и снова бросалась в этот омут, надеялась разгрести ил и грязь и увидеть, как засияет на ее ладони драгоценность, чья-то душа, согретая и спасенная. У нее действительно никогда не было ни друга, ни мужа, ни ребенка, она без остатка отдавала себя жертвам, они и были ее семьей. Только в последние полгода она узнала, что такое иметь близких людей не в контексте раскрываемого преступления. Она часто спрашивала о Хиллари, об ее семье да как в Хевроне дела. Натан рассказывал, что она утешает его, помогает разобраться в себе, преодолеть последствия того, что с ним произошло. К теме Малки она регулярно возвращалась, я отделывался общими фразами.

– Когда она вернется к тебе, передай ей, что ее подруга сошла с ума. Она в психушке в Москве.

– Передам.

Когда-нибудь она перестанет к этому возвращаться? Я уже сам недалек от психушки.

– Твою Малку решили убрать потому, что она наступила на хвост мафии. Они инсценировали падение машины в пропасть, но сделали это очень непрофессионально. Мы исследовали машину. Малка действительно в ней находилась, но ее труп там не разлагался. Я не знаю, кому поручили это дело, после того как я заболела.

– Розмари, ты перенапрягаешься.

– Да, извини. Я посплю, ладно?

Она засыпала, но даже во сне ее восковое лицо оставалось напряженным от боли.

Два дня спустя.

– Шрага, я хочу, чтобы меня похоронили в Хевроне. Там мои близкие.

Ну и задачу она задала. В Хевроне даже галахического еврея похоронить проблема. Где мы ее положим? Не на арабское же кладбище.

– Хиллари, она хочет быть похороненной в Хевроне.

– Я знаю.

– Что мне ей сказать?

– Скажи, что все устроено. Я договорилась с христианским монастырем. Синий купол, ты, наверное, видел, если с обзорной башни смотреть?

– Как ты их уговорила?

– Оказала монахам три десятка сексуальных услуг. Не пугайся, Шрага, это я так шучу, чтобы не заплакать. Остались у меня кое-какие цацки, так сказать, из прошлой жизни. На выпуск из школы миссис Норвелл подарила.

Три дня спустя.

– Вам сейчас туда нельзя. У нее уже посетители.

– Какие посетители?

– Трое из посольства.

Я дождался, пока регистраторша отвлеклась, и взвился по лестнице на второй этаж. Что это еще за трое из посольства? Я не стал заходить, остановился у открытой двери, прижавшись к стене затылком и спиной и напряженно прислушиваясь.

– Отменено распоряжение о твоей ликвидации. Тебе уже ничего не угрожает.

– Почему отменено?

– Потому что вместо тебя ликвидирована другая женщина, похожая на тебя.

– Я даже знаю кто. Но она жива, а я умираю.

Пауза. Наверное, они решили, что она бредит. Другой голос, тоже мужской.

– Мы долго искали тебя. Твое удостоверение пришло по адресу One Police Plaza из Торонто.

– Вы же хотели, чтобы я исчезла. Вот я и исчезла.

– Мы не хотели, чтобы ты исчезла в израильскую полицию вместе со всеми нашими наработками и контактами, – раздраженно встрял первый голос.

– Сейчас не об этом речь, – прервал второй. – Розмари, тебе восстановят пенсию NYPD*. Это уже решенное дело. You can come home**.

Молчание. И как шелест долгожданного первого осеннего дождя на иерусалимской мостовой:

– But this *here* is my home***.

– Эта кровать? Этот хоспис? Это все, что они тебе предложили?

– But they are my family****.

Я сполз по стене. Американцы вышли из палаты и, не заметив меня, спустились по лестнице.

Еще три дня спустя, в пятницу, Натан ушел в хоспис и не вернулся к началу субботы. Быстро стемнело. Моше-Довид прочел кидуш*****, я, не чувствуя вкуса, что-то сжевал. Во мне нарастало беспокойство, какой уж тут субботний отдых. Меня совсем не радовала перспектива поездки Натана домой на арабском такси. Пешком оттуда идти часа два, не меньше, и погода мерзейшая. Хотя, может, он и пойдет пешком, с него станется. Лавры главного нарушителя Шаббата в нашей троице прочно достались мне. Около семи вечера я сказал Моше-Довиду:

– Сиди и никому не открывай. Я пошел.

Он поднял от Гемары****** прозрачные светло-серые глаза:

– Тебе не надо никуда идти. Там уже все произошло.

Я хлопнул дверью с такой яростью, что вся конструкция затряслась. И увидел Натана. Он сидел на

---

* Департамент полиции Нью-Йорка.

** Ты можешь вернуться домой (*англ.*).

*** Но *это* мой дом (*англ.*).

**** Но они – моя семья (*англ.*).

***** Еврейский обряд освящения, производимый над бокалом вина. Совершается перед вечерними и утренними трапезами Шаббата и праздников.

****** Свод дискуссий и анализов текста Мишны, проводившихся амораями, включающий их постановления и уточнения Закона (Галахи), а также аллегорические притчи и легенды (Агаду). В обиходе термином Гемара часто обозначают Талмуд в целом, а также каждый из составляющих его трактатов в отдельности.

куче бетонных блоков и плакал, в пальцах дрожала незажженная сигарета. В другой раз я бы ему устроил, но сейчас было не до этого. Я осторожно разомкнул его пальцы, сигарета упала в грязь.

– Она просила меня сделать для нее кидуш.

– Ну?

– Я сделал. Она была уже очень слабая и говорила в основном по-английски. Я не все понял.

– Что ты понял?

– Она повторяла: Юстина Гринфельд, сообщите Юстине Гринфельд. Ты знаешь, кто это?

– Не знаю. Хиллари надо спросить.

– Думаешь, родственники? – спросил Натан с непонятной надеждой. Фамилия зейде Рувена была Гринфельд.

Господи, ну какое это сейчас имеет значение?

– Не думаю. Ты же знаешь, из их семьи никого, кроме него, не осталось. А что она еще сказала?

– Она сказала: *Thank you for being so brave**.

– А еще?

– Она задрожала. У нее закатились глаза. Тут же набежали врачи, велели мне уйти. Я ждал в приемной. Мне сказали, что она умерла.

Это был совершенно беззвучный, типично мужской плач, когда все тело напряжено, закручено в тугую спираль. Так плакали мы в Газе, провожая товарищей, стесняясь голосить, чтобы не уподобиться девушкам. Я снял с пояса лезерман**, сделал на вороте свитера три надрсза***.

– Тебе надрезать?

– Я сам. После Шаббата.

– Как хочешь.

Ни Ури, ни Хиллари уже к телефону не подойдут. И машину мне никто в аренду не даст, потому что все

---

* Спасибо за твою отвагу (*англ.*).

** Мультиинструмент со многими приспособлениями включая перочинный нож.

*** В знак траура евреи надрезают одежду.

гаражи закрыты. У евреев Шаббат, у христиан праздник, 25 декабря. Значит, я попаду в Хеврон не раньше послезавтра.

* * *

Я выехал из Иерусалима еще затемно, первым автобусом, и попал в Хеврон рано утром. В морозном воздухе перекликались мусульманские призывы на молитву, усиленные динамиками. Я шел мимо стены, на которой разыгрывалось своеобразное соревнование. Еврейские стенописцы рисовали на бетоне Авраама и Сарру, царя Давида, бело-голубые флаги и безымянную женщину, несущую на руках завернутого в простыню умершего младенца. Арабы закрашивали и поверх наносили свои сюжеты – винтовки и ключи* в поднятых руках, оливковые деревья, умирающие за колючей проволокой, черно-красно-зеленые флаги и голубей мира в бронежилетах. Потом евреи закрашивали, и все начиналось сначала. Я остановился, не веря своим глазам. Обычная панорама Хеврона на двух холмах с седловиной. Знакомая по Талмуду четверка**: орел парит на городом, лев и олень смотрят прямо на меня, а вот леопард принюхивается к земле, словно ищет кого-то. Но эти четверо как бы обрамляют город, а прямо из центра, из седловины между двумя холмами, выпархивает, разбрызгивая искры, похожий на колибри феникс с раздвоенным хвостом. Откуда это здесь?

Я дошел до блокпоста на входе в Тель-Румейду. Навстречу мне из джипа вылезла пара сонных продрогших солдат. Господи, что за нравы. Где это видано, чтобы жители Тель-Румейды оставили солдат без утреннего кофе? При мне такого не было. Я показал удостоверение личности и заявил:

---

* Ключ в палестинской графике считается символом права на собственность.

** Будь отважен, как леопард, легок, как орел, быстр, как олень, и храбр, как лев, – при исполнении воли Отца твоего Небесного.

– Я в гости к Ури и Хиллари Страг.

– Ты что? Какие гости. В Тель-Румейде одни старухи с малышами остались.

– А где все?

– В Касбе. Они заняли дом, куча женщин с детьми постарше.

– Что значит «заняли»? Его же выкупили.

– А я почем знаю. Слава богу, меня туда не поставили. Я с еврейскими женщинами воевать не нанимался.

Я решил идти в Касбу, но до этого неплохо бы разжиться стволом. Может быть, кто-нибудь мне одолжит, у них всегда лишние есть. В доме у Страгов никто не отвечал. Я постучал к соседям. Открыла пожилая женщина в старомодном парике с буклями, какой за «зеленой чертой» редко можно встретить. Я тут же перешел на идиш.

– Они вместе с моей дочерью и зятем ушли в Касбу. Я тут присматриваю за своими внуками и за их сыном заодно.

– Простите, что побеспокоил. Я бы хотел присоединиться к ним, но без автомата от меня не будет много пользы. Вот мое удостоверение.

– Ну что ты мне тычешь этой бумажкой? – возмутилась она, совсем как тетя Двора. – Если бы я тебя подозревала, стала бы я тут с тобой лясы точить?

Она впустила меня в дом и кивнула наверх на один из кухонных шкафов. Не напрягаясь, я снял оттуда тщательно смазанный «галиль»*. Увидев, что я справился, она так же молча показала на пузатый мешок с фасолью. Я запустил туда руку и выудил два тяжелых магазина.

– Ты здесь служил, говоришь?

– Да.

– Перейдешь улицу Царя Давида. Упрешься в бывший арабский магазин электроприборов, вывеска

* Израильский автомат, разработанный конструктором Исраэлем Галили (урожд. Исраэль Балашников) на основе финского автомата Valmet Rk 62, в свою очередь являющегося вариантом автомата Калашникова.

там сохранилась. Бейт-Романо* останется у тебя слева и позади, Авраам-Авину**, соответственно, справа. Насколько я поняла, этот дом выходит на первую же площадь. Ну, ты услышишь.

– Спасибо вам.

– Спасибо... Что я скажу своему зятю, когда он спросит, где его запасной автомат? Нашли, где селиться, на мою голову. Без автомата никуда.

Она беззлобно ворчала, стоя у плиты и мешая детям кашу на завтрак. Двое бузотеров гонялись друг за другом с подушками, попутно умудрились опрокинуть с подоконника горшок с какой-то зеленью. Давид Страг безмятежно спал. Я дотронулся до его ручки, вскинул на плечо автомат и вышел из квартиры.

По мере того как я подходил к Касбе, на глаза попадалось все больше и больше солдат, но они были так озабочены происходящим на площади, что на меня не отвлекались. Мало ли поселенцев шастает. Остались позади Бейт-Романо и Авраам-Авину, я внаглую перемахнул через бетонное заграждение и оказался на территории под гражданским управлением Палестинской автономии. Никакой разницы. И там и там Хеврон. Авраам Авину, Сарра Имейну***, мы же дети ваши, заступитесь за нас. Я не праведен, как вы, я не рискую напрямую обращаться.

Памятуя, что в бегущую мишень попасть труднее, чем в неподвижную, я припустил по улице вперед, туда,

---

* В 1879 году Миркадо Романо построил большое и красивое здание – Бейт-Романо. Сам Романо не жил в Хевроне, а в своем доме давал приют паломникам и старейшинам еврейской общины из Турции. В этом же доме была основана «стамбульская» синагога. Значительно пострадавшее за время арабской власти здание Бейт-Романо было восстановлено и достроено так, что в нем смогла разместиться йешива «Шавей-Хеврон» («Вернувшиеся в Хеврон»).

** Синагога, построенная в Хевроне в 1540 году. В настоящее время по ее имени названа жилая часть еврейского квартала.

*** Авраам, праотец наш, Сарра, праматерь наша (*ивр.*).

откуда доносился гул людских голосов и команды, усиленные мегафоном. Над головой пару раз что-то просвистело, видимо, они надеялись, что я остановлюсь и начну отстреливаться. Я выскочил на площадь, и первое, что увидел, был огромный израильский флаг, свисающий с балкона на втором этаже. Вот они где. Дом был взят в тройное кольцо. Подступы оцепили солдаты, через это оцепление пытались прорваться поселенцы, а более половины всего пространства было занято арабами с редкими вкраплениями международных наблюдателей – ни один скандал в Хевроне без них, родимых, не обходится. Я быстро влез на бетонный блок, уцепился за каркас, на который летом вешали тент, подтянулся – и вот я уже стою на карнизе между первым и вторым этажом. Ой, как хорошо отсюда все простреливается, дай бог, чтобы меня самого из какого-то из этих окон не сняли. Толпа бесновалась, в солдат и поселенцев летели камни, те стреляли в воздух. Кто-то кричал в мегафон по-арабски и на иврите:

– Немедленно разойдитесь! Люди, незаконно занявшие дом, будут выселены! Успокойтесь! Немедленно разойдитесь!

Я бы их, конечно, по-другому успокаивал. Как только кто-нибудь из них положит руки на что-нибудь огнестрельное, я его сниму. Мне с моей позиции виднее, чем ребятам у дома. На балкон вышла женщина с мегафоном, по-моему, это была мать Исраэля-Матитьяху, но я мог и ошибаться.

– Да что же вы делаете! Мы же один народ, а вы помогаете врагам! С женщинами сюда воевать пришли? Нас нельзя выселять. У нас там Хиллари Страг рожает.

Вот так, в мегафон, на всю площадь. Я оторвался от своих наблюдений и отыскал глазами Ури. Господи, какое помертвевшее лицо, как будто ему семьдесят, а не тридцать.

– Мы пришлем амбуланс*! – прокричал в мегафон командующий операцией.

* Машина скорой помощи.

– Вы лучше мужа к ней пустите, уроды. Он, между прочим, врач.

И тут один из солдат не выдержал. Видно, Ури уже пытался уговорить их пустить его к жене, которая, может быть, сейчас умирает без медицинской помощи. Солдат шагнул из строя, схватил Ури за руку и втащил за собой. Все произошло буквально за пять секунд, и он снова занял свое место в оцеплении. Лицо ребенка, впервые принявшего взрослое решение и готового за это решение отвечать.

Прошел час или полтора. На балкон больше никто не выходил. Видимо, изначально стоявшие в оцеплении думали, что сюда прибудут солдатки* с центральной базы для выселения женщин-переселенцев, но теперь Хиллари сильно осложнила их положение. Я продолжал висеть на карнизе, замерз капитально, чаю бы сейчас. Видно, такая мысль пришла в голову не мне одному. Несколько девушек в хиджабах циркулировали в толпе, работали парами – одна держала термос, другая раздавала жаждущим дымящиеся стаканчики. Я что-то не понял, у них сопротивление оккупации или пикник на лужайке?

В какой-то момент все взгляды устремились вверх. На балкон второго этажа вышла Хиллари с ребенком на руках. Бледная от страха и от потери крови, она с трудом переставляла ноги. Но стоило ей открыть рот, как ни у кого не осталась сомнений – это прежняя Хиллари. В холодном зимнем воздухе, тяжелом от дыхания сотен разъяренных людей, зазвенел ее голос, как звенел когда-то на калифорнийских стадионах:

– Дорогие хевронцы! Друзья наши солдаты! Позвольте представить вам пополнение – Веред-Мириам-Хая Страг! Прошу любить и жаловать.

Последние слова потонули в какафонии яростных криков арабов, радостных – поселенцев и солдат. А я стоял и думал, как скажу ей, что та Веред-Мириам

---

* Солдатка (*разг.*) – женщина-солдат, военнослужащая в армии Израиля. Термин употребляется в среде русскоговорящих.

уже не *хая**, что ее больше нет с нами. Не отрывая глаз от балкона, я увидел, что к Хиллари вышла рабанит, та самая, которая запретила ей петь на блокпостах. Эту суровую женщину побаивались даже солдаты, а иностранные наблюдатели разбегались при одном ее появлении (куда мне, дилетанту). Про нее говорили, что когда она распекает кого-нибудь в Бейт-Хадассе, то слышно в Тель-Румейде. Я следил за ее лицом. С него кусками, как штукатурка, отваливались напряжение и страх, обнажая материнскую нежность в каждом жесте, в каждом взгляде, устремленном на Хиллари. Никого больше она просто не замечала. Накинула на плечи Хиллари куртку и мягко увела ее с балкона.

Из переулка взвыла сирена. Приехал амбуланс и на въезде на площадь застрял. Арабы преградили машине путь, окружили, стали раскачивать. И тут со своей вышки я начал стрелять по коленям. Двое-трое упало прежде, чем они поняли, откуда в них стреляют. Десятки разъяренных лиц повернулись ко мне, десятки кулаков взметнулись вверх. Я стоял, одной рукой держась за выступ в стене, другой направляя вниз «галиль». «Пропустите амбуланс», – сказал я спокойно и по-деловому, как будто отдавал распоряжение на стройке. Кольцо нападавших распалось, и машина доехала до нужной двери. Представляю, через сколько таких вот заслонов эта скорая помощь должна была прорваться. Потому и явилась так поздно. Хиллари запросто могла истечь кровью, можно подумать, она всю жизнь мечтала рожать без медицинской помощи в холодном, неотапливаемом доме. Но когда женщину настигают роды, ее нельзя возить. Надо помочь ей там, где она есть. Бину моя мать родила за полчаса прямо у Котеля при помощи двух парамедиков. Вокруг них стояли другие еврейские женщины и держали на весу принесенные из дому одеяла, как стены палатки. Бина выкатилась, как мячик, и издала хороший громкий крик. Тогда ей еще не успели объяснить, что женщина в синагоге обязана молчать.

---

* Хая – «живая», «живущая».

Я спрыгнул на землю и сел на бетонный блок у стены. Теперь поселенцы меня увидели и в случае чего мне помогут.

Кто-то из иностранных наблюдателей сказал по-английски прямо у меня над ухом:

– Ну конечно. Палестинские женщины умирают в родах на блокпостах, но когда рожают избранные – это совсем другое дело.

Так как голос был мужской, я развернулся и врезал, что было сил, даже не вглядываясь. Он упал, зажимая лицо, к нему бросились две коллеги-наблюдательницы.

– Должен вам заметить, – обратился я ко всей троице, – что год своей жизни я провел на блокпосту в Газе. За это время там родилось семь арабских младенцев и никто не умер. Около каждой роженицы стоял амбуланс. Почему еврейка должна иметь меньше? Потому что она живет в Хевроне? Вам не нравится, что она не умерла?

Все, теперь можно идти. Ури и Хиллари еще по крайней мере сутки пробудут в больнице, им сейчас не до моих новостей, но я не зря съездил. Увидеть, как рождается в Хевроне пополнение, первый еврейский ребенок в Касбе, и хоть чем-то помочь – ради этого стоило тащиться в такую даль. Своими глазами увидеть, как сработало благословение: «Аллах явит милосердие... тебе и твоему ребенку». Надо только вернуться домой к соседям Ури и Хиллари, положить на место «галиль» и обработать кровоточащую руку. Наблюдатель, которого я ударил, наверное, носил очки, и я получил несколько порезов на фалангах пальцев. Надеюсь, что у него нет СПИДа.

* * *

Израильское полицейское командование повело себя по-свински. Узнав, что последней волей Розмари была просьба похоронить ее в Хевроне и что Хиллари намерена эту волю исполнить, они тут же умыли руки и отказались помогать, испугавшись нежелательного политического резонанса. Как будто Розмари не была офицером израильской полиции, не служила, не старалась, не ловила преступников, не основала первую в Израиле оперативную группу, занимающуюся трафиком женщин для нелегальной проституции. Как будто ничего этого не было. Тогда Хиллари обратилась к американцам, и те показали себя на высоте. Они не могли отказать соотечественнице, сотруднику полиции, спасавшей людей на развалинах башен-близнецов, дочери погибшего морского пехотинца.

Монастырь и прилегающее к нему кладбище находились в трех километрах к северо-западу от Меарат ха-Махпела. Мы пошли туда пешком втроем – Хиллари с новорожденной, Ури и я. И два автомата, куда же без этого. Натан не поехал, и я уважал его право горевать по-своему. Издалека мы увидели черный внедорожник с тонированными стеклами и рядом джип с эскортом ЦАХАЛа. По моему скромному опыту, армия всегда ведет себя приличней полиции. Из машины вылез чиновник из посольства, которого я видел в больнице, и поприветствовал нас. С ним было четверо морпехов ослепительной парадной форме. Синие мундиры, белые брюки, белые перчатки, белые фуражки. Это при нашей-то пылище, хорошо еще, что сейчас зима и нет хамсинов. Они открыли заднюю дверцу машины, и я увидел узкий гроб из белой пластмассы, накрытый американским флагом. Четкими слаженными движениями они достали гроб из машины, водрузили на плечи и донесли до могилы. Дальше пошла вообще мистика. Взяв флаг за оба конца, они несколькими точными движениями сложили его до состояния небольшого треугольника. Я на мгновение забыл, что нахожусь на похоронах, и смотрел на это шоу во все глаза. О солдатах и говорить нечего. Вернувшись в реальность, я увидел, что ребенка держит Ури. С флагом между ладонями морпех подошел к Хиллари и опустился на одно колено.

– От имени президента и благодарной страны... – Дальше он сказал пару непонятных фраз и закончил: – Пусть Бог благословит вас, вашу семью и Соединенные Штаты Америки.

– Аминь. Спасибо вам.

Хиллари молча забрала у Ури девочку, и он кивнул мне. Мы спустили гроб в яму и дали залп из «галилей» над раскрытой могилой. Тут пришла очередь морпехов смотреть на нас с завистью. Они не имели права носить оружие, если только не охраняли посольство. Отсюда и нужда в армейском эскорте.

Чиновник обратился к Хиллари:

– У меня есть еще кое-что для вас. Вчера пришло срочной почтой из Нью-Йорка.

Он положил на протянутую ладонь Хиллари сине-золотой нагрудный знак:

– Это ее полицейское удостоверение.

Потом подошел к могиле и положил туда маленький черный мешочек с землей.

– Что это? – удивилась Хиллари.

– Ground zero*.

Все быстро закончилось. Чиновник из посольства работал у нас, видимо, не первый год и оценил ситуацию. Повернулся к Ури:

– Мистер Страг, я хотел бы предложить вашей жене доехать до ближайшего еврейского населенного пункта на нашей машине. Весьма сожалею, но вас и этого человека мы отвезти не имеем права, поскольку вы не граждане США.

– Спасибо. Конечно, пусть едет. Давай, Хиллари.

Тут у солдат в джипе проснулась совесть, и они предложили нас подвезти.

– Не надо. Мы дойдем пешком.

Амен, подумал я. Во-первых, как мы там поместимся, особенно некоторые. А во-вторых и в главных, не хватает еще, чтобы арабы решили, будто мы их боимся. Хиллари с ребенком для таких демонстраций не подходят, а два здоровых мужика с автоматами –

---

* Эпицентр – участок в Нижнем Манхэттене площадью 65 000 м², на котором до 11 сентября 2001 года располагался первоначальный комплекс зданий Всемирного торгового центра.

в самый раз. Пусть смотрят и не забывают, что евреи считают себя вправе ходить по любой из улиц Хеврона. А то забудут невзначай.

Я шел и думал, как мало прожил человек, но как много после нее осталось. Раскрытые преступления, обезвреженные насильники и работорговцы, спасенные люди. Хиллари, Натан и я, на чьи жизни она повлияла. Пусть на полгода, но мы стали ее семьей. И маленькое хевронское чудо по имени Веред-Мириам-Хая. Попадавшиеся навстречу арабы представали в виде размытых силуэтов, и на этом фоне четко вставала перед глазами жестяная табличка с английской надписью:

Rosemary (Hong Han) Cohen
Saigon, 1970 – Jerusalem, 2005
SEMPER FIDELIS

ГЛАВА 6
РАНИЯ

Я родилась в Эль-Халиле* в конце февраля 1994 года. Я люблю свой город. И боюсь его одновременно. Более пугающую комбинацию трудно себе представить. Я рано поняла, что окружающие меня люди воспринимают мир по другим каналам, мне недоступным. И вместе с теплом маминых рук и шелестом олив, вкусом лябны** и запахом отцовской сигареты вошли в мою жизнь грохот на крыше, взрывы и выстрелы. Сколько я себя помню, я боялась евреев, я представляла их себе как чудовищную машину для разрушений, направляемую по радио металлическим голосом. Слепые воспринимают мир при помощи прикосновений, постепенно я выучила на ощупь, как выглядят родители, брат, бабушка. Там, где другим людям достаточно было взгляда, мне было необходимо установить куда более тесный контакт. Теоретически я понимала, что у евреев есть лица, но при этом знала, что они убьют меня раньше, чем я приближусь к ним на расстояние, достаточное для прикосновения.

---

* Арабское название Хеврона.

** Ближневосточная простокваша.

Первое упоминание о семье отца относится к девятнадцатому веку. Глава рода был стеклодувом, имел подмастерьев и исправно платил налоги в оттоманскую казну. А в 1834 году, когда Ибрагим-паша осаждал Эль-Халиль, большинство жителей города разбежалось, но прапрадед отца остался. Эти люди умели ладить с любой администрацией и при любой администрации делать деньги. Со стекла они переключились на виноградники, на оливки, на поставку строительного камня. К 1967 году в семье было уже столько денег, что дед послал отца учиться коммерции в Лондон. Сейчас трудно в это поверить, но они сумели договориться с еврейскими оккупационными властями, и бизнес продолжал процветать.

Первую жену отца звали так же, как первую жену Пророка, – Хадиджа. Так же как легендарная Хадиджа, эта была энергична и умна, она помогала отцу в его коммерческих делах, вдохновляла и направляла. Она была на шесть лет его старше, родила двух сыновей и буквально за полгода сгорела от какого-то странного рака, никто не знал почему. После этого отец долго не женился, весь ушел в дела. Кроме собственно управления, он еще на общественных началах преподавал коммерческое право и бухгалтерию в бизнес-школе для девушек, единственной на всю Палестину. Такое заведение могло быть только в Назарете, известном своими либеральными нравами. И хотя над дверью здания красовалась надпись из Корана о том, что дающий женщинам знания угоден Аллаху, больше половины студенток составляли христианки. Одной из них была моя мама. Ей было чуть за двадцать, отцу под сорок.

Я могу только догадываться, как обрадовало родителей мамы ее решение. Ехать к пожилому многодетному вдовцу, принимать ислам, переезжать из, в общем-то, комфортабельного светского Назарета в жуткий мрачный Эль-Халиль. Но они жили хорошо. Отец своей властью не злоупотреблял, потому что понимал: кто подчиняется из любви и благодарности, подчиняется лучше всех. Через год после свадьбы у них родился мой брат, еще через пять лет – я.

Надо сказать, что в выборе имен они за оригинальностью не гнались. Брата назвали Тахрир*. В конце восьмидесятых Тахриры рождались в каждой семье. Меня назвали Рания, потому что в 1993 году король Иордании, тогда еще наследный принц, женился на девушке по имени Рания. И хотя она родилась в Кувейте, мы все считали ее своей, потому что ее родители бежали из Тулькарема во время Накбы**. Мама объяснила мне, что большинство людей не думает дальше первого образа, который они увидели. В представлении всего мира палестинка – это побирушка, плачущая за проволокой лагеря беженцев. Мама хотела, чтобы я была похожа не на это убожество, а на красивую, элегантную, образованную королеву Ранию. Только трудновато быть красивой и элегантной, если не имеешь визуального представления о том, что это такое.

Конечно, я спрашивала всех, как так случилось, что я ослепла. Взрослые ограничивались туманными объяснениями: «У тебя врожденная болезнь», «Твои глаза не раскрылись», а особенно меня раздражало «Такова воля Аллаха». Чем я могла согрешить, едва успев родиться? Тахрир же в красках описывал, как евреи заставили маму рожать на блокпосту и не пропустили к ней амбуланс. Он вообще был непревзойденным мастером по части баек, а лучше всего ему удавались приключения и ужастики. Мне было страшно и весело, а в тот момент, когда я начинала по-настоящему бояться и была готова заплакать, Тахрир садился на мою кровать, гладил по голове и говорил:

– Не бойся, Сурикат. Все кончится хорошо.

Он с детства называл меня Сурикат и сам же объяснил, что это такое маленькое животное, живущее в Южной Африке, худенькое, грациозное, с большими

* Освободитель (*ар.*).

** День катастрофы – отмечается палестинскими арабами 15 мая, на следующий день после дня основания Государства Израиль. День Накба для палестинцев в первую очередь связан с изгнанием и бегством около семисот тысяч палестинцев в 1948–1949 годах и с потерей своей родины и имущества.

блестящими глазами, оно встает на задние лапы и в этой позе застывает. Я тоже имела обыкновение застывать, услышав незнакомый звук. Тахрир детально описывал мне все, о чем я спрашивала, и начитывал книжки на магнитофон. Если он и был разочарован, что вместо младшего брата ему досталась сестра, да еще калека, то я об этом ничего не знала. Но насчет обстоятельств моего рождения он сказал мне неправду. Правда оказалась куда грубей и страшней.

Что случилось на самом деле, мне рассказала бабушка перед моим отъездом в Иорданию, в школу-интернат. При крещении бабушку назвали София, но все называли ее, как у нас принято, по имени старшего сына Умм Кассем – мать Кассема. С тех пор как я себя помню, она часто приезжала к нам из Назарета, подолгу гостила, привозила интересные подарки, каких не было ни у кого больше на нашей улице. Ее одежда пахла чайной розой, а руки с длинными гладкими пальцами умели делать все. Положив свои руки на мои, она научила меня плести кружево, вышивать, мелко резать овощи на салат и играть на пианино. Про пианино нужно сказать особо. Эль-Халиль всегда имел репутацию строгого благочестивого города, и светские развлечения тут никогда особо не приветствовались. А в Назарете любили хорошую музыку и домашние концерты. Моя любимая певица, гордость наша, Рим Банна родилась в Назарете и сейчас там живет. Умм Кассем умела играть на пианино и своих дочерей тоже научила. Когда родился Тахрир, отец, подарив маме стандартный для такого случая набор украшений, сделал нестандартную вещь – поинтересовался у жены, чем еще он может ее порадовать. Так у нас появилось пианино. Инструментов в городе тогда было немного, тем более в частных домах. Смотреть на это чудо высыпала вся улица. Одиннадцать месяцев в году наш дом наполняли звуки вальсов и мазурок, детских и популярных песен. Но каждый год в мой день рождения на пианино надевался чехол, мама уходила в свою комнату и оставалась там на несколько дней, лежа на кровати и глядя в стену. Беспокоить ее не полагалось.

Я несколько раз ездила на каникулы к Умм Кассем в Назарет. Одна я, естественно, путешествовать не могла. Многочасовые очереди на блокпостах. Никогда не знаешь, пройдешь быстро или застрянешь на целый день. Солдатам казалось подозрительным, что Умм Кассем со своим израильским паспортом идет в палестинскую очередь. Попробовала бы я сунуться в израильскую очередь со своей эль-халильской бумажкой. У меня забирали на проверку трость, светили фонариком в лицо. Видимо, они считали, что палестинские инвалиды существуют исключительно для контрабанды оружия и боеприпасов. Для каждого палестинца наступает момент, когда он перестает бояться и начинает сопротивляться. Для меня это случилось в девять лет. На зов солдат я подходила с улыбкой, держа трость на вытянутых руках, и спрашивала:

– Вы меня боитесь?

Теперь я понимаю, как Умм Кассем умирала от страха за меня во время этих демонстраций.

В последнюю поездку – мне было уже двенадцать – она впервые отвела меня в церковь. Она долго сдерживала себя. Пока я была маленькой, она уважала право родителей воспитывать меня как мусульманку. Но теперь она сочла, что я выросла. Пел хор, пахло горящими свечами, я впервые почувствовала, что Умм Кассем сдает, что ее рука уже не такая сильная и кожа стала суше. Закончилась служба, мы вышли в скверик под волосатыми пальмами.

– Не расстраивайся, я еще не собираюсь умирать. Я еще надеюсь дожить до твоей свадьбы.

В этом была она вся. Уверенная в вечной жизни, она говорила о смерти спокойно, без страха и надрыва. Мамы и старшие сестры моих подружек, не стесняясь, при мне шептались на тему «кто-ее-слепую-замуж-возьмет?». Родители обходили этот вопрос молчанием, но Умм Кассем ставила мне планку выше, выше и выше. Я не хуже других, я достойна любви. Бог отдал Своего единственного сына в жертву за меня. В этом месте я (как мне казалось) поняла, куда ветер дует, и насупилась.

– Ты хочешь, чтобы я стала христианкой?

За моим правым плечом раздался тихий смех. Все думают, что вади давно пересох, и вдруг в нем начинает журчать вода, и сердце переполняется надеждой и благодарностью.

– Я хочу подготовить тебя на случай, если меня не окажется рядом с тобой. Если ты будешь уверена в том, что Господь любит тебя, никто не сумеет тебя ни унизить, ни сломить. Ни потому, что ты женщина, ни потому, что инвалид, ни потому, что палестинка. Многие будут пытаться это сделать, некоторые по злобе, а большинство от глупости, невежества и страха. Вера не будет тебе тростью или костылем. Она будет крыльями у тебя за спиной.

– Я не смогу, Умм Кассем. Исса учит прощать врагов. Я не смогу себя заставить. Я ослепла из-за них.

– Не надо заставлять. Когда созреешь, сама захочешь выполнять Его волю. Из любви, а не из страха.

«Из любви, а не из страха». Как мама подчиняется отцу. Значит, это в принципе возможно.

– ...не только из-за них.

– А? Что?

– Ты ослепла не только из-за них.

Но Тахрир! Не мог же он мне врать! Когда его в последний раз арестовали, он сказал на суде, что будет мстить за меня, пока не умрет. Его неделю продержали в тюрьме, отец заплатил штраф, и он вернулся домой. Рассказ Умм Кассем многое поставил на свои места, я поняла, что правда отличается от легенды так же, как изнаночная сторона ковра от лицевой. Все узелки, хвостики, погрешности прячутся на изнанку ковра, чтобы не портить вид той стороны, что на продажу.

Когда мама забеременела мной, с первых недель стало ясно, что беременность будет непростая. Сначала отец хотел отправить ее домой в Назарет. Там и больницы лучше, и обстановка не такая нервная. Мама отказалась ехать, и тогда Умм Кассем приехала к нам. Отец не оставил мысли о том, что мама должна получить самый лучший уход и медицинскую помощь.

Поэтому он решил, что мама будет наблюдаться и рожать в еврейской больнице, на что она имела право как обладательница израильского паспорта. Договорились в больнице, оформили полис и стали ждать. Дома маму наблюдали арабская фельдшерица-акушерка и еврейский доктор из Кирьят-Арбы. Умм Кассем, естественно, сопровождала родителей на все визиты.

– Поймите, я не гинеколог, – сказал доктор-еврей. – Я могу осуществлять только общее наблюдение.

– Об этом мы и хотели вас просить. О вас говорят, что вы отвечаете на все звонки и всегда готовы выехать на дом. Многие из наших соседей благодарны вам.

– Приятно слышать.

Умм Кассем показалось, что последняя фраза его не только порадовала, но и сильно удивила.

В тот страшный день мама проснулась с кровотечением. Кинулись звонить доктору, но он не отвечал. Над городом повисла предгрозовая тишина и вдруг взорвалась выстрелами, криками, отчаянным плачем, полицейскими и санитарными сиренами. Мама включила телевизор и увидела на экране лицо еврейского доктора, который вел ее непростую беременность. Лицо монстра, стрелявшего молящимся в спину.

«Это не о-о-он!» – закричала мама низким утробным голосом, ниже своего обычного голоса на три октавы. И вместе с этим криком полезла из нее я. Роды случились патологические, мучительные – поперечное предлежание плода.

Город был охвачен безумием, кому какое дело до рожающей женщины. Рискуя каждую минуту схлопотать от евреев пулю, отец все-таки донес маму на руках до ближайшей – палестинской – больницы. Туда ее не приняли. «Хотел, чтобы твоя принцесса рожала у евреев, вот и неси ее к евреям, – мстительно сказал отцу главврач, не простивший недоверия к своему заведению. – У меня тут настоящих жертв навалом». В другой больнице персонал еще не забыл, что такое врачебный долг, но было поздно. У меня случился инсульт прежде, чем я появилась на свет. Пока я находилась в реанимации, мама не реагировала ни на отца, ни на Умм Кассем. Только раскачивалась из стороны в сторону и твердила: «Это не он». Только когда меня впервые ей принесли, она вышла из ступора, взяла меня на руки и сказала:

– Иди ко мне, моя девочка. Никакой ты не овощ. Сами они овощи.

Воображаю, что ей успели про меня наговорить. Что я не смогу ни ходить, ни говорить, ни сообразить, как донести ложку до рта. Я умею читать на арабском и английском Брайле. Я выиграла олимпиаду по Корану среди девочек и лучше всех играю на пианино. Я даже иврит на слух понимаю, тут поневоле начнешь понимать. Но каждый раз в день моего рождения к маме возвращался этот жуткий психоз. Она уходила в спальню, раскачивалась там и твердила: «Это не он». Отец запирался в своем кабинете, Тахрир бегал с друзьями по улице и попадал в неприятности, а Умм Кассем, как ни в чем не бывало, организовывала праздничный стол для моих подружек.

– Почему, Умм Кассем? Почему не он? Все знают...

– Что все знают?

– Что мы для них вроде собак. Хуже даже.

Ее речь, всегда такая напевная, куда-то исчезла, она словно вытаскивала каждое слово из бездонного колодца.

– Я тоже не верю, что это он. Слишком много нестыковок. Слишком много вопросов, на которые никто не хочет отвечать. Комиссия Шамгара*... они сочли, что палестинские свидетели лгут, а солдаты ошиблись. Может быть, потому, что их показания не укладывались в ту версию, которая была желательна? Я помню его

* После массового убийства, совершенного Барухом Гольдштейном 25 февраля 1994 года в Пещере Патриархов в Хевроне, судья Верховного суда Израиля Меир Шамгар возглавил следственную комиссию (состоявшую также из судей Элиезера Голдберга и Абдельрахмана Зуаби), назначенную по решению правительства от 27 февраля 1994 года с целью расследования обстоятельств бойни.

лицо. Есть много евреев, которые испорчены властью над нами, для которых мы хуже собак, ты права. Я долго прожила на свете и знаю людей. Он не был таким. Он был врачом от Бога. Врачом, а не убийцей.

– Опомнись, Умм Кассем. Неужели вера Иссы забрала у тебя разум и чувство собственного достоинства? Ты что же, ищешь ему оправдания?

– Нет. У меня просто нет объяснения, а повторять за всеми, не думая... я уже слишком стара для этого.

Вот почему Тахрир придумал красивую легенду вместо правды, сам поверил в нее и готов страдать за нее. Слишком больно ему сознавать, что это чудовище, которым в Эль-Халиле пугают детей, дотрагивалось до нашей мамы и что отец это допускал. А все потому, что доверял еврейским врачам больше, чем нашим.

* * *

Отец делал все, чтобы мама не пожалела о своем решении переехать в Эль-Халиль. Из рассказов родных и прислуги я знала, что до 1994 года у нас собирались все городские сливки, мама держала что-то вроде светского салона, только для женщин, конечно. Потом поток гостей иссяк, никому не хотелось терпеть выходки поселенцев и унижения на блокпостах. Теперь в нашем доме подолгу гостили и жили иностранцы из правозащитных организаций. Родители считали, что мы с Тахриром должны учить английский язык и общаться с людьми из разных стран. Маленькой я кочевала с коленей на колени, став постарше, как завороженная, слушала про Ганди и Мартина Лютера Кинга, но особенно любила слушать про таких же, как я, девочек – Руби Бриджес и Шаенн Вебб*. Им было столько

---

* Самые юные участницы движения за гражданские права в Америке 1960-х. Новоорлеанка Руби Бриджес первая из негритянских детей начала посещать белую школу в южных штатах – со всеми вытекающими последствиями. Ей было шесть лет. Восьмилетняя Шаенн Вебб шла в колонне демонстрантов из Сельмы в Монтгомери и получила от шерифа по голове дубинкой и в лицо слезоточивым газом.

же лет, сколько мне, когда они решили: все, хватит! – и начали сопротивляться единственным доступным способом – появляться там, где их видеть не хотели и с этой целью пытались запугать. Если Тахрир считает, что, кидая в оккупантов камни, он приближает наше освобождение, то это его право. Вот только оккупанты никуда не делись и деваться не собираются. Иногда мне казалось, что Тахрир застрял в каруселеобразной двери вроде тех, что на блокпостах. Он кидал камни в солдат, на любое унижение со стороны поселенцев он отвечал мордобоем, его арестовывали, били, отец платил штрафы и гонорары адвокатам, Тахрир отлеживался, и все начиналось сначала. Евреи настолько не воспринимали его всерьез, что в один из арестов кто-то из солдат сказал ему: «Твои сверстники уже занимаются серьезными делами, взрываются в наших городах, а ты все камни кидаешь, как маленький». Шахидом Тахрир становиться не собирался, так как понимал, что, кроме него, некому будет заботиться о родителях, когда они состарятся, и обо мне, какой уж есть. Просто он не видел другого способа отстоять свое человеческое достоинство, свое право жить в городе наших предков и ходить по любой улице. Я была с ним согласна, хотя не испытывала восторга от его методов. Я отказывалась понимать, по какому праву люди, приехавшие сюда из Америки, решают, на каких улицах мне можно и нельзя появляться. Я стала ходить по улице перед Бейт-Хадассой. Палестинцам там отсвечивать не полагалось, нам предписывалось добираться до наших домов огородами, через крыши. Я могла бы и так, я ощупала и прочувствовала каждый камень, каждую ступеньку своей тростью, но зачем? Я уверена в своем праве тут ходить. Трость я брала с собой. Не в качестве оружия, упаси Аллах. Просто чтобы они знали. Я научилась различать: вязкое и горячее – слюна, тягучее и холодное – яйца, острое и тяжелое – камни. Один раз был описанный памперс. Что я им сделала? Родилась в Эль-Халиле в палестинской семье, в этом все мое преступление? «Хеврон шели!

Хеврон шель ам иегуди!»* – неслось из репродуктора у меня над головой. «Би-ла-ди, би-ла-ди, би-ла-ди»**, – шуршала трость по камням.

Я шла мимо Бейт-Хадассы. На этот раз было тихо, ни криков, ни камней. В школе они все, что ли? Внезапно я поняла, что на мою трость наступили и я не могу выдернуть ее. «Пусти, – тихо сказала я по-английски. – Пусти, я не знаю, кто ты, но я не нападаю на тебя. Я не террористка, и я имею право здесь ходить». Вместо ответа я услышала треск хрупкой пластмассы под тяжелой подошвой. Скоро так же будет трещать мое запястье. Потом шея. И на этом закончится кампания гражданского неповиновения Рании Наджафи***. Теплые гладкие пальцы накрыли мою заледеневшую от страха левую руку, и уверенный женский голос сказал по-английски же: «Не смей этого делать». Послышалось проклятие на иврите, звук плевка и удаляющиеся шаги.

– Ты наблюдательница? – спросила я, подняв лицо.

– Муставэтним****. – Это ненавистное слово, которое все с отвращением из себя выталкивали, прозвучало над моей головой как победный аккорд.

Страх никуда не исчез, наоборот, захлестнул меня ледяной волной. Сейчас она уведет меня в какую-нибудь подворотню, и там они всей кучей на меня набросятся. Мне бы сообразить, что как раз в этом случае она бы стала выдавать себя за иностранку. Но язык делал свое дело помимо разума.

– Отпусти. Закричу.

Пальцы соскользнули с моей руки, сделав при этом легкое поглаживающее движение.

– Пожалуйста, иди самостоятельно, я знаю, что ты можешь. А вот кричать не советую. Давай лучше споем.

---

* Мой Хеврон! Хеврон народа Израиля! (*ивр.*)

** «Родина моя» – гимн палестинских националистов.

*** Наджаф – город в Ираке, крупный центр шиитского ислама, из чего ясно, что семья Наджафи не более исконные жители земли Израиля, чем, например, семья Стамблер.

**** Арабское слово, означающее «колонизаторы», применяется только к евреям, живущим в Иудее и Самарии.

От страха очень помогает. Думаешь, мне не страшно ходить по Касбе?

По Касбе! Зачем она это делает? Даже я не решаюсь туда соваться, отец говорит, что там собирается шпана со всего города. Может быть, она ходит туда под охраной солдат?

– Зачем ты туда ходишь?

– А ты зачем сюда ходишь?

– Имею право.

– И я имею. Касба была еврейским кварталом. Ты хорошо говоришь по-английски. Пошли погуляем.

Домой-то мне идти через Тель-Румейду, а такая провожатая очень кстати. Хватит с меня на сегодня гражданского неповиновения, ну и натерпелась же я страху.

– Мне через Тель-Румейду идти.

– Значит, по дороге.

Я услышала два характерных шага (американские женщины шагают куда шире местных), и тут она запела. Я думала, что это она так неудачно шутит, когда она сказала «давай споем». Эль-Халиль не тот город, чтобы петь на улице. Но не успела я оправиться от первого шока, что еврейка может нормально разговаривать, а не визжать, как наступил второй шок. Она пела негритянский спиричуэл, тот самый, который я часто мурлыкала себе под нос в ожидании очередного удара камнем или словом – не важно.

Ain't gonna let nobody turn me around
Turn me around
Turn me around
I'm gonna keep on a-walkin', keep on a-talkin'
Marchin' up to freedom land*.

Но это же песня угнетенных. Как она может ее петь? Что-то просвистело мимо нас и ударилось об асфальт, еврейка притянула меня к себе, я ощутила запах слад-

* Известный спиричуэл времен борьбы афроамериканцев за гражданские права.

ких фруктовых духов и грудного молока. Теперь она шла в одном ритме со мной.

I'm gonna keep on a-walkin', keep on a-talkin'
Marchin' up to freedom land –

отдавалось от каменных стен и железных ворот.

– Дай мне руку. Сейчас будет блокпост.

Последовал диалог на иврите, солдаты смеялись, никто не стал меня обыскивать. Мы прошли по знакомой дороге и теперь, чтобы добраться до дома, мне нужно было лезть вверх по лестнице.

– Мне отвести тебя домой или справишься сама?

К тому времени я уже поняла, что американцы наивны до смешного, что взрослые люди не знают элементарнейших вещей, но этот вопрос побил все рекорды. Неужели она действительно считает, что мои родители и брат умирают от желания ее видеть?

– Сама. Только ты не ходи в Касбу. Я тоже туда не хожу.

Не знаю почему, но мне стало грустно при мысли, что ее убьют, эту наивную дурочку, не представляющую, куда она приехала. Как ни крути, но она сцепилась со своими ради меня.

– Хеврон – это наш дом. Что же мы за хозяева, если отдадим его всякой криминальной шушере. Наш город заслуживает от нас не меньше, чем отваги на все сто процентов.

Ну вот, понесла сионистскую пропаганду. Я выдернула руку и стала подниматься по лестнице.

– Наш с тобой дом, – донеслось до меня.

Отец нажал на все педали, дал на тысячи динаров взяток и добился, чтобы меня приняли в престижный лицей для слепых в Аммане. На первом же иорданском блокпосту по ту сторону моста Алленби я поняла, что не одни евреи получают удовольствие от контроля и власти. За несколько лет, проведенных в Иордании, я регулярно в той или иной форме сталкивалась с тем, что для иорданцев мы, палестинцы, – позорище, нежелательные родственники из глухой деревни, вечная головная боль, претендующая на их благополучную спокойную жизнь. Это было очень странно. Диалект, обычаи, даже фамилии – все было абсолютно таким же. Но если не считать этих дел, в Иордании мне очень нравилось. Большая библиотека на многих языках, куча аудиокниг, компьютер с новейшими программами, бассейн. Никаких комендантских часов, никаких учений прямо на улице, никому не надо каждый день доказывать свое право ходить, дышать, жить. И учительницы, готовые ответить на любой вопрос. На любой, кроме одного: куда я денусь, когда истечет срок моей учебной визы, дающей право на пребывание в Иордании? Другие иностранки, египтянки и сирийки (из Палестины я была одна), особенно те, у кого было остаточное зрение, мечтали выйти замуж за иорданца. Хоть за старого, хоть за бедного, хоть за вдовца с детьми, лишь бы выйти. Я этого не понимала. Умм Кассем поставила мне слишком высокую планку. Только что я буду делать в Эль-Халиле со своей высокой планкой? В Эль-Халиле, где даже зрячие мужчины сидят без работы.

Отучившись и получив иорданский аттестат о среднем образовании, я вернулась домой. К тому времени игра на фортепиано и иностранные языки стали модным делом для девочек, и мама уступила мне бóльшую часть своих учениц – тех, кто жил в Н2. По сыгранной гамме я могла определить возраст девочки, настроение, длину пальцев. Дело было не в деньгах. Мы просто старательно создавали подобие нормальной жизни. Тахрир поступил в местный университет на факультет исламского права. Отец был страшно недоволен. Он, естественно, хотел, чтобы Тахрир изучал менеджмент и помогал ему в делах. Оба сына от Хадиджи стали врачами, один жил в Париже, другой в Кувейте, и в Эль-Халиле они уже много лет не появлялись. По этому поводу отец с Тахриром постоянно ругались, насколько вообще отец может ругаться с сыном в арабской семье. У нас это происходит так: сын стоит с опущенной головой и молчит, а отец в выражениях не стесняется. Лишь изредка Тахрир позволял себе высказываться примерно так: если кого-то, не будем указывать пальцем кого, и устраивает жизнь под еврейским сапогом, то его, Тахрира, она не устраивает, и он никогда не смирится с таким положением. Что даже если некоторые, опять же не будем указывать пальцем кто, забыли заповеди ислама ради европейских прибамбасов, то для него, Тахрира, заповедь о джихаде никто не отменял. Отец понимал, что оплеухами Тахрира не проймешь, что после бесконечных побоев в тюрьмах и на блокпостах ему уже ничего не страшно. Вместо этого отец бросал что-нибудь презрительное типа:

– Ну конечно, исламское право думать не требует. Вызубрил Коран – и цитируй себе.

Или:

– Ну конечно, на фоне этой швали из Аль-Фауара ты просто звезда.

За этими насмешками мне, слепой, было виднее видного, что отец оплакивал потенциал Тахрира, его упущенные возможности. Через год после моего отъезда в Амман он ранил ножом кого-то из еврейских солдат и сел в тюрьму. Сидел бы он долго – как же, покушение на святую еврейскую жизнь, а наши жизни далеко не такие ценные. Но в рамках каких-то соглашений евреи объявили амнистию всем, кому на момент ареста было меньше восемнадцати. Тахрира отпустили, но с такой записью в личном деле нечего было и думать просить студенческую визу в Европу или в Штаты.

Как-то так получилось, что на факультете исламского права большинство студентов и значительное число преподавателей составляли выходцы из лагеря беженцев Аль-Фауар. Это были очень серьезные мусульмане. Тахрир уходил из дома, ночевал то в общежитии, то по друзьям. Как-то в субботу мы с отцом и мамой на целый день уехали в Н1. Суббота в Тель-Румейде самый худший день недели. Их детям просто нечем заняться. Итак, отец засел в кофейне общаться, а мы с мамой пошли по магазинам и на сладкое в салон красоты. Американки могут ходить с шершавыми руками, а европейки с небритыми ногами, но для нас уход за собой – это серьезное дело, можно сказать, священнодействие. Это не смогли отнять у женщин даже талибы в Афганистане. Хозяйка салона красоты встретила нас восторженными возгласами:

– Добро пожаловать, Умм Тахрир! Рания, ты выросла, совсем невеста стала. Это мы для жениха марафет наводим?

– На все воля Аллаха, – ответила мама не то чтобы сухо, но как-то грустно и обреченно.

К вечеру мы встретили отца на веранде ресторана. Я чувствовала, что солнце уже зашло. Пахло свежеиспеченной питой и мясом с мангала, звенели столовые приборы. Я услышала слова отца, обращенные к официанту:

– Принесите еще три стула.

Для кого бы это?

Я издали узнала голос Тахрира и встрепенулась ему навстречу. Судя по шагам, с ним пришли еще двое. Один из этих людей явно страдал лишним весом и гипертонией. Я услышала, как справа от меня под этой тушей жалобно скрипнул стул, и кто-то стал яростно махать веером с риском растрепать мне тщательно уложенную прическу. Тем временем Тахрир представил нам гостей:

– Это мой товарищ по университету Марван Манаа. Это его мать, почтенная Умм Билаль.

Все понятно. Это смотрины. Тахрир с Марваном сели рядом с отцом напротив нас. Рядом со мной села почтенная Умм Билаль. Такая почтенная, что стул под ней вот-вот сломается. Ну что это я, нельзя быть такой злой. Ничего плохого мне эта женщина не сделала. Интересно, какой он, этот Марван? Неужели мне не дадут дотронуться до его лица? Зачем ему слепая, когда кругом столько зрячих?

Почти весь вечер Умм Билаль не закрывала рта. Рассказывала про своих старших сыновей, сидящих по тюрьмам, про дочку, которая «вышла замуж в Газу, мы уже пять лет ее не видели», жаловалась на здоровье, «диабет проклятый замучил». На слух я насчитала пять чашек чаю или кофе по нескольку кубиков сахара в каждой. Диабет – это вообще бич наших стариков, единственная, кто избежала этой напасти, – Умм Кассем. Во французском католическом лицее в Бейруте ее научили, что бýхать в чай половину содержимого сахарницы совсем не обязательно. Монолог Умм Билаль сопровождался чавканием и хлюпанием, а также комментариями в мой адрес и инструкциями сыну:

– Почему она у вас так мало ест?

– Что она умеет делать по дому?

– Марван, что ты сидишь как пень, скажи ей что-нибудь.

Скажешь тут что-нибудь, когда она рта никому раскрыть не дает. Ни слова от Марвана, адресованного мне лично, я в этот вечер так и не услышала. Но когда он прощался со всеми, его голос мне понравился.

Мы доехали на автобусе до границы между H1 и H2. Всю дорогу я проспала, набираясь сил для общения на блокпосту, и, как выяснилось, не зря. Судя по голосам, там был один еврей и двое друзов. Еврей самоустранился, и друзы оторвались на нас по полной. Все в Эль-Халиле знают, что самые несносные солдаты – это друзы, русские и те, что в кипах. И если друзов и русских я могла отличить на слух, то относительно всего остального оставалась в полном неведении.

Мама наливала нам с отцом последний вечерний чай и ставила на стол чашки с громким стуком. Это был верный признак того, что она злится и нервничает. Я думала, что это из-за упражнений на блокпосту, но отец знал маму лучше, чем я.

– Так ты против, Ханан?

– А ты нет? – вскинулась мама.

Сроду не припомню, чтобы она так с отцом разговаривала.

– Ты представляешь, что такое быть невесткой в этом семействе? Она же окажется во власти этой... этой... мадам Тенардье и жен старших братьев. Они всем коллективом будут на ней ездить. Ты этого хочешь? И потом представляешь, какие там условия, в этом лагере? Твоя дочь будет руками собирать овечий помет на растопку. Для этого мы ее растили?

– А молодой человек на тебя впечатления не произвел?

– Хорошего не произвел. Сидел целый вечер и на Ранию облизывался. Пустили осла в виноградник.

Значит, Марван меня разглядывал.

– Подумай, кто они и кто мы. Твои предки сделали такое колоссальное состояние. Мой дед был начальником санитарной службы Бейрута. А эти как лишились земли во время Накбы, так уже третье поколение не умеют ничего, кроме как клянчить и плакаться. Из-за таких, как они, весь мусульманский мир над нами смеется. И эта дура еще вела себя так, как будто делает нам большое одолжение.

– Ханан! Замолчи! Они жертвы! Не смей их осуждать!

– Мне надоело это все! Эль-Халиль! Блокпосты! Муставэтним! При наших деньгах мы бы уже давно жили во Франции, если бы твоя семья тебя хоть сколько-нибудь интересовала!

– Этот дом построил мой прадед. Когда я умру, езжай на все четыре стороны. Я – не уеду, даже если сюда вселится еще сто раз по сто муставэтним.

– Я умру первая! Моя жизнь кончена, теперь ты Ранию хочешь заживо похоронить! Почему ты не разрешил мне отвезти ее на прослушивание к Даниэлю Баренбойму*? Она бы играла в его оркестре и горя бы не знала.

– Потому что моя дочь не будет играть на сцене, да еще под патронажем еврея. Дома, для развлечения – сколько угодно. Но не за деньги и не перед чужими людьми.

---

* Израильский дирижер и пианист. Родился в Аргентине в семье выходцев из России. Вместе с Эдвардом Саидом (см. примеч. 406) основал смешанный арабско-еврейский симфонический оркестр East-West Divan.

Как так получилось, что разговор о таком личном деле, как мое сватовство, перешел в дискуссию по палестинскому вопросу, да еще на повышенных тонах, да еще в двенадцатом часу ночи? Надо не допустить, чтобы отец рассердился, а с мамой я договорюсь за пять минут.

– Можно мне сказать? – жалобно попросила я.

– Говори, – раздраженно бросил отец.

– Я же даже не знаю, какой он, этот Марван. Я хочу с ним поговорить. Там, где вы скажете, под вашим наблюдением. Но, если можно, без Умм Билаль.

Я услышала, как мама хмыкнула.

– Будет еще одна встреча. Дальше – посмотрим. А теперь – всем спать.

Мама поцеловала меня на ночь:

– Я лучшей жизни для тебя хочу.

На следующий день я набрала телефон Тахрира.

– Сурикат! – обрадовался он. – Какие впечатления?

– Не слабые, – честно ответила я. – Мать с отцом целый вечер ругались. Но мне разрешили еще одну встречу. Если только Марван не против…

– Марван меня достал. Он по десять раз в день рассказывает мне, какая ты красивая, и спрашивает, какие подарки тебе нравятся.

Да, мама кое в чем права. На свое пособие от комитета палестинских беженцев при ООН Марван сможет купить мне одну клавишу от пианино.

– Я приеду за тобой и посидим где-нибудь в кафе в H1.

– Отец разрешил? – удивилась я. – Почему вы не можете прийти к нам?

– Потому что Марвану опасно соваться в H2. Ты поняла?

Еще бы не понять. Значит, он в розыске, евреи его ищут.

И вот мы сидим в кафе втроем. Подразумевается, что за честью сестры брат проследит, иначе за него самого никто девушку из приличного дома не отдаст. Если бы не моя слепота, нам бы не дали друг к другу прикоснуться, но сейчас Марван держит мою руку под столом.

У него каждый палец как два моих, кожа жесткая. Месит бетон на какой-то стройке. Он ни разу в жизни не слышал пианино. Так хочется ему сыграть. Я повернула голову, не будучи уверенной, что смотрю на него:

– А почему евреи тебя ищут?

– Чем меньше будешь знать, тем крепче будешь спать, – как-то очень быстро ответил Тахрир.

– Пока нечем хвастаться, Рания, – сказал Марван, гладя меня по руке.

– А когда будет чем? – спросила я, настырная.

– Когда евреев не будет. – Я даже не поняла, кто из них двоих ответил, такой чужой был голос, столько в нем было металла.

Неужели он и со мной когда-нибудь будет разговаривать таким голосом и с такими интонациями? Да я умру на месте от горя и от страха. Второй раз в жизни рядом с ним сижу и уже влюбилась. Нельзя так. Мама права, мне не место в лагере беженцев. Я не привыкла к крикам, родители никогда раньше не выясняли отношения на повышенных тонах. У его матери такой голос, что штукатурка со стен сыплется. Я умею приготовить красивый стол, грациозно подать чай и развлечь гостей на пианино, но я не приучена вкалывать. В нашей семье жены и дочери всегда служили украшением, а вкалывала прислуга.

Во дворе нашего дома Тахрир за мной не уследил, и я больно ударилась обо что-то твердое. Несколько секунд я ощупывала сей объект и поняла, что это стиральная машина. Как обычно, поселенцы выбросили нам во двор неисправную технику. Ну почему нам в Эль-Халиль сливают со всего Израиля такие вот помои? Кем надо быть, чтобы пакостить соседям, зная, что нам даже некуда и некому пожаловаться? Это уходит в древность, в ту самую пору, когда по этим самым камням ходил праотец Ибрагим. Хаджар была молода и красива, сын ее был силен и здоров. Про официальное семейство праотца Ибрагима ни того ни другого сказать было нельзя. Какое потомство могло родиться у старой женщины, которая много лет исходила злобой и завистью. Спустя четыре тысячи лет мы имеем счастье наблюдать это потомство во всем, что называется, блеске. Одна Хиллари вела себя нормально, но она скорее американка, чем еврейка. Я уже полгода дома, но я не слышу на улице ее песен и ее шагов. Они ее просто выжили. Я так и знала, что долго она здесь не задержится.

Отец отправил меня в мою комнату с указанием сидеть там до особого распоряжения. Была бы я хорошей девочкой, я бы сидела и играла какую-нибудь Лунную сонату. Но вместо этого я выскользнула из комнаты и встала за дверью гостиной. Для таких, как я, информация – единственная защита. За неимением зрения развиваются слух, обоняние, интуиция, кинестетика. Я не сомневалась, что, пока отец будет только подниматься с кресла, меня в коридоре уже и след простынет.

– Еще не хватало! – услышала я слова, сказанные сдавленным голосом без интонаций, таким не похожим на мамин. – Вы представляете, что евреи с ним сделают, если поймают? А Ранию спишут, как «стояла не там, где надо».

– Он хоть что-то сделал. Не то что некоторые. – Это Тахрир.

– Что он сделал? – вцепилась в него мама. – Что? Кому от этого лучше станет? Террор и убийства – это как морфий, надо все время повышать дозу, чтобы подействовало. Они привыкли. Они построят в ее честь новое поселение. А эта еще и американка. Я не удивлюсь, если американцы урежут нам все ассигнования. Я бы на их месте так и поступила. Ответь мне, сын мой, кому лучше стало?

– Тебе ее жалко?

– Мне нас жалко в первую очередь. Допустим, завтра мы проснемся и евреев не будет. Дальше что? Кто будет нами править? Жулики из Рамаллы, которые крадут всё – всё, что не припаяно и не раскалено добела? Или такие, как твой друг Марван, которые умеют только убивать? Ты думаешь, они остановятся на евреях? По всем каналам крутят эту хронику: мать с ребенком в слинге ползет по дороге и кровавый след за ней тянется.

Американка. С ребенком в слинге. Неужели?.. Допрыгалась. Ну что ей не сиделось в своей Калифорнии? Стоп. Четыре с лишним года назад она была беременна. Ребенок слишком большой для слинга. Хотя, может быть, она с тех пор еще раз родила, с нее очень даже станется. Все знают, что из женщин муставэтним дети так и сыпятся. Не соображая, что делаю, я рванула на себя дверь:

– Как ее звали?

Отец даже рассердиться забыл.

– Как ее звали? – повторила я, и у меня очень кстати полилась из носа кровь. Родители так боялись, что у меня будет второй инсульт, что относились ко мне, как к хрустальной вазе.

– Тебе-то зачем это знать?

– Алиса Равикович, – четко сказала мама.

Семь слогов. В этих семи слогах было все, что мама не смела сказать вслух, но уже не могла удерживать. Она не хочет бороться за освобождение Палестины. Даже если бы в конце тоннеля был виден свет, она не собирается ради победы жертвовать мной. Но света не видно.

– Я не хочу выходить замуж, – сказала я и поняла, что в этот момент я предала Тахрира и его борьбу. Я не хочу быть женой человека, способного стрелять в мать с ребенком, ползущую по дороге. Я боюсь.

Мамины предсказания исполнились с точностью до дунама*. Евреи отняли у крестьян нагорья кусок земли и основали там форпост под названием Ализа**. Армия их, как всегда, поддержала. Еще двести дунамов навсе-

---

* Единица измерения площади, служащая в быту для обозначения площади земельных участков в некоторых странах и на территориях, находившихся в прошлом под властью Османской империи: Израиль, Иордания, Ирак, Ливан, Ливия, Сирия, Турция. Равен 0,1 га.

** Здесь игра слов, вернее, имен. Алисы часто гебраизируют свое имя, беря близкое по созвучию имя Ализа. Но если перевести с иврита имя Ализа – «веселая» – обратно на английский, то получится Хиллари.

гда для нас потеряно. Алиса Равикович оказалась дочкой помощника американского сенатора, а сенатор как раз руководил комитетом, распределяющим помощь иностранцам. А еще говорят, что американцы и европейцы не знают, что такое *уаста**. Все они знают. Я уже не говорю про такие мелкие неприятности, как рейды по ночам и комендантский час. Если бы правительство в Рамалле хоть что-нибудь соображало, они бы наняли мою маму в качестве аналитика.

Мама не могла отказать себе в удовольствии мягко и вежливо проинформировать Умм Билаль, что будет лучше, если ее сын найдет себе достойную девушку и забудет про меня как можно скорее. Но презрение не скроешь, даже когда приходишь на блокпост, даже когда оно может стоить тебе целого дня задержания. Умм Билаль имела четыре класса образования и не знала, как вести себя за столом, но дурой она не была. Скоро уже весь университет знал, что эти высокомерные Наджафи отказали заслуженному бойцу сопротивления из-за страха перед оккупационными властями (!), отсутствия палестинской солидарности (!!) и классовых предрассудков (!!!). Но хуже всего было то, что Марвану вожжа под хвост попала. Видимо, он со своим резюме имел у девушек колоссальный успех, и у него не укладывалось в голове, что я – слепая калека – могла ему отказать. Он начал таскаться в H2, насколько я поняла, по поддельным документам и уговаривать отца на меня повлиять. Он хотел сам отказать мне. Пользуясь традиционной для девушек привилегией, я запиралась в своей комнате и не выходила. В один из таких визитов он попал в облаву, когда евреи хватали без разбора всех молодых мужчин, кто не мог доказать, что живет в H2. На нашу семью легло не то чтобы четкое клеймо, а какое-то липкое подозрение, как дурной запах, от которого невозможно отмыться.

Соседки перестали здороваться со мной и с мамой на улице. Они уже давно не могли простить маме красоты

---

* Арабское слово, означающее «власть», «влияние», иногда используется в том же значении, что «связи».

и образованности, по-назаретски уверенного и свободного поведения, а также того, что муж ее любил, баловал и выполнял все ее просьбы. Все, кроме двух. Уехать из Эль-Халиля и разрешить мне играть в оркестре у Баренбойма. Но они не могли этого знать.

Когда я узнала, что маму убили, я, как ни странно, не удивилась. Она как будто знала, что этим кончится, и это знание передалось мне. Официальная версия – стояла не там, где надо, и попала в перестрелку между ХАМАСом и фатховской полицией. Отец этому не верил, и я не верила. Ни на одну минуту. Мама лежала в морге в той самой больнице, куда ее отказались принять в феврале 1994-го. Потом был «шатер скорби»*, десятки чужих крикливых женщин, которые при жизни завидовали маме и сплетничали у нее за спиной. По случаю еврейских праздников мы сидели в блокаде, и прорваться на похороны Умм Кассем не удалось.

Мы с отцом остались вдвоем. Теперь мне достались вся его нежность к маме, скорбь по ней и чувство вины. Он никогда раньше не просил меня о помощи, а теперь стал просить. Принести чаю, погладить рубашку. Это были именно просьбы, а не приказания, и я управлялась. Тема моего замужества была закрыта всерьез и надолго. Пианино стояло под чехлом, я боялась к нему подойти. Боялась услышать мамин голос за спиной: *Сосредоточься, Рания, левая рука у тебя привирает.*

Через несколько месяцев объявился Тахрир и поставил нас в известность, что женится на дочери одного из своих преподавателей.

– Может, теперь за ум возьмешься, – сухо бросил отец.

Он бы еще много чего сказал, но ему все-таки хотелось понянчить внука на старости лет, а от меня этой радости, как он понял, он не дождется.

Тахрир был счастлив и таки взялся за ум, стал помогать отцу в конторе. Он был по уши влюблен и каждый день уверял меня, что его будущая жена мне понравит-

* По арабскому обычаю женщины не сопровождают тело на кладбище, а горюют в специально отведенной для этого палатке.

ся и мы заживем душа в душу. На свою и на мою беду, он принял за любовь восхищение твердостью этого семейства в исламе и их заслугами перед сопротивлением.

После свадьбы Амаль переехала к нам, и для меня настали тяжелые времена. Запертая дома, я проводила с ней большую часть времени. Она не дала мне дотронуться до своего лица. Она кричала на меня, придиралась, обзывала и учила жизни. Она прятала мои вещи и кассеты. Я не жаловалась ни отцу, ни брату, и это бесило ее сильнее всего остального, потому что было непонятно. Зато она постоянно жаловалась, что я слушаю европейскую и американскую музыку, пропускаю намаз и на кухне от меня больше беспорядка, чем пользы. Отец сурово осаживал ее, она замолкала, выжидала и через какое-то время опять начинала свою волынку. Я не была совсем уж безответной овечкой и не могла отказать себе в удовольствии выставить Амаль напыщенной дурой, повторяющей чужие мысли, потому что свои там даже не ночевали. Тем более что поводы для этого она давала мне постоянно.

– Вот вчера ты сказала, что борьба за освобождение Палестины – это обязанность каждого мусульманина и мусульманки. Тогда почему другие мусульмане нам не помогают?

Или:

– Если мы воюем ради ислама, значит, христиане не настоящие палестинцы?

Или:

– Если мы все одна мусульманская умма, значит, любой национализм – это грех?

Или:

– Чем мы отличаемся от палестинцев, живущих на восточном берегу Иордана? Только тем, что нами правят евреи, а ими правит саудовская династия, которую англичане им навязали?

Амаль была не сильна в этих материях, она, хоть и зрячая, прочла за всю жизнь полторы книжки, считая Коран. А я все чаще задумывалась, какое место в моей жизни и в жизни вообще занимают религия и национальность. В исламе от женщины требуется только одно – не опозорить семью неподобающим поведением. Ну до чего же плоско и скучно! Человеческая личность сводится к тому, что между ногами. Когда-то арабы были интеллектуальным авангардом человечества, писали бессмертные стихи, делали открытия и в отличие от тогдашних европейцев мылись регулярно. Почему мы отстали? Почему весь остальной мир нас иногда боится, иногда заискивает (когда нефть нужна), но в основном презирает, а о том, чтобы уважать нашу когда-то великую культуру, и речи нет? Почему мы вечно воюем между собой и на наших конфликтах греют руки все, кому не лень? Почему евреи – толпа беженцев из разных стран, не имеющая никаких объединяющих признаков, – сделали себе страну? Да, они сделали ее на нашей земле, но для страны нужно что-то большее, чем земля. Этого чего-то у нас нет. Нынешние границы арабских стран продиктованы нам завоевателями и колонизаторами, как в той же Иордании, например. Нам с седьмого века внушают одно – покорность, покорность и еще раз покорность. Причем всем, не только женщинам. Никто из нас по-настоящему не свободен. Наши жизни принадлежат хамуле* от рождения и до смерти. Неужели нельзя быть самой по себе и самой решать, как правильно? Если бы Аллах хотел создать цивилизацию-улей с рабочими пчелами и одним на всех разумом, наверное, создал бы. Плохо то, что наши роды и кланы без конца между собой грызутся и не могут объединиться. А евреи – это одна большая хамула. Уверенность в собственном превосходстве склеивает их намертво. Аллах создал все человечество, а у евреев, оказывается, на Него особые права. После четырех тысяч лет такой промывки мозгов просто удивительно, что среди них иногда попадаются нормальные люди вроде Хиллари или того же Баренбойма. Па-

* Клан, группа близкородственных семей у арабов. Как правило, ведет свое происхождение от общего предка.

мять уносила меня в назаретский сквер, и от сознания, что хоть кого-то в этой жизни интересуют более возвышенные вещи, чем семейная честь и племенная принадлежность, радостные, очищающие душу слезы проливались легко и без усилий.

* * *

Мы с Амаль, нагрузившись покупками, шли по улице Шухада. В это время суток солнце светило на палестинскую сторону. За спиной у нас послышались оживленные голоса, по теневой стороне улицы шла группа поселенцев, вернее, поселенок. На звук я уловила не меньше двух катящихся детских колясок. Амаль с неожиданной для беременной прытью втиснулась между мной и стеной. Я сжалась, ожидая удара, но ни камня, ни плевка не последовало. С той стороны улицы послышалась тихая песня:

> Ain't gonna let nobody turn me around
> Turn me around
> Turn me around.

Она. Она узнала меня. Она дает мне сигнал, что нечего бояться.

> I'm gonna keep on a-walkin', keep on a-talkin'
> Marchin' up to freedom land –

продолжила я.

– С ума сошла! – зашипела Амаль. – Кто же это поет на улице?! Как тебе не стыдно!

А тебе не стыдно, Амаль, что кусочек того, что ты могла бы мне дать, любви старшей сестры, я получила у врагов? Что ты подставляешь меня под камни, а *она* меня закрывала?

В пустом доме напротив нашего поселились две пожилые американки и одна канадка из CPT. Закупались мы, собственно, для праздничного обеда. Даже в таком печальном месте, как Тель-Румейда, превращенном евреями в тихий город призраков, наше традиционное гостеприимство никто не отменял. Я умело выполняла роль хозяйки и смягчала при переводе реплики Амаль, чтобы она не выглядела уж совсем дурой. Она, конечно, дура, но я не хочу, чтобы чужие люди об этом знали и над нами смеялись. Постепенно я запоминала голоса. Грудной, воркующий – это Мэри, медсестра на пенсии из Северной Каролины. Звонкий, немножко визгливый, с взлетами интонаций в конце каждого предложения – это Эрика, профессор истории феминизма из Калифорнии. Бланш – бывший авиадиспетчер откуда-то из северного Квебека – за весь вечер сказала буквально пару слов. Или стеснялась акцента, или привыкла молчать в одиночестве в своей диспетчерской, или просто предпочитала слушать, а не разговаривать.

Такие разные, они все три напоминали мне Хиллари и Умм Кассем. Оптимизмом и наивностью, не знающей компромиссов уверенностью в абсолютной ценности любой человеческой жизни и ответственностью перед Небом за каждое слово и каждый шаг. Им доставалось ото всех. От поселенцев, от солдат, от полиции, от наших фанатиков и хулиганов. Я стала прятаться в их квартире от Амаль, благо всех дел было дворик пересечь. Эта квартира стала для меня перекрестком, откуда началась дорога, по которой не возвращаются.

Мы сидели за кофе с пирогом, и Эрика рассказывала, как в глубокой юности протестовала против конкурса красоты. В ее описании конкурс красоты выглядел унижением почище блокпостов. Это было скорее похоже на невольничий рынок оттоманских времен. Кстати, для тех, кто любит сравнивать Восток и Запад, Оттоманская империя отменила рабство в 1830 году, намного раньше американцев. Правда, этот фирман касался только белых рабов, но их было больше, чем чернокожих.

– Эрика, они что, сироты?

– Почему сироты?

– А где их родители? Неужели им все равно, что их дети выставляют себя на позорище?

– Чувство собственного достоинства у каждого человека должно быть свое. Женская сексуальность не должна контролироваться патриархальной семьей.

Пока я это обдумывала, в дверь постучали.

– Кто там? – крикнула Эрика.

– Свои, – сказал по-английски мужской голос. – Мадам Бланш, я вам паука принес.

Велик Аллах над нами, это какой-то дурдом на каникулах.

В дом зашли двое, Мэри наклонилась ко мне и зашептала: «Эйнар из TIPH, Риордан из ISM». Ну, Эйнар, понятно, откуда приехал, а Риордан, интересно, из какой страны? Мне было неловко в обществе незнакомых и, судя по голосам, молодых мужчин, но присутствие Мэри, Эрики и Бланш сглаживало ситуацию.

– Welcome to H2, – сказала я таким тоном, как будто эти тихие безжизненные улицы с торчащими на каждом углу оккупантами были столицей арабского мира и целиком принадлежали моей семье. Какая светская львица пропадает, даже обидно.

После обмена приветствиями все столпились посреди комнаты, и я услышала комментарий:

– Какой красавец. Сейчас мы его под шкаф запустим.

По полу что-то зашуршало, я с визгом вскочила на стул, раздался дружный смех. Страшно боюсь всего ползучего. Выяснилось, что это старинное квебекское поверье: если запустить паука под шкаф, это приносит удачу. Я так и осталась сидеть с поджатыми ногами. Разговор шел о графике сопровождения в школу детей из деревни Аль-Тауани. Те же проблемы, что были у меня, но мне-то идти в Кордобу всего пятнадцать минут, а им в их школу – час с чем-то, ближе просто нет. Армия обещала предоставлять эскорт, но эскорт являлся на место далеко не всегда, а когда являлся – пользы от него не было никакой. Никто из солдат ни разу не соизволил вылезти из джипа. В Хават-Маоне* жили те, кого даже другие поселенцы не хотели рядом

---

* Еврейский форпост в Иудее и Самарии, находится на Хевронском нагорье.

с собой терпеть, и они стреляли детям из Аль-Тауани поверх голов. Ну почему все так печально?

– Ты чего сидишь с поджатыми ногами?

Я повернулась в сторону голоса:

– Ты кто?

– Я вынес паука за дверь. Можешь сесть нормально.

– Риордан?

– Он самый.

– Ты откуда?

– Из Ирландии.

– Great lords, from Ireland am I come amain,
To signify that rebels there are up
And put the Englishmen unto the sword*.

Последний раз еврейские солдаты жили в нашем доме в мою одиннадцатую весну. Мама еще надеялась на лучшую жизнь для меня. Она читала и рассказывала мне на разных языках и за десять дней домашнего ареста познакомила меня с Гамлетом, Генрихом и прочими далекими от наших мест персонажами. Мамин голос у меня в голове прервал звук чашки или блюдца, разбитых в реальности. Я не хотела в реальность. Не хотела...

– Ну что ты удивляешься? – услышала я голос Мэри. – Рания, конечно, образованная и начитанная девочка, но посуду по этому случаю ронять совсем не обязательно.

Никогда не думала, что с мужчиной, который не брат, может быть так легко и безопасно. Его лицо было по-мальчишески гладким, без малейшего признака щетины и без выпирающих костей, столь характерных для арабских лиц. Он не приставал ко мне, не дышал тяжело, не облизывался. Ну мог иногда за руку взять, но так же он брал бы за руку свою сестру. Он очень любил свой Изумрудный остров, рассказывал о нем постоянно и власти англичан над северо-восточной частью не желал признавать. Параллели напрашивались сами

---

* «Я прибыл из Ирландии, милорды, вам сообщить – // Мятежники восстали, подняв оружие на англичан» (Уильям Шекспир, «Генрих VI»).

собой. Воюющий город, разделенный стеной и блокпостами, и с детства осознание, что ты, твои родные, твои друзья и соседи – это низший сорт людей, которых можно безнаказанно убивать. Хорошие дороги, защита полиции, неограниченный запас воды – для высших, для избранных. В позапрошлом веке у ирландцев сгнила на корню вся картошка, начался голод, а зерно и скот вывозили в Англию. Даже если бы палестинское руководство было идеально честным, Израиль бы все равно задушил нашу экономику своими санкциями и блокадами. Из разговоров наших гостеприимных хозяек я поняла, что Риордан работал в школе учителем истории и с треском вылетел оттуда за радикальные взгляды. Куда ему деваться с такой биографией? Только в Палестину.

Эти встречи стали единственной радостью моей жизни, иногда он меня просто умилял – даром что был на десять лет старше. Он был свято уверен, что чай из ромашки, собранной в церковной ограде, помогает от насморка, что прикосновение седьмого сына в семье лечит от последствий укуса бешеной собаки, что если чешется ладонь – то это к деньгам, а если ухо – то, значит, тебя кто-то за глаза проклинает. Воображаю, как чешутся уши у международных наблюдателей. Поселенцы проклинали их цветисто, разнообразно и не переставая.

С Риордана какой спрос, он не знает наших обычаев, а вот я по понятным причинам потеряла бдительность. Последствия не заставили себя ждать. Тахрир, не постучавшись, зашел ко мне в комнату (чего раньше никогда не делал) и отвесил мне две такие пощечины, что я думала, голова отвалится.

– За что? – захлебнулась я.

Этот вопрос был лишним, я примерно представляла себе за что. Пару раз мы с Риорданом появились на улице, и кто-то уже настучал. Я даже догадываюсь кто.

– Ты как себя ведешь! Совсем стыд потеряла! Марван из-за тебя сидит в тюрьме, а ты с иностранцем путаешься!

Вот это новость. Я Марвану никаких клятв перед имамом не давала. В Н2 его не заманивала. И Алису Равикович с ребенком тоже не я убивала. И если в глазах Тахрира и его компании я из-за этого стала палестинкой второго сорта, значит, так тому и быть. Мне не привыкать.

– Мало того что бездельничаешь, так еще и позоришь нас.

Так, понятно, откуда ветер дует. Куском хлеба меня Амаль попрекала регулярно.

Какая я умная, аж самой противно.

– Твоя Амаль – как шакал в чужом саду. Если бы мама была жива, она бы такую шваль на порог не пустила.

За это я получила еще пощечину. Хочет убить, пусть убивает. Жить без Риордана я все равно не буду.

Амаль запирала входную дверь, но забыла запереть выход на крышу. Или, может быть, сочла, что я испугаюсь лазить. Я выросла на этих крышах, солдаты регулярно закрывали для нас улицу Аль-Шухада. Да что я. Наша соседка Ибтихам каждый день таким образом пробирается огородами и дальше в Н1, где живет ее любимая младшая внучка, которая недавно родила. Бабушке восемьдесят два года.

Как-то раз Риордан сказал:

– У меня для тебя подарок. Протяни руки горстью.

– Надеюсь, не паук? – пошутила я.

– Я никогда не надругаюсь над твоим доверием.

Это тебе не Амаль. Ее любимым развлечением было сунуть мне в руки что-нибудь горячее и потом лицемерно жалеть меня, что я опять обожглась. Риордану я этого не рассказывала, а ожоги на ладонях объясняла собственной неосторожностью. В мои сложенные горстью руки он вложил что-то маленькое, подвижное и пушистое.

– Это что?

– Цыпленок.

– Откуда?

– Из магазина Раджаби. Когда я сказал, что это для тебя, он отдал мне его бесплатно.

Магазин Раджаби. Один из двух арабских магазинов, еще открытых в нашем районе. Один торгует вышивками для туристов, другой живыми голубями и курами. То, что он сказал, что для меня, это не очень хорошо. Ладно, проехали. Я прижала пушистый вертлявый комочек к щеке.

– Спасибо, но... я не могу держать его дома. Это опасно.

– Он будет жить у дам. Захочешь пообщаться – приходи.

Последняя фраза относилась, конечно, к нам обоим. Наше общение уже давно продвинулось дальше невинных рукопожатий. Он делал со мной, что хотел, и я наслаждалась каждой минутой. Я только хотела ощущать его всеми возможными способами, быть счастливой, благодарной и ласковой. И отомстить Тахриру и Амаль единственным возможным способом – их опозорить. Или Риордан увезет меня на свой Изумрудный остров, или Тахрир убьет, чтобы избежать бесчестья. И то и другое лучше, чем то прозябание, которое меня ожидало.

Амаль не могла даже дотерпеть до родов. Как только она узнала, что будет мальчик, она почувствовала себя в доме полной хозяйкой, и в один из дней я обнаружила мамину шкатулку с драгоценностями пустой. Формально она, конечно, была права. Драгоценности передаются от свекрови к невестке, а не от матери к дочери. Прояви она чуточку ума и такта, ей бы и так все досталось без моего презрения в качестве довеска. Но она выросла в нищете в лагере беженцев и хотела всего и сразу. В шкатулке остался только маленький крестик на золотой цепочке. Значит, я буду его носить. Когда Амаль начала свиристеть, что мусульманке не подобает носить крестик, я не сдержалась:

– Это единственная память о маме, которая у меня осталась. Что-то мне подсказывает, что, если я не буду носить его на себе, я в один прекрасный день его просто не досчитаюсь.

Я думаю, именно в этот день Амаль приняла решение избавиться от меня навсегда.

* * *

Для меня было большой неожиданностью узнать, что, оказывается, Мэри, Эрика и Бланш, или, как Риордан их называл, ladies, то есть дамы, не знали о наших с ним делах достаточно долгое время. Я-то была уверена, что они специально оставляли нас одних. В конце концов, я им не дочь и не внучка и моя добродетель – это не их забота. Но они жутко обеспокоились, заставили меня пройти домашний тест на беременность (я и не знала, что такие бывают) и, не обнаружив ничего, требующего срочных мер, сели обсуждать моральную сторону вопроса.

– Я всегда знала, что ISM это bad news*. Они анархисты, для них нет никаких моральных преград. Вот так свести на нет всю нашу работу! Соблазнить ребенка, да еще здесь, в такой традиционной культуре. В штанах у него кое-что чешется! Да его убить мало.

Даже в адрес солдат и поселенцев Мэри не употребляла таких резких слов.

– Что значит «соблазнить»? Что, у нее своих желаний быть не может по определению? Рания, тебе уже есть восемнадцать?

– Скоро будет.

– Нет, как вам это нравится? «Скоро будет». Он даже по западным понятиям незаконно поступил. Какая разница, есть ей восемнадцать или нет, важно, что она не привыкла к свободе, а он этим воспользовался.

И тут я рассказала все как есть. Что Амаль издевается надо мной и настраивает против меня отца и брата и что я надеюсь, что Риордан возьмет меня в жены и увезет отсюда. Что, даже если этого не произойдет, свою долю счастья я в жизни уже получила. Что у любого, кто живет в условиях оккупации, смерть – это часть реальности, что я готова умереть и не вижу в этом никакой трагедии. Повисла тишина, было слышно, только как мой цыпленок скребет пол своей когтистой лапкой.

– Он ведь нам всей правды не рассказал, – выдохнула Бланш. – Мы только недавно узнали. Он кочевал

---

* Плохие новости (*англ.*).

из школы в школу, нигде больше чем на год не задерживался. Там были истории с ученицами старших классов. Прости, Рания. Если можешь, прости.

– Вам незачем винить себя, – ответила я. – Конечно, он красив, конечно, девочки в него влюблялись. Я не понимаю, что в этом такого ужасного. Просто он ирландский националист, а значит, ему всякое лыко в строку, всякая вина виновата. Я не верю, что он сделал что-то плохое. Я сама его полюбила, меня никто не заставлял.

Я вступила в организацию «Молодежь против поселений», которая мне во многих отношениях идеально подходила. Во-первых, эта организация отвергала насилие. Их доводы казались мне разумными и правильными. Почему шесть сотен евреев должны охранять четыре тысячи солдат и столько же пограничников? Хотят жить в палестинском городе, пусть живут на общих основаниях. Пусть судебная и полицейская система будет для всех одна. Пусть платят за воду палестинскому муниципалитету, а не подключаются в обход к израильской сети. И пусть перестанут относиться к нам, своим соседям, так, как будто на сафари сюда приехали. Во-вторых, штаб-квартира находилась совсем близко, и я могла за десять минут дойти туда пешком. В-третьих, в отличие от огромного большинства палестинских организаций девушки там могли высказываться на собраниях и принимать решения. Я знала, что мне с моей инвалидностью серьезная работа не светит, но радовалась за других. Я в основном тихо сидела в углу и слушала, иногда раскладывала письма в конверты для массовых рассылок, иногда разливала чай. Протесты проводились регулярно. Риордан заглядывал каждый день. Поэтому, когда израильская полиция пришла его арестовывать, она пришла именно сюда.

В этот день в офисе было особенно многолюдно. К нам приехала целая делегация активистов из «Тааюш»*. Среди них была молодая израильтянка,

* Смешанная еврейско-арабская организация, провозглашающая свой целью ненасильственную борьбу за гражданские права.

напомнившая мне, как ни странно, Умм Билаль в том смысле, что она не закрывала рта. Интересно, она замужем или нет? Если да, то, наверное, ее муж ходит с затычками в ушах. Мы только сели обсуждать, кто будет сидеть на горячей линии, по которой окрестные крестьяне могут звонить и сообщать, что поселенцы в очередной раз подожгли посевы или испортили трактор, как на дверь обрушился град ударов прикладами и ботинками. Да слышим мы, слышим, не глухие. Тут и мертвый с носилок встанет.

– *Тфаддале шаррафуна...** – подчеркнуто вежливо сказал один из активистов, но его иронию никто из незваных гостей не понял.

– Где Риордан Малвэйни? – ледяным голосом спросил кто-то из евреев по-английски.

Я завертела головой, стараясь уловить, откуда Риордан ответит и где он стоит. Сразу несколько голосов хором спросили по-арабски, на иврите и по-английски:

– А по какому праву?

– У него виза просрочена.

– И ради этого вы к нам ввалились?

– Наручники ему и в машину. А будет выеживаться, сами знаете, что делать.

– Не имеете права! У него есть другая виза. – Это та самая израильтянка, которая не закрывает рта. Хоть что-то путное сказала.

– Какая?

– Право на временное пребывание в качестве супруга обладателя израильского паспорта. Мы муж и жена. Вот мои документы. Вот свидетельство с Кипра.

Риордана увели. Большинство присутствующих пошло провожать хотя бы до полицейской машины. Я незаметно выскользнула из штаб-квартиры и добралась до дома напротив своего. Там были Мэри и Бланш. Хорошо, что не Эрика. Сейчас мне только слушать ее непонятные лозунги. Ирландское правительство по-

---

* Традиционная арабская формула приглашения, букв. «окажите честь зайти».

дало израильскому просьбу об экстрадиции. Они хотели, чтобы Риордан предстал перед судом за соблазнение одной из своих учениц, которой на тот момент было пятнадцать лет. Сейчас об этом уже писали все ирландские газеты. Он понял, что запахло керосином, подсуетил и оформил брак с израильтянкой для подстраховки. И все это время врал мне. *Я никогда не надругаюсь над твоим доверием* – вранье. Всю свою жизнь я погубила из-за этого поганого вранья.

* * *

Впервые за всю жизнь я стала теряться в родном городе. Мне случалось упираться прямо в блокпост, но, как видно, эта часть стояла тут давно и солдаты меня запомнили. Они, насколько им хватало арабского, объясняли мне, где я нахожусь. Взрослые поселенцы меня не трогали, а дети громко высказывались, не отдавая себе отчета в том, что я понимаю иврит:

– Не трогай ее. Будешь дразниться, она нас всех проклянет.

– Ее проклятие не будет иметь силы. Гой не может проклясть еврея.

– Сказано – перед слепым помехи не клади*. Разве это не мицва?

– А она в самом деле слепая? Может, притворяется?

– Точно тебе говорю. Она один раз чуть в повозку с маслинами не врезалась.

В день, когда мне исполнилось восемнадцать, я не могла находиться дома. Погода была сырая и холодная, но я все равно пошла гулять с твердым намерением не появляться дома, пока отец и Тахрир не придут из конторы. Трость монотонно шуршала по камням. Судя по спертому воздуху и гулкой капели, я оказалась в подворотне и теперь только надеялась, что не упрусь в конце в каменную кладку или железные ворота. Я таки вышла на улицу Аль-Шухада. Прямо между толпой палестинцев и толпой муставэтним.

---

* Вайикра 19:14.

После замкнутого пространства подворотни ураган звуков едва не сбил меня с ног. Ударяющиеся о стены камни, автоматные очереди, разрывающиеся гранаты и обмен любезностями. В основном мужские, но иногда женские голоса на арабском и на иврите:

– Ваши матери шлюхи!

– Хеврон наш!

– Аллаху акбар!

– Да здравствует Палестина!

– Мы вам горло перегрызем!

– Зубы у вас выпадут раньше!

– Ам Исраэль Хай!

– Идн, некоме!*

Мимо меня просвистела пуля и ударилась в стену дома. Каменная пыль и мелкие осколки брызнули в лицо. Это дезориентировало меня вконец, я уже не знала, в какой стороне подворотня, единственное мое спасение. Я ощутила руки, обхватившие меня сзади, и увесистый толчок коленкой пониже спины. От этого я потеряла равновесие, земля ушла из-под ног, и меня потащили. Звуки с улицы стали глуше, а вот капель обозначилась явственнее. Я протянула руку и нащупала знакомое лицо. Нежную кожу, не огрубевшую даже на нашем солнце, и курносый нос девочки из американской глубинки. Вот только головной убор поменялся. Уже не шляпка с вуалью, а обычный платок. Какие тут могут быть шляпки.

– Я не думала, что ты останешься, – сказала я так, как будто мы последний раз разговаривали вчера, а не семь лет назад.

– Я не думала, что ты вернешься.

Пауза.

– Ты чего в такую собачью погоду по улицам гуляешь? Опять протестуешь?

– Мама умерла.

Она поняла все без дальнейших разъяснений.

---

* Евреи, отомстите! (*идиш*). Надпись на стене в квартире евреев, убитых во время погрома в Слободке (Литва) 26 июня 1941 года.

– Домой идти боишься? Я видела тебя на улице еще летом и осенью. Ты казалась такой счастливой. Пойдем, ну не стоять же на холоде.

– Куда пойдем?

– Ко мне.

– Но другие евреи рассердятся на тебя.

– Разумеется.

Это было выше моего понимания. Одно дело – скользить пальцами по Корану на Брайле, читать про Мариам, которую срамили на всех углах за то, что она забеременела до свадьбы. Другое дело – ощущать живое теплое лицо человека, который руководствуется чем-то, кроме воли общины. Значит, это могла не только Мариам, защищенная свыше. Значит, и я когда-нибудь смогу.

Никуда я не хочу уходить из этой подворотни. Пусть здесь холодно и сыро, но здесь нет ненависти и вражды. Здесь человек, который меня никогда не обижал и не предавал. Кроме нее и Умм Кассем, у меня никого нет. Мэри, Эрика и Бланш выполнят свою гуманитарную миссию и уедут. Слезы шли волнами, не успевала я пролить одну, как накатывала следующая. Маленькой Умм Кассем возила меня на Тивериадское озеро. Как хорошо было стоять босыми ногами в песке. Как ласково накатывали волны. Неужели это тоже была я?

Она все-таки уговорила меня на нашу общую беду. Мы шли рядом, она обнимала меня за плечи. Сыпался ледяной дождь, у меня промокли и замерзли ноги в дешевых кроссовках. Мы шли к ней домой, но пробираться надо было через подворотни, так, чтобы никто не заметил. На ум пришло выражение, услышанное от заезжих американцев: the blind leading the blind*.

Откуда-то сверху раздалась автоматная очередь, и совсем рядом со мной – отчаянный стон. Тело Хиллари обмякло и повисло на мне всей тяжестью. Я не удержала ее, и она осела на землю. Холодная липкая ладонь два раза провела по моей щеке и со стуком упала. Я сидела в намокшей от крови Хиллари одежде и пыталась

* Слепой ведет слепого (*англ.*).

нашарить ее сумку, а в ней телефон, чтобы вызвать амбуланс. То, что я не знаю, по какому телефону вызывать еврейский амбуланс, начисто вылетело у меня из головы. Мои старания оказались никому не нужными. Совсем близко я услышала сирену и сразу поняла, что это за Хиллари. Звук вздымался и опадал в пределах пары октав. Сирены машин Красного Полумесяца, скорее, звучат с переливами и напоминают призыв муэдзина. Но еще раньше, чем приехал амбуланс, я услышала другой набор звуков. Затормозил армейский джип, хлопнули двери, простучало несколько пар солдатских ботинок. Я сидела над телом Хиллари и напряженно вслушивалась в доносящуюся из переулка сирену. Дуло автомата легло мне на плечо.

– Встань.

Я встала.

– Ничего себе, – присвистнул один из солдат. Наверное, я вся была в крови.

– Обыскивать не будем. Визгу не оберешься. Пусть ее солдатки на центральной базе обыскивают.

– Что вы хотите найти? – поинтересовалась я. Как в светском разговоре.

– Нож ты куда дела?

Светского разговора не получится.

– Где нож, шармута*?

Какой тяжелый русский акцент. Конечно, не так обидно быть вторым сортом, когда есть еще и третий, и четвертый, и пятый. Без году неделя в стране, но все необходимыс слова мы уже выучили. Конечно, я поступила безнравственно, не сберегла свою честь. Но это мое дело, а не его.

Другой солдат уже надевал на меня наручники и одновременно отчитывал русского:

– Не пори ерунды. Не видишь, сколько крови? Чтобы сделать такое ножом, нужно много проникающих ран. Это пуля, и, я думаю, не одна.

– Была автоматная очередь сверху, – сказала я.

---

* Шлюха (*ар.*).

– А тебя никто не спрашивал, – ответил солдат и дернул за наручники. – Сама же сюда ее под пули заманила, а теперь злорадствуешь. Собаки бешеные, никак еврейской крови не налакаетесь.

Где-то совсем рядом затормозил амбуланс, я услышала, как катятся носилки и бегут санитары. Меня погрузили в джип через заднюю дверцу и положили на пол с наставлением: «Только попробуй заблевать нам машину». Я на удивление спокойна. Почему их оскорбления проносятся у меня мимо головы, не задевая? Почему мне их жалко? Почему у меня болит душа только за Хиллари? Я так боюсь, что она умрет. Она знает, что я ни в чем не виновата, но это знание умрет вместе с ней. Как ни странно, я боялась не столько суда и тюремного срока, столько того, что на этом примере другие женщины муставэтним будут рассказывать своим детям, что арабам нельзя доверять и что наивная американка Хиллари не поняла этой простой истины и заплатила своей жизнью за проявление милосердия к тем, кто его не достоин. И ведь нечего возразить. Если только не выяснится, что стреляли как раз в меня и стрелял еврей. Это очень даже возможно. Убийца Навин Джамджум до сих пор гуляет на свободе, почему бы ему не повторить свой подвиг еще раз?*

Эти мысли прокрутились в голове, и тут я поняла, что и это неважно. Неважно, кто стрелял и почему. Я знаю, что я не убивала и не хотела убивать. Может быть, меня мало унижали на блокпостах, может быть, у меня не погибли близкие. Ненавидеть не получалось,

---

* В июле 2002 года на дороге около Хеврона были обстреляны два еврейских автомобиля. Погибли рав Йосеф Дикштейн из Псагота, его жена Хана и их девятилетний сын Шувэль. В другой машине находился сержант Элазар Лейбович, ехавший в отпуск к родителям, живущим в Хевроне, он тоже погиб. Похороны Элазара Лейбовича вылились в антиарабский погром, в результате которого была убита четырнадцатилетняя Навин Джамджум. Арабы обвинили в гибели девочки поселенцев, никакой альтернативной версии поселенцы не предложили. Дело уперлось в следственный тупик и было закрыто.

и смерти я не боялась уже по-новому. Вот они, эти крылья за спиной, о которых говорила мне Умм Кассем. Удастся ли мне когда-нибудь сказать ей, что она была права?

И вот я сижу в тюрьме, пока власти предержащие решают, какие обвинения мне предъявить. Чего они тянут? Значит, Хиллари еще не умерла, но есть шансы, что она умрет? В тюрьме свой ритм, даже без зрения знаешь, когда день, когда ночь. Меня не смешивают с другими заключенными, словом перемолвиться не с кем. Я чувствую, что надзиратели и солдаты жалеют меня и изо всех сил стараются этого не показать. Проявить ко мне участие, поговорить по-человечески, хотя бы рассказать, что меня ожидает, – это значит предать свой народ. Я все понимаю и не лезу. Приходила женщина из Красного Креста, принесла Коран на Брайле. Я поблагодарила и попросила Библию. Больше она не пришла.

Прошло какое-то время, и мне сказали, что ко мне на свидание пришла родственница. Я обрадовалась – Умм Кассем! Прорвалась-таки. Сердце пело, пока меня вели по коридору. С первых шагов по комнате для свиданий я поняла, что такой радости мне не будет. Посетительница тяжело дышала, как женщина на последнем месяце. Амаль. Слезы выступили у меня на глазах. Какого черта! Одно свидание евреи мне дали, и даже это свидание я не смогу провести с близким человеком. Но ей-то зачем это понадобилось? Мы все знаем, с какими многочасовыми очередями и унизительными проверками связано посещение палестинцами родственников в тюрьме. Что, ей в ее состоянии больше делать нечего? Нельзя сказать, чтобы она с меня дома пылинки сдувала.

– Рания, сестренка! – услышала я.

Амаль попыталась обнять меня, и я подалась назад. Последние полтора года я боялась ее больше всех.

– Тебя допрашивали?

– Да.

– Пытали?

– Нет.

Пауза. Наконец я осмелела.

– Амаль... отец как? Он... переживает?

– Конечно, переживает. Но мы все тобой гордимся.

Это что-то новенькое. Не так давно она утверждала, что я своими интрижками с иностранцем всех опозорила и ей из-за меня стыдно в мечеть зайти.

– Почему?

– Ты свой позор кровью смыла. Та настоящая шахидка. Я ошибалась на твой счет и надеюсь, что ты меня простишь.

Ни Тахриру, ни Амаль не нужна просто сестра. Им нужна сестра-шахидка для поднятия социального статуса. В их кругах в каждой семье шахид, во многих – по нескольку. Я не хочу. Тахрир, брат мой любимый, ведь когда-то ты был рад тому, что я просто хожу по земле. Ты нашаривал мою руку под столом и передавал печенье. Ты берег меня от всего. Почему же теперь, чтобы сохранить мне жизнь, тебе обязательно нужно, чтобы я кого-нибудь убила?

– Иди, Амаль, – прошептала я.

– А? Что?

– Иди, Амаль, – сказала я уже громче. – У тебя есть дом, муж, скоро будет ребенок, тебе есть о ком заботиться. Надеюсь, что ты извлекла хоть какой-то урок из наших с тобой отношений и не выгонишь моего отца на улицу, когда он совсем состарится. Я не убивала Хиллари Страг и не собиралась ее убивать. Она муставэтним, но она была мне больше сестрой, чем ты. Иди.

Она начала визжать, я отключилась, но успела уловить, что есть люди, которые беспощадно и быстро разбираются с предателями ислама и палестинских национальных интересов. Меня отвели в камеру, сняли наручники и оставили. Я сидела, боком привалившись к бетонной стене. Щека была мокрой и горячей, стена приятной и прохладной. Умм Кассем принципиально не обучала меня христианским молитвам, но часто читала из переплетенного в домашних условиях сборника духовные стихи в неумелых, но искренних переводах на арабский язык.

Я знаю, зажгутся костры
Спокойной рукою сестры.
А братья пойдут за дровами.
И даже добрейший из всех
Про путь мой, который лишь грех,
Недобрыми скажет словами.

Простить врагов оказалось неожиданно легко. Тахрир оставался для меня любимым старшим братом, и боль от его предательства не давала мне разогнуться.

И будет гореть мой костер
Под песнопенье сестер,
Под благостный звон колокольный.
На лобном на месте в Кремле
И здесь, на чужой мне земле,
Везде, где есть люд богомольный.

Чего-чего, а богомольного люда в Эль-Халиле хватает. Да и место для казни найдется.

От хвороста тянет дымок,
Огонь показался у ног,
И громче напев погребальный.
И мгла не мертва, не пуста,
И в ней – начертанье Креста.
Конец мой, конец огнепальный!*

---

* Автор – Елизавета Кузьмина-Караваева, в монашестве мать Мария. Поэтесса, мемуаристка и благотворительница. В период немецкой оккупации Парижа участвовала в Сопротивлении, укрывала евреев и беглых военнопленных из армий союзников. Подрядилась вывозить мусор на подводе со знаменитого парижского велодрома, где собирали евреев для отправки в Аушвиц. В контейнерах для мусора было вывезено несколько детей. Была отправлена в Равенсбрюк, где погибла 31 января 1945 года. В 1985 году Яд Вашем присвоил ей звание Праведницы народов мира.

ГЛАВА 7
ЮСТИНА

Скоро все будет кончено. Лекарство подействует, я усну и не проснусь. Во всяком случае, так мне обещали, когда я его покупала. Я уверена, что поступаю правильно. Меня меньше всего волнует, где меня похоронят. Какими пустяками люди отравляют жизнь себе и своим близким.

У меня никого не осталось. Все, что я могла дать Розмари, я дала. Теперь, когда моего сына не стало, моя старческая немощь ляжет на Розмари, а вот этого я совершенно не хотела. Значит, надо уходить сейчас, пока соображает голова и ходят ноги. Пока я еще в силах самостоятельно помыться, одеться, причесаться, наложить макияж. Мне очень важно выглядеть презентабельно. Все-таки я посмеялась последней, Юстина Гринфельд из Граца. Когда мне умирать, буду решать я. Я, а не лагеркоммандант, не блокфюрер, не ауфсехерин*, не капо**.

---

* Надзирательница (*нем.*). Женщины-надзирательницы в лагерях не носили воинских званий, поскольку в СС официально могли состоять только мужчины.

** Привилегированный заключенный в концлагерях Третьего рейха, сотрудничавший с нацистской администрацией.

Я была младшей из трех детей в семье профессора зальцбургского университета. Брат и сестра были намного старше меня, и к тому времени, когда я начала что-то понимать, они уже были по горло заняты своей собственной жизнью. Йозеф, инженер по профессии, в юности загорелся коммунистическими идеями и в начале тридцатых уехал в Советский Союз налаживать какой-то гигантский завод. Через несколько лет от него перестали приходить письма, а обращения к советским властям и в Красный Крест ничего не дали. Беата так же безнадежно заболела театром и кинематографом и, вместо того чтобы респектабельно выйти замуж, уехала учиться и сниматься в Берлин. Берлин двадцатых – начала тридцатых ничем не походил на чинную буржуазную Австрию и, в частности, Грац. В столице Германии кипела жизнь, там воплощались в реальность новые, небывалые идеи, там можно было даже не выходить замуж, если не хочешь. С тех пор как я себя помню, моя мама тяжело болела, практически не покидала кровати. Но те крупицы сил, которые у нее были, она отдавала мне, последней, младшей. Она читала мне книжки, учила рукоделию и каждую пятницу по вечерам мы с ней зажигали свечи – она две, я одну. Больше никаких религиозных ритуалов в нашем доме не соблюдалось.

Зажигание свечей закончилось с маминой смертью. Без нее это не имело никакого смысла. Мне было восемь лет, и отец, занятый своими лекциями, книгами и опытами, нанял мне гувернантку из обедневших дворян, старую деву по имени фройляйн фон Ритхофен. Что самое интересное, она любила меня в том смысле, что ей было не все равно, что со мной произойдет. Она добросовестно добивалась от меня совершенства и с этой целью нещадно муштровала. Каждый день я обязана была десять минут ходить вверх и вниз по лестнице с географическим атласом на голове. Играя на пианино, я не имела права повернуть голову к окну. Если мне случалось стукнуться или обжечься, я была не только не вправе вскрикнуть, но даже измениться в лице. Откуда мне было тогда знать, как пригодятся мне впоследствии прямая спина, привычка не реагировать на боль и аристократически безупречный немецкий язык.

Летом отец отправлял меня в пансион к добрейшей еврейской вдове в горы. Муж оставил ей чудный домик в живописном месте на берегу горного озера, и каждое лето она приглашала пять-шесть еврейских девочек к себе на отдых. Было видно, что она делает это не ради денег. Мы ходили в пешие походы по горам, катались на велосипедах, купались, ели, когда хотели, и читали, что хотели. Писали друг другу в альбомы стихи, песенки и пожелания, а под конец сезона обменивались адресами. Но именно к концу сезона я начинала скучать по фройляйн фон Ритхофен и по отцу. И еще по беленькой болонке Таффи, которая всегда встречала меня из школы, стоя на задних лапах и смешно размахивая передними.

В год аншлюса мне исполнилось тринадцать. Волна репрессий докатилась к нам из Вены где-то через пару месяцев. Всю неарийскую профессуру выгнали из университета и поставили на уборку улиц. Отец тщательно подметал свой участок, как будто так и надо. Фройляйн фон Ритхофен осталась с нами. Вопрос «Почему?» застрял у меня в горле. По ее лицу я поняла, что этот вопрос сильно ее оскорбит. Наша квартира приглянулась какому-то эсэсовскому чину, и нас пришли выселять. Таффи залилась визгливым отчаянным лаем, старший офицер поднял ее с пола и швырнул об стену. Мне было приказано убрать.

– Нет, – ответила я.

– Почему? – с интересом спросил он.

– Вы же сами сказали, что теперь это ваш дом. Наймите горничную, и пусть она вам тут убирает.

Его любопытство было удовлетворено, общение со мной ему наскучило, и тут нас с отцом начали бить.

– Вы позорите немецкий мундир, – отчеканила фройляйн фон Ритхофен. – Я обещаю вам крупные неприятности.

Последовал здоровый солдатский смех, сдобренный изрядной порцией отборной брани. Не моргнув глазом, фройляйн фон Ритхофен протянула офицеру свой паспорт.

– Прочтите, если умеете читать, конечно.

По мере того как он читал, ангельский румянец на его лице сменялся нездоровой бледностью. Видимо, до него дошло, что женщина с такой фамилией не может быть еврейкой, зато может создать ему крупные неприятности.

– Что вы здесь делаете?

– Я здесь живу.

– С еврейскими свиньями?

– С моей воспитанницей. Это ее отец, профессор Отто Гринфельд. А на свиней вы можете полюбоваться в зеркало.

По его знаку солдаты оставили нас в покое и принялись за нее. Бить не стали, только заломили руки за спину.

– Заприте ее в машине.

– Прощайте, герр профессор. Прощай, Тинхен. Спину прямо, голову высоко.

Больше я никогда ее не видела. Люди рассказали нам, что видели ее на следующий день на главной улице Граца, срочно переименованной в Адольфгитлерштрассе. Ее и еще несколько австрийских женщин, в основном молодых, водили взад-вперед на веревке. Волосы у них были острижены, на шеях висели таблички. Потом их погрузили на грузовик и увезли.

Через десять минут мы с отцом шли по мостовой (по тротуарам евреям ходить не разрешалось). Большую часть пространства в его сумке занимал учебник, написанный им в соавторстве с австрийским коллегой. Я забрала из дома мамины подсвечники и альбом с открытками, оставшийся с последней поездки в Альпы. Мертвую Таффи я несла на руках, надеясь похоронить. Ни едой, ни теплыми вещами мы не запаслись.

Потом был Терезин. Просто удивительно, до чего быстро большинство людей привыкает к новым условиям и начинает жить по новым понятиям. Вот только отец не хотел привыкать. Он не жаловался, просто не хотел жить в мире, который перестал понимать. Он умер хорошо – быстро и тихо, без боли и унижений, держа мою руку. Это самое большее, на что мог рассчитывать еврей под властью рейха.

Потом был Плашов. В Терезине если не все, то большая часть заключенных владели немецким языком. Люди там были в основном из бывшей Австро-Венгерской империи, а без немецкого языка в этом государстве – никуда. В Плашове расклады были совсем другие, здесь все говорили по-польски, а из всего барака на три десятка женщин немецкий язык знала я одна. Польский я тоже выучила, а куда деваться? В Терезине я еще не поняла, что к чему, и свысока смотрела на ост-юден с их вульгарными манерами и прескверным немецким языком. Это закончилось еще на пути в Плашов. Юден есть юден. Мне не объяснили в детстве, что это такое, а в юности решили за это же убить. Обидно, когда тебя убивают, и вдвойне обидно, когда не понимаешь, а, собственно, за что.

Итак, в Плашове все началось именно с классического немецкого языка, а также с аккуратно заправленной койки и идеально прямой спины. В наш барак с инспекцией пришел сам комендант. В преддверии сиятельного визита надзирательницы тряслись от страха и буйствовали, как взбесившиеся собачонки. Их можно было понять. Застанет начальство в бараке непролазную грязь и свежие кровоподтеки у заключенных на лицах – скажет: «Фройляйн, у вас непорядок». Обнаружит хоть какое-то подобие человеческого жилья, какой-нибудь жалкий платочек или ложку нелагерного образца – опять будет в претензии: типа «развели тут курорт, когда наши воины на Восточном фронте», ну и так далее. Нам было сказано, что, кто посмеет во время визита дергать плечами или чесаться, та завтрашнего дня не увидит. Он вошел, молча обошел барак, на секунду заглядывая в лицо каждой заключенной, словно запоминая. Его взгляд задержался на мне, и я решила, что какая-нибудь шустрая вошь все-таки выползла у меня из под косынки и что сейчас начнется.

– Имя?

– Юстина Гринфельд, герр комендант.

– Возраст?

– Семнадцать, герр комендант.

– Откуда?

– Из Граца, герр комендант.

Он повернулся к надзирательницам:

– Вот, сразу видно уроженку Австрии*. Полюбуйтесь на эту выправку и аккуратность. Она назначается старшей по бараку. Выдайте ей повязку.

Меня возненавидели все – и надзирательницы, и заключенные. Надзирательницы, все три дочери крестьян откуда-то из прусской и швабской глубинки (с таким-то акцентом), признали во мне пусть бывшую, но все-таки городскую барышню и не впечатлились моим немецким языком. Соседки по бараку имели все основания ненавидеть капо просто за то, что капо, и им было вдвойне обидно, что надзирать над ними поставили семнадцатилетнюю соплячку. Полькам (а их в бараке было около десятка) не нравилось, что я еврейка. Особенно это не нравилось Дороте, бывшей продавщице в винной лавке, которая сама метила в капо. Она отличалась мужским телосложением, а лицом смахивала на бульдога и нрава была соответствующего. Иначе с буйными пьяницами не справишься. Я взялась за дело. Пользуясь тем, что мне, как капо, полагалась лишняя куртка, стащила с базы полкочана капусты. Под двумя слоями одежды его удалось спрятать. Мы честно поделили эту несчастную капусту на тридцать человек, с наслаждением жевали после отбоя деснами с шатающимися зубами. До людей начало потихоньку доходить, что приличный человек в должности капо означает хоть какой-то шанс на выживание. Свои же польки растолковали Дороте, что если она вздумает на меня доносить, то ее на следующее утро найдут в уборной с засунутой в дырку головой. Я старалась, как могла. По ночам, когда надзирательницы спали, мы устраивали «левые» постирушки, перетряхивали матрасы и одеяла, обрабатывали друг другу головы керосином. Керосин мы хранили в бидоне с завинчивающейся крышкой, а бидон спускался на веревочке в дырку убор-

* Амон Гёт родился в Вене.

ной. В первые полгода никто не заболел тифом. Селекции проводились регулярно. Я настаивала, чтобы на селекцию все одевались в чистое, показывала, как надо кусать губы, щипать щеки, повязывать косынку, чтобы здоровее и презентабельнее выглядеть. Единственная привилегия капо, которой я пользовалась, была возможность спать отдельно в маленьком чулане у входа. Ну и место работы у меня тоже было привилегированное – сортировка вещей, отобранных у узников. Большинство женщин в нашем бараке работали в мастерской, где делали детали для радиоприемников. Это тоже считалось теплым местом, все-таки не каменный карьер. Я бы с радостью бросила склад. Беря в руки серебряный подсвечник, я вспоминала свою маму и понимала, что она бы предпочла видеть меня мертвой, чем капо. Складывая детские пальтишки отдельно от взрослых, я обещала себе никогда не рожать детей в этот поганый отвратительный мир. Но склад – это вещи, которые можно поменять на продукты. Это – лишний день жизни для моих соседок. Для Бейлы с морщинами-лучиками вокруг глаз. Ее муж отказался мочиться на еврейские книги, и его убили. Я не считала еврейские книги более святыми, чем любые другие, но мочиться на потеху *этим* – он правильно сделал, что отказался. Может быть, у него тоже была гувернантка, научившая его держать спину прямой, а голову высоко поднятой?

Надзирательницы прекрасно видели, что я делаю, злились, били, но сместить или убить не могли. Боялись коменданта. А ему было не до нас. Он общался в основном с заключенными-мужчинами, каждый раз оставляя после таких встреч два-три трупа. В теплые летние вечера вилла на холме сияла огнями, там надрывалась музыка, периодически на балкон вываливалась толпа пьяных эсэсовцев, и начиналась стрельба по полосатым мишеням. В начале сорок третьего мы услышали по радио скорбную речь доктора Геббельса о жертве, принесенной немецкими солдатами и офицерами в снегах под Сталинградом. Мы стояли, опустив глаза в землю, скрывая улыбки. Гулянки в вилле на холме поутихли, получить взыскание и отправиться на Восточный фронт уже никому не хотелось. Наш лагерь начали чистить. Рабочую силу стали набирать из поляков, а евреев грузили в эшелоны и отправляли туда, где в душе был газ вместо воды. Я получила распоряжение представить список из семи имен на следующий транспорт. Только евреек.

– Я никого не хочу посылать на смерть, – сказала я женщинам. – Я больше не староста барака.

Мы решили тянуть жребий. Тянули все. Выпало мне, еще четырем еврейкам и двум полькам. Меня выпороли, забрали повязку, полек заменили еврейками. Так закончилась моя лагерная карьера. Из тридцати женщин, с которыми я начинала в Плашове, осенью сорок третьего остались в живых девятнадцать. Бейлу забрали во время селекции еще весной.

Один из последних транспортов из Плашова отправился в Аушвиц, благо недалеко. Нас успели протатуировать и побрить, и с жизнью я уже, в общем-то, попрощалась. Смотрела на дым из трубы крематория с надеждой – скоро это все закончится. Мы несколько часов стояли на плацу, пока в канцелярии лагеря что-то выясняли. Диспетчер ошибся, наш эшелон пригнали не туда. Мы еще могли работать на рейх.

Дора-Миттельбау*. Здесь заключенные пробивали в горах тоннели, которые потом стали подземными цехами завода «Миттельверк»**. Днем и ночью гремели взрывы, работы шли круглые сутки. Женщин было очень мало, и все на подсобных местах – на кухне, в прачечной, на вещевом складе. Ни в одно из этих мест я не

---

* Нацистский концентрационный лагерь, образован 2 августа 1943 года в пяти километрах от города Нордхаузена в Тюрингии, Германия, как подразделение уже существовавшего лагеря Бухенвальд.

** Самый крупный военный подземный секретный завод в горном массиве около города Нордхаузена. Предназначался для узловой сборки ракет и двигателей с последующими стендовыми и генеральными испытаниями. Его постройка началась в августе 1943 года для производства «Фау-2» и турбореактивных двигателей БМВ-03 и ЮМО-004, используемых на истребителях и бомбардировщиках.

попала. Я попала в отдельный барак, который и на барак-то не был похож. Там у каждой женщины была своя комнатка, а вместо нар были кровати. К концу сорок третьего вопросы расовой гигиены уже мало кого волновали. Во всяком случае, не на таком промышленном объекте, как Дора-Миттельбау, и не тогда, когда речь шла об обычных солдатах и заводском персонале в невысоких чинах. Иногда к нам приходили мужчины-заключенные. Ради шутки охрана могла премировать походом в наше заведение священника-поляка или кого-нибудь из русских, изможденных до такой степени, что делать ему у нас было абсолютно нечего. Это были те редкие моменты, когда я вспоминала, что я все еще человек, а не сливное отверстие. Я отдавала им все, что у меня на тот момент было в запасе: хлеб, сало, шоколад, сигареты. Они делились со мной куда большим – надеждой. Союзники высадились в Нормандии, спустя два месяца – взяли Париж. Красная армия уже на территории Европы. Нас скоро освободят.

К концу сорок четвертого объект перешел на авральный режим и немецкому персоналу стало не до развлечений. Женщин погрузили на эшелон и отправили в Маутхаузен*. Снова селекция, и снова я в небольшой группе тех, кому временно разрешено жить. Меня определили в Лензинг, один из вспомогательных лагерей. Несколько сот женщин работали на концерн Lenzing AG, производивший искусственные волокна. По шестнадцать часов мы мешали ядовитые растворы, процеживали раскаленный расплав, по много раз пропуская его через сита с мельчайшими отверстиями. У всех нас раскалывались от боли головы, в горле постоянно першило, сыпью и ожогами покрывались незащищенные руки. В конце зимы нас привели на плац на перекличку и оставили там стоять. Живот сводило голодными спазмами, отчаянно кружилась голова, только холод помогал не упасть. В центре плаца стояло несколько десятков заключенных мужчин в одном

---

* Немецкий концлагерь около города Маутхаузена в 1938–1945 годах.

нижнем белье и деревянных колодках на шеях. Вокруг них ходили охранники с собаками. С помоста, на котором стояло начальство, раздалось:

– Приготовьтесь к гигиеническим процедурам.

И тут я увидела, что по мерзлой щебенке змеей ползет шланг. Их начали поливать, они корчились под ударами ледяной воды.

– Смотрите, русские свиньи, как погибает ваш генерал.

Одними глазами я проследила за направлением пальца в кожаной перчатке и увидела на краю толпы высокого пожилого мужчину, изможденного, но не доходягу. Видимо, его перестали кормить недавно. Он тряхнул головой, пытаясь вырваться из колодки, скорбно сжатые губы шевельнулись. Слева на него полилась из шланга вода, он сделал шаг назад и упал лицом вниз. Кровь потекла из-под его головы прямо в лужу. Охранник переложил дубинку из правой руки в левую и уставился на помост в ожидании дальнейших распоряжений.

Я давилась слезами и отвращением к себе. Он не согласился на них работать. Наверное, ему, генералу, предлагали большее, чем повязку капо и отдельное спальное место. Но он не сдался. А я...

Весной я заболела настолько, что уже не могла встать. Заболей я на пару недель раньше, не миновать бы мне газовой камеры. Но надзирательницы уже были больше всего озабочены собственным спасением, и соваться в тифозный барак никому из них не хотелось. Нас просто заперли и оставили умирать. Я лежала на нарах, свесив голову в проход, чтобы не задохнуться. Сознание куда-то уплывало и возвращалось. Все тело дергалось в рвотных спазмах, я не удержалась и напустила на пол зловонную лужу. Чем, спрашивается, – я уже не помнила, когда ела последний раз. С соседних нар послышалась брань на разных языках. Подтянувшись на руках, я упала с нар и больно ударилась. Попыталась встать, но не сумела, голова кружилась, ноги не держали. Но я могла сидеть, хоть и сидеть там было особо не на чем, так, кости одни. Сгибая ноги в коленях и опираясь ладонями об пол, я поползла в закуток, где раньше жила капо, в надежде найти там тряпку. И тут за дверью раздался шум двигателей и команды не по-немецки. На нарах началось шевеление, все всё поняли, но сил уже не было ни у кого. Я сменила направление, доползла до двери и стала колотить в нее пятками. Меня хватило на пару ударов, и тут барак взорвался криками, стонами, плачем. Из-за двери раздался женский голос на непонятном языке, послышались удары железкой о железку. Я на всякий случай отползла от порога и привалилась спиной к ближайшим нарам. Дверь слетела с петель, на пороге показался силуэт в форме цвета хаки. Заходящее солнце светило ей в спину. Лица я не разглядела, только белки глаз ярко сверкали в полутьме неосвещенного барака. Она обратилась к нам:

– Наци тодт. Зи либен. Лебенсмиттель унд медицин. United States Army.

Потом она легко присела и так же легко подняла меня с грязного барачного пола:

– Come here, child.

О, ласковые руки, ставшие для меня колыбелью! Я больше ничего от жизни не хотела.

* * *

Ее звали Розмари Палмер. Она была медсестрой, лейтенантом WAC*. Тех, кто еще был жив, американцы извлекли из бараков, а бараки вместе с трупами сожгли. Теперь мы жили в служебных помещениях концерна Lenzing AG. Оттуда вынесли всю мебель, и все равно раскладушки стояли впритирку в коридорах и кабинетах. Мне Розмари подыскала уютный уголок около окна, поставила там свою раскладушку и отгородила зеленым солдатским одеялом. Я целыми днями лежала и смотрела, как скользит луч солнца по стене. Наслаждалась простыней и подушкой в наволочке. Удивлялась, почему нет вшей, куда же они делись? Приходила Розмари, разогревала на плитке молоко в жестяной солдатской

* Women's Army Corps, вспомогательные женские части американской армии во время Второй мировой войны.

кружке, растворяла в нем квадратик шоколада из своего пайка и поила меня с ложки. В первые два раза меня вырвало, но Розмари не испугалась.

– Не расстраивайся, девочка, – говорила она мне на своем срочно выученном немецком – самом прекрасном немецком языке, который я когда-либо слышала. – Попробуем еще раз.

Когда я смогла удерживать молоко, пришла очередь маленьких кусочков белого хлеба, зажаренных на конфорке. Она знала, что делала. Сколько людей умерли уже после освобождения потому, что им позволили съесть много и сразу. В душевой она сажала меня на стул, поливала приятной горячей водой. Я сидела, опустив обритую голову и прижав к груди тесно переплетенные руки. Я не была так наивна, чтобы стесняться своего номера на левой руке. Но, кроме номера, там была еще и надпись из Доры-Миттельбау. Feldhure-7*. Когда одна Feldhure-7 беременела или сходила с ума, на ее место заступала следующая. Я плакала, слезы перемешивались с горячей водой. Медленно, миллиметр за миллиметром, она расцепила мои сжатые руки. Терпения ей было не занимать. Она накрывала меня одеялом и целовала на ночь. Как мама в детстве. Как Бейла из плашовского барака в ночь перед своим отъездом.

Через три недели такой жизни я почувствовала, что в силах подняться и ходить. Остро встала проблема одежды и обуви. Мое лагерное тряпье сгорело в большом костре вместе с другим ему подобным. Вместо этого Розмари одела меня в свою комбинацию с кружевами. Я сначала решила, что это бальное платье, тем более что мне оно доставало почти до щиколоток. В этом можно было лежать, но нельзя ходить. Розмари вернулась из города с двумя свертками под мышкой. Из одного свертка были извлечены не новые, но еще крепкие сапоги на маленькую ногу, из другого – синяя юбка, белая блузка и бежевый жакет со следами споротых нашивок на рукавах. Одежда с меня не падала, уже хорошо. Сапоги вообще подошли идеально.

---

* Полевая шлюха (*нем.*).

– Это откуда?

– Одежда с толкучки. А сапоги я сменяла у одной русской на бюстгальтер. Она там на перекрестке флажком машет.

– А русские что, тоже здесь? – удивилась я.

– Конечно, они взяли Вену.

– А какие они?

– Да смешные. В глаза цветных не видели, вот и удивляются. Солдаты они справные, только пьют много.

– Розмари...

– What is it, child?*

– Я могу ходить. Куда мне идти? Я не хочу в Грац. Мне некого там искать.

– Здесь будет лагерь для перемещенных лиц. Поживи здесь, пока ты решишь, что тебе делать.

– Опять лагерь?

– Это не лагерь, где убивают.

– Все равно.

– Если хочешь, ты можешь жить со мной.

– С тобой, – эхом повторила я.

– Будет нелегко. Еще не всякая австрийская семья сдаст нам жилье. Ты сможешь жить в доме с австрийцами?

– А почему мы должны снимать в частном секторе? Ты же офицер.

– В этом-то и дело. Есть офицерское общежитие для белых, есть для цветных, есть для женщин. А для меня нет.

– Но почему?

– Потому что в женском общежитии только белые. Такие у нас порядки.

Хороши порядки. Офицеру жить негде.

После долгих поисков мы сняли жилье у вдовы блокляйтера** где-то на окраине. Розмари было далеко и неудобно добираться до госпиталя, но ничего лучше мы не нашли. Хозяйка возненавидела нас с первой

---

* Что, детка? (*англ.*)

** Низшая должность в нацистской партии, функционер районного масштаба.

минуты, но деваться ей было некуда. Из оккупированной русскими Вены на нее свалилась дочь с двумя малышами, вернулся из фольскштурма сын-подросток с покалеченной спиной, работать никто не мог, да и негде было, а есть хотелось всем. Я переводила диалог между фрау Швенке и Розмари и чувствовала себя очень неловко. Даже униформа Союза немецких девушек (а именно эту одежду и купила мне Розмари, откуда ей было знать) не могла скрыть моей лагерной худобы, остриженной головы и запавших глаз. Вид был тот еще, я думаю, что они испугались меня не меньше, чем Розмари, а то и больше.

– Кто она вам? – спросила фрау Швенке у Розмари, указывая на меня.

– None of your dog-on business*, – лучезарно улыбнулась Розмари. – Юстина, переведи.

– Лейтенант Палмер знакома с моими родственниками в Америке, – сказала я, едва шевеля губами. – Ей поручили меня разыскать.

– Вы должны поддерживать чистоту и порядок. За евреями и неграми я не буду убирать ни за какие деньги.

– Не обращайте внимания, – встряла дочь, испуганно косясь на мать. – Она много пережила и не в себе. Об уборке не беспокойтесь, я все буду делать.

Я перевела.

– Мы остаемся. Мы знаем, что такое чистота и порядок.

– Лейтенант Палмер говорит, что мы остаемся.

В разговорах с хозяйкой я называла Розмари не иначе как «лейтенант Палмер». Мне ли было не знать, какое завораживающее действие оказывает на немцев любой ранг.

– Сволочи! Лицемерные скоты! Чистота и порядок! – шипела Розмари, натирая пол нашей комнаты с такой яростью, что скрип тряпки о половицы слышался на весь город. Я не видела ее в таком состоянии, даже когда она несла меня мимо рва, наполненного трупами.

---

* Не ваше собачье дело (*англ.*).

Закончив мытье, она с наслаждением выплеснула воду из тазика в окно, прямо на хозяйскую клумбу.

– Цветам полезно.

Мне было страшно неудобно, что я ничем ей не помогаю, но при малейшем напряжении у меня начинала кружиться голова и воздуха становилось мало. Мы коротали вечер вдвоем, и Розмари рассказывала мне, как ее мать работала прислугой в белой семье и мечтала вывести в люди единственную дочку. Большинство дочерей чернокожих служанок шли по стопам матерей, но овдовевшая миссис Палмер решила, что ее Розмари способна на большее. На всю жизнь возненавидела Розмари тазы, ведра, швабры и тряпки, олицетворявшие материн тяжелый труд и ее унижение.

– Я окрепну, сама все буду делать, – сказала я.

– Хватит. Ты на них свое уже отработала.

– Не на них. Эта комната – мой дом. А ты – моя семья.

Пока Розмари работала в госпитале, я сидела дома, читала американские журналы, газету Stars and Stripes*, слушала Би-би-си. Уроки фройляйн фон Рихтхофен по домоводству пригодились, я превратила нашу комнату в светлый изящный уголок, куда там фрау Швенке с ее плебейским вкусом. Одиночество было роскошью, о которой я много лет мечтала, и меня устраивало никого, кроме Розмари, не видеть и не слышать. Слишком много времени я провела в битком набитых людьми вагонах и бараках. Слишком много увидела скотства. Слишком много всего. Если я родилась весной 1925 года, то мне, наверное, сейчас двадцать. Да, двадцать. Целая жизнь прошла.

Поздней осенью Розмари пришла домой посеревшая от боли и сказала, что их госпиталь сворачивается и уезжает на север Германии. Она человек военный, она должна ехать. Она заплатит фрау Швенке вперед за мое проживание и, когда ее демобилизуют, вернется и заберет меня с собой в Америку. Я только заулыбалась такой наивности.

---

* «Звезды и полосы», газета для американских солдат в Европе.

– Розмари, платить деньги этой ведьме – все равно что швырять их в крысиную нору. Я поживу в лагере для перемещенных лиц, ничего мне не сделается.

Розмари уехала, оставив фрау Швенке деньги, а мне – продовольственные карточки и бумажку с адресом военно-полевой почты где-то возле Нюрнберга и с адресом своей матери в городе Магнолии, штат Миссисипи. Никогда не слышала о таком городе.

* * *

На следующий день фрау Швенке заявила мне, чтобы я убиралась из ее дома, если не хочу последовать за теми, кто во рвах. Ничего другого я не ожидала, молча собрала чемодан и пошла по обледенелой дороге в сторону автобана. С серого неба сыпала колкая крупа. Через какое-то время меня догнал Эрих, сын фрау Швенке, и сунул деньги в карман моей куртки, взятой Розмари с американского склада.

– Вы простите мать. Она совсем не в себе стала. С прошлой весны не переставая кричит, ругается, спасу нет. Американцы отправили всех горожан хоронить трупы в главном лагере. Без носилок, без перчаток. Вот она и свихнулась.

У меня даже желания посочувствовать не появилось. Но мальчишка-то ни в чем не виноват.

– Эрих, я желаю вам и вашей семье выстоять в эти трудные для всех времена, – сказала я так, как будто мы не стояли на улице, а встретились на Императорском балу в Хофбурге*. Фройляйн фон Ритхофен была бы довольна. Благодарить я не стала. Это мои деньги. Розмари оставила их мне.

Не успела я пройти и километра по разбитому автобану, как впереди остановился американский грузовик. Помог английский язык. Меня отвезли в ближайший DP-лагерь**, располагавшийся на бывшей базе вермахта. Над лагерем развевался флаг с шестиконечной звездой, а на воротах висели разноязыкие,

---

* Императорская резиденция в Вене.

** Лагерь для перемещенных лиц (displaced persons – *англ.*).

разномастные таблички с надписями еврейскими, латинскими и славянскими буквами. Я прочла по-немецки и по-английски: «Мы здесь наперекор всему».

Жизнь в лагере била ключом. С нами работали эмиссары из Палестины. Действовали школа, детский сад, медпункт, курсы профессионального обучения на два десятка специальностей, синагога. Выпускалось несколько газет, работал радиоузел, ставились спектакли. Были образованы оркестр и несколько спортивных команд. Весной планировали раскопать под огород бывший полигон. Практически каждую неделю играли свадьбу, а весной сорок шестого началось то, что американцы потом назвали беби-бум*. Каждую невесту собирали под хупу все обитательницы ее барака. Каждой беременной тащили самый вкусный кусочек. Каждому новорожденному шили приданое всем коллективом. Наперекор всему мы люди. Даже я со своим клеймом проститутки и капо.

Конечно, когда несколько сотен, мягко говоря, травмированных людей живет в тесноте и не знает, что с ними будет завтра и куда друг от друга деваться, неизбежны ссоры, срывы, конфликты. Меня, например, раздражало, когда люди начинали вспоминать своих близких. Отцы всегда были самыми величественными и мудрыми, матери самыми добрыми и ласковыми, старшие сестры редкими красавицами, а младшие братья маленькими ангелами. Я выходила из барака не в силах это выносить, закрывала ладонями уши. Иногда я спрашивала себя: может быть, я неправа? Может, у других людей это все было, а мне просто завидно? Может быть, я просто зла на отца? Да, я была очень на него зла за его слабость, за его предательство, за то, что он даже не попытался защитить меня. На него и заодно на всех мужчин. За очень немногими исключениями, они все были животными. Некоторые кровожадными, как комендант Плашова. Некоторые

* По статистическим данным 1946–1947 годов, самая высокая рождаемость среди евреев была не в Америке и не в Палестине, а в европейских лагерях перемещенных лиц.

похотливыми, как охранники в Доре-Миттельбау. Некоторые безобидными и пассивными, как отец. Только тот русский генерал с колодкой на шее умер как человек. Наверное, потому и умер, что не захотел превратиться в животное.

Все кого-нибудь искали. Не родственников – так друзей, не друзей – так земляков. Я никого не искала. Я скучала по Розмари. Люди из комитета ООН по беженцам раздали нам анкеты. Там был вопрос: куда бы вы хотели уехать? Укажите ваши предпочтения в порядке убывания. Люди писали: *Палестина. Палестина. Палестина.* Я задумалась над девственно чистой бумажкой. Розмари говорила: Home is where the heart is*. Where is my heart**, вернее, то, что от него осталось? Уверенной рукой я написала на бланке: *Магнолия, штат Миссисипи, США.* Через две недели нам раздали ту же дурацкую анкету. Люди разозлились и на вопрос, куда бы они хотели уехать, если в Палестину нельзя, массово ответили: в крематорий.

На исходе зимы сорок шестого к нам приехали пять грузовиков с беженцами из Польши. «Бриха»*** переправила их в Австрию через несколько границ. Как всегда, когда в лагерь прибывала группа новичков, началась перекличка.

– Из Люблина есть кто? Помните аптеку Футефаса?

– Белосток? Да у нас здесь полбарака из Белостока.

– Гданьск? Марк Симанович? Работал в порту инженером...

– Хану Элиас никто не встречал?

Я развернулась и пошла из толпы. Не хотела опоздать на занятия по стенографии.

– Гринфельд! – грохнул кто-то басом.

---

* Дом там, где сердце (*англ.*).

** Где мое сердце (*англ.*).

*** «Побег» (*ивр.*) – подпольная организация, созданная в течение 1944–1945 годов выжившими во время холокоста членами сионистских молодежных движений, целью которой была переправка евреев из Восточной Европы на побережье Средиземного и Черного морей для дальнейшей отправки их в подмандатную Палестину.

Странно, кроме меня, еще на свете остались Гринфельды?

Я развернулась и увидела энергичного толстяка в кожаной куртке и русских сапогах вроде моих, но значительно новее. Это что еще за родственничек выискался? Как это он после лагеря так быстро поправился? На меня Розмари тратила лучшие американские продукты, но без толку. Столько времени после освобождения прошло, а я оставалось худой и прозрачной.

– Я Юстина Гринфельд из Граца, дочь Отто и Сильвии. Чем могу быть полезна?

Кричавший подтолкнул ко мне бледного сероглазого парня с только начавшей отрастать бородой и заявил ему:

– Вот и у тебя родственники нашлись. А ты позвать стеснялся, – и ушел распоряжаться где-то еще.

Парень опустил глаза, стесняясь непонятно чего.

– Я не думаю, что мы родственники. Я из Сигета. Мою мать звали Эстер-Либа, отца – Моше-Довид. Он был раввином.

Да уж, чего в нашем сверхассимилированном семействе не наблюдалось, так это раввинов.

– А вас-то самого как зовут?

– Рувен.

– А лет вам сколько?

– Восемнадцать.

– Давай на ты. И зови меня Юстина. Все-таки не совсем чужие.

Он кивнул, не поднимая глаз.

– Ну чего ты все в землю смотришь? Ты же уже не в лагере, чего ты боишься?

– До отправки в лагерь я учился в йешиве. У нас не было принято разговаривать с девушками.

Откуда взялось это ископаемое! Не принято разговаривать с девушками! Двадцатый век на дворе! Неужели эта фиалка пережила концлагерь?

Я показала ему где что, надавала кучу советов по обустройству, и мне удалось его разговорить. Он действительно нигде не учился, кроме йешивы, а экзамены по румынской школьной программе сдавал экстерном. О погибших родителях и сестрах он говорил без надрыва, тепло и спокойно. Он был уверен не только в существовании Бога, он был уверен в Его милосердии – и это после всего, что произошло. Для меня это было непостижимо, но я помалкивала. Насмешек и издевок он и так получал в бараке полной мерой, а я не хотела терять хорошего друга. Еще один день, еще, пока он не узнал, кем я была, и не отвернулся от меня. Мы сидели на каких-то мешках за лагерной прачечной и смотрели в звездное небо. С площадки доносились звуки аккордеона, обрывки песен на иврите и топот танцующих ног. Я любила танцевать, но долго не могла, задыхалась. Рувен в смешанных танцах участия не принимал.

– А куда ты поедешь?

– В Палестину.

– Почему?

– А куда еще? Это Святая земля. Там наш дом. Там Господь нас защитит.

Вот этого нам на занятиях по сионизму не говорили.

– А ты куда?

– Не знаю. Наверное, в Америку.

Он изумленно поднял брови:

– У тебя там родственники?

Самое интересное, что родственники у меня там были. Младший брат отца, в отличие от него не погруженный в научные изыскания, сразу после аншлюса понял, чем это все закончится, продал за бесценок свое дело, и только его и видели.

– Да нет. Я везде могу жить, только не там, где убивали. Люди везде люди.

Пауза.

– Юстина, я много думал об этом. Может быть, они и люди, но только между собой. Когда появляются евреи, в них просыпаются звериные инстинкты. Мы – живое напоминание о присутствии Бога в мире, и за это нас ненавидят, хотят избавиться любой ценой. То, что случилось, случилось не в первый и не в последний раз. И в Америке это случится, может, через поколение, может, через два, но случится обязательно. Немецкие евреи любили Германию, австрийские – Австрию. Им это что, сильно помогло? Жить ты можешь где хочешь, но я хочу предостеречь тебя. Любая еврейская душа драгоценна, особенно сейчас. Не отдавай свою гоям, их не хватит, чтобы оценить такой дар. Сожрут и не оглянутся. Даже когда они хорошо поступают с нами, они делают это по мотивам, далеким от праведных.

Прощайте, герр профессор. Прощай, Тинхен.

Come here, child.

Вот так, парой фраз, убить самое светлое, что у меня было в жизни. Я сжалась в комок, стараясь не заплакать.

– Я не хотел делать тебе больно, Юстина. Только у правды свойство такое, что от нее бывает больно.

– Замолчи! – заорала я, как, наверное, не орала даже Дорота в своей винной лавке. – Что ты вообще о жизни знаешь, оранжерейное растение? Кого ты видел в своем Сигете? И если ты знал, что неевреи такие, то почему ты не защитил свою мать и своих сестер? Почему, почему, почему?

Я захлебывалась слезами и соплями и продолжала кричать.

Голова его опускалась все ниже и ниже, он съеживался, как под пинками. Мой запал моментально исчез, оставив после себя ледяной парализующий страх. Что я натворила. Со своим прошлым кто я такая, чтобы винить кого-то еще в том, что он остался в живых. Тихий стон донесся из-за его сжатых зубов.

– Ты права, – донеслось до меня. – Если в нашей семье кто-то и вел себя по-мужски, то это был мой брат.

Брат? Раньше он говорил только о сестрах.

– Рувен... прости... я не хотела.

– Нас выгрузили на платформе в Аушвице. Меня с отцом – в одну сторону, мать с младшими – в другую. Мать кричала, плакала вслух, и какой-то эсэсовец ее ударил. Нас разделяло где-то метров двадцать. Мой брат бросился на эсэсовца, заступился за мать. Ему было шесть лет. Шрага бен Эстер-Либа.

– И что?

– А что ты думала? Они забили его ногами, пулю пожалели.

– У тебя будут жена и дети. Ты сумеешь их защитить, я ни секунды не сомневаюсь. Я бы сама...

– Что сама?

– ...вышла бы за тебя замуж, если бы ты позвал. И уехала бы с тобой в Палестину.

Неужели я сейчас это ляпнула? Ведь он ничего про меня не знает. А вдруг согласится? И что мне тогда, рассказывать этому чистому мальчику из йешивы, как десятки, сотни немцев, украинцев, поляков, которых он презирает, ходили на меня, как в уборную?

– Я тоже тебя люблю, – тихо сказал он, но не протянул ко мне руки.

* * *

В начале мая, в годовщину освобождения, мне пришло письмо от Розмари из Нюрнберга. Она писала, что там судят наци-верхушку, что город наводнен журналистами, что нужны машинистки, стенографистки и переводчицы, но немок на эти позиции никто не берет. Это она так намекала на то, что хочет меня там видеть. Кроме того, она писала, что нашла через Красный Крест моего дядю. Он владеет книжным магазином в городе Саванне, штат Джорджия, «это тебе не наше миссисипское захолустье». Еще один тонкий намек на толстые обстоятельства. Для меня не было никакой разницы между Джорджией и Миссисипи, из всей Америки я знала только Нью-Йорк, Голливуд и бесконечные прерии. Рувен делил свое время между йешивой и больницей, где помогал санитарам. Медпункта уже не хватало, американские военные госпитали перестали брать перемещенных лиц, а лечиться в немецких больницах у немецких врачей никто из нас не хотел. В столовой, на посиделках вокруг костра под аккордеон, он садился рядом со мной, но в сумерках вдвоем мы больше не гуляли, наедине не оставались. Как-то вернувшись в барак, я обнаружила на своей койке букет свежесрезанных нарциссов. Такие цветы у нас не росли, их продавали в городе. Со своей еврейской внешностью и плохим немецким, несмотря на строгий запрет поддерживать немецкую экономику, он все-таки вышел на враждебную территорию и купил мне эти цветы. Каждую неделю игрались свадьбы, а он молчал. Сам решение не мог принять и мне не давал.

Как-то бытовой комитет решил сделать ревизию наших запасов. Холодильники в послевоенной Европе были запредельной роскошью, и мы хранили продукты в огромном блиндаже, выкопанном для этой цели предыдущими хозяевами базы. Проблему крыс мы решили, поселив в блиндаже почтенное кошачье семейство. Кота звали Лорд Бальфур, одну кошку Бесс Меирсон, вторую – Кей Саммерсби*. Втроем они наплодили два десятка котят, и крысы забыли дорогу к нашим продуктам. Я отправилась в блиндаж с фонариком, блокнотом и ручкой. Там было не совсем темно, свет проникал из окошек под самым потолком. Я пересчитывала мешки с крупами, ящики с сухофруктами, банки с консервами и сухим молоком. Сколько людей можно было спасти полтора года назад. За стеллажом послышалось шуршание. Я не испугалась, только позвала: «Кис-кис-кис». На кис-кис-кис никто не появился, а из-за стеллажа донеслись странные звуки, как будто там кого-то тошнило. Решив, что кому-то из наших котов плохо, я заглянула за стеллаж. Там был человек. Скорчившись на полу, он блевал в газету Stars and Stripes. Я не много разглядела в темноте, но, судя по силуэту, это был нормально сложенный нестарый мужчина. Мне бы испугаться, но за последние годы я привыкла бояться несколько других вещей. Я наклонилась над ним:

---

* Лорд Артур Бальфур – британский государственный деятель, автор знаменитой декларации Бальфура (на самом деле письмо Уолтеру Ротшильду) о поддержке английским правительством еврейского национального очага в Палестине. Бесс Меирсон – первая и единственная еврейка – «мисс Америка». Завоевала корону в 1945-м. Получала растроганные благодарственные письма от выживших евреев в европейских лагерях перемещенных лиц. Кей Саммерсби – шофер, секретарша, по некоторым версиям, любовница командующего американскими войсками в Европе генерала Эйзенхауэра. По многочисленным воспоминаниям евреев – перемещенных лиц, она им сочувствовала и активно помогала.

– Вам плохо? Вам помочь?

Лицо его было искажено болью и страхом – несчастное, затравленное. Я еле на ногах устояла.

– Не выдавай меня, – взмолился он по-немецки. – Я скрываюсь.

– От кого?

– Американцы договорились с русскими выдать им всех латышей. Весь народ назвали пособниками нацистов. Русские расстреливают нас без суда, тех, кого не расстреляли, гонят в Сибирь. Не выдавай меня, не бери грех на душу.

– Не выдам, успокойтесь. Но сюда будут приходить другие люди. Вас могут найти.

Так же как я – всего год назад, господи, – он пополз, сидя на полу, сгибая колени и отталкиваясь руками. В самом темном углу блиндажа обнаружился погреб, который мы не заметили.

– Я тут обычно хоронюсь. Но тут не ляжешь.

Я протянула ему фонарик, сняла с руки часы, купленные за банку тушенки.

– Выходите только по ночам. Ночью сюда не ходят. Я вам лекарство принесу. Что с вами?

– Пищевое отравление. Пройдет. Фройляйн...

– Гринфельд.

– Спасибо, фройляйн Гринфельд.

И полез в погреб, перегнувшись от боли.

На кухне я выслушала пространную тираду о том, что бывает с теми, кто теряет казенные фонарики, и что если я так же потеряю оружие в Палестине, то арабы оставят от меня мокрое место.

Так у меня появилась еще одна тайна, о которой ни с кем нельзя было говорить. Я осторожно расспрашивала других о латышах, и ни от кого не услышала ничего хорошего. Немцы всегда были для них господами, задолго до Третьего рейха. Они привыкли исполнять все, что немцы им скажут, и соревнуются в энтузиазме. Объект исполнения значения не имеет. Это могут быть евреи, могут быть русские, может быть вообще родная мать. Главное, чтобы хозяин был доволен. Народ рабов, довольный своим рабством, ни разу не восставший. Какой ужас.

Имант (так звали моего подвального подопечного) рассказал, что жил на хуторе около города Митау*, что был мобилизован немцами в строительный батальон и выполнял для вермахта прифронтовые работы по всей Европе. Его отец был богатым человеком, крепким хозяином, за что и был арестован русской тайной полицией. Теперь Латвия под властью Советского Союза, и он не может туда возвращаться. Я механически носила ему еду и лекарства, а смотреть в глаза Рувену, соседкам по бараку и евреям, которых «Бриха» продолжала нам привозить, становилось все трудней и трудней.

Этот нарыв лопнул где-то через месяц. Американцы задействовали меня переводить на английский документы из местного архива. Каждый день у ворот лагеря меня подбирала какая-нибудь машина и везла в комендатуру. На меня начали косо смотреть, но мне было не в чем себя упрекнуть. Я не виновата, что за полгода жизни с Розмари выучила английский язык. Летним вечером, вернувшись с работы в комендатуре, я еще издалека услышала, как шумит разъяренная толпа. Это не спутаешь ни с чем. Год назад, когда я только встала на ноги, мы, выжившие, стояли вдоль дороги, а мимо нас американцы вели охранников из Маутхаузена. У нас еще все было прилично, а вот в Дахау, говорят, американцы стреляли эсэсовцам в ноги, чтоб не убежали, а освобожденные узники добивали их лопатами.

Так и есть. Я продралась сквозь толпу и увидела, что Имант привязан к флагштоку, сидит под флагом с шестиконечной звездой – окровавленный, измочаленный, с заплывшим глазом. Впервые увидев его при дневном свете, я поразилась, насколько он похож на истинного арийца с нацистского плаката, даже осунувшийся после болезни и залитый кровью. Такие экземпляры даже среди немцев большая редкость, что бы там доктор Геббельс ни утверждал.

* Немецкое название города Елгавы в Латвии.

– Пустите меня! Я ему глаза выдавлю! Я из (какое-то незнакомое название)! Он был (опять незнакомое слово)! Он убил мою дочь! Пустите!

– Я был в Доре-Миттельбау! Он конвоировал нас на работу! Он хуже бешеного пса!

Дора-Миттельбау! Но если... если... их было так много. Я всматривалась в его лицо, зная, что это совершенно бесполезно. Там я не смотрела на лица. Был? Не был? Или все-таки был?

Он перехватил мой взгляд и закричал:

– Юстина! Скажи им! Я не был в СС! Они обознались! Они убьют меня!

Есть только один способ. Весь лагерь узнает. Рувен узнает. Но если я не признаюсь, то есть шанс, что мы убьем человека за то, чего он не совершал. Тогда все это зря. И свадьбы, и дети, и букет на моей кровати, и мечты о Палестине. Тогда это все будет отравлено. Я вышла в круг, встала рядом и подняла руку с клеймом, призывая к тишине. Клеймо горело, как только что поставленное.

– Я могу его опознать наверняка. Я тоже была в Доре-Миттельбау. Подержите его кто-нибудь, его надо раздеть до пояса.

Имант – не могу подобрать другого слова – взвыл, но это ему не помогло. Рубашка разрезанными клочьями упала на утоптанные сотнями ног опилки, и все увидели татуировку на мускулистой груди. Геральдический щит, в нем свастика, а по бокам римская цифра II и латинская буква L*. Татуировки, как правило, располагавшиеся во время действа прямо над моим лицом, я запоминала гораздо лучше их хозяев.

– Он был в Доре-Миттельбау и посещал там бордель.

– Шлюха! Забыла, как подо мной извивалась?

Злоба на меня за то, что я целый месяц заставляла его притворяться вежливым и благодарным, убила

* Эмблема 19-й пехотной дивизии ваффен-СС, более известной как латышская-вторая. Свастика – «огненный крест», или «крест Перкона (бога-громовержца)», испокон веков являлась традиционным элементом латышского народного орнамента.

в нем даже здравый смысл и инстинкт самосохранения.

Из толпы шагнул Рувен. Точными аккуратными движениями он затолкал Иманту в рот сложенное вчетверо больничное полотенце и завязал вторым. Брезгливо отряхнул руки и обратился к собравшимся:

– Так, все что надо, он уже сказал. Теперь давайте решать, что делать.

– Убить!

– Прекрасно, – опустил ресницы Рувен. – Как именно будем убивать? Оружия у нас нет. Вешать тоже надо умеючи, и строить виселицу нам недосуг – сюда с минуты на минуту может явиться американская военная полиция.

– Да дать чем-нибудь по голове и всех дел!

– Хорошо. Куда девать тело? Если выбросить за ограду лагеря, начнутся вопросы. Крематория у нас нет. Вы предлагаете хоронить его здесь, рядом с нашими? Не много ли чести?

– А что ты предлагаешь?

– Я предлагаю отдать его русским.

Глаза Иманта над тугой повязкой вылезли из орбит, он выгнулся всем телом, замотал головой. И все это увидели.

– Я предлагаю вам вспомнить, кто мы, – продолжал Рувен. – Мы единственные в Европе без крови на руках. Мы чище и лучше остальных. Там, где год назад дымили трубы крематориев, теперь звучат слова Торы. По этой земле делают первые шаги наши дети. По этой земле ходят наши женщины, чище и прекрасней которых нет на свете...

Тут он встал рядом со мной, взял за руку и с вызовом посмотрел на людей. Никто ему не возразил, и он продолжал:

– Так не будем же оскверняться. Пусть гоим разбираются между собой, пусть русские сделают эту грязную работу за нас. Они хотели Европу без евреев, они получили то, что хотели, – пусть теперь грызут друг друга. Всевышний приведет нас на Святую землю, домой.

– Аминь, – десятками грудей вздохнула толпа.

Я, шатаясь, дошла до барака, легла на кровать и накрылась с головой одеялом.

Через несколько дней Рувен ждал меня вечером у ворот лагеря. Из комендатуры меня привезли на джипе веселой компанией – два сержанта и солдат. Сержант Империале, смуглый черноглазый выходец из семьи итальянских иммигрантов, галантно помог мне сойти на землю и обратился к Рувену по-английски:

– Ты молодец, что волнуешься за сестренку. Но, клянусь честью, мы ее не обидим. Для этих дел у нас немки есть.

Рувен сказал мне на иврите:

– Идем, Юстина. Надо поговорить.

Английский он учить принципиально не желал, и с гоями ему было не о чем разговаривать.

– Я хочу тебя спросить. Ты хочешь... жить по Торе?

– По Торе – это как?

– Соблюдать заповеди. Шаббат, кашрут, миква...

– А что такое миква?

– О Господи! – простонал Рувен, закрыв руками лицо.

– Рувен, я в Бога не верю. Даже если Бог меня создал, я не просила его меня создавать и ничем ему не обязана. Даже ради тебя я не смогу исполнять действия, в которых совсем не вижу смысла. Рано или поздно мое терпение лопнет, и, поверь мне, эта картина не будет красивой.

Он смотрел на меня и молчал.

– Когда-то ты спросил меня, помогла ли немецким и австрийским евреям их ассимиляция? Теперь я бросаю тебе этот вопрос обратно, как в теннисе, – помогла ли румынским евреям их набожность? Ты говорил мне, что в Сигете одних йешив было семь штук, синагог вдвое больше. А людей в живых, что в Сигете, что в Граце, осталось поровну – мало, слишком мало. Богу нет дела ни до кого из нас, до тебя в том числе. Но мне есть дело до тебя.

Тут только я поняла, что мне надо встать на носки, чтобы обнять его. Еще несколько месяцев назад мне казалось, что он ниже меня ростом. Он больше не в бегах. Он выпрямился. И он не хотел, чтобы я его обнимала.

– Скажи уж лучше сразу, что ты мной брезгуешь. Перед людьми ты сделал жест потому, что момент этого требовал. Но ты не хочешь, чтобы мы были близки. Тебе противно.

Теперь он обнял меня сам и целовал там, где кончался лоб и начинались волосы, уже достаточно длинные для небольшой косы.

– Я нарушаю запрет Торы, чтобы тебе не было так больно. Но это в последний раз. Я хочу семью, как была у моих отцов и дедов. Они были мудры и праведны.

Они были невежественны и беспомощны.

– ...тебе не обязательно ехать в Палестину со мной. Езжай одна.

И тут я почувствовала, что смертельно устала. Вообще от всего. Мне двадцать один год, а чувствую себя древней старухой. Из последних сил я сумела полюбить, а ему это не нужно. Он хочет жить по Торе, но я для этого не подхожу. Надо заселять Палестину, на это я еще могу сгодиться. Сколько можно меня использовать, сколько можно? Неужели никто никогда не будет любить меня просто за то, что я есть? *Come here, child.* Обезумевший от боли полутруп, у которого течет из всех отверстий. Она просто делала для меня все – и ничего не ожидала взамен.

Больше мы с Рувеном не виделись. Он устроился на следующий транспорт, который «Бриха» комплектовала для отправки в Геную, а оттуда в Палестину. Одинокому молодому человеку попасть на транспорт было легче, чем семейной паре с ребенком или даже девушке. Я написала Розмари в Нюрнберг. Вскоре мне оттуда пришло роскошное командировочное удостоверение на официальном бланке. Ни с кем не попрощавшись, я покинула лагерь. Сержант Империале довез меня до расположения следующей части и передал напарнику. Так, на перекладных, я добралась до Вены. Советская артиллерия и самолеты союзников оставили от города одни развалины, когда-то роскошное перекрытие вокзала Вин-Вестбанхоф теперь представляло собой обугленный каркас, похожий на лошадиный скелет на обочине. Увидев Розмари на нюрнбергской платформе, я поняла, что вернулась домой. Оформление моей американской визы заняло еще полгода, и адски холодной зимой мы с Розмари все-таки добрались до Гамбурга и сели на пароход «Четыре капеллана»*, шедший в Балтимор. Пароход вез беженцев, невест джи-аев** и демобилизованных женщин из WAC. Благополучно миновав мины, которыми буквально кишело водное пространство между Германией и Англией, мы сделали остановку в Глазго, взяли еще пассажиров. В один из дней я обнаружила, что берегов Европы не видно, сколько ни вглядывайся. Все. Я свободна. I am an American***.

* * *

Это я думала, что я свободна. Власти штата Джорджия думали иначе. Едва я успела сойти с поезда на вокзале в Саванне, как мне уже было указано, где мое место. Я стояла в растерянности, не зная куда себя девать, с перекинутым через руку плащом и чемоданом у ноги. Ко мне подошел господин в шляпе и осведомился, не может ли он мне чем-нибудь помочь.

– Где здесь зал ожидания? – спросила я.

– Пройдете по платформе, для белых зал ожидания – направо, для цветных – налево. Вам направо.

– Это что, селекция?

– Мисс, извините, но я вас не понял.

---

* 3 февраля 1943 года немецкая подлодка торпедировала и потопила американский военный транспорт «Дорчестер» у берегов Гренландии. Большинство погибло в ледяной воде, оставшихся подобрали другие корабли в том же конвое. По свидетельствам оставшихся в живых, героически вели себя четыре капеллана, пассажиры «Дорчестера». Они смогли организовать эвакуацию и, будучи офицерами, отдали свои спасательные жилеты рядовым. Они отказались занять места в спасательных шлюпках и, держась за руки, под пение молитв ушли под воду вместе с кораблем. Джордж Фокс (методист), Джон Вашингтон (католик), Александр Гудекович (еврей) и Кларк Поллинг (Reformed Church of America).

** Американских солдат.

*** Я американка (*англ.*).

На заплетающихся ногах я дотащилась до конца платформы и увидела там обычное вокзальное здание, коридорчик и две таблички: White Passengers Only и Colored Passengers Only. Все. Хватит с меня селекций. Пусть арестовывают, пусть бьют, пусть делают что хотят. Я поставила чемодан в коридоре на ребро и села на него. В таком виде и нашел меня дядя Вальтер. Не задав ни одного вопроса, он сразу понял, что я – это я.

Вальтер и его жена Элизабет, уроженка Саванны, жили в квартире над своим книжным магазином. Ажурные чугунные решетки на балконах напоминали мне Грац и довоенную Вену, и мне казалось странным, что никто не срезает с деревьев гирлянды серого мха, которые свешивались чуть не на головы прохожим. Детей у Вальтера и Элизабет не было, они держали таксу и носились с ней как с ребенком. По хозяйству помогала Фанни, крепкая подвижная пожилая женщина, которая понимала больше, чем можно было подумать на первый взгляд. Увидев, что я в ступоре сижу над заплесневелой от жары и влажности шоколадкой, не в силах отправить ее по назначению, она посмотрела на меня – глаза в глаза – и спросила:

– Да что же они с вами делали, мисс Юстина?

Общение с Вальтером и Элизабет превратилось в ежедневный ритуал – о погоде, о бытовых проблемах, о здоровье таксы, о делах в магазине. Я прекрасно видела, что они не хотят слышать ни о Европе, ни о погибших, ни о том, что мне пришлось пережить. Я закусывала губу и молчала. Один раз Элизабет выдала:

– Нам тут тоже во время войны было тяжело. Сахар и мясо отпускались только по карточкам, а все старые резиновые изделия* нужно было относить на сборный пункт.

---

* Во время войны девяносто процентов стран, экспортировавших в США резину, оказалось под контролем японцев. Президент Рузвельт призвал американцев собирать старые покрышки, плащи, галоши, шланги и купальные шапочки и сдавать на переработку.

Я сидела, не зная, смеяться мне или плакать. Наверное, все-таки плакать.

Но если дома и в магазине, где я помогала, было еще терпимо, то в городе становилось совсем худо. Я не могла зайти ни в трамвай, ни в автобус, ни на почту, ни в библиотеку без того, чтобы не наткнуться на таблички White и Colored. Не раз и не два я была близка к тому, чтобы остановиться посреди улицы и закричать. Люди, опомнитесь! Вы победили Третий рейх в Европе, но на самом деле он победил вас, раз вы устроили его у себя дома! Вы допрыгаетесь до крематориев и рвов с телами! Услышьте меня кто-нибудь, опомнитесь!

Развязка наступила быстро. Элизабет решила, что мне следует развеяться на природе, и взяла с собой на благотворительный пикник каких-то Дочерей ветеранов Конфедерации. До пикника я не доехала. Я увидела на обочине дороги колонну заключенных в полосатых пижамах. Они были словно нанизаны на одну цепь, равномерно поднимались и опускались кирки, дробя асфальт, заунывная гортанная песня плыла в дрожащем от жары воздухе. Я знала, что этим кончится. Я не буду, как те немцы, которые ничего не знали. На полном ходу я распахнула дверцу машины и выпрыгнула. Ударилась и покатилась, но не так больно, как тогда в бараке, когда упала с нар. У меня не было плана, ни малейшей идеи, что я буду делать дальше. Просто не хотела проезжать мимо скованных людей в полосатых пижамах, дробящих асфальт ручными кирками. А может быть, просто надеялась умереть быстро и безболезненно.

Ладно бы я только выпрыгнула из машины на полном ходу. Но я еще и записалась на прием к мэру Саванны и начала беседу так:

– Господин мэр, вам известно, что в округе Чатем работает филиал концлагеря Маутхаузен?

После этого Элизабет поставила вопрос ребром. Она не желает жить рядом с непредсказуемой сумасшедшей, от которой не знаешь, чего ожидать. Мы все сочувствуем жертвам гитлеровского режима, но война закончилась. Она не собирается подчинять свою жизнь племяннице мужа. Дядя Вальтер снабдил меня некой суммой и, пряча глаза, посадил на поезд в Нью-Йорк. Кроме денег, он дал мне адрес вдовы своего давнего компаньона по делам. Звали эту женщину Шэрон Коэн.

* * *

Миссис Коэн была не семи пядей во лбу, но сравнивать нацистские лагеря с карточками на мясо и сахар она себе не позволяла. Главным содержанием ее жизни были дочери и внучки, а в мои дела она не вмешивалась. Я пошла на бухгалтерские курсы, потому что по-прежнему предпочитала иметь дело с бумагами, а не с людьми. Кроме дочерей, у Шэрон еще имелся сын Даниэль, и по вечерам я регулярно выслушивала, какой он умный и талантливый, какой замечательный врач и какого хрена его понесло в армию сразу после Перл-Харбора. Война уже два года как закончилась, а он застрял на этих Филиппинах, чтоб им провалиться. Наконец он демобилизовался и приехал, и передо мной стал вопрос поиска жилья. Я не могу жить в квартире, где живет холостой молодой мужчина, это неприлично.

– Брось, Юстина. Я не собираюсь здесь селиться. Что я, враг самому себе?

– Почему ты так говоришь?

– Ты что, не успела узнать мою маму? Она же будет возить мне на работу куриный бульон, проверять, надел ли я шарф и носки, и рассказывать всем соседкам про мои успехи. Я этого не вынесу.

Я опустила голову. Хоть бы обо мне кто-нибудь заботился. Но Розмари далеко, в Миссисипи.

– Есть еще и другой вариант. Выходи за меня замуж.

– А? Что?

– Замуж, говорю, за меня выходи. Нравишься ты мне. Я... понимаю, что тебе пришлось очень тяжело. Нет, не так. Я понимаю, что есть последствия. Я согласен их терпеть, лишь бы быть с тобой.

– Мне нельзя замуж. Я любить не умею. Вернее, разучилась.

– Научишься заново. Пока человек жив, ему всегда можно помочь.

Миссис Коэн в восторг не пришла. Она справедливо считала, что ее сын, красавец с престижной профессией, героическим военным прошлым и кучей медалей, может по нынешнему времени рассчитывать на большее, чем изжеванный концлагерями огрызок вроде меня. Но Даниэль укротил ее одной фразой:

– Ты бы предпочла, чтобы я привез тебе в качестве невестки японку или филиппинку?

Вот этого миссис Коэн совершенно не хотела. Она поняла, что опекать и учить жизни японку или филиппинку ей было бы труднее, чем меня. Все-таки языковые и культурные различия со счетов не сбросишь.

Я сказала себе: Даниэль не хуже других, а одной плохо. Он не маменькин сынок, он не вчера родился. Японцы потопили под ним два корабля, он принимал участие в атаке на Гуадалканал*, он ставил на ноги обессиленных в плену людей – американцев, австралийцев, филиппинцев. Если кто-то и поймет меня, то это он. Я постараюсь быть ему хорошей женой, честно постараюсь.

В 1950-м у нас родился сын Дэвид, названный в честь умершего деда, а в 1952-м – дочь Шэрон, названная в честь благополучно здравствующей бабушки. Шэрон-старшая пыталась было отстранить меня от детей, но я раз и навсегда поставила ее на место, и ей осталось только ворчать. Я даже удивилась себе, откуда взялось столько сил. Я надышаться на них не могла. Я обложилась книжками по самые уши в надежде стать самой лучшей матерью на свете. Пусть они будут счастливыми и свободными, мои американские дети. Именно тогда я перестала обнажать руки даже летом, даже на

---

* Морское сражение за Гуадалканал (англ. Naval Battle of Guadalcanal), иногда называемое битвой в пятницу, 13-го, или, в японских источниках, третьей битвой в Соломоновом море, имело место 12–15 ноября 1942 года и стало решающей битвой в серии морских сражений между союзниками и военными силами Японской империи в многомесячной Гуадалканальской кампании у Соломоновых островов.

пляже, где мы прогуливались всей семьей. Я ничего не буду им рассказывать. Никаких воспоминаний о детстве, никакого немецкого языка, никаких европейских штучек. Я – мать американцев и ничего больше.

В 1953-м казнили Этель Розенберг*. Как и у меня, у нее было двое маленьких детей. Я смотрела на ее замкнутое бесстрастное лицо на газетных фотоснимках и узнавала себя. Столько людей просили для нее помилования, дай она хоть как-то понять, что дети ей не безразличны, она была бы жива. Президент Эйзенхауэр непременно бы ее помиловал, не было ни одного из бывших узников нацистских лагерей в Европе, кто бы не знал, что он способен на милосердие. Но нет. У Этель Розенберг было нечто, что оказалось для нее важнее детей, и она пошла на казнь с прямой спиной и непроницаемым лицом. Может быть, она в чем-то лучше меня. Может быть.

Даниэль знал, что делал, когда выбирал жену. Он нравился самому себе в роли покровителя одинокой и бесприютной death camp survivor**. Узнав меня поближе, он понял, что я никогда не буду ревновать, требовать и скандалить, что удовольствие от постели не дается мне легко, и стал заводить любовниц. Медсестры, секретарши, коллеги-врачи, студентки. Итальянки, ирландки, славянки. Он был щедр и заботлив, да и детьми занимался не в пример больше, чем было принято у мужчин в том поколении. Ради этого можно было проигнорировать женщин, регулярно появлявшихся в нашей спальне. Тем более что я там давно не спала.

Я взбунтовалась всего один раз. Накануне, в пятницу вечером, я отвезла детей к свекрови на выходные

---

* Ю́лиус Розенберг (12 мая 1918 года – 19 июня 1953 года) и его жена Этель (в девичестве Гринглас, 28 сентября 1915 года – 19 июня 1953 года) – американские коммунисты, обвиненные в шпионаже в пользу Советского Союза и казненные за это в 1953 году. Розенберги были единственными гражданскими лицами, казненными в США за шпионаж за время холодной войны.

** Бывшей узнице концлагеря (*англ.*).

и вернулась в пригород утренним поездом, надеясь, что Даниэль встретит меня на станции и мы поедем гулять на побережье Лонг-Бич, как договорились. Не увидев на станции его машины, я решила, что он после вчерашней тяжелой операции устал и проспал. Я зашла домой, и первое, что услышала, это крики из спальни мощным контральто, от которого в прихожей качались подвески на люстре:

– Майн либхен! Майн либхен!

И *меня* еще называют странной? Он обещал эти выходные мне. Порядочные люди так себя не ведут.

Я скользнула к застекленным дверям спальни и стала смотреть. Она была на голову выше меня, со всем, что женщине полагается, красивая, холеная блондинка, без татуировок на руках, без шрамов. Даниэль наслаждался, лежа на спине. Я была благодарна ему, привязана, но ничего больше этого в постели не могла изобразить. Я выскользнула на кухню и взяла в руки обычную столовую вилку. Никого убивать я не собиралась, просто проснулся и сработал инстинкт, уснувший было за годы американского благополучия.

– Хэлло!

Им еще потребовалось время, чтобы очнуться.

– Значит так, – тихо и вежливо заговорила я по-английски, чтобы Даниэль тоже понял. – Может, для тебя это новость, но нас убили не всех. Я, во всяком случае, еще жива. Вам больше ничего не удастся у меня украсть или отнять силой. Отцепись от моего мужа и убирайся из моего дома. Ты понимаешь английский или тебе перевести?

Она подняла глаза на Даниэля в ожидании инструкций. Он некоторое время сидел с каменным лицом и наконец разродился:

– Делай, что тебе говорят. Деньги на такси возьми у меня из портфеля.

Слушать ее истерики и жалобы у меня не было ни малейшего желания. Не выпуская из рук вилки, я развернулась и ушла на свое место, в детскую. Хлопнула входная дверь. Я продолжала сидеть, уткнувшись лицом в покрывало на кроватке Шэрон.

– Ну что, Юстина. Сам не ам и вам не дам? – прозвучало у меня над головой.

– Как ты сказал? – Я действительно не поняла с первого раза.

– Я спросил, раз ты несчастна, то никто рядом с тобой не имеет права на радость? В этом доме холодно, как в склепе. Я остаюсь здесь только ради Дэвида и Шэрон.

У меня не осталось слов, кончились слезы. Долго он будет стоять в дверях и восхищаться собственным благородством? Я бросила вилку с такой силой, что она вонзилась в деревянный дверной косяк в паре сантиметров от его виска. Он слишком часто смотрел в лицо смерти, чтобы податься назад.

– Юстина, я готов терпеть твои выходки сколько угодно, потому что я обещал. Но если ты будешь опасна детям, я упрячу тебя в сумасшедший дом.

Конечно, упрячет. У него власть, деньги, связи и знакомства в медицинских кругах. А у меня только Розмари, которую никто не станет слушать. Но у меня есть еще два дня, чтобы добраться до Бруклина, положить голову Розмари на колени и выплакаться.

Розмари переехала из Миссисипи в Нью-Йорк в начале пятидесятых. Встречая ее на вокзале, я тут же поняла почему. У нее был такой живот, как будто она проглотила футбольный мяч. Я смекнула, что рожать без мужа в маленьком городке, где все только и делают, что судачат, не такое большое удовольствие, а в Нью-Йорке легче затеряться. Через три месяца после того, как я родила Шэрон, Розмари разрешилась мальчишкой, светленьким, как молочная шоколадка. Назвали его Майкл. Майки.

С Майки все и началось. Мой Дэвид не расставался с велосипедом и бейсбольной перчаткой и не хотел читать ничего, кроме комиксов. А Майки не хотел бегать по улице с табунком и предпочитал сидеть дома с книгами. В неполные девять лет он серьезно сказал мне:

– Я стану адвокатом, мисс Юстина.

Я перехватила над его головой взгляд Розмари и поняла, что она будет работать, пока не упадет, и продаст свои медали за войну, но добьется, чтобы ее сын стал адвокатом. Не грузчиком, не дорожным рабочим, не водителем автобуса и даже не пастором. Адвокатом. Наступил май 1961-го, дети закончили учебный год, Дэвид и Шэрон уехали в летний лагерь в Катскильских горах, а Майки продолжал скучать в Нью-Йорке. Изначально планировалось отправить его на лето к родственникам в Миссисипи – одного, как большого, – но, когда планы перешли в практическую плоскость, Розмари испугалась. Всем была памятна история с мальчиком из Чикаго, который вот так же поехал на лето к родственникам в Миссисипи и, не знакомый с местными порядками, свистнул вслед белой женщине. Его обезображенное побоями тело с пулевой дыркой в затылке и выдавленными глазами выловили из реки спустя три дня*. Майки ныл и канючил, он скучал по бабушке с ее деревенскими деликатесами и по двоюродным братьям, с которыми соревновался в ловле сомов и плевании арбузными семечками на дальность. Он не понимал, почему мать тянет с его отъездом. В конце концов Розмари решила взять в больнице отпуск, чтобы отвезти его в Миссисипи самой.

– Я с вами, – сказала я, сама поражаясь собственному нахальству.

Розмари посмотрела на меня взглядом долгим и странным:

– Зачем тебе?

– Затем, что хватит их бояться. И тебе и мне. Долго мы еще будем бежать от них с поджатым хвостом?

– Мисс Юстина, у людей нет хвоста.

Мы так и покатились.

Дорога до Миссисипи заняла у нас четыре дня, и на станции нас встретил родственник Розмари – седой,

* Эмметт Тилл (1941–1955) – афроамериканский мальчик, который был убит в штате Миссисипи в возрасте четырнадцати лет, после того как белая женщина обвинила его в приставаниях. Жестокость убийства и оправдание его убийц стали фактором расширения движения за гражданские права чернокожих в США.

с натруженными руками и согнутой спиной человека, всю жизнь копавшегося в земле. Но своей старой дребезжащей машиной он управлял лихо и шляпу при виде нас приподнял очень галантно. Я уже приготовилась бросить в багажник свой чемодан, как он зашептал что-то Розмари, бросая на меня виноватые взгляды. Розмари повернулась ко мне:

– Возьми такси. Попроси довезти тебя до перекрестка напротив фермы Мак-Гинисса. Там мы тебя подберем. Если ты сядешь в машину сейчас, на глазах у всех, будут неприятности.

Майки непонимающе вертел головой. Похоже, Розмари не зря боялась. По крайней мере, несколько дней она должна с ним тут пробыть, пока он не разберется, что к чему. Я кивнула и пошла в вокзальный буфет выпить кофе. Третий рейх жив и здоров. Вот только я не тот затравленный испуганный подросток, каким была четырнадцать лет назад.

Мы провели на ферме три дня, а потом стали собираться назад. Своими глазами увидев, что до белой части города Майки пешком просто не дойдет, Розмари наконец нашла в себе силы его оставить. Мы стояли перед зданием автовокзала города Джексона, штат Миссисипи.

– Пойдем перекусим, – предложила я.

– Вместе, – отозвалась Розмари.

Все остальное не было сказано, но именно то, что не было сказано вслух, и направляло наши действия. Теперь, когда мы не отвечали за безопасность ребенка, мы могли делать то, что считали нужным.

Мы заняли места за «белой» стойкой, и официантка скользнула по нам взглядом, в котором ясно читалось: «Опять эти».

– Я могу взглянуть на меню? – как ни в чем не бывало спросила я.

Меню шлепнулось передо мной, как лягушка, которую Дэвид два года назад принес домой в кармане и водрузил на кухонный стол.

– Два омлета с сыром и два кофе с молоком.

– Мы цветных не обслуживаем.

– Хорошо, один омлет с сыром и один кофе.

Когда мне это все принесли, я поставила тарелку между собой и Розмари, и мы демонстративно поделили омлет – я орудовала вилкой, Розмари ложкой. Потом пили кофе, передавая друг другу чашку двумя руками, как кубок с драгоценной влагой. В очередной раз принимая у меня чашку, Розмари прикрыла мои ладони своими. С улицы донесся шум двигателей и людские голоса. Официантка метнулась к телефонному аппарату на стене:

– Опять автобусы приехали.

Интересно, кому она докладывает?

Двери открылись, и в буфет начали заходить и рассаживаться люди, очень организованно и аккуратно. В основном молодые парни и девушки в костюмах и воскресных платьях, они рассаживались вперемешку, белые и цветные. На табурет рядом с нами сел увалень в очках и тут же спросил:

– Дамы, вы из какой группы?

Розмари осторожно поставила чашку с остывшим кофе на стойку и продолжала держать мои руки в своих так, как будто это были какие-нибудь драгоценности на миллионы долларов.

– Мы не из группы. Мы просто зашли перекусить.

– Так вы местные?

Резкий ответ уже был готов сорваться у меня с языка, но в этот момент с улицы раздался вой полицейских сирен и визг тормозов.

– Вот вам шерифы сейчас покажут. Всех повяжут, голубчиков, – прокомментировала официантка. – А вы бы постыдились, – обратилась она к нам с Розмари. – Взрослые женщины, а ведете себя как подростки.

В буфет ввалился целый наряд полицейских с овчарками на поводках. Я немедленно схватила со стойки перечницу, чтобы в случае чего пустить перцу собаке в нос. Так в Плашове спасся от эсэсовской собаки еврейский подросток, специально с этой целью укравший перец с кухни. Комендант похвалил его за находчивость и прострелил ему голову. Розмари спрыгнула с табурета и загородила меня.

– Значит, так, смутьяны, – сказал старший шериф. – У вас тридцать секунд, чтобы разойтись. Цветным в «цветную» секцию, белым в «белую». То, что за этим последует, вам не понравится. Я вас предупредил.

– Ваши законы несправедливые! Мы не подчинимся!

– Приедут еще автобусы! Buses are a-coming!*

– Всех не пересажаете!

И тут началось. Дубинки мелькали в воздухе, щелкали наручники, людей волокли за волосы, псы рвались с поводков. Розмари получила дубинкой по лицу, у нее заплыл глаз. Меня ударили о стойку головой – не нарочно, но больно. Нас выволокли из буфета и посадили в воронок вместе с еще несколькими девушками. Вот тебе и перекусили.

Оправившись от первого шока, наши соседки вели себя так, как будто поехали на загородную прогулку. Несмотря на то что им тоже попало дубинками, особенно негритянкам, они пели, смеялись, делились секретами, одна достала зеркальце, и оно пошло по кругу ко всеобщему удовольствию. Розмари тяжело дышала, положив голову мне на плечо. Все-таки это не развлечение для пятидесятилетней женщины с больным сердцем и астмой. После рождения Майки она сильно сдала. Он у нее поздний, дитя последней надежды.

– А куда едем? – осведомилась изящная миловидная брюнетка с запекшейся ссадиной на лбу.

– Известно куда. В тюрьму Парчман, – ответили из дальнего угла.

Из разговоров девушек я поняла, что группы студентов приезжают в Джексон специально, чтобы массово и публично нарушать законы о сегрегации (давным давно упраздненные Верховным судом) и таким образом забить все тюрьмы и надоесть властям. Стандартный приговор по таким делам – месяц тюрьмы, а выходить под залог студенты принципиально не хотели. Называлось это – Freedom Ride, поездка по маршруту свободы. Маршрут свободы привел нас в самую страшную

* Автобусы уже едут! (*англ.*)

тюрьму штата Миссисипи. Даже мне при виде этого комплекса стало не по себе – только трубы крематория не хватает. Тридцать дней. Если Розмари расклеится, ее отправят в больничный блок, и оттуда она уж точно живой не выйдет. А Даниэль? Я сказала, что еду на две недели, а тут больше месяца. Мы уже давно не живем как муж и жена, но надо отдать ему должное – ему не все равно, что со мной происходит. Даже если он узнает, где я, даже если внесет залог, я без Розмари никуда не пойду.

Нас сфотографировали в профиль и анфас и стали снимать отпечатки пальцев. Немолодой шериф взял меня за запястье и отпрянул, как будто увидел призрака. Я едва не ударилась рукой о крышку стола.

– Мэм... Я был там... 42-я пехотная... Дахау... Это недоразумение... Я не буду вас оформлять... Я доложу начальству, и вас освободят.

– Это не недоразумение. Я на своем месте. Я четырнадцать лет ждала.

Он развернулся и ушел. На его место тут же встал молоденький, не обремененный тяжелыми воспоминаниями. После фотографирования и снятия отпечатков пальцев мы поступили в распоряжение надзирательниц. Нам всем корректно, но решительно предложили раздеться. Потом каждая арестантка ложилась на банкетку, и надзирательница совала ей между ног палец в перчатке. Потом надзирательница окунала палец в какой-то едко пахнущий раствор и совала между ног следующей.

– Это зачем? – шепнула я соседке.

– Проверка девственности. Если кто-то не замужем, но уже не девушка, ей можно пришить еще одну статью – аморальное поведение.

До такого даже в Третьем рейхе не додумались. Знали бы они тут про мое поведение.

В восьмиместную камеру нас набили двадцать человек. Надзирательницы разлили на бетонном полу пару ведер ледяной воды и поставили вентилятор. Сразу стало холодно и сыро. На восьми железных лежанках без матрасов спали вповалку. На завтрак – хикорикофе* и белый хлеб с патокой. На обед – черные бобы со свиными хрящами. На ужин – то же самое, только в холодном виде. В общем, жить можно. Главное, что знаешь, когда это закончится. Когда знаешь, что когда-нибудь это кончится, можно пережить что угодно. По ночам, привлеченные сыростью и открытым окошком, к нам на обед слетались лютые миссисипские комары. Девочки шутили, что комары, не иначе, состоят в ку-клукс-клане, а вот мне было не до смеха. Розмари совсем сдала, подбитый глаз загноился, она захлебывалась кашлем по ночам. Она не жаловалась, терпела. К концу третьего дня я одурела от недосыпа, сидела, привалившись к стене, положив голову Розмари себе на колени.

– Прости, деточка. Я тебя использовала.

Я положила свое обезображенное запястье ей на лоб. Так и есть, жар, бредит, заговаривается. Завтра буду требовать врача и будь что будет.

– Розмари, ты говоришь ерунду. Я сама с тобой напросилась.

Странный звук, нечто среднее между смехом и кашлем.

– Я не про сейчас. Я про Маутхаузен. Когда мы туда вошли, думала, ума лишусь. Трупы, зловоние аж до неба, люди на четвереньках бегают, рычат над куском. Я в вере росла, а тут такое... Думала, Бога прокляну. И тут... ты. Я просто сосредоточилась на тебе и старалась не замечать всего остального. И каждый день... радость. То ты улыбнулась, то в постели села, то целый обед удержала. Чем больше сил я в тебя вкладывала, тем больше любила. Война кончилась, но сердцу не прикажешь.

Я гладила ее по седеющей голове и тихо пела гимн, который она любила петь сыну:

> Michael, row the boat ashore, hallelujah,
> Michael, row the boat ashore, hallelujah.
> Sister, help to trim the sail, hallelujah,
> Sister, help to trim the sail, hallelujah.

---

* Эрзац-кофе из орехов хикори.

Jordan river is chilling cold, hallelujah,
Chills the body, but not the soul, hallelujah.
Jordan river is deep and wide, hallelujah,
Milk and honey on the other side, hallelujah*.

Наутро она не смогла встать на отправку. Я позвала надзирательницу:

– Врач нужен.

– Обойдетесь. Как закон нарушать, так все здоровы.

Все-таки они недаром были активистками, эти студентки. Они организовались буквально за полминуты. Они слаженно скандировали: «Вра-ча! Вра-ча! Вра-ча!» – а когда уставали кричать, колотили в железную дверь железным же вентилятором, как тараном. Лязг стоял на весь корпус. Через десять минут на шум явилось начальство – комендант тюрьмы и какой-то высокий человек в квадратных очках в сопровождении целого взвода охраны.

– Да это же губернатор Барнетт**! – выдохнула политически подкованная Джинни, наша соседка по нарам.

Хоть губернатор, хоть Барнетт, хоть черт лысый. Лишь бы не комендант Плашова, давно за свои преступления повешенный, но живой в моих кошмарах.

Я поспешила изложить суть проблемы:

– Эта женщина – ветеран Второй мировой. Ей очень плохо. Ей нужна медицинская помощь.

---

* Майкл, греби к берегу, аллилуйя,
Майкл, греби к берегу, аллилуйя.
Сестра, помоги починить парус, аллилуйя,
Сестра, помоги починить парус, аллилуйя.

Река Иордан холодна, аллилуйя,
Мерзнет тело, но не душа, аллилуйя.
Река Иордан широка и глубока, аллилуйя
Мед и молоко на другом берегу, аллилуйя.

** Росс Барнетт (1898–1987) – губернатор штата Миссисипи (1961–1964). Регулярно наносил визиты в тюрьму Парчман с целью добиться раскаяния от активистов движения за гражданские права.

Барнетт посмотрел на меня с высоты своего роста и уточнил:

– Она ваша домработница?

Это было сказано специально на публику. Он хочет представления? Он получит. Я засучила рукава и протянула вперед руки так, чтобы все всё увидели.

– She is not my domestic. She is my liberator*.

Тихий вздох пронесся по камере.

– Это она воду мутит, – подал голос комендант. – Брэдли уволился, а ему всего несколько лет до пенсии.

Барнетт стрельнул взглядом в скорчившуюся на лежанке Розмари, потом в меня:

– Отпустить обеих.

Железная дверь с лязгом закрылась. Студентки окружили нас:

– Вы их победили!

– Это честь – с вами в одной камере сидеть!

– Расскажите всем, что здесь творится!

Вот как раз этого Барнетт и не хотел. Не хотел, чтобы я выходила к журналистам и проводила ненужные параллели, бросающие тень на штат Миссисипи. Но я ему ничего не обещала.

Ко мне протиснулась та самая брюнетка со шрамом на лбу. Звали ее Либби. Она застенчиво дотронулась до моей руки:

– Я обязательно про вас своей тете расскажу. Она тоже оттуда. Она мне говорила: не езжай, все равно гоим договорятся, а ты крайней окажешься, и тебе же по голове настучат.

– Ну кое в чем твоя тетя права... – начала я. Все засмеялись.

Тут появились охранники с носилками. Нас отвезли в самую дальнюю и бедную больницу Джексона и бросили на крыльце, как тюки с товаром. Розмари устроили в коридоре, я притулилась на стуле рядом с кроватью. У противоположной стены лежала старушка, которая стеснялась звать санитарку. Стеснялась, что дети ее забыли. Я включилась в процесс, а что мне

* Она не служанка. Она мой освободитель (*англ.*).

оставалось? На следующий день по больнице распространился слух про странную белую, которая не из благотворительного комитета, а ухаживает. Смотреть на меня пришли все ходячие больные и кое-кто из персонала.

– Ну чему вы удивляетесь? – донеслось с противоположной койки. – Она в самых зубах у дьявола побывала. Вон шрамы на руках остались. Люди сами себе на земле ад творят.

В этой больнице не хватало всего, но были лекарства, и Розмари встала. Мы вернулись в Нью-Йорк. В сентябре дети начали новый учебный год. И в сентябре же Всеамериканская торговая комиссия под угрозой закрытия обязала все железнодорожные и автовокзалы снять таблички White Only и Colored Only.

* * *

Дэвид уже оканчивал школу, но не делал никаких шагов, чтобы поступить в колледж. За неделю до выпуска Даниэль вызвал его на ковер, а я подслушивала за дверью.

– Ты что лоботрясничаешь? В армию захотел, в казарму?

– А хотя бы и так. Тебе можно, а мне нельзя?

– Сравнил. Я пошел служить, имея образование и профессию. А ты загремишь обычным пехотинцем во Вьетнам, как эти.

Повисла пауза.

– Что значит «как эти», отец? Кто «эти»? Просвети меня, раз уж мы с тобой беседуем.

– Ты прекрасно знаешь кто. Те, кому родители не дали тех возможностей, что я дал тебе.

– Да провались ты со своими деньгами! Быть отцом – значит не только выписывать чеки. Я не собираюсь прятаться в колледже, да еще на твои деньги, пока мои сверстники из бедных семей идут воевать. Я себя уважать не смогу, как ты не понимаешь!

– Твою мать это убьет. Ты бы ее пожалел.

– Много ты ее жалел? Чья бы корова мычала. Весь город знает, кого ты водишь в этот дом и зачем. Я не хочу здесь оставаться, мне надоело ваше вранье. Тоже мне, добропорядочное американское семейство. Мать никак не возьмет в толк, что мне уже не восемь, а восемнадцать.

Что мне делать? Разубеждать его? Действительно, чем старше он становится, тем больше я за него боюсь. Бедный мой сын, он готов ехать во Вьетнам, лишь бы не жить с нами. Но он уже не мальчик. Он мужчина. Пусть поступает, как считает нужным, я не вправе ему мешать. Все, что я могу для него сделать, это не грузить его чувством вины.

В течение последующих нескольких лет Дэвид не ступал ногой на американскую землю. Мне приходили открытки из Таиланда, Японии, Австралии, Сингапура. Там он проводил свои отпуска. А в остальное время бегал по джунглям. Я сидела на полу в его комнате, перебирала пальцами открытки, переводила взгляд с истрепанной бейсбольной рукавички в мусорной корзине на модель авианосца «Энтерпрайз» на столе.

Когда через два года Шэрон объявила о том, что поступила в университет Беркли в Калифорнии, я уже не удивилась. В отличие от брата Шэрон как раз не возражала, чтобы отец тратил на нее деньги, более того – крутила им, как хотела. Она тоже присылала открытки, и я слишком поздно обнаружила за фасадом избалованной девочки человека, ищущего опору для своей души и приложения для своего идеализма. Слишком поздно. Последняя открытка от Шэрон пришла на День матери 1972 года.

Проводив Шэрон на западное побережье, Даниэль и я поняли, что причин жить под одной крышей у нас не осталось. Я уехала в Бруклин, он остался в пригородном доме и зажил весело. Официально мы не разводились, чтобы сохранить за мной часть его пенсии.

Розмари умерла от рака шейки матки в конце семьдесят четвертого. Как тогда, в Джексоне, я сидела ночами у ее кровати. Майки, к тому времени поступивший на юридический факультет, приходил каждый день. От него отчаянно пахло бензином – подрабатывал на бензоколонке. Пока его не было, Розмари наконец рассказала мне, кто был его отец. Еврей из Европы с такой же отметиной на руке, как у меня. Надо же умудриться найти такого в штате Миссисипи. Почти тридцать лет назад – куча мешков за прачечной, звуки аккордеона в летнем воздухе и мальчик из йешивы, сказавший мне: *Я тоже тебя люблю.* Почти тридцать лет Розмари ждет от меня этих слов. Больше ей не придется ждать ни одной минуты.

* * *

Дэвид объявился летом следующего года. Оказывается, он женился на вьетнамской женщине и у него растет дочь. Мать и девочка поехали в Америку порознь, но добралась только девочка. Хонг Хан. Пусть много лет спустя, но он пришел ко мне. Не к Даниэлю со всеми его деньгами и возможностями. Ко мне. У меня, еще не достигшей пенсионного возраста, доходы ограничивались заработками бухгалтера от случая к случаю и компенсацией из Германии. Я знала, что многие не прикасаются к немецким деньгам, оплаченным кровью и мучениями близких людей. Но я работала на концерн «Миттельверк», потом на концерн «Лензинг». Почему они должны получить выгоду от моего труда и ничем за нее не заплатить? Это непорядок.

В первый раз увидев Хонг Хан, я поняла, что с такой экзотической внешностью ей на отцовской базе в Южной Каролине даже появляться опасно. Допустим, они сняли таблички с вокзалов, но ведь расистами быть не перестали. Да и ломать язык, произнося вьетнамское имя, никому не охота. Эта война окончилась для нас позором, ее все хотели как можно скорее забыть. С внешностью ничего не сделаешь, пусть хоть имя будет американское. Она смотрела новости по телевизору, тщетно пытаясь отыскать среди беженцев свою мать. Ни на что меньшее она не была согласна, а я ничем не могла ей помочь.

Она стала все чаще пропадать у соседок. Это были утомительно шумные, бесцеремонные женщины, сильно напоминавшие мне покойную свекровь. Ост-юден и в Америке ост-юден. Да, я понимаю, что, появись в Белом доме новый Гитлер, меня бы с ними посадили в один вагон. Никто не понимает этого лучше, чем я. Но общаться с ними было выше моих сил.

Может быть, я бы и посвящала Розмари больше времени, но через год после ее появления в моей жизни на меня упала еще одна бомба. Позвонили из отдела соцобеспечения и спросили, не я ли жена Даниэля Коэна. На мой вопрос, в чем дело, мне сказали, что Даниэль перенес инсульт, у него отнялись ноги и серьезные нарушения речи, а очередная любовница быстренько сдала его в дом престарелых, предварительно сняв все деньги с текущего счета. Дом престарелых был далеко, машину я не водила. Даниэль сидел в коляске очень прямо, а лицо сохранило свою породистую красоту, которая в свое время не один десяток женщин свела с ума. Чарлтон Хестон*, да и только. В следующие пять минут я поняла, что с речью тоже все в порядке, немножко смазанная, но понять можно, я все-таки прожила с человеком больше двадцати лет. А вот с ногами беда. Даниэль не мог скрыть своего удивления, возможно, он ожидал увидеть кого-то из детей, но уж во всяком случае не меня. Не дожидаясь приглашения, я села рядом и стала рассказывать про Дэвида и Розмари-вторую. Он скупо улыбнулся.

– Я счастлив, что у нас с тобой внучка, Юстина. От этих обормотов я уже никакой радости не ждал.

– Шэрон... тебе не писала?

– Последний раз на День отца. Три... нет, четыре года назад.

– Хочешь, я ее приведу?

– Кого, Шэрон?

– Нет, Розмари.

– Нет, не хочу. – Лицо болезненно задергалось, стало видно, как слова отстают от мыслей и как это его раздражает. Он овладел собой и уже спокойнее продолжал: – Ты должна заботиться в первую очередь о ней. Это заведение не место для ребенка. Тем более для ребенка, который уже перенес немало.

---

* Голливудский актер, прославившийся исполнением эпических и героических ролей.

– Но я-то могу приходить?

Я приходила. Вывозила его гулять в парк, притаскивала книши и голубцы из еврейского ресторана на углу Второй авеню («совсем как у мамы»), докладывала о результатах бейсбольных матчей его любимой команды и школьных успехах Розмари. Просто держала его за руку. Как будто не было ни его бесконечных любовниц, ни его авторитарной мамаши, ни тех злых слов, которые мы друг другу наговорили, ни моей холодности, ни моей – пусть неосознанной, пусть невысказанной – но все-таки измены. Просто два старых, не очень здоровых человека раскаялись в своих ошибках, которые всем так дорого обошлись. Раскаиваться вдвоем не так страшно.

Даниэль умер спустя четыре года во сне, мирно и спокойно. Последний в моей жизни бой мне пришлось принять уже без него.

* * *

Два года назад вечером я сидела дома одна. Розмари околачивалась у соседок, кажется, они смотрели по телевизору конкурс «Мисс Вселенная – 81». Раздался звонок в дверь. Посмотрев в глазок, я увидела пожилого, интеллигентного вида мужчину в кепке европейского покроя. Такой не может быть грабителем, возможно, он потерялся и ищет нужную квартиру. У нас полдома из Европы, а когда-то был весь дом. Я открыла дверь и в следующую секунду отлетела к стене. Щелкнул дверной замок. Неужели все-таки грабитель? Плохие же времена настали, если этим промышляют не только черные хулиганы из гетто, но и пожилые эмигранты из Европы.

– Не узнаешь, Юстина Гринфельд?

Да такие дедушки по Европе табунами ходят от Варшавы до Лондона. Почему я должна знать именно этого? И почему он говорит по-немецки?

– Не узнаешь. Тринадцать лет в рабстве, и все по твоей милости. На урановых шахтах. И били все, кому не лень. Били, били. Отдадим его русским. Теперь узнаешь?

Господи, да я бы и думать про него забыла, если бы Рувен не взял меня тогда за руку, если бы не сказал, что я чиста. За все в жизни надо платить. За двадцать секунд счастья. Я подняла ледяные пальцы к наглухо застегнутому вороту своей блузки и принялась медленно расстегивать, не отрывая от него глаз.

– Ты пришел развлечься? Молодость вспомнить? Ну давай. Если сможешь, конечно.

– Ты дура или притворяешься? Тебе же сказали – урановые шахты. Я ничего не смогу. Теперь ты понимаешь, на что ты меня обрекла? У меня ни жены, ни детей.

Наверное, у Рувена много детей и внуков. У религиозных всегда так. Я ничего не знала о нем, но надеялась, что он получил семью по Торе, такую, как ему хотелось.

– Чего ты хочешь? Чтобы я тебя пожалела?

– Да на... мне твоя жалость. Мне нужно от тебя коечто другое. Меня продолжают преследовать. Как будто я свое уже не отсидел. Я получил официальное письмо, что меня хотят депортировать из страны. Обратно в Латвию.

– Да как ты вообще в Америке оказался?

– А ты надеялась, что я сгнию за железным занавесом? Я перешел финскую границу. Финны меня не выдали, но и оставить у себя не смогли. Если американцы выдадут меня Советскому Союзу, то второй раз меня точно в живых не оставят.

– И правильно сделают.

– Ты не права, Юстина. Очень не права. Как, ты думаешь, я тебя нашел? С некоторых пор я работаю в школе завхозом, а ты пришла туда на родительское собрание еще весной. Меня любопытство разобрало, стал расспрашивать. Привез тебе сын из Вьетнама сувенир, ничего не скажешь. Хорошая девочка, вежливая. Всегда готова помочь, а укромных углов в школе много.

В самом деле решил тряхнуть стариной? Ему не впервой детей убивать. У Рувена много внуков, а у меня Розмари одна-единственная.

– Но тебя посадят.

– Конечно, посадят. Я сам в полицию сдамся. Посадят в американскую тюрьму. Человек с головой и с руками и в тюрьме может неплохо жить.

– Что тебе от меня надо?

– Мне надо, чтобы ты написала в эту жидовскую шарашку при Министерстве юстиции. Написала заявление, что в Доре-Мительбау я спас тебя из борделя и укрывал.

– В какую еще шарашку?

Он протянул мне конверт:

– Здесь копия извещения о депортации. Не тяни с этим делом, Юстина. Во второй раз я русским не сдамся, даже если мне придется отстреливаться из-за горы трупов. Твоя внучка умрет первой.

Хлопнула дверь. Как будто не было его, только конверт остался в руках.

Уважаемый мистер Имант Стауверс,

Настоящим извещаем вас, что на основании статьи 8, параграфа 1451(а) Кодекса Соединенных Штатов возбуждено дело о лишении вас американского гражданства, полученного незаконным путем в результате сокрытия вами решающих обстоятельств вашей биографии, делающих вас автоматически не подходящим под закон о предоставлении беженцам гражданства США. В случае потери вами гражданства вы будете депортированы по месту прежнего жительства.

Министерство юстиции США
Отдел особых расследований
*Айра Рапопорт**

Сделав над собой усилие, я отправилась к миссис Островиц просить, чтобы Розмари у нее несколько дней переночевала. Потом села на поезд и отправилась в Вашингтон.

---

* Директор Отдела особых расследований (Office of Special Investigations) при Минюсте США с 1995 по 2010 год. До этого работал там же рядовым адвокатом. Самый известный и успешный «охотник за нацистами» на территории США.

Добиться приема у Рапопорта труда не составило, я только перечислила секретарше все лагеря, в которых сидела. Он принял меня в своем маленьком кабинете, до потолка заваленном книгами и бумагами на всех европейских языках. Высокий и нескладный, он умудрялся смотреть на меня снизу вверх, как благочестивый католик на статую Девы Марии. Я и такие, как я, тени прошлого с номерами на руках были смыслом его жизни. Ради нас он, выпускник юрфака Гарвардского университета (вон диплом на стене), не пошел делать большие деньги в частную фирму. Ради нас он расследовал преступления тридцатилетней давности, совершенные за пределами США. Ради нас.

Я рассказала ему все как есть. Про бордель, про DP-лагерь, про Розмари-вторую.

– Я напишу то, что он требует. Иначе он убьет мою внучку.

– Конечно, напишете. Но это ничего не изменит. Он все равно будет лишен гражданства и депортирован.

– Но неужели нельзя посадить его в тюрьму здесь, раз он так не хочет возвращаться в Советский Союз? Русским он действительно все долги уже заплатил.

– Миссис Гринфельд, мы не имеем полномочий сажать их в тюрьму здесь. Преступления были совершены за пределами США. Все, что мы можем, – это лишить гражданства и депортировать. Закон такой.

– Как вы его нашли?

– Его на улице узнал бывший узник Саласпилса. И пришел к нам.

– Но когда он поймет, что мое письмо не принесло пользы, он все равно убьет Розмари. Неужели нельзя его за это посадить?

– За что? За угрозы? Это легкая статья, его отпустят под залог – и гуляй себе. Власти штата не начинают чесаться по-настоящему, пока труп не лежит. Неужели вам вашу внучку негде временно спрятать?

Если бы можно было. Но, с тех пор как русские вошли в Афганистан, Дэвид не вылезал из командировок.

– Он же еще не такой старый. Неужели вы не можете подождать? Какая разница, депортируете вы его сейчас или через пять лет. Розмари окончит школу и уедет в колледж. В конце концов есть другие нацисты.

В начале этого монолога на лице Рапопорта было написано: «Это она что, серьезно?» – но, услышав про других нацистов, он весь подобрался и спросил:

– Вы кого-то конкретного имеете в виду?

Я протянула ему папку бумаг. Перед тем как сюда явиться, я три дня просидела в Национальном архиве, копаясь в пыльных коробках и читая бесчисленные газеты на микрофильмах. Только на основании материалов в открытом доступе (пусть пылящихся на архивных полках) я составила список немецких медиков, инженеров, конструкторов, которых американцы после войны взяли себе на службу. Все они занимали высокие посты в лагерях, все делали свои открытия на костях людей в полосатых пижамах. Куда там какая-то шавка-охранник, озабоченная только своей жалкой, никому не нужной жизнью и содержимым собственной миски.

– Вот взгляните... Артур Рудольф... Возглавлял производство ракеты «Фау-2» в Доре-Миттельбау... сейчас подвизается в НАСА, разработал ракету «Першинг» и ракету «Сатурн-5». Губерт Стругхольд... доктор медицины... проходил свидетелем по Нюрнбергскому делу врачей... ставил эксперименты на заключенных в Дахау... Научный директор отдела космической медицины, опять же в НАСА... Барон Отто фон Большвинг... функционер нацистской разведки в Румынии и Греции... заместитель Эйхмана... завербован ЦРУ... получил американское гражданство*.

---

* Артур Рудольф (1906–1996) – согласился на предложение Отдела особых расследований, добровольно отказался от американского гражданства и в 1983 году уехал в Германию. Немецкий суд не предъявил ему никаких обвинений, потому что срок давности всех преступлений, кроме убийства, давно прошел. В 1987 году Рудольф получил немецкое гражданство. Больше людей погибло при строительстве ракеты «Фау-2», чем от ее применения по прямому назначению. Губерт Стругхольд (1898–1986) – внес огромный вклад в американскую космическую программу, в его честь была выпущена медаль и названа библиотека

– Вы хотите сказать, что правительство США прикармливало бывших нацистов?

О святая наивность! Он совсем как моя внучка, совсем как те девочки, с которыми я сидела в тюрьме Парчман. Дэвид тоже был такой же, пока несколько лет спецопераций в джунглях Вьетнама и Лаоса не убили его идеализма.

– Айра, – спросила я как можно мягче, – сколько вам лет?

– Двадцать шесть, мэм. Но это к делу не относится.

– Разумеется, не относится. Но неужели вы так и будете гоняться за мелкой рыбешкой, потому что ловить крупную вам слабó? Я оставляю вам информацию, которую мне удалось разыскать, и делайте с ней что хотите. Возможно, она отвлечет от Иманта Стауверса внимание вашего начальства. Но если моя внучка погибнет, то часть вины ляжет на вас.

Я прекрасно понимала, что говорю неправильные, несправедливые, аморальные вещи. Я могла только надеяться, что он по молодости и неопытности не сумеет адекватно оценить мое поведение, что он поймается

в Музее космических исследований в Аламогордо, Нью-Мексико. В 1983 году Отдел особых расследований начал расследовать участие Стругхольда в медицинских экспериментах над людьми в Дахау. Стругхольд умер до окончания судебного дела и таким образом избежал лишения гражданства и депортации. После его смерти НАСА забрало у него все награды и почетные звания, а библиотеку переименовали. Отто фон Большвинг (1909–1982) – был завербован предшественниками ЦРУ (Office of Strategic Services) в составе организации Гелена. Генерал вермахта Рейнхард Гелен, бывший глава разведки на Восточном фронте, предложил свои услуги американцам. Сохранилась переписка фон Большвинга с его другом и начальником Адольфом Эйхманом, где разрабатываются планы очищения подконтрольной рейху территории от евреев. К тому моменту, как Отдел особых расследований занялся им, фон Большвинг находился в доме престарелых, ничего не помнил и плохо соображал. Стороны пришли к соглашению: фон Большвинг отказывается от американского гражданства, а правительство не настаивает на депортации. Спустя десять недель фон Большвинг умер.

на «слабó». Имант Стауверс уже и так сильно испортил мне жизнь. Почему за его наказание должна платить своей жизнью одиннадцатилетняя Розмари? Как я посмотрю в глаза сыну, если не уберегу ее? В этой войне все средства хороши.

Отдел особых расследований отозвал свой иск о лишении Иманта Стауверса гражданства из федерального суда на основании какой-то юридической тонкости, сути я не поняла. И тут началось самое ужасное. Стауверс наконец нашел объект мести за свою разрушенную, загубленную жизнь. Слишком поздно я осознала, что в сделку с дьяволом вступать нельзя, все равно останешься в дураках. Похоже, у него не было в жизни других занятий, кроме как ходить за мной, мерзко улыбаться и вспоминать свои гулянки в Доре-Миттельбау. От его воспоминаний мне было гораздо хуже, чем от собственных, пока Розмари была в школе, я часами стояла под душем, не в силах отмыться. Я почти перестала есть, потеряла вес. Даже переехать в другое место я не могла, потому что это означало бы оторвать Розмари от школы и от соседок, которые любили ее так, как я была не в силах. Дэвиду я тоже не могла сказать, потому что это значило признаться в том, чем я в лагере занималась. Я не могла засесть дома, надо было ходить на работу, на почту, в банк. Ничего не могла. Все время боялась оглянуться через плечо и увидеть там эту помесь Франкенштейна и египетской мумии.

– Зачем ты это делаешь? – спрашивала я его. – Почему она так дорога тебе, твоя никчемная жизнь? Ведь тебя никто не любит, ты никому не нужен. Зачем ты вообще по земле ходишь?

– Да? А кто виноват в том, что я один? Ты и этот недоносок. Ненавижу вас обоих и племя ваше поганое ненавижу. Тоже мне, единственные жертвы войны.

– Ты мне ничего нового не сказал. Ты ненавидишь нас, потому что немцы тебе велели. Подумай, куда ты денешься после смерти. Ты никогда не был воином. Ты гнобил слабых, чтобы угодить сильным. Твои хозяева уйдут в ад, а твои жертвы уже в раю. Но таких, как ты, нигде не хотят. Только на цепь и в сумасшедший дом.

– Это тебя я доведу до сумасшедшего дома. Даже если это дело станет последним в моей жизни.

Через полгода я осознала, что, пока он не умрет, мне не будет покоя. Там, где Рувен проявил силу, я проявила слабость и теперь за это расплачиваюсь. Если я сама не могу от него избавиться, то надо обратиться за помощью. К людям, похожим на Рувена. К тем, кто не оглядывается на власти предержащие и не интересуется общественным мнением. К тем, для кого слова «никогда больше» не просто лозунг, а прямое руководство к действию.

Я сидела в приемной и ждала. Он вышел и пригласил меня к себе в кабинет. Голова закружилась под острым пронизывающим взглядом, хотя ростом он был едва ли выше меня. По привычке я сжала вместе запястья и не отрываясь смотрела поверх его головы. Там висел черный флаг с желтой эмблемой. Сжатый кулак на фоне шестиконченой звезды. Потом я перевела взгляд на него. Такое энергичное молодое лицо, а борода уже седая.

– Я вас слушаю.

– Вы... Лига защиты евреев. Я прошу у вас защиты.

– Лига – это больше, чем я. Я обычный еврей, просто говорю то, что никто не хочет слушать, и задаю неудобные вопросы. Так что у вас?

– Меня преследует человек, служивший в 19-й пехотной дивизии ваффен-СС. Он был охранником в Дора-Миттельбау. Я была там в заключении.

– Что он от вас хочет?

– Любви и ласки. – Я с вызовом на него посмотрела. – Я работала в борделе. Нет, я не пошла туда добровольно, если вам и это надо разжевать.

– Я не думаю о вас плохо, – ответил он спокойным тоном человека, привыкшего иметь дело со взвинченными неадекватными собеседниками. – В конце концов с Диной тоже случилась неприятность, но это не помешало ее братьям вернуть ее домой и отомстить за нее. Мы обязаны сделать для вас во всяком случае не меньше. Где эта гнида живет?

– Понятия не имею. Работает в школе, где учится моя внучка. Завхозом.

Услышав про внучку, он посмотрел на меня оживленно и заинтересованно. Сама мысль о том, что человек с такими отметинами, как у меня, имеет потомство, была ему в радость.

– А почему в государственной школе, а не в еврейской?

– Почему Имант Стауверс не работает в еврейской школе? – прикинулась дурочкой я. Не хотелось говорить ему неприятные вещи, но оправдываться за существование Розмари я ни перед кем не стану. Мой сын храбро и честно служит своей стране и не бросил своего ребенка на растерзание Вьетконгу. Я во многом была не права, но за сына мне не стыдно.

– Машина у него есть? – Он неглупый человек, этот раввин с пистолетом. Он понял, что я не хочу обсуждать еврейское образование Розмари, и перешел к делу.

– Я не видела. Но он говорил, что ездит рыбачить куда-то на север штата Нью-Йорк.

– Ждите от нас звонка. И ничего не бойтесь.

Звонка не последовало. Пришло письмо, вернее, вырезка из газеты – провинциальной газеты, одной-единственной в маленьком городке в округе Патнам, штат Нью-Йорк. Там сообщалось, что пожилой одинокий турист из Нью-Йорка сел в арендованную машину и она взорвалась. В размеренной, скудной событиями жизни маленького городка это выглядело как зловещая тайна. Тайком от Розмари я пошла в школу в разгар летнего ремонта и заглянула в подсобку для завхоза. Там сидел веселый пузатый мексиканец.

И снова я в кабинете под черным флагом с желтой эмблемой. Сижу, и плачу, и не могу найти слов, чтобы выразить, как я благодарна. Он смотрел на меня ласково и снисходительно и терпеливо ждал, пока я скажу что-нибудь вразумительное.

– Я чувствую себя освобожденной… Я не чувствовала себя так с мая сорок пятого. Чем мне отблагодарить вас?

– Ничем. Ребята исполнили одиннадцатую заповедь – «Никогда больше».

– Их не поймают?

– Не должны. Мы обкатали этот метод в Шхеме и Рамалле*, и в вашем случае все прошло без затруднений. И потом они по идее уже должны быть в Израиле, а Израиль их не выдаст.

– А мой сын с внучкой тоже сейчас в Израиле.

Я оглянулась в дверях. Он сидел, забрав бороду в горсть, и раскачивался над книгой, совсем как Рувен. Таких, как я, у него сотни – евреев, за которых он заступился и отомстил. В далекой Москве, в благополучном Бруклине и в жестокой Рамалле. Не знаю, благодарны ли они все, но я – благодарна.

* * *

И вот теперь все закончилось. Привычка давить в себе боль, привитая мне фройляйн фон Ритхофен, сыграла со мной злую шутку. Визг Розмари стоял в ушах, а я сидела на своей кровати, зажав уши ладонями. И Дэвид, как живой, all-American boy** с лягушкой в кармане. Я была не самой лучшей матерью, но он все-таки знал, что я люблю его, иначе бы ушел из Корпуса и растил бы Розмари сам. Я должна к ней выйти. В глазах потемнело, и я почувствовала, что сейчас упаду.

Когда я пришла в себя, было уже совсем темно. Розмари нигде не было. Неужели ее забрала скорая? Держась за стены, я дотащилась до квартиры напротив и позвонила. Открыла миссис Подольски.

– Моя у вас?

– Очнулась от обморока и уснула.

Надо же, как мы одинаково реагируем. Миссис Подольски смотрела на меня очень осуждающе, и продолжать этот разговор я не видела никакого смысла. Пусть Розмари спит. Во сне иногда бывает не больно.

---

* Имеется в виду покушение на мэра Наблуса Бассама Шакаа и мэра Рамаллы Карима Халафа в 1980 году. В результате подрыва подложенных в их машины бомб оба мэра остались без ног. Карим Халаф умер спустя пять лет после покушения. Бассам Шакаа жив до сих пор и регулярно призывает к уничтожению Израиля.

** Типичный американский мальчик (*англ.*).

Этот упырь все-таки забрал у меня несколько лет жизни и остатки здоровья. Я стала совсем старой и слабой. Я не хочу быть Розмари обузой. Она уже американка в гораздо большей степени, чем я. Она пробьется, тем более что деньги на ее образование уже отложены.

Холод поднимался от ног к груди, я закрыла глаза и увидела широкую реку, а на том берегу – Розмари-первую, веселую и молодую, в ладно сидящей форме цвета хаки, из-под кокетливо сдвинутой пилотки – пушистое облако волос. В ее руках, сложенных горстью, что-то ярко светилось, но я не могла разобрать, была ли это жестяная кружка из снаряжения джи-аев или фаянсовая чашка из буфета на автовокзале в Джексоне, штат Миссисипи. Я прочла по ее губам самые первые слова, которые она мне сказала. Пусть глубока река, пусть холод сковывает руки и ноги, но я доплыву до того берега, туда, где мед и молоко и никогда больше не будет больно.

ГЛАВА 8
МАЛКА

Господи, неужели я еще жива. Если так больно, наверное, еще жива. Страшно глаза открыть, страшно пошевелить чем-нибудь, ведь с этим придет понимание, что не могу. Так, тихонечко, тихонечко, сначала пальцами на руках и ногах. Теперь сами ноги, руки. Затекло, конечно, все, но работает. Не сломала спину или шею, уже хорошо. Но головой ударилась не слабо. Вон крови натекло, волосы присохли к приборной доске. Интересно, сколько раз перевернулась эта тачка, катясь вниз на дно ущелья? Ни одного целого зеркала и окна, зато я вроде бы цела. А почему я, собственно, сижу на переднем сиденье? И почему от меня так скверно пахнет? Ну, как от алкоголика в очереди у пивного ларька, именно алкоголем, притом дешевым и крепким. Арслан, гнида ты этакая, чем ты меня напоил? А может, не напоил, может, вколол? Точно, на левом предплечье след от неумело сделанного укола, и чешется, зараза. Буду теперь ходить с отметиной, как миледи. Если вообще буду ходить.

Я посмотрела на запястье. Исчезли дорогие изящные часики, привезенные отцом из Швейцарии. Интересно, чем еще Арслан поживился? И когда темнеет в этих горах? Со стоном я нагнулась под переднее пассажирское сиденье и извлекла свою сумку. Паспорт на месте, кредитки на месте, из кошелька исчезли только наличные. Ладно, пусть подавится. У меня начала складываться интересная картина. Кому-то было надо, чтобы это выглядело как авария. Вроде бы я пьяная села за руль, не справилась с управлением и упала в пропасть. Поэтому Арслан не тронул паспорт и кредитные карточки, чтобы не светиться. Для кого же этот спектакль? Для узбекской милиции? Для узбекских властей, которым надо изобразить какое-то подобие расследования в ответ на запрос израильского посольства? А Томка? Неужели она знала, что заманивает меня в смертельную ловушку? Нет. Она ни разу меня не предавала, хотя возможности были. Пока у меня нет доказательств, я не буду думать о ней плохо. А кстати, что у меня с телефоном? Ну да, если бы телефон работал, это было бы неправдоподобным везением. Арслан вынул батарейку и заменил уже севшей. И ведь не подкопаешься, сел мобильник у пьяной туристки, а она и не заметила. Кто-то явно задал ему алгоритм действий, сам бы он до такого не додумался.

Машина лежала на правом боку. Я изогнулась, высунула в разбитое окно сначала разбитую же голову, потом, волоча за собой сумку, подтянулась на руках. Вылезла. Слава богу, еще не темно, судя по расположению солнца, часов пять вечера. Ключи от машины все еще торчали в зажигании, но включать я побоялась. Да и зачем? Из этого ущелья можно выбраться, только карабкаясь. Но мне нужно умыться и переодеться в чистое. Пока я тут пьяная валялась, со мной случились кое-какие неприятности из тех, что последний раз случались в детском саду. Прогнулась назад в машину (ну и вид, ноги в воздухе болтаются), нажала кнопку открытия багажника. Трудно открывать багажник в машине, лежащей на боку, но я сумела. Вытащила маленький чемодан на колесах, достала чистую одежду, переоделась. Грязную зашвырнула в заросли. В чемодане лежала бутылка воды. Я отхлебнула два глотка, а остальное употребила на умывание, что было, конечно, верхом неосмотрительности. Но когда ты чистая и от тебя не воняет, есть силы бороться дальше.

Между камнями что-то зашуршало. Я увидела пестрые чешуйки на спине, маленькую плоскую голову, раздвоенное жало. Змея шипела, готовая к броску. И тут я сама на нее зашипела. Не знаю, что на меня нашло, но мне в точности удалось повторить этот звук, только громче. Не знаю, долго ли мы так соревновались, но прыгать она раздумала. Мелькнули пестрые кольца между камнями, затихло шипение. Не знаю, может, удивилась. Надо выбираться отсюда, пока не стемнело. Мало ли какая еще здесь фауна. Про двуногую фауну я как-то ухитрилась не подумать, видимо, сработал инстинкт самосохранения. Решила – доберусь до ближайшего человеческого жилья, наобещаю им всего, лишь бы довезли до Ташкента. Все-таки, несмотря на пережитое, у меня вид ухоженной западной штучки. Жалко, что исчезли часы, наличные и золотая цепочка с магендовидом.

На то, чтобы выкарабкаться из ущелья с чемоданом, у меня ушло где-то час-полтора. Пару раз пришлось сесть и перевести дыхание. Змей больше не встретилось, только какие-то жучки, фаланги, сколопендры. Зачем Господь вообще создает эту ползучую гадость. Когда приходилось цепляться всеми четырьмя конечностями, я просовывала ногу под ручку и волокла чемодан за собой. Отец говорил, что я «не дружу с уборкой», но в отношении собственной личности я всегда была исключительной чистюлей. Да и выглядит чистый человек солиднее, и доверия внушает больше, а в моем положении это ох как важно. Так я, во всяком случае, думала. Вот ведь наивная! Вот знакомый стол со скамейками, вот потрясающий вид на Ферганскую долину. Вот заграждение у обрыва, проломленное машиной. Я дернула за собой чемодан и зашагала в сторону Ташкента.

В горах темнеет быстро, и скоро мне стало очень не по себе. Но я продолжаю идти. Каждый шаг приближает меня к спасению. Я буду делать все, что от меня зависит, а дальше пусть Всевышний решает. В Махон Штерне меня учили, что Ему надо доверять. В советском детском саду мне читали сказку про лягушку, которая отчаянно барахталась в горшке со сметаной, сбила лапками масло и спаслась. Меня учили правильным вещам. Я окажусь дома до того, как Шрага вернется со сборов, и он ничего не узнает. Любая ситуация, в которую он не может войти, всех построить и все исправить, расстраивает его до головной боли.

Внезапно из-за поворота вырвались сразу две машины, нечто среднее между легковушкой и грузовиком, точнее я определить не могла. Я замерла, закрывая локтем глаза, ослепленная светом фар. Раздался визг тормозов, задняя машина чуть не налетела на переднюю. Из передней машины вышли двое бородатых мужчин в камуфляже, увешанные оружием. На одном я насчитала три ствола, на другом два. Быстро и четко они надели мне на голову мешок, связали за спиной руки. Очевидно, им приходилось делать это не в первый раз. Сумочку у меня отобрали и достаточно осторожно посадили на заднее сиденье. Видимо, не хотят портить товар, пока не узнают, насколько он ценный. Хлопнула дверь, машина сорвалась с места с такой скоростью, что я испугалась, что мы рухнем в пропасть. Сквозь мешок я напряженно прислушивалась. В машине сидели по меньшей мере пять человек. Кто-то говорил по-узбекски, кто-то еще на каком-то языке, который я не узнавала. В речи часто мелькали слова «амир»* и «Андижан». Потом я услышала, как открывается CD-плеер, и мужской голос запел по-русски.

Священный Иерусалим
томится в рабстве у иуды.
Он распластал над миром дым,
рассеяв зла, неверья груды.

---

* Общее для многих тюркских языков слово, означающее «командир», «начальник».

И вот настал тот грозный час,
И позабыты будут беды,
И к храму Бейт аль-Мукаддас*
Уже стремятся моджахеды**.

Тьфу, пакость какая. Бейт аль-Мукаддас. Обязательно надо взять наше и исковеркать. Но почему по-русски? Видимо, здесь собрались представители разных национальностей и русский у них lingua franca***. Дождавшись промежутка между двумя песнями, я позвала в темноту:

– Ребята, вы русский язык понимаете? У меня семья богатая. Я дорого стою, но только если я жива.

– Не мешай слушать, – гортанно сказали с переднего сиденья. – Амир сам разберется.

Надо же, какая похвальная дисциплина. Еще никто не попытался меня ни раздеть, ни изнасиловать, что для этого коллектива верх обходительности. Мы ехали долго, я засыпала и просыпалась. С каждым пробуждением я все больше привыкала к своей новой реальности и все меньше боялась. Насчет наличия у этих джигитов высокой морали я, конечно, не обольщалась, но, похоже, они действительно деловые люди и гораздо важнее зеленого знамени ислама для них зеленая бумажка с надписью In God We Trust****.

Не знаю, сколько времени мы ехали. Вскоре машина пошла совсем медленно, под колесами зашуршал гравий. Мы остановились, меня выдернули из машины. Сразу стало холодно, видно, мы были высоко в горах. Стоящий ближе всех перекинул меня через плечо

---

* Арабский вариант названия Бейт ха-Микдаш, храм в Иерусалиме.

** Песня Тимура Муцураева «Иерусалим».

*** Франкский язык (*итал.*) – язык или диалект, систематически используемый для коммуникации между людьми, родными языками которых являются другие языки.

**** На Бога уповаем (*англ.*) – официальный девиз США а также штата Флорида. Фраза печатается на оборотной стороне ныне выпускающихся долларовых банкнот.

и понес. Мы поднялись на три ступеньки, зашли в какое-то помещение, сквозь ткань мешка замелькали электрические огни. Мой носильщик сгрузил меня на пол и сдернул мешок с головы. Другой в это время снял с меня туфли с окончательно сбитыми о камни шпильками и связал ноги.

– Добрый вечер, – сказала я тоном светской дамы.

– Спокойной ночи, – заржал один из конвоиров, а другой молча расстелил на полу одеяло. Неужели сейчас начнется?

– Иди спать, – с трудом шевеля губами, сказал второй конвоир. Похоже, он давно не говорил по-русски.

Я не заставила себя дважды просить. Они ушли, я услышала, как в замке поворачивается ключ. Окон в этом помещении не было. Черти зеленые, ну до чего же неудобно с завязанными руками. Пахло бытовой химией, китайским стиральным порошком «Белая кошка», которым завалены все среднеазиатские рынки. Я положила лицо на одеяло. Оно было жестким, ворсистым, еще советской выделки. Подняв голову, я громко и четко произнесла: «Шма Исраэль» – в пустое темное пространство. Вот теперь можно спать.

Проснулась я оттого, что получила хорошего пинка. Надо мной стояли двое в камуфляже и черных беретах. Меня рывком поставили на ноги, надели на голову мешок и куда-то потащили. Судя по тому, что температура не менялась, из помещения мы не вышли. Посадили на стул, прикрутили, сдернули мешок. В глаза ударил солнечный свет. Справа от меня выходило на улицу широкое по местным меркам окно, и, повернув туда голову, я увидела угол белого здания, напоминавшего пионерлагерь или базу отдыха советского времени. Больше я ничего разглядеть не успела, потому что услышала приказ, отданный по-английски:

– Посмотри на меня.

Напротив, за столом с водруженным на нем компьютером (надо же!), сидел мужчина в гражданской одежде. Бледное горбоносое лицо, обрамленное квадратной черной бородой. Глаза полуприкрыты, как будто он устал или не хочет на меня смотреть. Перед ним на столе лежала моя пустая сумочка и вытряхнутое содержимое: пустой кошелек, бесполезный телефон, расческа, несколько мятных леденцов, контрацептивы, дезинфектант в бутылочке, тушь для ресниц, маленькая упаковка тампонов, шелковый шарфик, который я всегда носила с собой на случай, если окажусь в месте, где от женщин требуется покрывать волосы. И паспорт. Я стрельнула взглядом поверх его головы. На стене висели знакомые по арабским деревням портреты шахидов, виды мечети Аль-Акса и карты Ближнего Востока без всяких там сионистских образований. Да, плохо мое дело. Тут не помогут ни обещания выкупа, ни русский язык. Спокойно и буднично, как будто рассказывал мне, как пройти до ближайшей лавки, он сказал следущее:

– Я из твоей спины ремней нарежу, сионистская подстилка.

Прелестно. В каком Пажеском корпусе он обучался таким манерам? И ведь нарежет, что паршиво. Мне стало так страшно, что я не могла заставить себя сказать слово «Израиль». Еле шевеля губами, произнесла:

– Мое правительство высоко ценит своих. За одну меня из тюрьмы отпустят сотню ваших.

«Столько вы, в общем-то, и стоите», – подумала я, но от того, чтобы сказать, удержалась.

– Да нам и за труп твой неплохо заплатят. Чем больше евреев убиваешь, тем послушней они становятся. А до того, как ты станешь трупом, нам с тобой есть о чем побеседовать.

О чем мне с тобой беседовать, урод? Все и так ясно. Для тебя любая женщина кому-нибудь принадлежит. Я принадлежу твоим врагам, тем, кто выгнал тебя с еврейской земли, как зачумленную крысу. Ты чувствуешь себя униженным ими и собираешься отыграться на мне за свое унижение. У меня и в мыслях не было винить ни отца, ни младших братьев, ни Йосефа, ни Шрагу, вообще никого из тех, кто когда-нибудь носил напротив сердца буквы цади-хей-ламед*. Они делали свою

---

* Начальные буквы слов «Цава Ахагана ле-Исраэль», что означает «Армия обороны Израиля».

работу, и делали ее хорошо, и именно поэтому наша страна еще жива. За все в жизни надо платить. Особенно за счастье принадлежать к тем, к кому принадлежу я. Когда-то давно на тренировках по художественной гимнастике перед сложным элементом я мобилизовывалась в первую очередь на игнорирование боли. Нечто похожее произошло и сейчас. Боль прорезáла сознание, из носа и губы хлестала кровь, откуда-то сверху, наверное, тоже, потому что руку со стеком я уже с трудом различала через кровавую пелену. Но оставался участок разума, пусть маленький, но скоцентрированный на чем-то другом. Чистое весеннее небо, травинки над моим лицом, сильная рука под головой. В Газе опасно. Господи, сохрани его. Сохрани его, Господи. Меня подхватили и понесли. Кровь капала на пол.

Я жила в той же подсобке, пахнущей стиральным порошком. Каждый раз, когда ключ поворачивался в двери, я куталась во что придется, так как одежду у меня отобрали. Ему обязательно надо было, чтобы я была без одежды, но ничего даже отдаленно похожего на сексуальный интерес он не проявлял. Только бил. Только резал. Только жег зажигалкой. И почему-то оставлял в покое лицо. Может быть, потому, что на неиспорченном лице сильнее видно любое выражение. С ним приходил мальчишка лет восьми – десяти с видеокамерой на плече и смотрел на это действо с интересом и злорадством. Ему-то я что сделала с его явно узбекской внешностью? Господи, какая ерунда лезет в голову. Что он может понимать в наших ближневосточных делах. Ему лишь бы хозяину угодить.

Я приучала себя не вздрагивать каждый раз при повороте ключа в замке. Иногда появлялись рядовые боевики, приносили мне воду и лепешки. Некоторые опускали глаза. Некоторые оставляли «левые» подарки типа апельсина, пары кусочков жареного мяса или чистой майки. Но не заступился никто. Зачем портить отношения с амиром из-за женщины. Они мне еще в машине сказали: как амир решит, так и будет. Так же как отец тридцать лет назад, я взяла себе за правило громко и решительно читать благословения на каждый кусок. Только прочтя благословения, я благодарила приносивших мне еду, как белая мемсахиб* благодарит цветных официантов. То, что в Махон Штерне звучало расистской и к тому же плохо сделанной пропагандой, здесь, в этом застенке, обрело плоть и пришло мне на помощь. Я – избранная. Поэтому я буду регулярно мыться, по возможности прикрывать тело, молиться по памяти, отказываться есть лапшу-рамен руками и требовать ложку. Я царская дочь, и я умру раньше, чем превращусь в животное. Это было услышано на небесах и запечатано.

Все тело болело, горело, кое-где заживало, кое-где гноилось. Ведро в углу почти наполнилось, дней пять точно прошло. Ключ повернулся в замке, я откинулась спиной на стенку, собираясь с силами, группируясь перед сложным гимнастическим элементом. Сейчас начнется.

Не началось. В комнату вошел незнакомый узбек цивильного вида, никакого камуфляжа, никаких стволов. Но голова покрыта, и борода, как положено ортодоксальному мусульманину. Присел на корточки, тренированным жестом врача взял меня за запястье и сказал:

– Ассалам алейкум, Малика.

Это еще что за бред. Судя по возрасту, он должен знать русский.

– Малка Бен-Галь, – отчеканила я. – Я требую встречи с представителем израильского посольства.

Он перешел на русский. Я не могла не отметить великолепный словарный запас и полное отсутствие акцента. Неужели их семья была настолько ассимилирована, что русский его первый язык?

– Малика, я помню, что здесь творилось, когда Москва нас отпустила. Все хотели уехать, куда угодно, лишь бы уехать. Получила израильский паспорт – на здоровье, сердце им зачем отдавать. Ты никогда тому миру не

* Почтительное обращение к замужней европейской женщине в Индии.

принадлежала. Они никогда тебя не примут. Ты – часть мусульманской уммы. Ты вернулась домой.

Тут до меня начало доходить. Явно азиатское и при этом не совсем типично корейское лицо. Распространенное в Средней Азии имя Малика. Не знаю, что уж там замкнуло в его мозгах, но он принял меня за представительницу какой-то коренной среднеазиатской народности, уйгурку или казашку. От этого и пляшет. Я принадлежу мусульманской умме. Я, уроженка России, израильтянка, дочь узника Сиона, вдова солдата ЦАХАЛа. Я принадлежу мусульманской умме. Тараканы в голове аплодируют стоя.

– Это вы так встречаете всех, кто вернулся домой? – осведомилась я.

– Иссам большую часть жизни провел в израильской тюрьме.

Мне сейчас расплакаться от жалости или можно обождать?

– В общем, он тебя больше не тронет. Я его наказал.

– Как это ты его наказал? Он же амир. Он же здесь командует.

Мой собеседник хмыкнул:

– Малика, амир – это я. Я был занят в долине, а он тут активничал не по делу. Ты можешь встать?

По-моему, он хочет взять меня на руки. Вот этого не надо. Цепляясь за стену, я выпрямилась и осторожно шагнула. Еще раз. Еще раз. Еще. Все болит, но ничего не сломано.

– Куда идем?

– Недалеко.

Точно, бывший пионерлагерь, ставший лагерем подготовки воинов ислама. В актовом зале, увешанном растяжками с арабскими буквами, на стене сохранилась роспись – мальчики и девочки в тюбетейках и красных галстуках, кусты с пушистыми коробочками хлопка, несуразно высокие, в человеческий рост. На полу аккуратными кучками сложено снаряжение, я насчитала четыре ряда по десять кучек.

– Где все?

– В столовой.

– А кто готовит?

– Мы сами себе готовим. Если афганским моджахедам не зазорно, то и мы не развалимся.

Афганские моджахеды – это пример для подражания? Он толкнул одну из дверей и сказал: «Заходи». Видимо, тут когда-то была комната для персонала с отдельной уборной. Большое окно выходило на то, что когда-то было волейбольной площадкой. Мебели не было, кроме нескольких книжных полок по стенам. На полу – ковры. В углу маленький холодильник. На стенах те же карты будущего халифата, цитаты из Корана, черные флаги с белой вязью.

– Кто здесь живет?

– Я здесь живу.

И как он это себе представляет?

– Я не хочу тебя стеснять. Это неприлично.

– Ты меня не стеснишь. Я свою жену не видел с прошлого года.

И с какого бока это моя проблема?

– Малика, не трать мое время. Во всем лагере для тебя это самое безопасное место. Не хочешь – иди обратно в подсобку.

Я развернулась с намерением последовать этому совету. Далеко я не ушла. Он схватил меня поперек талии, зажал рот, втолкнул в комнату и закрыл за собой дверь.

– Малика, не вынуждай меня отдать тебя Иссаму или другим бойцам. Они тоже без женщин изголодались.

Господи, а я-то думала – цивилизованный человек. Какое там! Просто раз он амир, то единственная в лагере женщина полагается ему. Иначе его головорезы не будут его воспринимать всерьез. И он надеется, что я буду поражена красотой ислама и вспомню свое истинное наследие? И откуда только берутся такие идиоты? Но я тоже хороша. Надеяться, что в таком месте я встречу порядочного человека. Но мне простительно, меня все-таки били, а от этого ни у кого ума не прибавляется.

– Иван!

Из санузла вышел сгорбленный старик, одетый в драное, но чистое. Весь какой-то пришибленный, угодливый, суетливый, во рту большинства зубов не хватает (мне успели выбить только два и, слава богу, не совсем спереди). Последовал инструктаж на узбекском, старик подобострастно кивал, но не задал ни одного вопроса и вообще не произнес ни одного слова. Амир повернулся ко мне и проинструктировал по-русски:

– Это Иван. Он покажет тебе, где что. По-русски он понимает, но не разговаривает, потому что идиот. Когда он не занят в комнате, его место в туалете. Можешь принять душ. Еда в холодильнике. Сегодня я здесь не ночую.

Надо же, а я уж вся испереживалась.

– Кто он такой?

– Раб, – ответил амир с такой будничной интонацией, как если бы сказал «ветеринар» или «водитель грузовика».

Вышел и запер за собой дверь.

Вот до какого состояния они хотят меня довести. Пускай меня лучше кормят и меньше бьют, разница непринципиальная. Я вгляделась в своего нового соседа и поняла, что никакой он не старик. Когда я училась на маникюршу в институте красоты в Хайфе, то с удовольствием посещала лекции по другим дисциплинам, если было время. Знания никогда не бывают лишними. В конце концов это то, что остается с тобой, когда отнимут все остальное. Так мне отец говорил. На лекции по макияжу нам объяснили про возрастные изменения в строении черепа и лицевых костей. Человек, скорчившийся у двери в туалет, не был старым. Он был моим ровесником, может, даже моложе. Страшные шрамы на коже головы под редким бесцветным пухом волос. Сколько же его били по голове? Слезящиеся вылинявшие глаза когда-то были синими или серыми. Он понимает русский язык. Господи, да он русский. Точно, военнопленный или похищенный. Вот он, удел немусульман в их халифате. Я села на пол и взяла его руку, переплетя его пальцы со своими. Налитыми ужасом глазами он смотрел на меня, не смея сопротивляться.

– Вам нечего меня бояться, – сказала я со всей лаской, на какую только была способна. – Я не знаю, что он вам сказал, но я не одна из них. Я из Москвы, меня зовут Регина Литманович.

Его облыселая голова тряслась на тонкой шее. Глаза на секунду задерживались на мне, а потом скашивались куда-то вбок. Слеза скатилась по щеке.

– Скажите, вы действительно не можете разговаривать?

Он так замотал головой, что я всерьез испугалась, что она отвалится.

– Но вы меня понимаете?

Такие же энергичные движения, только вверх-вниз.

– Вы помните русские буквы?

Он в отчаянии схватился за голову, пару раз стукнул по ней кулаками, казалось, состоящими из одних костей. Не может вспомнить. Выражение лица снова стало жалким, запуганным, он скорчился в ожидании удара.

– Я никогда вас не ударю. Но мне же надо как-то вас называть.

Опять мотает головой.

– Ладно. Если мне понадобится привлечь ваше внимание, я буду дотрагиваться до вашей руки. Вот так. Договорились?

Кивает, улыбается.

– Ну вот и хорошо. Где тут кипятят чай?

Он показал мне на холодильник. Там стояли электрический чайник и бумажные стаканчики, лежала заварка в пакетиках и сахар. Я отправилась в ванную налить воды. Прошла мимо уборной восточного типа, не унитаз, а дырка в полу. Там же лежал матрас и стояла миска. У меня внутри все оборвалось, я чуть не заплакала впервые за последние несколько дней.

Чай был заварен, сахар добавлен. Я полезла в холодильник за едой. Лаваш, помидоры, огурцы, остатки шашлыка, на вид где-то полкило мяса. Того, что для них остатки, нам с Иваном как раз хватит. Уходить от двери в коридорчик между туалетом и ванной он не собирался, всегда готовый юркнуть на свое место, услышав поворот ключа в замке. Ладно, поедим так. Иван отказывался, видимо, продукты из хозяйского холодильника были для него под строгим запретом. Даже бумажный стаканчик боялся в руки взять. Кончилось тем, что он принес свою миску, я налила туда чай, накрошила хлеба и мяса и он выпил эту тюрю в три торопливых глотка. Какой кошмар.

Заскребся ключ в замке, и Иван юркнул на свое место, как белка в дупло. Я сделала вид, что изучаю книжные полки. Некоторые названия там были по-русски и по-английски. На пороге стоял боевик в когда-то белом халате поверх камуфляжной формы. При взгляде на этот халат я решила, что стирали его последний раз еще при советской власти. Видимо, это чудо дежурило на кухне и пришло за помощниками. Идти или не идти? С одной стороны, я им котлы ворочать не нанималась, уступишь им один раз, в рабыню превратят, вон – за примерами далеко ходить не надо. А с другой стороны, может быть, удастся найти возможность сбежать.

– Иван! – заорал посетитель.

Ну да, я собственность командира, больше мной никто не распоряжается.

Иван засеменил из комнаты, бросив на меня один-единственный взгляд. Похоже, что благодарный.

Я осталась одна и вплотную занялась книжными полками. Из русских книг там стояли в основном советские вузовские учебники по медицине (хирургия и травматология), из английских – справочники и аналитика по истории Ближнего Востока и Афганистана. Любимый автор – Эдвард Саид*, я насчитала около десятка названий. И куча книг по-арабски,

---

* Эдвард Вади Саид (1935–2003) – американский интеллектуал арабского происхождения. Профессор Колумбийского университета. Литературовед, историк литературы, литературный и музыкальный критик, пианист, культуролог, автор знаменитой книги «Ориентализм», жестко критикующей западные воззрения на Восток и обвиняющей западную науку в духовной поддержке и оправдании колониализма.

Коран в разных изданиях и форматах, иногда с параллельными переводами. Ну что же, круг интересов нашего амира мне понятен. У меня не укладывалось в голове, как это все совмещалось в одном человеке. Он учился в школе и в институте, знает много языков, носит европейскую одежду и при этом заявляет мне, что единственный способ, которым я могу сохранить свою жизнь, – это раздвигать ноги по его требованию. Раз он амир, то ему положена отдельная комната, лучшая еда, собственная наложница и русский раб. Для него это нормально. Я ничего хорошего не вижу в этой культуре, как бы неполиткорректно это ни звучало. Вот не вижу, хоть убей! Даже самые дикие наши харедим все-таки воспитали человека, для которого руководство – это не набор привилегий, а зов Всевышнего, мицва оберегать тех, кто слабее его. Тут я заплакала во второй раз за этот день, который еще даже наполовину не прошел. Чем глубже я увязала в этой трясине, чем недоступнее для меня он становился, тем сильнее я по нему тосковала. По контрасту с тем убожеством, которое я в последние несколько дней имела несчастье наблюдать, он сверкал, как алмаз, то одной гранью, то другой. Пока я сидела в подсобке, я запрещала себе о нем думать, чтобы не раскиснуть и не тратить мобилизованные на сопротивление ресурсы. Теперь, когда до меня дошло, что убивать и пытать меня никто не будет, я расслабилась. Слишком рано. Еще неизвестно, куда амир меня денет, когда поймет, что никакой ласки ему от меня не видать, а спать с деревянной доской – не самый большой кайф в жизни. Может, попытаться уговорить его по-хорошему? Смешно. Сказать, что я ВИЧ-инфицирована? Не поверит. Кусаться, царапаться? Вряд ли это что-то изменит. Чему быть, того не миновать. Но пусть он хотя бы поймет, что я от него не в восторге. Ни как от человека, ни как от мужчины.

Я молилась, читала книжки, смотрела в окно. Из невидимого репродуктора доносился призыв на молитву, и я слышала хор мужских голосов, произносящий знакомые фразы:

Аль-хамду лил-ляяхи раббиль-‘аалямиин.
Ар-рахмаани ррахиим.
Мяялики яумид-диин*.

Какие похожие на иврит слова. Рахамим. Мелех йом дин. Милосердный, Владыка Судного дня. Моя молитва не отличалась оригинальностью. Я просила у Бога себе милосердия, а врагам – Судный день, Армагеддон. В промежутках между намазами раздавались выстрелы, иногда что-то взрывалось. Очевидно, у них были учения. Иван сновал туда-сюда из кухни в кладовую с тюками и ведрами. Просто удивительно, как он еще не упал.

Поздно вечером весь лагерь собрался на волейбольной площадке вокруг большого костра. Иван не появлялся, видно, его запрягли на кухню мыть посуду или что еще. На костре, вопреки местным обычаям, ничего не готовили, он был для этого слишком большим, ростом с меня, может, выше. Пламя выхватывало из тьмы лица разных этнических типов, с бородами и без, кто в белой шапочке, кто с повязкой с изречениями на лбу, кто вообще в бейсболке. Одновременно вскидывались вверх руки с оружием под крики «Аллаху акбар!». Амир сидел ближе всех к костру с каким-то тюфяком под локтем. Чуть-чуть подальше – тот, кого я про себя называла Этот Из Шхема**. Почему из Шхема, не знаю. Наверное, у меня где-то в голове отложилось, что в Шхеме приличные люди не живут. Надрывался магнитофон, песни по-русски перемежались песнями на других языках, народ подпевал, кто во что горазд. Вдруг полилась томная танцевальная мелодия без слов, отдаленно напоминавшая то, что любят слушать наши марокканцы. Под аплодисменты в освященный костром круг вступила маленькая женская фигурка, обернутая во множество шалей. Она танцевала, шали одна за другой

* Фразы из суры Аль-Фатиха, главной молитвы исламистов.

** Наблус, или Шхем – город на Западном берегу реки Иордан, в Палестинской автономии, в исторической области Самария, административный центр провинции Наблус.

спадали на землю, мелодично звенели колокольчики на запястьях и щиколотках. Упала последняя тряпка, и тут я поняла, что это не девушка. Это тот самый мальчишка, который приходил ко мне с видеокамерой. Он такой же раб, как я, как Иван, но его рабство ему нравится. Вон как старается, качает бедрами в женских шароварах. Господи, что я говорю. Передо мной несчастный ребенок, растленный прежде, чем его личность успела сформироваться, а я, профессиональный соцработник, его еще и обвиняю. В Израиле такое тоже бывает, но чтобы вот так, на всеобщее обозрение, – нет. У нас таких вещей очень стыдятся. Темп мелодии нарастал, совершенно по-женски выгнув спину и шею, маленький наложник сделал еще один круг и уселся рядом с Этим Из Шхема. Тот принялся гладить его по голой спине, как собачку. Теперь понятно, почему сексуальное насилие не вошло в репертуар его общения с сионистской подстилкой.

Я отошла от окна. Тех наблюдений, что я сделала, мне хватило по самое не могу. Костер потушили, я услышала шум заведенных моторов. Они уезжают на какое-то дело. Может, сбежать? Разбить окно, вылезти – и привет. Нет. У меня не зажили порезы и ожоги. У меня нет обуви. Я далеко не уйду. Надо выждать. Но где же я все-таки буду спать? Пожалуй, в ванной комнате. Я перетащила туда пару одеял, постелила одно, завернулась в другое и уснула.

Ночь прошла спокойно. Окно в комнате из черного стало синим, потом солнце буквально выстрелило из-за ближайшего перевала и залило все пространство потоками света. Я приняла душ, помыла голову (о, счастье!) и уже наливала себе чай, когда в двери заскрипел ключ. Амир. Веки красные, всю ночь не спал. Привитые в детстве и юности привычки оказались сильнее разума. Я заварила второй стакан чая и поставила перед ним. Потом взяла свой и ушла в ванную.

– Ты куда?

– Пить чай.

– Ты не хочешь выпить со мной чаю?

– Не хочу.

Пауза.

– Понятно. А ведь я и холодильник могу запереть, и заварку убрать.

– Как угодно, – пожала я плечами.

– Малика, тебе что, все равно – жить или умереть?

– Нет, мне не все равно. Мне очень не все равно. У меня пожилой отец и двое несовершеннолетних детей. Но умру я или буду жить, зависит не от тебя.

– Так, вот про детей поподробнее, пожалуйста.

– Зачем? – зло рассмеялась я. – Шантажировать меня все равно не получится. Не забывай, где мои дети живут. ЦАХАЛ из таких, как вы, котлеты делает.

Он сделал большой глоток.

– Ну, если котлеты, то тебе не о чем беспокоиться. Танками и самолетами почему бы не наделать котлет из повстанцев, вооруженных в лучшем случае автоматами. Вот только чем тут гордиться, я не вижу.

Все, поговорили – и хватит. Во всех своих войнах Израиль воевал на два-три фронта и побеждал. Гордиться есть чем. Я сидела в углу ванной и наблюдала, как паучок плетет в углу паутину. Надо придумать ему имя. Пусть будет Иссер Харель*. Тот тоже был мастер плести сети во вражеском тылу.

Из комнаты доносились телефонные разговоры по-узбекски с редкими вкраплениями русских слов. Потом стихли. Он, видите ли, спал. Господи, кто меня за язык тянул рассказывать, что у меня есть дети. Теперь он понимает, что я таки хочу жить, что детям, в общем-то, все равно, что сделали с матерью, лишь бы она к ним вернулась. Он спал спокойно, не боясь, что я его придушу. Вряд ли у меня получилось бы. Я никого крупнее таракана в жизни не убивала. А вот стянуть у него сотовый можно попробовать. Вот он сбоку на ремне висит.

Комната у меня перед глазами внезапно смазалась в водоворот цветовых пятен, и первое, что я ясно увидела, был белый потолок в трещинах. И адская боль в зажатых запястьях. Сволочь, подцепил меня на по-

* Директор МОССАДа в 1952–1963 годах.

пытке связаться с детьми. Ничего святого. Когда же я наконец перестану удивляться? Я выгибалась и извивалась, но безуспешно. Кричать не стала, зачем тратить силы и взывать к совести того, в ком она так и не выросла. Там, где нет людей, постарайся остаться человеком. Там, где нет людей... Там, где нет людей... Ладно, миллионы женщин через это прошли. Не я первая, не я последняя.

– Спасибо, Малика. Мне было очень хорошо.

Одной рукой он продолжал держать меня за запястье, другой гладил по щеке. Только сейчас я заметила, что у него нет полутора из десяти пальцев – мизинца и половины безымянного. Какая страшная рука на моем лице, как лапа хищной птицы.

– У меня СПИД, – сказала я, глядя ему прямо в глаза.

– Ну конечно, – усмехнулся он. Под тонкой полоской усов сверкнули зубы, необычно белые и ровные для уроженца Средней Азии. – СПИД бывает у шлюх, а я прекрасно вижу, что ты не из таких. Ты любишь своих детей, иначе бы не полезла за телефоном.

Как и все мусульмане, он делит женщин на шлюх и приличных. Такие категории, как человеческое достоинство, как милосердие к падшим, просто выше его понимания.

– Я не сомневаюсь, что ты была хорошей женой тому еврею, который сделал тебе этих детей. Но с этим покончено. Попользовался – и хватит.

– Дай мне телефон, – взмолилась я, забыв главное правило любого заключенного «не верь, не бойся, не проси». – Ты уже получил, что хотел.

– Кто тебе это сказал? Я не получил, что хотел. Я тебя в жены хочу.

– В третьи?

– Во вторые, – ответил он, не желая замечать моей иронии. – Но с моей первой женой ты можешь не общаться, если не хочешь. Хотя она как раз могла бы наставить тебя в исламе и вообще быть тебе полезной.

Тут меня прорвало.

– Я не хочу принимать ислам! Ваша вера не учит ничему хорошему! Посмотри, что в этом лагере творится!

Ты держишь человека в рабстве и говоришь об этом спокойно, как будто так и надо. У тебя на глазах растлевают ребенка, а ты на это смотришь и ничего не делаешь. Мусульмане готовы убивать своих детей, лишь бы убить наших. Не трать на меня время! Я человек западной цивилизации и нигде я не была этим так счастлива, как здесь!

Продолжая удерживать меня между коленями, он сжал мое левое запястье трехпалой рукой и только после этого отпустил правое. Спокойно и методично он бил меня по щекам. Шесть раз. Потом взял за подбородок, повернул голову влево, вправо, словно проверяя, не испортил ли чего.

– Малика, у нас за оскорбление ислама убивают. Я не мог оставить тебя без наказания. Только не надо становиться в позу, что западная цивилизация вся из себя просвещенная и гуманная. Она на костях рабов построена. В одном Израиле десятки тысяч нелегалов. Они, по-твоему, не рабы? Потому что ты их не видишь и они не живут у тебя на кухне? Ты будешь сидеть здесь и утверждать, что на Западе детей не растлевают, когда там порнография идет по всем каналам с утра до вечера, а дети с двенадцати лет начинают пить, курить и совокупляться? И, вместо того чтобы иронизировать над установленным Пророком законом, подумай, сколько на твоем Западе одиноких женщин и детей, растущих без отцов. Они, по-твоему, счастливы?

– Слезь с меня и дай телефон, – продолжала я гнуть свое.

К моему удивлению, он с меня слез. Я немедленно скатилась с матраса и бросилась в ванную, которая, к сожалению, не запиралась. Запястья болели, горело лицо – больше от обиды, чем от боли. Паутина в углу задрожала и расплылась в набежавших слезах.

– Малика, я не закончил. Я не в восторге от того, как Иссам проводит свободное время, но это его дело. Он всю жизнь провел в активном джихаде или в заключении. Он хочет, чтобы тебя обменяли на палестинских узников сионистских тюрем, желательно в виде сильно изуродованного трупа. Какие у меня на тебя виды, ты уже знаешь. Так что выбирай. Хочешь позвонить своим детям и увидеть их – принимай ислам и выходи за меня. Я сделал так, чтобы он тебя не бил, но давать тебе звонить в Израиль за его спиной – это слишком жирно, согласись.

Вот так и отцу предлагали – подпиши покаяние, хватит мучить пожилых родителей, езжай в Израиль. Вот он, мой тест – всегда я еврейка или только тогда, когда это удобно. Прожив пятнадцать лет, практически всю взрослую жизнь, в шкуре прозелита, без конца вынужденного доказывать, что присоединился к евреям не ради корысти, я на все события смотрела сквозь эту призму. Если я предам евреев, то потом буду каждый раз умирать от отвращения, глядя в зеркало. Зачем такая жизнь? Страшная трехпалая рука вновь оказалась близко от моего лица.

– Что у тебя с рукой? – услышала я свой собственный сдавленный голос.

– Ичкерия, – отрезал амир. – И раз уж ты заинтересовалась, меня зовут Хидаят.

Ну почему я не промолчала?

* * *

Кое-что в психологии он все-таки понимал, иначе не был бы амиром. Но со мной прокололся, ой прокололся. Расслабился. В детстве я читала книжку про голову, живущую отдельно от тела. Это был умный профессор, который, несмотря на свою беспомощность, управлял ситуацией, отомстил своему врагу и увидел сына перед смертью. Так я и жила – голова отдельно, все остальное отдельно. Голова могла бы быть и поумнее, но уж какая есть. А он поверил. Решил, что раз я не сопротивляюсь, то дело на мази. Человек должен быть по-настоящему мудрым, чтобы не перепутать любовь с сексом, а секс с демонстрацией подчинения. Я таких, если быть уже совсем честной, не встречала. Йосеф вообще не был склонен к анализу, не брал в голову и получал от жизни, в том числе от меня, удовольствие. Шрага больше всего нуждался в человеческом тепле и участии, в утолении своего информационного и тактильного голода, а секс там был на последнем месте и вообще по моей инициативе. Вот их, таких разных, я любила. А этого терпела. Иногда он бывал даже обаятелен, особенно на фоне своих душманов или как их там. Вернее, был бы обаятелен, если бы не несчастный раб в туалете на полу. Вот с ним-то я как раз с удовольствием общалась. Это было именно общение, несмотря на то что он молчал. От звуков русского языка, от нормальной человеческой речи без оскорблений и издевательств он расцветал, его мимика становилась живой, жесты более точными, выражение глаз не таким забитым. Я решила, что он где-то мой ровесник, поэтому должен помнить все, что помнила из своего детства я. Ну, может, не все, но какие-то пересечения точно были. Я пела детские песни – про голубой вагон, про кузнечика в траве, про мамонтенка, который ищет маму. Только про Чебурашку никак не могла допеть до конца, начинала рыдать. Это была любимая песня раннего детства Мейрав и Смадар. При словах «ко мне на день рождения никто не приходил» Смадар начинала всхлипывать, а Мейрав утешала: «Но он же теперь вместе с Геной». Вообще, как и в любом коллективе, даже в таком маленьком, у каждой были свои роли и обязанности. Если нужно было очаровать кого-нибудь, на сцену выступала Смадар. Взмах ресниц туда-сюда, кокетливая улыбка – и сестрички-лисички получали все, что хотели. Если же это не помогало, то со своим бенефисом выступала Мейрав, и тогда со всех полок летели вещи, от криков дрожали стекла. Когда в первом классе Мейрав выбросила в окно чей-то рюкзак, учительница подступила ко мне вплотную: мол, их надо разводить по разным классам. Иначе Мейрав никогда не научится договариваться с людьми, а Смадар – стоять на своем. Йосеф погиб за полгода до этого, я хотела одного – чтобы меня не дергали, потому что, где бы до меня ни дотронулись, боль расходилась по всему моему существу, как круги по воде. И теперь, сидя в лагере боевиков в ферганских горах, я раскаивалась в том, что лишила их, потерявших отца, еще и материнского тепла. В последние полгода я оттаяла, разрешила себе эмоции, вот только боюсь, что Шраге мои девицы за это спасибо не скажут. Скажут: с ума мать сошла на старости лет, курам на смех.

Припахивали Ивана основательно, большую часть времени он отсутствовал. Я видела, что кожа на его руках облезает, покрывается маленькими язвами. Я все равно брала его за руку, бережно и осторожно. И говорила, говорила, говорила – в надежде, что он хоть что-нибудь вспомнит.

– У вас была мама. У каждого человека есть мама. Я тоже мама.

Он сердито мотал головой, показывал на матрас и стыдливо отворачивался. На этом матрасе амир почти ежедневно насиловал меня, не стесняясь раба, не бывшего в его глазах человеком.

– Почему ты меня ни о чем не просишь?

– Если бы ты действительно был врачом и помнил клятву Гиппократа, ты бы знал, что нужно человеку, у которого заживают ожоги и порезы. Я ни о чем не буду тебя просить.

– Почему ты не называешь меня по имени?

– Потому что я военнопленная. Дар аль-ислам и дар аль-харб* находятся в состоянии войны. Мне ничего не нужно от тебя.

– Но мне нужно от тебя. А то, что ты книжки читаешь, это хорошо, продолжай.

---

* Дар аль-ислам (мусульманский мир, земля ислама, вся территория, где господствует ислам, *ар.*) – традиционное мусульманское обозначение территорий, где действует мусульманский религиозный закон и где политически господствуют мусульмане. Данный термин не является каноническим, так как не упоминается в Коране и Сунне пророка Мухаммеда, и впервые был использован основателем ханафитского мазхаба имамом Абу Ханифой. Эта часть мира противопоставляется дар аль-харб (земле войны) – территориям, где ислам не господствует. По воззрениям мусульман, дар аль-ислам по воле Аллаха распространится на весь мир, даже если этому будут мешать все неверующие люди и джинны на Земле. Естественной реакцией дар аль-ислам на бесчинства дар аль-харб является джихад – борьба в защиту чести, имущества и крови мусульман, проживающих в дар аль-харб.

Вот ведь придурок. Ладно, принесет аптечку, посмотрю, что там для Ивана подойдет. Даже когда он был слишком усталым для секса, он все равно не оставлял меня в покое. Допустим, я куда более приятная во всех отношениях компания, чем этот сброд, которым он командует, но нельзя же так. Нельзя запугать человека до такой степени, чтобы он тебя полюбил. Любовь и страх – это разные субстанции, как масло и вода. Они по-разному рождаются, живут по разным законам и по-разному умирают. И когда они соприкасаются, то это всегда конфликт, и всегда побеждает что-нибудь одно. Так было с Иваном. В его дрожащих облезлых руках, постиранный и аккуратно сложенный, светился мой аквамариновый шарфик. По-умному, лучше бы он принес мне контрацептивы. Но он выкрал шарфик у Этого Из Шхема, он рисковал в лучшем случае серьезной порцией побоев, чтобы меня обрадовать. Любовь победила страх. Шелковая ткань пахла все той же «Белой кошкой». Я никогда не буду это носить. Но Иван не виноват. Сделать больше своих возможностей – всегда героизм. Я поцеловала его и вложила шарфик между его ладоней.

Так мы стали не просто соузниками. Мы стали сообщниками. Он зазвал меня в туалет, приподнял матрас. Из драной обшивки торчали резиновые тапочки на женскую ногу. И откуда только достал? Постепенно у меня заживала спина. Что делать? Бежать одной или вдвоем? Если нас поймают, его точно убьют. Кто я такая, чтобы за него решать? Никакой он не слабоумный, просто измученный, он потерял память и от боли разучился разговаривать. Но кому он нужен в России? Что он там будет делать, бомжевать по вокзалам? Может, договориться в каком-нибудь монастыре, чтобы они его приняли, посылать деньги на содержание? Господи, дай мне дожить до дня, когда это будет моей главной проблемой.

Однажды утром, взглянув в окно, я не обнаружила на дальнем склоне палаток, издали похожих на разноцветные лоскутки. Значит, ночью они снялись и ушли на высокогорные пастбища. По идее должен быть конец июня. Календаря у меня не было, писать было нечем. Неужели почти три месяца прошло? Сколько он собирается меня здесь держать? Может быть, до зимы, зимой в этих горах много не навоюешь. Хотя тем же афганским моджахедам это не мешало. Про войну в Афганистане я узнала задолго до того, как про нее начали писать. Где-то в восьмом классе, когда я узнала про отца и пересмотрела свои взгляды на советскую власть, у меня появилась новая подруга. Вера. Нас сблизили интерес к внепрограммным книжкам, тихая оппозиция внутриклассным интригам и убойное происхождение. Среди предков Веры были архангельские поморы, расстрелянный большевиками священник и испанка, ребенком вывезенная в тридцать седьмом из Бильбао. У Веры был настоящий взрослый роман, ее парня забрали в армию, и она обещала его ждать. Не желая расстраивать мать, он писал ей, что находится в Монголии. И Вере то же самое писал. Но в военкомате нашлись какие-то доброжелатели, сказавшие: «В Афгане ваш Артем, мамаша». Вера ходила как сомнамбула, перебирала под партой четки, оставшиеся от бабушки-испанки. Мы вместе ходили к матери Артема, помогали по хозяйству, старались утешить.

– Я не буду вступать в комсомол.

– Почему?

– Я верующая.

– Будет скандал. Твои родители с ума сойдут. Ты в институт не поступишь.

– Я не хочу в институт. Я хочу замуж за Артема и много детей.

Пауза.

– Я тоже не буду.

– А ты почему?

– Отец.

– А институт?

– Пойду работать. Если поступаешь со стажем, то комсомол никого не волнует.

Последовало полгода проработок, криков, скандалов. «Аксенова! Ан! Вам что, особое приглашение нужно?» Нам не нужно было особого приглашения, лишь бы перестали орать и дали жить в согласии с собственной совестью. Мы с Верой портили им всю статистику, но стояли на своем. Если можно вернуть человека с фронта любовью и молитвой, то она это сделала. За полгода до отъезда в Израиль я, стоя на ящике, держала в церкви венец над ее головой. Потом, обучаясь в ульпан-гиюре, я поняла, почему закон разрешает нам посещать нееврейских больных и утешать их скорбящих, но ни в коем случае не участвовать в их радостях. Так и до авода зара не далеко. Предупреждали же меня перед поездкой – не делай авода зара. Если останусь в живых и вернусь домой, во всем буду его слушаться, глаз от пола не подниму. Глупости все это. В какой цвет леопарда не крась, он все равно будет пятнистым. И вообще, с чего это я вообразила, что он меня захочет? Всей воды во всех миквах мне не хватит, чтобы отмыться. Молитва не шла, но вместо нее пошла песня.

За все спасибо, добрый друг:
За то, что был ты вправду другом,
За тот в медовых травах луг,
За месяц тоненький над лугом,
За то селенье над рекой,
Куда я шла, забыв про усталь,
За чувства, ставшие строкой,
За строки, вызванные чувством.
За нити легкого дождя,
Пронизанные солнца светом,
За то, что, даже уходя,
Ты все же был со мной...
За это!..
За все тебя благодарю:
За блеск реки, за скрип уключин,
За позднюю мою зарю,
На миг прорезавшую тучу.
За то, что мне любовь твоя
Была порой нужнее хлеба...*

* Песня на стихи Елизаветы Стюарт (1906–1984).

За дверью завозились, и я закрыла рот. Ну сдохни ты уже наконец, если нет мне другого пути вернуться домой.

Иван не показывался день, потом два, потом три. Я забеспокоилась, задала вопрос и получила пощечину. Нечего интересоваться не тем, кем надо.

На ночь я осталась одна. В лагере было тихо, ночь стояла темная, безлунная. Я извлекла из матраса тапочки, обулась, сняла с полки роскошно изданный Коран в твердом переплете и ударила по окну. Стекло звенело, сыпались осколки, никто не реагировал. Неужели убегу? Неужели? Господи, ведь моя душа тоже стояла у горы Синай, ради девочек, ради отца, помоги. Я пролезла в окно, спрыгнула. Теперь я ученая, буду хорониться вдоль дороги, на саму дорогу не вылезать. В кустах выпала обильная роса, за три минуты я вымокла, как мышь. Я бежала по усыпанной гравием дорожке, чтобы оказаться как можно дальше от этого чумного места, пока есть силы. Меня накрыла тень, резкая боль разорвала затылок, я упала лицом вниз. Помню вкус гравия во рту и ничего больше.

Я проснулась от боли. Болела рука, вывернутая и прикованная к какой-то железке в полу. Амир наклонился надо мной. Похоже, он всерьез опечален моей неблагодарностью.

– Модэ ани лефанеха... – начала я.

Пощечина.

– Мелех хай векаям...

Еще одна.

– Шехехезарта бе нешмати...

Похоже, что *модэ ани** плавно перейдет в *шма Исраэль*. Он отстегнул наручник и одновременно ударил меня какой-то железкой по большеберцовой кости. Я заорала, перегнулась пополам.

– Теперь не будешь бегать. Посиди, подумай.

---

* Краткая благодарственная молитва в иудаизме, которую произносят утром после ночного сна, только что проснувшись и еще лежа в постели.

Понятно. Он хочет, чтобы я не бегала, но лежачая больная, за которой надо ухаживать, ему тоже не нужна. Поэтому он и сломал мне одну ногу, а не две. Теперь еще на какой-нибудь героин меня подсадит, если не на сырой опиум. Отец рассказывал, в уголовной зоне он уже не хотел свободы, а хотел умереть, прежде чем начнется распад личности. Может быть, и мне надо было молиться об этом же? Но они все спаслись. Лазарь Винавер, Ким Кан Чоль, дед Семен, бабушка Мирра, отец. Даже Эйдль родила ребенка, прежде чем погибнуть. Ради чего все это, Господи? Чтобы я тут сдохла?

Я потеряла счет дням. Как-то под утро проснулась от глухих ударов, здание ходило ходуном. Землетрясение? Или... артиллерия? Как они дотащили в горы артиллерийские установки? Сквозь разрывающие уши удары все громче и громче слышался звук, который ни с чем не спутаешь. Вертолеты. Две штуки. Амир пристегнул меня за руку к скобе в полу.

– Что ты делаешь, сволочь! Ну хоть перед смертью побудь человеком!

Он вышел и запер дверь. Если на этих вертолетах такой же боекомплект, как на израильских, то от этого бандитского гнезда останутся одни головешки. Дай бог, если узбекские солдаты найдут в развалинах паспорт и отдадут по адресу. Я сдалась. Легла ничком и стала ждать смерти. Вертолеты зависли где-то совсем близко, послышались крики, выстрелы, топот бегущих по крыше ног. Десант. Не знаю, сколько времени я так пролежала. Я не услышала, как открылась дверь. Именно открылась, а не была вышиблена. Вот ведь живучий. Весь залит кровью, а живой.

– Мы могли быть счастливы, Малика. Ты все испортила.

Как он мне надоел. Как вся эта поганая жизнь мне надоела. Видимо, последнюю фразу услышал тот, кого не поминают к ночи. Меня начали душить. Руками. Медленно, чтобы растянуть удовольствие.

– Улыбнись, Малика. Хоть раз. И жить останешься.

Даже если бы такое желание у меня возникло, я бы не смогла. В перерывах между сеансами удушения я отчаянно откашливалась, стремять набрать в легкие побольше воздуха. Сердце переместилось куда-то в живот и там трепыхалось. Под ударами чего-то тяжелого затрещала входная дверь, но он был занят тем, что убивал меня, и не обратил внимания. Удар раздался совсем близко, тяжелое тело обрушилось, заливая меня кровью и черт знает чем еще. Руки исчезли с моей шеи, но я не могла сбросить его с себя, сил не хватало. Он лежал неподвижно, а я извивалась, насколько позволяли прикованная рука и сломанная нога. Белый потолок сменил тьму, и я увидела единственного настоящего человека в этом гадюшнике. Осмысленное выражение лица, счастливые голубые глаза и железная болванка в руках.

– Ре-ги-на, – каждый звук застревал в горле, прежде чем выйти, но все-таки выходил.

– Ре-ги-на, – звенело первое за много лет слово.

– Регина, – с моим именем вернулись ему его человеческое достоинство, его свобода. А я умирать собралась, идиотка.

Он несколько раз ударил железкой по цепи от наручника, пальцами разогнул одно из звеньев. Только теперь я заметила, что ткань его рубахи на правом плече была окрашена кровью. Можно сказать, пропитана. Он показал мне, чтобы я вставала.

– Не могу. Нога.

Он подхватил меня под мышки и потащил в туалет. Крики и выстрелы раздавались совсем близко, нам надо было спрятаться как следует. Дверь открывалась наружу, но даже если бы и внутрь, припереть было нечем. Он поставил свой матрас на ребро, и мы схоронились за матрасом. Не бог весть какая защита, но, может быть, пуля потеряет часть своей скорости, застряв на мгновение в клочкастой обивке. Мы услышали, что в комнату ворвались, раздались крики и команды по-узбекски. Пока я соображала, выползать или нет, поезд уже ушел. Застрекотали на крыше вертолеты, и все стихло.

Иван оттолкнул матрас, выглянул в комнату и издал счастливый возглас:

– Регина!

Я встала на здоровую ногу и поскакала на зов. Амира не было. Жив он или мертв, они его забрали. Видимо, он был достаточно крупной птицей и им не терпелось отчитаться об успехе операции. Надо посмотреть, что у Ивана с плечом, остановить кровь, продезинифицировать. Амир действительно соблюдал установления ислама не на страх, а на совесть, в его холодильнике не было ничего даже похожего на водку или коньяк. А вот насчет остальных я не была так уверена. Проклятая нога, я не могу на нее встать.

– Пожалуйста, принеси мне стул. Любой.

Иван кивнул и вернулся с четырехлапым канцелярским креслом на колесиках. Именно в этом кресле сидел Этот Из Шхема в тот момент, когда я впервые имела несчастье его увидеть. Я села и поехала, подтягивая к себе очередной кусок пола здоровой ногой. Никогда не видела столько трупов сразу. Колеса оставляли на полу четыре кровавые дорожки, как хвост кометы. Деловито жужжали мухи. Я ехала в комнату с компьютером, которую про себя называла штабом. Там тоже был холодильник, а если повезет – Интернет и телефон. На мертвых не было никаких опознавательных знаков, из чего я заключила, что из десанта никто не погиб или они, как полагается в приличной армии, забрали трупы своих с собой. Этого Из Шхема нигде не было – ни мертвого, ни живого. Я надеюсь, что они его загребли. Пусть теперь рассказывает об ужасах израильской оккупации узбекскому начальнику конвоя на узбекской же зоне. При мысли о том, что он мог исчезнуть до начала десанта и рыщет, вооруженный, по этим горам, мне стало так плохо, что я чуть не упала с кресла.

Вот и штаб. Компьютер они забрали, телефон молчит, связь оборвана. Я подкатилась к столу, стала шарить по ящикам. Вот он, мой израильский паспорт. Нашелся. Тут же – господи, целехонькая – лежала папка с моим семейным архивом. Я не видела свой чемодан с того дня, как меня взяли в плен, и думала, что он давно лежит на дне какого-нибудь ущелья. Как же я обрадовалась! Это же мои предки, пусть не раввины, не цадики, а какие-то кантонисты с коммунистами, но они мои. Я есть то, что я есть, потому что я плоть от их плоти. Все-таки это крепкая закваска, раз после всего я еще жива и не сошла с ума. Прав был прадед Ким Кан Чоль.

На пороге нарисовался Иван. Я подкатилась к холодильнику и сунула туда голову. Так и есть, французский коньяк. Неплохо жили господа моджахеды. У нас солдаты регулярной армии такого не пьют. Увидев в моих руках бутылку, Иван яростно замотал головой, призывая меня не притрагиваться.

– Я не собираюсь это пить. И тебе не предлагаю. Надо осмотреть твою рану.

Я протерла руки коньяком и осторожно потянула за ткань, влипшую в порез. Он морщился, но терпел. Достала из холодильника непочатую бутылку воды, смыла кровь. Вокруг раны, близко к поверхности, но глубже обычных заноз, сидят осколки. Надо вытаскивать, иначе начнется нагноение, инфекция всюду полезет. Это на мне все так удачно зажило, но я хорошо кормленная, а он истощенный и ослабленный. Нужно лезвие, чистые тряпки. Я принялась скакать по комнате в поисках нужных предметов. Заодно обшарила два лежащих рядом трупа в поисках сотовых телефонов. На одном обнаружился нож с узким лезвием, уж не знаю, для чего он его применял. В одном из ящиков стола лежал сложенный черный флаг с белыми письменами. Я аккуратно нарезала его на полоски. Дешевая синтетическая ткань плохо поддавалась, но помогала корейская тщательность. Мы не хотим жить в исламском халифате. Ни на каких условиях. До конца жизни Иван и я будем носить на теле шрамы в память о том, что такое исламский халифат. Если я доберусь до Израиля, мои соотечественники увидят мою спину, и, может, кто-нибудь расстанется с иллюзиями относительно «демократического государства для двух народов».

*Ихи рацон мильфанеха**, прошептала я, двумя пальцами левой руки натягивая кожу на его плече, а правой нанося надрез. Некоторые осколки удалось подцепить

* См. примеч. 213.

ногтями с первого раза, но пара не поддавалась ни в какую. Пришлось нанести еще один надрез. Я извела весь коньяк, но сумела извлечь все осколки и перевязать ему рану. Что нам теперь делать? Куда деваться? Где опаснее – здесь или в горах? Внезапно я поняла, что не хочу здесь оставаться. Здесь только и делали, что растаптывали мое человеческое достоинство. Все это, конечно, очень мило, но я не уйду далеко с такой ногой. Надо искать телефон. Я обыщу каждый труп, на ком-то из них он должен быть. С двумя здоровыми руками и одной здоровой ногой я сумею это сделать. Я медленно объезжала галерею на втором этаже, обшаривала каждый труп, но безуспешно. Карманные издания Корана, игральные кости, сигареты, расчески, запасные магазины. Кое у кого фотографии близких. Я не видела в них людей, а ведь для кого-то каждый был сыном, кто-то братом, кто-то мужем. Ну хватит. У меня свой муж (был) и свои братья, причем несравненно лучшего качества.

– Регина!

Иван стоял передо мной, перекинув через здоровое плечо мешок (видимо, успел побывать на кухне) и здоровой рукой опираясь, как на посох, на ручку, отвинченную от швабры. Типичный странник по монастырям, если бы не короткоствольный автомат под правой подмышкой, маленький уродец, переделанный из стандартного советского калаша.

– Регина. Будут бомбить. Мы уйдем.

Интонации у него прорывались, только когда он звал меня, а так речь была монотонной, как заезженная пластинка. Но это была речь! Он заговорил!

– Кто будет бомбить?

Он показал наверх, потом изобразил движение пропеллера.

– Всегда бомбят. Сначала зачистят, потом бомбят.

– Где?

– Чечня.

Так, уже что-то.

– Ты был в Чечне?

– Не хочу помнить. Идем.

– Куда идем? Я не могу. Помоги мне найти телефон.

– Телефон был только у амира и у того, что приехал. Я буду тебя нести.

Куда он меня понесет, сам еле на ногах стоит. А может, дать ему попробовать? Пусть сам убедится, что не в силах. Я докатилась до стола, достала свой паспорт и папку, пошарила по ящикам и извлекла оттуда несколько полезных мелочей: нож, презервативы, зажигалку, моток веревки, таблетки для очистки воды.

– Положи это в мешок, пожалуйста.

Он исполнил. Вытянул вперед руки и скрестил в запястьях. Я повторила его движение. Он связал мне запястья моим же шарфом, плотно, но так, чтобы я могла при желании высвободиться. Просунул голову мне между руками и взвалил меня себе на спину. Так носят друг друга люди примерно одинакового веса. Это тебе не Шрага, поднимавший меня с пола просто одной рукой. Сколько же мы так проковыляем. Худой он, слабый, в чем только душа держится. Ладно, устанет, изобретем мне какой-нибудь костыль. Если нет телефонов, мы действительно тут ничего не высидим.

Впервые за два месяца оказавшись на улице, я впала в состояние щенячьего восторга. Возможно, это было связано с тем, что мы с Иваном остались в живых одни и впервые за долгое время я имела возможность не видеть и не слышать фанатов Тимура Муцураева и их командный состав. Как говорит Салли, сослуживица моей мамы по юридической фирме, there more I interact with people, the more I like my cat*. Равномерно постукивая шваброй о тропинку, Иван шел вдоль горного ручья, где громко журчала насыщенная глиной вода. Какой чудесный звук. Я хотела задать ему много вопросов, но решила не тратить его силы. Задала только один:

– Ты знаешь, куда мы идем?

– В долину. К людям.

И ведь не поспоришь ни с одним словом. Только, по-моему, он уверен, что мы находимся в Чечне.

---

* Чем больше я общаюсь с людьми, тем больше мне нравится мой кот (*англ.*).

Над головой у нас зарокотали вертолеты. Как я ни кричала и ни махала руками, они пронеслись мимо нас, как два смерча. От громового удара заложило уши, исчезли все звуки, но, как в немом кино, я увидела, что дрогнули зубцы перевала, несколько камней скатилось со склона. Иван прыгнул прямо в ручей, и мы забились под корни огромного карагача, растущего у самой кромки воды. И вовремя. На пастушью тропу свалилось несколько камней величиной с табуретку. Он уже в третий раз спасает мне жизнь. Эхо прокатилось по горам, и я поняла, что вот теперь наконец разрушен наш с Иваном ГУЛАГ.

Воодушевления и радости хватило ему еще на пару часов, но потом измученное тело взбунтовалось, он стал спотыкаться и задыхаться. Видимо, ни на чем, кроме внедорожника или вертолета, до этой базы было не добраться. Мы шли и шли, но не было видно ни шоссе, ни деревни, ни даже стада с пастухом. Он доковылял до дерева, прислонил меня к стволу, высвободил голову и буквально упал. Глаза закрыты, дышит прерывисто. Если так дальше пойдет, то мне придется его нести или тащить. Я сунула ему под рубаху ладонь. Сердце билось громко и нерегулярно. Я полезла в мешок, нашла бутылку воды, дала отпить.

– Регина... Скоро я встану... Приведу лошадь или корову.

Размечтался.

– Ты умеешь обращаться со скотиной?

– У предыдущего хозяина... который был до амира Хидаята... я забыл его имя... я ходил за скотиной... научился их понимать... бывало, изобьют, пойду в сарай, обниму корову за шею – и легче станет.

– За что тебя били?

– По настроению. Сыновья хозяина выносили такой маленький телевизор во двор... забыл, как называется... ставили боевик... и отрабатывали приемы. На мне.

– Если ты попробуешь увести чужую скотину, тебя опять будут бить. Если сразу не пристрелят.

– Я тихо.

Мы разделили пополам лепешку и банку мясных консервов. Он с интересом выслушал благословение и уснул как младенец. Стояли самые жаркие полуденные часы, листья на деревьях висели неподвижно, прекратили свою возню даже букашки. Я сидела, привалившись спиной к стволу, а он улыбался во сне счастливейшей улыбкой и не выпускал моей руки. Пусть делает, как хочет. Все равно я ему не помощница, а мертвый груз на спине. Сутки я его подожду, а не вернется, соображу себе палку и поволокусь дальше сама. Нагретый солнцем воздух дрожал перед глазами, совсем как дома, а в голове всплывали слова, написанные именно об этих местах. *Дорогу осилит идущий; пусть в пути ослабнут и подогнутся его ноги – он должен ползти на руках и коленях, и тогда обязательно ночью вдали увидит он яркое пламя костров и, приблизившись, увидит купеческий караван, остановившийся на отдых, и караван этот непременно окажется попутным, и найдется свободный верблюд, на котором путник доедет туда, куда нужно… Сидящий же на дороге и предающийся отчаянию – сколь бы ни плакал он и ни жаловался – не возбудит сочувствия в бездушных камнях; он умрет от жажды в пустыне, труп его станет добычей смрадных гиен, кости его занесет горячий песок. Сколько людей умерли преждевременно, и только потому, что недостаточно сильно хотели жить!**

Я очень хочу жить. Дед Семен научил меня кое-каким словам на идише и с каждым словом рассказывал какую-нибудь историю. Больше всего я любила слова *мир зайнен до*** и историю, которая их сопровождала. Дед любил рассказывать, как весной сорок пятого, самой прекрасной в его жизни весной, нашел в Берлине свою младшую сестру Соню. Он был уверен, что она давно лежит во рву под Оршей вместе со всеми. Весной сорок первого Соня Литманович окончила школу и поехала на каникулы к бабушке. 16 июля туда ворвались танки

---

* Цитата из книги Леонида Соловьева «Повесть о Ходже Насреддине».

** Мы здесь (*идиш*).

Гудериана, и началось. Жарким августовским днем немцы и местные фольксдойчи гоняли евреев по кругу на плацу. Соня поддерживала бабушку, но пожилая женщина задыхалась и не могла идти быстро. Соня пыталась поднять ее и получила удар стеком по лицу, а бабушка уже не встала.

В начале ноября состоялась самая крупная акция по ликвидации гетто. Соня стояла на краю рва спиной к расстрельной команде и успела упасть прежде, чем пули ее прошили. Ночью выползла из-под тел и ушла в лес. Через десять дней после акции случайно набрела на партизанский отряд. Не миновать бы Соне очень больших неприятностей, если бы не явился командир с предсказуемым текстом: «Ишь на бабу набежали. Забыли, что командир в отряде есть?» Он отвел Соню в свою землянку, положил на свой топчан. Кормил, ухаживал, промывал раны, сам спал на полу. Ничего не требовал. Один раз принес и положил перед ней слипшийся от свежей крови немецкий аусвайс.

– Говорят, зверствовал против вашего брата сильно.

Пересилив себя, Соня открыла аусвайс и увидела сдавленное с боков тонкогубое лицо человека, наградившего ее шрамом через весь лоб. Впервые с того дня, как погибла бабушка, у нее потекло из глаз. Только почувствовав себя в безопасности, она позволила себе заплакать. И услышала где-то у себя над головой:

– Вместе мстить будем, Сонечка.

Одной рукой он вытер ей слезы, другой погладил по поседевшей голове. Вместе они не только мстили, но и оплакали своего первого ребенка, умершего в партизанской землянке, и расписались на рейхстаге, и прожили тридцать с лишним лет, и дождались внуков. Иначе как «мой-Александр-свет-Иванович» она его не называла.

Весну сорок пятого Соня встретила в звании младшего сержанта Красной армии под Берлином. Кто-то из начальства решил устроить ей веселую жизнь и назначил переводчиком в комендатуру для общения с гражданским населением. Приходилось обходиться выученным в средней школе немецким и идишем. Бедная Соня не знала, куда деваться от немцев. Люди с чувством собственного достоинства там были, как везде, но их было мало. С немцами-победителями Соня уже, к своему несчастью, пообщалась и даже осталась в живых, но побежденные немцы с их раболепием и подобострастием выматывали ее до предела. В ответ на благодарности и славословия Соня взяла себе за правило говорить, что она еврейка, и при этом ласково улыбаться. Немецкое гражданское население убегало, как ошпаренное кипятком, они прекрасно знали, что творили на Восточном фронте их мужья, братья и сыновья. Только к немецким детям, которые еще не научились заискивать и ничего плохого натворить не успели, она была по-настоящему добра.

Как-то раз около трех часов дня Соня сидела и отстукивала на машинке приказ о формировании яслей для детей женщин, занятых на разборке развалин. В комендатуре сидело полно народу, но было тихо, даже дети не шумели. В приемную вошел офицер очень неарийской внешности с напряженным, чтоб не сказать безумным лицом.

– Соня! – закричал он так, что в окнах наверняка вылетели бы стекла, если бы их до этого не выбил артобстрел.

Соня встала из-за машинки и увидела своего старшего брата Семена. Не отрывая глаз от сестры, Семен собрал в памяти десяток к тому времени общеизвестных немецких слов и обратился к честному собранию:

– Майн швестер. Нихт эршиссен. Нихт газенваген. Мир зайнен до. Мир зайнен до*, слышите, вы, немецкие суки?

В этот вечер в комендатуре шла грандиозная гулянка. На радостях Семена качали, подбрасывая под потолок, чокались фронтовыми кружками и трофейными бокалами, пили за победу, за родину, за Сталина. А посреди всего этого гама безмятежно спала, положив

---

* Моя сестра. Не расстреляна. Не удушена в газовой камере. Мы здесь (*нем.*).

голову Соне на плечо, любимица всей комендатуры, кудрявая озорница Хедвиг, переименованная в Женьку. Спала, не выпуская из рук дочиста облизанную ложку из-под американской сгущенки.

– Мир зайнен до... мир зайнен до... – шептал дед Семен, глядя в синее средиземноморское небо через сорок три года после той весны. Не знаю, что он там видел. Может быть, еврейские буквы на стене разгромленного рейхстага и подпись: «Соня Литманович».

– Мир зайнен до... – мне казалось, что горное эхо повторяет за мной эти слова.

«Мир зайнен до» – вот наш ответ всем, кому не нравится то, что мы остались в живых и успешно защищаемся. Я бы, конечно, еще грубее сказала, но я все-таки воспитанница Махон Штерны.

Иван все спал и спал. Работал, как каторжный, кровь потерял, меня на себе тащил, разговаривать начал. Все это, конечно, утомительно. Только когда во все небо запламенел роскошный розовый закат, отблесками ложась на склоны, он распахнул глаза.

– Это я что, спал?

– Спал, – согласилась я.

Он встал и стал собирать ветки на костер. Аккуратно сложив их колодцем, он принялся рыться в мешке.

– Что ты ищешь?

– Чем растопить.

Я залезла в мешок, нашла папку с семейным архивом, в ней тетрадь и вырвала пачку чистых листов с конца. Иван одобрительно закивал и запалил костер зажигалкой.

– Вот я оставил тебе еще дрова. Лучше, чтобы костер не погас. Ночью холодно. Тебе будет страшно. Я ухожу, как обещал.

Он извлек из мешка моток веревки, мой паспорт и сунул и то и другое за пазуху. Я не протестовала. Из предыдущего печального опыта я уже поняла, что этот документ не прибавляет мне безопасности и неприкосновенности. Он снял через голову свое калашеобразное нечто и сунул мне в руки.

– Стреляй сразу.

Может, и вправду ему удастся. Кого бы он ни привел, даже самую неказистую скотинку, для меня это будет крылатый конь Чхоллима*.

Быстро темнело. Я решила не терять времени даром и попытаться избавиться от наручника, который все еще висел у меня на запястье. Облизала руку и принялась выкручивать. Обидно, когда есть руки с тонкими запястьями и длинными пальцами и при этом на ухо целое стадо медведей наступило. Но разве бабушку Мирру переспоришь? Девочка должна играть на пианино – и точка! Девочка должна учиться прекрасному. Что самое обидное, я действительно любила и ценила музыку, и собственное исполнение меня раздражало. А уж голос – вообще туши свет. Меццо-меццо-меццо-сопрано. Даже дед Семен в ответ на мои попытки что-нибудь спеть говорил: «Регина, не пищи, зубы болят». Слушать это писклявое мяуканье могли только мои близнецы (мама – это святое) и Шрага. Ну что поделаешь, если человек – был – по уши влюблен, не избалован поющими женскими голосами и, наделив его кучей достоинств, Всевышний забыл дать ему музыкальный вкус. Ему страшно нравилась марокканская попса (только женским голосом), что было смешно и странно, притом что шпильки в адрес мизрахим шли у него фоном, он их даже не замечал. Я сразу сообразила, что дело не в ревности, а в пропаганде, которой ему насовали полную голову. Все, кто не похож на нас, недоевреи. Литовских харедим мы терпим, потому что мало осталось евреев, верных Торе. Хабадники – идолопоклонники. Бреславские сошли с ума. Национально-религиозные, вся эта шушера в вязаных кипах, – сплошная анафема. И вообще – понаехали тут. Он старался избавиться от этого, он очень старался. Он понял главное – чтобы община не захирела и не выродилась, нужен постоянный приток свежих людей, свежих знаний, постоянное столкновение культур, иначе люди растеряют навык создавать что-то новое. Самопроизводство не в счет, это и амебы умеют.

---

* Персонаж корейских сказок, аналог европейского Пегаса.

От костра тянуло умиротворяющим теплом и запахом можжевельника. Хотелось спать. Из наручника я наконец выкрутилась. Чтобы не уснуть, начала читать семейный архив и сочинять себе сцены в голове. Блестит под лунным светом вода в реке Нейве, замерли в ночной тишине высокие лиственницы, на деревянных мостках стоит Ривка Винавер. Около нее корзина с мокрым бельем, а первую беременность не может скрыть даже синий, кержацкого кроя сарафан. Только платок повязан не так, как у русских женщин, а на затылке.

– Хорош плескаться, Брайнеле, – звенит над уральской рекой. – Тебе до зимы понести надо, а то в Тагил не наездишься.

Из-под подмостков выныривает Брайна и выжимает рыжие волосы, скручивая их в жгут.

– Благодать-то какая, Ривка-сердце! Так бы из воды не вылезала.

Найдя опору на дне, она три раза ныряет, а Ривка следит, чтобы ни один рыжий волосок не остался на поверхности зеленой воды.

– Кошер! В добрый час!

Брайна одевается, они еще пять минут сидят на подмостках, болтая в воде ногами. Ривка шепчет что-то подруге на ухо, а Брайна прыскает в кулак и стыдливо машет рукой.

– Пустили кота на сметану... Ошалел, ждавши.

Еще картина. На широком подоконнике, поджав под себя ноги, сидит девочка в коричневом платье и черном фартуке. Шевеля губами, она тихо повторяет: «Le corbeau – ворона, le renard – лисица, le fromage – сыр, l'arbre – дерево». В начальной школе, основанной в Алапаевске ссыльными поляками, французский не преподавали. Надо догонять, причем быстро. Русские девочки учат Закон Божий со священником, татарские, соответственно, с муллой, а Эйдль Винавер совсем одна. Ее детство кончилось, родителей она не помнит, брат Матвей по службе вынужден ехать в Туркестан, а жена брата ее опекать не обязана. Деньги посылает – и на том спасибо. Икон у них дома не было, свинины не ели, раз в год Матвей ходил на огороженный участок погоста и молился там по книжке со странными буквами. Медленно молился, на каждом слове спотыкался. И работал много. Жена его была занята визитами и светской жизнью, а Эйдль спихнула на няньку, а потом в школу вместе с мальчишками. И сидит Эйдль на подоконнике казанской гимназии, и молится за брата, только как обращаться к еврейскому Богу по-русски? Другого-то языка она не знает.

– Винавер! Как вы сидите? Вы почему не в классе?

Эйдль соскакивает с подоконника и приседает в неуклюжем реверансе, держа одну руку под фартуком.

– Что у вас там, Винавер? – спрашивает классная дама.

Эйдль нехотя вытаскивает руку из-под фартука. На ладони лежит восьмиконечный староверческий крестик, вырезанный из темного дерева, на такой же деревянной цепочке.

– Дайте сюда.

– Не дам, – спокойно отвечает Эйдль. – От няньки старой память осталась. Любила она меня.

Шесть лет спустя. Дешевые меблирашки, где живут студенты Казанского университета. Сходка студенческого марксистского кружка. Пыхтит на столе самовар, оглушающе пахнет дегтем от сапог немногих счастливцев, кто в состоянии разжиться сапогами. Несколько девушек, строго одетых, коротко стриженных, и у каждой какой-нибудь «мужской» аксессуар – у кого часы, у кого пенсне. Оратор стоит на сундуке и исходит праведным гневом, ожесточенно стуча свернутой в трубку газетой о ладонь. Дождавшись паузы, к нему обращается невысокий кореец в мокрой от снега шинели.

– Леонид, мне надо достать книги и уходить на лекцию. Я могу открыть сундук?

Коллектив взрывается возмущением.

– Нет, как вам это нравится!

– Видали верноподданного!

– Народ страдает, а ему лишь бы лекцию не пропустить!

Один из студентов преграждает Кан Чолю путь к сундуку, а оратор насмешливо смотрит сверху. Видимо, у соседей по комнате давняя вражда.

– Ну и что ты мне сделаешь?

Не меняясь в лице, Кан Чоль делает. Делает одно движение, и его противник летит на спину, чудом не сшибив со стола самовар.

– Итак, вы хотели рассказать мне о страданиях трудового народа, – говорит Кан Чоль тихо, ни к кому конкретно не обращаясь. – Да что вы о них знаете? Вы знаете, что такое есть одну чумизу и видеть во сне рис от следующего урожая? Что такое три глаза на двоих, потому что в каждой семье трахома? Что такое руки – сплошная кровавая мозоль? Они, эти крестьяне, собрали деньги, чтобы отправить меня учиться. Неужели вы думали, что я позволю вам тратить мое время, время, оплаченное их трудом? Кто-нибудь еще хочет проверить?

Желающих не находится. Прижимая к груди извлеченные из сундука книги, Кан Чоль коротко кивает девушкам, произносит: «Честь имею» – и уходит. У русских много странных обычаев, но вот как раз этот ему нравится.

Выйдя в коридор, он переводит дыхание. Он вымотался, он уже сказал гораздо больше слов, чем привык говорить. Простят ли ему односельчане, если он после лекции на двадцать минут зайдет в публичную библиотеку? Только увидеть это любимое лицо, только один раз произнести это звонкое имя, как колечко упало на дно эмалированного таза, – Эй-дль. Двадцать минут в сутки личного времени они, может быть, и простили бы. А вот что не кореянка – точно не простят.

Не знаю, может быть, это все мне даже приснилось. Только я проснулась от холода. Костер давно догорел. Луч карманного фонаря плясал вокруг меня. События последних месяцев сделали мою реакцию очень быстрой, я поняла, что не прикована, не привязана, и схватила валявшийся рядом автомат.

– Стой! Стрелять буду!

Из темноты вышла бородатая фигура в камуфляже. Опять рабство? Опять ноги раздвигать? Сколько можно! Я нажала на курок и с ужасом поняла, что ничего не произошло. Заела проклятая железка. Заклинила.

Я заверещала на самых высоких частотах, на которые только была способна. Думаю, что от этого визга даже листья на карагаче завяли. От неожиданности фигура с фонариком остановилась, качнулась, и тут раздался оглушительный грохот, без труда перекрывший мой визг. Бледная зарница сверкнула у него под ногами, мощный взрыв разворотил почву, меня хлестнуло по лицу землей и еще чем-то липким и очень горячим. Последнее, что я увидела, – это обезглавленное тело, оседающее вниз, как снежная баба весенним днем. Последнее, что почувствовала, – как впиваются в тело десятки осколков.

* * *

Когда человек приходит в себя, ощущения от пяти органов чувств возвращаются не все сразу, а в строгой очередности. Во всяком случае, так было со мной. Первое, что я ощутила, – это сухость во рту. Потом – запах накрахмаленного белья. Потом – ощущение чистой наволочки под щекой. Потом стала прислушиваться и услышала что-то похожее на звук вентилятора. Наконец, открыла глаза и увидела квадратный фиолетовый штемпель на наволочке. Я лежала на животе в кровати. На сломанную ногу был надет лубок. Я попыталась приподняться на локтях и осмотреть комнату, но закружилась голова.

– Пить... – прошептала я. – Пить кто-нибудь дайте.

Сзади раздались шаркающие шаги. Чья-то рука ловко сунула мне в рот носик поильника. Кто бы это ни был, он или она делает это не в первый раз. Я напилась и подняла глаза. Сухонькая старушка в чистом халате, на вид кореянка. Первые слова, которые она мне сказала, подтвердили эту догадку и вызвали у меня еще много вопросов.

– Ну что, очнулась, Регина-хва?

«Хва» по-корейски «цветок». Так говорили наши старики, если хотели высказать девочке или девушке расположение и ласку, прибавляя корейское слово к русскому имени. Наташа-хва, Оля-хва, Марина-хва.

– Откуда вы знаете, что я Регина?

– Да об этом только глухой не знает. Как свалился у забора, сердешный, только одно слово и повторял: Регина.

Иван. Дошел, значит.

– Вы сказали забор? Это я что же, в больнице?

– Да какие же в горах больницы. Мы тут просто общиной живем.

– А зовут вас как?

– Для тебя – баба Света.

Я уткнулась лицом в подушку. У меня уже так давно не было бабушки, а мне так хотелось, чтобы она была. Я попыталась перевернуться на бок, но тут баба Света всполошилась.

– Ты куда это собралась? Из тебя знаешь сколько осколков вынули? Будешь на животе лежать, пока не заживет.

– Баба Света, я вас очень прошу. Расскажите мне, что произошло. Я всего боюсь.

– А что рассказывать? В рубашке ты, девонька, родилась. Рядом с тобой противотанковая мина взорвалась, а ты вон жива.

– Откуда в горах мина?

– Заминировали горы, чтобы из Киргизии в Узбекистан исламисты не приходили. А они лезут. В Андижане бучу подняли, живем тут как на вулкане. Да ты с ними вроде ближе моего знакома.

Я закусила губу.

– Почему вы так решили?

– На спину твою посмотрела, на запястье, на ногу. Нормальные люди рабов не держат.

Она погладила меня по голове:

– Не бойся, Регина-хва. Никто тебя тут не обидит. Встанешь на ноги, доставим тебя в Ташкент в лучшем виде, и уедешь в свой Израиль. А вот скажи мне, кроме тебя, корейцы там есть?

– Не встречала, – честно ответила я.

– Надо же, куда тебя занесло.

Занесло меня как раз сюда, а в Израиле я дома.

– А Иван где?

– Кто?

– Тот человек, который... рассказал вам про меня.

– Умер он, деточка. Сердце не выдержало. Как понял, что ты в безопасности, как понял, что дело свое сделал, так и умер. Похоронили мы его по-христиански. И платочек твой с ним в землю ушел.

Умер. Я уже никогда не смогу его отблагодарить, обрадовать, приласкать. Я даже не знаю, как молиться за упокой его души. Не называть же его кличкой, которой наградили его эти нелюди, его убившие. Наволочка намокла под моей щекой. Баба Света снова погладила меня по голове, и только тут я поняла, что волосы куда-то исчезли. Я с трудом подняла руку и ощупала голову. Обритая поверхность и множество шрамов.

– Зачем вы меня обрили?

– Тебе впилось в голову много заноз от ствола дерева. Мой внук их из тебя вытаскивал.

Мои волосы. Шрага их так любил. Это было первое, до чего он дотрагивался, когда мы оставались вдвоем.

За дверью завозились, и баба Света зашаркала открывать. Я услышала, как она ставит на деревянную поверхность поднос и говорит:

– Беги, Джамиля, до брата Алексея, скажи – очнулась наша больная.

Она села в головах кровати, держа в одной руке пиалу, в другой ложку. Из пиалы шел сытный пар и опьяняющий аромат куриного бульона. Голова кружится, живот сводит, но благословение я все-таки скажу. Баба Света принялась кормить меня четко и аккуратно, не пачкая и не проливая ни капли. Я буквально за полторы минуты проглотила весь суп и, вымотанная этим усилием, сытая и умиротворенная уткнулась в подушку. Голова была тяжелая, глаза слипались, сквозь сон я услышала мужской голос:

– Поела? Не стошнило? Очень хорошо. Завтра еще давайте только суп, послезавтра можно переходить на обычную еду. Ей вдвойне необходимо. Я сегодня еще зайду.

Я спала и спала. Просыпалась, только чтобы поесть, и снова засыпала, как медведь какой-нибудь. Не знаю, сколько времени это продолжалось, но в какой-то момент я поняла, что выспалась, что сил прибавилось, что я хочу встать. Сквозь ситцевые занавесочки на окне стреляло в комнату горячее ферганское солнце и бликами ложилось на чисто выскобленный пол.

– Баба Света, вы здесь?

– Да что ж ты меня пугаешь?

– Я встать хочу.

– Попробуй сначала сесть и посмотри, не закружится ли голова. Тебе ни в коем случае нельзя падать.

– Почему нельзя? Упала – встала. Мне же не восемьдесят лет.

Кто меня тянул за мой бестактный язык. Баба Света посмотрела на меня взглядом долгим и странным, словно увидела во мне то, чего я сама о себе не знала.

– Посиди на кровати. Я сейчас вернусь.

Я села. Голова таки закружилась, встать я не решилась. Скрипнула дверь, вошла баба Света, следом – высокий сутулый старик. Обветренное лицо, морщины, но ни в осанке, ни в мимике никакой дряблости, все четкое, как на римской монете.

– Иди отдохни, сестра. Нам с Региной поговорить есть о чем.

Баба Света бросила на меня тревожный взгляд и исчезла. Посетитель сложился вдвое, как перочиный нож, и сел на табуретку лицом ко мне.

– Ну здравствуй, Регина Григорьевна Литманович. Наслышан о тебе я давно был, а вот теперь увидились. Нет ничего невозможного для Господа. Я с отцом твоим в узах в Мордовии сидел.

– Откуда вы знаете, чья я дочь?

– Да чего же тут не знать. Имя, дата рождения, внешность, паспорт – все сходится. Твой отец ни на минуту о тебе не забывал. Каждый день перед сном себя спрашивал: не сделал ли я сегодня чего такого, чтобы Регина меня стыдилась?

– А вас как зовут?

– Алексей Петрович. Нечаев.

Я улыбнулась:

– Отец вас вспоминает. Нечасто, но регулярно. Когда жизнь его особо достает.

На лице Нечаева отразились неподобающие пресвитеру, но по-человечески понятные эмоции. Ему было приятно, что спустя тридцать лет помнит его тот упрямый наивный юнец, которого он когда-то в лагере учил уму-разуму.

– Алексей Петрович, вы дали знать израильскому посольству, что я жива?

– Нет.

Ой как неприятно сразу стало.

– Почему?

– Потому что мы остались без телефонной связи. Исламские боевики подняли восстание и осадили Андижан. Мы дальше перевала не суемся. Нас, в общем-то, тоже осадили.

– Вы – это кто?

– Мы община. Христиане веры евангельской. Мы ушли из России. Житья от преследований не стало. Как при советской власти, так еще и беспредел. И ненависть.

Я выжидательно смотрела на него.

– Мы были единственным смешанным приходом в Южно-Сахалинске. По традиции корейцы избирали своего пресвитера, а русские своего. Так мы с братом Георгием и служили. Неприятности – без конца. То здание подожгут, то штраф влепят, то в газетах ошельмуют. Городские власти на нас взъелись, что мы из Южной Кореи деньги получали. Брат Георгий там учился в семинарии, связи наладил. А потом у нас начали забирать детей. Вот мы и решили бежать. Бежать куда-нибудь, где нам не будут мешать работать, молиться по-своему, учить детей благой вести и помогать несчастным. Куда-нибудь, где нам не будут завидовать, что мы не пьем и живем по-человечески.

– Сколько вас?

Он правильно истолковал мой вопрос.

– Боеспособных мужчин – около сотни. Из чего стрелять, у нас тоже имеется. Не волнуйся. Да, я знаю, мы колонисты. Поселенцы, если тебе так понятнее.

Еще бы не понять.

– Брат Георгий хотел поговорить с тобой первым. Он уверен, что, как кореянка, ты присоединишься к нашей церкви.

Да они сговорились все на меня права предъявлять?! Неужели меня выкинут из этой обители христианских добродетелей, когда поймут, что я не собираюсь к ним присоединяться?

– А ты, Регина, сама кем себя ощущаешь?

Ну наконец-то хоть один человек поинтересовался этой незначительной деталью.

– Еврейкой, Алексей Петрович. Кроме мамы, все, что я люблю, – в Израиле. Все, кого я люблю, – евреи. Ну кем еще я могу быть?

– Ну, значит, на том и решаем. С братом Георгием я поговорю. Пока не кончится эта войнушка, из поселка никто ни ногой. Для тебя мы сделали исключение, потому что речь шла о спасении жизни. Я еще раз повторяю: даже когда у тебя заживет нога, ты не вправе самовольно покидать поселок. Ты в ответе не только за собственную жизнь. Ты беременна, Регина. Ты ждешь ребенка.

Ребенок. Ребенок от этого, как его там, Хидаята. Не убил меня, но и жить нормально не позволил. Зачем мне это ежедневное напоминание, зачем? Смотреть в лицо ребенку и видеть насильника и врага. Не нужна ему такая жизнь. И мне не нужна. Я резко сорвалась с кровати с таким расчетом, чтобы упасть на живот. Нечаев оказался проворнее. Он подхватил меня, положил на кровать на живот и прижал ладонью плечо, так что я не могла даже на локтях приподняться.

– Все равно убью! Все равно! – крикнула я.

Нечаев присел у кровати на корточки, не переставая меня удерживать. Его глаза оказались на уровне моих и обдали меня холодом, как две ледышки.

– Ты хочешь мне сказать, что ради убийцы я рисковал двумя своими людьми и лошадью на пенсии? Ради убийцы раб в последние дни своей жизни стал человеком? Ради убийцы Гришка не вылезал из ШИЗО и получил второй срок? Ты только что сказала мне, что ты еврейка, так не позорь же свой народ. Я не женщина и никогда не пойму, что такое изнасилование, но я знаю, что Господь запрещает убивать невинных.

– Я вам не инкубатор! – закричала я. – Вы не вправе заставлять меня рожать!

– Вправе, Регина. Даже если для этого мне придется на следующие несколько месяцев привязать тебя к кровати и поставить охрану. Надеюсь, что ты проявишь здравый смысл и не вынудишь меня к этому.

– Но вы же сами сидели! Как вы можете! Нельзя заставить человека быть матерью, если человек не хочет.

– А кто тебя заставляет быть матерью? – искренне удивился Нечаев. – Все, на чем я настаиваю, это чтобы ты не убивала. Не хочешь воспитывать, оставь ребенка нам, слова тебе в упрек не скажу. Здесь найдется кому выкормить и кому воспитать.

Я задумалась. Ну уж нет, раз мне его рожать, то мне и воспитывать. Не дело, чтобы еврей рос вдали от своих, даже не зная о том, кто он. А вдруг Господь смилуется и будет девочка? Девочку я смогла бы полюбить.

– Нет.

– Что нет?

– Я благодарна вам за все – вы меня спасли, и я всю жизнь буду об этом помнить. Но ребенка я вам не оставлю. Еврей должен жить как еврей.

Нечаев отпустил меня наконец и картинно развел руками. В этот момент он очень напомнил мне рава Гликштейна, преподававшего в Махон Штерне этику и хасидские традиции.

– Интересно девки пляшут. Я что-то за твоей логикой не поспеваю. Ты собралась его убить и при этом хочешь, чтобы он жил как еврей?

– Я не буду убивать, – твердо сказала я. – Пусть живет. И... спасибо вам. За науку спасибо.

Теперь я понимаю, почему мне так неудобно лежать на животе.

Нечаев встал.

– Регина, засим позволь откланяться. Захочешь поговорить, дай знать.

– Конечно, я хочу с вами говорить. Но я не вправе отнимать ваше время. Вы и так со мной пайкой делитесь, а пользы вашей колонии я не приношу.

При слове «пайка» Нечаев улыбнулся не совсем голливудской, но до чего же заразительной улыбкой.

– Вот не думал я, что израильтянка такие слова знает. Научил тебя отец кое-чему. Только тут мы живем не по лагерным законам, а по божьим. Помочь человеку в беде – для нас привилегия. Мы занимались этим в Южно-Сахалинске и здесь продолжаем. А тебе помочь – вдвойне привилегия. Каждая беременная женщина – соработница Творца. Думай об этом почаще, а плохие мысли гони тряпкой.

Он вышел и тихо закрыл дверь. Я осталась наедине со своими мыслями. Это же надо четвертый месяц ходить беременной и ничего не заметить. Ну, у меня, скажем так, и обстоятельства нестандартные. То, что праматерь Сарра деликатно назвала «обыкновенное у женщин», у меня было последний раз в марте. С тех пор как у меня отобрали сумочку, я осталась без таблеток. Грешила на пережитый стресс. Бабушка Мирра рассказывала, что, несмотря на, в общем-то, приличное на блокадном фоне питание, у нее, девственницы, это дело пропало на целых два года. А я банально залетела, причем, похоже, в один из первых разов. Сердце у плода начинает биться где-то на десятой неделе, иначе не определишь.

На следующий день к нам зашел легендарный внук бабы Светы. Я ожидала увидеть деревенского фельдшера (какой еще может быть доктор в этих местах), но в очередной раз села в лужу со своим снобизмом. Человек учился в Москве, а резидентуру проходил в Японии и Южной Корее. Мы быстро перешли на ты.

– Но ты же мог остаться в Сеуле и работать врачом.

– Мог бы.

– А почему не остался?

– Да ну, скучища. Здесь интереснее, настоящий форпост цивилизации среди дикости, никто не мешает заниматься своим делом – лечить людей.

– Но неужели ты не хочешь жить на исторической родине?

Он расхохотался до слез.

– Регина! Ты меня уморила! На исторической родине! Ты думаешь, если Израиль созывает людей отовсюду, то все ведут себя так же? Как бы не так! В Южной Корее и так все сидят друг у друга на головах, зачем им еще. Диаспору, коре-сарам*, они за корейцев не признаю́т и никогда не призна́ют. Да что диаспора! У них под боком голодают и умирают такие же, как они, корейцы, и хоть бы кто-нибудь почесался.

Вот этого я понять не могла. У нас из-за одного похищенного солдата, из-за одного больного ребенка может неделями с ума сходить вся страна. Посадили в тюрьму еврея в Маниле – читают теилим в Цфате. Болеет ребенок в Монтевидео – дают цедаку** в Иерусалиме. Сама это десятки раз наблюдала.

– Андрей, ты не обижайся, но твоя бабуля цербер. На спине не спи, на животе не спи. Что же мне, летать? И раз уж ты врач, скажи мне, что у меня со спиной. Я думала, все зажило.

– Зажить-то зажило. У тебя на спине омертвели некоторые участки кожи и тканей в результате ожогов. Я прикасался, ты даже на рефлекторном уровне не реагировала. Сухая гангрена – это когда организм просто отторгает пораженный участок. Но в результате взрыва мины у тебя на спине образовалось множество свежих ран от осколков и щепок. Я боялся, что в раны попадут бактерии, и тогда гангрена будет уже на сухая, а влажная. Вот это было бы очень плохо, спину не ампутируешь. Поэтому я не хотел, чтобы ты ерзала на спине и свежетравмированные участки ткани входили в контакт с отмирающими. Я понимаю, что тебе неудобно на животе, но у тебя еще не такой большой срок, чтобы это могло повредить ребенку. Пока на спине все не заживет, ты должна быть очень осторожна.

---

* Самоназвание корейцев бывшего СССР.

** Одна из заповедей иудаизма, заключающаяся в оказании помощи нуждающимся.

По мере того как я рассказывала эпопею с преждевременными родами Мейрав и Смадар и кесаревым сечением, он заметно мрачнел.

– Придется опять кесарить. С такой историей я боюсь рисковать.

– Ты справишься, – улыбнулась я. – Я в тебя верю.

– Ну ты даешь! Другая бы тут лужей растеклась от страха, а ты меня еще и подбадриваешь.

– А какой смысл лужей растекаться? Не поможет ведь.

– Регина, я понимаю, что тебе неприятно, но я должен спросить. Мне нужно знать примерное время зачатия.

– Середина апреля. Думаю, не позже, раз ты услышал сердцебиение. Ведь услышал?

– Очень хорошее сердцебиение. Здоровый он у тебя.

– Она.

* * *

К осени у меня зажила спина и срослась нога. На голове отросла жесткая щеточка волос. Все лето по горам продолжалась стрельба, исламских боевиков отлавливали правительственные войска. Пару раз рассеянные по горам моджахеды пытались атаковать поселок, чтобы поживиться, но безуспешно. Меня попрежнему держали в изоляции и к людям не пускали. Это настораживало, но я решила не лезть в бутылку. Живот рос, а прыти убавлялось. Он казался мне несуразно большим, я спрашивала Андрея, не слышит ли он там случайно два сердечка вместо одного. Иногда я выходила на крыльцо, подставляла лицо солнечным лучам. У забора паслась старая лошадь, туда ей всегда клали сноп клевера и сноп джугары*. Из рассказов бабы Светы я поняла, что это та самая «лошадь на пенсии», которая привезла меня в поселок. Меня почему-то это страшно обрадовало. Не будут плохие люди задаром кормить старую лошадь, которая уже не может поднять ничего тяжелее сорока пяти килограммов. Это была мирная домашняя коняка, совсем не

* Кормовой и хлебный злак из рода сорго.

похожая на тех агрессивных мастодонтов, на которых ездят израильские полицейские. Я подошла, предложила кусочек лепешки, погладила белую пролысинку между глаз.

– Чхоллима... Чхоллима...

Как-то вечером в горах снова грохотало, но это была не канонада, а гроза. За весь август не выпало ни капли дождя, и теперь земля жадно пила влагу. Мы с бабой Светой чаевничали, она в очередной раз рассказывала мне, как девочкой попала в депортацию, и тут раздался стук в дверь. По тембру и громкости я поняла, что стучит начальство и скорее для приличия. Вошел Нечаев, удостоверился, что я одета, и крикнул кому-то в коридор:

– Войдите.

Они вошли. Муж и жена. Евреи. Хабадники. В комнате повисла глубокомысленная пауза, пока мы все трое справлялись со своим удивлением. Нечаев сполна насладился моментом и повернулся ко мне:

– Регина, пока я не могу отправить тебя на родину, но привез кусочек родины к тебе.

Я вскинула на посетителей глаза и заговорила на иврите:

– Меня зовут Малка Бен-Галь. Я живу в Маале-Адумиме.

Женщина в красивом парике на секунду задержала на мне взгляд и перешла на русский:

– Малка... Литманович... Ты что, меня не помнишь?

Не помню, хоть убей.

– Я Номи Илизарова. Я жила в комнате напротив в Махон Штерне. Теперь вспомнила?

Вспомнишь тут. Когда я оставалась ночевать в Махон Штерне, то спала в любой комнате, где было свободное место. Номи Илизарова. Кажется, она родилась в Бухаре и выросла в Нью-Йорке. Насколько я помню, у нее тоже с шидухами не клеилось и она по этому поводу очень расстраивалась. Видно, Господь ответил на ее молитвы. Мужчина-то явно не михрютка, явно ашкеназ и, судя по тому, как напряженно он вслушивается в наш диалог, нерусскоязычный.

– Да, Номи, я тебя помню.

Тут мужчина в свою очередь поднял глаза на меня и представился, что-то слишком непринужденно для хабадника в диалоге с посторонней женщиной:

– Я рад, что мы вас нашли. Меня зовут Ронен Моргенталер.

Я так и села.

Все-таки у Бога есть чувство юмора. Человек с таким именем, с таким ивритом и такой манерой держаться не может быть урожденным хабадником. Моргенталер. Вот куда делся сын иерусалимской библиотекарши. Вот чье место Шрага занял. Неужели это мне знак с Небес, что еще не все потеряно?

В нескольких фразах Ронен и Номи объяснили мне, что они представляют в Ташкенте Хабад, что Ронен едет домой оформлять какие-то документы и проходить военные сборы и что он отвезет письмо моему отцу. Я повернулась к Нечаеву:

– Раз вы доставили их сюда, значит, военные действия закончились. Я хочу уехать домой. Мне опасно здесь рожать.

– Регина, военные действия, может, и закончились, а вот заказ на твое убийство никто не отменял. Те боевики, которые держали тебя в плену, трепались направо и налево. Те люди, которые подстроили тебе аварию, знают, что ты жива. Везде ориентировка на корейского вида женщину с израильским паспортом. Я не могу ради тебя подвергать опасности всю общину. Ты поедешь домой тогда, когда я смогу организовать твой побег. Твоя задача – не светиться. Письмо я напишу сам, и такое, что никто, кроме Гришки, его не поймет.

Я заткнулась. В самом деле, не стал бы Нечаев показывать меня израильтянам, если бы действительно не планировал отправить домой.

Мужчины ушли. Баба Света отлучилась. Я осталась наедине с Номи. Она села со мной рядом на кровать и обняла меня. Ну сколько слез может поместиться в одном человеке? В присутствии Нечаева и бабы Светы я стеснялась истерить, чтобы не выглядеть капризной и неблагодарной. Но Номи – это другое дело. Мы с ней сестры, а сестру любишь, даже когда она, нечесаная и опухшая, выползает среди ночи на кухню, даже когда она несет абсолютный бред, даже когда ее угораздило понести от врага. Когда мы были двадцатилетними девчонками, я считала Номи глупой и примитивной, не способной без совета машпии* ни одно решение принять. Теперь она терпеливо вытирала мне сопли, ничего не пугаясь, ничему не удивляясь.

– Я буду с тобой, когда придет время рожать. Я тебе подсвечники привезла и сидур. Зажигай свечи, очень тебя прошу.

Я уже зажигала, а в качестве подсвечников использовала пару картофелин, но хвастаться не стала.

– Спасибо. Я так счастлива, что вы... мне поверили. Номи...

– Что, Малкеле?

Как ласково и естественно у нее, бухарской еврейки, это прозвучало.

– У тебя есть телефон?

– Тебе же сказали... нельзя людей подводить. Нехорошо.

– Я никого не собираюсь подводить. Я ни звука не издам, только голос хочу услышать. Пожалуйста...

– А если этот человек мне перезвонит, что я ему скажу?

– А ты с карточки набери.

Номи вынула из сумочки новенькую «нокию», пальцы забегали по кнопкам.

– Диктуй.

Я продиктовала.

После нескольких гудков включился автоответчик, и я услышала глухой монотонный голос с по-сефардски гортанными звуками «а», «и», «н». Он так старался забыть идиш.

* Буква. «агент влияния». В Хабаде принято, чтобы у молодого человека был наставник, а у девушки наставница из старших.

– Если вы звоните, чтобы угрожать, то можете не тратить время. Если вы звоните из полиции, то я перезвоню вам в течение часа. Если это ты, Малка, то знай, что я приеду за тобой.

И звук гудка.

За эти двадцать секунд я успела искусать себе руку.

Номи отключила телефон и уставилась на меня расширенными от удивления глазами:

– Это то, что ты хотела?

– Это все, что я хотела.

Да, я всю жизнь хотела от мужчин отваги и верности, стойкости и великодушия и ни на что меньшее не желала соглашаться. О чем еще может мечтать девочка, выросшая на приключенческой литературе. Подруги смеялись надо мной, и Всевышний тоже решил посмеяться и подарил мне мою мечту в виде мальчишки, на двенадцать лет младше, из дикого мракобесного анклава, куда даже полиция без крайней нужды предпочитает не заходить. Он так и останется моей мечтой, я должна приучить себя к мысли, что никакого будущего у нас нет. По мере того как до меня доходил смысл услышанных слов, я все больше и больше боялась за него. С него в самом деле станется приехать сюда, чтобы меня искать. Вот кого здесь точно убьют в первые три дня, так это его. И у меня нет способа его остановить. Даже если бы я наплевала на запреты и оставила ему сообщение, он бы все равно не поверил, что я не хочу его видеть и что между нами все кончено. Он нс отдаст меня без боя. Остается одно – признать, что не все на свете я могу контролировать, и молить Бога о милосердии.

* * *

Накануне Рождества Нечаев изложил мне план моего побега. Женщине с ребенком легче пройти КПП на узбекско-казахской границе, никто не будет особо тщательно исследовать документы. У меня будет узбекский паспорт с вклеенной туда моей фотографией. Меня будет сопровождать узбек из общины и объяснять всем, что я перенесла шок во время родов и перестала разговаривать.

– Официально вы едете к проживающей в Казахстане родне показать новорожденного. На этот счет будет изготовлена телеграмма. Доберетесь до Алма-Аты, а там придешь в посольство.

Андрей продолжал посещать меня каждые два дня, осматривать, слушать, а как-то раз пришел в сопровождении пожилой узбечки. Насколько баба Света была высохшая, как сучок, настолько эта была полная, солидная, сразу видно – бабушка не одного десятка внуков.

– Познакомься, Регина. Это Биходжал-апа*. Она всегда ассистирует мне при родах. Но вообще-то должно быть наоборот. Она принимала роды, когда нас с тобой еще на свете не было.

Биходжал-апа вежливо поздоровалась и оглядела меня с видом знатока, умеющего вычислять сроки беременности и окружность головы ребенка с точностью до минуты и сантиметра соответственно.

Наступило Рождество. Весь поселок собрался в молельном доме на праздничную службу, а Биходжал-апа осталась со мной. Кусочком наждачной бумаги я полировала один из оставленных мне Номи подсвечников. Так было и в прошлый раз. В день родов Йосеф снял меня со стремянки, когда я пыталась наклеить на стены в комнате близнецов переводные картинки. Внезапно я осознала, что сижу в луже. Все, началось.

Меня на носилках отнесли в амбулаторию, положили на банкетку, поставили катетер в вену руки.

– Регина, ты меня без ножа режешь. До срока доносить не могла? – это Андрей.

– Андрей, давай работать руками, а не языком, – это Биходжал-апа. И мне: – Не бойся, девочка, мы все сделаем.

Нечаев посмотрел на это, молча развернулся и вышел.

---

* Уважительное обращение к пожилой женщине в Средней Азии.

Видимо, начало действовать обезболивающее, я не чувствовала ничего между талией и коленями. Это было очень страшно. Я засыпала и просыпалась, видимо, какое-то общее обезболивающее мне тоже вкололи. Наверное, все-таки прошел не один час, потому что в энный раз проснувшись, я увидела Номи Илизарову и услышала распоряжение Андрея:

– Номи, займите ваше место в головах. Биходжал-апа, вы со мной. Молитесь, брат Алексей и вы, рав Моргенталер. Только не здесь.

Номи села как велено, наклонилась надо мной:

– Малкеле, что ты хочешь, чтобы я сделала для тебя?

– Не выпускай моей руки, – сказала я по-русски. И добавила на иврите: – Увези мою дочь в Израиль. Она ни в чем не виновата.

Номи сжала мою ладонь в своих, и я поняла, что для этого Нечаев их сюда и привез. Ну что же, в порядочности ему не откажешь. Он не дал мне сделать аборт, но если в течение следующих нескольких часов я умру, то моя последняя воля будет исполнена. Умру, как прабабушка Эйдль, последним усилием протолкнув в этот мир нового человека.

Я забылась в очередной раз, а когда проснулась – все было кончено. Придя в себя, услышала громкий сердитый плач и торжествующий голос Андрея:

– Смотри, какой красавец. И крупный, и орет, как полагается. Даже и не скажешь, что недоношенный.

Не дал Господь девочки, значит, из мальчика попытаемся сделать человека. Это будет нелегко – с такой-то наследственностью.

Не спрашивая моего согласия, Биходжал-апа положила его мне на грудь, как делала до этого сотни раз. И тут я поняла, что что-то не то. Младенец был хорошего розового цвета, как с рекламы. И огромные светло-серые глаза, немножко замутненные, но все-таки осмысленные. Я готова была поклясться, что он поймал мой взгляд. Это непомерное усилие вымотало его, и он моментально уснул, уткнувшись мне между плечом и шеей. Головой я отрешенно соображала, что ребенок узбека и кореянки не может так выглядеть, что младенец, лежащий у меня на руках, – ашкенази. Он родился в срок. Я обсчиталась на месяц. Меня накачали алкоголем и сбросили в пропасть, меня пытали и насиловали, но он все выдержал. Сын еврея, он оказался сильнее их всех, вместе взятых.

Передо мной расплывались лица людей, спасших нас, я прикрыла веки, слезы скатились по вискам. Теперь у меня появилась надежда увидеть его хотя бы еще раз. Не знаю, сумеет ли он по-прежнему радоваться мне, но показать ему его сына я обязана.

– Нужно обрезать на восьмой день, – мужской голос на иврите.

– Назовешь-то как? – женский голос по-русски с узбекским акцентом.

Не открывая глаз, я прошептала:

– Реувен… Реувен бен Шрага.

ЧАСТЬ III
ГОРОД НА ХОЛМЕ

ГЛАВА 9

ГЛАВА 9
ОФИРА

29 апреля, Йом-Ацмаут*. Услышав, как скребется снаружи ключ, я вышла в прихожую встречать. Вариант там мог быть только один. Вот они, Шрага бен Акива и Реувен бен Шрага собственными персонами. С сияющим взглядом Реувен протянул мне на ладони какую-то липкую даже на вид гадость и выпалил:

– Офира, привет! Я тебе бамбу** принес! А где киса?

– Спасибо, золото мое, – сказала я, вынимая из влажной детской ладошки бамбу. Иначе он ее размажет по чему-нибудь, потом отскабливай.

Реувен отправился искать кису, я повернулась к Шраге с вопросом:

– А где девочки?

– Сейчас придут.

Под «девочками» подразумевались Малка и их новорожденная дочь Виктория-Офира. Это не моя идея, не подумайте плохого. Это папа нам такое имя выбрал. Виктория – потому что ребенок родился в последний

---

* День независимости Израиля – главный государственный праздник Израиля, отмечаемый ежегодно в память о провозглашении Государства Израиль.

** Популярное в Израиле хрустящее лакомство из арахиса, подобное кукурузным палочкам.

день операции «Литой свинец». Офира – наверное, потому, что я тут типа не чужая. Мы еще дверь входную не закрыли, как из лифта объявилась Малка, ее голосок звенел еще с лестничной площадки. За следующие двадцать минут Шрага не открыл рта, а Малка успела покормить малышку и рассказать мне, что мужская часть ее семейства (двое присутствующих плюс Гиора) ходили утром на военный парад, что она сама с близнецами пошла в их любимый каньон «за тряпочками и баночками», что близнецы на остаток праздника усвистали с друзьями из своей старой школы, а мы сейчас соберемся и поедем на праздничную гулянку в красивое место.

Мы уже собрались и приготовились выезжать, но Реувен ни в какую не хотел выпускать из рук кота. Он стоял в углу в позе мне-все-должны, а мой несчастный котяра с обреченным выражением на морде висел у него в руках, как парашютист на стропах. За три года он Реувена ни разу не оцарапал.

– *Шели*!* Киса *шели*! – сказал Реувен тоном, не допускающим возражений.

Ну киса, предположим, не его, а моя, но это уже второстепенно. А главное – когда мы наконец поедем и вырастет ли этот мальчик нормальным с такими родителями. С мамой, которая за три года ни разу не сказала ему «нельзя», и с папой, который общается с ним при помощи армейских команд. Я люблю их обоих, иначе бы они здесь не отсвечивали. Но воспитывать детей не умеют ни тот ни та. Вот и сейчас. Шрага попытался повлиять на Реувена при помощи дисциплины и здравого смысла. И того и другого, конечно, в изобилии у трехлетнего малыша.

– Отпусти кота. Мы не можем брать его с собой. Мы его там потеряем. Я считаю до десяти. Если ты не пойдешь куда велено, ты останешься здесь один. Раз. Два.

Реувен демонстративно повернулся к нам одним местом и уткнулся в кота, как в шарф. Похоже, что он

---

* Мое! (*ивр.*)

плачет, но, выйдя из младенчества, он никогда не плакал громко. Громко кричать и настаивать на своем он не стеснялся, но стеснялся плакать. А некоторые еще недовольны, что сын не берет с них пример. Берет, да не тот. Малка прибежала из другой комнаты, сунула мне младенца, обняла сзади Реувена и принялась что-то говорить ему по-русски. Аттикус шлепнулся на пол и с неожиданной для своего почтенного возраста прытью стрельнул на сервант. Я заглянула в младенческое личико, которое пока что ничего не выражало, кроме умиротворения, какое у мамы вкусное молоко. Расти большая, Виктория-Офира Стамблер.

Наконец все скатились на стоянку, заправили детей в автокресла. Когда-то и меня чуть не назвали европейским именем. Я родилась в очень радостный день, 14 мая 1948 года. Арабские радиостанции изрыгали призыв за призывом сделать море красным от крови, но люди танцевали на улицах несмотря ни на что. Однако никто не может долго жить в состоянии эйфории, и в тель-авивском пригороде, где плиты топили керосином, снова началась обычная жизнь. Двое пожилых йеки* – мужчина в костюме с галстуком, несмотря на жару, и женщина в темном платье с кружевами вокруг ворота – принесли новорожденную на регистрацию в муниципальный отдел.

– Как назовете? – спросила молоденькая крутобокая служащая в юбке цвета хаки.

– Инга-Гизела, – ответила моя мама, глядя остановившимся взглядом поверх ее плеча.

Служащая аж привстала из-за своей машинки:

– Что это за имя? Вы думаете здесь что, Германия? Здесь Эрец-Исраэль! Вы хотите ребенку жизнь испортить? Я напишу – Офира, и можете жаловаться моему начальству.

Отец накрыл мамину руку своей и обратился к служащей примирительным тоном и на хорошем иврите:

---

* Так в Израиле называют бывших еврейских беженцев и эмигрантов из Германии.

– Мы согласны на Офиру. Я убедительно прошу вас не кричать. У нее дети погибли.

Отец готов был любить меня под любым именем. Но не мама. Я не могла заменить ей ни Ингу, ни Гизелу. Я была голенастым сорванцом с вечно сбитыми коленками и говорила на непонятном ей гортанном языке. Горькую обиду на тех, кто кричал ей вслед «сабон»*, она перенесла на меня. И держала на расстоянии. Я была живой, но воспоминания об Инге и Гизеле оказались сильней.

А вот с отцом мне сказочно повезло. Он приехал в страну в конце тридцатых и был одним из тех чудаковатых старомодных людей, которые вызывали умиление даже у жестких выходцев из России и Польши и насмешливых сабр. Именно про них и сочинили правдивый анекдот. Стоят йеки на стройке, передают друг друг кирпичи. Только и слышно: *Битте шен, герр доктор. – Данке шен, герр профессор. – Битте шен, герр доктор. – Данке шен, герр профессор.* Отец не был ни доктором, ни профессором. Он был обычным счетоводом, но жаждал знаний и любил книги. Вслед за ним я полюбила знания ради знаний, и музыку, и театр, и иностранные языки. Он даже учил меня немецкому по песням на пластинках. Несмотря ни на что он был уверен, что Германия – это центр мировой культуры, что немецкий народ был подло обманут и ничего не знал. Так и прожил жизнь, отрицая очевидное. Он и с иммиграцией тянул до последнего, поехал уже в тридцать девятом, думал переждать войну. Но это я поняла уже потом. А девочкой я ходила за ним как хвостик. Если бы он учил меня санскриту, я бы выучила санскрит как миленькая.

В шестьдесят шестом я окончила школу и призвалась в армию, в телефонистки. Тогда женщины служили совсем отдельно от мужчин, женский корпус назывался ХЕН, что значит «очарование». Никогда не забуду те июньские дни шестьдесят седьмого. Какой мы были счастливой, единой страной. Всё, мы отстояли свое

* Мыло (*ивр.*).

право на жизнь в честном бою, как принято у всех народов, теперь наши соседи примут нас как данность и перестанут быть врагами. Наш призыв на радостях отпустили по домам. Больше не будет войн. Больше не понадобится призывать девушек. Дело девушек – встречать победителей, любить их, выходить за них замуж, рожать. Вот только у отца были на меня другие планы.

– Я тебе тут денег собрал. Поедешь в Париж, в Сорбонну. Я хочу, чтобы ты посмотрела, что такое Европа.

– Почему именно в Париж? – удивилась я, забыв даже рассердиться, что за меня, взрослую девушку, тут все уже решили.

– А ты бы хотела в Берлин? Или, может быть, в Гейдельберг?

Он еще не успел закончить предложение, а мне уже было ясно, что ни в Берлин, ни в Гейдельберг я не хочу. Немецкий язык – это наша с отцом маленькая тайна, и я готова воспринимать его только в этом качестве.

А вот посмотреть на Париж – я ничего против не имела, наоборот, давно мечтала. Меня не разочаровало даже то, что меня заткнули в общежитие для иностранцев далеко от кампуса, в мансарду с двумя другими студентками. Я до сих пор помню их имена – Констанс с Реюньона и Анук из Камбоджи. Из всей троицы на француженку была похожа только я. Комнату нам по договоренности с университетом сдавала пара степенных пожилых бретонцев, и они же держали в нижнем этаже блинное заведение – creperie. Они не видели угрозы своему бизнесу в том, чтобы подкормить иногда бедных студенток, а мы с благодарностью вставали к посудомоечной раковине, когда хозяйка не справлялась. На всю жизнь осталось у меня ощущение чуда и праздника от зрелища объятого пламенем блина, взлетающего над сковородой.

По весне зацвели каштаны, и людям словно в голову ударило. В этих аудиториях, на этих бульварах я впервые услышала, что личность – это ценность, а коллектив – это всего лишь инструмент подавления. Каждый человек ценен тем, что он есть, и никто не обязан быть заточенной под общество болванкой. Это могло бы сильно шокировать меня, отслужившую в армии, воспитанницу самого что ни на есть коллективистского социалистического движения Ха-шомер ха-цаир*. Могло – но не шокировало. Потому что те же идеи, только без марксистской и анархистской терминологии, внушил мне отец. Теми книгами, которые он мне давал, и собственным личным примером. В двенадцать лет я перевела с французского на иврит «Письмо заложнику» и повесила у себя над кроватью.

Потом началось что-то странное. Как будто какая-то злая сила украла внушенные отцом понятия «личная свобода» и «человеческое достоинство», которые я любила и которыми дорожила. Украла и превратила в каких-то несусветных уродцев. Никто не хотел учиться. Никто не хотел ничего создавать. Никто не хотел стать нравственно чище и лучше. Студенты толпились на площадях и бульварах с портретами Че и Мао, предъявляли своему правительству какие-то безумные претензии, и список этих претензий неизменно заканчивался требованием сексуальной свободы. «Это все? – спрашивала я однокашников. – Это все, для чего свобода вам нужна?» Мы в Израиле уже давно решили эти вопросы бсз проблем. Я почувствовала себя чужой на этом празднике непослушания. Глупо бунтовать, не предлагая ничего взамен. Я уезжала в аэропорт, и лозунги издевательски подмигивали со стен.

Культура – это жизнь наоборот.
Скука контрреволюционна.
Запрещать запрещено.

Очень умно. А главное – конструктивно.

Уровень преподавания в Еврейском университете в Иерусалиме несколько отставал от сорбоннского. Я с удовольствием использовала это обстоятельство,

* «Юный страж» (*ивр.*) – одна из сионистских всемирных молодежных организаций левой ориентации.

чтобы заняться личной жизнью. Приятная это штука – личная жизнь. Особенно когда проводишь время с крестьянским сыном из галилейского мошава*, который радуется тебе и не спешит подавить собственным интеллектом. Ни с кем из соучеников по Сорбонне мне не было так легко и весело. Через полгода после знакомства мы – два абсолютно неверующих человека – стояли под хупой. До свадьбы я обратилась к нему с одной-единственной просьбой: пусть наши дети носят мою фамилию, Моргенталер. Отцу это было очень важно. Никого из своей семьи он после войны так и не отыскал.

– Моргенталер так Моргенталер, – согласился Ронен. – Но ведь мы же не ограничимся одним ребенком, правда? На все фамилии хватит.

Жизнь еще ни разу не поставила перед ним проблем, которые он не мог бы решить обыкновенным напором и крестьянским здравым смыслом. Мы были молоды, и счастливы, и уверены, что все будет хорошо. Даже мюнхенские события** не поколебали этой уверенности, в конце концов евреев убивают в Европе далеко не в первый раз, но в Израиле все будет лучше. В октябрьский день семьдесят третьего***, когда взвыла сирена экстренного оповещения, я поняла, что та беззаботная жизнь ушла навсегда. Ронен не понял. Он поцеловал меня, положил руку на мой уже не оставляющий сомнений живот, сказал: «Все будет хорошо», надел на плечи солдатский мешок – и исчез. Через месяц я его похоронила. С военного кладбища меня увезли прямо в роддом, и вечером того же дня родился Ронен-младший.

---

* Вид сельских населенных пунктов в Израиле, сочетающих элементы коллективного и частного хозяйства.

** Имеется в виду теракт, совершенный во время Олимпийских игр в Мюнхене в 1972 году членами террористической палестинской организации «Черный сентябрь», жертвами которого стали члены израильской олимпийской сборной.

*** Имеется в виду четвертая арабо-израильская войн («война Судного дня») – военный конфликт между коалицией арабских государств с одной стороны и Израилем с другой.

А вот тут мы подходим к тем самым благим намерениям, которыми вымощена дорога известно куда. Не карикатура с котлами и чертями, любимый предмет насмешек атеистов уже как три века. Нет. Речь о ситуации, когда действия одних людей приводят других к последствиям, о которых никто и помыслить не мог.

Молока мне хватило на шесть недель, я не помню ничего об этом времени, все воспринималось сквозь пелену слез. Увидев это безобразие, свекровь всерьез испугалась за внука и сказала:

– Офира, это ребенок. Дети – они эгоисты. Ему все равно, что ты страдаешь. Ему нужны внимание и постоянная ласка. Постоянная, понимаешь, а не по настроению. Пусть пока у нас поживет. Оправишься от потери – отдадим его тебе назад без разговоров.

В квартире стало тихо, не звучал больше детский плач, и тут я осознала, что мне так легче. Никто не дергает. Я не обязана больше улыбаться, когда внутри все обуглено. Проклятие Инги и Гизелы продолжало меня преследовать. Так же как для моей матери, проявлять любовь к собственному ребенку оказалось для меня тяжелым, непосильным трудом.

Меня взял на работу репортером старый товарищ по университету. Не связанная обязанностями жены и матери, я была легка на подъем, срывалась туда, где заваривалась очередная каша. У меня обнаружилось острое перо, если можно назвать пером громоздкую печатную машинку, на которой я ваяла свои репортажи. Кофе – литрами, сигареты – пачками. Где-то раз в месяц я приезжала в галилейский мошав. Сидела на террасе в качалке и смотрела, как Ронен, по уши перемазанный ягодами, учится ходить, держась за хвост остроухой пастушьей собаки. Собаку звали Дугма́*. Ему

---

* Дугма (на иврите «Пример») – так звали первую одомашненную в новое время собаку древней ханаанской породы *келев канаани*. Одомашниванием и разведением *келев канаани* в подмандатной Палестине и в Израиле занималась кинолог из Австрии Рудольфина Мензель.

здесь хорошо, говорила я себе. Лучше, чем было бы со мной.

В начале лета семьдесят шестого редакция поручила мне первое серьезное международное задание. Я должна несколько месяцев прожить в Вашингтоне и писать репортажи о президентских выборах. Лететь в Вашингтон нужно было с пересадками в Афинах и Париже.

* * *

Из блокнота Офиры Моргенталер:

Репортаж получается почище выборов. Самолет захвачен. Мы летим из Бенгази, куда – не говорят. Двое арабов и двое немцев, вернее, немец и немка. Немка неадекватна, у нее расширены зрачки. Чего она нанюхалась?

Народ на удивление спокоен. Каждый изо всех сил старается себя занять. Дети и те не плачут. Какая ужасная тишина.

Идем на посадку. Немец-командир велел задернуть шторы. У него хороший английский и манеры студента-гуманитария.

Сели. Я не расслабляюсь и не обольщаюсь. Через два на третье улавливаю слова о переговорах с правительством Уганды и о том, что акция задумана с целью освобождения палестинских freedom fighters и европейских марксистов. Да, он сказал freedom fighters. Он надеется, что наше правительство проявит благоразумие. Лжет как дышит. Мама рассказывала: Ингу и Гизелу у нее забрали будто бы в детский лагерь, где питание лучше. Они собрались нас убить и трусят сказать нам это в глаза. Мой непредвиденный репортаж не дойдет до редакции.*

---

* Борцы за свободу (*англ.*).

Перечитала последнюю запись. Мой сын останется круглым сиротой, я никогда больше его не обниму, а первая мысль – про редакцию и репортаж. Ну почему я такой моральный урод?

Сидим в здании аэровокзала. Здесь жарко, полутемно и воняет не пойми чем. Иди Амин Дада нанес нам визит. Нес какую-то околесицу, в основном про собственную персону. Был награжден бурными аплодисментами. С какой стати?

Писать приходится украдкой. Немка очень злая, запросто может ударить. Правда, до сих пор она упражнялась исключительно на мужчинах ярко выраженной еврейской внешности.

Врач-угандиец раздает противомалярийные таблетки. Я спустила свою дозу в карман. Кто их знает, чем они решили нас отравить?

Как паршиво без сигарет. Я сойду с ума.

Израиль не пошел на их требования. Я горжусь своей страной. Но молча.

Игры в либерализм закончились. Израильтян и евреев отделяют от остальных заложников. Зачитывают фамилии по списку. Рядом со мной пожилая женщина, как младенца, качает в правой руке левую, татуированную. Глаза как у мамы.

В нашу группу входят евреи с иностранными паспортами. Я впервые задумываюсь, а чем понятие «еврей» отличается от понятия «израильтянин» и в чем они совпадают? Раньше не приходилось.

Отец хотел видеть меня европейской космополиткой, гражданкой мира, частью рода человеческого. В школе и в Хацаире меня учили быть израильтянкой, любящей свою самую древнюю землю и свой самый молодой язык. Понятие «еврей» затерялось где-то на пути.

Французский экипаж самолета остался с нами. Кажется, таких людей называют праведниками народов мира.

Если останусь в живых, больше никаких поездок. Заберу Ронена и буду растить его сама.

Освобождение пришло через черную воронку громкоговорителя, пришло на родном языке. Я бросилась на пол, потянув за собой ту самую бабушку с татуированной рукой. Потом помню только душную, непроглядно-черную тропическую ночь, пыль в глазах и во рту, выстрелы совсем близко и огни спасительного самолета так далеко, что никогда не добежать. Но мы все-таки добежали. В Израиле со всех газет, с каждой стены смотрело лицо человека, отдавшего за нас свою жизнь. В первый раз я вздрогнула и была вынуждена напомнить себе – это не мой муж, не Ронен-старший. Просто похож. Очень похож.

Я действительно отказалась от репортерской работы, заняла в редакции тихую непрестижную должность, на которую не нашлось охотников среди мужчин. Дома писала статьи в разные издания, печатала и переводила. Ронен стал жить со мной. Он всегда был жизнерадостным самостоятельным мальчиком, не рохля и не нытик и – чем особенно меня порадовал – очень привязался к деду, к моему отцу. У них были какие-то свои тайны и междусобойчики, и чем старше Ронен становился, тем больше походил на деда – такой же углубленный в книги идеалист. А отец ворчал на меня: «Как ты себя ведешь. У тебя ребенок. Это же неприлично». Он всегда был добрым и деликатным человеком, это самое резкое, что он мог сказать, наблюдая за моей бурной личной жизнью. Любовники появлялись и исчезали, я тасовала их, как карты в колоде. Редакция – это редакция, там толчется интересный народ, а знакомства я всегда заводила легко. Я не считала себя в чем-то виноватой, можно сказать, закусила удила. Где написано, что я в тридцать лет обязана заживо себя похоронить и перестать интересоваться мужчинами? А на костер, как в Индии, я случайно не должна взойти? Думаю, что, если бы я хотела снова выйти замуж, отец бы так не расстраивался. Но замуж я не хотела. Способность целиком растворяться в любимом человеке, делающая нас такими уязвимыми, действительно умерла вместе с мужем и лежала с ним рядом под тяжелой могильной плитой.

Ронен пошел в армию и там познакомился с равом-хабадником, неизвестно каким чудом получившим светское образование. В какой-то момент я поняла, что мой сын ушел во все это так глубоко, что светского образования он точно не получит. По бытовым вопросам у нас трений не возникало. Что, от меня убудет переоборудовать кухню так, чтобы мой сын мог питаться дома? Что, я не найду, о чем поговорить с ним в ту единственную в месяце субботу, когда он приезжает на побывку домой, и не обойдусь без телевизора? Да пропади он, этот телевизор. Но меня раздражали и смешили хасидские истории с их притянутой за уши моралью. Уверенность в том, что все мироздание вертится вокруг евреев, вызывала желание покрутить пальцем у виска. Пляски вокруг ребе, его портреты и гадание на сборнике писем вызывали закономерный вопрос: это вообще евреи или язычники какие-то? Я спорила с Роненом, мне доставлял удовольствие сам процесс интеллектуального пинг-понга, я хотела, чтобы он все-таки потрудился напрячь свой интеллект и обосновать свою точку зрения. Ответом мне было глухое молчание или набор цитат из Тании, неизвестно, что хуже. Весной 1994-го он демобилизовался, а летом в Бруклине умер ребе. Я сделала последнюю попытку воззвать к логике и разуму своего сына. Посмотри, говорила я, ребе такой же человек, как мы все, пусть мудрый и ученый, но не Машиах, которого ты так ждал. В ответ я услышала, что он уходит учиться в йешиву, что он всегда будет меня любить и мне помогать, но жить так, как живу я, он не хочет и не станет. Несказанное повисло в воздухе, и я поняла, что любовников он мне так и не простил. Входная дверь закрылась, комната медленно вертелась у меня перед глазами, я с трудом сфокусировала взгляд на фотографии своих родителей в рамочке на полке. Может быть, и хорошо, что отец не дожил до счастья увидеть, как его единственный обожаемый внук с энтузиазмом заперся в гетто и боится всего, что может пробить брешь в этих стенах. Всего, включая собственную мать.

* * *

Если бы я верила в Бога, то поговорку «Человек предполагает, а Бог смеется» вспоминала бы каждый день. Я примирилась с мыслью, что Ронену я не нужна, тем более не в первый раз. Оставшись на пепелище одна, я поняла, как во многом была неправа, но не знала, что делать. Он звонил регулярно, спрашивал, не нужно ли чего, но я прекрасно понимала, что это делается ради исполнения заповеди, а не ради меня. Интересно, с женой он тоже будет так жить? Кстати, о жене. В начале 1999-го он пригласил меня на свою свадьбу. Женщины там сидели отдельно от мужчин. Я уважаю религиозные чувства, я готова не маячить в молитвенном зале, если людям это мешает. Но сидеть за перегородкой на свадьбе собственного сына я не буду. Это оскорбительно для моего человеческого достоинства. Услышав мой ответ, Ронен закруглил разговор, даже не пытаясь скрыть облегчение. Пусть живет, как хочет.

Вскоре после свадьбы Ронен с женой отбыли в Нью-Йорк. Именно в этот момент я пришла на работу в библиотеку. Было приятно в неформальной обстановке делиться с людьми книгами и знаниями, я бы занималась этим даже бесплатно. Как-то раз ко мне обратилась наша молоденькая эфиопская стажерка Адисалем – эбеновая статуэтка в облаке тонких косичек.

– Скажите ему, гверет Моргенталер. Я ему на иврите говорю, что нельзя таскать по двадцать книг сразу с полок, а он и ухом не ведет.

– Кто ухом не ведет?

Адисалем закатила глаза на простенок между окном и книжным шкафом. Глаза у нее были навыкате, с очень яркими белками, так что получилось впечатляюще, как в театре. Я заглянула и увидела совершенно невиданное в библиотеке зрелище: подростка-хареди – белый верх, черный низ, длинные пейсы. Он раскачивался над томом энциклопедии, в точности как над томом Талмуда. Мне показалось, что я услышала что-то похожее на стон. Рядом громоздилась куча книг и лежал аккуратно свернутый черный халат (капота, кажется, называется) и похожий на мохнатую летающую тарелку штраймл. Подумать только, подросток, а уже такая шляпа. Наверное, какое-нибудь жутко высокопоставленное семейство. Интересно, знают ли его родственники, в каком злачном и опасном для еврейской души месте проводит время их сын и внук?

– Молодой человек... – осторожно позвала я.

Он медленно оторвал взгляд от книги. Хареди-подростки обычно бледнее других израильтян, потому как не злоупотребляют прогулками на свежем воздухе. Он был бледен, как положено йешиботнику, но выражение лица было отнюдь не благостное. Каждая мышца напряжена, губы до крови закушены, глаза сужены до такой степени, что цвета не разглядишь. Впрочем, глаза он, не привыкший разговаривать с посторонними женщинами, быстро опустил.

– Может быть, я могу помочь тебе подобрать нужные книги? У тебя тут немножко хаотично...

– Не надо мне лишний раз напоминать, что я идиот, это я дома уже усвоил, – отрезал он на идише, не отрывая взгляда от страницы. Во всяком случае, так я его поняла.

Идиш, неспособность смотреть женщине в глаза при общении плюс полное отсутствие даже намека на вежливость. Понятно, с какой он грядки.

– А дома знают, что ты здесь?

Он захлопнул книгу и снова уставился на меня. Тут я заметила, что глаза у него серые, с такими ресницами, что украсили бы даже девочку.

– Отцу все равно. Я ам-ха-арец*, невежда и позор семьи. Я нечестивый сын. У него есть сын, которого он любит, и это не я. Я помню свой долг.

Он говорил короткими рублеными фразами, ему было явно тяжело строить предложения на иврите длиннее четырех слов.

– Какой долг? – удивилась я.

– Я его сделаю.

Наверное, он хотел сказать *выполню.*

– Скажи мне, что тебя интересует, и я подберу тебе книги. Я библиотекарь, это моя работа.

– Всё.

– Что «всё»?

– Меня интересует все. Все, что есть между небом и землей. Но Господь не дал мне ума. Я плохо учусь, не могу долго читать.

– Может, тебе просто скучно?

– Тора не может быть скучной. Проблема – у меня. Когда законоучители спорят, каждый все равно остается при своем мнении и при своих учениках. А я не знаю, что мне делать. Зачем учиться?

Так, это уже ближе к теме.

– А что тебе нравится делать?

– Спать. Я рано встаю на молитву, чтобы успеть в магазин. Даже в Шаббат отец будит нас рано.

Это не совсем то, что я имела в виду. Как же надо не высыпаться, чтобы на вопрос «Что тебе нравится делать?» дать такой ответ.

– А если бы ты выспался, что бы ты делал?

Видно, ему надоел этот многосодержательный разговор, он достал из-под штраймла толстенный маркер,

---

* См. примеч. на с. 97. Выражение употребляется в разговорном еврейском языке для обозначения неуча, невежды, особенно в области еврейской письменности и знания религиозных законов.

открыл колпачок и резко вдохнул два раза. Я ощутила запах ацетона, увидела, как у него запрокинулась голова и закрылись глаза. Абсолютно без понятий человек. Он бы еще тут в вену иглу вставлял у меня на глазах.

– Не делай этого никогда! Это разрушит твой разум! Это наркотик! Не вздумай это нюхать! – услышала я собственные переполошенные восклицания. Никогда не лезла в чужие дела. А теперь делаю замечания совершенно постороннему подростку.

Не обращая на меня ни малейшего внимания, он еще секунд пять подышал ацетоном, сказал благословение на ароматные вещества (!), аккуратно завинтил крышечку и убрал маркер в карман.

– Что это – «наркотик»?

Нет, этот мальчишка меня до инфаркта доведет. Доверчивый, наивный хареди, выращенный в меа-шеаримской пробирке, не знающий в конце двадцатого века, что такое «наркотик». Он сделал шаг в светский мир, я, может быть, первая, с кем он заговорил вне общины, и на меня легла ответственность сделать все, чтобы этот шаг не разрушил его личность. Не знаю, много ли он понял из моей лекции от том, как действуют наркотики и, в частности, ингалянты, но он понял главное. Он понял, что мне не все равно.

Я волновалась, когда он не приходил, и успокаивалась, увидев, как маячит между книжными полками знакомая квадратная фигура в слишком узкой и короткой капоте. Разноцветная одежда в полосочку* в этой семье досталась явно не ему, но он все равно знал себе цену. И любил мать, младших братьев и сестер, любил деятельно и немногословно. Эта любовь заставляла его искать бесконечные подработки – то в магазине, то у мясника, то в типографии. На самых тяжелых и грязных работах он вкалывал, чтобы облегчить жизнь матери, чтобы побаловать младших. И еже-

* Аллюзия на библейскую историю Иосифа и его братьев. Иосиф, как любимый сын, получил разноцветную одежду в полоску.

дневно слышал в свой адрес упреки и оскорбления. В его годы я бы точно свихнулась от такой жизни.

Мы садились за стол в углу со стопкой книг и начиналось: «Почему? Зачем? Какая связь явления А с явлением Б? Как мне это в жизни поможет?» Я еле успевала отвечать, а если не знала ответа, то честно признавалась. Но ему это даже понравилось. Похоже, что его учителя́ не хотели ронять собственное реноме и признаваться, что они обычные люди, а не истина в последней инстанции. Эти горе-педагоги заклеймили его необучаемым только потому, что он не хотел зубрить и лучше всего усваивал материал через практические задания. «Нарисуй график», – говорила я ему. «Составь план». «Переведи с идиша на иврит и обратно». «А теперь то же самое с иврита на английский». Он не знал процентов, не мог найти на карте мира собственную страну. Он весь светился от счастья, когда ему что-то удавалось. Удавалось ему многое с первого раза, мальчик был явно неглуп и очень даже обучаем, если не вешать ярлыки, а взяться за дело с умом. Но стоило мне задать ему какой-нибудь абсолютно нейтральный вопрос о семье и жизни в общине, его лицо каменело и он принимал неестественный и пугающий у столь юного подростка вид гранитной статуи. Остекленелым взглядом он смотрел в угол, слова вылетали изо рта со скоростью и разрушительной силой автоматных очередей.

– Их так интересует олам хаба*... В этом мире Моше-Довид кашляет... Задыхается каждую ночь... Его никто не лечит... Они смиряются с волей небес... за счет Моше-Довида... за счет мамы... обманщики... осквернители Имени... лишь бы в глаза пыль пустить... отец выложил на свадьбу Аарона двадцать тысяч шекелей... а стиральной машины у нас нет... и не будет... видели бы вы эту невесту, гверет Моргенталер... если меня так посватают, я перейду в христианство... и пусть меня испепелит огонь с небес... лучше умереть, чем так жить.

---

* Загробный мир в иудейском богословии.

Всё в одну кучу. Несчастный озлобленный пацан. Шестнадцать лет.

Он пропал на несколько дней, а потом явился бледный, осунутый, с огромной гематомой над левым ухом.

– Шрага, что с тобой?

– На меня упали ящики в магазине. Это выглядит хуже, чем оно есть на самом деле. Не беспокойтесь.

Ну, это уж я сама соображу, по каким поводам мне беспокоиться.

– Шрага, это серьезно. Если там что-то сломано или задето, станет хуже, ты не сможешь больше работать. Пусть врач на тебя посмотрит. Только не говори мне, что ты боишься врачей.

Пауза. Кажется, сработало.

– Хорошо. Но только мужчина. Врач велит раздеться, а я перед женщиной не разденусь.

«Да кому ты нужен, недотрога!» – мысленно закричала я, обращаясь одновременно к двоим.

Врач знал меня уже давно и начал с самого главного.

– Он тебе тоже плел про упавшие ящики?

– А что, ящики разве не упали?

– Его избили, Офира. Чем-то похожим на металлические прутья. Ребра треснули в двух местах. Я сделал ему внушение – никакой работы, никаких размашистых движений правой рукой. Показал рентген, только тогда он поверил. Кстати, за рентген ты должна будешь заплатить, раз молодой человек не в больничной кассе.

– Разумеется.

Я все-таки уговорила его поселиться у меня. Вердикт врача перечеркнул его планы жить в какой-то трущобе, где обретались «эти-гоим-которые-молдаваним», и работать, как они, чернорабочим. Вопрос, почему он вынужден был сбежать из дома, я сочла за лучшее не поднимать. Захочет – сам расскажет. Мы пришли ко мне домой, я показала ему на бывшую комнату Ронена, сказала: «Располагайся» – и ушла на кухню готовить ужин. Это было не так просто, как может показаться. Я-то по-прежнему питалась в основном кофе и сигаретами, ну салатика могла иногда поклевать, но это не то, что нужно быстро растущему и физически активному подростку, у которого еще ко всему прочему треснули ребра. В общем, я наскребла какое-то подобие ужина из тех продуктов, что мне удалось отыскать, и пошла его звать. Но он уже спал. Спал, не раздевшись, на спине, закинув голову. Этот непонятный мир, гда вся жизнь подчинена рукописному тексту на пергаменте, забрал моего сына и взмен вытолкал мне это вот чудо. Значит, так тому и быть, сказала я себе и тихонько закрыла дверь.

* * *

Десять лет прошло. Подросток стал мужчиной. Присягнул на верность стране, которую его всю жизнь учили ненавидеть. Газа, Хеврон, Ливан. Ушедший из дома без смены одежды, с одними тфилин под мышкой, теперь, десять лет спустя, он командовал огромной стройкой и очень неплохо содержал не только по-прежнему мать и младших, но и собственное семейство. У него прибавилось выдержки и жизненного опыта, а также того, что принято называть социальными навыками. Он и сейчас не блещет общительностью и шармом, но что там было десять лет назад, знаю только я. Остался живой, абсолютно детский интерес ко всему, чему его не считали нужным учить. Осталось четкое разделение мира на белое и черное, без всяких промежуточных зон. Все, что не белое, – маамаш субсдандарти*, именно так его в общине и приучили. И непомерное самомнение, уверенность в том, что он знает, как надо, и все сможет, тоже остались. Он сумел убедить в этом не только людей на стройке, но и Малку.

И вот сейчас мы едем на гулянку по случаю Йом-Ацмаут, и по идее на переднем сиденье должна сидеть Малка, а не я. Но у Малки свои, как она выражается, цикады в голове. Она хочет сидеть на заднем сиденье с детьми. Я очень привязалась к ней, не могла не

---

* Ужасно ниже стандарта (*ивр.*).

привязаться. А честно – если бы Шрага вздумал жениться, например, на Вики Кнафо*, я бы и в Вики Кнафо нашла что-нибудь хорошее. Но в Малке не надо было искать. Она радовалась каждому дню, она искрилась теплом и любовью и при этом не была восторженной дурой, да и язычок там был самый что ни на есть острый. Она любила учиться, ей было все интересно, у нас обнаружилась масса общих тем. Я понимала ее, как, может быть, никто другой не понимал, вдову солдата, израильтянку, пережившую вражеский плен. Вернее, думала, что понимаю, пока не увидела случайно в раздевалке ее спину. Она бойко болтала с арабскими торговцами на Махане Иегуда**, уступала место в автобусе пожилым женщинам в арабских платках – так ее приучили в России. А я ловила себя на том, что стараюсь занять пространство между ней и проезжей частью, между ней и какими-нибудь колючими кустами, между ней и любой агрессивной наэлектризованной толпой.

Шрамы от плена остались у нее, к сожалению, не только на спине. Благодарная за спасение, за чудом обретенное счастье с мужем и детьми, она не ставила им абсолютно никаких границ. Не могла. А они в этом нуждались, причем все. Близнецы, Мейрав и Смадар, вошли в тот самый возраст, когда тинейджеры проверяют родителей на прочность. Они вили из Малки веревки, задействуя давление на чувство вины, истерики и хамство. Чуть что было не по ним, они срывались в Йерухам*** к родне погибшего отца и по нескольку дней там пропадали. Малке звонили из школы и отчитывали: как это так, соцработник, а за собственными детьми уследить не может. Реувен ходил на голове, ел, что хотел, спал, где и когда хотел, и получал все по

* Лидер движения протеста матерей-одиночек, кандидат в депутаты кнессета от партии МЕРЕЦ (2006), в молодости снималась обнаженной для порносайта «Парпар-1».

** Рынок в Иерусалиме.

*** Город (с 30 октября 2011года) в Южном округе Израиля.

первому требованию. Эта лафа прекращалась, когда он оставался на Шрагу или на меня, но такое бывало нечасто. А Шрага – это вообще особая песня. Ему надо регулярно напоминать, что семья – это не стройка и не армия, что у всех есть на плечах собственные головы и в большинстве случаев даже близкие люди могут обойтись без его директив. Я очень надеялась, что Малка возьмет хотя бы часть этой функции на себя, потому что одной мне отдуваться было куда как утомительно. Какое там. Полагаю, я правильно поступила, что больше не вышла замуж. Охота каждый раз прогибаться. А может, мне просто завидно. Ведь им действительно удалось, удалось невозможное. Брак, заключенный при таких обстоятельствах и столкнувшийся с такими трудностями, по всем законам психологии обречен развалиться. А они держались. Такие разные, они были одинаково упертыми, и, направленная на единую цель, упертость двоих перемалывала все трудности в мелкую крошку. Решение жить вместе как муж и жена не подлежало пересмотру, и они вкладывали в это силы на все сто процентов, что один, что другая. Через некоторое время я заметила, что, словно в награду за упорство и бескомпромиссность, им стала помогать какая-то таинственная сила. Я не верующая и уж тем более не мистик, но некоторым вещам я просто не могла найти рационального объяснения. Например, такая разница в возрасте, да еще в неправильную сторону. Жена на двенадцать лет старше мужа – это нонсенс, такая пара и в Европе вызывает удивленно поднятые брови, а что говорить о нас. Но их так никто не воспринимал, годы рождения остались безликими цифрами на удостоверениях их личностей. Шрага, с его шкафообразным сложением, неподвижным лицом и привычкой высказываться раз в полчаса, зато по делу, легко сходил за сорокалетнего. А миниатюрную Малку, с ее экстравагантными нарядами и спонтанными эмоциями, вообще за солидную мать семейства никто не держал, даже покрытая голова не помогала. Все думали, что она младше его. Еще пример? Пожалуйста, Реувен. Нормально, когда мальчик похож на отца. Но чтобы так похож, прямо как на заказ, как будто для того, чтобы всем было легче перенести такую нестандартную ситуацию. Он действительно был копией Шраги во всем – от несусветного роста и размера стопы до уверенности, что все дети на площадке должны играть по его плану. Но те, кто не хочет видеть, все равно ничего не увидят. Почему, собственно, место матери, свекрови и бабушки в этой семье оказалось вакантным? Ладно, с Валерией все понятно, из Штатов к нам не наездишься. А вот Эстер-Либа повела себя как особа, абсолютно незнакомая с собственным сыном. Тогда, три года назад, когда Малка вернулась из плена с младенцем, Эстер-Либа выступила в стиле «Зачем тебе эта старая шикса с неизвестно чьими детьми?». Ну и нарвалась. Шрага не сказал матери ни одного резкого слова. Он просто перестал там появляться, только деньги на счет клал. За эти три года я познакомилась со всеми его братьями и сестрами, кроме пятерых самых младших. Эстер-Либу он просто вычеркнул из своей жизни, никогда о ней не говорил, и это пробирало меня страхом до самых пяток. Неужели Ронен также никогда не упоминает меня?

Три года назад Шрага исчез. Я привыкла, что он звонит мне каждый день. Он и в личном-то общении немногословен, а по телефону вообще зависал через минуту, как только сообщал мне, что жив и здоров. Я каждый раз тактично закругляла разговор и искренне его благодарила. Мне действительно были важны эти звонки, и я ценила те усилия, которые он прилагал. Без звонка прошли четверг, пятница, Шаббат, и мне стало очень не по себе. Телефон не отвечал, не принимал сообщений, на какой стройке он обретается, я не знала. *Если это ты, Малка, то я приеду за тобой.* Неужели все-таки собрался? Я даже вспомнить не могла, как называется это место, где Малка исчезла, Шрага называл его просто – Как-его-там-стан. Я сидела на работе, тупо пролистывая страницы на экране компьютера, информацию по мусульманским окраинам России. Оружия у него там не будет. Языка тоже. Знания местной специфики в отличие от Хеврона – ноль. Его убьют, а у меня даже не будет могилы, на которую я смогу приходить.

– Гверет Моргенталер!

Я развернулась на крутящемся кресле, чуть не расплескав стоящий на столе кофе. Неужели? Сколько может быть в Иерусалиме молодых женщин с азиатскими лицами, которые знают меня по имени? Я знаю только одну. Но откуда она здесь? И что за ребенок у нее в слинге болтается?

– Малка? – для достоверности спросила я.

Она кивнула и заявила:

– Я Шрагу ищу.

Это называется, нашего полку прибыло. Добро пожаловать в клуб «Мы ищем Шрагу». Меня все-таки интересует, что за ребенок.

– Ребенок его? – не слишком тактично спросила я.

Девочка от радости аж засветилась:

– Его. Реувен бен Шрага.

Я стояла как столб, не зная, умиляться, удивляться или злиться. Наверное, все-таки злиться. Что за бестолковщина, ни на кого положиться нельзя. Ладно Шрага, с него какой спрос, он юный и дикий. Тогда, когда у них только закрутился этот роман, я сказала себе: хорошо, девушка его старше, опытней, она всему его научит и за всем проследит. А я буду избавлена от не очень приятной задачи рассказывать молодому парню, экс-хареди, откуда берутся дети и как этого избежать. Расслабилась, называется. И вот результат. Она же училась в России в общеобразовательной школе и в Израиле в университете. Как можно не знать таких элементарных вещей?

– Где ты его искала? – Я подавила раздражение и сосредоточилась на делах.

– Сначала дома, в Меа-Шеариме.

– Ну?

– Ели ноги унесла.

– А еще где?

– На стройках. Они сказали, что он взял отпуск за свой счет.

Значит, уехал. Разминулись. Надо заявить в Министерство иностранных дел. Заявить что? Человек уехал по доброй воле.

– Он за тобой уехал. Что же ты ему не позвонила?

– Я звонила. Телефон не отвечал.

Мы стояли молча, парализованные собственным бессилием. Наконец Малка спросила:

– Когда вы последний раз с ним говорили?

– В среду.

Она сорвалась с места, как маленький пыльный дьявол* в пустыне, крутанувшись вокруг своей оси.

– Ты куда?

– В аэропорт!

– Я с тобой! – закричала я на всю библиотеку и, схватив сумку, помчалась следом.

– Рейсы в Мюнхен... стыковка в Ташкент... пристегните его к креслу... вот так... два раза в неделю... дайте бутылочку с водой, она там, в пакете... Реувен, кончай свой визг... садитесь... пристегнитесь... по средам и воскресеньям.

Я ожидала, что она будет лихачить, и мы, если не убьемся и не угробим ребенка, то, во всяком случае, попадемся полиции и никуда не доедем. Она вела машину уверенно и быстро, пробок не было, и это нас спасло. Спокойным ровным голосом, как будто ее ничто другое не волновало, она объясняла мне, почему в Ташкент можно долететь только люфтганзовским рейсом через Мюнхен. Другие стыковки были в Дубае, куда с израильским паспортом нельзя было соваться, и в Москве, куда была нужна транзитная виза.

Аккуратно, без визга тормозов, она остановила машину у терминала и посмотрела на меня. Глаза уве-

* Пыльным дьяволом называют атмосферное явление, возникающее, когда земная поверхность сильно нагревается, вихревое движение воздуха собирает с земли пыль, песок, мелкие камешки и образуется песчаный (или пыльный) вихрь.

личились вдвое на маленьком сердцевидном лице, ну вылитый инопланетянин из кино. Страшно...

– Идите. Попробуйте задержать рейс. Я припаркуюсь и приду.

Я вбежала в терминал и задрала голову в поисках табло. Напротив мюнхенского рейса исчезало и появлялось слово BOARDING*. Буквы выросли и надвинулись на меня, грозя раздавить. Я тряхнула головой и бросилась к регистрационной стойке «Люфтганзы». Там стояла явно неизраильского вида барышня в униформе стюардессы, ей бы зеленый сарафанчик и по четыре кружки пива в каждую руку. Я прошла через огромную очередь у стойки, как нож сквозь масло, и сказала девушке по-немецки самым авторитарным голосом:

– Рейс такой-то необходимо задержать.

Так, ее внимание уже мое. Один-ноль в нашу пользу. Я протянула ей записку с именем, написанным по-английски, и сказала с еще большим нажимом:

– Его необходимо снять с рейса.

– Почему? – вспомнила наконец эта милая девушка о своих обязанностях.

– Потому что он летит искать свою жену. А она уже здесь, – это я сказала уже на иврите.

Очередь за спиной перестала возмущаться и загалдела на трех языках:

– Снимите его с рейса! Немедленно звоните! Какой ужас! Бедная женщина!

Я все-таки всю жизнь здесь прожила и знаю, с кем имею дело. Никто, кроме израильтян, не принимает так близко к сердцу чужие дела. Это страшно раздражает, но иногда бывает так необходимо. Сотрудница «Люфтганзы» повисла на телефоне, и я принялась уточнять:

– Скажите – Малка. Ее зовут Малка Бен-Галь.

А то знаю я его, своего приемного сына. Он встанет в позу и скажет, что никакой жены у него нет и не будет никогда.

---

* Посадка (*англ.*).

Время остановилось. Ведь он уже прошел контроль, сел в самолет, теперь вернуться обратно за красную черту – это целая история. Я вздрючила всю службу безопасности аэропорта. Плевать, цель оправдывает. На табло продолжало мигать, и каждый раз я замирала, когда слово BOARDING исчезало, в страхе, что его сменит слово DEPARTED*.

– Где она? – раздалось у меня из-за спины. Я обернулась.

Голос сдавленный, лицо белое от ярости, выражение такое, как будто он хочет меня убить. Он уже все понял, я его обманула, выманила с самолета, никакой Малки тут нет. Пусть злится, сколько влезет. Не приснилась же мне Малка с ребенком.

И тут раздался плач. Обычный плач голодного рассерженного младенца. Прежде чем я поняла, что происходит, стоящие рядом со мной люди подняли головы, потому что звук шел сверху. Малка стояла на крайнем в длинном ряду кресле где-то в десяти метрах от стойки. Понятно, что она не решилась пробиваться с ребенком через такую огромную толпу, а поступила куда разумнее. Ее-то отовсюду видно. Шрага снял ее с кресла, но на пол не поставил – так и продолжал держать на вытянутых руках и смотреть вверх. Аплодировали все: и немка за стойкой, и люди на чемоданах, и уборщик со своей щеткой, которая пищала и мигала, как живая. Я сидела на брошенной Шрагой сумке, счастливая, но изрядно вымотанная. Реувен замолчал, видно, набираясь сил для следующего захода, и я услышала, как Шрага говорит тихо, но с интонациями тарана, бьющего в крепостные ворота:

– Вот. Ты. Посвящена. Мне. По закону Моше и Израэля.

Он что-то вложил Малке в руку, я не разглядела. Найдется же здесь два совершеннолетних еврея, которые могут быть свидетелями. Толпа опять взорвалась одобрительными разноязычными криками, а напротив мюнхенского рейса появилось слово DEPARTED.

* Ушедший (*англ.*) – рейс улетел.

Не выпуская Малки, он подошел ко мне. Протянул руку, помог встать.

– Прости, Офира.

Уже простила.

– Ты можешь сказать, где тебя носило три дня?

– В Хевроне.

– И что ты там делал?

– Молился.

Нет, ну вы видали праведника.

* * *

Следующие полгода я вспоминала, каково это – суетиться над младенцем. Целый кусок моего материнства, замороженный берегущими рассудок свойствами человеческой психики, оттаял в памяти и начал болеть. Зачем же я предала Ронена, когда он был маленьким, ничего не понимающим комочком? Любая мама лучше, чем никакая, разве что агрессивная не лучше, а агрессивной я не была никогда. Была оглушенной, заторможенной, не видящей мира за пеленой собственных слез. Но я бы никогда не сделала ему ничего плохого. Зачем же я его отдала? Если бы не это, то он не расстался бы со мной так легко двадцать лет спустя. Идеологические разногласия – это только повод. Он не умеет ни назвать, ни понять почему, но ему просто со мной больно. К лету 2006-го я поняла, что жизнь подарила мне второй шанс и что этот шанс я не собираюсь упускать.

И тут началось на северной границе. Я родилась в войну за независимость, служила в Шестидневную, овдовела в «войну Судного дня». Живое пособие по истории. За каждые несколько лет спокойной жизни мы платим рядами солдатских могил. Чьей-то радостью, чьей-то надеждой, чьим-то смыслом жизни, погребенными под этими плитами. Впрочем, последние пять лет нашей жизни я бы спокойными не назвала.

Шрага получил повестку и ушел, «успокоив» нас тем, что резервистов направляют в Газу, чтобы высвободить регулярные части для Ливана. Можно подумать,

Газа зашибись какой курорт. Через два дня меня около библиотеки подкараулил Натан Стамблер, которого я с трудом узнала без пейсов и традиционной одежды. Я не должна волноваться, если им – официальной семье – о чем-нибудь сообщат, я узнаю об этом немедленно. Я мысленно высказала Шраге все, что я думала о том, что он до сих пор не сподобился официально зарегистрировать свой брак. У вдов и сирот есть кое-какие льготы, но для этого надо быть официальной вдовой. Вернется с фронта, я его сама убью. А потом пусть женится на здоровье.

В северных городах рвались на улицах ракеты и снаряды, гибли люди, и к Малке приехала из Хайфы ее подруга с двумя девочками, примерно ровесницами близнецов. Не берусь судить, что там было причиной, что следствием. Кончилось все тем, что Малка уступила им свою комнату, взяла Реувена под мышку и пришла жить ко мне. Единственный, кто этому не обрадовался, был Аттикус. Реувен считал кота венцом творения и не хотел играть ни с чем больше. Ребенок со скоростью метеора ползал по квартире, и исследования пространства всякий раз приводили его на кухню к кошачьим мискам. Здесь Реувен обычно начинал петь сиреной, приглашая Аттикуса на совместную трапезу. Однако кот мой тоже был не фраер и на время Реувеновых прогулок предпочитал отсиживаться под кроватью, а то и вовсе за шкафом. Мы заполняли время, чем могли. Время от одного звонка до другого. Он позвонил всего четыре раза. Первый раз трубку взяла Малка, включила громкую связь, чтобы я могла слышать, и последовал такой многосодержательный диалог:

– Кормят?

– Да.

– Спишь?

– Да.

– Не болеешь?

– Нет.

– Стреляют?

– Не больше, чем всегда. Что такое по-русски *у-ро-ю-гни-да?*

– Это то, чем вы там сейчас занимаетесь. Больше тебе знать не надо.

– Малка, я...

В трубке ухнул взрыв, и связь оборвалась. Малка с яростью бросила телефон на стол и выкрикнула что-то по-русски, что прозвучало как забористые ругательства. Когда она разговаривала обычным голосом, то это были интонации и фонетика типичной образованной израильтянки, разве что русский акцент – совсем чуть-чуть. Но когда она срывалась на крик, то там начинались звуки, израильтянкам просто недоступные, пронзительные дискантовые рулады с прыжками интонаций в самых неожиданных местах. Минут десять я вспоминала, где я могла слышать такое. Потом вспомнила. В парижской мансарде у нас с Констанс и Анук был на троих один радиоприемник. Мы путешествовали по радиоволнам в поисках рок-н-ролла и прочих интересных вещей и, бывало, натыкались на трансляции из маоистского Китая. Почему-то дикторы там были только женщины. С теми же интонациями, с которыми они проклинали врагов своего вождя и своего режима, Малка только что высказалась в адрес Газы, Ливана, «Хезболлы», правительства и армейского командования.

Мы редко спали по ночам. У Реувена полезли зубы, и он громко выражал мирозданию свое фи. Ночи напролет сидели на кухне, поглощая в огромных количествах – я кофе, Малка чай. И тут Малка рассказала мне все про моего сына, уважаемого рава, посланника Хабада в Ташкенте. Про его жену Номи и про то, что у меня пятеро внуков. Пятеро внуков, к которым меня никто никогда не подпустит.

– Ну почему вы так говорите? Даже чужие люди договариваются, неужели мать не может договориться с сыном?

– Девочка моя, чтобы договориться, нужно хотеть договориться. Для этого моему сыну нужно признать, что такие евреи, как я, каким был мой отец, тоже для чего-то нужны. Что мы не болванки, не заготовки для тшувы, не балласт, мешающий Машиаху прийти. Это неподъемно тяжело для него, это сломает его мир. Зачем?

– Но Тора обязывает нас всех жить как семья. Пусть большая, пусть разнообразная, пусть дисфункциональная, но семья. Мы не можем себе позволить сидеть каждый в своем углу и дуться друг на друга. Ронен не может продолжать жить так, как будто вас нет. Я уверена, что он это знает.

– Очень интересно. А со своим свекром ты не пробовала говорить на тему, что еврейский народ – это одна семья?

Малка опустила голову так низко, что я увидела серебряный гребешок йеменской работы в гладких черных волосах. Шрага полгода носил его везде с собой и отдал ей в аэропорту уже починенным за неимением кольца. С тех пор она носила его постоянно, как кольцо. Я не хотела делать ей больно, честное слово. Но чем скорее она расстанется с этими иллюзиями, тем меньше боли и разочарования ей придется в будущем испытать.

– Открой глаза, Малка. Мы для них давно не евреи, они не воспринимают нас в этом качестве. Для них еврей – это тот, кто живет по Шулхан аруху*, и никто больше. Большинство евреев отказалось жить по Шулхан аруху, как только получили такую возможность. Те, кто не отказался, не знают, что делать с отступниками и их потомками. Мы уже давно разделились на два народа, еще до Катастрофы. Я не вижу способа преодолеть эту пропасть.

---

* Кодекс практических положений Устного Закона, составленный в XVI веке Йосефом Каро, который подвел итог кодификативной деятельности галахических авторитетов многих поколений. Шулхан арух – основное руководство по извлечению практической Галахи, признанное всеми без исключения направлениями иудаизма, признающими Устный Закон.

– А «вязаные»*?

– А «вязаные» ходят по забору, но регулярно падают на светскую сторону.

– Почему падают?

– Вот посмотри на нас тобой. Ты соблюдаешь, я нет. Но разве ты меня боишься? Разве тебе мешают светские книги, телевизор и разговоры, которые мы с тобой ведем? Разве, когда Реувен вырастет, ты не разрешишь мне общаться с ним?

– Нет, что вы.

– А все потому, что «вязаные» отказались от главного условия жизни по Торе – от информационной изоляции. Ты сама читаешь художественную литературу и смотришь кино. По понятиям харедим это осквернило твою душу в большей степени, чем то, что случилось с тобой в плену. В каких-то общинах информационная изоляция может быть неполной, например в Хабаде. В каких-то она может быть совсем глухой. Мы с тобой даже знаем где. Но именно ради этой изоляции Ронен не хочет со мной общаться и не допускает меня к внукам. Это не его личное решение, это выбор общины. Я не могу воевать с общиной.

– Шрага смог.

– Я понимаю, что Шрага – это образец всех возможных добродетелей, а также Бар-Кохба** и супермен в одном флаконе. Вот видишь, ты уже улыбаешься. Но в их семье родителей просто не хватало на всю ораву. Шрага с Биной заменили родителей младшим, заменили, как могли. Странно, что я тебе, социальному работнику, должна рассказывать историю семьи, дело которой ты вела. Я думаю, ты со мной согласишься, что,

---

* «Вязаные кипы» – так в Израиле называют религиозных сионистов, которые считают, что религиозные представления и поведение должны быть адекватными современности.

** Предводитель иудеев в восстании против римлян при императоре Адриане, в 131–135 годах н. э. В 132 году н. э. основал независимое от римской империи еврейское государство, которое пало после двухлетней войны в 135 году н. э.

когда не родители воспитывают детей, а старшие воспитывают средних и младших, это преступление по отношению ко всем детям. Шрага вытащил младших из общины, потому что привык, что он за них решает и за них отвечает. Но Ронен взрослый человек, и за его детей отвечает он, а не я.

– А Эстер-Либа?

– А Эстер-Либа вернется к мужу, если он еще соизволит принять ее обратно.

– Да вы что! Он же ее бил!

– Малка, когда ты наконец вспомнишь, что ты профессионал? Что, в первый раз женщина возвращается к мужу, который ее бьет?

– Да уж, не в первый, это точно.

– Эстер-Либа никогда не жила своей головой. Она просто не знает, как это делается. В детстве ей руководил отец и старшие сестры, потом муж, потом сын. А сейчас Шрага сложил с себя эти полномочия, и овца без пастуха осталась.

Молчание. Ресницы, как опахало, вверх-вниз.

– Я не буду больше говорить про Ронена и Номи, если вам неприятно.

– Все нормально. Я не имею привычки отворачиваться от правды. Мне ненавистна цензура в любой форме. В общении нет ничего ценнее искренности, Малка. Без искренности общение обесценивается. А цензуру оставим нашим братьям в черных шляпах. Они без этого не могут функционировать, зависают.

После этого разговора я часто стала ловить себя на том, что мысль, начатая со слов «мой сын», в равной степени относилась к обоим. Как это ни странно звучит, но они были похожи больше, чем отличались. Оба упертые и бескомпромиссные, и не так важно, что один мастеровой, а другой интеллектуал. И те и другие нужны. Не может народ состоять из одних мудрецов Торы, как не может состоять из одних строителей, солдат и программистов. Кончится война, напишу Ронену письмо, поеду в гости в этот Как-его-там-стан. Малка права. Нечего нам сидеть по углам.

Война продолжалась. Все новые и новые юные лица на газетных страницах, перечеркнутые траурными лентами в левом верхнем углу. Родился. Учился. Служил. Мечтал. Погиб. Судя по тому, как редко Шрага звонил и как скованно разговаривал, я поняла, что он таки в Ливане. Да и Малка эту тайну мадридского двора быстро раскусила. Он щадил нас. А мы притворялись, что ему это удается. Иногда бывают ситуации, когда нельзя сказать как есть и цензура все же необходима.

В августе все закончилось. «Хезболла» была по-прежнему жива-здорова, похищенных солдат мы назад так и не получили. Эта мысль больно уколола под ребро и растаяла, накрытая волной облегчения. На этот раз миновало. И я, и Малка свои жертвы уже принесли. Какой стыд так думать.

Не знаю, как у Малки, но у меня при виде его радость быстро сменилась болью. Униформа свисала с него, как рубашка с поперечной палки на огородном пугале, из-за выского роста особенно бросалось в глаза, сколько веса он потерял. Лицо было какого-то жутко землистого цвета, как будто он последние шесть недель не смывал с себя камуфляж. Во всем виде было что-то безнадежное и зловещее, чего не было после трех лет в Газе, а из Хеврона он вообще вернулся воодушевленным, насколько тогдашние обстоятельства позволяли. Ужин прошел в молчании, мы обе поняли, что ему не до расспросов и даже не до оценки Малкиных кулинарных шедевров. Единственное проявление хоть какого-то интереса к жизни – рука, протянутая в пространство, и каждый раз там оказывалась то Малкина голова, то плечо, то талия. Иногда мне казалось, что именно этого он хочет, а иногда – что он не видит разницы между Малкой и Аттикусом. Понаблюдав за этой пантомимой, я решила помочь единственно возможным способом – забрала Реувена и его кроватку в свою спальню. Пусть останутся вдвоем. Пусть Малка вытаскивает его из этого болота, как знает. На то она и жена.

Два дня Шрага из их комнаты не показывался, Малка пару раз выскользнула тенью собрать поднос и помыть посуду. Я существовала на двадцати квадратных метрах с требовательным младенцем и своенравным котом. Спасали песни, песни моего детства и молодости. Я меняла кассеты в старомодном магнитофоне, если знала слова – подпевала. *Лу йехи́, лу йехи́, ана лу йехи́ – коль ше невакéш лу йехи́**. В дверь постучали, я выключила магнитофон. Это Шрага, Малка никогда не стучит в дверь, она тихо и деликатно скребется.

– Ты устала. Давай я его заберу, а ты отдохнешь. Прости, что я так долго дрых.

Узнаю́. Сразу по делу.

– Я за тебя молилась.

– Ты? Молилась? Но ты же не...

– Я не. Но ведь сработало.

Тут Реувен возмущенно заорал, и мы отвлеклись. Ребенок в первый раз в жизни стоял, стоял, ни на что не опираясь. Он просто пожирал отца глазами, махал руками, как ветряная мельница, а в громких криках, которые язык не поворачивался назвать лепетом или плачем, слышались явно взрослые интонации – требование, мольба и надежда. *Я ждал тебя, я для тебя самостоятельно встал, уже давно этот номер репетирую. Я справился, пусть мне только восемь месяцев, но мне нужна именно твоя похвала. Надоело на фиг это бабье царство, они хвалят за всякую ерунду. Я на что угодно готов, лишь бы ты мной гордился.* Секунду спустя он уже сидел у отца на руках со страшно довольной мордой, как будто хотел сказать: «Ну и кто здесь самый крутой мужик?» А Шрага... Неужели я увидела там улыбку? Неумелую, непривычную, он вернулся с войны в полной уверенности, что этот навык ему уже не понадобится. Еще немножко такого, и я на старости лет в Бога поверю. Вот смеху будет.

Ло тишма́ бетóх коль э́ле гам тфила́ аха́т ми пи.

*Коль ше невакéш – лу йехи́***.

---

* Строки из известной песни «Пусть сбудется все, о чем мы просим (у Небес)».

** Пусть среди труб и барабанов будет услышана молитва из моих уст.

Все, о чем мы просим, пусть сбудется.

* * *

Не сразу, по кускам и намекам я составила для себя картину событий в Ливане. Подозреваю, что мне Шрага рассказал куда больше, чем Малке. «Нечего ее расстраивать, маленькая еще», – на полном серьезе говорил он, даже не понимая, как смешно это звучит. Для него все началось с деревни Марун-эр-Рас. Там первыми по минам пошли бульдозеры, потом по расчищенному – танки. Он жил в этом бульдозере, в нем же и спал (больше четырех часов подряд там вообще никто не спал) и видел во сне всегда одно и тоже – кучу арматуры и бетонных обломков, оставшуюся от очередного склада или укрепления. И везде поврежденные танки, которые нужно было оттаскивать в тыл, рискуя самому получить фугас. Настрой в армии был очень серьезным, люди были готовы умирать и убивать, лишь бы порвать «Хезболлу» на клочки, да так, чтобы они надолго запомнили и внукам заказали даже косо смотреть в сторону нашей границы, не то что похищать солдат. Спайка среди наших была неимоверной, непропорционально много народу погибло, эвакуируя и вытаскивая раненых. Именно за этим занятием ушла в бессмертие восьмерка из Бинт-Джубайля*. Начиная с первого, который бросился на гранату с криком «Шма Исраэль!». Он верил, действительно верил. Счастливый. А теперь представьте себе, что этим солдатам приказали отступить, ничего не добившись. Вся отвага и боевое умение, вся мотивация, все жертвы – арабскому ишаку под хвост. Союзников-ливанцев мы предали еще в 2000-м, а я тогда не понимала, что закончится это предательством собственных детей. А мой любимый из наших писателей, Давид Гроссман, каково ему сейчас. Когда-то я зачитывалась его книгами, а «С кем бы побегать»

* Ожесточенные бои между Армией обороны Израиля (ЦАХАЛ) и группировкой «Хезболла» проходили за ливанский город Бинт-Джубайль в ходе Второй ливанской войны 24 июля – 10 августа 2006 года.

даже Шраге дала с собой, когда его призвали первый раз. Теперь, когда не вернулся с войны Ури, что будет делать Давид?

Израильтяне быстро забывают об очередной войне и начинают жить так, как будто война Х – последняя. В этом наша сила и наша слабость. После осенних праздников на авансцену вылезли самые мирные проблемы. На мой вопрос о том, когда свадьба, Шрага спокойно ответил, что свадьба не намечается. От этого заявления я долго приходила в себя и подбирала с пола собственную челюсть. Шрага терпеливо ждал.

– Как так не будет свадьбы?

– В ктубе* написано, что я должен обеспечить ей дом. Дома еще нет. Я не могу подписывать обязательства, которые не в состоянии выполнить.

– Но так нельзя...

– А как можно, Офира? – Он смотрел на меня с неподдельным интересом, и только по побелевшим переплетенным пальцам рук я видела, что этот разговор его не радует. – Расскажи мне, что, по-твоему, я должен делать.

Вот так всегда. Задал невозможные рамки, и крутись, Офира, как рыба на сковородке. Что он должен делать? Селить Малку с ребенком в караван на стройке без водопровода – отпадает. Жить у меня вшестером – не влезем. Если бы речь шла только о троих, было бы легче. Но Малка не оставит близнецов, и в этом она права на сто процентов. Шраге жить там, в Маале-Адумиме, – скорее свиньи полстят. С его-то гонором и бзиком на тему, что он не хареди и на средства тестя жить не станет. Что и приводит нас к исходной точке.

– И чего мы ждем?

– Мы ждем, когда дом будет построен, и мы выкупим там квартиру. Концерн обещал помочь с ипотекой.

---

* Еврейский брачный договор, неотъемлемая часть традиционного еврейского брака. В нем перечисляются такие обязанности мужа по отношению к жене, как предоставление еды, одежды, исполнение супружеских обязанностей, а также обязанность выплатить определенную сумму денег в случае развода.

Почему концерн? В качестве большого одолжения? Почему не государство, которому Шрага отдал половину своей взрослой жизни, таскаясь на эти бесконечные сборы, подставляя себя под ножи, пули, гранаты и прочие удовольствия? Неправильно мы живем. Неправильно.

– Ты действительно собрался жить в Кирьят-Арбе?

– Что тебя удивляет? Или, может, тебя что-то расстраивает?

Что меня удивляет? Да по большому счету ничего. С его черно-белым восприятием мира и склонностью к простым решениям ему там самое место. Во всем Израиле нет таких уверенных в своей правоте товарищей, как ядро Хеврона – Кирьят-Арбы. Шрага действительно не создан для жизни в мегаполисе и работы в офисе. Он создан для фронтира – для места, где от мужчины требуется не интеллект, а здравый смысл; не сложные комбинации, а умение работать руками и руководить людьми; не хорошо подвешенный язык, а спокойное отношение к переспективе умереть не в своей постели. А где можно найти фронтир в нашей небольшой стране? Правильно, на территориях. Расстраивает ли меня что-то? Тоже нет. Они, конечно, экстремисты те еще, но в гетто они его не запрут, потому что они сами уже не в гетто. Значит, мое место в их семье у меня никто не заберет.

Вопрос о свадьбе я больше не поднимала, а сосредоточилась на том, что пытаться контролировать и направлять жизнь близких людей непродуктивно и аморально. Он никак не мог этого усвоить, а младшие братья и сестры регулярно подкидывали ему сюрпризы. Моше-Довид не расстался с образом жизни хареди и вернулся в йешиву, пусть не такую безумную, как раньше, и то хорошо. Малка под большим секретом рассказала мне, что он просил у нее книжки по детской психологии и сказал, что хочет стать меламедом*, учить детей. Сдавать на багрут** он не захотел,

* Учителем младших классов в религиозной школе.

** Аттестат зрелости.

и Шрага воспринял это как личное оскорбление. Бина тянула всю семью в организационном плане, сдала багрут, призвалась на национальную службу и вообще вела себя примерно, если не считать ежемесячного участия в групповых женских молитвах у Котеля и столь же регулярных арестов там же. Оба – и Моше-Довид, и Бина – заявили, что не хотят заводить семью. Один не хотел вешать на постороннего человека свою болезнь, другая по горло наелась патриархата, домашней работы и ухода за детьми и хочет отдохнуть от всего этого за учебой и молитвой. Вот ведь упертая семейка. Риша, наоборот, заневестилась в неприлично юном возрасте. Ей только исполнилось пятнадцать, когда она сообщила нам всем, что выйдет замуж, как только закон позволит. Парень из курдской семьи, ослеп в результате взрыва газового бойлера, работает механиком. Познакомились на какой-то «слепой» тусовке, организованной интернатом, где Риша училась. Тут Шрага меня приятно удивил. Ни единого антимизрахи заявления он себе не позволил, только сказал, что Рише еще подрасти надо. Лучше всех в «светскую» жизнь вписался Натан, что было удивительно для человека, пережившего такую травму. В конце 2008 года он пришел ко мне в библиотеку прощаться перед призывом. Бережно сгрузил на стол огромный роскошный букет из восемнадцати белых роз, весь в лентах, блестках и еще во всяком разном. Я не поняла, делает он это, чтобы не нарушить закон о прикосновениях или чтобы не повредить цветам. И ужасно растерялась. Последний раз мне принес цветы Ронен, когда еще учился в школе. От Шраги я за все эти годы не дождалась даже старой метлы. Он чинил у меня дома все, что ломалось, мыл полы и не давал поднять ничего тяжелее дамской сумочки. Но цветы – это не его стихия.

– Очень красиво. – Я уткнулась в букет, как смущенная невеста. – Это твоя идея?

– Нехама сказала, вам понравится.

Так, уже Нехама откуда-то появилась.

– Ты с ней дружишь? – я была сама деликатность.

– Я на ней женюсь. Как рабби Акива на Рахели. Только рабби Акива ушел учиться, а я служить.

Ронену я написала и получила ответ, что моя поездка в Ташкент нежелательна по причинам, от него не зависящим. Все понятно, он не хочет, чтобы община, которую он возглавляет, видела, какая у него вольнодумная мама. Правда, в этом же письме он сообщал, что приезжает в Израиль по каким-то хабадоорганизационным делам и спрашивал, не буду ли я так добра посидеть с его старшей дочерью. Ребенок родился в Нью-Йорке, большую часть жизни прожил в Узбекистане и в глаза не видел Святой земли, а ей уже семь лет. Электронное письмо пришло как раз в тот момент, когда мы с Малкой в очередной раз гоняли у меня на кухне кофе и чай. Я справилась с волнением и взглянула на Малку. Она старательно делала восточноазиатское бесстрастное лицо.

– Твои интриги? – спросила я.

– Неужели вы думаете, что я могу влиять на рава и рабанит Моргенталер? Они посланники Хабада, они сами на всех влияют.

Мы посмотрели друг на друга и захихикали, как две шкодливые девчонки. Даже то, что накануне Шрага врезал какому-то очередному наблюдателю в Хевроне и поимел с полицией крупные неприятности, не испортило нашего веселья.

На три недели Шрага с Малкой тактично исчезли из моей жизни и моей квартиры. Я до последнего момента не верила, что Ронен оставит мне внучку. Звали ее Хана-Адель. Не по годам серьезная старшая девочка в многодетной семье, мамина помощница вроде Бины Стамблер. Но ей было всего семь. Она с удовольствием хрустела печеньем, слушала мои истории, рассматривала музыкальную шкатулку, которую отец привез из Германии в тогда-еще-Палестину. Телевизор молчал, нам было интересно вдвоем. Я повторяла за ней благословения, училась ставить тесто для халы и не чувствовала, что меня принуждают и заставляют. Мы гуляли по Иерусалиму, я успела съездить с ней в Эйн-Геди, и на Кинерет, и в Цфат. И везде рассказывала: вот тут шли бои, вот здесь был теракт, вот здесь остановили сирийцев. Всякий раз я спохватывалась: чем я гружу маленькую девочку? А она смотрела на меня спокойными добрыми глазами моего и своего отца и отвечала: савтале*, здесь жил праведник такой-то. Такое впечатление, что праведников и мудрецов у нас тут было, что муравьев в муравейнике. Я плакала, провожая их в аэропорту.

– Не плачь, савтале. Хасиды не расстаются.

Хасиды-то, может, и не расстаются, только почему она тоже носом шмыгает?

Я долго не могла поверить, что это не было сном. Моя привязанность к Малке приобрела совершенно новые оттенки. А проще говоря, я за нее кому угодно рога обломаю.

В начале 2008-го Шрага с Малкой наконец-то поселились под собственной крышей. Там было построено две многоэтажки, на двести квартир каждая, и все это называлось «Мецудат Рам» – «Возвышенная цитадель». «Новый поселенческий блок» удостоился персонального фи от американского Госдепа, но белый с синими балконами «Мецудат Рам» как ни в чем не бывало мерцал вечерними огнями, похожий на инопланетный корабль, севший посреди пустыни. Его мечта, которую он сам строил и защищал. Его возвышенная цитадель. Его дом.

Они поставили хупу тихо и незаметно во время поездки в гости к Малкиной матери в Техас. Я даже не обиделась, все понимала. Шрага не выносит толп и не любит сидеть без дела. А чем еще заниматься жениху на свадьбе, как не сидеть без дела посреди толпы? Я воспринимала их как единое целое с того самого дня в аэропорту Бен-Гуриона. Впервые увидев Малку после поездки в Америку, я поняла, почему у них не возникло проблем с ритуальным окунанием и расчетом правильного дня для церемонии. На ее де-

---

* Бабуля (*ивр.*).

вичьей плоской фигурке беременность стала заметна очень рано.

Операция «Литой свинец» обошла нас стороной. Стресса с родами нам хватило выше головы. Хоть и плановое кесарево, но все равно страшно. По любому из многочисленных швов матка может разорваться, и тогда кровотечение – известно с каким исходом. Но все обошлось. Увидев нас, Малка вознамерилась встать с постели и даже прошла пару шагов под дружные крики персонала:

– Мамочка, вы куда?

Шрага не стал тратить время на крики, просто молча ее подхватил.

Меньше месяца прошло после родов, и военное ведомство все-таки достало его с очередной повесткой. На этот раз все сложилось как нельзя удачно. Обычный блокпост на въезде в Гуш-Эцион, меньше чем в часе езды от дома. Я жила у них, чтобы помочь Малке по первому времени. На третий день он позвонил и сказал, что приедет домой ночевать. Подумать только, какие либеральные нравы в их части. Малка передала трубку мне.

– Офира, тебя не очень затруднит снять меня с тремпиады?

Нет, меня, конечно, не затруднит, но он всегда старается нас не обременять и ловит тремп сам. Что-то он хочет со мной обсудить – так, чтобы Малки рядом не было.

– Конечно, заберу. Скажи, к какому часу подъехать.

Он еле влез на переднее сиденье со снаряжением, сумкой, автоматом и прочими делами. Минуту посидел молча и неподвижно. Потом глубоко вздохнул и вынул из глаз контактные линзы:

– Вот теперь можно жить.

Ну конечно. Упаси боже, кто-нибудь, кроме самых близких, узнает, что он плохо видит на дальние дистанции. Очки не для суперменов.

– Офира, что мне делать, если я хочу сказать пожилой женщине, что она мне мешает?

Откуда на блокпосту пожилые женщины? Какие-нибудь арабские старушки? Да они иврита, как правило, не знают.

– Ты уверен, что она тебя поймет?

– А почему ей меня не понять?

– Так они же иврита не знают. Иврит знают мужчины и молодые, которые в Израиле работу ищут. Чем тебе бабка старая помешала?

– Арабы тут вообще ни при чем. Я говорю о «Махсом Вотч»*.

«Махсом Вотч». Многих из них я знала, с кем-то работала, с кем-то училась, с кем-то даже приятельствовала. Я понимала, что заставляло их в любую погоду торчать на блокпостах, спорить, кричать, скандалить, оскорблять и подвергаться оскорблениям. Идеализм. Они хотели, чтобы евреи были лучше. Но уже не в первый раз в своей жизни я наблюдала, как чистый идеализм вырождался в самое вульгарное предательство и дешевый балаган. Как в Париже в шестьдесят восьмом. Вам не нравятся блокпосты – наседайте на кнессет, разверните кампанию в прессе, разъясняйте свою позицию людям, которые принимают решения. Солдаты решений не принимают. Их поставили – они стоят. В том возрасте, когда молодежь в других странах учится и путешествует, наши дети ежедневно рискуют жизнью, чтобы все остальные могли спать спокойно. Они заслуживают от нас не меньше чем стопроцентной поддержки.

– Что, совсем достали?

– Один бы я еще справился. Но там же срочники, первогодки. Что бы мы ни сделали – все не так. Они нас совершенно издергали, не дают работать. Мы, оказывается, упиваемся своей властью. Мы позорим свою страну. А я вообще наци.

---

* Организация, созданная в январе 2001 года. Сотрудничает с арабскими и израильскими левоэкстремистскими группировками. Активистки «Махсом Вотч» отвлекают солдат на блокпостах от выполнения обязанностей, оказывая на них психологическое давление.

Его боль рикошетом ударила по мне, так что руль дрогнул в руках. Я перехватила баранку и легко коснулась его плеча.

– Больно?

– Я привык.

Что правда, то правда. Прозвище «наци» он снискал еще подростком в йешиве. За ледяное презрение к окружающим, доходящую до мании аккуратность и за то, что любая драка с его участием неизменно кончалась тем, что другая сторона извивалась от боли, лежа на полу.

– Малке не говори, хорошо? Не надо, чтобы она это знала.

– Не скажу, конечно. Но почему ты их не послал подальше? Что тебе мешает? Насколько я помню, с иностранцами в Хевроне ты не был вежлив.

– Ну ты сравнила! Иностранцы здесь в гостях! На какую вежливость могут рассчитывать люди, которые приехали в гости и гадят в углу? С ними один разговор – пошли абайта* на три буквы. Но «Махсом Вотч» – еврейки и израильтянки. Они наши, я не могу их послать. Тем более что они похожи на тебя.

Шрага бен Акива Стамблер, тебя девушки никогда не били за твои изысканные комплименты?

– Чем они на меня похожи?

– Речь. Интонации. Слова.

Все правильно. Факультет журналистики Еврейского университета в Иерусалиме.

– Все, что я мог им сказать, оставаясь в рамках приличий, я уже сказал. Что они задерживают очередь, что мы все равно будем действовать по инструкции, а они могут хоть наизнанку вывернуться. Как ты думаешь, мне Малке рассказать или не грузить ее?

– Это ты решай сам. Вы с Малкой уже большие. Если хочешь моего совета – похвали то, что она приготовила. Она очень старалась.

---

* «Абайта» значит «домой». Но одно из использований – пренебрежительно, типа собирай манатки и уматывай.

– При чем тут еда? Если мне приготовили и на стол поставили, я уже благодарен. А все, что из рук Малки, – вообще вкус Ган-Эдена.

– Ты что *мне* это говоришь? Ты ей это и скажи.

Наблюдать за столкновением культур в этом семействе было куда как забавно. Шрага относился к еде как к топливу. В отцовском доме за столом царила такая обстановка, что все, чего он хотел, – это уместись оттуда поскорее. Когда он десять лет назад поселился у меня, полгода прошло, прежде чем он понял, что никто не собирается его третировать и попрекать и не обязательно давиться едой стоя. Но ничем особо вкусным я не могла его побаловать, потому что не умела готовить ничего сложнее шакшуки*. В моем поколении торчать у плиты сверх необходимого считалось мещанством. А Малка подходила к кухонной возне как к творчеству и даже немножко как к колдовству. В обычный ашкеназский куриный суп она клала то йеменский хавадж**, то какую-то дальневосточную экзотику вроде лимонного сорго или галангала***. Как результат – уже вторую сырую и холодную хевронскую зиму мы переживаем без простуд.

На следующее утро я сидела в машине на обочине с гуш-эционской стороны блокпоста и наблюдала. Весь блокпост очень удачно просматривался с пригорка, а еще у меня был театральный бинокль. Изящная довоенная штучка. Моя бабушка, мать отца, была большой любительницей берлинской оперы. Она умерла в 1935-м, не дожив до всего этого безобразия. Огромная очередь, сдавленная двумя бетонными заграждениями, то разбухала, то сжималась, но двигалась с достаточно равномерной скоростью. Женская

---

* Блюдо из яиц, жаренных в соусе из помидоров, острого перца, лука и приправ, входит в кухню Израиля и большинства арабских стран.

** Пряная смесь из Йемена, популярная в Израиле.

*** Популярная пряность кухни стран Юго-Восточной Азии, вторая по значению после соевого соуса. Внешне напоминает корень имбиря, но имеет более тонкую кожицу и более бледную розовато-прозрачную окраску.

очередь стояла отдельно, была совсем небольшой, и каждую женщину в будочке осматривала солдатка. Издалека я определила, что это солдатка, а не солдат, только потому, что увидела роскошную рыжую косу, выбивающуюся из-под каски. Все-таки я горжусь им. Даже в этом балагане он сумел навести какое-то подобие порядка.

Наблюдательниц было три. Одна около мужской очереди, одна около женской, а самая главная бегала между этими двумя очередями и солдатами с какими-то листками в руках. Мне показалось, что я ее узнала. Когда-ты мы приятельствовали, учились вместе. Потом от нее ушел муж, тогда сногсшибательный молодой офицер. А спустя какое-то время он оказался у меня. Моя совесть чиста, я никого из семьи не уводила. Он вернулся к жене, дослужился до генеральских погон и продолжал свои походы налево. Уж тут я была совершенно ни при чем. Шрага стоял ко мне спиной, наблюдательница – напротив него, она что-то кричала, я видела это по мимике.

Я вышла из машины и пошла в направлении блокпоста. Из солдат меня первым заметил худой смуглый йеменец с глазами-угольками из-под несусветно лохматых черных бровей. На его сообщение Шрага полуразвернулся, и я сделала большие глаза, надеясь, что он поймет. Через минуту тут будет полный Бродвей. А вы там, на галерке, то есть в очереди, запасайтесь попкорном. Сейчас евреи будут между собой выяснять отношения.

– Всем привет, – лучезарно улыбнулась я. – Авива, ты меня узнаешь?

Еще бы она меня не узнала.

– Здравствуй, Офира. Мы здесь работаем.

– А я не мешаю, – я была само смирение. – Я тут только стою и снимаю.

И демонстративно достала из сумочки мобильник. Видеокамеры в нем не было, но это им знать совсем не обязательно. Видели бы вы эти оскорбленные в лучших чувствах лица. Наверное, они думают, что пользоваться видеокамерой умеют только интеллектуальные и этические сливки нашего общества, представленные организацией «Махсом Вотч».

– Офира, я же сказала, мы работаем.

– А я сказала, что у меня и в мыслях нет вам мешать. Кстати, как твой генерал поживает?

При слове «генерал» трое солдат-первогодков – два парня и девушка – изумленно переглянулись. Шрага продолжал стоять неподвижно, как статуя Командора в пьесе Мольера. Авива обиженно поджала губы. А я как ни в чем не бывало продолжала:

– Если бы ты меньше занималась политикой и больше собственным мужем, он бы у меня в постели не кувыркался. А молодой он был очень даже ничего.

Я понимаю, что опустилась до перехода на личности и абсолютно непотребного поведения. Мне не важно, Шрага стоит на этом блокпосту, или Ронен, или чей-то еще сын. Или дочь. Но пока у меня есть силы, никто больше не сделает им больно. Я не дам. Пусть Авива ищет какие-то другие каналы для выражения своего идеализма.

– Мы с тобой на одном курсе учились, Авива. Я тоже умею держать в руках видеокамеру, и кое-какие знакомства у меня остались. Я буду регулярно здесь появляться и записывать. Каждая ваша грубость, каждая провокация будет растиражирована и всем показана.

– Офира, ты что, правой стала?

– Я не левая и не правая. Я просто люблю своих. Своего сына и своих внуков. И вот этих детей, которым в университете учиться и на дискотеках отплясывать, а они стоят здесь и защищают всех нас.

– Твой сын от тебя сбежал.

Я было перегнулась пополам, но вовремя выпрямилась. Я ударила ее, где больнее всего, она ударила меня. Все честно. Все правильно. Ронен сбежал от меня, но он никуда не делся от еврейского народа. Он приезжает на сборы. Он привозил мне Хану-Адель аж целых два раза. А ее сын уехал в Канаду и женился там на француженке. Ну и кто после этого фраер?

– Я сделала ошибку. Я не намерена ее повторять. А вот ты из своих ошибок урока так и не извлекла. Все,

Авива, и вы, девушки. Все, что я хотела вам сказать, я сказала.

Я повернулась к солдатам:

– Ну что вы их боитесь. Все вас любят. Я вообще не религиозная, ничего не соблюдаю, но моя единственная молитва – о вас. И таких, как я, сотни тысяч. А этих безмозглых финтифлюшек – две сотни, может быть, на всю страну.

Девушка с рыжей косой не удержалась и прыснула в кулак. «Безмозглые финтифлюшки» сели в машину и уехали. Хочется надеяться, что они здесь больше не появятся.

– Ну, савтале, ты отожгла, – сказал мне рыжеволосый солдат, явно брат девушки с косой.

Я сняла очки. Лысые каменистые холмы, серая лента шоссе, бетонные надолбы, увешанные камуфляжной сеткой, – все смазалось и ушло в небытие. Только четыре юных лица выступили из мглы. Я не могла оторвать от них взгляд.

И, волнуясь, народ спросит: «Кто вы?»
И хором
Скажут оба, в засохшей крови и пыли:
«Мы – то блюдо серебряное, на котором
Государство еврейское вам поднесли»*.

Я снова надела очки и пошла по направлению к машине, оставив солдат в некотором удивлении.

* * *

Каждый раз, проезжая этот блокпост, я с улыбкой вспоминаю свой бенефис. Тогда была зима, а сейчас уже вовсю весна и ранний День независимости. Шрага привез нас в милое местечко под названием Кармей-Цур,

---

* Отрывок из стихотворения Натана Альтермана «Серебряное блюдо». На написание этого стихотворения поэта вдохновили слова Хаима Вейцмана: «Государство еще никому на серебряном блюде не преподносили».

где уже вовсю шла праздничная гулянка. В небольшом парке на деревьях висели разноцветные фонарики, то и дело начинались спонтанные танцы в стиле рикудей ам*, и даже висевшие у большинства мужчин за спинами автоматы не портили праздничного настроения и танцевать не мешали. Столовался народ неформально, каждый накладывал себе в тарелку сколько и чего хотел. Реувен через полтора часа убегался и уснул, положив голову Шраге на колени.

– Иди потанцуй, – сказала я Малке, забирая у нее младенца. – Я же вижу, тебе хочется.

Внезапно музыка прервалась, и микрофон взял мэр Кармей-Цура.

– Хевре**, дорогие наши гости! Сейчас по рации передали, что мы ждем незваных гостей. Армия сделает все, чтобы их задержать, но предупрежден – значит вооружен. Все быстренько находим свои стволы и продолжаем гулять. Мы их не замечаем, все слышали? Не-за-ме-ча-ем. Пока в нас не полетел первый камень, мы празднуем, как будто их нет.

– Ле-Биньямин-ле-Биньямин-ле-Биньямин-амар...***– грянуло из динамиков.

– Распустили вы... то есть мы их, – заворчал Леви, бывший африканер, год назад вместе со всем своим семейством прошедший гиюр. – Кому еще боерворс**** положить?

Я знаю кому. С тех пор как они в прошлом году съездили в Техас, Шрага был готов есть только мясо и только с гриля. В принципе это не самая лучшая идея, но ради праздника можно. Я скользнула под дерево с ребенком в одной руке и полной тарелкой в другой. Вообще-то мог бы и сам встать, но тогда есть опасность, что Реувен может проснуться и устроить нам нетомный вечер.

---

* Израильские народные танцы.

** Народ, ребята – неформальное обращение к большой группе людей.

*** Песня на слова из Библии: «Биньямину сказал: возлюбленный Господом обитает у Него в безопасности».

**** Южноафриканская сарделька домашнего копчения.

Со стороны дороги доносились крики, характерные хлопки шумовых гранат и рев водомета. Шрага сидел напряженный, даже не взглянул на то, что я принесла, его совсем не устраивало, что кто-то другой его защищает.

– Не понимаю, – медленно сказала я, усаживаясь на траву рядом с ним. – Ведь Накба отмечается 15 мая. Сейчас-то им что понадобилось?

На слове «Накба» несколько человек оглянулись на нас, и тут я поняла, что совершила непростительный faux-pas*. Шрага накрыл мою лежащую на земле руку своей:

– Не было у них никакой катастрофы. Их никто не уничтожал. Их предки лишились собственности в результате военных действий. Они создали вокруг этой потерянной собственности пропагандистский спектакль, но нас этот спектакль не убеждает. У нас была Катастрофа. Твоя мать. Твои сестры. Не повторяй эту ложь, Офира.

Все-таки есть у него чутье на людей. Ему важно было разрядить ситуацию, чтобы люди не начали высказывать мне сомнения в моей лояльности. Публика тут собралась не такая упертая, как в Хевроне, но правее центра. И потом патриархальные нравы нашего общества нас сильно выручили. Все увидели, что есть мужчина, который отвечает за мою благонадежность. За неимением мужа – сын. А раз так, то все претензии ему, а не мне. Смешно, конечно, но оказалось неожиданно полезно.

Малка сменила меня на вахте с младенцем, а я пошла гулять и общаться. Не знаю, почему оглянулась на Шрагу. Он по-прежнему сидел под деревом – слева ребенок, справа автомат. Так и живем с мая сорок восьмого года.

Стемнело, детям раздали шарики на резинках, отливающие разноцветными бликами. Услышала заливистую французскую речь и присоединилась к компании,

* Неверный шаг, бестактность (*англ.*).

занятой интеллектуальным пинг-понгом. Дети, рожденные в Израиле, хоть и говорили по-французски, но высказывались прямо, без намеков и аллегорий. А репатрианты – так, как в стране исхода привыкли. Интеллектуальный пинг-понг сопровождался блинами, которые взлетали над сковородой, словно пытаясь догнать стремительно заходившее солнце. Как будто не было этих сорока лет, как будто я опять двадцатилетняя студентка, уверенная, что настал долгожданный мир и меня ждет счастье.

– ...гверет Офира Моргенталер, – долетели до меня слова, сказанные со сцены в микрофон.

Я застыла, не зная, куда девать себя и тарелку с блинами. Синие язычки пламени плясали в тарелке, ради праздника блины полагается поливать кальвадосом и поджигать. В сумерках получалось очень эффектно.

– У нас сегодня в гостях совершенно особенный человек. Просим выйти на сцену ровесницу государства, госпожу Офиру Моргенталер, – сказали со сцены.

И правда, ровесница государства. Я же всегда отмечаю по грегорианскому календарю, 14 мая. Если вообще отмечаю. Я отставила тарелку и вышла на сцену. Кто-то сунул мне в руки микрофон. Что бы им сказать? Наверное, по-простому – спасибо.

– ...и не променяла бы ни на какое другое время и место. Ам Исраэль Хай. Эрец-Исраэль шелану. Тода*.

Народ зааплодировал, и тут на сцену внесли торт величиной с хороший письменный стол, а на нем – шестьдесят одна свечка. Это уже американцы, они нс могут представить себе день рождения без торта со свечками, даже если это день рождения страны. Дети столпились вокруг, задули свечи, и я торжественно отрезала первый кусочек.

Где-то около девяти вечера народ, во всяком случае те, кто с маленькими детьми, стал расползаться по машинам. Я нашла своих и с первого взгляда поняла, что между ними черная кошка пробежала. Как всегда,

* Народ Израиля еще жив. Израиль – наша земля. Благодарю.

Шрага по существу прав, но самовыразился в грубой неприемлемой форме, и Малка ходит пришибленная. Зуб даю, Малка хотела пригубить чего-нибудь некрепкого и сладкого, а он запретил. Пока она кормит ребенка – никакого алкоголя. Мы посадили детей в машину, и я уже приготовилась сесть на переднее сиденье, как последовало распоряжение:

– Малка, ты сядешь спереди. И открой волосы, мы уже не на людях.

А что я говорила? Он же собственник, контролер, умывальников начальник и мочалок командир (последние два выражения Малка регулярно употребляла, и я их выучила). Малка может сколько хочет обижаться, но сидеть она будет там, где он скажет. Я скромно подождала, пока Малка решит, куда ей садиться, и только тогда села сама. Она ничего не сказала, только откинула спинку переднего кресла до половины, свернулась на удивление маленьким клубком и демонстративно закрыла глаза, хотя ехать тут минут пятнадцать-двадцать. Шрага, похоже, не понял даже, что ему выражают фи, или не хотел понимать. Левой рукой он вел машину, а ладонь правой то почти целиком накрывала узкую Малкину спину, то скользила по ее волосам, то ложилась на маленькие босые ступни с алыми ногтями. Она под его контролем, а что у нее на душе происходит, ему все равно. Ну что делать с таким уродом? Он поймал мой взгляд в зеркале заднего вида:

– Ты хочешь, чтобы я музыку поставил?

– Я хочу, чтобы ты относился к своей жене как к человеку. Как к человеку, понимаешь? Она у тебя вещь. Красивая, любимая, драгоценная, но вещь. Мне это не нравится.

– Что именно я должен делать по-другому?

Моего совета он хоть спрашивает. Больше никто ему не советует. Кому охота быть посланным «абайта на три буквы». Подозреваю, что если бы наши праотцы встали из гробницы тут неподалеку и вздумали вмешиваться в его дела, то получили бы такой же короткий и категоричный ответ, пусть по форме и более вежливый. Его рука скользнула вдоль Малкиной спины и задержалась на талии. Ну что, его можно понять, талия там такая же соблазнительная, как вся хозяйка. Четыре месяца назад родила, уму непостижимо.

– Я тебе фразой из Талмуда отвечу. *Бошта шелъ иша меруба мишелъ иш**.

Глаза в зеркале заднего вида удивленно расширились, а я не удержалась и рассмеялась. Вид у него был такой же, как у этих идиоток на блокпосту зимой, когда я начала «снимать». Я лишние десять лет проживу только за один этот момент безмерного удивления. Ничего, ему полезно.

– Не понимаю, где ты видишь проблему. Гиору, например, все устраивает, а он ей родной отец.

Гиора! Нашел себе моральный авторитет! Нет, я не хочу сказать ничего плохого, человек он в целом приличный, и дочь любит, и много ей помогает. Но за всю свою долгую и разнообразную личную жизнь я не видела такого ловеласа и бабника. Из России, из России, а даст фору любому сабре. Там каждые полгода новая любовница, все не меньше чем на двадцать лет младше и одна другой красивее. Конечно, на этом фоне Шрага смотрится очень даже. На себя лично он практически не тратит, выполняет неслабую долю домашней работы и ухода за детьми и при этом не то что не ходит, но даже не смотрит налево.

– Я тебе так скажу. Если Малка плачет от того, что ты сказал, – ты уже неправ. Все. Разговор окончен. Как избежать таких ситуаций, я уверена – ты разберешься. Твоя же жена. Хочешь резко высказываться – пожалуйста. В синагоге, на стройке, даже мне, ради бога. Но не Малке. Ты главный человек в ее жизни, она тебя любит без памяти и чтит больше, чем тебе полезно, и все, что бы ты ни сказал, воспринимает как абсолютную истину. Даже если ты несешь абсолютную чушь.

Может быть, я сама слишком резко высказалась, надо бы как-нибудь смягчить. В конце концов он действи-

---

* Слезы ее всегда готовы потечь, потому что перед мужем она уязвима. Баба Меция, 59а.

тельно на высоте как муж и как отец, и любит Малку, и со всем справится. Слова застряли у меня в горле, потому что совсем близко раздались выстрелы, справа от меня лопнуло стекло, я инстинктивно подняла правую руку, закрывая лицо. Где-то между подмышкой и грудью я почувствовала резкий ожог, потом стало холодно и мокро. Детский плач, выстрелы и треск пластмассы слились в один непереносимый шум, что-то разбухало у меня внутри, затрудняя дыхание. Я перегнулась через сиденье, нависая над автокреслами с детьми и цепляясь за спинку непростреленной левой рукой. Какое счастье, что Малка села спереди. Но почему у меня не получается говорить? Я же пытаюсь сказать, что я держусь, я в порядке, почему выходит какой-то клекот вместо слов?

* * *

Я очнулась на улице. Темное звездное небо над головой. Правый бок как деревянный, я его не чувствую. И маска на лице, и толстый голубой шланг из маски. Так, значит, я жива. Поскриплю еще, есть ради кого. Звезды над головой качнулись и канули во тьму. Их затмила мигалка от амбуланса. Из темноты возник Шрага, я еще никогда не разговаривала с ним, лежа на спине. Он еще ни разу не казался мне таким огромным. И никогда его лицо не было таким гранитным. Он взял меня за руку:

– Я поеду в больницу с тобой.

Счас! Он всерьез уверен, что врачи не справятся без его пригляда. Вот самомнение! Но если он собрался со мной в больницу, значит, больше никто не пострадал. Пусть идет к своей жене и детям, утешает их и поддерживает. А мы с врачами как-нибудь справимся. Я погладила его по руке и, как могла, энергично замотала головой.

– Ты не хочешь, чтобы я ехал?

Что бы такое придумать, чтобы он чувствовал, что он мне помогает? Я подняла вверх левую руку и нарисовала в воздухе контур кошачьей головы с треугольными ушами.

– Аттикус?

Я закивала.

– Да, да, конечно.

Пока меня не погрузили в амбуланс, я держала его руку, не могла себе отказать. Мне было так холодно, а она была такой теплой. Я всегда гордилась тобой, Шрага-в-какой-то-степени-бен-Офира. Даже когда у меня не было для этого никаких видимых оснований. Там, где все видели агрессивного необучаемого мальчишку с прескверным характером, я разглядела самый что ни на есть звездный материал. Бесстрашный, бескорыстный, не способный на обман, не признающий слов «не могу». Ни с кем другим я бы не стала возиться. Никого другого не пустила бы в свое сердце и свой дом. Любого ребенка я бы закрывала от пуль, любого, слышишь, меня отец так воспитал, что ни один человек не рождается преступником и террористом. Но твои дети – любимые. Потому что твои.

ГЛАВА 10
ШРАГА

Передо мной возникла высокая седая женщина в темно-зеленой хирургической спецодежде.

– Вы сын?

– Да.

– Мы ничего не могли сделать. Тотальный гемоторакс и спадение обоих легких. В правом боку у нее было четыре пулевых отверстия, но пули мы извлекли только две.

Две пули. На одной было написано – Реувен Стамблер. На другой – Виктория-Офира Стамблер. Она их остановила.

Я вышел на стоянку и с ужасом понял, что не помню, где припарковался. Такого со мной не было еще ни разу. Надо ехать, забирать кота, договариваться с хеврой кадишей*. А Ронен? Я даже телефона его не знаю. Звонить наугад в ташкентский Бейт-Хабад. Здравствуй, Ронен, я угробил твою мать, не сумел ее защитить. Как жить после этого? Я отправил Малке сообщение, состоявшее из трех слов: «Благословен Судья праведный»**. На большее меня не хватило. Посреди общей

---

* Еврейское похоронное учреждение.

** Эти слова в иудейской традиции говорятся при сообщении о чьей-то смерти.

для всего народа радости они все-таки устроили мне настоящую Катастрофу, без дураков. Я кусал губы, рот наполнился кровью. Вкус железа, вкус смерти. Накба. Моя персональная Накба.

Квартира еще не знала, что случилось с хозяйкой. Невидящим взглядом я скользил по книжным полкам, по фотографиям и картинам на стенах. Аттикус подошел, встал на задние лапы, упершись передними мне в ногу. Типа корми, раз пришел. Я стал шарить по кухне в поисках корма и наконец наткнулся на неначатый мешок. Это был дорогой органический корм, предназначенный специально для пожилых животных. К мешку был приколот конверт, на котором Офириной рукой было написано мое имя.

Шрага, радость моя, если ты читаешь это письмо, значит, все получилось, как я хотела. Согласись, если бы не ты хоронил меня, а я тебя, было бы в сто раз хуже. Я оставляю библиотеку вам с Малкой. Там антикварные издания из предвоенной Европы, автографы известных людей. Все это мой отец много лет собирал, это единственная ценность, которую ему удалось вывезти из Германии. Некоторые издания сохранились только в экземплярах, вывезенных в Палестину, потому что наци чистили государственные и частные библиотеки, а то, что они не успели вычистить, пропало во время бомбежек. Немецкие коллекционеры за каждый такой экземпляр готовы платить сумасшедшие деньги. Обратитесь в немецкое посольство к атташе по культуре, и вас свяжут с нужными людьми. Спасибо тебе за то, что последние годы моей жизни были озарены любовью. Спасибо тебе за Малку и ваших детей. Мне было тепло у вашего очага. Будьте счастливы. Офира.

Почему она оставила мне это письмо в таком странном месте? Она права. Она действительно хорошо успела меня узнать. Теперь, когда ее не стало, это квартира Ронена. Мне нечего здесь делать, только кормить кота и поливать растения. Я никогда не стал бы шарить по ее шкафам, и она это знала. Поэтому и оставила письмо там, где оставила. Я отыскал переноску, собрал миски, корм, лоток, наполнитель для лотка. Отнес все, кроме переноски, в машину и вернулся наверх.

– Ну что, поехали. Будешь ты теперь кот-поселенец. Как тебе такая перспектива?

Хевра кадиша согласилась отложить похороны до приезда Ронена. Он приехал на следующий день. Узнав об этом от Малки, я понял, что выдохся и идти туда у меня уже нет сил. Я не хочу его видеть. Не потому, что он сделал мне что-нибудь плохое, а потому, что между нами слишком много запретных тем. Он скажет мне, что, не живи я в Кирьят-Арбе и не работай в Кармей-Цуре, Офира была бы жива, что она своей жизнью заплатила за мой гонор и правопоселенческие выкрутасы. Я готов это выслушать, но в любом другом месте, кроме кладбища. Это странное сочетание показного фанатизма и тщательно скрываемого опасения, что вера недостаточно крепка, что она не устоит под напором простых человеческих эмоций, часто встречается среди баалей тшува. Это и заставило его расстаться с матерью задолго до того, как она умерла. Будь его вера крепче, никто бы не занял его место.

Офиры не стало, а жить надо было как-то продолжать. То время, когда ее не было в моей жизни, я успешно забыл, оно стало далеким и боли уже не причиняло. А теперь кругом зияла огромная дыра, куда бы я ни посмотрел. Она же всегда была рядом. Она давала мне читать добрые и мудрые книги и тратила часы на то, чтобы разъяснить непонятное. Она ждала меня из армии и помогала моим младшим. Она любила мою жену и детей, как будто они были ей родными. «И взяла Наоми дитя, и прижала его к груди своей, и стала она ему нянькой...»* Наоми повезло, ей не пришлось закрывать маленького Оведа от пуль. И когда меня оскорбляли и третировали на блокпосту, пользуясь своей безнаказанностью, она, не раздумывая, встала рядом со мной, вооруженная только телефоном без камеры

* Мегилат Рут 4:16.

и безусловной материнской любовью. Ничего этого уже больше не будет. Всё, не будет больше.

На следующий день поймали двух арабов, которые обстреляли мою машину. Двое братьев из деревни Дейр-Каифат. У меня было такое чувство, что мы похоронили не только Офиру. Мы похоронили надежды ее наивного отважного поколения, поколения победителей в Шестидневной войне. Я, поколение соглашений в Осло и двух интифад, смотрел на них как старик на подростков. Эти люди принимали в нашей стране все решения и никак не могли расстаться с иллюзиями времен своей юности. Никак не могли взять в толк, что с такими соседями у нас никогда не будет мирной спокойной жизни.

Похоронив Офиру, я не переставал удивляться, почему я, собственно, еще живой. Каждый день, который я прожил, не зайдя в эту трижды проклятую деревню Дейр-Каифат, не оставив там гору трупов, я прожил зря, я предавал ее память. Головой я понимал, что этого делать нельзя. Каждый такой еврей, потерявший разум и самоконтроль от безнадеги, от горя, уже не жилец на этой земле. Он уже ничего не создаст, как муж и отец, он полный ноль. Каждый такой еврей, умерший раньше смерти, это для них победа. Я уж не говорю про пропагандистский навар, который они на этом собирают. Весь мир радостно и с энтузиазмом обсуждает очередной кровавый навет и рассказывает евреям, какие они отвратительные. Пятнадцать лет назад это случилось в последний раз, и нашей общине до сих пор это поминают по поводу и без повода*. Все это я понимал. Вот только тяжело носить умершую душу

---

* Не совсем так. Последний «еврейский» теракт со смертельным исходом произошел в августе 2005-го, накануне размежевания. 19-летний Эден Натан-Заде самовольно оставил часть, сел в автобус из Хайфы в арабский город Шфарам и открыл огонь по пассажирам. Убиты сестры Хазар и Дина Турки, Мишель Бахус и Надер Хаек. Толпа растерзала Натан-Заде, уже обезоруженного и прикованного наручниками к сиденью.

в живом теле, которое и радо бы успокоиться, да не может. Доктору Гольдштейну повезло. Господь сжалился над ним, и у него этот период долго не продлился. Судя по рассказам тех, кто его знал, этот человек жил чистейшей праведной жизнью, его человеческая и врачебная этика вызывали всеобщее благоговение. У меня много грехов и недостатков, я не вправе рассчитывать на Божье милосердие. Я попросил у начальства разрешения перевестись на объект в Тель-Авиве и проводил там все время, втайне надеясь, что на меня упадет что-нибудь тяжелое. Малке и детям я в таком состоянии все равно не нужен.

После недели на стройке я приехал на Шаббат домой. Ехал специально поздно, чтобы застать детей уже спящими. Сам чудом не уснул за рулем. Желания жить не осталось, но остался инстинкт самосохранения. Прав был Залман, когда говорил, что я раб своих инстинктов. Малка не бросилась мне на шею, как обычно, а еду подавала, как официантка в ресторане. Она дуется на меня за долгое отсутствие. Ничем не могу помочь.

– Идем спать.

– Иди. Там уже постелено.

– Что значит «иди»? А ты?

– Я лягу с детьми.

– Почему?

– Так нида* же...

Значит, нида. Значит, она всерьез считает, что мне в этом состоянии нужен секс. Значит, она позволяет ставить между нами барьеры совершенно посторонним людям, которые к тому же давно умерли. Значит, я ей не нужен. Я молча встал, ушел в спальню и улегся в постель, холодную, как могила. Спать,

---

* Удаленная (*ивр.*) – ритуальный статус женщины в иудаизме, имевший важное значение для соблюдения ритуальной чистоты. Кроме того, при наступлении статуса нида супругам запрещена физическая близость. Женщина становится нида во время месячных, родов и т. п.

конечно, не мог. Постель не нагревалась. Всё, у меня не осталось на этом свете близких людей. Сначала Розмари, потом Офира, вот теперь Малка. Мать, Бина и братья не в счет, я уже не смогу быть для них тем, чем был всегда. Бине даже лучше будет, если меня не станет, а то совсем с ума сошла на почве ревности, личную жизнь устроить не может. Как сделать так, чтобы на общину не упало подозрение? Взорвалась мечеть во время пятничной молитвы, а почему – никто не знает. Чтобы грамотно взорвать здание, надо сверлить несущие колонны и набивать взрывчатку в отверстия. Ни в одном учебнике не написано, как это делать незаметно. Мысли на профессиональные темы успокаивали, я даже задремал, а потом вовсе уснул.

Проснулся оттого, что кто-то тянул из-под меня простыню. Малка. Она стояла на коленях у кровати. Глаза, расширенные от ужаса, залитые слезами, выглядели совершенно европейскими. Я привстал и положил ее между собой и стеной.

– Ты жив, любимый, единственный, адони*...

Пока жив.

– Тебе что-то приснилось?

– Приснилось, что дом вот-вот взорвется, а ты не хочешь из него уходить.

Что они понимают. Мы с ней дышим одним дыханием, читаем мысли друг друга, а они хотят, чтобы я на половину нашей с ней жизни отсекал ее от себя, как гангренозную конечность. Людям, которые живут вместе потому, что поодиночке не исполнишь заповедь пру у-рву**, действительно необходимо периодически отдаляться, чтобы плешь друг другу не проесть. Просто так совпало, что это ее первая нида, с тех пор как мы вместе живем. Мы два года жили отдельно, потом она была беременна, потом родила при помощи кесаре-

---

* Здесь употребляется в первоначальном значении «господин мой». Так праматерь Сарра называла праотца Авраама: «И господин мой стар».

** Плодитесь и размножайтесь (*ивр.*).

ва сечения и сейчас только закончила кормить. Лишь бы я был ей нужен, а с графиком мы разберемся.

– Малка?..

– Я здесь.

– Расскажи что-нибудь.

Она рассказывала, нежный шепот убаюкивал меня.

– И тогда бумажная танцовщица поняла, что без оловянного солдатика ей все равно не жить. Прыгнула к нему в печку и сгорела.

После этих слов я уснул окончательно.

* * *

Офиры не стало, и некому было помочь мне разобраться в происходяшем. И если дома я благодаря Малке хоть как-то оттаял, то вне этого убежища агрессия копилась и копилась. Примерно в это время арабы сделали ставку на пиар и средства массовой информации и устраивали многолюдные шествия с флагами и детскими колясками. Это называлось ненасильственным сопротивлением. С изнанкой этого ненасилия я был знаком слишком близко, оно сопровождалось градом камней в солдат и в любую машину с израильским номером, стрельбой на дорогах, но снимать это на видео никто не хотел. Присутствие в этих шествиях иностранцев, иногда немаленького ранга, меня уже не удивляло и стало меньше злить. А вот евреи и израильтяне, которые исполняли при врагах роль чирлидеров (так, как Хиллари эту роль описывала), – я вообще не знал, что с этим делать. Мне как-то так повезло, что впервые пришлось с этим столкнуться в те сборы, когда Офира пришла к нам на блокпост. Она бы рассказала и объяснила мне, что заставляет вроде бы образованных и на вид психически здоровых людей так иступленно любить собственных врагов. В буквальном смысле до пены у рта. Я начал привыкать к мысли, что Офира больше никогда ничего мне не объяснит и придется обходиться самому.

Шоссе № 60 было перекрыто в направлении на север, не доезжая Кармей-Цура. Часть забора вокруг

Кармей-Цура выходила близко к шоссе, и именно этой частью и решили заняться сегодня жители деревни Бейт-Умар. Те жители Бейт-Умара, чьи виноградники частично пострадали от строительства забора, получили компенсацию за весь виноградник. Кроме того, забор жителям Кармей-Цура понадобился не просто так. Они хотели, чтобы их не убивали, вот странные люди.

Из окна машины я видел цепочку солдат на гребне придорожного холма, тут же были припаркованы пара джипов и один БТР. Забор был чуть ниже по склону, дальше – виноградник, еще дальше – собственно Кармей-Цур на холме поменьше. Над толпой было много черно-бело-красно-зеленых флагов* и почему-то флагов в виде радуги, какие я привык видеть на демонстрациях несколько другого свойства. Пускай они используют друг друга противоестественным образом, афишировать-то зачем? Я вышел из машины, всё равно все стоят, ехать некуда. Спокойно, как по людной иерусалимской улице, прошел сквозь толпу и уперся в головной отряд. Головной отряд состоял из иностранок с видеокамерами и молодых арабок в джинсах и хиджабах с лужеными глотками и неплохим английским языком.

– Отойди, – тихо сказал я по-арабски стоящей впереди меня девушке, держащей над головой палестинский флаг, и добавил уже громче по-английски: – Ты вторгаешься в мое пространство.

Она обернулась и закричала:

– Какое твое пространство! Это вы пришли на нашу землю как завоеватели! С вашими бомбами, с вашими танками, вашим слезоточивым газом!

Все-таки есть хоть какая-то польза от этого роста, из-за которого я мучаюсь в большинстве легковых машин и вынужден покупать одежду по каталогам Big and Tall**.

---

* Цвета флага Палестинской автономии.

** «Большой и высокий» (*англ.*) – сеть магазинов одежды больших размеров.

Вынуть у нее из рук флаг не составило труда, она просто не ожидала такого движения сверху, вроде подъемного крана. Скомкал в руке и обратился к солдатам:

– Ну что, ребята, кому коврик в ванную? Продается раз, продается два, продается три, ни-ко-му не нужен.

И зашвырнул на запретную зону в границах Кармей-Цура. Солдаты смотрели на меня с восхищением, как будто я по меньшей мере подбил вражеский танк. Неудобно даже, честное слово. Дело было не в моей персоне и не в этой злосчастной тряпке, а в том, что все устали от лицемерия. От запрета назвать врага врагом. От разговоров о мире на фоне регулярной гибели людей.

Визг поднялся до небес, но тронуть меня никто не посмел – при иностранцах-то. Когда-то я не понимал Хиллари и ее ритуал мытья полов. А потом понял, что это не флаг. Это тряпка, заляпанная еврейской кровью. И что я в этом должен уважать?

– Мы протестуем мирно, а вы применяете насилие!

Ну да. Днем мирно протестуют женщины, а ночью рыщут вдоль забора, ища дырку, двуногие волки с тесаками.

– Сколько детей ты арестовал? Сколько домов разрушил? Сколько пленников унизил?

Это она мне? Какой накал эмоций. Какую актрису «Габима»* потеряла. Офира завзятая театралка была, ни одной премьеры не пропускала. Офира, *Хашéм инкóм дамá***.

– Сколько палестинцев ты убил?

– Недостаточно, – сквозь зубы бросил я, глядя на красные крыши Кармей-Цура.

Господи, да что же это за наказание! Пока эти тут нам рассказывают о преступлениях сионистского режима и своих страданиях, сообщники уже орудуют у забора с пассатижами и резаками. *Еврей! Газ! Уйди!* –

---

* Букв. «сцена» (*ивр.*) – старейший репертуарный театр в Израиле.

** Да отомстит Господь за ее кровь (*ивр.*).

услышал я крик на иврите и не замедлил уйти. Только не в сторону собственной машины, а в сторону забора. В ход пошли шумовые гранаты и слезоточивый газ, группа поддержки на гребне холма разбежалась, и солдаты смогли, не отвлекаясь, заняться нейтрализацией разрушителей забора. Их было довольно много, около десяти человек, половина – израильтяне и иностранцы. Арабов побросали в БТР, и тут выяснилось, что насчет израильтян и иностранцев солдатам инструкций никто не дал. Ну а я – гражданское лицо и инструкций ждать не обязан. Стоящий ближе всех солдат кинул мне пару наручников.

– Ты мне руку вывернешь! – возмутился на иврите человек, которого я держал. Резак, которым он резал проволоку на заборе, валялся рядом.

– Непременно выверну, – согласился я, со всей силы затягивая наручники и с трудом справляясь с позывами на рвоту.

Это же еврей, так нельзя. По склону холма к нам поднимались два жителя Кармей-Цура с автоматами наперевес. Лица решительные, но выражение глаз затравленное. Они не знали, чего ждать от солдат, помощи или позора. Я поймал взгляд шедшего впереди, тихо сказал, как пароль: *Ам Исраэль Хай* – и показал глазами на задержанного.

– Это же поселенцы! Они меня убьют! Кто тебе дал право подвергать опасности мою жизнь?

Вот. Вот и вся идеология, яснее не скажешь. Его жизнь – это самое ценное, что у него есть. Для него и горы поставлены, и моря налиты, и единственное назначение других евреев – это делать его жизнь удобной и безопасной. Те евреи, у которых другие приоритеты, – априори убийцы. Арабы вообще побоку, он упражняется тут просто потому, что свербит и чешется в одном месте чувство вины за собственные привилегии. Никогда он не отдаст свою драгоценную жизнь за арабов и их нелепые претензии.

– Твою жизнь, говоришь? Да я и своей-то не очень дорожу.

Поселенцы напротив нас заулыбались, видно, этот борец за права не понял моей логики и его недоумение их позабавило. А вот они как раз поняли меня очень хорошо, в конце концов они знали, что это такое – нечто ценнее собственной жизни. Не снимая с него наручников, я взял его за шиворот и пропихнул в им же прорезанную в заборе дырку. Пусть делают с ним, что хотят. Я был уверен, что милосердие они все-таки проявят – если не к нему, то к еврейской матери, которая себе на позор его родила. А нет – их на то право. Ведь через эту дырку их ночью придут убивать, и армия их, может, защитит, может, нет.

* * *

Я возвращался со стройки довольно поздно, солнце уже садилось за спиной, я словно ехал во все более сгущающиеся сумерки, в самую темноту. На полпути между побережьем и Иерусалимом остановился и подобрал тремписта странного вида. Джинсы, кросовки, майка с надписью: Hard Rock Café Tel Aviv, гитара наперевес и при этом кипа на всю голову и борода соответствующая, даже странно для такого юного создания.

– Тебе куда? – спросил он, видимо, ни на что особо не надеясь.

– В Кирьят-Арбу.

– И мне почти туда же. А то я думал всё, увяз, не доберусь до темноты.

Что-то шевельнулось в моем застывшем, замороженном существе, знающем только один способ справиться со скорбью: превратиться в автомат, не видеть, не слышать, не думать. Что-то знакомое я уловил в его интонации. *Я увяз в даф йоми**. Неужели? Поймав в зеркале его взгляд, я скорее прошептал, чем пропел:

Квод ве-ход маалато – мар ха-ницахон.
Ка-ниръэ – ве-зе шири од ло ахарон

---

* Комментарии к Талмуду.

ха-шедим! Тафсику лехишава аль дам
эйн ли мазаль ба-мавет – ла-ахава симан*.

– Ты что, из России?

– Нет, я из Хеврона. Ты служил там в 2005-м, весной. Мы с тобой учили даф йоми, сидя на арабском диване. Ты играл на гитаре, а я запомнил кое-что.

– Шрага? Стамблер? Ну ты даешь.

– Я-то что? Ты про себя расскажи.

Его забрали из Хеврона в конце лета 2005-го. Служба как служба. После демобилизации пошел в университет – главным образом чтобы родители отвязались. Чужой жемчуг всегда гуще нанизан. Кто бы мне дал бесплатную кормежку, крышу над головой и возможность целый день сидеть в библиотеке и читать, читать, читать на разных языках все, что я в детстве и юности упустил. Господи, какая ерунда лезет в голову. Да, на меня упала ответственность за младших братьев и сестер, какой уж тут университет. Но мои-то, по крайней мере, живы, а у него была одна сестра и та погибла.

– Полгода назад я ушел из университета.

– Родители не обрадовались?

– Не то слово. Может, если бы я изучал какую-нибудь реальную специальность, было бы легче. Но общегуманитарные факультеты, психология, политология – это невозможно. Шрага, это вынос мозга. С таким же успехом я мог бы разговаривать с ними на языке суахили, они все равно ни слова не понимают. Родина – только для арабов. Солидарность – только с ними же. Скажешь «честь» – вообще смотрят, как на питекантропа.

– И чем ты сейчас занимаешься?

– В йешиве учусь.

– А специальность?

– Я же не женат, чего мне о заработке беспокоиться?

---

* Ваше благородие, госпожа победа,
Значит, моя песенка до конца не спета.
Перестаньте, черти, клясться на крови.
Не везет мне в смерти – повезет в любви.
(Слова Булата Окуджавы, перевод на иврит Зеева Гейзеля.)

В общем, резонно, но не вечно же он будет холостым ходить.

– А если женишься?

– Да я работы не боюсь, за баранку сяду или на завод пойду. Уговорились мы с Тали. Она не возражает.

– Значит, Тали? Уже обзавелся? Разве полагается йешиботнику иметь подружку? – поддразнил я.

На его лице отразился совершенно детский страх, что йешивское начальство узнает.

– Я чужие секреты не разбалтываю. Я даже не знаю, в какой йешиве ты учишься.

– Шавей-Хеврон.

Не фига себе. Живем практически в одном городе, а встретились вот так, на тремпе. Конечно, Шавей-Хеврон. Ослепительно новое здание посреди окружающей древности. Кубик сахара на серой тарелке. Я уже полгода туда на уроки носа не казал, с тех пор как родилась Офира-маленькая. Тут я вспомнил, в какой страшной тесноте живут там мальчишки, спят на раскладушках в коридоре, в душ вечно очередь. Кто может, конечно, живет по семьям. И, что самое главное, от желающих там учиться отбоя нет. Люди месяцами в очереди стоят. У меня мелькнула мысль пригласить его жить к нам, но я тут же понял, что не выйдет. Малка бы обрадовалась, ей не мешают чужие люди дома, лишь бы тарелки за собой ставили в посудомойку. У каждого из нас есть заповеди, которые даются легко, как дыхание, а есть и такие, что даются с большим скрипом. Малка никогда не будет серой мышью, как законы скромности этого требуют. Она всегда будет привлекать внимание. А я всегда буду говорить, как есть, и называть вещи своими именами. Но мы любили наш долгожданный дом и любили принимать в нем гостей. Все портили вредные, непредсказуемые близнецы. Ну, приглашу я к нам Алекса, а они как начнут по квартире в прозрачном белье порхать. И что я могу с ними сделать? Не мои же дети.

– Ну и как тебе там?

– Трудно, если честно.

– Спать негде?

– При чем тут спать? Я же впервые стал учиться регулярно.

Пока мы выбирались из Иерусалима и вставали на шоссе № 60, я рассказал ему про Малку и про детей. В ответ услышал рассказ про Тали и с облегчением понял, что йешива йешивой, а личной инициативы Алекс не потерял. Дело было так. Тали, как и Алекса, маленькой привезли в страну в середине девяностых, я даже не понял, откуда именно из России. Она была девушка спортивная, в старших классах школы подрабатывала фитнес-инструктором, а служить пошла в Магав. Отслужив, она выставила в Фейсбуке свою фотографию рядом с террористом, которого она задержала. Ничего даже похожего на издевательство там не было, более того, он сидел на стуле, а она стояла. Тали проявила смекалку и оперативность и обнаружила на этом существе взрывчатку. Может быть, публиковать эту фотографию было не самым умным поступком в ее жизни, но за это не убивают. История выплеснулась на всеобщее обсуждение, Тали заклеймили чуть ли не Ильзой Кох*, и одновременно она сподобилась получить кучу восторженных писем с комплиментами своей фигуре и предложениями руки и сердца. На этом фоне выгодно выделялось серьезное вежливое письмо без единого намека на флирт. Там говорилось, что Тали имеет право гордиться хорошо сделанной работой, а алия из России имеет все основания гордиться Тали.

– А с соблюдением у нее как?

– Старается. А у твоей?

Ну кто меня дергал за язык начинать этот разговор. Недаром говорят, что там, где десять праведников не устоят, стоит один баал тшува. Десяти праведникам я бы посоветовал заняться собственными делами и не

* Ильза Кох (*нем.* Ilse Koch, урожденная Ильза Келер (Ilse Köhler); 22 сентября 1906 года – 1 сентября 1967 года) – немецкая деятельница НСДАП, жена Карла Коха, коменданта концлагерей Бухенвальд и Майданек. Известна под прозвищем Бухенвальдская Ведьма за жестокие пытки заключенных лагеря.

вмешиваться в мои. Но баалей тшува беззащитны, им легко сделать больно, они платят за соблюдение ломкой всей предыдущей жизни. Деда своего я причислял туда же, потому что он верил и соблюдал после Аушвица. И Малка, объявившая о своем намерении присоединиться к евреям, стоя надо рвом, заплатившая за это решение буквально собственной шкурой. В нашем с ней доме я старался ничего не нарушать, и это не было одолжением. Просто, когда у тебя такой высокий – во всех смыслах – пример перед глазами, трудно не тянуться за ним. Мой «высокий» пример – почти метр шестьдесят. В Техасе она один раз застала меня за компьютером в субботу. Дом там был такой огромный, что я думал, она меня просто не найдет. «Ты перестанешь бунтовать, я знаю, что перестанешь. У нас же дети. Они на тебя смотрят». Какие дети, подумал я тогда. У нас Реувен, а близнецы замечают меня, только когда хотят сказать очередную гадость. «У нас же дети», – повторила Малка, и только тут до меня дошло.

– А у моей с соблюдением так, что я у нее учусь.

Надо было видеть это удивленное лицо. Наверное, у меня было такое же, когда Офира процитировала мне Талмуд в первый и последний раз. А ее предсмертные слова о том, что я отношусь к Малке не так, как следовало бы, жгли и жгли изнутри.

– А почему именно Шавей-Хеврон? – сменил я тему.

– Ты же понимаешь. Это такой город. В него или тянет, как магнитом, или просыпаешься в ужасе и радуешься, что ты уже не там. Меня он забрал. Как и тебя, раз ты живешь в Кирьят-Арбе.

– Это случайно вышло.

– Ну да. Ничто в нашей жизни не случайно.

– Ну, в общем, ты прав. Чего в Хевроне нет, так это лицемерия и вранья. Так ты живешь прямо в йешиве или мы едем куда-то еще?

– Я скажу.

Нас обступили скалы, те самые скалы, из-за которых два месяца назад застрелили Офиру. Мой кошмар – бесконечная дорога среди скал с Офирой, истекающей кровью на заднем сиденье. Час, два, три – и конца этому не видно.

– Вот здесь.

– Что здесь?

– Останови, я слезу.

Я огляделся. Непроглядная тьма, редкие огни арабских деревень, лагеря беженцев Арруб. Где я его высажу, на обочине? Неужели я чем-то его обидел? Даже если так, арабы обидят его куда сильней.

– Я что-то не так сказал?

– Почему вдруг?

– Почему ты хочешь выйти?

– Потому что я тут живу. Во всяком случае, на ближайшие две недели.

– Где тут, на дороге?

– Нет, вон там.

Он показал вперед и направо, и я разглядел верхушку далекого холма. Сильный прожектор, пяток времянок. Все. Обычно такие маленькие форпосты «вырастают» из поселения побольше, а тут вот так, взяли и поставили. Почему же я раньше этого не замечал, я же ездил тут каждый день. Ясно почему. Каждый раз заново переживая гибель Офиры, я уходил в себя, не смотрел по сторонам.

– У тебя что, тоже пистолет в штанине?

– У меня нет пистолета.

Мы стояли на обочине с притушенными фарами.

– Ты что, вообще не вооружен?

– Нет. Я хоть и живу в Хевроне, но зарегистрирован по адресу родителей в Рамат-Гане. Мне не положено. У многих ребят в йешиве такая ситуация.

Кто там сидит в полиции, голову им открутить и руки поотрывать. Почему он сам-то не догадался занять у кого-нибудь?

– *Алекс, ата болван,* – сказал я, как мне, бывало, говаривал тесть.

Вместо того чтобы обидеться, он страшно развеселился и заинтересовался:

– А что ты еще по-русски знаешь? Это тебя жена научила?

Я тронул машину вперед:

– Показывай, куда ехать.

– Не получится. Там террасы для оливковых деревьев.

Черт знает что. Был бы это мой пикап, я бы оставил его здесь и пошел провожать Алекса с очень большим риском не застать на обратном пути даже запчастей. Но машина из гаража концерна, я не могу вот так распоряжаться тем, что мне не принадлежит. А тем, что принадлежит, очень даже могу. Засучил штанину, отстегнул кобуру и сунул все хозяйство ему в руки.

– Держи.

– У нас у обоих будут неприятности.

– Лучше неприятности, чем похороны.

Мы вышли из машины, он достал с заднего сиденья сумку и гитару. Кобура с пистолетом висела на нем, как горсть соплей. Как был разгильдяем, так и остался. Вот таких святых людей у нас и забирают первыми.

– Этот форпост здесь давно?

– С месяц будет.

– А как называется?

– Гиват-Офира.

И исчез в темноте.

* * *

На десять человек у них было три ствола. Десять неженатых мальчишек из йешивы Шавей-Хеврон. Армейскую службу прошел только Алекс и еще один, а остальные были шестнадцати-семнадцатилетние подростки. Электричество от генератора, вода из бочки. И куча смелых планов. И презрение к смерти, только не такое, как у меня, потому что слишком больно жить. А потому, что впереди сияющая цель, ради которой умереть не страшно и не жалко.

Смерть действительно подстерегала их из-за каждого холма. Форпост был окружен поросшим кустарником пространством, где арабы пасли овец, и уже упомянутыми террасами с оливами. Дороги не было. Как они доставили сюда эти времянки, ума не приложу. Козе понятно, что, пока не будет дороги, этот форпост останется временным, несмотря на всю их самоотверженность. Дорога покажет всем, что евреи собираются отсвечивать здесь до конца мироздания. До конца мироздания прежде безымянный холм будет носить имя Офира.

Мы с Алексом сидели на куче строительного мусора и смотрели во всеми правдами и неправдами добытую военную карту. Интернет в этой глуши не работал, мобильники и те барахлили. Приходилось действовать по старинке.

– Посмотри. Если начинать отсюда, то, чтобы не упереться в вади, дорога должна будет проходить тут, в прямой видимости из лагеря Арруб. Ты что, не знаешь, какие головорезы там живут? Объясни мне, почему мы не можем проложить дорогу через оливковые насаждения. Это короче и безопаснее.

Алекс поднял глаза от карты.

– Потому что оливковые деревья – это ценность. Это деньги. Около половины из них... – тут он сказал какое-то слово, звучавшее скорее по-арабски, чем по-русски.

– Что ты сказал?

– Я сказал *хаммиль*. Это значит, что дерево беременно и в этом году будет плодоносить. Вокруг каждого дерева надо двадцать лет танцевать, чтобы оно стало *хаммиль*. Земля наша. Все, что на ней растет, наше. Нет ничего глупее, чем портить свое достояние из-за трусости и недоверия Всевышнему.

Никто, кроме фанатиков, не способен на великие дела, но до чего же с ними в повседневном общении тяжело.

– Ты сам будешь заниматься оливами?

– А ты думал? Я уже все, что мог, на эту тему прочел. И с киприотом одним по имейлу переписываюсь. У них в семье оливы уже триста лет растят.

– Ну хорошо, а он-то почему вызвался тебе помогать?

– Да ему мусульмане сильно насолили.

Кому они не насолили.

– Кстати, о неприятном. Там целая деревня уже много поколений с этих олив кормится, и жители уверены, что это их достояние.

– Шрага, я понимаю, что ты пережил страшную потерю, но нельзя же так вокруг себя ничего не замечать. Существует специальный фонд, из которого им платят компенсации. Между прочим, предлагают больше рыночной цены. Бывает, что они встают в позу и не принимают деньги. Тогда они остаются и без денег, и без олив. Но это уже не наша с тобой трагедия. У нас своих хватает. Что у тебя там в термосе?

– Отвар корня женьшеня. Не думаю, что тебе понравится.

– Кошмар. Зачем ты это пьешь?

– Чтобы не спать. Действует лучше кофе и не так вредно.

– По всем документам выходит, что деревня Дейр-Каифат и прилегающие к ней пастбища стоят на земле, приобретенной евреями. Я собрал материал. Копии из архива лежат в сейфе в йешиве. Сейчас… у меня записано.

Он достал из кармана записную книжку и принялся монотонно читать, раскачиваясь, как во время молитвы:

– Оттоманский наместник в Хевроне Иззет-паша в 1885 году подарил восемьсот дунамов земли некоему эфенди* Абу Ибрагиму Тамими, известному своим благочестием и регулярными поездками в Мекку, а также услугами, оказанными оттоманской администрации…

– Восхитительно. Турок жалует арабу еврейскую землю.

– Не перебивай. Жил-поживал эфенди Абу Ибрагим, и вырос у него сын, естественно, Ибрагим, и унаследовал отцовские богатства. Однако Ибрагим эти владения своим присутствием не баловал, предпочитая Бейрут и Каир. И тут появляются евреи…

– Как всегда, там, где их не ждали.

---

* Обращение к мужчинам высокого социального статуса и офицерское звание в Османской империи и некоторых других странах Востока в XV–XX столетиях. В современной Турции используется как обращение к лицам мужского пола, равнозначно русскому «господин».

– И покупают шестьсот дунамов за полновесные британские фунты. От имени Керен Кайемет Исраэль купчую подписал некто Нафтали Прозоровский.

– Тоже, наверное, из ваших.

– Из Одессы. Значит, появляются евреи и строят во-он на том холме... сейчас темно, не видно... поселение типа «стена и башня» под названием Ор Серафима в честь убитой в первый месяц после основания Серафимы Прозоровской.

– По-русски Серафима – это женское имя?

– Я просил не перебивать. После хевронских событий, измотанные непрерывными стычками и гибелью товарищей, евреи оставляют поселение Ор Серафима. Так... прекращение огня, 1949 год, здесь занимают позиции части Арабского легиона, а земля отходит в иорданскую казну. Иорданская администрация послала сюда землемеров, и те на основании оттоманских документов закрепили владение землей за семейством Тамими. На деле это выглядит так, что односельчане платят им частью прибыли от урожая. Дальше – 1967 год: за исключением сотни дунамов земли, конфискованной под военную базу, никто из евреев никаких имущественных претензий им не предъявлял. Пока. Ты чего улыбаешься?

– Мечтаю. Как идиот абсолютный. Мечтаю о времени, когда мы будем строить здесь библиотеку.

– Почему именно библиотеку?

– Потому что Офира оставила мне три тысячи книг, которые я не знаю, куда девать. Здесь будет самая большая библиотека на шоссе № 60. Офира была бы рада.

Алекс посмотрел на часы:

– Через полчаса солнце встанет. Пойдем будить народ на утреннюю молитву или еще немного помечтаем о кренделях небесных?

– Алекс, не будь монстром. Вспомни, когда они вчера легли и сколько работали. В йешиве в это время все уже давно третий сон видят.

– В йешиве, чтоб ты знал, кто-нибудь, да учится в любое время дня и ночи. Ладно, давай я поиграю, если у тебя уши не завянут.

Он молча перебирал струны гитары, а я думал о Нафтали Прозоровском. Он полагал, что имеет дело с честными людьми, он им деньги – они ему землю, и все смогут дальше жить как соседи. А они посмеялись над его наивностью и забрали у него самое дорогое – жену или сестру. А может, мать? Нет, пожилые олим обычно селятся в городах, а не на форпостах. А может, дочку, Серафиму-маленькую? Нет, ребенку, рожденному в стране, не стали бы давать имя из России.

Ты мой товарищ дорогой,
Ты мой товарищ боевой,
С тобой связала нас любовь к своей отчизне.
Здесь, на участке небольшом,
Вгоняя в камень штык и лом,
Заставу ставим мы, как дело нашей жизни.

А над палаткой нашей дождь стоит стеной,
Холодный ливень горный прибивает пыль.
Тут наша служба, здесь, товарищ, мы с тобой
Всерьез стараемся из сказки сделать быль.

Делить нам нечего зараз.
С Небес приказ – для всех приказ.
Тут, среди наших, все, что есть, то – только наше.
Чужие там, за той грядой, чужие есть и за спиной,
И мы от тех и от других стоим на страже.

Пусть над палаткой нашей дождь стоит стеной,
Холодный ветер горный снова будет выть,
Тут наша служба, тут, товарищ, мы с тобой
Участок Родины поставлены хранить*.

– Потрясающе. Ты это что, сам написал?

– Нет, это написал русский пограничник на границе с Таджикистаном. Я только перевел на иврит и слова в одном месте поменял.

Я задумался.

---

* Песня на стихи Владислава Исмагилова.

– Про приказ с Небес?

– Молодец, сечешь поляну.

Через полчаса действительно рассвело. Мы встали на молитву. Справа от меня стоял Алекс, слева – длинный нескладный Менахем. Несмотря на то что он родился на этих холмах, у него облезала и шелушилась под солнцем кожа на лбу и на носу. Впереди полосами белого известняка сверкал холм Ор Серафима.

После молитвы позавтракали, и я в очередной раз поразился их дисциплине. Небритые, плохо стриженные, с чернотой под ногтями и в штанах «здравствуй, Гарлем», они выполняли приказы с Небес так, что их четкости, быстроте и выправке позавидовал бы любой спецназ. Это притом, что они находились одни в изолированном опасном месте, без родителей, без наставников, без машгиаха*. Сюда и дозвониться-то было непросто. Это была та самая дисциплина, которая идет изнутри. Еду им привозили пару раз в неделю из кухни Шавей-Хеврон. Я предложил привезти свое, нам с Малкой действительно было нетрудно налепить котлет на весь миньян**, но Алекс отказался. Они ели только приготовленное на кухне йешивы и только тамошним поваром. Исключение было сделано для Менахема, потому что у него был целый букет пищевых аллергий, но и ему мать готовила не дома, а там же, где всем.

– Вспомни, как было в армии. Все едят одинаковый паек. Мы здесь в армии. И потом – представь, выстроится здесь очередь из наших мам с кульками. Это же будет со всех сторон опасно и ужасно.

Да, если пустить сюда мам с кульками, то никакого бульдозера не надо, дорожка сама по себе появит-

* Человек, который, успешно сдав экзамен на знание законов Торы, получил от раввина право быть ответственным за кашрут – кошерность еды.

** «Счет» (*ивр.*) в иудаизме – кворум из не менее чем десяти взрослых евреев (старше тринадцати лет и одного дня, бармицва), необходимый для общественного богослужения и для ряда религиозных обрядов.

ся. Когда еврейская мама хочет заботиться о своем ребенке, то она без стеснения звонит командиру его батальона, и даже сотня террористов ей не помеха. Офире не помешала даже собственная гибель. Когда я увозил книги, то обнаружил на одной из полок конверт, адресованный Малке. О том, что нельзя читать чужие письма, я впервые услышал в этой самой гостиной. Ни дома, ни в школе меня на эту тему не просветили. Прочел уже после Малки, с ее разрешения. Письмо начиналось и кончалось теплыми, ласковыми словами, а в середине шло штук сорок аккуратно пронумерованных инструкций, например:

Не давай ему книг с плохим концом, он не всегда отличает вымысел автора от реальности и потому расстраивается.

Постарайся, чтобы он не увлекался жареным мясом и копченостями, это не полезно.

И (шедевр!):

Проследи, чтобы он не терял контактные линзы.

– Завтра приеду с бульдозером на платформе.

Благословен коммерческий директор концерна, закупающий новое оборудование задолго до того, как вышло из строя старое.

Дорожные работы не были моей непосредственной специальностью. Для начала требовалось хотя бы выкорчевать кустарник и разровнять полотно. Нормальное дорожное строительство предполагает стоки и дренаж, иначе даже в нашем климате через какое-то время дорога начнет оседать и расползаться. Придется строить нечто временное, чтобы пережило хотя бы одну или две зимы, а там поселение легализуется, и будет заключен контракт с нормальной строительной бригадой.

Я завел мотор, и бульдозер медленно пополз по невысоким холмам. Овцы с интересом оглянулись на неведомую машину и спокойно продолжили жевать. Два пастуха-араба, один подросток, другой постарше, начали возмущенно орать, сохраняя тем не менее безопасное расстояние. Стоявший между ними и бульдозером Алекс выстрелил в воздух.

– Не трать патроны. Сейчас сюда вся деревня явится. Посмотри, он уже на телефоне.

Старший из пастухов вызывал по мобильнику подкрепление. А мы не могли. После Гуш-Катифа* и Амоны** эти мальчишки не доверяли людям в форме, и я не мог их винить. Позвав подкрепление, мы рисковали тем, что нас всех покидают в скотовозки и на этом все закончится. Ирония состояла в том, что умирать я уже не хотел, но такой исход становился все более и более вероятным.

Их явилось человек тридцать, мужчин где-то половина, остальные женщины и подростки. Оружия я ни на ком не заметил, но это не значит, что его не было. Иностранцы тут тоже были – двое или трое. Свидетели оккупации и угнетения Израилем мирных палестинцев. Сейчас начнется. Я не понаслышке был знаком с арабской привычкой начинать перечислять все обиды, нанесенные им «от короля Яна Собеского***», вместо того чтобы дать четкий ответ на простой вопрос. Про короля Яна Собеского я впервые услышал от тети Дворы в Цфате. Судя по ее рассказам, бабушка Бина-Ходел была женщиной доброй, но языкатой

---

* Блок еврейских поселений на юге сектора Газа, который был ликвидирован в августе 2005 года. В рамках плана «одностороннего размежевания» Израиль начал эвакуацию еврейских поселенцев и войск из сектора Газа. Поселения были эвакуированы и разрушены. В последующие месяцы территория была передана Палестинской автономии.

** Поселение в Самарии, которое было разрушено в 2006 году с применением войск и полиции.

*** Видный польский полководец, король польский и великий князь литовский с 1674 года. В его правление, ознаменовавшееся затяжными войнами с Османской империей, Речь Посполитая в последний раз пережила взлет как европейская держава.

и при этом любительницей крепких выражений. В поисках подходящего словца или цветистого описания она, не колеблясь, мешала в одном предложении идиш, польский и услышанный на улице иврит. Тетя Двора рассказывала, а я вспоминал свою маму – молчаливую, забитую, боящуюся лишний раз рот открыть. Что мой отец сделал с ней, чего не сумели сделать с бабушкой Биной даже несколько лет гетто и лагерей?

Они столпились прямо перед бульдозером и начали наперебой голосить. Им даже не понадобится в меня стрелять или всаживать нож, от их криков и так расколется голова. В Ливане бульдозер сильно тряхнуло взрывом, и я неудачно приложился головой. С тех пор в любой момент могла выскочить из-за угла пульсирующая боль, да еще с кровью из носа. И зрение ухудшилось настолько, что без контактных линз вне дома я уже не мог обходиться. А мое единственное лекарство – маленькая рука, пахнущая детским кремом и молоком, – далеко отсюда, и правильно, что далеко. Я выключил мотор.

– Пусть говорит кто-нибудь один. На иврите. Тихо. По делу.

Что самое интересное, они утихли. Или я показался им человеком, которому нечего терять, или просто звезды прошлой ночью так выстроились, но от толпы отделился мужчина средних лет, выглядящий солидней и богаче односельчан, и шагнул к бульдозеру. Я остался сидеть в кабине. Пусть стоит, задрав голову, и отчитывается.

– Я Билаль Тамими, заместитель мухтара*.

– Где мухтар? – оборвал его я. Не то чтобы меня это интересовало, просто не хотелось, чтобы он расслаблялся.

– Болен. Мы хотим знать, что происходит. Это наше пастбище. Жители Дейр-Каифата пасли здесь овец и при турках, и при англичанах, и при иорданцах, и при евреях. Мы всегда жили с евреями в мире.

* Мухтар – деревенский староста в некоторых мусульманских странах.

Как я ненавижу, когда мне лгут в лицо. В мире? Да что же это за мир, если мы регулярно хороним близких? Если я начну перечислять жертв этого мира, как любил выражаться покойный премьер, мы проторчим тут до ночи. Можно было бы договориться сдать в аренду землю, воду, оливы. В конце концов в древнем Израиле жила целая куча нееврейских племен, и с финикийцами торговля была налажена. Но о чем разговаривать с племенем, которое сформировалось с единственной целью – вырезать твое? Почему их национальные чаяния при турках, англичанах и иорданцах спали мертвым сном и проснулись только при евреях? «Палестинский народ» был сформирован, когда понадобился ударный отряд, чтобы избавиться от евреев раз и навсегда.

– Меня не интересует, где вы будете пасти овец. Здесь земля поселения Гиват-Офира. Объяснить вам, почему Офира, или сами догадаетесь? Убирайтесь вон отсюда и не мешайте мне работать.

Последняя инструкция потонула в реве заведенного мотора. Алекс прыгнул на крышу машины и распластался, вжимая в плечо приклад. Жители Дейр-Каифата решили, что садиться перед ковшом бульдозера в отсутствие видеокамер как-то неинтересно, и удалились, напоследок пожелав нам всяческих благ вроде чумы, холеры и язв на голову. Я целый день провел в кабине, и в результате было выкопано корыто будущей дороги на холм. Ширина десять метров, длина полтора километра. Пока я прохлаждался в кабине, ребята были заняты тем, что вкапывали по периметру столбы и натягивали между ними колючку. Накануне состоялись бурные дебаты. Сколько можно бояться на собственной земле? Стена, башня, колючка, бронированные автобусы, туда не ходи, в ту пещеру не лезь. Как только евреи ставят ограду вокруг своего поселения, арабы делают логичный в их понимании вывод – вся земля за оградой наша – и ведут себя соответственно. Сошлись на компромиссе. Гиват-Офира – поселение-младенец, маленькое, беззащитное, нелегальное. Пока ребенок маленький, за него думают взрослые и не пускают его туда, где опасно. Столбы с колючкой – это временная мера. Когда исчезнет опасность, что нас отсюда выгонят свои же, мы их снимем.

Ночью выяснилось, что мера была совсем не лишней. Не знаю, что было бы, если бы нас атаковала толпа из Дейр-Каифата. А так дело ограничилось несколькими вялыми перестрелками поверх колючки.

Первый слой дороги – засыпка, грейдирование, укатка с поливом. Невозможность оставить технику на ночь, потому что ее было некому охранять, заставляла меня работать в авральном режиме. Алекс целыми днями жарился на крыше с автоматом, прикрывая меня. Нет худа без добра. Я выучил биографии отца и сына Куков и русское слово «тачанка». Второй слой – все то же самое, засыпка, грейдирование, укатка с поливом, только щебень мельче. Она сверкала, новая, ослепительная, посреди сухой бурой земли и столь любимого овцами кустарника. Она стала реальностью. Значит, реальностью станет и все остальное: белые дома с красными крышами, цветники, школа, синагога, библиотека. Пока что началось с трех караванов вместо фанерных времянок. Один караван тут же оборудовали под синагогу. Не успели мы насладиться цивилизованной жизнью (это я так шучу), как получили плохие новости. По гравию зашуршала машина с израильскими номерами, и оттуда вылез некто в штатском. Про таких мой тесть говорил: «О, вот гэбуха пошла». Первый вопрос, заданный этим человеком вместо приветствия (все-таки он явился в наш дом), подтвердил мои подозрения:

– Кто здесь главный?

– Святой, Благословен Он, – без всякой паузы ответил наш младший, еще даже не шестнадцатилетний Итамар совершенно детским голосом. Дай бог, у него до призыва осуществятся нормальные для подростка перемены, иначе ему в армии проходу не дадут. Когда у меня в этом возрасте менялся голос, я молчал сутками – так стеснялся.

Посетитель повернул ко мне окаменелое лицо, перечеркнутое темными очками.

– Это ты тут детям мозги промываешь?
– Нет, это они мне мозги промывают.
– Сегодня ночью вас будут выселять. Есть постановление суда. Уйдите лучше по-хорошему.
– Прекратите это наглое вранье, – возмутился Алекс. – Мы сами подали в суд встречный иск о легализации. Суд еще ничего не решил.
– Потом не говорите, что вас не предупреждали, – ответил незваный гость, садясь в машину.
Зашуршал гравий, и все стихло.
– Шрага, грузи караваны на платформу. Начни с тех двух, где мы спим. Шауль, сложи книги, как договаривались. Ящик там, под столом. Итамар, начинай варить кашу, солнце высоко уже.
Из сказанного я понял только про погрузку караванов на платформу – и то не совсем. Оказывается, я умею не только командовать, но и подчиняться. Через полчаса от нашего форпоста осталось голое место, а Алекс подтянулся ко мне в кабину:
– Не переживай. Это временно. Отвези на стоянку за автомастерской Вайса. Он предупрежден. А ты приезжай назад.
– Последняя фраза была лишняя.
К тому времени, как я обернулся с караванами, Итамар уже сварил кашу. Целый котелок, зернышко к зернышку, ячменной каши. Аквамаринового цвета зерна напоминали Малкины четки, по которым она молилась за меня. Сегодня ночью нас всех побросают в скотовозки, завтра арабы придут злорадствовать, пасти овец на земле поселения Гиват-Офира. Овцы наедятся ячменных зерен с крысиным ядом и умрут от многочисленных внутренних кровоизлияний. Слава богу, Малка этого не видит. Она говорит о Земле Израиля как о живом существе. Любой кусок земли, до которого она дотрагивается, будь то клумба или цветочный горшок, начинает цвести. Что до меня, то я считаю, что самое худшее, что можно сделать с Землей Израиля, – это осквернить ее недоверием к Тому, Кто ее нам завещал. Осквернить и отдать врагу. Латексовые перчатки

прилипли к рукам. Мы оставляли зерна порциями не больше щепотки – под колючими стеблями, за бугорками, в укромных местах. Я не привык столько времени стоять нагнувшись, да и работа была для более тонких пальцев. Все очень старались, никто не отлынивал. Пока помолились, пока поели, наступили жаркие сумерки. Молились по скопированным из молитвенников листочкам, а сами книги были уложены в ящик и закопаны под старой оливой. Мы сюда вернемся. Еще раз, еще и еще. Сколько потребуется.

Ночь спустилась. Из Дейр-Каифата доносились беспорядочная пальба и обрывки музыки. Что-то они там праздновали, свадьбу или обрезание. Мы сидели вокруг маленького костра напряженной молчаливой кучкой. Алекс взял палку, пошарил в костре. В небо взвился маленький рой саламандр, ярких и неуловимых.

– Каждый должен решить за себя сам. Если вы не признаете этот суд легитимным – вы в своем праве. Я назову только имя и дату рождения. Как в плену. У вас конфискуют тфилин. У меня конфисковали в прошлый раз. Проверьте, чтобы было указано в ведомости забираемого имущества, а то могут не вернуть.

За нами приехало не меньше пятидесяти ясамников* на четырех машинах. В мегафон нам предложили добровольно проследовать. Никто даже головы не повернул. Господи, где они набрали этих зомби? Все они двигались как манекены, ни один не посмотрел ни на кого из нас так, чтобы глаза в глаза. Такое впечатление, что они исполняли многократно до этого репетируемый ритуальный танец. Только один раз прорвались хоть какие-то эмоции.

– Ради Сиона не смолчу и ради Иерушалаима не успокоюсь, – нараспев читал Менахем, пока его, выкручивая руки, тащили в скотовозку.

Не знаю, уж что этого ясамника так рассердило, только Менахему надели мешок на голову. Я резко изогнулся, ударил головой державшего меня, он упал.

---

* ЯСАМ – израильский аналог ОМОНа.

– Немедленно снимите! – заорал я, изменив своему обычному правилу не повышать голос. – У него астма!

Двое повисли у меня на руках, а третий зашел спереди и ударил в челюсть. Профессионал чертов. Рот наполнился кровью и осколками сломанных зубов, в глазах было черно, голова заболела. Я резко упал на пол, от неожиданности мои конвоиры меня выпустили. Встал и – бегом. В общем, хоть частично, но за любезность удалось расплатиться.

По мере того как мы ехали по шоссе, отек распространился у меня по всей правой стороне лица, и я даже обрадовался, что еду не домой. Не показываться же Малке в таком виде, с перекошенной мордой, как после инсульта, не про нас будет сказано. Ощупав карманы, я обнаружил, что исчез телефон. Ладно, может, у кого-то из ребят сохранился. Малка узнает. Я предупредил, что могу исчезнуть надолго.

К тому времени, как меня извлекли из машины, никого из наших на дворе уже не было, всех рассадили по камерам. Из-за темноты и головной боли я даже не понял, где я нахожусь. Поздно, час ночи. Спят они когда-нибудь или нет, доблестные стражи единственной на Ближнем Востоке демократии? Очевидно, нет, потому что через пару часов сидения в одиночке меня отвели в кабинет к следователю.

Внешности шабаковца я не запомнил, тем более что на нем были темные очки в пол-лица. Изменения в собственной внешности волновали меня на тот момент куда сильней.

– Один из ваших людей сломал мне челюсть. Мне нужен врач, – процедил я. Рот еле открывался.

– Врач придет утром. Ты же не ждешь, что мы разбудим его среди ночи ради твоей сломанной челюсти.

– Ну тогда и допрос подождет.

– А это не допрос.

– А что же?

– Беседа.

– Беседа – дело добровольное. Я не хочу здесь торчать.

– Завтра пойдешь домой. Уже сегодня.

– Никуда я не пойду, пока вы детей не отпустите.

– Стамблер, ты не в том положении, чтобы ставить нам условия.

Я смотрел поверх его головы на календарь с изображением молоденькой японки в традиционной одежде.

– Что, по жене соскучился?

Господи, какой я идиот, проглотил столь примитивную приманку. Но и они не ахти какие профессионалы.

– У вас календарь за прошлый год, – мстительно отозвался я. – Непорядок.

– Я вообще тебя не понимаю. Ты же взрослый человек, семейный, успешный, не фанатик. Как тебя занесло в компанию этих мальчишек, которые умеют только пейсами трясти и в солдат плеваться?

На это я даже отвечать не стану. Этот человек никогда не поймет, чем для меня была Офира. Ради очередного продвижения по службе он, не задумываясь, продаст родную мать, причем не желая старушке ничего плохого. Он никогда не поймет, зачем людям нужно сражаться за что-то большее, чем собственные интересы. Эти фанатичные мальчишки с пейсами в глаза не видели Офиры, но рисковали собой, чтобы не дать восторжествовать ее убийцам. Они вытащили меня из тьмы на свет. Они не дали мне упасть.

– Знаком ли ты с таким-то (известный правый активист)?

– Не лично. Иногда молимся в одном миньяне. Но я вообще не молюсь регулярно.

– Хоть один нормальный из всего коллектива. А знаешь ли ты такого-то (еще одна широко известная личность в узких кругах)?

– Шапочно.

– А посещал ли уроки рава такого-то?

– Ну, посещал. Это же Кирьят-Арба, там все знают всех. Мы – община, если вы тут еще не забыли, что это такое.

– Община. Правое террористическое подполье у вас, а не община. Любимая тема для разговоров – кто сколько убил арабов и сколько накрал чужой земли.

– Конечно, – подтвердил я. – А еще мы обсуждаем планы достижения мирового господства, завоевания Аляски и порабощения всего человечества.

А Малка еще прикалывается, что у меня чувства юмора нет. Просто оно спит и просыпается, когда вести серьезный разговор просто не с кем.

– Стамблер, Стамблер, – покачал головой шабаковец, – ведь тебе есть что терять. Твой способ общения с иностранцами уже тянет на приличный срок. А ведь тебе могут и ту историю в Газе с бульдозером припомнить. Представляешь, на сколько ты сядешь, если не будешь паинькой? Жену тебе не жалко? Сидеть ты будешь долго, а женский век короток. Ты уверен, что она будет тебя ждать?

Прямо как в любимой Малкиной мелодраме. Я коечто оттуда запомнил, про Сибирь, например, а общую идею мне Малка пояснила так: «В некоторых общинах девочек учат, что нет ничего почетнее, чем быть женой талмид-хахама*. А у нас учат, что почетно быть женой человека, преследуемого за убеждения. Вспомни, кто у нас самый известный политзаключенный и откуда приехала его жена». Я вспомнил. Человек сделал, что сделал, и несет наказание, но его продолжают преследовать сверх мер, указанных в приговоре. И рядом, всегда рядом – та, что разговаривает с таким же, как у Малки, акцентом и ничего не боится.

– В общем, ты нам про правое подполье все расскажешь.

– Какое подполье! Что за бред! Люди, чьи имена вы мне назвали, не делают секрета ни из своих взглядов, ни из своих действий. А если вам надо выбить из бюджета средства под свою во всех отношениях сомнительную деятельность, то это не мои проблемы и я не собираюсь вам помогать.

За мной пришли и увели. Я привык шагать широко, а тут ножные кандалы. Меня заперли в крохотном помещении без окон и вентиляции, в котором не было

---

* Букв. «ученик мудреца» (*ивр.*) – раввинистический ученый.

ничего, кроме облицованной белым дырки в полу. Из дырки воняло. Все ясно, про это еще Алекс говорил. Это карцер. Они специально сажают в отхожее место, потому что в таком месте нельзя ни молиться, ни произносить псалмы. Четыре года назад я бы от отвращения начал сходить с ума, биться головой об стену. А сейчас сидел спокойно, привалившись затылком к двери. Молиться вслух нельзя, но нигде не сказано, что нельзя молиться про себя. В глубокой тишине, без внешних помех я слышал то, что хотел. Прекрасные голоса взлетали под низкий потолок. Спасибо вам, Чечилия Бартоли и Рене Флеминг*. И вам спасибо, Эдит и Джоан, Хава и Далия**. Спасибо Всевышнему за ваши голоса.

Наутро врач дал мне болеутоляющие таблетки, которые можно купить в любом супермаркете, а на мое требование сфотографировать это безобразие сказал, что это не входит в его обязанности. Как на грех, тесть опять смылся на какой-то конгресс в Европу, и Малке некому помочь. Он все чаще и чаще приходил мне на ум. Я долго сторонился его, потому что мне было страшно стыдно, что я сделал Малке ребенка без свадьбы. Он понял, что самому мне не вылезти из кустов, и в один прекрасный день посадил меня, как принято у русских, за горячий чай в стаканах и коньяк в чайных чашках.

– Почему ты от меня бегаешь?

– Потому что мне стыдно.

– За что?

Я молчал.

– За что тебе стыдно, Шрага? За то, что моя дочь вернулась из преисподней после пыток, после насилия с ребенком и ты заботишься о ней? Много ли людей на твоем месте не побоялись бы испачкаться

---

* Знаменитый дуэт Sull'aria из оперы «Женитьба Фигаро», звучащий в фильме «Побег из Шоушенка». Исполнялся, в частности, Чечилией Бартоли и Рене Флеминг.

** Имеются в виду певицы Эдит Пиаф, Джоан Баэз, Хава Альперштейн и Далия Лави.

и оскверниться? *И, если есть меж ними коганим, // Иной из них пойдет спросить раввина: // Достойно ли его святого чина, // Чтоб с ним жила такая, – слышишь? с ним!**

– Я не коэн.

– А был бы коэном?

– Ничего бы не изменилось. В храме служить найдется кому, а у Малки, кроме меня, никого нет. Простите, я не так сказал.

– Ты все правильно сказал. Идем дальше. Я знаю, что такое женщина, пережившая изнасилование. Такие женщины почти всегда надломлены. Чуть нажмешь не там – просто по незнанию, – и жажда мести всей мужской половине рода человеческого выплескивается тебе на голову. Была у меня одна такая пассия. Меня хватило на полгода. Ты уже год вытираешь Регине слезы и сопли и терпишь ее истерики.

– Не говорите так. Она очень стойкая. С кем ей плакать, если не со мной?

– Зачем ты это делаешь?

Что значит «зачем»? Как вести себя по-другому и при этом не умереть от отвращения к самому себе?

– Я еще раз повторяю, тебе нечего стыдиться. По отношению к моей дочери ты ведешь себя так, что я тебя с первых дней зауважал. Но даже безотносительно ты мне просто нравишься. Мы же похожи.

На самом деле трудно представить себе двух более непохожих людей. Тесть невысокий, худой живчик с прекрасно подвешенным языком, способный кого угодно на что угодно уболтать и очаровать людей, которых впервые увидел пять минут назад. Эти качества Малка от него в полной мере унаследовала.

– Ты мне можешь сказать, какое решение было самым важным в твоей жизни?

– Уйти из общины, – не задумываясь сказал я.

---

* Отрывок из поэмы Хаима Нахмана Бялика «Сказание о погроме». Потомкам первосвященников (коганим) запрещено жениться на изнасилованной, и даже с собственной женой, если с ней случилось несчастье, коэн обязан развестись.

– О! – Тесть поставил чашку с коньяком на стол и выразительно поднял палец. – Уйти из общины. Зачем?

– Мне надоело, что мне без конца врут. Мне не понравилось, что все за меня уже решили, а мое дело выполнять. Это обидно, когда тебя держат за недоумка, который сам не способен сообразить, какой ботинок сначала завязать*.

– Ты слово в слово сказал то, что я сказал себе, когда мне было двадцать лет. Ну, кроме ботинок, до такого маразма даже советская власть не доходила. И ты, и я не захотели жить по чужим правилам. И ты, и я бросили вызов системе, которая нас подавляла. Советская пропаганда всерьез утверждала, что в оппозиции режиму может быть только человек глубоко аморальный, жадный до денег и вещей или запятнанный сотрудничеством с нацистами в годы войны. Харедим тоже на всех углах твердят, что они единственный сектор общества, сохранивший высокую мораль, что все, кто не живет как в польском гетто, живут как обезьяны в зоопарке и так же беспорядочно сношаются. И там и там пропаганда, один к одному. И там и там обвинения во всех пороках тех, кто живет по-другому. Ты – живой пример нравственной дисциплины и высокой морали, хоть и не бегаешь к ребе советоваться про каждый чих. Ты – живое доказательство того, что Израиль может прекрасно без них обойтись и при этом не перестать быть еврейской страной и не скатиться в полное дерьмо.

– Вы не правы, – тихо сказал я. – Просто это у меня община... какая есть. От них даже другие харедим шарахаются. Еврейский народ прекрасен именно своим разнообразием. Каждый из нас чем-то обогащает всю картину. Мы не можем обойтись друг без друга.

Почти три года прошло с этого разговора. Интересно, чем обогащают картину люди, запершие меня здесь? Люди, в которых нет ничего еврейского, кроме

---

* По алахическому предписанию зашнуровывать сначала следует правый ботинок.

имен и фамилий? Люди, у которых нет в жизни ничего выше и лучше, чем отчет об успешно проведенной операции? Своими репрессиями и усердием не по разуму они вырастят целое поколение людей, ощущающих себя чужими в собственной стране. Вот тогда будет такое еврейское подполье, что всем без исключения будет «хорошо».

Домой меня, конечно, не отпустили. Продолжали ту же жвачку вперемешку с намеками на далеко идущие последствия в случае отказа от дачи показаний. Я ушел в себя, отключался на допросах. За субботним столом у нас дома тесть в лицах изображал сцены из своей гулаговской юности, да так, что женская половина общества смеялась до слез, а молодежь в лице моих братьев валялась под столом. Сумею ли я когда-нибудь так же вспоминать прошлое, через тридцать лет, например? Наверное, нет. Чтобы сделать из допроса stand up comedy, нужно быть Гиорой Литмановичем. И потом ему легко смеяться над русскими. Они ему чужие.

На очередном допросе следователь подошел и поднял штору с одностороннего окна. Я увидел Малку, сидящую на пластмассовом стуле, обняв руками поджатые к подбородку колени. Она всегда сидит в такой позе, когда ей холодно и нет возможности ко мне прижаться и согреться. Из-под края юбки я увидел наманикюренные ноготки на ногах, а вот туфель на полу нигде не было видно. Ну да, было бы странно, если бы они не конфисковали у нее такое опасное оружие, как туфли на шпильках. Полы в этом заведении были каменные, видно, здание старое. Я перевел взгляд с ног выше и увидел, что она сидит с открытой головой. Суки рваные, подумал я и внезапно осознал, что я, собственно, ничем не лучше. Ладно эти, с них и спрос невелик, но я-то что себе позволял? Демонстрировал всем, что она моя собственность, что никакая Галаха мне не указ. Допустим, не указ, но ей же было больно. Я смотрел, пока шабаковец не задернул штору.

– Ну, что скажешь?

Я молчал. Малка знает, как себя вести, она побывала в зубах у куда более кровожадных субъектов. Но простит ли она меня? И с кем остались дети? Хочется надеяться, что близнецы не спалят и не затопят квартиру просто по безалаберности.

– Железобетонные какие-то, – пробормотал шабаковец, когда меня уводили. Если бы.

На шестой день заключения с меня сняли цепь и вывели во двор. Судя по очертаниям на горизонте, я находился в Иерусалиме, в Старом городе. Пока я соображал, что бы это означало, женщина-конвоир привела Малку в каких-то жутких тапочках. Нам молча вручили пакеты с конфискованными при аресте вещами. Выкрашенные в зеленое железные ворота, лязгнув, поползли вправо. Мы наконец остались одни и на свободе. Она взяла мое лицо в свои ладони:

– Бедный мой. Майкл Корлеоне израильского разлива.

Да, как мало надо, чтобы тебя сравнили с литературным персонажем. Получить по мордасам, например. В голове стоял туман, мысли крутились медленно, как каменные жернова. Выросший в Старом городе, я тем не менее не мог сообразить, где мы находимся и что делать дальше. Однако я понимал, что меня не пустят ни в один автобус, не посадят на тремп. А какой еще может быть результат, если шесть дней продержать человека в нужнике без мыла и воды?

– Тебе нужно в микву, – тихо сказала Малка.

Я только хотел высказаться по полной программе на тему грязи, антисанитарии и плохих манер посетителей, но понял, что она таки права. Мне нужен не только душ, мне нужна именно миква. Хасидская миква всегда очень горячая, и окунаться надо сразу, не колеблясь. Упражнение в вере. Вера мне еще не раз понадобится. Иди, куда должен, и не задумывайся, насколько там жарко.

Мы нашли приличного вида микву, Малка осталась ждать меня в синагоге напротив. Я заплатил втрое больше рекомендованного пожертвования. Балан*, жилистый сивобородый старик, посмотрел на меня

* Смотритель миквы.

как-то уж слишком понимающе. Неужели баал тшува и сидел в тюрьме? Я погрузился сразу, не раздумывая. От жара прервалось дыхание. Еще раз. Еще.

– С такой верой далеко пойдешь, если на мелочи не разменяешься, – сказал балан на иврите без акцента. – Ты вообще кто?

– Я... поселенец. Я... шесть дней назад стал поселенцем. Когда меня арестовали.

– И давно на территориях?

– Три года.

– Ну-ну.

Он протянул мне для пожатия левую руку, и только тут я заметил пустой правый рукав.

На автовокзале Малка скрылась в уборной и через какое-то время выпорхнула оттуда с видом только что распустившейся розы с капельками росы. Надо быть Малкой, чтобы выглядеть так, посидев два дня в тюрьме (эти стражи демократии курили ей в лицо и не давали спать) и умывшись в привокзальной раковине.

– Они сказали тебе, зачем они тебя взяли?

– Сказали. На тебя давить. Они решили, что раз ты из всего коллектива один женатый, то ты легко расколешься.

– А ты что-нибудь сказала?

– Я сказала: гы-ы-ы.

– Что значит «гы-ы-ы»?

– Значит очень смешно. Вернее, было бы смешно, если бы не было так печально. Я сказала, что они изображают деятельность по разоблачснию еврейского подполья, начиная с убийства Рабина*, уже больше десяти лет. И пусть назовут мне хоть одну женщину, которую им удалось расколоть. Нет таких. Не ломаются даже двадцатилетние девочки, не видевшие в жизни ничего, кроме поселения, в котором родились и выросли. А я почти сорокалетняя тетка, да еще из России.

---

* Ицхак Рабин (израильский политический и военный деятель) был убит 4 ноября 1995 года на площади Царей Израиля в Тель-Авиве.

– А дети с кем?

– Старшие с дедом, младшие у соседей.

Никак не выучит, что, когда я говорю *дети*, я имею в виду только Реувена с Офирой. В мои обязанности по отношению к близнецам не входит любовь к ним.

– У каких соседей?

– Боаз и Рут Яэль.

Это семейство живет наверху. Так же как мы с Малкой, они были живым опровержением тезиса, что из спонтанных знакомств не получается счастливых и крепких браков. Во время послеармейского вояжа по Индии Боаз умудрился подцепить злую кишечную инфекцию и заблудиться в сельской глубинке, где не было больницы. Его подобрала и выходила индийская семья, и кончилось все тем, что их старшая дочь прошла гиюр и стала Рут Яэль. Лицо болливудской актрисы под строгим аккуратным хабадским париком. Это надо видеть, словами не опишешь.

* * *

Из разговора с машгиахом Шавей-Хеврон (им оказался старый знакомый – Шимон из Тель-Румейды) я узнал, что Менахема скрутило еще по дороге в тюрьму, и у шабаковцев хватило милосердия и здравого смысла отвезти его в больницу. В течение следующих нескольких дней дела тех ребят, которые назвали свои имена, передали инспекции по делам несовершеннолетних. Судья тут же выпустила их на поруки, и они снова приступили к занятиям. Сидеть остались трое самых отчаянных и разозленных, ушедших в глухое отрицалово. Среди них был Итамар, кто бы мог подумать. Ну и Алекса, конечно, не отпустили. Он же опасный тип, совратитель юных душ.

– У меня к тебе просьба. Я велел одному из наших русскоязычных ребят позвонить матери Алекса, но она накричала, не захотела даже разговаривать. Может, у твоей жены получится? Все-таки женщинам легче договориться.

– Нет проблем, – сказал я, а сам подумал, что, кроме родителей Алекса, есть еще одна душа, которая сейчас места себе не находит.

Разговор с матерью Алекса у Малки не вышел. Я слышал доносящиеся из трубки крики и видел, как каменеет Малкино лицо. Перевод мне не потребовался. Мать Алекса не желала иметь ничего общего с людьми, которые превратили ее сына черт знает во что, а теперь еще и обрекли на конфликт с законом и довели до тюрьмы. Мы засели за поиски Тали, что было нелегкой задачей, если учесть, что я не знал ее фамилии, а тот злополучный Фейсбук с фотографией она давно закрыла.

– Ну, что ты о ней знаешь?

– Служила в Магаве. Учится на физиотерапевта. Живет где-то около Тель-Авива.

– Из какого города в России?

– Сейчас вспомню. Неве... Неве... Неве-Черкас... к.

Наверное, я сделал из этого названия тот еще винегрет, потому что Малка взяла меня за руку и посмотрела снизу вверх:

– Господи, как я тебя люблю... Неве-Черкас... к.

Ее пальцы бесшумно скользили по клавиатуре, а я сидел рядом и любовался. На экране выскакивали все новые и новые окна с текстом по-русски и на иврите.

– Нашла имейл. Ты напишешь письмо?

– Лучше ты.

На следующий день я с раннего утра уехал на работу, где меня уже сильно заждались. Разгреб бумажный завал и с облегчением сел в автокран. Привычные движения успокаивали, я впал в состояние, похожее на транс, когда чувствуешь себя одним целым с машиной. Поэтому, когда до меня донесся визг и скрежет мотора мотоцикла, мне потребовалась еще минута, чтобы сообразить, что это такое. Мотоцикл пофырчал и стал. Я завершил цикл погрузки, по рации сказал Ами, что он пожет пойти покурить, и выглянул в боковое окно. Вокруг мотоциклиста стояло несколько человек, в воздухе мелькало множество рук – обычный израильский разговор. Мотоциклист снял шлем, из-под которого рассыпались короткие, но пушистые волосы, отливающие на солнце огненно-бронзовыми бликами. Я увидел лицо подростка с озорными глазами и совершенно квадратной челюстью.

– Слышь, бригадир, слезай. Дело есть! – раздался крик на всю стройку.

Тали поставила всех на уши. Если он из России, так он для вас недостаточно правый? Если он поселенец, так он для вас недостаточно русский? Она так всем надоела, что после трех недель отсидки отпустили всех четверых. Последнюю неделю они молчали, открывая рты, только чтобы есть и молиться. Но, видимо, их там не на убой кормили, потому что от Алекса остались два профиля вместо фаса. К родителям он не поехал и три дня отсыпался в каком-то чулане в йешиве. Придя со стройки домой, я увидел припаркованный у нас под окнами, сверкающий хромированными деталями и алой краской «Харли-Дэвидсон». Еще на пороге услышал возмущенные возгласы:

– Урод фанатичный! Даже не поцеловал! Больше для него пальцем о палец не ударю!

– Разумеется, не ударишь, – спокойно соглашалась Малка. – Тебе в чай лимон положить?

«Урод фанатичный» отлежался и снова взялся за дело. Караваны были поставлены туда, где стояли. Из-под оливы выкопали запаянный ящик. И книги, и израильский флаг, и шофар* – все пропахло ружейным маслом. В этом же ящике, завернутые в промасленные полотенца, лежали наши три легальных ствола. Даже не взглянув на оружие, Алекс бережно взял шофар. Мы стояли навытяжку, как при сирене.

Арабы из Дейр-Каифата подговорили кого-то из своих тель-авивских полезных идиотов поджечь оливы. Но тот переусердствовал и совершил поджог в Шаббат.

---

* Еврейский ритуальный духовой музыкальный (сигнальный) инструмент, сделанный из рога животного. Имеет древнюю историю и традицию употребления, восходящую к Моисею.

Сгорело не больше десятка деревьев. Алекс вышел к журналистам и сказал:

– Это наши оливы. С какой стати мы будем их жечь?

Один Шаббат в месяц он позволял себе провести с Тали, не на объекте. Все было сугубо прилично, Тали ночевала у нас, Алекс где-то еще. Трогательно было смотреть на этих двух влюбленных пингвинов. В том, что Алекс по уши влюблен, никто из нас не сомневался, несмотря на всю его аскезу. Со слов Малки я знал, что у Тали рано умерла мать, что она росла с отцом и двумя старшими братьями, что весь этот дружный почти мужской коллектив питался консервами и что на кухне Тали не умеет ничего. Когда я сказал Алексу, что он еще соскучится по еде с кухни Шавей-Хеврон, он серьезно ответил:

– Ты не прав. Она лучше всех жарит картошку и умеет заваривать чай из настоящей заварки.

– Тогда я за тебя спокоен. Насколько я успел узнать русских евреев, картошка и чай заменяют вам все остальное.

– Некоторым еще и водка.

– Да ладно тебе на своих наговаривать. Я знаю десятки русим, и среди них – ни одного алкоголика.

В этот момент он возился на крыше каравана (к тому времени их было уже не три, а десять), устанавливая спутниковую антенну.

– Кого ты знаешь, Шрага? Кирьят-арбскую элиту, сливки нашей общины? Своего тестя, узника Сиона и профессора? Ты не представляешь, сколько всякой... неприемлемой публики в хвосте алии понаехало.

– Ну так вся страна откуда-нибудь понаехала. Так оно интереснее. Ты не представляешь, что такое закрытое гетто, куда никого не впускают. Оно превращает евреев черт знает во что. Неевреев, наверное, тоже, но я в нееврейском гетто не жил, поэтому сказать не могу.

Со стороны Дейр-Каифата послышался мини-взрыв, кто-то там с петардами баловался. На звук Алекс даже головы не повернул, продолжал заниматься своим делом, только сказал мне:

– Насчет на своих наговаривать – ты за собой последи.

Иногда Тали не выдерживала запрета и приезжала на объект. Наравне со всеми трудилась, таскала, копала, сажала, чистила, красила. На все возражения отвечала словами Розмари Коэн:

– Но это же мой дом.

* * *

Аттикус умер осенью 2009-го, в самый разгар сезона сбора оливок. Последние несколько месяцев он уже плохо ходил, лапы заплетались, но он не шел на руки ни к Малке, ни к Натану, которого отправили из армии в отпуск по ранению. Ветеринар сказала, что ему не больно, он просто старый. А если он не страдает, значит, о том, чтобы усыпить его, не может быть и речи. Я старался не думать, что будет, когда меня в следующий раз призовут на сборы. Что я им скажу? Что я не могу служить, потому что ухаживаю за старым больным котом? Такого в военном мисраде* еще не слышали.

Он потерял силы, но не потерял достоинства и чистоплотности. Не в силах дойти до лотка, он еле слышно подмяукивал, я вставал и нес его, куда велено. Ночью я проснулся от знакомых звуков и понял, что этот раз – последний. Он не хочет в лоток. Он просто умирает и боится остаться один. Я сидел на полу, подложив одну руку ему под живот, где под короткой шерсткой прощупывались старческие худые ребра, а другую положив так, чтобы его голова оказалась у меня в ладони. «Не бойся, она ждет тебя в Ган Эдене», – утешал я, чувствуя, как отчаянно борется со смертью живое существо у меня на руках. Он вытянулся и перестал дрожать, а я продолжал сидеть над ним. И только когда Малка неслышно подошла и дотронулась до моего плеча, я осознал, что Аттикус мертв, а у меня лицо, мокрое от слез.

Наверное, со стороны это выглядело нелепо. В мире столько настоящего горя, а я плачу над мертвым котом,

---

* Министерстве (*ивр.*).

как старая дева. Как хорошо, что есть хоть один человек, перед которым я не боюсь потерять лицо, быть нелепым и неадекватным. Мы втроем поехали хоронить Аттикуса на краю оливковой рощи, у подножия холма Офира. Как приятно ехать по дороге, которую сам же и прокладывал. В роще расположилось несколько арабских семей с детьми и одеялами, тут же паслись два ослика – серый и белый. Если для масла оливки можно собирать и механическим способом, то столовые оливки не соберешь иначе, чем руками или обтрясая дерево. Я ни в коем случае не специалист по оливкам, но эти вещи в нашей стране не знают только ученики особо закрытых йешив и пациенты специальных заведений. Взрослые проводили нас не слишком приветливыми взглядами и продолжили собирать. Я остановил машину. Малка на всякий случай осталась внутри, а мы с Натаном принялись копать сухую землю в две лопаты. Автоматы висели у нас поперек спин. С холма скатились двое ребят.

– Вам помочь?

Взгляд в сторону оливковой рощи.

– Да они не мешают, – ответил я. – Пусть собирают свои оливки, лишь бы гадостей не делали.

– Если что, стреляйте, мы придем.

– Спасибо.

Гадости не заставили себя ждать. Я вскинул глаза на дорогу и увидел там два микроавтобуса с мегафонами на крышах. Машины были увешаны палестинскими флагами и антиеврейскими лозунгами. При виде машин я напрягся, но при виде пассажиров моментально успокоился. Иностранные и израильские активисты, никто не вооружен, большинство – женщины. Конечно, их присутствие неприятно, но нам ничего не угрожает. Они слонялись по роще, фотографировали форпост на холме, кто-то играл с арабскими детьми. Две девушки, на вид американки, таки занялись чем-то полезным и принялись перебирать собранные оливки. Мы с Натаном продолжали копать. Малка вышла из машины, принесла нам по банке колы.

– Надо же, господа поселенцы заняты физическим

трудом. А я уже было подумал, что вы умеете только разрушать.

Высокий, поджарый, седой израильтянин в очках. Университетский профессор или кинорежиссер, больше некому.

Малка коснулась моей руки кончиками пальцев:

– Шрага, мы заняты. Мы Аттикуса хороним.

Да не буду я его бить. Если бить за каждую сказанную гадость, то ни на что другое времени на останется. Но мне показалось, что я его узнал. В конце концов, чем я рискую?

– Профессор Йонатан Страг. Добро пожаловать в поселение Гиват-Офира.

Пауза.

– Не надо пугаться, – продолжал я, с ожесточением вонзая в землю лопату. – Вы достаточно известный человек в узких кругах. Не надо думать, что поселенцы – дикие обскуранты и не умеют пользоваться Интернетом. А я еще имею честь знать вашего сына Ури.

Он уже уходит? Ненадолго же его хватило. А я как раз собирался рассказать ему про пулевые дырки в стене комнаты, где спят его внуки. Давид, Веред-Мириам-Хая и Элеонора-Яффи.

Мы выкопали яму нужного размера, и я достал из багажника запаянный цинковый ящик. Оглянувшись на дорогу, я увидел, что к нам снова едут гости. Полицейская машина и два армейских джипа. Что такое? Что опять не так? Почему люди не могут спокойно собрать оливки и похоронить животное? Пришлось напрягать глаза, я увидел, что профессор Страг беседует с начальником полицейского наряда, указывая поочередно то на нас, то на форпост на холме. Все понятно. Ничего, на полицейского начальника мы напустим Малку.

– Что вы здесь делаете?

Вопрос на грани фантастики. Мы тут живем. И арабы тут живут. А вот что тут делает тель-авивский профессор Йонатан Страг со товарищи, не совсем понятно. Не к сыну же он приехал.

– Кота хороним, – ответила Малка.

Начальник полицейского наряда, нехудой марокканец, снял роскошные темные очки и вытаращился на Малку, как будто увидел инопланетянина.

– Какого еще кота?

– Нашего.

– А почему на вас жалуются, что вы напали на арабов?

– Арабы жалуются? – преданно глядя на начальника, уточнила Малка.

– Нет, но... Так, я все понял. Сейчас солдаты оцепят эту рощу, здесь будет закрытая зона, и пусть катятся все к чертовой матери. Никаких оливок. Надоели со своими провокациями.

Ну, это уж слишком. Пришлось вмешаться.

– Ты помнишь, что в прошлый Йом-Ацмаут здесь погибла библиотекарша из Иерусалима по имени Офира?

– А то нет.

– Я ее сын. Это ее форпост, в ее честь назван. Пока не приехала эта компания на микроавтобусах, никто никому не мешал. Арабы занимались своим делом, мы своим. Но этим нужна провокация, нужны горячие новости. Если ты поведешься на их провокацию, мы все будем выглядеть ужасно.

Начальник долго думал. Мое поведение не укладывалось ни в один из его шаблонов.

– Ты, сын погибшей, просишь, чтобы им разрешили собирать?

– Именно так. Именно этого она бы от меня ожидала. Просто выгони отсюда неместных. От них все неприятности. Я хочу, чтобы этот форпост стал постоянным поселением, а скандал только помешает.

Тут инициативу перехватила Малка. Она сунула полицейскому прямо в руки пакет, и тот испугался, как будто там лежал дикообраз или бомба.

– Это что?

– Банановый кекс.

– Они поднимут крик до самого окружного командования, что мы берем взятки у поселенцев.

– Ни фига. В ваших инструкциях написано, что съедобный подарок стоимостью меньше пятидесяти шекелей не приравнивается к взятке при условии, если съедается всем отделением. Я уверена, что вы поделитесь с вашими коллегами. И вообще, какие между евреями могут быть взятки?

На этой фразе начальник наряда сломался. Через десять минут никаких международных наблюдателей и израильских активистов в роще не было. Полицейские уехали их сопровождать и проследить, чтобы они не возвращались.

– Не боитесь? – спросил меня на всякий случай сержант, командующий солдатами.

– Нет, – односложно ответил я.

Даже если завтра они убьют Малку и детей, я не начну бояться. Я отсюда не уйду.

Мы расстелили одеяло, перекусили, и я поймал себя на том, что протягиваю руку в пустоту в надежде, что Аттикус подойдет и даст себя погладить. Надо ли говорить, что через несколько дней наше изображение появилось в интернетовской «светской хронике» под шапкой «Агрессивные поселенцы запугивают палестинских крестьян, собирающих оливки».

* * *

Пурим* 2010-го начался для нас с супружеской ссоры. Надо сказать, что Пурим я никогда не любил. Атмосфера карнавала, когда истинные лица людей скрыты масками, когда не знаешь, чего от кого ожидать,

---

* Еврейский праздник, установленный, согласно библейской Книге Есфири, в память о спасении евреев, проживавших на территории Древней Персии, от истребления Аманом-амаликитянином, любимцем царя Артаксеркса. Сплетя сеть интриг, Аман добился согласия царя на уничтожение всего еврейского народа. Узнав об этом, Есфирь явилась к Артаксерксу и убедила его посетить приготовленный ею пир, во время которого обратилась к нему с просьбой о защите евреев. Поскольку царские указы не подлежали отмене, был разослан новый указ, дающий евреям право противиться исполнению первого. В силу этого указа евреи с оружием в руках восстали на защиту своей жизни и уничтожили множество врагов (в тексте говорится о семидесяти шести тысячах убитых), в том числе десять сыновей Амана.

кто есть кто в действительности и, следовательно, как с кем общаться, выматывала меня, раздражала, бесила. Когда Малка жила еще в Маале-Адумиме, я настоял, чтобы она сняла со стены своей спальни маску, привезенную из Венеции. Я не мог найти себе места, не мог общаться, заниматься любовью, пока эти пустые глазницы смотрели на меня со стены. По мере того как у меня на глазах погибали люди, как приходилось убивать самому, я все больше и больше укреплялся во мнении: да, это прекрасно, когда евреи побеждают, убивая своих врагов, а не наоборот. Это нужно и необходимо, только так и должно быть. Но это не повод для веселья и карнавала. Кроме того, я считал, что психику детей надо щадить, что до определенного возраста не надо рассказывать им, как весь мир нас ненавидит. Они это так или иначе все равно узнают. Каждый раз, когда евреи побеждают врагов, они оплачивают это дорогой ценой. Чтобы напомнить нам об этой цене, существует Йом-Хазикарон, день памяти павших. Зачем что-то еще? Я уж не говорю о том, что побеждать почетно в бою, а не при помощи дворцовых интриг и женских прелестей.

На эти общие проблемы накладывались еще и специфически хевронские. Начиная с 1994 года каждый Пурим неизменно сопровождался антиарабской вакханалией. Мне очень не нравилось, что кое-кто не имеет понятия о собственном человеческом достоинстве и дает вражеской пропаганде все новые и новые поводы нас демонизировать. Хоть бы они что-нибудь конструктивное сделали. Всем жителям Н2, и евреям и арабам, после Пурима 1994-го только хуже стало. Экономика сдохла, на улицах пусто, и, как всегда, поселенцы виноваты. Что тут праздновать?

Понятно, в каком настроении я проснулся. В таком, что даже Малка меня раздражала. Она порхала по квартире, собираясь в синагогу, и бросала на меня красноречиво-недоуменные взгляды. Эта игра в гляделки мне надоела, и я сказал:

– Малка, я остаюсь дома. Если хочешь, оставь со мной детей и иди одна. Тебе полезно от нас немножко отдохнуть. Офиру бы я точно не брал, она в соплях.

– Но Реувен так ждал... Я этот костюм сама изобрела.

– Ладно. Бери Реувена, и идите вдвоем.

– Шрага, нехорошо. Ну как же я пойду одна?

– Ты пойдешь не одна. Там целая группа идет, все вооруженные, чего ты боишься?

– Но без тебя...

– Без меня. Тебе надо поменьше волноваться о том, что люди подумают.

– Шрага, мы живем в общине. Если ты хотел анонимности большого города, то надо было селиться в Тель-Авиве.

Я встал и грохнул об угол стола кружку с надписью: Six Flags San Antonio. Как она смеет напоминать мне, что у меня не хватило денег на большее, чем квартира на территориях. Жили бы мы все равно здесь, это не вопрос денег. Но она могла бы быть тактичнее. Я услышал, как из прихожей она зовет Реувена по-русски, как закрылась за ними входная дверь. Реувену обещали трещотки, карнавал и кучу сладостей, и он оделся без обычного бенефиса. Совершенно невозможный стал, ему обязательно надо всех построить и всеми командовать. Ну и я не лучше. Сейчас догнал бы и извинился. Все, опоздал. Куда я сопливую Офиру дену?

Пока Офира спала, я занялся кухней – холодильник, плита, в последнюю очередь пол. Размеренные движения успокаивали, я понял, что правильно сделал, что остался дома. Испортил бы людям праздник одним своим видом, зачем? Просто у нас с Малкой разные темпераменты. Мне достаточно ее и нескольких близких друзей, и одиночество меня совсем не угнетает. А ей обязательно нужно быть в обществе, встречать и узнавать новых людей, это ее подпитка, иначе она завянет. Пусть ходит. Все равно ко мне придет. В комнату близнецов я даже заглядывать не стал, не хотел наживать себе инфаркт. Такое впечатление, что им не было известно назначение книжных полок и шкафов для одежды, потому что книги и шмотки кучами валялись на полу. Дальше передо мной встала дилемма: пылесосить в гостиной, пока Офира спит или когда проснется. Дело в том, что наше младшее чудо ужасно боялось пылесоса. Стоило Малке его завести – плач на всю Кирьят-Арбу. Ладно, не могу я видеть, как она со страху плачет. Мальчик бы у меня, конечно, стоял и смотрел на пылесос, иначе что из него вырастет. Но девочку так переламывать нельзя, иначе получится в лучшем случае Розмари Коэн, да будет память ее благословенна. Очень хороший человек и очень несчастный. Я развернул пылесос и увидел, что Офира давно уже не спит, а сидит на полу с пальцем во рту и с интересом за мной наблюдает. Никаких слез и криков. Ну да, папа заведомо круче пылесоса, чего бояться.

Я быстро закончил с ковром и занялся ребенком. Искупались, поели, постригли ногти, закапали в нос капли. На стадии капель Офира перестала мне улыбаться таинственными улыбками Моны Лизы и заявила свой протест. Но даже протест в ее исполнении был тихим и очаровательным. Дети унаследовали от нас каждый свое. Реувен – мою склонность руководить и Малкину – кричать. Офира – мою молчаливость и Малкино обаяние. Жалко, что больше у нас детей не будет, интересно смотреть, какие они выходят. Потом я сделал то, что делают все нерадивые отцы. Вместо того чтобы заняться с ребенком чем-нибудь развивающим, я отнес ее в нашу спальню, положил рядом с собой на кровать и включил компьютер. Обычно люди смотрят спорт или новости, но я хотел расслабиться и включил выступления корейского, естественно женского, танцевального ансамбля. Все там было сугубо невинно, именно так, как я хотел. Просто любовался их движениями и удивлялся, как можно одновременно петь, танцевать и улыбаться. Восточноазиатские женщины – это просто совершенство. Придет моя, живая, скажет мне, что посуду бить не обязательно и что таким асоциальным личностям, как я, надо жить в караване на курьих ножках. Я не понимаю, как можно подтрунивать над человеком и при этом с обожанием на него смотреть. Не понимаю, но все равно приятно. Офира на какой-то момент перестала по мне лазить, уставилась в компьютер и восхищенно закричала:

– Има![*]

Вот тебе звоночек. Твой ребенок уже путает родную мать с посторонними тетками. Нет, пора завязывать с этим делом. Я же не за экзотику люблю Малку. А Офира в своем репертуаре. Знает, может быть, десять слов на обоих языках, но четко понимает, с кем на каком языке говорить. Это тебе не Реувен, у которого русский и иврит идут потоком, а поймут его или нет, это, как он считает, не его проблема. Я захлопнул компьютер. Ну чем развлечь эту мелочь? Или пусть сама себя развлекает?

Раздался звонок в дверь. Плакало мое уединение, сейчас по квартирам начнет бегать ребятня с мишлоах манот[**]. И не открыть дверь нельзя. Именно так я заработал первые свои деньги, именно это было одним из самых светлых моих детских воспоминаний, а было их очень немного. С Офирой на руках я вышел в прихожую и, не поглядев в глазок, открыл дверь. На пороге моего дома стоял ни много ни мало командующий хевронским военным округом в сопровождении двух офицеров.

– Где она? – не слишком вежливо спросил я. Меня охватила такая же паника, как пять лет назад, когда я решил, что Натан заперся в туалете и режет себе вены. Такая же, только в сто раз сильнее.

– Кто? – удивился полковник.

– Моя жена.

Люди переглянулись.

– Мы не знаем, где твоя жена. Мы надеялись найти ее здесь.

– Заходите. – Я отступил от двери и жестом пригласил их войти. Не разговаривать же через порог.

Мы сели в гостиной, а я соображал, зачем они, собственно, сюда явились, причем явно не по мою душу.

---

* Мама! (*ивр.*)

** Заповедь, в соответствии с которой каждый еврей в Пурим обязан послать другому по крайней мере два различных вида пищи.

Что Малка могла натворить? Накричала на кого-нибудь из иностранцев? Но эти дела в ведении полиции, а не армии. Зачем невоеннообязанная Малка им понадобилась?

– Ты следишь за новостями? – спросил командующий.

– По радио каждое утро по дороге на работу. А что?

– Тебе имя Валид Иссам Кобейри ничего не говорит?

– Это который голодовку объявил?

– Он, сердешный, – усмехнулся один из офицеров. – Уже два месяца голодает.

– Чего он хочет?

– Чтобы его отпустили и извинились. Он из тех, кто организовывает убийства, а не исполняет непосредственно. Потому и зацепить его трудно. Те исполнители, которых мы раскололи, никогда не выступят в открытую. Вот и получается, что доказательств куча, а предъявить в суде нечего.

Теперь я начал вспоминать. Надо отдать арабам должное, этот пропагандистский спектакль им удался. Узник совести, голодающий за решеткой израильской тюрьмы. Предъявите мне обвинение или отпустите. На Израиль отовсюду сыпались окрики и выражения обеспокоенности. Если где-то у приемников сидят инопланетяне и прослушивают нас, у них, наверное, сложилось впечатление, что нет на планете Земля более гонимого существа, чем Валид Иссам Кобейри.

– Хорошо, но при чем тут моя жена?

Все трое обменялись обеспокоенными взглядами.

– Мы конфисковали его коллекцию дисков. Я уже блевать больше не могу, но я должен все просмотреть. На одном диске он пытает женщину, похожую на твою жену, и обращается к ней на иврите. Это возможно?

Я выдержу. Я не раскисну. Малке было хуже.

– Да, это возможно. Я могу взглянуть на диск? Только без звука.

Один из офицеров достал из кейса компьютер, раскрыл. Курсор забегал, и, как черный провал в ад, возник маленький экран посередине большого, а в нем – Малка, без одежды, привязанная к радиатору. Невидимый оператор приблизил камеру к ее лицу. Плотно сжатые веки, закушенные губы, дорожки от слез на щеках.

– Има! Бо-бо! – раздался пространный комментарий у меня над ухом. Я опомнился и прижал личико Офиры к своему плечу.

– Эта она. Хватит.

Компьютер захлопнулся, повисло тяжелое молчание.

– Где она? – глухо спросил полковник.

– В синагоге Тиферет-Авот. Мегилу* слушает. Я ей СМС напишу.

– Хорошо. Лиор, бери машину и езжай за ней.

Захлопнулась дверь. Надо бы предложить людям кофе, но я не мог издать ни звука.

– Я сразу ее узнал, – медленно сказал командующий. – Твою жену сложно не запомнить. По многим причинам.

– Вы установили дату записи? – выдавил я из себя наконец.

– Апрель 2005-го. Теперь я смотрю на тебя совсем по-другому, Стамблер. Мне двух просмотров хватило, и я уже хотел их всех убить. А каково тебе?

– Каждый из нас сдерживается. Изо дня в день.

– Но каков гусь, а? Он еще смел жаловаться на плохое обращение.

Снова наступила тишина, прерываемая лепетом Офиры и трелями дверного звонка. Я судорожно обнимал теплое маленькое существо, как тонущий из последних сил цепляется за деревяшку. Она делала нестерпимую боль терпимой. К тому времени, как пришла Малка, Офира уснула прямо на мне.

– Где Реувен? – спросил я.

– Остался на карнавал. Гельфанды его приведут.

---

* Мегила, или Мегилла (*ивр.* «свиток») – талмудический трактат, входящий в раздел Моэд и содержащий преимущественно правила о публичном чтении книги Есфирь в праздник Пурим.

Реувен и Матанель Гельфанд дружили даже удивительно постоянно для таких маленьких. Я долго объяснял Реувену, что друг – это не собственность, и когда он это понял, то все стало нормально.

– Малка, где вы были в апреле 2005-го?

– Я знала, что кто-нибудь когда-нибудь об этом спросит. Я была в Узбекистане, в плену.

– Вас пытали?

– Да.

– Кто?

– Я мало успела о нем узнать. Не очень-то и хотелось. Во время этих сеансов он рассказывал мне по-английски и на иврите про ужасы оккупации. Он говорил, что сидел в тюрьме.

Полковник выложил на стол фотографию:

– Узнаете?

– Узнаю.

– Значит, вот он, наш узник совести. Лицо палестинского сопротивления.

Малка засмеялась жутким надтреснутым смехом, задрав лицо к потолку. Совсем как покойная Офира. Звук был такой, что содрогнулся седой человек с парашютными крыльями на груди и беретом десантника под погоном. Смех прекратился так же внезапно, как начался, она стояла перед нами в летящей белоснежной юбке и приталенной синей жакетке с тремя массивными застежками. Воплощение скромности и утонченности.

– Что вы хотите с ним делать?

– Предъявить ему обвинение в издевательствах над вами. У нас есть та хроника, которую он заснял.

– Я готова. Все что нужно, я сделаю. Только не дайте ему помереть. Выводить из голодовки следует очень аккуратно. Я не медик, но мой отец держал голодовки в советских тюрьмах.

– Мой тоже, – подал голос офицер с компьютером, – в Перми.

– А мой в Мордовии, – улыбнулась Малка.

– Вы бы еще всю Сибирь вспомнили, – хмыкнул командующий, но напряжение спало.

– У меня к вам две просьбы, – повернулась к нему Малка. – Организуйте мне пресс-конференцию. Я хочу, чтобы все это видели – съемки и мою спину. Никакие они не правозащитники и не борцы за человеческое достоинство. Они не имеют права даже стоять рядом с этими святыми для нас понятиями. Я хочу рассказать всему миру, что они делают с людьми, оказавшимися в их власти. Рассказать и показать. Чтобы все увидели этот звериный оскал. Мне трудно заново переживать это, я стараюсь жить по Торе, и раздеваться перед посторонними людьми не в моих привычках. Но ради доброго имени нашей страны я это сделаю. Устройте мне пресс-конференцию, *мефакед*.

Обращение по уставу прозвучало в исполнении Малки так смешно, что мы все невольно заулыбались.

– А вторая просьба?

– Останьтесь с нами пообедать. У евреев радость, праздник. Он сказал мне: даже если придется обменивать тебя живой, я тебе перед обменом лицо изуродую. Будешь сидеть в психушке и бить зеркала, лишь бы в них не отражаться. Но я дома с мужем, с детьми, с евреями. Ни в какой не в психушке. Разделите со мной эту радость.

– Лиор, что у нас с расписанием?

– Брифинг в шестнадцать ноль-ноль.

– Какой идиот назначил брифинг на праздник?

Повисло неловкое молчание. Всем стало ясно какой.

– Передвинь брифинг на семнадцать тридцать. Мы остаемся.

Если бы Малка удосужилась спросить меня, я бы сказал, что ей надо лечь в постель, выпить чего-нибудь успокаивающего и поспать, а не кормить эту голодную ораву. Вообще-то я любил наблюдать за ней в роли маленькой хозяйки большого дома, если уж быть до конца честным – гордился. Ладно, пускай делает, если ей это в кайф. Ради праздника она извлекла на свет божий бабушкино наследство – сервиз, чудом переживший обстрелы и бомбежки Ленинграда и последующий переезд в Израиль. Народ с благодарностью подмел и грибной суп, и плов, и нечто, когда куча разных овощей укладывается вместе с мясом и все запекается в одной кастрюле. Разговаривала Малка в основном с гостями на нейтральные темы, но каждый раз, пробегая мимо меня, касалась моего плеча. За кофе с печеными яблоками командующий округом сказал:

– Насчет пресс-конференции. У вас еще есть время подумать. Я не отказываюсь и не отговариваю, но это решение должно быть осознанным. Ваши жизни станут публичным достоянием. Каждое ваше слово, Малка, будет подвергаться сомнению. Наша пресса сочувствует убийцам, а вы от них сочувствия не дождетесь, потому что вы еврейка и живете там, где живете. Они будут писать про вас разные гадости, искажать ваши слова. Они это умеют, поверьте мне. А на тебя, Стамблер, вот такая (он показал какая) пачка компроматов. Те левые активисты, которые регулярно таскаются в Хеврон, уже запомнили тебя в лицо и по имени. Прошлой осенью профессор Йонатан Страг записался ко мне на прием, чтобы пожаловаться на тебя.

– Слава богу, хоть не на родного сына, – вставил я.

– Не волнуйся, – грустно усмехнулся полковник, – на сына он тоже жаловался. Я говорю это к тому, что ты не из тех, кто будет сидеть и слушать, как правдивость и честь твоей жены подвергают сомнению. Для тебя эта пресс-конференция может кончиться тюремным сроком. Подумайте и сообщите мне. Решение должно быть общим на двоих.

Гости ушли. Мы с Малкой стояли в прихожей. Широкая юбка не помешала ей буквально прыгнуть на меня, обхватив руками за шею и ногами пониже. Маленькое тело сотрясалось от беззвучных рыданий.

– Больно, Шрага... Больно... Бо-о-льно!

В любой момент могут явиться Гельфанды с Реувеном, а мы тут стоим. Переместились в гостиную на диван. Я смотрел в быстро темнеющее небо за окном, успокаивал ее, как младенца, и думал про пресс-конференцию. Для чего ей это надо? Как она сказала – ради доброго имени нашей страны. Страна обойдется, тем более что в глазах мирового общественного мнения мы всегда были и будем виноваты. Малка для страны уже достаточно сделала и делает. А если нет? Если ей, как Натану, надо посмотреть в глаза своему мучителю и сказать перед свидетелями: вот он, Амалек, вот то, что он мне сделал. Розмари учила меня: преступление продолжается, пока жертва молчит.

Она уснула, обессилев от плача. Я накрыл ее пледом и принялся убирать со стола. Даже если бы этот «правозащитник» сделал с ее лицом то, чем угрожал, я бы все равно на ней женился, все равно бы любил. А как иначе? Любое другое поведение было бы, как выражается Хиллари, *маамаш субстандарти*. Прицепить ивритское окончание к английскому корню и пустить это существо в обращение – для нее любимое дело.

Эстер Гельфанд привела Реувена с кучей трофеев, выигранных в разные викторины. Руки, рукава, рот, щеки и даже уши у него были в чем-то сладком и липком, похоже, что в начинке для хоменташей*, а в волосах застряли конфетти.

– А где костюм? – спросил я Эстер.

– Он его Матанелю подарил.

Ну молодец, что я могу сказать. Мы его учим-учим делиться, и похоже, что усилия начали приносить плоды. Потом проснулась Офира, вернулись из гостей близнецы, и весь вечер у нас не было возможности поговорить спокойно. Только поздно вечером весь коллектив наконец утихомирился, а мы остались вдвоем. Господи, до чего же хорошо – вдвоем и тихо, и ее головка у меня на плече. Слава богу, можно.

– Малка, ты можешь мне сказать, зачем тебе пресс-конференция?

Она привстала и изумленно на меня посмотрела:

– Как зачем? А тебе самому не ясно?

---

* Хоменташ – традиционное для еврейской кухни печенье в форме треугольника, выпекаемое накануне Пурима и потребляемое в период этого праздника.

– Лучше тебя никто не скажет.

– Потому что я не хочу быть жертвой.

– Полковнику ты не то сказала.

– Полковнику я сказала на его языке. Мои психика и личностные проблемы его не волнуют и не должны волновать. А вот репутация страны и армии – да, должна.

Маленькая женщина, которая не хочет быть жертвой. Маленькая страна, которая не хочет стать жертвой. Он желчью зальется, когда увидит Малку – живую, здоровую, красивую. Счастливую – я смею надеяться – жену и мать. *Муставэтним.* В идеале я должен его убить, и я не возражал бы сидеть за это в тюрьме, сколько положено. Только, зная Малку, могу быть уверен, что она таки будет возражать.

– Шрага, ау, ты где?

– Здесь я, здесь, с тобой.

– Я к тому говорю, что тебе не обязательно туда со мной идти.

Тут пришла моя очередь привстать.

– То есть как не обязательно?

– Полковник прав. Это может закончиться мордобоем и тюремным сроком. И это еще лучший вариант.

Интересно, какой же вариант хуже?

– А худший вариант какой?

– Это если мне будет говорить гадости женщина-журналист или пожилой мужчина. Бить их ты не станешь, будешь сидеть в углу и мучиться, что ты опять меня не защитил. Будет у тебя очередной эпизод с головной болью и кровью из носа. Я буду волноваться за тебя и не смогу сосредоточиться на вопросах, которые мне будут задавать.

– А почему этот вариант хуже мордобоя с тюрьмой?

– А потому, что ты любишь контролировать ситуацию. Ты предпочтешь сидеть в тюрьме, но знать, что ты сделал так, как считал нужным, а все подстроились.

– Ну, в общем, да. А это что, плохо?

– Нет. Но это нелегко. Ни тебе, ни тем, кто тебя любит.

Чтобы я, боже упаси, не усомнился и не забыл, кто тут меня любит, моей рукой тут же завладели, и я ощутил легкое щекотание ресниц – как бабочка села.

– Ладно, посмотрим. У нас более насущные проблемы. Чем будем гостей завтра кормить? У нас тут бригада Голани побывала.

– Сделаем тако-бар*, как в Техасе.

Вот ведь знает, как сделать мне приятное. Техас был моим первым и единственным в жизни отпуском, а воспоминания о нем – верным способом поднять настроение.

– Шрага, ты все-таки был не прав утром.

– Был не прав, – согласился я, запуская руку в ее волосы. – Можешь еще сказать, что я, *эйх омрим бе русит*, ка-зи-ол-са-кре-бу-чи, *нахон*?**

Малка выскочила из постели, как будто ее водой облили.

– Кто тебя этому научил? Мейрав или Смадар? Я им головы поотрываю!

– При чем тут Мейрав и Смадар? Я услышал это в русском миньяне. Человек рассказывал про своего шефа.

Как мы смеялись! Все-таки, принимая во внимание обстоятельства, Пурим получился не таким мрачным.

– Ну почему, почему ты учишь по-русски одни ругательства?

– Не правда. – Я говорил отрывисто, потому что, для того чтобы что-то сказать, требовалось от нее оторваться и сконцентрироваться, а это было нелегко. – Я выучил все мультфильмы, которые Реувен просит показать.

– Ага. Мультфильмы. Это так мы, значит, за ребенком смотрим.

– У меня не было, пусть у него будет. Не вижу проблемы.

– Тебе они просто самому нравятся.

---

* Организация застолья, при которой подаются лепешки, начинки и приправы, и гости сами готовят и заворачивают закуски.

** Как сказать по-русски... правильно? (*ивр.*)

Конечно, нравятся. И музыка, и графика. А еще мне нравится, что Малка не боится говорить мне правду. Значит, доверяет. В те ночи, когда мы спали по отдельности, меня преследовали тяжелые сны из собственного детства. Мамино лицо, лицо человека, привыкшего к насилию, отупевшего от страха. Каким надо быть извергом, чтобы жена тебя боялась.

* * *

Через два дня военная прокуратура предъявила Валиду Иссаму Кобейри формальное обвинение, а вместе с обвинением исчез повод для продолжения голодовки. Арабские СМИ и их ивритоязычный филиал «Гаарец»* объявили, что борьба палестинского правозащитника входит в новую фазу и его не сломит никакая клевета. Военные власти решили сделать процесс открытым и пустить на него журналистов. Это лучше любой пресс-конференции.

– Я о такой свидетельнице даже мечтать не мог, – сказал военный прокурор. – Жалко только, что из Кирьят-Арбы.

– Почему? – сделала Малка невинные глаза.

– А то сами не понимаете.

За три дня до первого заседания «Гаарец» опубликовала Малкины данные с соответствующими комментариями. Ну конечно, необразованная репатриантка из России, склонная, как и все они, к тоталитарному сознанию, живет в поселении и делает все, что ей диктуют. В поселениях, оказывается, мужчины диктуют женщинам, сабры – иммигрантам, урожденные евреи – герам**, а рав диктует всем. Странно они нас себе представляют. Даже мне с моим более чем отрывочным образованием был виден нижайший уровень этой журналистики. Назвав Малку необразованной, они кон-

---

* «Страна» (*ивр.*) – старейшая ежедневная израильская газета, выходит на иврите и английском.

** Прозелитам.

кретно облажались. У них у самих дипломы Еврейского университета в Иерусалиме. Я уже не говорю о том, что, кроме стандартного набора русский-английский-иврит, она знала еще и французский настолько, чтобы читать на нем профессиональную литературу. Их версию происхождения ожогов и шрамов у Малки на спине мне узнать еще предстояло.

Когда на следующий день я явился на утреннюю молитву в русский миньян, народ встал и зааплодировал. Для меня это более чем странно, я не сталкивался раньше с этим обычаем и вообще ничем не заслужил оваций. На работе шеф сказал:

– Береги ее, that lotus blossom of yours*.

Он бы еще напомнил завести машину, прежде чем ехать, и автомат дома не забыть.

– Почему lotus blossom? – спросил я. Лучше использовать возможность узнать что-то новое, чем без толку раздражаться.

– Да каждая из них, в общем, цветок, – неопределенно хмыкнул шеф. – Если не мегера, конечно.

В течении всего времени до процесса мы находили у дверей нашей квартиры корзины с цветами, воздушные шарики, домашнее печенье и записки: «Не бойся, сестренка» и «К правде, к правде стремись, чтобы ты жил и владел землей, которую Господь, Бог твой, дает тебе»**.

Накануне процесса я пошел на вечернюю молитву в синагогу Авраама-Авину. Бессильный сделать больше, чем уже сделал, я мог только одно – просить. Просить, чтобы ей не причинили больше боли, чем она может выдержать. Молитва за других у меня всегда шла легче и чище, чем молитва за себя. То, что я знал о себе, тянуло меня вниз, обращаться наверх с просьбами о себе лично я не решался. Пусть Всевышний сохранит меня, пока я нужен. После окончания молитвы Ури Страг тронул меня за локоть:

---

* Этот твой цветок лотоса (*англ.*).

** Дварим 16:20

– Пойдем на улицу. Это не разговор для святого места.

Мы вышли.

– Не бойся, он сдохнет. Голодовка больше двух месяцев – это гарантированно посаженная печень. Это я тебе как врач говорю. Максимум полгода-год. Но это при условии, что голодовка честная.

– А что, бывает, что они тайком едят?

– А как же. Марвана Баргути* даже на видео записали, когда он во время голодовки весь обед стрескал.

– А когда это было?

– Где-то в середине нулевых, не помню точно. Был большой скандал. Ты что, не помнишь?

Ну да. В середине нулевых у меня не было проблем насущнее Марвана Баргути с его липовой голодовкой.

Заседание назначили почему-то на час дня. Тесть сказал, что заберет близнецов из школы и встретит нас в здании суда. Я усомнился.

– Вы уверены, что они там нужны? Маленькие еще. Если они не центр внимания, они начинают бузить. Оно Малке надо?

– Им пора взрослеть. Если не сейчас, то когда?

В хевронском штабе сказали, что нам выделят транспорт и отвезут. Оружие мне велели не брать. В любой другой ситуации я бы их послал. Но раз они дают нам транспорт, значит, и охранять по дороге будет кому. Они сказали, что будут ждать нас в одиннадцать тридцать у главного входа в синагогу Тиферет-Авот. Когда мы туда подошли, то увидели толпу женщин с колясками и детьми. Человек тридцать, не меньше. Когда они заметили нас, словно волна пробежала. Из рук в руки передавались букеты цветов, и скоро Малку уже видно не было. Так, охапка цветов на ножках. У дверей синагоги стояла королевская чета – рав и рабанит, основав-

---

* Палестинский политик, один из лидеров и полевых командиров движения «ФАТХ», руководитель террористической организации «Танзим». Осужден израильским судом к пяти пожизненным заключениям за совершенные в ходе терактов убийства пяти человек и к сорока годам за покушения на убийства.

шие поселение в далеком шестьдесят восьмом, когда большинства из нас еще на свете не было. Впрочем, стояла – это не точно. В последние годы рав сильно сдал и передвигался в инвалидной коляске. А рабанит за ним ухаживала. Малка повернулась к ним лицом и склонилась в глубочайшем восточноазиатском поклоне, что было довольно нелегко с такой кучей цветов. Я похолодел. Будет ей сейчас проборка за нееврейское поведение. Было очень тихо. Несмотря на кучу детей кругом, слышалось, только как на весеннем ветру шелестит целлофан, обернутый вокруг букета у подножки инвалидной коляски. Рабанит, бывшая еврейская девочка из Бронкса, перешла на язык своей юности:

– Give them hell, girl. Give them hell*.

Я не расслышал, что Малка ей ответила, да и сама рабанит, наверное, не расслышала. Над синагогой завис вертолет «Яншуф»**. Женщины как по команде ухватились за свои шляпки и косынки. В усилитель, перекрывая шум двигателей, раздалось распоряжение:

– Стамблер, поднимитесь на крышу, оба! Ваше такси приехало.

Одним из главных моих в жизни удовольствий было управлять машинами – чем мощнее, тем лучше. Но никогда так не было, чтобы хоть один из этих грейдеров, бульдозеров, экскаваторов, кранов на платформе вот так вот преодолел свою тяжесть и взмыл в небо. С 2000 года я в той или иной степени солдат, а в вертолет сел впервые. Господи, как легко и хорошо. Но я тут же вспомнил, куда мы направляемся, и сжал Малкину руку. А вот она, похоже, об этом думать не хотела. Только и слышалось:

– Шрага, посмотри, какая красота! Это что, Эйн-Геди? Нет, Эйн-Геди дальше на восток! Ой, видишь там красные крыши? Это Кармей-Цур? Не знаешь? А кто знает?

---

* Задай им жару, девочка. Задай им жару (*англ.*).

** Так в Израиле называют вертолет Blackhawk. «Яншуф» на иврите означает «сова».

В ней было все, чего мне так не хватало в себе самом: легкость и яркость, теплые живые эмоции и доверие к миру. Как маяк на темном берегу, оно светило, это доверие, не убитое ни пытками, ни насилием. Светило всем, кому посчастливилось с ней рядом находиться.

Нас ссадили на крышу, и скоро я понял почему. Перед зданием суда толпились люди с видеокамерами, стояло много полицейских машин и вэнов с названиями разных новостных каналов. Какими-то коридорами нас провели в комнату с длинным столом для конференций и экраном на стене. В углу на табуретке стоял титан с кипятком, лежали принадлежности для кофе- и чаепития. За столом сидели тесть, Мейрав и Смадар и еще какие-то люди. Увидев мать, Мейрав и Смадар встали. Мне ни разу не удалось разглядеть в них ничего, кроме общеизраильской расхлябанности и типично сефардского пофигизма (да простит мне Йосеф), а тут они встали синхронно и четко, как регулировщицы на пхеньянском перекрестке. *«Встаньте, мисс Джин Луиза,* – отчетливо прозвенело у меня в голове, – *идет ваш отец»**.

Сюрпризы на этом не закончились. Я уже научился читать Малкино лицо и понял, что она удивлена и обрадована. Прежде чем до меня дошло, что происходит, она уже обнимала двух людей, сидящих за столом, – стройную немолодую даму в брючном костюме и парня в джинсах и черной водолазке.

– Шрага, это мой брат Ярон. А это его мать Орли.

Орли, которая в свое время вынимала из тестя душу за то, что ему на голову свалилась дочь из России. Ярон, бывший для нас всех непроходящей головной болью, потому что после армии он вышел из шкафа и стал жить со своим бойфрендом. Тесть страдал, я сказал, что извращенцев в моем доме не будет, а Малка, набравшаяся в университете всяких идей, честила нас гомофобами и мракобесами. Они все-таки пришли ее поддержать. Насчет Орли у меня была своя теория. Ее

---

* Фраза из фильма «Убить пересмешника».

старший сын готовился получить ученую степень в Бостоне и, если я не ошибаюсь, намылился там остаться. От Ярона внуков она уже точно не дождется. Остается Малка, вот она и решила помириться. Пускай. Все равно никто не заменит нам Офиру. Что до Ярона, то черт его знает. Малка к нам его не приглашала. Но есть Интернет, есть телефон, да и до Тель-Авива недалеко. Значит, они все-таки общались. Наверное, что-то нормальное есть в его душе, раз он любит свою сестру. Кто бы ее не любил.

В комнату зашла молоденькая солдатка и настроила экран. Перед нами появился зал заседания суда. Пока что пустой. Идеальный вариант. Мы видим Малку, она знает, что мы здесь. Как всегда, она старалась, чтобы окружающим было по максимуму эмоционально комфортно. Только пальцы в моей руке становились все холоднее и холоднее. Зашел военный прокурор:

– Пора, гверет Стамблер.

Под столом Малка погладила меня по руке и пошла. Я проводил ее взглядом и уставился воспаленными глазами в экран. Зал постепенно наполнялся людьми. Кого только тут не было. Одних депутатов кнессета я насчитал четыре штуки. Весь цвет движения за гражданские права. Интересный у них концепт гражданских прав. Чуть поодаль от всех сидела короткостриженая блондинка в строгом черном костюме. Явно не журналистка.

– Доставьте обвиняемого!

Доставили. В инвалидной коляске, не подняться бы ему с нее подольше. Рядом с коляской встала пожилая женщина, похожая на сушеную рыбину из русского магазина.

– Я адвокат обвиняемого Селестина Унгерман, – и нежно погладила своего подзащитного по плечу.

Меня чуть не вырвало. Привязанность нашей интеллектуальной элиты к убийцам имела явно сексуальную окраску, это было видно даже мне, до семнадцати лет не знавшему слова «секс». Благообразный старик с белой бородой в первом ряду дописался до того, что у покойного Арафата глаза газели. Очевидно, те же мысли пришли в голову тестю, потому что он стукнул кулаком по столу и тихо выругался по-русски. Сначала я расстроился, не увидев в зале никого из наших, а потом подумал – это правильно. Наши заняты. Они работают, служат в резерве, растят детей, строят форпосты, а некоторые еще и Тору учат по вечерам. Они умеют выразить тепло и поддержку, а делать из этого пиар-акцию совсем не обязательно.

– Прокуратура, сколько у вас свидетелей?

– Трое. Потерпевшая, военнослужащий, проводивший арест обвиняемого, и эксперт по аутентификации доказательств.

– Вызвать потерпевшую.

– Вызывается Малка Бен-Галь.

Тут надо заметить, что хоть она и была для всех «гверет Стамблер», в документах осталась старая фамилия, чтобы не иметь проблем с близнецами, их школой, детскими врачами и прочей бюрократией. Малка обещала мне, что, как только близнецы вырастут, она сменит фамилию. Она стояла на свидетельской трибуне, глядя на человека в коляске грустно и спокойно.

– Назовите ваше имя и место жительства.

– Малка Бен-Галь. Кирьят-Арба.

Можно подумать, их кипятком облили.

– Позор!

– Провокация!

– Это поселенцев надо судить, а не палестинцев!

И тут мы услышали женский голос, кричащий по-русски. Кричала та самая блондинка. В потоке русских слов я уловил имя Малка и повернулся к тестю в ожидании перевода. Орли и Ярон повторили мое движение. Им все-таки не приходилось слышать русский язык каждый день, соответственно, у них заняло больше времени сообразить.

– Она кричит: «Держись, Малка! Не бойся!»

Судья, бывший спецназовец с устрашающим шрамом через все лицо, быстро навел порядок.

– Кто еще крикнет с места – выведу всех, у кого нет пресс-карты. Кто вы такая?

– Я депутат кнессета. Я пришла выразить поддержку потерпевшей как женщине, подвергшейся насилию, за добровольное присоединение к еврейскому народу. Я сама гиюр прошла.

– Выразили – и хватит. Ладно эти, – кивок на арабских депутатов, – думают, что они на базар пришли, – ропот возмущения, быстро прервавшийся, – но раз вы еврейка, так ведите себя прилично. А то выведу, не посмотрю, что депутат.

У Малки заняло десять минут, чтобы рассказать прокурору всю предварительную сагу – поездку в Узбекистан на встречу с матерью, стычку в аэропорту, визит в израильское посольство с информацией о контрабанде женщин для публичных домов, посещение корейского кладбища, ошибку узбекской мафии и подстроенную аварию. Журналисты слушали с открытыми ртами. Вопрос за вопросом прокурор восстанавливал всю картину.

– Вы можете продемонстрировать суду следы пыток?

– Я возражаю, – возмутилась адвокат. – Это восстановит суд против моего клиента.

Ну, предположим, клиент уже сам постарался.

– Возражение отклоняется.

Малка сняла пиджак, сделала одно движение рук за спину. Судья закрыл глаза, не сдержался. Потом Малка повернулась к журналистам, и я увидел, что ее водолазка раскроена на спине и в шов вставлена молния. То-то Эстер приносила ей швейную машинку, то-то они целый вечер колдовали. Достоинство царской дочери на пьедестале*. Кто же на пьедестале раздевается? Они увидели всё: рубцы, шрамы, коллоидную ткань, аккуратно починенный хирургами участок кожи, где раньше было вырезано слово «Фалестин»**. Ножом.

– У меня вопросов к свидетельнице больше нет, – провозгласил прокурор.

---

* Перефразирование стиха из псалмов Давида: «Достоинство царской дочери – внутри».

** В арабском нет звука «п», поэтому арабский вариант латинского названия Палестина звучит как «Фалестин».

Адвокат Унгерман минут двадцать вытаскивала из Малки душу, пытаясь добиться признания, что Малка обозналась, потому что ей все палестинцы на одно лицо. Когда это не сработало, она сменила пластинку:

– Скажите, свидетельница, а вы не боитесь вашего мужа?

Орли и Ярон изумленно уставились на меня, тесть и девочки продолжали смотреть в экран.

– А почему я, собственно, должна его бояться? – ответила Малка вопросом на вопрос.

– И какое это имеет отношение к делу? – добавил прокурор.

– Непосредственное. Никто не оспаривает тот факт, что свидетельница подвергалась насилию. Защита хочет предложить суду альтернативную версию.

– Предлагайте, – с каменным лицом отозвался судья.

– Свидетельница, известно ли вам, что в 2005 году ваш муж отсидел в тюрьме за издевательства над задержанным палестинцем, вследствие которых последний покончил с собой?

– Да, известно.

– Известно ли вам, что в 2006 году ваш муж ударил о мусорный ящик гражданина Германии, находящегося в Хевроне с гуманитарной миссией, в результате чего последний перенес множественные переломы лицевых костей?

– Да, известно.

– Известно ли вам, что в 2007 году французский журналист подавал жалобу в полицию и утверждал, что в результате общения с вашим мужем он лишился видеокамеры и двух зубов?

– Да, мы возместили стоимость камеры. А ваш клиент выбил два зуба мне.

– Известно ли вам, что в 2008 году ваш муж избил палестинца тяжелым предметом?

Нежная улыбка преобразила Малкино бесстрастное лицо, а я даже и не мог вспомнить, что это был за тяжелый предмет. Просто тогда схватил первое, что близко лежало, и на этом закончилась его попытка попрактиковаться в английском языке. Пусть произносит слова Chinese whore* где-нибудь в другом месте, хоть у китайского посольства. Помнится, Малка была так благодарна, а я не понимал за что, я же его даже не убил.

– Да, это было у меня на глазах.

– Известно ли вам, что в 2009-м ваш муж избил активиста организации «Студенты против Стены» около незаконного поселения Кармей-Цур?

Чушь. Я его не бил. С какой стати я буду отнимать у жителей Кармей-Цура их права? Я там ровным счетом ничего не сделал, ну и чем хвастаться?

– Впервые слышу. Но какое это имеет отношение ко мне?

– Я бы тоже хотел услышать наконец что-нибудь по существу дела, – сказал судья таким тоном, что даже мне стало не по себе.

– Как какое, милочка? – в голосе адвоката слышалось искреннее огорчение тем, что Малка своей непроходимой тупостью задерживает процесс достижения Высшей Справедливости. – Из того далеко не полного списка, который я огласила, ясно, что даже на общепоселенческом фоне ваш супруг выделяется редкой жестокостью и склонностью к физическим расправам. Конечно, вы его боитесь, любая бы на вашем месте боялась. Но это не повод оговаривать невинного человека, – тут в голосе адвоката зазвенели неподдельные слезы, – более бесправного, чем вы сами.

– У защиты есть еще вопросы к свидетельнице? – очнулся наконец прокурор.

– Шрамы на вашей спине – это дело рук вашего мужа, а раввины поселения велели вам оклеветать борца за свободу Палестины.

– Все! – ледяным тоном сказал судья. – Я понял содержание вашей альтернативной версии. Больше я свидетельницу не задерживаю.

– Ваша честь, дайте мне три минуты. Я хочу ответить, хоть вопроса и не было.

---

* Китайская шлюха (*англ.*).

– Отвечайте.

Малка выпрямилась во весь свой великолепный рост, раскосые глаза наполовину вылезли из орбит, на шее натянулись жилы, но голос был по-прежнему спокойным.

– В перерывах между борьбой за свободу Палестины от евреев ваш клиент пытал меня и растлевал ребенка. Я не боюсь мужа. А то, что его враги его боятся, это хорошо, это нормально и правильно. Вы дожили до преклонных лет, но так и не поняли разницы между страхом и любовью. Я благодарна мужу за то, что могу больше не бояться вашего клиента и ему подобных. И еще много за что, но вам – не понять.

Ее ресницы взметнулись вверх, глаза уставились прямо на меня, в неприметную камеру, висящую под потолком в зале суда. Губы шевельнулись, как тогда, когда она в первый раз приснилась мне, еще в Меа-Шеарима. *Ты сильный, Шрага. Ты справишься.* Конечно справлюсь. Меня несколько раз серьезно били, у меня два ножевых ранения и два огнестрельных, я до крови ударился головой о приборную доску бульдозера, от производственных травм у меня плохо гнутся пальцы на левой руке и сместились диски в позвоночнике, но почему так больно именно сейчас?

– Ну что ты сидишь, как на похоронах? – зашипел на меня тесть. – Ему жена на всю страну в любви признается, от счастья вся светится, а он сидит как мумия на трибуне Мавзолея, прости господи.

Вслед за Малкой был вызван сержант, производивший арест. Адвокат пыталась ловить его на чувстве вины. Известно ли вам, что в результате ареста отец моего подзащитного перенес обширный инфаркт? Известно ли вам, что малолетняя племянница моего подзащитного от страха перед вашими солдатами пыталась выброситься из окна? Сержант отвечал односложно и по-деловому.

– Скажите, сержант, вам совсем не стыдно?

– Простите, за что?

Не случайно в списке преступлений оккупационной армии перед семьей подзащитного не упоминались жена и дети. Чтобы араб из небедной семьи, без явной инвалидности в тридцать лет ходил в холостяках – это неслыханно. Значит, там такие глубокие нарушения личности и психики, что под ковер их не заметешь, от потенциальной невесты не скроешь, перед родней и соседями не оберешься позора. Этот человек не пригоден для создания семьи, для нормальной жизни. А вот для джихада – в самый раз.

Вслед за сержантом был вызван тот самый капитан, сын узника Сиона, на которого упала неприятная обязанность просматривать видеотеку арестованного. Ему досталось больше всех. Если в начале процесса адвокат Унгерман напоминала мне (вспомнил слово!) воблу, а в дальнейшем щуку, то сейчас она превратилась в настоящую пиранью. Она вцеплялась в каждое сказанное свидетелем слово и трепала его на лоскутки. За полчаса она двадцать раз назвала капитана некомпетентным, десять раз дураком, а намеки в стиле «русские тут понаехали» звучали буквально в каждой фразе. Конечно, русская алия не без проблем, конечно, каждую крупицу знаний о своем наследии им приходилось с боем выцарапывать, конечно, с ними паршиво обошлись, но в их суровой холодной России их научили многим полезным вещам, например, любить свою страну, какой бы она ни была. И за это они нашей самозванной элите так ненавистны.

– Я что-то перестал вас понимать, госпожа Унгерман, – сказал наконец судья. – Если у вас есть сомнения в аутентичности съемок, то вам следовало пригласить своего эксперта, чтобы он посмотрел на эти спорные доказательства.

– У нас нет эксперта, – растерянно отозвалась Унгерман.

Такого хода со стороны судьи она явно не ожидала.

– Позвольте вам не поверить. Поддержать вашего клиента пришел цвет израильской науки, и нет никого, кто бы мог отличить аутентичную сьемку от поддельной?

Тесть хмыкнул, Орли тоже еле сдержала смешок. Я недоуменно на них посмотрел. По-моему, ничего смешного судья не сказал. Из их объяснений я понял следующее. «Цвет израильской науки», сидящий в зале, был исключительно гуманитарных специальностей. Чтобы уличить прокуратуру в изготовлении поддельных съемок, надо обладать техническими знаниями и навыками, а вот в этом они были, мягко говоря, не сильны. Технарь уважает факты, иначе он просто не сможет выполнить свою работу. Людям, сидящим в зале суда, факты давным-давно заменили лозунги их студенческой молодости и разросшееся чувство вины, требующее все новых и новых жертв.

Где-то часов в шесть судья объявил, что допрос обвиняемого и вынесение вердикта состоятся завтра в девять утра. Тут же открылась дверь, и появилась Малка в сопровождении солдатки. Бледная, измученная, что они с ней там делали?

– Сейчас вся эта журналистская братия отчалит, и вы можете спокойно идти ночевать в отель. Вот ваши ваучеры, командование оплачивает свидетельнице и сопровождающему лицу одну ночь пребывания. Завтра в семь тридцать за вами заедут. А сейчас сидите, пока мы вам не дадим знать, что можно выходить.

– А мы? – спросила Мейрав.

– А вы идите домой. Журналистов интересует только ваша мама.

Солдатка ушла. Мы распрощались с семейством, Орли с Яроном отбыли в Тель-Авив, тесть сказал, что придет завтра один.

– Дед, ты нас забыл спросить? – возмутилась Смадар на иврите. – А мы тут что, мимо пробегали?

– Девочки, дед прав. Ничего интересного тут завтра не будет. Еще одна порция соплей про то, как им тяжело живется при оккупации. Я думала, вам уже надоело.

– Ну, в общем, надоело… – согласились близнецы.

– Так и идите себе в школу. Когда мне была нужна поддержка, вы меня поддержали. Завтра только вердикт объявят.

– А если оправдают? – Две пары глаз широко распахнуты, две тонкие беззащитные шейки вытянуты.

Вылитая мать. Нет, все-таки русские – жесткие люди, совершенно не жалеют детей. Какого черта тесть их сюда привел смотреть на этот кошмар? Рано им, рано. Похоже, он осознал свою ошибку.

– Если оправдают, тогда будем думать, как с этим жить дальше.

Мы с Малкой остались одни. Некоторое время она просто сидела с закрытыми глазами и молчала. Сидела, конечно, у меня на коленях и голову мне на плечо положила. Все, больше мне ничего не надо. Кто-то общается с миром разумом, кто-то языком, кто-то интуицией. Залман и Моше-Довид предпочли бы существовать в виде бестелесного разума, чтобы заботы по поддержанию тела не отвлекали их от изучения Торы. Натан, как антенна, ловит эмоции окружающих и поэтому, оценивая людей и предсказывая их поступки, всегда оставляет меня далеко позади. Я же всегда предпочитал взаимодействовать с миром при помощи тела, физически изменять свою среду обитания. Ребенком и подростком я ни одного урока не мог высидеть в йешиве до конца. Мне обязательно надо было встать, походить, сделать что-нибудь конкретное. В дебатах мудрецов, в хитросплетениях логики я пытался ухватиться хоть за какую-нибудь деталь, которая бы раскрыла мне, как применить полученные знания в собственной жизни. Искал и не находил. Арамейские слова просачивались сквозь пальцы, как песок, оставляя после себя слабую головную боль. Кстати, мой дебют как сантехника состоялся не в Хевроне, а задолго до этого, в родной йешиве. Из-за очередной заварушки на территориях арабский сантехник не явился, и сделать работу было некому. О том, чтобы платить арабу с территорий столько, сколько его труд действительно стоил, речь даже не заходила. Платить тот минимум, который потребует себе за работу любой еврей, даже оле-хадаш, – их душила большая жаба. Я покрутился в библиотеке, посмотрел, как работает тамошний сантехник, где какие вентели, и сумел повторить этот нехитрый набор действий. Несмотря ни на что, я надеялся, что отец похвалит меня за инициативу, расторопность и за то, что руки растут из правильного места. Черта с два. Он только наорал, что не дело сыну уважаемого человека копаться в канализации, что я его опозорил и что если я хочу продолжать его сердить, то отлынивать от изучения Торы – это самый верный способ. Отлынивать от изучения Торы я, конечно, не перестал. Только перестал интересоваться, что отец по этому поводу скажет.

– Шрага, с тобой так тепло... спокойно... безопасно.

Вот, слышишь, лживая пиранья. Ей со мной тепло, спокойно и безопасно. Мне захотелось ее порадовать, и я сказал:

– Ярон... пусть приходит к нам, если тебе это в радость. Но один.

– Не придет, – зашелестело у моего плеча. – Ты бы пришел в дом, где меня видеть не хотят?

– Не смей сравнивать, – прошептал я, прижимая ее к себе. – Не смей.

На следующее утро мы сидели в той же комнате вдвоем с тестем и смотрели в экран. Малку опять изолировали, потому что свидетелям наблюдать за процессом не полагалось. Судья терпеливо выслушал длинную сагу об ужасах оккупации и драматическую речь адвоката. Съемки подделаны, Малка наговаривает на ее клиента, чтобы опорочить национально-освободительную борьбу палестинского народа. Но это все судью не убедило. Валид Иссам Кобейри был признан виновным и приговорен к десяти годам тюрьмы. Будем надеяться, что Ури Страг прав со своим медицинским заключением. Национально-освободительная борьба палестинского народа пусть ищет себе новый символ. А нам пора домой. Зал суда опустел, экран погас. Дверь распахнулась, и появился судья собственной персоной. Он заглянул в бумажку:

– Гиора Литманович.

– Здесь! – по-военному откликнулся тесть.

Судья пожал ему руку:

– Вы воспитали замечательную дочь.

Самое интересное, что он прав. Пусть тесть не видел Малку с трех до восемнадцати лет, но он так себя вел, что она его уважала. Это и есть воспитание.

Судья повернулся ко мне:

– А ты, значит, и есть тот самый садист, который каждый день кого-нибудь избивает между завтраком и утренней молитвой?

– Вообще-то молиться полагается до завтрака, – изрек я.

Видимо, я опять чего-то не понял или что-то не то сказал, потому что тесть и судья переглянулись с таким видом, как будто им трудно не засмеяться.

– Слушайте, как ваша дочь с ним живет?

– Очень хорошо. Вы же слышали, ваша честь.

– Слышал. Значит, так, Аспергер. Я выслушивал этот бред, что ты будто бы истязал свою жену, с единственной целью – не дать им повода для апелляции. Я понимаю, что было неприятно, но поверь, это было необходимо. Вертолет ждет вас на крыше. Катитесь в вашу Кирьят-Арбу и будьте там счастливы. Шалом.

Распорядившись таким образом, судья нас оставил.

– Как он меня назвал? – спросил я тестя.

– Аспергер. Это такая болезнь, когда у человека плохо с чувством юмора, он воспринимает все буквально и не видит за деталями общей картины.

На крыше меня ждал сюрприз. Там толпилась вся судебная канцелярия, десяток младших офицеров и десяток солдат. Вертолет взмыл в небо, они сорвали с голов береты и замахали нам вслед.

Их было много, этих людей, чьих имен я так никогда и не узнал, – мужчин и женщин, религиозных и светских, в форме и без оной. Они провожали Малку теплыми взглядами и говорили ей добрые слова, они дарили ей цветы и отказывались брать у нее деньги за бензин, они отдавали ей честь и просили благословения. Народ сам, своей властью ее признал. Теперь, когда все всплыло, Малка стала посещать нашу местную микву, не боясь породить в маленькой Кирьят-Арбе волну слухов и напугать пожилую баланит* до инфаркта. В первое посещение ее тут же пропустили без очереди в отдельный люксовый бассейн, куда допускались только невесты перед свадьбой, женщины, пришедшие на первое окунание после родов, и жены арестованных. Баланит не смогла сдержать слез. А Малка и в микве не перестала быть соцработником.

– Гверет Либерман, давайте попробуем в следующий раз сменить рутину. Я подожду своей очереди на общих основаниях, а вы не будете так расстраиваться.

– Да разве же дело во мне, деточка? Тебя вон как истерзали.

– Но ведь не съели, а так, обгрызли по мелочи. Как же я без вашей помощи окунаться-то буду?

Все получилось так, как Малка хотела. Неисправимая оптимистка, она надеялась, что евреи все-таки поняли, что их ждет в «многоконфессиональном государстве, управляемом по законам шариата». Я, хоть и не был оптимистом, но тоже надеялся. К моему удивлению и радости, кое-что поняли и наши близнецы. Не могу сказать, что они на следующее утро проснулись праведницами, но они перестали скандалить с Малкой, а мне теперь хамили не постоянно, а так, по настроению. Уже победа.

* * *

Не успели мы отойти от одной судебной эпопеи, как мне пришло письмо из Хайфы. Там говорилось, что я вызываюсь ответчиком по делу, где другими ответчиками назывались ни больше ни меньше Государство Израиль и Армия обороны Израиля. Мне от такой чести плохо не станет? В качестве истцов значились Кен и Милдред Каннингем. Родители Рахели. То, что иск гражданский, а не уголовный, меня не слишком утешило. А по-настоящему я разозлился, когда узнал, что они подали в суд на компанию «Катерпиллар». Странно, но иск против израильского правительства и ЦАХАЛа

* Смотрительница миквы.

не вызвал у меня таких сильных эмоций. За последние несколько лет я какой только строительной техникой не управлял, но бульдозер DS9 Caterpillar был у меня первым, и я, как дурак, к нему сентиментально привязался. Уже сколько еврейских домов было разрушено этой машиной, но для меня он когда-то был домом, большим, чем казарма. В этой кабине я впервые почувствовал себя хозяином своего пространства. Я был никем, нищим необразованным мальчишкой из средневекового гетто, и, управляя этим бульдозером, впервые понял, что могу кем-то стать. Но это все мои личные дела. А так поведение супругов Каннингем напоминало мне поведение Реувена. Он был энергичный и подвижный мальчишка, но страшно неуклюжий, типичный слоненок в посудной лавке, точно не в Малку. Он постоянно обо что-нибудь стукался и приходил от этого в ярость, хватал первый попавшийся предмет и начинал со всей дури колотить о мебель, дверь или любое другое препятствие, посмевшее у него на пути оказаться. Но человеку все-таки четыре года, а тут взрослые люди. Их дочь решила бросаться под бульдозер, а виновата в этом, конечно же, компания, эти самые бульдозеры производящая.

Когда представитель прокуратуры заявил мне, что я буду давать показания из-за барьера, чтобы истцы меня не увидели, я хотел встать и уйти. Почему я должен прятаться? Я не совершил преступления, не был осужден. Перебирая в памяти подробности того мартовского дня семилетней давности, я не мог обозначить ни одного момента, о котором мог бы сказать: «Если бы я не...» Я оказался в этом бульдозере, потому что родился в еврейской семье в Иерусалиме. Потому что я перестал верить тем, кто меня учил, и тому, чему меня учили. Может быть, чья-то учеба и чья-то молитва на каком-то непонятном мне уровне и защищала кого-то лучше самолетов и танков. Чья-то – может быть. Но не моя. Самое лучшее, что я мог сделать, – это встать на пути у убийц. Заслонить собой мать, младших, Офиру, Малку, которую я тогда еще не имел счастья знать. Я благодарен Всевышнему за то, что он дал мне такую возможность. Окажись я в этом бульдозере еще раз, я бы делал все то же самое.

Пришлось сидеть за перегородкой. В конце концов это ненадолго. На вопросы судьи и адвокатов отвечал какой-то другой человек, с таким же лицом и таким же голосом, как у меня, с такой же синей с белым кипой на поседевших в прошлом году волосах, в таких же джинсах и таком же свитере, но это был не я. Настоящий я уже давно бы встал и сказал: мы уже шестьдесят лет здесь защищаемся и будем защищаться еще шестьдесят. И еще. Сколько понадобится. Кому не нравится – катитесь из нашей страны к чертям собачьим.

Заседание с моим участием закончилось, я вышел на стоянку, сел в машину, но никуда не поехал. Ждать пришлось недолго, из здания суда вышли супруги Каннингем в сопровождении адвоката. Я вышел из машины и медленно пошел в их сторону, стараясь не спугнуть. Сердце стучало оглушительно, я был вынужден напомнить себе, что никому, кроме меня, не слышно.

– Мистер Каннингем и вы, мэм. Вы просили суд, чтобы вам позволили увидеть того, кто управлял бульдозером. Вам было отказано. Я считаю, что это несправедливо. Это был я. Моя фамилия Стамблер. Вы вправе высказать мне все, что хотите.

– Вы не имеете права разговаривать с моими клиентами напрямую. Только через меня, – раздался голос с утрированным арабским акцентом.

Заткнись, дерьмо. Я не хочу видеть тебя иначе, чем через прицел, а слышать не хочу вообще. Я не нуждаюсь в посредниках, и уж во всяком случае ты мне для этого не подходишь.

Милдред напряженно вглядывалась в меня, словно искала чего-то. Кен смотрел куда-то мимо, его лицо застыло от ненависти. Интересно, долго мы будем так стоять? Наконец Милдред нарушила молчание:

– Ты хочешь попросить у нас прощения?

– Нет, мэм. Мне жаль Рахель и жаль вас, но я не мог сформировать намерения ее убить хотя бы потому, что никогда не видел ее живой.

Наконец-то Кен соизволил на меня взглянуть:

– Тебе нравится издеваться над нашим горем? Ты убил нашу дочь, и тебе не в чем раскаиваться?

– Не в чем, мистер Каннингем. Вы хотели посмотреть на водителя бульдозера, и я не вижу причин прятаться от вас. Но если вы хотите раскаяния и извинений, то за этим вы должны идти не ко мне, не к моему командованию и не к моему правительству. Люди, которым ваша дочь помогала, считают убийство еврейских гражданских лиц легитимной вооруженной борьбой. Это их право, но и жизнь вашей дочери они оценили дешево. Они сочли, что ее можно принести в жертву ради пустого дома и туннеля под ним. У вашей дочери был выбор, кого защищать и кому помогать. Она сделала этот выбор и за него расплатилась. У меня не было выбора. Евреев некому защитить, кроме меня и других таких же. Эта обязанность для меня свята, я не могу представить себе другого поведения и не собираюсь оправдываться.

– Наша дочь находилась в оппозиции злу. Она была солидарна с людьми, находящимися под жестокой оккупацией. Ты обвиняешь их в том, что они сопротивляются?

Такое впечатление, как будто я разговариваю со стенкой. Неужели моего английского не хватает? Как будто я только что не говорил о выборе и о расплате за выбор. Значит, оккупация? Сейчас и об оккупации поговорим.

– Вы забыли историю своей страны, мистер Каннингем. Ваши предки осваивали те земли, которые сейчас называются штатом Орегон, земли, которые им с роду не принадлежали. Они строили форты, школы и церкви, прокладывали железные дороги и делали все это с винтовкой в руках. Они верили в то, что нет ничего чище и лучше их цивилизации, и они победили. Кажется, это называется manifest destiny*. У нас тут своя manifest destiny, во всяком случае, древнее вашей.

---

* Предначертанная судьба (*англ.*).

– Ты закончил свою лекцию по американской истории? – спросил адвокат.

Я продолжал выжидательно смотреть на Кена, даже ресницами не пошевелил.

– Какое все это имеет отношение к моей дочери? – устало спросил Каннингем. На лице араба появилось выражение, одинаковое для адвокатов во всем мире, когда хочется засунуть клиенту в рот грязный носок, да вот нельзя.

Я не мог смотреть на Милдред, потому что то, что я сейчас собирался сказать, не говорят матери, потерявшей ребенка, будь это хоть двести раз правдой. А отцу – можно, он мужчина, он не развалится. Его задачей было научить Рахель отличать добро от зла, любовь от ненависти, повстанцев от убийц. Его задачей было научить Рахель высоко ценить себя. Он этого не сделал и пытается переложить ответственность на Израиль, на ЦАХАЛ, на меня, на компанию «Катерпиллар». Не выйдет.

– Какое отношение? Самое прямое. На вашем месте я бы гордился такими предками и научил бы тому же свою дочь. Тогда Рахель гордилась бы тем, что она американка, и служила бы своей стране, вместо того чтобы помогать разрушать чужую. Она бы нашла более интересное и продуктивное занятие, чем жечь американский флаг. Почему она так ненавидела свой дом, мистер Каннингем? Может быть, ей было там плохо?

Кен понял. Он двинулся, чтобы ударить меня, но с двух сторон его удержали жена и адвокат.

– Ты за это ответишь!

– Непременно. Я для того и назвался вам. Шрага Стамблер из Кирьят-Арбы.

Я не мог отказать себе и проследил реакцию адвоката на название Кирьят-Арба. Могут у меня быть свои маленькие удовольствия?

Они развернулись и ушли. Я сидел в машине, и теперь, когда закончились протокольные обязанности по выражению сочувствия, сердце исходило кровью по-настоящему. Рахель Теллер, шестнадцати лет, пиццерия в Карней-Шомроне. Двое других подростков умерли сразу, а она еще неделю мучилась. Рахель Гавиш, убитая на глазах старого отца. Рахель Леви, семнадцати лет, пошла за покупками в иерусалимский супермаркет и не вернулась. Рахель Шабо, спокойно ждущая смерти над телами троих маленьких сыновей. Рахель Бен-Абу, шестнадцати лет, пошла в нетанийский торговый центр купить красивых тряпочек с первой в жизни зарплаты, которая оказалась последней. Я уверен, что вспомнил не всех. Не всех жертв мира по имени Рахель*.

Все-таки Хиллари мне очень помогла. Посреди всех своих забот она нашла время найти и распечатать кучу англоязычных материалов по теме, за субботним столом рассказывать про заселение Орегона и manifest destiny и отыскать фотографию, на которой Рахель жгла американский флаг. Когда Кен и Милдред Каннингем просили суд о возможности «посмотреть в глаза убийце дочери», что они, собственно, ожидали увидеть? Может быть, кого-то, кто истерзан чувством вины и озлоблен на правительство, пославшее его в Газу? Или какое-нибудь кровожадное пугало, идеально подходящее для очередного кровавого навета? При всем моем сочувствии их горю я просто не мог дать им ни того ни другого.

* * *

В Гиват-Офире вовсю шло строительство, несколько караванов уже было готово принять хозяев, и к осени 2010-го Алекс с Тали дозрели до хупы. На празднество чуть ли не в полном составе завалилась йешива Шавей-Хеврон, какие-то рок-гитаристы, с которыми Алекс

* В течение обеих интифад было убито еще шесть женщин и девушек по имени Рахель. Рахель Тамари, Рахель Села, Рахель Мунк, Рахель Тегатрио, Рахель Кор и младший сержант Рахель Леви.

дружил в Рамат-Гане, Талины подружки по гонкам на мотоциклах (первый в Израиле клуб девушек-байкеров), явно впервые в жизни надевшие длинные юбки. Одного из братьев Тали я узнал по срочной службе в Газе семилетней давности. Разделить эту разношерстную толпу на мужчин и женщин не удалось, и я увидел, как Малка утешает мать Алекса, тепло и сосредоточенно, как будто они одни и нет вокруг шумной толпы. Не зная русского языка, я тем не менее примерно представлял себе этот диалог. Инна извинялась, что год назад наорала на Малку по телефону. На что Малка отвечала, что она давным-давно про это забыла, какие могут быть разборки и обиды в такой счастливый радостный день и что мы все благодарны Инне за то, что она воспитала такого сына.

В следующем году нас порадовали законными браками Натан с Ришей. Я оглянуться не успел, а они уже не маленькие, принимают взрослые решения и стоят под хупой с какими-то посторонними людьми. Конечно, то, что люди посторонние, – это мое мнение, а его, как Малка не уставала мне повторять, никто не спрашивал. Но если бы спросили, я бы ничего, кроме хорошего, ни про Нехаму, ни про Азарию не сказал. Нехама была красива спокойной унтонченной красотой польской аристократки вроде тех, что фигурировали в рассказах теток, маминых сестер. Она обгоняла Натана в образовании, росла в куда лучших условиях и все равно умудрялась держаться в его тени. Значит, он действительно ей дороже всего остального. Что до Азарии, то он внушил мне уважение еще до свадьбы и на самой церемонии не разочаровал. Совершенно слепой, он пошел под хупу сам, с прямой спиной, легкими, уверенными шагами. Никаких тросточек, никаких родственников, ведущих под руки. Унизительный обычай, просто стыдно. Что это за жених, которого надо вести под хупу под руки, как глупого мальчишку или немощного старца? Из супружеской спальни он тоже будет бегать к родственникам за консультациями? Азария точно не будет. Мизрахим – они на это дело быстрые. Меня поразило, как быстро он отыскал Ришин палец и одним четким движением надел кольцо. Я про себя благословил: «Благословен... освободивший меня от ответственности».

А вот Бина внушала мне серьезное беспокойство, и оно росло, как нарыв. Когда-то я вообще отрицал, что у людей есть чувства, судил только по делам. За несколько лет, не без помощи Офиры и Малки, до меня наконец дошло, что чувства как раз и определяют все остальное, а дела – это результат. Меня беспокоило не то, что Бина не собирается замуж (не лепить же на человека ярлык старой девы в двадцать два года), а почему не собирается. С Малкой я это не осбуждал, слишком неутешительные выводы напрашивались. Бина не реже двух раз в месяц заходила ко мне на стройку в гости, а когда приезжала в Хеврон, ночевала у подруг. Она действительно серьезно относилась к запрету злоязычия и не сказала про Малку ни одной гадости. У нее были другие способы выразить свое неодобрение. Сначала я думал, что Бине, как и матери, не нравятся Малкин возраст, не безупречно еврейская родословная и обстоятельства рождения Реувена. Потом понял – нет. Там куда более тяжелый случай. Даже если бы я взял в жены девушку из знатного еврейского дома, тепличное растение, не взявшее в руки ни одной книжки, кроме молитвенника, реакция Бины никуда бы не делась. Ревность, типичная ревность. Во всех книжках семья вроде той, в которой мы с Биной выросли, называлось «дисфункциональной». Для меня это был красивый набор звуков, но что-то очень не так в семье, где старший брат и сестра-подросток вынуждены брать на себя функции родителей, взрослых людей. Мы с Биной действовали как опытная супружеская пара, солидарно и слаженно. Я и сам был хорош, нечего сказать. Мне льстило ее подчинение и обожание, я не упускал случая показать Залману, что в изучении Торы он, может быть, и звезда, но дома главный я. И во что это вылилось? Столько лет прошло, а Залман продолжает нас обоих ненавидеть. После очередного новомесячия и свалки у Котеля Бина пришла на стройку с загипсованной рукой на перевязи. Каждая групповая женская молитва у Котеля кончалась для нее синяками и царапинами, но такого не было ни разу.

– Кто? – спросил я.

– Стулья на этот раз были с металлическими ножками, а не с пластмассовыми. Мне попало в локоть. Я не видела, кто кидал.

Все она видела, только говорить не хочет. А кидали Залман и группа ревнителей благочестия, которую он возглавляет. Откуда им было знать, что на самом деле они сражаются не за соблюдение закона в святом месте, а за Залмановы комплексы, его зависть ко мне и злобу на Бину.

– Хочешь, я тебя в Европу отправлю?

– В Европу? – удивилась Бина. – А что я там буду делать?

– Отдыхать ты там будешь. На красивое смотреть. Ты же всю жизнь вкалывала, я хочу, чтобы ты отдохнула.

Вкалывала – это еще мягко сказано. Свое время национальной службы* Бина провела в качестве добровольной помощницы в отделе детской онкологии. Я бы на этой работе через неделю проклял Бога и весь свет. А у нее – крепкая, как алмаз, вера и железобетонное терпение. Зейде Рувен гордился бы.

– Ну что я там буду делать одна, без тебя? И как это – отдыхать и ничего не делать?

Опять двадцать пять. Взрослая умная девушка, а рассуждает как подросток. Если я поеду за границу, то с Малкой.

– Бина, я не могу ехать в Европу. Слишком много европейцев имеют основания жаловаться на меня, и некоторые наверняка пожаловались. Я не получу визу.

– Ну и нечего мне там делать, если ты там не ко двору. Они нас ненавидят. Ты слишком увлечен европей-

---

* Альтернативная армии служба для религиозных девушек.

ской и вообще западной культурой. Твое сердце идет за твоими глазами, и бог знает, куда это увлечение заведет тебя.

Она взглянула в угол каравана, заменявшего мне офис, туда, где висели афиши: «Отверженные», Riverdance, «Призрак оперы» и «Мисс Сайгон». Еще до армии я попал в театр в первый раз. Офира никуда меня не тащила, ждала, пока я созрею сам. И хотя билет мне в последний момент она достала, я простоял, как заколдованный, все два часа, чудом в соляной столб не превратился. Да, меня завораживают красота и эстетика и высокого уровня мастерство, не важно в чем. Опять виноват. Опять не стремлюсь к единственно возможному идеалу – образу еврея, которому ничего не нужно, кроме Торы. Раз Бина права, какой смысл на нее злиться?

– Не хочешь – как хочешь, – сухо сказал я. – Мое дело предложить. Скажи мне лучше, зачем тебе это надо? – и показал на ее загипсованную руку.

– Как зачем? Половина евреев у главной еврейской святыни не смеют вслух молиться. Это, по-твоему, правильно?

– Это не главная святыня. Вот там, где действительно главная святыня, ни один еврей, ни мужчина, ни женщина, рта не имеет права раскрыть.

Я поднимался на Храмовую гору несколько раз и не испытал там ничего, кроме унижения. Это надо же додуматься, из самого святого места на земле устроить для евреев маленький филиал ГУЛАГа. Куда там, в лагерной столовой Гиора спокойно благословлял еду, а человек, который впоследствии спас моего сына, отвечал: «Аминь». В последнее восхождение из женщин в нашей группе была только Хиллари, что не могло не вызвать несколько напряженной атмосферы. На стандартный полицейский инструктаж «не молиться, не петь, губами не шевелить» она совершенно по-школьному подняла руку и спросила: «А стихи читать можно?» – «Какие стихи?» – опешил полицейский. «Талантливые». – «Пусть читает», – сказал сопровождающий из ВАКФа*. Одолжение сделал, чтобы ему провалиться. Хиллари начала, и с первых слогов я узнал любимое стихотворение Розмари, которое она часто читала мне в больнице.

How silent is this place
The brilliant sunshine filters through the trees
The leaves are rustled by a gentle breeze
A wild and open space
By shrubs pink-tipped, mauve blossomed o'ergrown
A hush enfolds me, deep as I have known
Unbroken save by distant insects' drone
A jungle clearing,
A track, through which we bear our load to Him
This is our Paradise Road.

Пауза.

How silent is this place
How sacred is this place**.

Она смотрела в одну точку поверх голов, крупные слезы катились по лицу и падали в песок, и слова ра-

---

* ВАКФ – мусульманская администрация, осуществляющая управление территорией Храмовой горы.

** Вокруг такая тишина,
Лишь солнца свет через листву прольется,
А ветер не заденет, не коснется.
Какая дикая страна, колючих зарослей полна.
Лиловые кусты в цвету.
О тишина, укрой меня и унеси отсюда прочь,
Открой мне тропы муравьев, дорогу в джунглях,
Укажи, как мне пройти сквозь эту ночь.
И где дорога наша в рай.
Вокруг такая тишина,
Святая тишина.

Автор – Маргарет Драйберт (1890–1945), родилась в Англии, по образованию педагог. Занималась миссионерской работой в Китае и Сингапуре. Была интернирована японцами в трудовом лагере на Суматре. Погибла в заключении.

лись изо рта, с трудом преодолевая сопротивление сжатых челюстей:

– We bear our load to Him... This is our Paradise Road... How silent is this place... How sacred is this place...

– Аминь, – отозвался Ури.

– Аминь, – повторил я.

– Аминь... Аминь... Аминь... – проносилось над Храмовой горой.

Только сейчас до этих стражей порядка дошло, что Хиллари их элементарно надула со своим английским языком. Но что писать в отчете? Что женщина оставила их в дураках? Да и боязно как-то арестовывать женщину на глазах мужа и еще нескольких пусть невооруженных, но очень серьезно настроенных людей. В любых других обстоятельствах я бы сказал, что Хиллари, как всегда, изображает театр одного актера, но не здесь. Она не виновата, что ей не дали спокойно помолиться, и нашла другой способ выразить свои религиозные чувства и свой протест. Так же как Бина около Котеля со своим миньяном.

– Тебе не страшно нарушать? – услышал я голос Бины.

– А тебе?

– А мы не нарушаем. Дочери Раши надевали тфилин и талит*. Прикасаться к свитку Торы запрета нет. Мы стоим так, что на мужской половине нас просто не может быть слышно. Мы не кричим и не поем. Что я нарушаю?

– Я не рав. Это не мое дело указывать людям, что и как им соблюдать. Самому бы разобраться.

– Но восходить на Храмовую гору запрещено.

– Я все понимаю. Запрещено, потому что Мошиах не пришел. Мошиах не приходит, потому что храм не

* Молитвенное облачение в иудаизме, представляющее собой особым образом изготовленное прямоугольное покрывало.

построен. Храм не построен, потому что евреи недостойны. Пока евреи недостойны, Мошиах не придет. Так и ходим по кругу. Тебе не надоело?

– Ты-то зачем туда ходишь? Ты даже в обычной синагоге молишься через два раза на третий. Когда ты учился в последний раз? Она развратила тебя, она потакает тебе в твоем нежелании жить так, как еврей жить обязан.

О, вот ревность полезла. Господи, до чего же предсказуемо. Стульями она хоть не швыряется, и на том, как говорится, спасибо.

– В последний раз я был на вечернем уроке в прошлую среду. Это один из многих способов, которым я могу сделать Малке приятное. Еще вопросы есть?

– Есть, – выдержала удар моя сестрица. – Ты мне на вопрос про Храмовую гору не ответил. Зачем ты туда ходишь?

Что я ей скажу? Что ненавижу делиться чем-либо – мамой, игрушкой, женой или страной? Что в детстве страдал от того, что все было общим, как в кибуце, от того, что у меня не было ни одной вещи, про которую я мог бы сказать «моя»? Что евреи, разумеется, недостойны, но я не вижу ни одной причины, почему арабы более достойны там отсвечивать? Все, что Бина выскажет лично мне на эти смехотворные аргументы, я уже не раз слышал и готов слушать еще. Но мной она не ограничится, и начнется обличительная речь: «Вот вы, поселенцы...» А этого я уже не мог допустить хотя бы потому, что ежедневно наблюдал среди поселенцев людей с куда более крепкой и возвышенной верой, чем у себя.

– Это личный вопрос. Буду готов – отвечу.

Тяжело думать про Храмовую гору, про отпуск за границей куда приятней. Оставим детей Нехаме и поедем. Нехама любит с ними возиться, она хоть и из большой семьи, но самая младшая и потому не успела, как Бина, к двадцати годам накушаться обязанностей няньки. Натан в конце года демобилизуется, им деньги нужны, но просто так он у меня не возьмет. Хоть две недели в году я могу отдохнуть от работы, от кучи обязанностей сверх работы, от бесконечного противостояния, не ездить по этой дороге, где Офира доживала последние свои минуты? Хоть на две недели в году мы можем с Малкой остаться вдвоем вдали от всего? Хоть на две недели забыть, что мы – единственное препятствие к миру на Ближнем Востоке, оккупанты и колонизаторы, каратели и расисты – я ничего не упустил? Черт с ней, с Европой, если есть Россия. Малка все мне покажет – квартиру в Москве, где жили Азазель и компания, фонтаны с секретом и печку, на которой можно спать. Две недели – вот все, что мне надо.

* * *

Настроил себе три телеги планов, и тут пришла повестка в резерв. Уезжал я на службу в отвратительном настроении, потому что мы с Малкой накануне еще умудрились поругаться. Она просто поставила меня перед фактом, что выходит на свою старую работу. Офире уже два года, пусть идет в ясли.

– Ты своими руками разрушаешь наш дом, – сказал я. – Я выполняю свои обязанности, так будь добра не увиливать от своих.

– Каких?

Ну здравствуйте. А то она не знает. Но для совсем непонятливых я могу и разжевать.

– Украшать мою жизнь. Воспитывать наших детей. Делать дом из крыши и четырех стен. Ты не справишься с этим, если будешь постоянно не высыпаться и вытирать чужие слезы и сопли. Мало тебе того вояжа? Больше ты ни шагу не ступишь туда, где опасно, никаких поездок в арабские и бедуинские районы. Раз тебе Господь своих мозгов не дал, то за тебя думать и решать буду я.

– Понятно. Я для тебя набор функций. Дизайн интерьера, ведение хозяйства, воспитание детей и секс-услуги под одной обложкой. Спасибо, что сказал, остальные выводы я сама сделаю.

Не знаю, какие выводы она там сделала, а вот я предпринял совершенно конкретные действия, чтобы не быть голословным. Забрал у нее банковские и кредитные карточки, оставил только наличные. Сдал ее машину к Вайсу в гараж и договорился, чтобы никому, кроме меня, ее не выдавали. Видеть не могу эту старую консервную банку, вернусь со службы – отдам ее Натану, пусть учится водить, разобьет – не жалко. А Малке купим что-нибудь новое и красивое, белое или цвета морской волны. Работать она собралась. Не будет она работать на такой тяжелой и опасной работе за такие смехотворные деньги. Впрочем, таких денег, которые бы заставили меня отпустить ее на тяжелую и опасную работу, вообще в природе нет.

На этот раз меня отправили в Дженин*. Та еще помойка, хуже Газы. Ожидалась какая-то крупная операция, потому что нам всем велели позвонить домой, а потом сдать мобильники до особого распоряжения. Я набрал тестя, и он все понял.

– Ты не хочешь поговорить с Региной?

Я не поговорить с ней хочу. Я хочу остаться с ней в караване на курьих ножках посреди таких джунглей, чтобы до нас никто никогда не добрался. Никуда не отпускать ее и никуда не уходить самому. Если это невозможно, то я вообще ничего не хочу. И меньше всего хочу ей навязываться.

– А? Что?

– Когда я был в Ливане, командир сказал нам: «Ваша задача не умереть за свою страну, а сделать так, чтобы шлемазл** на другой стороне умер за свою».

– Аминь, – сказал я и отключился.

Командовал нами американец – по их Ethan, по-нашему Эйтан. Он был в своей семье паршивой овцой, потому что не захотел становиться врачом или адво-

---

* Город в Палестинской автономии на Западном берегу реки Иордан.

** Жаргонное слово, имеющее распространение в одесском говоре. Обозначает веселого придурка либо человека, которому просто хронически не везет.

катом, а с трудом досидел до конца школы, записался в американскую армию, и пошло-поехало. Ирак – Афганистан, Афганистан – Ирак. Из американской армии его списали после последнего ранения, но израильские коновалы сочли годным для службы. Тут я не мог не вспомнить, как сам ковылял по Хеврону на вывихнутой ноге.

Нас отрядили изловить довольно известного террориста. Пикантность ситуации состояла в том, что он уже два раза убивал людей собственно в Израиле при помощи взрывного устройства с дистанционным управлением, а потом благополучно возвращался в Дженин и выставлял в Интернет злорадные записи. Ни на одном блокпосту его засечь не удалось. Командование, видимо, имело хорошие источники и точно знало, когда оцеплять Дженин, чтобы ни одна мышь не проскочила. Блокпостам была дана команда «Оцер»*, отряды прочесывали город дом за домом, а Эйтану и нам с ним вместе повезло. Мы засели у искомого террориста дома, что я считал невероятной тупостью. Убийца-то он убийца, но не будет же подвергать опасности собственную матушку. Из психологического портрета, который нам представили, было ясно, что между отсидками в израильских тюрьмах этот человек был примерным сыном.

И вот я имею счастье беседовать с этой почтенной женщиной, уважаемой в Дженине матерью пятерых шахидов. Отца этой великолепной пятерки допрашивали в гостиной. По моим наблюдениям, чем старше арабская женщина и чем больше у нее сыновей, да еще таких заслуженных, тем более она внушительна и тем громче орет. Но здесь, видимо, всем заправлял отец. Передо мной было худенькое, по-настоящему испуганное существо, которое больше всего боялось что-нибудь не так сказать и навлечь на себя гнев мужа и сыновей. К тому же с ивритом у нее было не очень, и ничего вразумительного я от нее не услышал. Я размеренно и тихо повторил свой вопрос, но это не помогло.

---

* Блокада.

С другой стороны двери послышалась какая-то возня. «Кто там?» – крикнул я. «Невестка», – ответил снаружи Эйтан. Еще не увидев человека, я услышал молодой женский голос, уверенные интонации и удивительно хороший для этих мест иврит: «Моя свекровь все равно ничего не знает. У нее больное сердце. Я готова вам отвечать». «Пусть зайдет сюда!» – крикнул я, до некоторой степени заинтригованный. На кухню зашла молодая арабка, традиционно одетая, но с открытым лицом. Я взглянул ей в лицо и едва сдержал возглас «О господи!». Трудно не узнать человека, которого ты много лет видел почти каждый день. Большие голубые глаза, золотистые ресницы, круглые щеки. Фейга из квартиры напротив. Фейга Городецки, лучшая подружка моей сестры, единственная, кто к моменту нашего бегства с ней еще разговаривал. Краденая израильская машина, за рулем – ашкеназского вида еврейка с документами жительницы Иерусалима. Вот как он проезжал через блокпосты. Открыть багажник никому в голову не приходило.

– Можете идти. Я буду разговаривать с вашей невесткой, – сказал я пожилой арабке.

Фейга сказала свекрови что-то ласковое и успокаивающее, и та улизнула с кухни, бросив на меня исполненный страха взгляд. Лицо Фейги мало изменилось за пять лет, а фигуры не было видно под длинным и бесформенным арабским платьем. Но когда она характерным жестом выпрямилась и взялась рукой за поясницу, я все понял. Чего-чего, а беременных женщин в Меа-Шеариме хватает, и этот жест я запомнил.

– Может быть, ты все-таки сядешь? – предложил я.

– Надо же, какая честь. Мне в моем же доме, на моей же кухне соизволил разрешить сесть солдат Армии обороны Израиля. И не кто-нибудь, а сам несравненный Шрага Стамблер. Если так дальше пойдет, я, чего доброго, вообще могу невесть что о себе возомнить.

– Прекрати, – холодно оборвал ее я. – Что бы с тобой ни делали в Меа-Шеариме, остальные евреи не заслужили твоей ненависти и твоего предательства. Я уж точно не сделал тебе ничего плохого. И если уж тебе так приспичило доказывать лояльность твоим новым хозяевам, то избери для этого какой-нибудь другой способ и не подвергай опасности еврейского ребенка, которого ты носишь.

С этими словами я встал со своего стула, схватил его и шваркнул о каменный пол. Сиденье треснуло пополам.

– Ты все такой же, Шрага, – грустно прокомментировала Фейга, садясь на другой стул и придерживая рукой живот. – Ты очень рано поделил всех на хозяев и холопов. То, что людей могут связывать какие-то другие отношения, для тебя странно. А если бы я носила арабского ребенка, ты бы о нем не волновался?

– Все твои дети по определению евреи, и ты знаешь это не хуже, чем я. Не имея возможности волноваться обо всех, я волнуюсь в первую очередь о близких, о своих. Это же так естественно. Почему я вечно вынужден объясняться и оправдываться?

– Немцы тоже в первую очередь волновались о своих и ни в ком другом не видели людей.

Немцы были разные. Некоторые из них любили и защищали свою Германию весной сорок пятого. Неужели Израиль заслуживает от меня меньше?

– Ты всегда выделялся из общей среды. Я же была влюблена в тебя, мечтала выйти замуж за тебя. Но почти каждый день бывал момент, когда ты внушал мне страх. У тебя даже взгляд менялся, становился стеклянным. Помнишь, ты помог мне занести по ступенькам детскую коляску? В этот момент я мечтала только об одном – чтобы ты снизошел до меня. Но в этот же день ты избил Эфраима Лернера так, что он потом долго не мог ни сесть, ни лечь. Его мать плакала в синагоге и проклинала тебя.

– Если ты ожидаешь, что я сейчас сгорю от чувства вины, то я вынужден тебя разочаровать. Для меня было важно, чтобы он отстал от Натана, а мог он сесть или лечь, это его проблемы. Его мать вырастила подлеца и шакала, она еще не раз будет из-за него плакать, и, заметь, без моего участия.

– Ну да, конечно, у тебя всегда были веские причины. Но ты же кайф от этого ловишь, Шрага. Тебе же нравится чужое унижение, потому что на фоне униженного ярче смотрится твое великолепие. Но меня оно после этого дня уже не ослепляло.

Чувствуя, что эта канитель затянется надолго, я пододвинул себе стул.

– И слава богу! В тот год я вытаскивал из болота мать, братьев и сестер, я удерживал Натана на краю пропасти, чтобы он не покончил с собой, я похоронил очень дорогого мне человека и был уверен, что погибла моя будущая жена. Мне только влюбленной дурочки не хватало. Похоже, ты хочешь меня уверить, что твой арабский сожитель тебя, как ты выражаешься, ослепляет.

Прежде чем Фейга успела мне ответить, в дверь ударили прикладом и раздался крик:

– Что ты там застрял, Стамблер! Она тебе что, минет делает?

– Иди к черту, Эйтан, не мешай работать! – отозвался я.

– Уж во всяком случае, у него мораль выше, – прокомментировала Фейга.

– Давай не будем о морали. Община, к которой ты присоединилась, не блещет моралью.

– Мы говорим не об общине, а о тебе. Для тебя люди только те, кто от тебя зависит и при этом молится на тебя. Все остальные – это или препятствие, которое нужно убрать с дороги, или орудие, которое ты вправе использовать. После того как вы сбежали из общины, все ходило ходуном, не было ни порядка, ни закона. Вроде бы ввели много новых устрожений, а на самом деле каждый делал, что хотел. В общем, я сбежала через год после вас.

– Ну?

– Жила на вокзале, потом у сутенера на квартире.

– Никто тебе не мешал обратиться в «Гилель»* или в полицию. Разве ты нелегалка, которая боится де-

* Организация в Иерусалиме, которая помогает выходцам из закрытых религиозных общин адаптироваться в обществе.

портации? Насколько я знаю, твой отец выправил вам всем израильские удостоверения. Если ты ничего не сделала, чтобы не жить такой жизнью, значит, это тебя устраивало.

Лицо Фейги дернулось, а я с удовольствием это отметил. Почему мне одному должно быть больно?

– В последний раз я видела тебя в конце 2006-го на Центральной станции. Ты кого-то встречал и пришел заранее. Ты скользнул по мне взглядом, как по неодушевленному предмету. Больше всего тебя волновало, чтобы вокзальная шлюха не приблизилась к тебе, такому холеному и благополучному, не испачкала, не осквернила.

Похоже, Фейга просто злится на меня за то, что у меня после ухода из общины жизнь сложилась лучше, чем у нее. Кажется, Малка называет это «классовая ненависть». Да, классовая ненависть.

– Ты обвиняешь меня в том, что араб подобрал тебя на вокзале?

– В любой общине удел женщины – это дети и куча работы. Так если мне все равно это на роду написано, то почему не делать это с кем-то, кто видит во мне человека?

– Это у тебя не первый ребенок?

– Второй.

– Где первый?

– Спит. Прикажешь разбудить?

– Не вижу необходимости.

Пауза.

– Ты больше ни о чем не хочешь меня спросить?

– Зачем? Мне и так все ясно. Я прекрасно вижу, на чьей ты стороне. Люди сильнее всего ненавидят тех, кого предали. Не пытайся повесить на меня ответственность за свое предательство. Мой моральный облик тут совершенно ни при чем. Я такой, какой есть, и если тебе это не по нутру, это твоя проблема, а не моя.

– А чего ты, собственно, ожидал? Что я буду каяться в своей глупости и умолять тебя спасти меня из этой арабской клоаки?

Именно этого я и ожидал, именно на это надеялся. Я был готов рисковать своей жизнью и жизнью людей, я был готов сорвать операцию и получить нахлобучку, потому что жизнь и свобода еврейки и ее детей для меня абсолютная ценность, а не предмет для торга и переговоров. Человек может ошибиться, сделать глупость, он от этого не перестает быть своим. Упавшего не по своей вине надо поддержать, а не толкать. Но здесь был явно не тот случай. Фейга Городецки для еврейского народа умерла. Это наша общая вина. Возможно, частично моя. Но Фейге я этого говорить не стану.

– Я не собираюсь тебя спасать. Я собираюсь сделать так, чтобы ты предстала перед военным судом как пособница террориста и получила максимальный срок.

Голубые глаза сначала расширились от страха, а потом сузились от ярости.

– Детей ты не получишь.

– Ты родишь, прикованная наручниками к кровати. Я и моя жена будем воспитывать твоих детей как своих. Как евреев.

– Зачем тебе? Или твоя китайская кукла не способна рожать? Или она только минеты умеет делать?

Что-то сверкнуло у Фейги в руке, плоский заостренный кусок металла, похожий на лезвие. Я пригнулся, и она хоть неглубоко, но все-таки успела меня полоснуть. Рана жгла и саднила, оливковая форма набухла и потемнела. Я держал ее за запястья, а она вырывалась и плевалась мне в лицо горячей слюной. Я был счастлив. Теперь ее точно посадят.

Обеспокоенные тем, что из-за двери перестали доноситься голоса, ребята ввалились на кухню и увидели нас и следы крови на полу. Эйтан быстро и четко надел Фейге пластиковые наручники и привязал ее к стулу.

– Аккуратно! – подал голос я.

– Ты еще здесь, Стамблер! – разозлился Эйтан. – От тебя одни проблемы! Марш в санчасть, чтобы я тебя не видел здесь больше! Немировский и Эфрат, пойдете с ним. Навязали вас, резервистов, на мою голову. Увидел беременную бабу и решил играть в гуманизм? Да она бы даже в родах тебя полоснула! Марш отсюда!

– Она еврейка. Ребенок один из нас. Старший, соответственно, тоже.

Все замерли, стало слышно, как гудит одинокая муха под потолком.

– Откуда ты знаешь?

– Мы были соседями. Она жила в Меа-Шеариме.

Теперь у них сложились в общую картину неарабская внешность Фейги и ее хороший, но странноватый иврит.

– Она хотела уйти?

– Я сам на это надеялся. Но, как видите, нет.

Я встал со стула, и Эфрат очень вовремя подставил мне плечо. От счастья и от потери крови кружилась голова.

– Я тебе не ответил, Фейга. Малка способна. У нас двое своих детей. А зачем мне это, ты все равно не поймешь. Американцы, спасавшие своих детей из Вьетнама, поняли бы. Но не ты.

В этот вечер я еще услышал от Эйтана полный набор пропесочки, включавший в себя «навязали-вас-резервистов-на-мою-голову», «чем-ты-вообще-думал» и «газетчики-съедят-нас-с-костями». Но он выгородил меня перед начальством, и взыскания на меня никто не наложил. Он не мог этого вслух сказать, но знал, что я прав. В конце концов речь идет о человеке, который, лежа на больничной койке, сказал пришедшему к нему с протокольным визитом президенту Бушу:

– Free Jonathan Pollard, Mr. President!*

В том, что Малка поддержит меня, я не сомневался. Еврейские женщины и их дети, застрявшие в арабской среде, были для нее источником боли, потому

---

* Свободу Джонатану Полларду, господин президент! (*англ.*) Джонатан Поллард (род. 7 августа 1954 года, город Галвестон, штат Техас) – американский еврей, бывший аналитик в военно-морской разведке США, осужденный в США за шпионаж в пользу Израиля в 1987 году и приговоренный к пожизненному заключению. Освобожден 20 ноября 2015 года.

что чаще всего она была не в силах им помочь. Она обрадуется, что хоть двое еврейских детей, спасенных из арабского плена, обретут у нас дом и семью. Страшно даже подумать, что их в Дженине ожидает. Мать в тюрьме, отец в бегах. Арабского сироту всегда защитит родня, клан, из которого происходит мать. Можно сказать, что я действую в рамках арабской же культуры. У Фейги есть клан. Ам Исраэль.

Но я и предположить не мог, что израильское общественное мнение в очередной раз расколется по вопросу «кто-же-все-таки-есть-еврей», что люди начнут вслух говорить о том, что наше общество безжалостно к женщинам и если ушло вперед от арабского, то не очень далеко. Общество «Бецелем» наняло Фейге адвоката. Во всех интервью она утверждала, что я приставал к ней, а она оборонялась. Всем было ясно, что эти заявления шиты белыми нитками, но журналисты любят жареное. Особенно повеселила меня история, как я из садистского удовольствия разрядил в Фейгиного мужа всю обойму, после того как он сдался и связанный лежал на полу. В своем стремлении вывалять в грязи ЦАХАЛ они заодно оклеветали и его, так как трусом он все-таки не был и умер, сопротивляясь. Но кого интересуют такие мелочи?

То, что «Бецелем» и пресса на весь Израиль ославили меня насильником и садистом, было неприятно, но, скажем так, предсказуемо. Гораздо труднее было выдержать удар оттуда, откуда я его не ожидал, – от людей, чьим мнением действительно дорожил. Ребята из Гиват-Офиры смотрели на меня как на чудака, который неизвестно зачем ищет себе на голову хлопот и неприятностей. Моральный императив вернуть своим каждого еврейского ребенка, который по глупости своей матери растет среди арабов, был им совершенно не очевиден. Они всерьез старались уверить меня, что потомство араба и еврейки, согласившейся произвести такое потомство, уже безнадежно испорчено. Что если Фейгины дети будут считаться моими и носить мою фамилию, то они ее неминуемо опозорят. Я, как дурак, ссылался на Галаху, где ивритом по белому написано, что дети еврейки – евреи и что пленных полагается выкупать. Потом перестал. На всех не угодишь. Как говорит Малка, я не купюра в сто шекелей, чтобы всем нравиться. В устах Малки это звучало очень смешно, потому что сама она как раз всем нравилась. Ну или почти всем.

Через год этого кошмара суд наконец разрешил нам с Малкой усыновить (и, соответственно, удочерить) Шимона и Рахель. Наше правительство год обсуждало, заседало, изображало бурную деятельность, но приняло-таки закон, по которому реинтеграция евреек и их детей назад в общество объявлялась государственной задачей, на это выделялись деньги, а к каждому еврейскому ребенку, живущему в арабской среде, прикреплялся израильский соцработник с широкими полномочиями. Левые стояли на ушах, арабские депутаты изображали оскорбленную невинность, а правые поддержали этот закон, главным образом чтобы не выглядеть совсем уж бесхребетными. Словом, закон был принят, и в организацию Яд ле-Ахим*, которая уже десять лет как занималась подобными делами на общественных началах, хлынул поток писем. Желающих усыновить было во много раз больше, чем подлежащих усыновлению детей. У большинства из них матери при всей своей глупости и недалекости все-таки не сидели в тюрьме.

Словно не год, а много-много лет прошло с тех пор, как Малка, услышав от меня, что у нас намечаются приемные дети, в очень нелицеприятных выражениях разъяснила мне, кто я, собственно, есть. Вместо нее, старой, бесплодной и некрасивой, я завел себе молодую любовницу. Эта мифическая любовница навещала меня на стройке, и, оказывается, именно поэтому я запретил Малке там появляться. Каждое

---

* Еврейская религиозная организация, занимающаяся возвращением светских евреев к религии и противодействием смешанным бракам.

появление Малки на стройке производило фурор среди персонала, и весь остальной день рабочие ни о чем другом не говорили. Именно поэтому я считал, что ей там не место – люди должны работать, а не разглядывать мою жену и обсуждать ее. Малка, как крутой кипяток, выплескивала мне на голову свои страхи и боль, но я терпел, потому что с меня корона не свалится, а в паре, чтобы она оставалась парой, кто-то должен проявлять выдержку. Я дождался конца ее истерики и рассказал, как было дело. Словно лопнула натянутая струна ее ярости, она протянула ко мне руки, как бывало, Риша в детстве, когда попадала в незнакомое место, а изо рта вырвались какие-то странные звуки, имевшие мало общего с человеческой речью, нечто среднее между хрипом и писком. «Уже простил», – сказал я и шагнул к ней. Я не собираюсь манипулировать женой при помощи чувства вины, это удел слабых и ничтожных людей. Чувствуя, как под моей ладонью сотрясается узкая, как у девочки, спина, я снова и снова повторял себе: слава богу, ей хотя бы не все равно, где я и с кем. Сколько пар живет так: каждый своей жизнью и никто никому не мешает. И не хотят люди понять, что любовь, как ни крути, это взаимные обязательства и добровольные ограничения. Ее спина прогнулась у меня под ладонью, маленькие горячие руки уцепились за шею.

– Просто... с тех пор как мы потеряли Офиру... ты так редко бывал дома. Даже если... если... бы они были в большей степени твои, чем мои... я бы все равно их любила. Но чем мы будем их кормить? Сколько народу можно вешать на тебя?

Ну, народ я как раз повесил на нее. Возьмем помощницу по хозяйству, чтобы еще одна пара рук в доме была. Неужели она решила остаться дома? Неужели окончилось наше противостояние? Просто, буднично и непостижимо. Все, что для этого потребовалось, это двое малышей, которым нужна мама. От запаха жасмина и морской воды, идущего от ее волос, перехватило дыхание.

– Не разрушай наш дом. Не уходи из него. У меня никогда не было дома ни с кем, только с тобой. Офира старалась, но я всегда помнил, кто жил в той комнате до меня. Никто, кроме тебя, не сможет меня ждать. Это и есть – делать дом из четырех построенных стен. Не лишай меня этого, не забирай, Малка, прошу тебя...

Она прижималась ко мне все теснее и теснее, я уже не понимал, где я заканчиваюсь и где она начинается. *Ты иногда бываешь феноменально туп, Стамблер. Ты что, не мог с этого начать?* Я действительно иногда бываю феноменально туп, особенно когда кровь отливает от головы. *С чего начать?* Я гладил ее по спине, ощущая такой знакомый рельеф под пальцами – шрам на шраме. Наверное, я должен был начать со слова *прошу*, и тогда не понадобилось бы ничего больше.

Этот год мы воспитывали Шимона на правах временных патронатных родителей. Документы ему не поменяли, там стояло арабское имя, но я не стал им интересоваться. Мы живем в параллельных реальностях. Хеврон – Эль-Халиль, Йом-Ацмаут – Накба, Эрец-Исраэль – Фалестин. Меня моя реальность более чем устраивает.

Первые полгода Шимон молчал, а потом его прорвало, и он заговорил на смеси русского и иврита, причем русский в этом наборе преобладал. Меня он, по примеру остального коллектива, называл «аба», быстро научился таскать конфеты, очаровывать народ, чтобы посмотреть мультики, и залезать, куда его не приглашали. Нормальный балованный еврейский ребенок, что, собственно, от него и требовалось.

А вот с Рахелью, вернее, с ее обезумевшей от ненависти мамашей были сплошные проблемы. Хорошо, пускай она ненавидит евреев, но даже суки и кошки не отказывают новорожденным щенкам и котятам в грудном молоке. Фейга отказалась кормить свою дочь и ни разу на нее не взглянула. Отвергнутая матерью, Рахель еле цеплялась за жизнь, плохо набирала вес. Надзирательницы подходили к ней, только чтобы покормить и сменить памперсы, и я не мог их за это винить, они и так делали больше своих обязанностей. Нам ее не отдавали, потому что до двух лет заключенная мать имеет право держать ребенка при себе. За всю историю Неве-Тирцы* такого еще не было. Если мать отказывалась от ребенка, его брали родственники. Надо ли говорить, что Рахелью не интересовался никто, кроме нас.

– А что вы хотите? – говорила пожилая усталая женщина – тюремный психолог – нам с Малкой и соцработнице, кстати, Малкиной приятельнице. – Она так рассуждает: если девочку все равно заберут и отдадут ненавистным евреям, то зачем ее кормить, зачем к ней привязываться? Кстати, чует мое сердце, просидит ваша Фейга десять лет в одиночке. Ну куда ее сунуть? Ни к арабкам, ни к еврейкам.

Малка сидела молча и роняла слезы на сумку с детскими вещами. Она ненавидела себя за то, что у нее нет молока.

– Чем вы ее пока кормите? – спросила соцработник.

– Детской смесью из бутылочки.

– А у вас других кормящих женщин нет?

– Еврейка одна. Сами понимаете, арабкам ее доверять нельзя. Задушат или головой об стену.

– А почему вы не отдали ребенка еврейке, у которой есть молоко?

Психолог и соцработник уставились на меня, как будто я сморозил несусветную глупость. Так оно и было.

– А как вы себе это представляете? Ребенка в общую камеру к уголовницам? Там и убийцы есть. Кстати, женщина, о которой идет речь, убила любовницу мужа. И потом, я не имею права заставлять заключенную кормить чужого младенца.

– Скажите, – зашелестела Малка, – а детоубийцы в той камере есть?

– Нет. Детоубийцы у нас по одиночкам сидят, их другие заключенные женщины ой как не жалуют.

---

* Женская тюрьма в Израиле.

– Ну хорошо, заставлять эту женщину нельзя, но попросить ее можно? Она сейчас не занята?

– Да чем она может быть занята? Плеер слушать?

Психолог набрала охранный пункт:

– Лираз, ты? Да нет, ничего не случилось. Приведи заключенную в комнату номер двенадцать. Сигалит Сасон, ну, ту, которая недавно мальчика родила. Мы сейчас туда подойдем.

Сигалит Сасон оказалась веселой круглолицей бабенкой с прической, которую Малка называла «мама-использует-мою-голову-вместо-швабры». Войдя, она уставилась на меня с таким живым интересом, что я понял – мужчин они тут не видят месяцами.

– Ну, как дела? – поинтересовалась психолог.

– Прекрасно! – лучезарно заулыбалась Сигалит. – Эту красоту, – плотоядный взгляд в мою сторону, – вы мне в качестве премии решили показать?

– Я ищу кормилицу для ребенка, – перешел к делу я.

– А чей ребенок? – спросила Сигалит.

– Мой. Наш. И твой в том числе.

Это предисловие сфокусировало ее внимание, и я рассказал, что хотел.

Ее круглая мордашка вытянулась от ужаса, рот приоткрылся.

– А мы с девочками сидим и гадаем, что это за новая заключенная, которую даже арабки в свою камеру не хотят.

– Теперь ты знаешь. Ну как, ты согласна кормить Рахель?

– Да.

– Сигалит, ты хорошо подумала? – встряла психолог. – Тебе придется не только кормить, но и ухаживать. Делать все, что ты делаешь для своего сына. Зачем тебе это?

– Я своему обормоту четырех сыновей родила, а ему, видите ли, свеженького захотелось. К тому времени, как я отсюда выйду, я вряд ли смогу рожать. У меня никогда не будет девочки. Но на моей совести всегда будет висеть та женщина, чью жизнь я забрала. А тут хоть кусочек радости. Хоть доброе дело. Вы же делаете мицву, я тоже хочу поучаствовать.

На ее лице уже не было ни глупости, ни похоти, только одухотворенная красота, только наперекор всему надежда на то, что ее грех будет искуплен. За минуту до этого я всерьез собирался спрашивать, сколько она хочет за свои услуги кормилицы и няни, а сейчас понял, что, даже если бы я встал перед ней на колени, этого было бы недостаточно. Господи, ну почему то, что очевидно этой не шибко умной простой женщине, да еще заключенной, не ясно нашей элите – политикам, журналистам, раввинам?

Малка бесшумно скользнула со своего стула, села на скамейку рядом с Сигалит и достала из сумочки блокнот с ручкой. Наклоняясь к Сигалит так, что их волосы почти соприкасались, она зашептала, как будто по большому секрету:

– Тебе понадобится больше еды. Когда я кормила двоих, то ела в три горла, и все равно было мало. Скажи, что тебе можно, а что нельзя, и все будет.

– Схуг нельзя. От него у младенцев колики. Цветную капусту и брокколи нельзя, их от этого пучит. На лосося у меня аллергия. И шоколад нельзя. То есть мне-то можно, а мой сын потом сыпью покрывается и полночи не спит. А так все можно.

И было так. Сигалит кормила Рахель, носилась с ней, как с писаной торбой, и Рахель стала расти, переворачиваться, держать голову, лепетать и улыбаться. Визиты нашей дочери в общую камеру проходили на ура, каждая еврейская зэчка хотела «поучаствовать в мицве». Когда мы через полгода забрали Рахель, с ней ушло два мешка (!) одежды, лично для нее сшитой и связаной теми зэчками, которым разрешалось иметь в камере острые предметы. Когда мы уходили, они во главе с Сигалит столпились в тюремном дворе нас провожать. Воздух звенел от счастливых женских голосов:

– Удачи вам!

– Мазаль тов!

– Спасибо!

– Не забывайте нас! Фотографии присылайте!

– Какая она красотка, наша бат* Неве-Тирца!

* * *

Как-то раз субботним утром мы с Малкой выгуливали наш коллектив в парке. Через час коллектив устал от прыжков и беготни, и мы сели на скамейку попить и перекусить.

– Мама, дай банан! – это Шимон.

– Мама, можно, я ей дам бутылку? – это Реувен.

– Фири надо а-а, – дальше что-то по-русски.

– Шрага, дай ему банан, тебе ближе.

– Аба, я вниз головой хочу! – это опять Шимон.

– И я хочу! – это Реувен.

Имелись в виду крутилки и вертелки в воздухе, для которых мама не подходила, зато папа был в самый раз.

– *Ваксун ви а цибелэ мит а коп ин дрэрд***, – как всегда, вылез идиш в самый неподходящий момент. Малка привыкла, а вот молодежь застыла от неожиданности и уставилась на меня с открытыми ртами. Я счел за лучшее перейти на иврит.

– Шимон, вот тебе банан. Реувен, вот тебе сок. Вот так, дай ей бутылку, не урони. Малка, бери это чудо и идите а-а. Мы вас здесь подождем.

В общем, все занялись своими делами, и только тут я увидел, что с соседней скамейки за нами напряженно следят. Девушка-подросток в длинной юбке. Что я ей скажу? Разглядывать людей в общественном месте не запрещено. Совсем еще детское лицо искажено напряженным взрослым выражением, взгляд прикован к Шимону, урчащему над бананом. Я шагнул к скамейке и спросил:

– Я могу чем-то тебе помочь?

Она с трудом оторвала взгляд от детей и перевела на меня:

---

* См. примеч. на с. 94.

** Расти бы вам, как луковицы, головой в землю.

– Реб Шрага, это вы?

Нет, не я.

– А ты-то кто?

– Гитте Лея Городецки. Фейга моя старшая сестра.

Точно, у Фейги была младшая сестренка, Гитте Лея. Между ними было два брата. Теперь я ее узнал.

На ее лице был написан страх и усилие воли по преодолению этого страха. Несмотря на жару, она зябко куталась в кофту, ветер из пустыни шевелил каштановые с рыжиной пряди, выбившиеся из косы.

– Я не собираюсь воевать с вами за детей, не беспокойтесь, – медленно падали слова. – Я вижу, что им у вас хорошо, что вы их любите. У нее никого, кроме меня, нет, у моей несчастной сестры.

Не переставая следить за детьми, я сел на скамейку, но не рядом, чтобы ее не смущать. У Фейги действительно никого нет. Мужа убили, детей забрали, меня убить не удалось, а в двух других терактах она участвовала только на вспомогательных ролях. Немудрено, что этой арабской семейке она уже не нужна, что они от нее отказались.

– Я каждый месяц езжу в Неве-Тирцу. Каждый месяц Фейга выходит ко мне на свидание, молча разворачивается и уходит. Она общается только с адвокатом и журналистами.

Да, общается она. Так общается, что допрыгается до психиатрического диагноза и бессрочного заключения. В каждом интервью она рассказывала, что евреи, оккупанты и колонизаторы, украли чужую землю и единственное, о чем она жалеет, что не пропорола мне живот, как полагается. Конечно, нам всем будет легче, если она угодит в психушку и не выйдет оттуда до конца своих дней. Но я не хотел, как легче. Я искренне хотел, чтобы она раскаялась, чтобы любила своих детей. При наличии раскаяния, хоть каких-то человеческих чувств, я бы сам привел к ней ее детей, как бы тяжело это ни было нам с Малкой. Но там только яд, только ненависть. Для Всевышнего нет ничего невозможного, и если Фейга когда-нибудь раскается, то это будет целиком заслугой вот этой вот девочки, поставленной перед непосильной взрослой задачей и выполняющей эту задачу в высшей степени достойно.

Я посмотрел в конец аллеи и увидел, что к нам направляются Малка с Офирой. Да и коллектив застоялся.

– Ты где ночевала? – спросил я Гитте Лею.

– В синагоге, на скамейке.

– Ты завтракала?

Молчание.

– Знаешь что, идем к нам. Перекусишь, отдохнешь. Ты же не можешь до конца Шаббата по улицам болтаться и ждать автобуса в Иерусалим. Не бойся, вот идет моя жена.

Дети на прогулке умотались и без капризов пошли спать. Рахель вырубилась прямо у Гитте Леи на коленях. Когда Малка вернулась из детской комнаты, Гитте Лея обратилась к нам обоим:

– Я могу задать вам вопрос? Почему вы назвали их Шимон и Рахель? Почему именно эти имена, а не какие-то другие?

– Шимон – это в честь моего деда, – улыбнулась Малка.

– Он был талмид-хахам?

– Нет, он был ученый. А еще он воевал с наци и очень любил меня.

– А Рахель в честь кого?

Малка бросила на меня тревожный взгляд. Она знала. Больше никто не знал.

– Рахель – это в честь моей прабабушки. Она была большая праведница, – солгал я.

То есть праведницей она, конечно, была, но звали ее совсем по-другому. О том, что полное имя нашей младшей было Тхия-Рахель, я тоже умолчал. Мне безумно нравилась депутат кнессета, пришедшая в суд поддержать Малку, уроженка далекого северного города, где ночи светлы и на стене дома написано, какая сторона улицы опаснее при артобстреле. И потом, наша Рахель действительно умирала, отвергнутая матерью, и воскресла, согретая любовью женщин, пусть совершивших ошибку, но не забывших главного. А раз воскресла, значит, Тхия*.

– А можно еще вопрос?

– Сколько хочешь.

– Что вы сказали вашим соседям? Ведь они всегда знают, кто сколько раз рожал.

– Сказали как есть. Что это дети моей бывшей соседки по Меа-Шеариму, которая по болезни не в состоянии их растить. Что их отец погиб. Что ни та ни другая семья их не примет, поскольку это был смешанный брак. Как видишь, ни одного слова лжи и не больше информации, чем необходимо.

Малка положила себе и Гитте Лее детские тефтели с гречкой, а мне нормальный такой стейк граммов на триста, как в лучших домах Техаса, и к нему цитрусовой сальсы**. Гитте Лея бросила на мою тарелку исполненный ужаса взгляд. Такого в Меа-Шеариме просто не бывает.

– Тебе отрезать? – предложил я.

– Шрага, ну ты тактичный. Что ты ребенка пугаешь?

– Насколько я понял, ты решила уйти из общины? – спросил я, глядя на Гитте Лею и автоматически нарезая стейк.

– Да. Но без шума и пыли... не в обиду вам будет сказано. Поймите, если они учуют, меня накачают транквилизаторами и поставят под хупу с кем попало. Такое уже случилось с одной девочкой из моего класса. Видели бы вы ее на свадьбе – краше в гроб кладут.

– Чем мы можем тебе помочь?

– Я могу указывать ваш адрес, когда переписываюсь с властями и с военным министерством?

– Конечно, деточка, ради бога, – ответила Малка.

– Когда кончится Шаббат, я отвезу тебя на станцию. Там купим телефонных карточек. Звони нам в любое время. Можешь ночевать у нас, сколько хочешь, если

* Тхия – еврейский аналог имени Анастасия. Оба имени означают «возрождение».

** Традиционный соус мексиканской кухни.

дома станет опасно. Я бы тебе телефон купил, но, по-моему, ты опасаешься.

– Да, это так.

– Вообще-то есть такой сервис – автоответчик по телефону, – подала голос Малка. – Этим обычно пользуются бездомные и жены, которые в бегах. Звонишь по бесплатному номеру, вводишь код и считываешь свои сообщения. Хочешь, мы тебе это закажем? Тогда мы сможем тебе звонить.

– Это не дорого? – засомневалась Гитте Лея.

– Это копейки. Закончится Шаббат, я влезу в компьютер и закажу.

С этими словами Малка поставила мне и Гитте Лее по чашке чаю и по вазе со сладостями и упорхнула с кухни.

– У вас так хорошо, – сказала Гитте Лея, надкусывая белый брусочек (нечто из русского магазина под названием па-сти-ла). – Красиво, спокойно, уходить не хочется. Это не к тому, что я собираюсь злоупотреблять вашим гостеприимством. Ваша жена так мила. Реб Шрага...

– Что такое?

– Пока у меня есть силы, я буду ходить к моей сестре и надеяться на то, что она раскается. Но я понимаю, что ждать этого придется годами, возможно, десятилетиями. Из слишком глубокой ямы ей приходится выбираться, слишком много страшных вещей осознать. Поэтому, пока она не в себе, я говорю от ее имени. Я надеюсь, что когда-нибудь вы найдете в себе силы ее простить.

– Гитте Лея, постарайся понять. Главной задачей твоей сестры будет заслужить прощение не у меня, а у родственников жертв ее терактов. У Рахели, которую она отказалась кормить грудью. У всех, чьи национальные и патриотические чувства она оскорбила. Я занимаю в этом перечне скромное, чтобы не сказать последнее место. Когда она повинится перед теми, кто по-настоящему стал ее жертвой, вопрос обо мне разрешится сам собой. Я себя жертвой не считаю. В конце концов мне было столько же лет, сколько тебе, когда меня избили мои собственные старшие братья.

А про себя я еще и подумал, что никто не способен сделать нам так больно, как наши близкие. Поэтому мне было больнее получить ножом от Фейги, чем от араба, больнее получить велосипедными цепями от братьев, чем от Фейги, а больнее всего было, когда моя ненаглядная Малка смотрела на меня, как на тюремщика, и каменела, стоило мне к ней прикоснуться.

Малка, легка на помине, вернулась на кухню и принялась убирать со стола.

– Я, с вашего позволения, пойду отдохну, пока орава спит. Гитте Лея, можешь лечь в гостиной на диван. Подушку и одеяло я там положила.

Помыв посуду (на Гитте Лею пришлось цыкнуть, чтобы шла спать, как велено) и проверив детей, я оказался там, где хотел. Не просыпаясь, Малка легла в свою любимую позу, на левый бок, прижавшись ко мне спиной, и уткнулась лицом в мою правую руку, обнимающую ее.

После того как мы сделали хавдалу*, я повез Гитте Лею на станцию и наконец решился спросить:

– Гитте Лея, ты... видишь моего отца? Как он?

– Я ждала, что вы спросите. По-моему, он здоров. Он регулярно приходит к нам на Шаббат. В последний Шаббат они приходили вдвоем.

– Вдвоем с кем?

– С вашей мамой, госпожой Эстер-Либой.

Эта новость так меня удивила, что я забыл, с кем говорю.

– С мамой? Какого черта она там забыла?

– Реб Шрага, – укорила меня Гитте Лея.

– Да, конечно, прости.

---

* Хавдала (*ивр.* «разделение») – бенедикция, произносимая во время вечерней молитвы на исходе субботы или праздника, а также специальная церемония «отделения» субботы (или праздника) от будней, которая сопровождается чтением краткого литургического текста и символическими действиями.

– Ваша мама регулярно там бывает, примерно раз в две недели. Готовит, стирает, убирает. Разве мужчине одному справиться?

Гитте Лея разговаривала со мной, как старшая сестра с маленьким мальчиком, которому надо объяснять простые истины. Не могу сказать, чтобы эти истины были мне очевидны. Как Гитте Лея сама сказала, отец здоров, а значит, вполне в состоянии обслужить себя сам. Если он не будет нагружать сердце и сосуды лишним весом (сверх того, что уже есть), то у него есть все шансы дожить до ста двадцати. Ладно, пусть мама туда ходит, если считает, что это ее долг. В конце концов, если отец опять решит использовать ее в качестве боксерской груши, ей есть куда уйти. Младших детей она туда не водит, и слава богу. Кстати, интересно, с кем они остаются?

– Итак, они были у вас на Шаббат...

– Был большой скандал. У реб Акивы и моего отца любимая тема для разговоров, что Всевышний наказал их детьми – грешниками, отступниками и осквернителями Имени. Причем реб Акива считает, что его наказали суровее, раз у него таких детей большинство, а у нас Фейга пока что одна.

Как сказал бы Натан, «очень мило, но ничего нового».

– Ваша мама встала из-за стола и сказала, что не останется там, где злословят ее детей. Что вы, ваши братья и сестры – это главная радость ее жизни и единственное добро, которое ваш отец ей сделал. Повернулась и ушла.

– Господи, куда ушла? В Рамот пешком?

– Да нет, зачем же так далеко? В вашу квартиру. А реб Акива ночевал у нас. С тех пор как ваша квартира опустела, ваши братья с семьями регулярно приезжают из Европы и Америки. Им теперь есть где остановиться.

Ну хорошо, отец здоров и не одинок, а я там совершенно не нужен.

– У меня уже целая папка вырезок из газет по Фейгиному делу. Я не верю тому, что она про вас говорит, но все равно противно. Зачем она это делает?

– Гитте Лея, не будь такой наивной. Никто этому не верит. Всем ясно, что «Бецелем» и нанятый ими адвокат делают на Фейгином несчастье политический навар. Не было бы меня, был бы какой-нибудь другой солдат. Их главная задача – опорочить и деморализовать ЦАХАЛ. Об интересах своей клиентки этот адвокат думает в последнюю очередь, если думает вообще. Фейгу, конечно, жалко, но ты уже делаешь для нее все, что можно. Все, мы приехали.

* * *

За каждый дом в Хевроне мы платили не только звонкой монетой, как принято во всем мире, но и пролитой кровью, и унижением, когда на глазах у арабов нас оттуда вышвыривала полиция. Но дом, где Хиллари семь лет назад рожала на каменном полу, удалось отстоять. Назвали его Ха-Мокед. Эпицентр. Ground zero. Он охранялся солдатами и стал пятым постоянным еврейским поселением в Хевроне после Бейт-Хадассы, Авраам-Авину, Бейт-Романо и Тель-Румейды / Адмот-Ишай.

В Эпицентре поселились две семьи с детьми, несколько холостых йешиботников и наша новая радиостанция «Галей Хеврон» – «Хевронские волны». Вещаем прямо из Эпицентра на всю неделимую Эрец-Исраэль без коммерческой рекламы. Присоединяйтесь к нам на частоте 89,3. Этот проект держался на нескольких энтузиастах, в первую очередь на Хиллари. Сколько раз, настраивая в машине радио, я слышал знакомый голос с американским акцентом:

– Соблюдающих запрет о поющем женском голосе приглашаем присоединиться к нам через пять минут. А сейчас – музыкальная пауза.

Кроме музыки, там всегда было что-нибудь острое и злободневное вроде обсуждения, допустимо ли по Галахе принимать деньги и моральную поддержку от американских евангелистов. Каждую неделю Хиллари подавала левое во всех смыслах дежурное блюдо вроде директора организации «Раввины за права человека» или одной из основательниц «Махсом Вотч». Иногда Хиллари просто давала им высказываться, и человек спохватывался слишком поздно. Иногда умело расставленными вопросами вынуждала признаться, что они считают основание еврейского государства исторической ошибкой. У этих снобов и мысли не появлялось, что женщина с покрытой головой может еще иметь кое-что в голове.

Увидев, что я оттягиваю визит в немецкое посольство, Малка, как всегда, поняла про меня все раньше, чем я сам. Немцев было непропорционально много среди активистов и наблюдателей, и это приводило меня в такую же неуемную ярость, как и семь лет назад. Когда продаешь что-нибудь, пусть даже антикварные книги, нужно иметь холодную голову на плечах. Меня просто выкинут оттуда без денег, но с большим скандалом. Семь лет с ней живу и все равно забываю, на каком я свете от каждого ее прикосновения.

– Не думай об этом. Я сама туда пойду.

– Опять получается, что я свалил на тебя неприятное общение.

– Подумай, сколько неприятного общения я на тебя свалила. На тебе живого места нет. Весь в шрамах.

– Ты уверена, что эти деньги того стоят? Черт с ними, в конце концов. Что, я сам не заработаю для тебя?

На лице появилось такое знакомое мне озорное выражение. Задумала очередное хулиганство.

– Ты подумай, немецкие денежки пойдут на обустройство Гиват-Офиры. Они не хотят, чтобы мы здесь жили, чтобы мы где-нибудь вообще жили. Так пусть платят.

Я и заикнуться об этом не смел. Много ли на свете женщин, способных вот так легко отдать наследство еле знакомым людям? Но мне много и не надо. У меня есть моя эшет хаиль, покруче чем в субботнем гимне. Пятьдесят килограммов чистой любви и беспримерной отваги.

– Малка, ты... Что я могу для тебя сделать?

– Отведи мальчишек в аквапарк. Я с ними не справляюсь.

Еще бы. Реувен уже большой для женской раздевалки, а Шимон вообще от стен отскакивает.

– Поедешь в Иерусалим?

– Посольство в Тель-Авиве, – мягко напомнила мне она. Даже Иерусалим они за нашу столицу признавать не хотят.

Малка застегивала перед зеркалом свою кожанку. Я подошел сзади, она обернулась.

– Будешь проезжать мимо русского магазина, купи мне эту фигню.

– Очень хорошо. Приду и скажу: заверните мне полкило фигни, муж велел.

– Плоская черная банка, а в ней двумя слоями лежат рыбки без головы, и все это залито маслом. И постарайся не разбить ни об чью голову по дороге*.

Мы сидели втроем в кафе при аквапарке и заправлялись пиццей. Шимон у меня на руках, Реувен напротив.

– Я уже весь бассейн проплываю, – похвастался Реувен между двумя непрожеванными кусками пиццы.

– Я тоже, – подал голос Шимон, хотя на самом деле он только болтал в воде ногами, держась за дно руками.

Я ожидал, что Реувен его высмеет, но ничего подобного не произошло.

– Ты знаешь, пап, он действительно может. Его почти совсем не надо держать. Шимон, ты чего лезешь пальцами в сыр? Там же горячо.

– Горячо, – подтвердил Шимон, облизывая палец.

Когда мы садились в машину, Реувен начал нудить, что он уже не маленький, чтобы ездить в автокресле.

– Конечно, не маленький, – согласился я. – Ты старший брат, и у тебя это великолепно получается. Младшие на тебя смотрят.

---

* Здесь намек на известную талмудическую историю о том, как супружеская любовь способна преодолеть языковые и культурные разногласия. Еврей приехал из Вавилона в Эрец-Исраэль и женился на местной. Диалекты арамейского этих двух географически друг от друга удаленных общин очень отличались. Жена не всегда понимала, чего муж хочет, что не мешало ей выполнять волю мужа (так, как она ее понимала) с похвальным усердием. В результате она запустила в голову известного мудреца пару арбузов. Но мудрец все понял и не обиделся.

Пререкания тут же закончились. Я позвонил Малке, и когда она назвала мне сумму, которую ей предложили, я чуть телефон не выронил.

– Ты с ними торговалась?

– Можно сказать, я их уболтала. Я израильтянка или где?

Ну да, а я, получается, кто, будильник? Мне легче переплатить, чем общаться с ненужными и неинтересными людьми. Мерзкая привычка, которую мы неизвестно зачем переняли у арабов, сплошной удар по человеческому достоинству. Как можно публично признаваться в том, что ты чего-то не можешь себе позволить? Впору умереть на месте от стыда.

Я включил радио «Галей Хеврон». Речь шла о помолвленной паре (он из Итамара, она из Москвы), которая решила поставить хупу на могиле Йосефа, а армейское командование не давало разрешения, тянуло резину и держало всех в напряжении.

– А у меня тоже будет хупа, – обрадованно заявил Реувен.

А не рано ему о хупе думать?

– ...Яффи обрадуется.

Уже Яффи. Уже определился.

– Почему Яффи?

Я был совершенно серьезен, даже притворяться не пришлось.

– Ну, она же как цветочек и не обзывается.

Если бы я не вел машину, я бы схватился за голову. Тем временем в эфире начало происходить что-то не то. Говоривший стал делать длинные паузы между словами, как будто что-то его отвлекало. Из радиоприемника послышались стук и шуршание, и другой голос сказал:

– Ты с ума сошел? У нас прямой эфир.

– Они убили Хиллари Страг.

Машина дернулась и выровнялась, кто-то ойкнул на заднем сиденье. Я оставил радио включенным, но никаких слов оттуда больше не раздавалось.

– Арабы? – уточнил с заднего сиденья Реувен.

– А что такое «убили»? – поинтересовался Шимон.

Сын мой младший, останься ты там, тебя в неполные четыре года уже бы начали учить, что евреев надо убивать. Они не больше твоя семья, чем были семьей Гуинплену те, кто его изуродовал. Всевышний позаботился спасти тебя, прежде чем они сотворили над тобой непоправимое. Ты наш, а мы – твоя единственная семья.

Тут я представил себе чинное кукольное чаепитие в комнате Офиры и Рахели. Буквально услышал, как Офира произносит благословение за своего любимого единорога (она их обожает, вся комната в единорогах), а Яффи – за куклу. Хорошо, что Яффи успели к нам отвести.

* * *

Хиллари лежала, подключенная к аппарату «искусственное легкое». Одно из ее собственных легких сдулось окончательно, другое, задетое одной из многих пуль, тоже пострадало. Еще одна пуля застряла в позвоночнике. Ури жил в больнице. Давида и Веред-Мириам взяли к себе семьи их школьных приятелей. Яффи осталась у нас. В йешиве Шавей-Хеврон круглые сутки читали теилим, днем еще подтягивался женский миньян в синагоге Тиферет-Авот. О своих родителях Ури ни слова не сказал. Во всяком случае, своей младшей внучкой они не поинтересовались.

На пятые сутки Хиллари вышла из комы и тут же попыталась достать трубку из горла. Ее можно понять, это выглядело жутко мучительно. Но врачи еще не могли ручаться за то, что те три четверти одного легкого, что у нее остались, возьмут на себя работу обоих. Пришлось обездвижить руки. Хиллари дергалась, плакала, пыталась пальцем выстукивать что-то у Ури по руке. Он наплевал на все протоколы, отвязал ей руку, дал ручку, подставил блокнот. И получил свою награду.

LOVE U
LIVE 4 U
PRAY 4 ME

DAVID
VERED
YAFFI
MOM
LOVES

HEBRON
OURS*

Ури снял копию с этого послания и вывесил в свой блог. Отвечать всем на звонки и письма у него просто не было возможности. В блоге два дня не появлялось объявлений, и мы забеспокоились. Взяли под мышку Яффи и поехали в больницу.

– Бредит, – мрачно сказал Ури, наблюдая, как Яффи старательно собирает пазл. – Весь лист исписала, а я ничего не понимаю.

– Покажи, – отозвалась нахальная Малка. Я бы не отважился.

RANIA
NOT 2 BLAME

↑ 2 FREEDOM LAND

GET VICTIM 2 SAFETY

Ничего себе ребус. Ничего не понятно.

– Рания не виновата. Наверх, в страну свободы. Обеспечить жертве безопасность, – повторила Малка на иврите. – Какая Рания?

– Понятия не имею.

Малка закрыла уши ладонями и отвернулась, как всегда делала, пытаясь вспомнить что-нибудь важное.

– Up to freedom land... Up to freedom land... В прошлом июне мы все шли из синагоги – Хиллари, Рут,

* Люблю вас, живу ради вас, молитесь за меня, Хеврон наш (*англ.*).

Ория. На другой стороне улицы были две арабки. Одна толкнула другую на барьер. Мы все, кроме Хиллари, испугались, думали, сейчас взорвется. Хиллари стала петь это самое по-английски, а арабка, которую толкнули, подхватила.

– А что она вообще из себя представляла? – спросил Ури.

– Девушка. Тонкая, звонкая, прозрачная. Джинсы, кофточка с длинными рукавами, хиджаб красивый такой, с вышивкой. Я еще удивилась.

– Итак, есть некая девушка Рания, которая ни в чем не виновата и которой надо обеспечить безопасность. Слава богу.

– Почему слава богу? – удивился я.

– Если такая девушка на самом деле есть, значит, Хиллари не бредит, а просто вспоминает.

– А вот это мы сейчас узнаем.

Я раскрыл компьютер, подключился, залез в папку, где у меня были все линки на левые и проарабские веб-сайты.

– Что мы тут имеем... Например, Движение международной солидарности. Так... После покушения на жизнь поселенки Армия оккупации Палестины проводит широкомасштабные репрессии среди палестинской молодежи.

– Шрага, прекрати, люди оглядываются.

– Арестовано около сотни человек, – продолжал я уже тише. – Среди арестованных – от рождения слепая Рания Наджафи. В день ареста ей исполнилось восемнадцать.

Я так и думал, что это повзрослевший ребенок с тель-румейдской лестницы. Больше некому. Бывай я там чаще, я бы непременно ее увидел. Я не стану говорить Ури, что было семь лет назад. Хиллари ему сама скажет, когда встанет. В моих глазах Рания не виновата, пока Хиллари считает, что она не виновата.

Военный следователь в чинах и седине, у которого я добился приема, с порога закричал, что от Рании

Наджафи у него больше головной боли, чем от всех остальных шабабников*, вместе взятых.

– Она что, голодовку объявила?

– Да если бы. Сидит, как с другой планеты прилетела, в угол своими глазами странными смотрит и твердит: «Я не убивала Хиллари. Я ее любила». Сколько лет я разбираю эти дела, до этого в Дувдеване** служил, но такого не слышал ни разу.

– Так вы считаете, что убивала?

– Да боже мой, нет, конечно. Тут к ней родственница на свидание пришла. Мерзкая баба, и уже очередной террорист на подходе. Эта родственница к ней и так и сяк: и сестра и шахидка. Рания ее прогнала, да еще перцу вдогонку насыпала. Муставэтним была мне больше сестрой, чем ты.

– Ну и что же вам не ясно?

– Да все мне ясно. Говоришь, Хиллари лучше стало? Ну слава богу. Записку я к делу подошью.

Записку он к делу подошьет. Если Рания не виновата, то почему она до сих пор сидит, а вся пресса радостно накинулась и ругает ЦАХАЛ на все корки.

– Так почему она до сих пор сидит?

– Давай ты будешь делать свою работу, а мне оставь мою.

– Понял. От меня вы отвяжетесь, но Хиллари будет сидеть у вас в приемной в инвалидной коляске, пока вы ей не ответите. Ни у одного солдата не поднимется рука ее выдворить. Вам это надо?

Следователь помолчал.

– Ладно. Все равно придется придумывать для журналистов какой-нибудь приемлемый вариант. Хиллари ты, конечно, успокой, но чем меньше ты будешь трепаться, тем меньше вероятность, что будут трупы.

---

* От арабского слова *шабаб*, что значит «молодежь». Слово перешло из арабского в иврит и употребляется в значении «шпана».

** Дувдеван (*ивр.* «вишня») – элитное спецподразделение Армии обороны Израиля (ЦАХАЛ).

– Какие трупы?

– Например, старый Хамза Наджафи. Мне уже на прошлой неделе было ясно, что ее незачем здесь держать. Для вербовки она не подходит, все, что она знала, она нам сказала. На этом стуле, на котором ты сейчас сидишь, сидел Наджафи и просил меня не выпускать ее из тюрьмы. Сказал, ХАМАС ее в живых не оставит за предательство. Предательство состоит в том, что она отказалась взять на себя ответственность за теракт.

Ну ясно. Приговорили к казни восемнадцатилетнюю девушку-инвалида, которая отказалась быть для них пушечным мясом. И почему меня это не удивляет?

– Только у меня еще и свои соображения имеются, – продолжал следователь. – ХАМАС не ХАМАС, но ее все равно убьют. Брат с отцом.

– За что?

– За то самое, за что они убивают своих дочерей и сестер. В день ареста Ранию осматривал врач. Очень интересные результаты. Синяки на ногах, ожоги на руках. И откупорить ее кто-то тоже уже успел.

Я еле справился с лицом. Что за лексикон – откупорить! Сразу видно, человек в кибуце вырос.

– Сам видишь – тюрьма для нее сейчас самое безопасное место.

Через три дня из Хиллари наконец вынули трубку. Разговаривать она еще не могла, потому что горло было воспалено и голос пропал, но она сидела в постели, жестикулировала, улыбалась, писала энергичные, но трогательные записки и зажгла субботние свечи. Жажда общения после стольких дней комы и вынужденного молчания буквально распирала ее, субботний запрет на писание ее не остановил, и в субботу она общалась, указывая на детский плакат с буквами. Она еще не знала того, что понял Ури из разговоров с коллегами-врачами. Есть шанс, что после травмы позвоночника она снова научится ходить, но это не такой большой шанс, чтобы на него рассчитывать.

На исходе субботы я нашел в Интернете заявление пресс-службы ЦАХАЛа, которое поставило на уши не только нашу, но и зарубежную прессу. Там говорилось, что с Рании Наджафи сняты все обвинения в террористической деятельности, но отпустить ее из тюрьмы не представляется возможным, потому что на территории Палестинской автономии ее ожидает смертная казнь за принятие христианства. Как известно, палестинская Конституция основана на шариате, а какое наказание предусмотрено за отказ от ислама, всем известно*. Медиавакханалия тянулась еще долго, но ни одна европейская страна не предложила Рании убежище. Может быть, для кого-то это и было неожиданностью, но только не для меня. Вот они, европейцы. Они на весь мир кричат каждый раз, когда кто-то из наших поведет себя по-дурацки, например, перережет в арабском дворе кабель или обтрясет дерево. На большее их не хватает. Они боятся мусульман. Они готовы отдать мусульманам свои страны, своих близких, свои святые места. Какое им дело до девочки, которая уже больше христианка, чем все они, вместе взятые. Она отказалась убивать, хотя прекрасно знала, чем ей это грозит.

Хиллари перевели в реабилитационный центр там же, в Беэр-Шеве. В ее комнате всегда толпился народ, звучала музыка, и она еще подбадривала всех заявлениями:

---

* Статья 4, пункт 1 и 2 палестинской Конституции объявляют ислам официальной религией автономии и провозглашают шариат как законодательную основу. В мусульманских странах оставившие ислам подвергаются преследованиям вплоть до казни по приговору шариатского суда. Глава Иерусалимской православной церкви патриарх Феофрил III запретил священникам крестить бывших мусульман, после того как несколько священников были убиты родственниками новообращенных. Если выходец из мусульманской семьи в Израиле или в Палестинской автономии хочет перейти в христианство, он должен ехать креститься в Грецию или в Россию.

– Ну что вы столпились с постными лицами? Слухи о моей смерти сильно преувеличены.

Или:

– Я еще Израиль на Паралимпийских играх буду представлять. Пусть только попробуют меня к соревнованиям не допустить.

Каждый день она вкалывала так, как ни один спортсмен не вкалывает. Ее целью было научиться ходить хотя бы в пределах квартиры и крутить колеса коляски, чтобы передвигаться на длинные расстояния. Каждый сантиметр самостоятельности давался ей градом слез и губами, закушенными от боли, посиневшими от недостатка воздуха. Но это видели только самые близкие – Ури и те, кто привозил ей детей. Так и получилось, что я в очередной раз вляпался в ситуацию с далеко идущими последствиями.

Три года назад, 29 апреля, погибла Офира. Я отмечал ее йорцайт по европейскому календарю, во-первых, чтобы не лишаться радости от Дня независимости, а во-вторых, чтобы не пересекаться на кладбище с Роненом. Они вернулись в Израиль и открыли Бейт Хабад в Эйлате – нашли тоже место, люди туда отдыхать ездят, а молиться можно и в Хевроне. Малка продолжала общаться в социальных сетях с этой дурочкой Номи. Слава богу, она уважала мои чувства и не приглашала ее к нам домой. Слышать через каждые два слова «йехи-ха-мелех»* никакого терпения не хватит. Итак, я уехал из дома еще затемно, чтобы успеть на кладбище в Иерусалим, а оттуда – на объект в Кирьят-Гат. В конце рабочего дня позвонила Малка и стала рассказывать, как возила наш цветник (Офиру и Яффи плюс Рахель) в детский салон красоты в Беэр-Шеве, а потом навестить Хиллари. Я отключился от деталей и, дождавшись паузы, вставил:

---

* Лозунг части хабадников, которые считают Мессией ребе, умершего в 1994 году и не оставившего преемника. Букв. «да здравствует царь!».

– Малка, я что-то должен сделать?

– Мой телефон… Я поставила его заряжать в комнате у Хиллари и забыла.

Понятно. Мне действительно ближе и безопасней ехать за телефоном, чем ей. Но все-таки неудобно приходить к Хиллари вечером, там и так какое-то подобие проходного двора. Ладно, попрошу кого-нибудь из медсестер постучаться к Хиллари и забрать аппарат. Пока я освобожусь с объекта, будет уже поздний вечер.

Я шел по унылым коридорам реабилитационного центра и, как на грех, не встретил ни одной живой души. Все-таки это не больница, где столько же персонала по ночам, сколько днем. Придется позвонить Хиллари, сто раз извиниться, дать ей возможность одеться и потом заходить. Я набрал номер телефона на столике, никто не отвечал. Очень странно. Подождал пять минут, набрал еще раз. Опять никого. Какие могут быть процедуры в девять вечера? Может быть, она уже спит? Кляня себя за неорганизованность, я постучал в дверь палаты. Никто не отвечал. Я заглянул и увидел пустую, тщательно застеленную кровать. Ни Хиллари, ни коляски. Мне это все уже перестало нравиться. Хиллари еще не может ездить далеко сама, она еле-еле до двери доезжает. Из розетки в углу торчало заряжающее устройство с Малкиным телефоном. Я его припрятал и написал Хиллари записку, чтобы она не волновалась, что его сперли. Такое в реабилитационном центре нечасто, но случалось. Вот только куда они дели саму Хиллари?

В коридоре было тихо, только из-за пары дверей доносилось неразборчивое телевизионное бормотание. Нет, теперь, пока я не найду Хиллари, я точно отсюда не уйду. Даже спать уже не хотелось. В конце коридора на каждом этаже этого заведения находилось что-то вроде мини-кухни со столиками, холодильником, микроволновой печкой и раковиной. Вроде армейских кухонь на отдаленных базах, но поменьше и почище. Это помещение отделялось от основного коридора коридором поменьше, и большие окна выходили прямо на панораму ночной Беэр-Шевы. Еще на подходе я услышал голоса. Один принадлежал Хиллари, а другой женщине постарше. Тут бы мне и уйти, но победило совершенно подростковое любопытство, за которое я в соответствующем возрасте огребал по самое не могу. Кто это наносит Хиллари такие поздние визиты?

Я остался стоять в маленьком коридоре. Тому, что подслушивать нехорошо, Офира меня научить не успела, а сейчас уже поздно, скоро тридцать стукнет. И вообще, в отличие от этого энтузиаста из трактата Берахот, я не полез ни под чью кровать*, а нахожусь в общественном месте, где имею полное право находиться.

Сначала я обрадовался, подумав, что к Хиллари наконец приехала из Америки мать или что у родителей Ури проснулись хоть какие-то родственные чувства. Нет. Для американки иврит говорившей был слишком беглым и выразительным, для уроженки страны – слишком правильным и формальным. Иврит явно не был у нее первым языком или даже, как у меня, вторым.

– Я его не оправдываю. Мне больно от того, во что он превратился. Я сама боюсь там показываться. Представь, каково мне. Представь, что это не какой-то абстрактный араб, а твой сын или внук, которого ты помнишь маленьким и беспомощным.

– Ничего себе абстрактный! – это Хиллари. – Мы, между прочим, живем все на одном пятачке. Мне очень страшно иметь таких соседей. Очень страшно. Вы думаете, мне нравится жить в осажденной крепости? А какая альтернатива? Не жить вообще?

– Не кипятись. Ваши меры безопасности привели к тому, что здесь выросло поколение молодежи, с дет-

* История из Талмуда. Ученик залез под кровать рава и наблюдал, как последний общается со своей женой. На понятные в этой ситуации упреки ученик ответил учителю: «Это тоже Тора, и я ее изучаю».

ства униженной и потому отчаявшейся. Я не призываю тебя расплакаться от вины и сочувствия, я просто хочу, чтобы хоть кто-нибудь среди евреев Хеврона понимал связь между причиной и следствием и не удивлялся. Мой внук думает, что, пролив достаточно еврейской крови, он восстановит свое поруганное человеческое достоинство. Это не работает, но он этого уже не поймет. За временным неимением еврейской крови сойдет любая другая. Будь это даже кровь собственной младшей сестры.

Это София Аднани из Назарета. Мы все знали ее имя из газет. Она обратилась к правительству Израиля с открытым письмом, в котором просила предоставить Рании убежище по религиозным мотивам. Евреи ничего не могут решить сразу, а вот реакция первой в кнессете женщины-депутата от арабского списка удивила своей низостью не только нас. В промежутках между заявлениями, что шесть миллионов евреев сидят у нее на шее и что палестинцы платят за преступления немцев, эта народная избранница нашла время публично обвинить Софию в предательстве, а Ранию – в развратном поведении.

– Мы все равно останемся в Хевроне. В том, что Рания не может остаться, есть доля нашей вины, но она наименьшая из всех. Как лично я могу вам помочь?

Послышалось журчание воды, наливаемой в чашку.

– Ты можешь помочь в первую очередь своему мужу. Много ли надо хирургу на амбулансе, чтобы сорваться? Второго такого инцидента Хеврон просто не может себе позволить. Четыре тысячи лет назад здесь выступил человек с уникальным посланием – каждая человеческая жизнь драгоценна. Господь не будет бесконечно терпеть ненависть и кровопролитие вокруг его могилы.

Было очень тихо, а потом я услышал, как Хиллари шмыгает носом и всхлипывает:

– Каждый день этого боюсь... Каждый день.

– Это хорошо, что ты хоть кому-то можешь в этом признаться. Каждый плачет по своему покойнику.

Я только хочу спасти Ранию, пока это возможно. Мне горько это говорить, но я не думаю, что Хеврон ждет что-то хорошее. Гнев Божий страшен.

– Я все равно не понимаю. В том, что Рания уже не девушка, виновата не она одна. Танго в одиночку не станцуешь. Почему хотят наказать только ее?

– Ты давно в Израиле?

– Десять лет.

– Могла бы уже понять. Здесь Ближний Восток. Женщина по определению виновата.

Фейга. Как же надо было задолбать человека, чтобы он не только ушел к врагам, но и искренне их полюбил. Каждый плачет по своему покойнику. Ладно, не могу я больше это слушать. Опасности для Хиллари София не представляет, а остальное не мое дело.

Я уже понял, что лучше не трепаться и ни о чем не спрашивать. На что она надеялась, эта, судя по голосу, уже очень немолодая и усталая женщина, одна в чужом городе, потерявшая дочь, затравленная собственной общиной? В убежище Рании отказали на том основании, что не захотели создавать прецендент – давать в Израиле убежище христианам. В глобальном плане это правильно, иначе к нам сюда переселится вся Эритрея с Южным Суданом, а там и пол-Нигерии подтянется. Мы просто хотим, чтобы еврейская страна – единственная на весь мир и не такая уж большая – по возможности оставалась еврейской. Но я слишком хорошо помнил, каково это – знать, что не уберег близкого человека, и понимал, что ни кнессет, ни полиция, ни армия Софию не остановят. Ей уже недолго жить, и Рания – это все, что у нее осталось. Этот нарыв нужно вскрыть, если Рании не станет, пятно ляжет на всех. Она уже повязана с нами, возможно, больше, чем известно нам всем. Кстати, наша доблестная полиция до сих пор не установила, кто и в кого стрелял.

Тюремное начальство очень кстати вспомнило про административное правило, что заключенного с такой серьезной инвалидностью, как у Рании, можно выпускать только под расписку родственников или социальных служб. Хамза Наджафи сидел тихо, видимо, они с Софией все-таки были в контакте. К моим многочисленным прегрешениям и нарушениям прибавилось еще одно – преступный сговор с целью доставки нелегала в Израиль.

– Ты понимаешь, что мы делаем? – спросил я Хиллари, разворачивая ее коляску вокруг фонтанчика в больничном парке.

– Мы спасаем одну жизнь*.

И вот я сижу в арендованной машине на пустыре, а рядом – высокая, изящная, даже в семьдесят лет ослепительная София Аднани. Никогда бы не подумал, что у меня с этой женщиной может быть что-то общее, а вот поди ж ты. Почему-то у нее был явный зуб на международных наблюдателей, особенно СРТ.

– Кто они такие, чтобы приезжать сюда учить нас, как себя вести по-христиански? Наша церковь самая древняя, уж, во всяком случае, древнее Америки и Канады, вместе взятых. Да они не увидели, что у них под носом происходит. Финтифлюшки безмозглые.

– Как вы сказали?

– Это у нас был такой профессор на факультете журналистики в Еврейском университете в Иерусалиме. Колоритный такой старик и знающий. Если девушки в аудитории за ним не успевали, он ворчал: «Вот финтифлюшки безмозглые». Но это было так смешно, что мы не обижались.

Вот мне и подарок неожиданно перепал.

Мы сидели и ждали. Дома вокруг были заброшены и печальны. Ветер гонял по улице пыль и мусор. Правительство не хочет вкладывать деньги в Хеврон. Квартал за кварталом – пустые, оставленные арабами дома. Здесь надо расчистить и построить что-нибудь вроде нашего «Мецудата Рама»**, тем более что до Кирьят-Арбы

---

* Фраза из Талмуда: «Кто спасает одну жизнь, тот спасает целый мир».

** «Мецудат Рам» – «Высокая цитадель», название жилого комплекса.

рукой подать. Глядеть на эту безхозяйственность – сердце кровью обливается.

В зеркале заднего вида я увидел араба в традиционной одежде, ведущего за уздечку ослика, и закутанную фигуру у ослика на спине. «Это наши», – сказала София. Все понятно, он устроил этот маскарад, чтобы замести следы. Поехал в какую-нибудь глухую деревню, где никто ничего не знает о хевронских делах, и арендовал по дешевке это животное. Вот так же, на ослике, везли Малку через пустыню между Узбекистаном и Казахстаном. И так же свистел ветер, только гонял не пыль, как здесь, а песок, соль со дна пересохшего озера и споры смертоносных бактерий из оставленной русскими военной лаборатории. В любой ситуации я в первую очередь вспоминаю Малку.

Фигура сползла с ослика, в две секунды размотала лишнюю ткань, вылетела, как бабочка из кокона, только крыльев за спиной не хватает. Да, это Рания, только выше и пропорциональней, чем была семь лет назад. По-прежнему не идет, а скользит, лицо совсем прозрачное. Не могу представить себе, что она когданибудь будет продолжать чей-то род, что на нее кто-то способен даже взглянуть с этими целями. Вроде они с моей сестрой ровесницы и обе слепые, а совсем друг на друга не похожи. Риша в неполные восемнадцать лет уже матрона и уже ждет прибавления. Быстро работают братья-мизрахим, ничего не скажешь.

Наджафи открыл левую заднюю дверь, и Рания тенью скользнула в машину. Я услышал одновременно звук захлопнувшейся двери и что-то похожее на «Аллах». Взглянул в зеркало заднего вида. Дрожат ресницы, дрожат маленькие руки с тщательно покрашенными ногтями. Видно, не одна Малка сразу после тюрьмы наводит марафет.

– Шалом, – раздался тихий вздох с заднего сиденья. Ну самообладанием она еще семь лет назад отличалась.

София протянула руку на заднее сиденье, сунула что-то Рании в ладонь и сказала на иврите:

– Это от Хиллари.

Я включил музыку, какую-то классику на рояле. Мы все втроем сидим как на иголках, впереди проверка, а классика очень даже успокаивает. До блокпоста Мейтар где-то минут сорок, если без происшествий.

На Мейтаре все прошло гладко. Три солдата, как я, в вязаных кипах. Ни у кого, кроме меня, они документов не спросили.

Я довез своих пассажирок до беэр-шевской автобусной станции. В реабилитационный центр мы не поехали, чтобы не светиться. Рания сжимала в кулаке гранатовые бусы, которые я часто видел на Хиллари по субботам. Другую руку она протянула в пустоту, пытаясь что-то нащупать.

– Рания, что ты ищешь?

– Вас.

– Меня? – удивился я. – Зачем?

– Вас.

Как вода миквы, это прикосновение одновременно обожгло и очистило. Она явно существо не из этого мира, эта Рания Наджафи. Даже я, ни коим образом не склонный к мистике, понял это со всей очевидностью.

– God bless you*.

Может, и сработает, кто знает. В прошлый раз ее благословение подарило нам живых Хиллари и Веред-Мириам. И дом в Касбе.

Автобус в Тель-Авив уехал, а я по-прежнему сидел на стоянке в машине, и даже отзвониться Хиллари у меня не было сил. Понятно, от чего я так устал. Что-то случилось с моим упорядоченным миром, с его четкой границей между врагами и своими. Головой я понимал, что эта граница будет восстановлена с первой же атакой, с первым же терактом. Просто меня дезориентировала вся эта абсурдная эпопея, завершившаяся непривычным прикосновением. С тех пор как погибла Офира, до меня дотрагивалась только Малка.

---

* Да благословит вас Бог (*англ.*).

* * *

Дело о легализации Гиват-Офиры прочно увязло в судебных коридорах. На иск «Шалома ахшава»* ребята ответили своим собственным и забыли, сосредоточились на укреплении и развитии поселения. Здесь за два с лишним года собрался самый разношерстный народ, несколько семей неуемных «выселенцев» из Газы, олим из десятка разных стран, пара матерей-одиночек не слабого характера и даже полицейский на пенсии, оставшийся после развода на улице. В общем, именно так, как Офира бы хотела. Больше всего она не любила единообразие и стремление всех постричь под одну гребенку. Идеологический тон в поселении задавали люди из Шавей-Хеврон, но плюнуть в женщину в брюках никому и в голову не приходило. Огородили поселение низкой, чисто символической оградой, главным образом для того, чтоб к евреям не лазили овцы, а к арабам не убегали павлины. Более непрактичного вложения ресурсов я представить себе не мог, но я там не жил и, стало быть, права голоса не имел. Никакой пользы павлины не приносили, но боевой дух в поселенцах поддерживали. Они гордо разгуливали по территории, шуршали великолепными хвостами по стволам олив и стенам караванов и всем своим видом показывали, кто здесь главный. Дети были в восторге, а к диким павлиньим крикам все быстро привыкли. Женщины делали из перьев веера, серьги, книжные закладки, панно и как-то реализовывали эту продукцию, хотя, подозреваю, не за миллионы. И это бы Офире понравилось. Ей прави-

---

* Крайне левая неправительственная израильская организация, считающая, что для достижения арабо-израильского мира необходимо оказывать давление на правительство Израиля. Заявленной целью организации является «убедить общественное мнение и правительство Израиля в необходимости и возможности достижения справедливого мира и исторического примирения с палестинским народом и соседними арабскими странами – в обмен на территориальный компромисс и на основе принципа “территории в обмен на мир”».

лись бесполезная красота и вызов обстоятельствам. Конечно, на одних павлинах не продержишься. Те, кто не работал в Гуш-Эционе, Иерусалиме или Беэр-Шеве, работали здесь. У Алекса действительно пошло с оливами, первый урожай превзошел все его ожидания. Изгнанники из Газы, знавшие толк в теплицах, воссоздали на новом месте то, что было утеряно, маленькую стеклянную крышу было видно издалека под утренним солнцем, если ехать с севера на юг. Они выращивали на продажу орехи, инжир, шиповник, а для внутреннего пользования развели огород. В Мицпе-Рамон* удалось купить десяток альпака. Они отлично прижились и стали всеобщими баловнями. Высокого качества шерсть сдавали на переработку, доходы клали в общую кассу. Поселение потихоньку благоустраивалось, в новопостроенные коттеджи по негласному правилу въехали в первую очередь семьи с детьми, остальные пока остались в караванах. И, конечно, детский сад с навороченным игровым комплексом, подаренным зарубежными жертвователями. И эшкубит-синагога** с новонаписанным свитком Торы. Занавес для шкафа женщины сшили сами, сидя вокруг рамы два метра на два и простегивая стежок за стежком. Со слов Малки, я знал, что нравы хозяйка рамы, по совместительству директор проекта, установила очень строгие. Никаких пустых разговоров за святым делом. Только диврей*** Тора, ну или попеть святые слова можно, если душа очень просит. А если кто-то все-таки не удерживался и злословил – все простегнутое в этот день распускалось и в следующий раз работа начиналась заново. С соседями больших проблем не было – так, поджоги, кражи по мелочи, да одну из альпака, самую младшую самочку, нашли с перерезанным горлом. Никогда не

---

* Населенный пункт в Израиле, расположенный в 150 километрах к северу от Эйлата и в 80 километрах к югу от Беэр-Шевы возле кратера Рамон.

** Эшкубит – более удобная времянка, чем караван.

*** Слова Торы (*ивр.*).

видевшая от людей ничего, кроме ухода, а от человеческих детей ничего, кроме ласки, она пошла за первым, кто ее поманил. Они не дураки, это семейство Тамими, которое там всем заправляет. Зачем трепыхаться, если заранее известно, что евреев выгонят отсюда сами же евреи.

Самое поганое во всем этом было то, что Совет поселений сначала любезно предложил Гиват-Офире своего адвоката, а затем адвокат попросту слил несколько неудобно расположенных форпостов, чтобы спасти от разрушения более крупные блоки. Иллюзий уже никто не питал, решения принимались исходя из реальности: сопротивляться или нет, и если сопротивляться, то как? «Они пришли выгонять меня из дому, – сказал Алекс. – Мне все равно – евреи они или нет». День икс Гиват-Офира встретила упорная, молчаливая, притихшая. Живность рассовали по окрестным фермам, свиток Торы в легендарном одеяле увезли в Шавей-Хеврон, все ценное спрятали, а главную ценность – женщин с детьми – приютили в Кармей-Цуре. Но деревья, кусты, теплица, детсад, коттеджи, синагога... В тяжелой тишине я услышал звук передергиваемого затвора. Алекс. Мы снова на крыше. Но уже не в Хевроне и даже не на бульдозере. Главная схватка – не с арабами. Главная – между евреями. Как долго же это до меня доходило.

– Ты будешь стрелять?

– Начну с ног. А дальше – как пойдет.

Те, кто был готов стрелять, уже лежал или сидел на позиции, а ликвидаторов встретила безоружная разношерстная толпа на той самой площади, где когда-то шумел фонтан и мои дети фотографировались верхом на альпака. Ликвидаторы объезжали толпу на огромных, в полтора человеческих роста, конях с целью рассеять и запугать. Но толпа держалась, а вот с лошадьми и, соответственно, с седоками творилось что-то странное. То одно, то другое животное, вплотную приблизившись к кому-то из защитников форпоста, вдруг издавало громкое ржание, похожее на крик боли, и вставало на задние ноги. Удержать в повиновении норовистого коня, которому больно, – тут нужно быть ковбоем, а не ликвидатором. Они летели из седел, как камни из пращи. Один. Второй. Третий. Четвертый. Пятый. Что происходит? Я, лежа на крыше синагоги с автоматом, не понимал. Ликвидаторы тоже не понимали. Совершенно случайно я зафиксировал глазами молниеносное движение мальчишки, подростка в джинсах, спортивном свитере и бейсболке. Одно движение руки под нос лошади, которую ликвидатор на него направил. Что дальше случилось с ликвидатором, я не разглядел, потому что испугался за мальчишку. Передние копыта лошади промелькнули в воздухе, ежесекундно грозя опуститься на его безумную голову. Подросток технично сгруппировался и покатился по земле в сторону от опасной зоны. Бейсболка упала с головы, и я увидел знакомой расцветки бандану, плотно повязанную на волосах. *Шрага, ата болван.* Именно, что болван. Кретин три раза. Собственной жены не узнать. Было же сказано – не лазить, будет бой, мы не ХАМАС, стреляющий из-за спин женщин и раненых. Чего она приперлась? Обо мне, о детях она хоть немного подумала? Я сунул Алексу автомат и запасную обойму. Ликвидаторы, они народ нервный, дерганый, и им почему-то нравится быть единственными вооруженными людьми на сцене. С чего бы это, а? Но мне сейчас только Малку из толпы вытащить, остальное – потом. Никакого бокового зрения у меня не осталось, я не отрывал взгляда от тонкой фигурки в нарочито мешковатом свитере, вылинявшем до состояния половой тряпки. Точно заняла у кого-нибудь, сама она такие обноски дома не держит. Я подошел к ней сзади, обнял за плечи, она совершенно не испугалась. Привыкла. Ко мне повернулось сияющее от радости лицо, вымазанное пылью.

– А я не сомневалась.

Еще не хватало, чтобы она сомневалась, что я здесь буду! Если бы она сомневалась, мне бы осталось только найти какую-нибудь перекладину и тихо на ней повеситься.

– Малка, уйди. Я ничего не могу делать, пока ты здесь.

– Конечно, уйду. Не беспокойся. Я никогда не обманывала тебя.

Я ощутил ее руку в своей, а в руке – маленький, цилиндрической формы объект.

– Что это?

– Газовый баллончик. Почему, ты думаешь, лошади брыкаются? Мы все тут запаслись.

– Чья идея?

– Тали.

Молодец Тали. Я взглянул и увидел, что баллончик уютно устроился в самодельном матерчатом футляре, надеваемом на запястье. Надо очень пристально приглядываться, чтобы заметить. Одним движением Малка сняла футляр со своего запястья и сунула все это дело мне.

– Зачем?

– Посмотри.

Я проследил за ее взглядом. На гребне холма стоял бульдозер в ожидании команды. Ковш в два роста высотой, когтистая лапа для обрушения крыш и свай, бронированная кабина. Никто не знает эту машину так, как я.

– Только ты, – сказала она, едва шевеля губами. – Только ты.

Я понял. Орудовать, как дубинкой, автоматом в тесной кабине неудобно, а вот баллончик с газом – в самый раз.

– Я буду ждать тебя, *саранг хае*.

Я сжал ее ладонь, с трудом отпустил и пошел в сторону бульдозера. Никто на меня не отвлекался. Никто лучше меня не знал, с какой стороны надо подойти, чтобы застать водителя врасплох. Что я буду делать дальше, я еще не знал. Но жизнь научила меня, что стоит оказаться у рычагов пятидесятитонного монстра, как большинство людей вдруг начинает тебя резко уважать. Этот разгильдяй сидел в полураскрытой кабине и с увлечением что-то жевал. Я не стал в него вглядываться, для меня он так и остался деталью, которую нужно вывести из строя, чтобы работал весь остальной механизм. *Люди для тебя препятствие, которое нужно убрать с дороги.* Кто мне это сказал, кто? Струя газа полетела ему в глаза и в рот, а на закуску последовала пара зуботычин, и в эти два удара я постарался вложить все, что я думаю о тех, кто соглашается исполнять такие приказы. Он упал вглубь кабины, выволакивать уже не было времени. Доведенными до автоматизма движениями запер все, что можно запереть, закрыл изнутри решетку. Красота какая. Мы еще посмотрим, кто кого ликвидирует. Бульдозер пополз в направлении обочины, где было припарковано несколько десятков полицейских машин, пара армейских джипов и скотовозки для арестованных. Из рации доносились возмущенные вопли: «Коби, куда ты прешь? Что за самоуправство?» – и отборный русский мат. Я проигнорирвал, пусть теряются в догадках. Машины сминались под ковшом, как пустые консервные банки, а сияющий новенький внедорожник, явно принадлежащий командиру этих капо, я подцепил когтем, несколько раз шваркнул об землю и сбросил в неглубокий придорожный овраг. Рация заходилась в истерике, Коби справа от меня пришел в себя и тоже начал издавать звуки. Я раздраженно сунул ему рацию.

– Общайся со своим начальством сам.

Мне предстоял сложный маневр – развернуть эту махину и взять курс на Дейр-Каифат, а исполнять несколько задач одновременно мне никогда не удавалось. Я же не Малка, которая умудряется не терять головы, когда ей в уши кричат пять человек на двух языках:

– Мам, смотри как я висю!

– Мам, Офира опять в холодильник полезла!

– Мам, где мои джинсы со стразами?

Из газет я знал, что, после того что случилось в Газе в марте 2003-го, ЦАХАЛ оснастил бульдозеры камерами и экранами, чтобы бульдозерист не сидел уж совсем без обзора, как в консервной банке. Но здесь это оборудование было предусмотрительно снято. Командование не хотело травмировать Коби нежелательными зрелищами. А то кто его знает, а вдруг последуют нежелательные мысли? Я ехал почти вслепую, видел только небольшой квадрат пастбища, овцы, казавшиеся с высоты очень маленькими, бросились врассыпную, как мыши. Местность была холмистая, пересеченная, и въехав на очередную возвышенность, я смог увидеть следующий холм, а на нем – радостную толпу с флагами и видеокамерами. Позлорадствовать сюда пришли. До этого момента я не был уверен, что я, собственно, буду делать в Дейр-Каифате.

– Не сходи с ума! Ты их передавишь! – взвился Коби, перекрикивая рацию и шум мотора.

– Будешь мешать – голову проломлю, – тихо отозвался я.

Расстояние между бульдозером и толпой медленно, но сокращалось. Стрекотнуло несколько автоматных очередей, я услышал, как отскакивают пули от брони. Ребята, это вам не старая «мазда» с детьми и пожилой женщиной на заднем сиденье. Вы вырастили убийц, вы всей деревней проводили их на акт джихада, вы ими гордитесь. Вы пришли смотреть, как одни евреи избивают и волокут других, как будто в театр. Если кто-то из вас окажется под ковшом, такая ваша судьба. Очевидно, под ковш никому не хотелось, но наверняка я, запертый в кабине без обзора, ничего не мог знать. Дав прощальный залп из калашей, народ разбежался. Смяв несколько подсобных построек на окраине деревни, я вкатился в Дейр-Каифат. Тут ориентироваться было легко, все равно в эти щели между домами бульдозер не влезет. Значит – на площадь. Там мечеть, кафе, магазин, водокачка. Может быть, в следующий раз, когда кто-то из жителей деревни решит выйти на охоту, односельчане вспомнят о последствиях и вправят ему мозги. Незадолго до площади улица довольно круто повернула, и передо мной предстала ослепительно белая трехэтажная вилла, сверкавшая великолепной отделкой и красной крышей, почему-то сделанной в виде пагоды. И тарелки спутниковой связи на всех балконах. Неплохо эти Тамими устроились. Никогда не поверю, что они отгрохали такой дворец на деньги от продажи оливок. Вот кому выгодны все эти международно-правозащитные пляски. Что касается цен на строительные подряды, я помню их не хуже с детства знакомых молитв.

Я слышал, как трещит бетон, как лопается арматура, как обрушиваются куски стен. Более слабые звуки – человеческие голоса, разбиваемое стекло – до меня просто не доносились. Потоптавшись на площади минут пятнадцать и разрушив все, что можно было разрушить, я в очередной раз задался вопросом, что делать дальше. Теперь самое время присоединиться к людям в Гиват-Офире, но что делать с машиной? Не могу же я сидеть и охранять ее. На полпути между Дейр-Каифатом и Гиват-Офирой я уже знал, что будет. Остановил бульдозер, открыл дверь и обратился к неподвижно сидящему Коби.

– Пошел вон.

– Что?

– Иди, иди. – Я схватил его за воротник формы. – Шалом, хавер*.

Оставшись в кабине один, я разделся до пояса, полил майку и рубашку бензином из стоящей за сиденьем канистры и положил все это на приборную панель. Положил руку на один из рычагов и уже без всякой иронии прошептал: «Прости». И поджег зажигалкой.

Пламя взметнулось, я отпрянул и вылез из кабины. Не успел я отойти от машины на десять метров, как раздался выстрел. Калаш от табельного оружия ЦАХАЛ я по звуку, наверное, отличу. Боль в правом локте, даже не сама боль, а ее внезапность, заставила меня заорать, рука повисла. Коби, ну почему ты такой урод? Это так ты понимаешь свой воинский долг? Если ты так верен своему долгу, то почему ты начал сопротивляться только сейчас? И тут я осознал, что

---

* Известная фраза Билла Клинтона на похоронах Ицхака Рабина: *Прощай, друг.*

в живых он меня не оставит. Слишком неудобны будут мои показания, в слишком неприглядном виде они его выставят, тут пахнет трибуналом. А если я очень кстати отправлюсь к праотцам, то он может плести что угодно, как одолел в честном бою безумного фанатика-поселенца, как только такая возможность появилась. Я бросился на землю и покатился в сторону бульдозера. Из кабины уже вовсю валил дым, я видел, как оплавился металл вокруг пуленепробиваемого стекла. Снова управлять машиной нечего было и думать, но это единственный на всей местности объект, за которым я могу схорониться. Несколько пуль ударилось о землю рядом со мной, пыль запорошила глаза, набилась в контактные линзы. Я теперь не просто раненый, но еще и слабовидящий, в Гиват-Офире от меня уже не будет никакой пользы. Самому бы в живых остаться. Бульдозер отбрасывал короткую полуденную тень, пахло горелым металлом. Ну где тебя носит, позорище? Начал с разрушения еврейских домов, закончил стрельбой по безоружному. Я вынул из глаз бесполезные линзы, кровь продолжала медленно течь из раненой руки, внутри локтя что-то разбухло и давило. Коби не показывался. Неужели лежит в засаде? Сидеть возле бульдозера мне порядком надоело. Ладно, будь что будет, я не мышь в западне. Я выйду по шоссе, и там найдется добрая душа, которая подберет меня, такого красивого – полуголого, раненого, да еще с опаленными спереди волосами. Даже после всего произошедшего я продолжал верить, что еврей еврею все-таки поможет. Ничему меня жизнь не учит.

В спину никто не стрелял, я спокойно шел на север, в сторону Кармей-Цура, стараясь не думать о других населенных пунктах вокруг – Дейр-Каифат, Бейт-Уммар, лагерь беженцев. Голова кружилась, начала проявляться потеря крови. Я вглядывался в дрожащий горячий воздух и наконец понял, что зрение меня не обманывает. В противоположном направлении, на юг, двигалась толпа. Поднятые над головами палки, палестинские флаги. Они меня распотрошат, как тех резервистов в Рамалле*. Или привяжут тело к машине и будут таскать по улицам, как в американском кино про Сомали. Господи, зачем Тебе это? Чтобы показать, чем кончит нечестивец, позволяющий себе без почтения высказываться о мудрецах и рассчитывать на силу собственных рук и разума? Не желающий стоять, открыв рот, и ждать, когда туда упадет ман**? Любое проявление инициативы, попытка что-то сделать ныне почитается за слабую веру. Возможно, Гиват-Офира будет разрушена, но мы же старались. Лучше попытаться и потерпеть неудачу, чем ничего не делать вообще. Меня заметили, толпа взорвалась яростью, знакомое, с ненавистью выталкиваемое слово *я-х-х-уд* хлестнуло меня по глазам. Я развернулся к ним лицом и оперся о скалу. Шма Исраэль, Господи, спасибо за семью, за детей, за Землю, за Малку. Мне меньше пяти минут жить осталось, неужели они всерьез думают, что я потрачу эти пять минут на то, чтобы с ними общаться? Так хотелось закрыть глаза, я некстати вспомнил, что рассказывал Гиора: заснеженный сибирский карьер, к костру не пускают и только одно на уме – лечь на снег и замереть.

Из-за поворота вылетел белый минивэн и резко затормозил напротив, скрыв арабов у меня из виду, а меня, соответственно, от них. Я не успел даже разглядеть номерной знак, только флаг на крыше – желтый с синей короной. Распахнулась передняя пассажирская дверь, я прыгнул, не дожидаясь приглашения. Водитель на полную мощность врубил что-то клезмерско-зажигательное и рванул с места. В зеркале заднего вида я разглядел две пары испуганных, но любопытных глаз цвета новогодней медовой коврижки. Девочка постарше, мальчик помладше. На мальчике – красная бархатная кипа с надписью: «Йехи адонейну...» –

---

* 12 октября 2000 года палестинской полицей в Рамалле были задержаны двое израильских резервистов – Вадим Нуржиц и Йоси Авраами. Толпа забила их до смерти, а потом таскала тела по улицам.

** Манна небесная.

и дальше по тексту. Я перевел взгляд на человека за рулем, того, кто рискнул ради меня самым дорогим. Хабадник как хабадник, только стрижка уж очень армейская и борода уж очень аккуратная. Мой взгляд упал на пачку писем между водительским и пассажирским сиденьем. Буквы путались перед глазами, я никак не мог их сложить. Или не хотел. Но они все равно сложились. Ронен Моргенталер. А я-то рассчитывал до конца собственной жизни его избегать. Мне ясно дали понять, что не получится. Альтернатива – унижение, потом смерть.

Не осталось сил на самоконтроль, дрогнуло и расплылось окно перед оставшимися без линз глазами. Любопытный пацан на заднем сиденье, чуть постарше Реувена, тут же прокомментировал:

– Почему он плачет?

– Йосеф-Ицхак, ты бестактный.

– Что такое «бестактный»?

– Ронен... – позвал я.

– А? – откликнулся он, нисколько не удивившись.

– Ты почему от нее уехал?

– Молодой был. Дурной.

Какой спокойный голос. Можно подумать, он каждый день прорывается с детьми через арабские засады и отвечает на недопустимые вопросы.

Я молчал, рука стала совсем тяжелой, неподъемной, неуправляемой. Сзади закопошились, запищали кнопочки сотового телефона.

– Пап, что писать?

– Пиши: «Его нашли».

Это не меня случайно?

– Кого нашли?

– Тебя, разумеется.

– А кому пишем?

– Дочка пишет маме. Мама пишет подруге, да еще на русском языке. Пока дознаваться будут, сто лет пройдет.

Похоже, не одна Малка меня ищет.

– А кого я интересую?

Ронен оторвался от дороги и впервые прямо на меня посмотрел:

– Стамблер, ну ты спросил! Взять заложника, разрушить на сотни тысяч шекелей собственности, сделать из арабской деревни салат – и ты думал, что тебя никто не будет искать? Тебе мать когда-нибудь говорила, что ты сам похож на бульдозер: сила есть – ума не надо?

Говорила. И при этом вспоминала, какой был в молодости легендарный генерал по прозвищу Бульдозер. Кто тогда знал, что он станет главным разрушителем и будет наказан тем, чего я больше всего боялся, – беспомощностью и зависимостью. Кстати, откуда такая осведомленность. Неужели о наших делах объявили по радио?

– А что, по радио объявили?

– Зачем мне радио? Я там был.

Ничего себе новости.

– Но я тебя не видел...

– Отказался от Торы, чтобы выучить эту ущербную логику? Раз ты чего-то не видел, этого не может быть? Ты точно в университете не учился?

Я уж готов был сказать, что не учился в университете потому, что мне не повезло быть единственным сыном у образованной мамы. Но не сказал. У каждого болит свое. Ронен мне уж точно не враг. И без него этого добра хватает.

– А... что там?

– Побоище. Они сильно обозлились. Я уехал, когда мне пригрозили, что конфискуют мою машину, чтобы возить арестованных. У них машин не хватает, ты не знаешь почему?

Я бросил взгляд на руки на руле. Кожа содрана на фалангах пальцев правой. Подумать только, Ронен, бывший интеллигентный мальчик, хабадник не от мира сего. Ему тоже не понравилось, что его мать убивают во второй раз, причем еврейскими руками. Я должен спросить, а то это останется камнем, о который я буду вечно спотыкаться.

– Ты... считаешь, что я виноват?

– Я сам виноват. Я должен был быть там раньше.

Он уверенно вел машину, я даже не стал спрашивать, куда мы едем. На четвертом десятке я вдруг понял, что такое не быть старшим братом. Я всегда им был, я им родился. Но он занял место старшего брата при мне, занял легко и спокойно. Я доверяю ему безоглядно, Офира не могла воспитать подлеца. Как порадовалась бы она, увидев нас сейчас.

– Ронен...

– А?

– *Хине ма тов у ма наим...**

– Конечно, хорошо.

---

* Переложенная на музыку и ставшая народной песней фраза из псалма: как хорошо, когда братья сидят вместе.

БЛАГОДАРНОСТИ

Автор благодарит сотрудников Отдела особых расследований (Office of Special Investigations) Минюста США, а также сотрудников Национального архива (National Archives) и Историко-архивного департамента штата Миссисипи (Mississippi Department of Archives and History) за неоценимую помощь в розыске историчесих материалов.

Автор также благодарит Иегуду Шауля, основателя организации «Шоврим Штика», за материал, собранный по ситуации в Хевроне. «И сказал Балак Биламу: Что сделал ты мне! Клясть врагов моих взял я тебя, и вот ты благословил» (Бамидбар 23:11).

* * *

Каждая настоящая книга – это больше чем энное количество отпечатанных типографским способом и переплетенных страниц. Настоящая книга – это больше чем буквы на экране компьютера. Любой текст, если это не инструкция к эксплуатации холодильника, может быть объектом любви, гнева, презрения или благодарности – это уж как получится. Поэтому там, где автор книги обычно благодарит издателя, агента и редактора, я хочу поблагодарить сущности немножко другой категории, но от этого не менее живые:

«Крутой маршрут», автор Евгения Гинзбург;
«Убить пересмешника», автор Харпер Ли;
«Почему ты не пришла до войны», автор Лиззи Дорон;

«День восьмой», автор Торнтон Уайлдер;
«Раздел имущества», автор Анатолий Алексин;
«Мститель», автор Фредерик Форсайт;
«Бегущий за ветром», автор Халед Хоссейни;
«Сицилиец», автор Марио Пьюзо;
«Клуб радости и удачи», автор Эми Тан;
«Серый – цвет надежды», автор Ирина Ратушинская;
«Черная шкатулка», автор Людвик Ашкенази;
«Братья Львиное Сердце», автор Астрид Линдгрен;
«Групповой портрет с дамой», автор Генрих Бёлль;
«Поле боя при лунном свете», автор Александр Казарновский

и

«Белое на черном», автор Рубен Давид Гонсалес Гальего.

Оглавление

www.ingramcontent.com/pod-product-compliance
Lightning Source LLC
Chambersburg PA
CBHW010139030826
48979CB00023B/1039